秦兆阳文集

Qin Zhaoyang Wenji

3

长篇小说·大地

秦晴 陈恭怀/主编

湖北省学术著作出版专项资金资助项目

武汉出版社
WUHAN PUBLISHING HOUSE

(鄂)新登字 08 号
图书在版编目(CIP)数据
秦兆阳文集. ③,长篇小说. 大地/秦兆阳著.
—武汉:武汉出版社,2016.8
ISBN 978—7—5430—9193—1
Ⅰ.①秦… Ⅱ.①秦… Ⅲ.①文艺—作品综合集—中国—当代
②长篇小说—中国—当代 Ⅳ.①I217.2
中国版本图书馆 CIP 数据核字(2015)第 096278 号

著　　者:秦兆阳
责任编辑:杨建文
封面设计:刘福珊
封面绘画:刘福珊
出　版:武汉出版社
社　址:武汉市江汉区新华路 490 号　　邮　编:430015
电　话:(027)85606403　85600625
http://www.whcbs.com　　E—mail:zbs@whcbs.com
印　刷:武汉中远印务有限公司　　经　销:新华书店
开　本:787mm×1092mm　1/16
印　张:29.75　　字　数:470 千字　插　页:7
版　次:2016 年 8 月第 1 版　　2016 年 8 月第 1 次印刷
定　价:680.00 元(全 6 册)

20 世纪 80 年代初的秦兆阳。

1975 年，秦兆阳奉命参加三结合创作组，在广西都安体验生活并进行集体创作，此时创作活动已接近尾声。随后，他离开了广西，回到北京。

在1979年召开的第四次文代会上，秦兆阳（左一）与作家曲波（左二）、张洁、孟伟哉等在一起。

1979年秦兆阳与黎曙光、韦君宜、严文井、孟伟哉在人民文学出版社开会。

1979年，秦兆阳任《当代》杂志主编。当时，全家五口人挤在十几平方米的房子里。为了他能有个工作休息的独立空间，全家总动员，肩挑手提筛土搬砖盖了半间小屋，后来他还把这段经历写了一篇散文，名为《造屋记》。

《当代》创刊初期，很多有影响的作品在这间小屋里完成了终审，不少著名作家也曾经成为这间小屋的客人。

在小屋内看稿。

在小屋门前。

20 世纪 80 年代，秦兆阳在工作。

目　录

第一卷 …… (1)
第二卷 …… (64)
第三卷 …… (128)
第四卷 …… (182)
第五卷 …… (254)
第六卷 …… (311)
第七卷 …… (353)
第八卷 …… (418)

《大地》赘言 …… (468)

最应该记住的最易忘记
谁记得母乳的甜美滋味

最应该感激的最易忘记
谁诚心亲吻过亲爱的土地

最应该算计的最易忘记
谁算过先行者的无数血清

最应该惊奇的最易忘记
谁惊叹大地的无限生机

参天树为什么要深深扎根
是为了繁茂它绿色的生命

历史的河流啊，长流不息
流的是历史的深沉的思绪

第一卷

一

义和团起义失败后的某一年，正当麦子黄熟的时候。有一天，太阳快要落山，天色要黑没黑，大廖家府西南边一片金海似的麦地当中，一条黄土大道上，来了一个模样特别的人：出奇的高大个子，大宽边破草帽盖着紫黑色的大方脸，突出宽大的前额上横着一对刷子似的浓眉，浓眉下深藏着一对毫光四射的大眼；高鼻梁，宽嘴巴，坚硬的方下巴上缀满了黑黄色的短连鬓胡子。上身没穿衣服，铜浇铁铸般的宽胸厚背上满是锈斑似的疤痕。下身高卷着破裤腿子，两条铁柱子似的粗腿上也缀满了锈斑似的疤痕。腰上紧扎着一条又宽又硬的腰带，使得他的腰板显得更硬，身子显得更加结实。总起来一句话：他全身上下都是大的，粗的，硬的，仿佛一抬腿就要踢死马，一举拳就能打死牛。他一只大手抓着裹成了一团的破褂子，像是老鹰抓着死鸟；另一只手捏着一把镰刀，并不比普通的镰刀小，却显得像根小草棒儿。

他就是当时只有三十二岁的黑赵恭。当时熟识的穷哥儿们都叫他赵哥，官府和财主都叫他赵黑子，他自己常常自称为赵老黑或黑老赵。

这是一个天清气朗，麦香遍野，丰收在望的日子。就在这一天，历尽了风雨磨难的黑老赵开始走向新的命运，走向他将要在这里安家落户的大廖家府村。算起来，离他最后终于在这块土地上受尽了千磨万苦以后，从这里出发去探访人间的奇迹，正好是三十年零两个月。这真是捶破了胸膛、揉碎了钢肠，叩天问地望回响的三十年啊！

天色已近黄昏。他走到离村不远的地方往前一看：喝！黑压压的好大个村子！怕总有一千几百户人家吧？村外有那么多擎天大树，树底下有那么多平光如镜的大打麦场，大场上有那么多山一样的大麦秸垛。传来了壮大牲口的嘶叫声，石头碌子的吱扭声，人的吼叫声。有几十口子人在场里忙活着：有的担水，有的泼场，有的赶着高骡大马拉着石碌子转圈儿压场。

“哼！往年的大麦秸垛还没动，今年又在压场收麦，这村的财主真不小！”赵恭心里这么想着，穿起了破褂子，放下了裤腿子，遮住了满身的疤痕，沿着大场子后边大苇塘的塘岸，向村子里走去。

这片苇塘足有十好几亩地大小，沿边有一些大树和苇丛。远远的对岸那边，有一大片重重叠叠的高房大舍，无数的青脊白墙，飞檐翘角，掩映在轻轻袅袅的蓝色炊烟里面，那气势赫赫的样儿，大半就是财主窝子吧？再一细看，那高房大舍前边还有一个红柱绿窗的小水阁子，由四根石头柱脚支架在水面上，有廊子通到后面的房院，绿花格子窗扇半开半掩，隐约看得见白色的窗帘。

一个往场子里担水的驼背老头走到赵恭跟前，对他全身上下打量了一下，瓮声瓮气地说：

“老弟，我劝你还是少在这儿张张望望的吧！”

“怎么哩？”黑老赵扬起粗眉毛问。

“怎、么、哩！你爱听就听，不听拉倒。”老人担着水走了，却又自言自语地补充了一句：“哼，了得！”还摇了摇头。

赵恭也冷笑着摇了摇头，心里说：“哼！没进村就撞见了一股财主气！”他加快了脚步，走进了村西南角上宽大的街口。

这是村里的南大街，是廖家大财主的廖家南院和廖家北院的所在之地。夹街两面都是两三丈高的青砖院墙，墙头上有城墙样式的垛口。走了不远，就见南北各有一座一丈多高的大圆拱门，半掩着的门扇总有两寸厚，包着黑漆铁皮，钉着一排排酒盅大的帽头铁钉，吊着碗大的兽头环子。大门里边黑洞洞的看不清楚。门两边的墙壁上横伸出两排粗铁桩子，桩头上都吊着来客拴马用的大铁环子。门口还有石狮子、上马石、旗杆墩子。天快黑了，街上没有什么人，但是，赵恭忽然听见有人恶狠狠地咳啃了一声。抬头一看，原来大门上边的墙头上有个方形的碉楼，是看宅护院的人守望的地方，咳啃声就是从碉楼的箭眼子里传出来的。赵恭又冷冷地一笑。

过了这段长长的高院墙，两边是两长排店铺，杂货、布匹、酒坊、肉案，各样买卖都有。饭铺里，铁勺子碰得铁锅砰砰响，酒菜的香味一阵阵飘到街心来。

拐过十字路口，越往北走，街道两边的房屋就越是低矮破烂，街路也窄狭一些。这才看见了一些牵着老牛小驴回家的人们，担水的人们，穿着破烂衣裳玩耍的孩子，这才是他黑老赵寻找落脚铺儿的地方。在一条横长笔直的北大街上，他看见有一家破院子门口吊着一个笊篱，笊篱头儿上有一把红纸剪成的条条儿在随风飘动。这才是那种没有门面、没有招牌、只卖清汤寡水的面条、可以留宿的最小的小店。天已黄昏，正是住店投宿的时候。赵恭正要往里走时，不想前面不远一家铺子的开着的一块门板上，有过年时贴上的一张旧对联引起了他的注意："打铁我不怕硬"。他不觉嘿地笑了起来："好硬的口气！"再走过去看看那块关着的门板，上面也有一张："烧炼咱不嫌热"。他又在心里赞叹了一句："对得好啊！"又心想："正好我要打把好使一点的镰刀……"就一抬腿走进了屋里。

是一间挺宽大的敞屋，靠大门这头搁着炉子、风箱、砧子、案板一类的东西；另一头有一段半截墙头，墙头后边光线很暗，有灯光晃动和碗筷的声音。他把大草帽往背后一掴，震房动屋地叫了一声：

"掌柜的在家吗？"

只见半截墙头那边灯光猛一晃动，走出一个膀大腰粗的壮健老人来。老人像是对赵恭的身个儿很有点吃惊，愣了一下，转脸对着墙头里边叫着：

"玉姑，拿灯来！"

又是一阵灯影儿晃动，一个头发光亮脸儿红红的姑娘，手挡着灯亮走了出来。老人接过灯碗，再一次对着赵恭上上下下打量了一阵，然后用宽洪沉重的山东口音问他：

"你有吗事？"

"收活儿吗？我想打把镰刀。"

"有现成的，你挑一把中不？"

大门后边的案板上摆满了镰刀、锄头、犁铧、斧子一类的铁器。赵恭只看了眼，就笑着摇了摇头：

“那跟我带着的这把不是一样？”

“老弟，你要吗样式的？”

“要大一些，重一些，使着才称手。”

老人又用神采奕奕的眼光在赵恭身上闪来闪去，连那姑娘也在一边大胆地看他。他有些不耐烦了：

“打一把行不行，不行就拉倒，我还有事呢。”

于是彼此讲好了大小尺寸和价钱，言定了交货的时间，赵恭就到隔壁小店里吃了三大碗面，定好了住处。天时还早，听见铁铺那边铁锤叮当，就又信步走了过来，想看看打铁，不想一迈进门就吃了一惊：墙壁上的龛龛里搁着个用大破碗做的大油灯，灯焰儿不住地晃动。灯影映着炉火，一片红光里，老头子掌钳子抡小锤，抡大锤的却是刚才那个叫玉姑的姑娘。她穿着一身镶黑边儿的蓝布衣裳，黑头发帘儿汗得贴在红红的脸上，身量儿虽不高大，抡甩起大锤来却不大费力，并且动作熟练，跟老头配合得十分合辙。

大姑娘打铁，而且是抡大锤，谁看见过？赵恭看得入了神，觉得被炉火烘得很热，就把破褂子脱下来，团成一团捏在手里。

“怎么样，老弟？”老铁匠趁着把铁块子夹进炉子里回火时，扬起脸来问他。

“看看，”老赵说。

“老弟，实话对你说：咱是张飞打铁，人硬货也硬。知道俺为啥要黑夜里点着灯干活吗？白天里，敞着门，大姑娘抡锤打铁，让那些不三不四的家伙们来看稀罕，传笑话，行吗？今日俺正好忘了关大门，叫你闯进来了。看着你像条汉子，你要打的镰刀也跟别人不一样，要不，俺可不留情面，请你出去。……好，你要看看，使得，可别怪俺不懂礼，叫你站着看，那边有个坐的，搬过来坐着。”

赵恭回头一看，遍屋里没有一条板凳，却见正在拉风箱的玉姑朝那边墙脚扫了一眼，他这才看见墙脚下有个旧铁砧子，这就是老铁匠所说的“坐的”！他暗暗一笑，走过去，一只手拿着那铁砧子的尖嘴子，轻轻巧巧提了过来，轻轻搁在当地，坐了上去。

老铁匠忽然眉毛一扬，满脸的肌肉一动，挤出了满意的笑容，把夹铁块的钳子搁在炉边，然后走到赵恭跟前，把鞋子脱下来垫着屁股坐下来，从腰带上抽下烟袋来抽着了烟。

“老弟，你的手劲真不小啊。你不是本地人，对吧？”

“嗯，不是本地人。”

“哈！俺一猜就着。离这里多远？”

“二三百里。”赵恭随便说了个数目。

“贵姓？”

“贱姓王，三横王。”

“老弟，”铁匠又说，“咱俩买卖是姻缘，聊聊天没吗要紧。你咋的来这里的？”

“家里弟兄们吵架，怄气跑出来的。”

“不对，”铁匠笑着摇了摇头，“你是把咱当外人，没说实话。”

“怪事！我干吗要不说实话？”赵恭开始警醒了。

“喝，老弟，”铁匠又笑笑说，“咱俩明人不该说暗话。俺是从山东来的，除这父女两口没别人，你要是信得过俺，咱俩就聊；信不过，就拉倒。反正，俺这眼睛是亮的，不会看错。”

现在赵恭是真的吃惊了。他皱紧了浓眉，眯细了眼睛……但是，老铁匠的脸上挂着正直善良的微笑；玉姑那闪闪的眼光更是诚恳的，善良的。多少年的大风大浪使他有了经验，他也是不会看错人的。再加上想起了大门上的那副对联……他决心要反过来挑逗一下了，就笑着大声说：

“好吧，咱俩明人不说暗话，依你看，我是大风大浪翻了船，还是风平浪静好过渡？”

“老弟，你是大风大浪翻了船。”

“怎见得？”

“你要我说出来吗？”

“刚才不是说了吗？明人不说暗话；并且，咱也不是怕事的人。”

“是好汉！”老铁匠又满意地一笑，接着又把身子挪近了点，压低了声音，“你这手腕子上，脚脖子上，百家锁的印子还没消。”

“嗯，我是戴过叮叮当当的玩意。”

“你这肩头上，脊梁上，也吃过不少好受的滋味。”

“嗯，我是受过点苦辣火烫的滋味。”

“哈！”老铁匠又压着声音笑了，“你，大半是反监砸狱跑出来的吧？”

“哼，这你又是从哪儿看出来的？”

“从你的眼神。你心里不踏实。你那脚脖子跟手腕子上的伤，是用力扭呀砸呀弄的，对吧？”

“嘿，倒真有眼力！”

“看你这模样神气，一定不是下三路的小人，也一定不是为了没斤没两的事。你要吗是为了争口气，打不平；要吗，是为了深的仇，大的恨……”

“哼！深仇大恨，山高水深！”

“你是个咬钢嚼铁的好汉！”

“敢说浑身没有半根软骨头！”

“好啊！可是，俺还要问问：你那仇，到底有多大？恨，到底有多深？”

赵恭没有回答，眼光亮得怕人。

“你，老弟，”铁匠一把抓住了他的大手，“会喝酒不？”

“谈不上会，不贪杯，可从来也没有醉过。”

“好！等会儿俺要试试你的海量。可是，俺还要问你：你信得过俺不？敢对俺说真话不？”

“哼！闯过尸山，滚过血海，舌头舔过刀口血，怕什么？可是，大叔，我看你也是……”

“俺，”老铁匠抢着说，“也是过来人啊！也跟你老弟一样，吃过那一套啊。……走！”

他拉着赵恭跳起身来，领着他走进了后院。

原来，这老人名叫张老梗，也是在山东闹过义和团，失败后坐过牢，也是反监砸狱跑了出来，带着女儿来到了这里。

二

黎明时天色还是一片黑，大廖家府南大街的商家铺户还在关着门做梦，连每天开门最早的烧饼油条铺也只是刚刚在生炉子，但是街上的“人市”上却已经聚集了三五百人。他们都穿着露肩露背的破衣裳，戴着宽遮檐草帽，拿着磨快了的镰刀，眨着瞌睡不足的眼睛，小声谈论着今年麦子的年成和短工的价钱。有些人在拼命吸烟提神，火光在黑暗里一闪一闪。街两边的胡同里也已经聚集了三三五五来雇短工的人们，他们焦急地想早点雇到短工到地里去“开镰”，却又要耐心等着。原来，不知是哪年哪月出过这样的事：许多小户人家正在人市上抢着雇人，廖府的管事先生来了，一看上市的人不多，急了，就拿着马鞭子驱赶他们：“咱这大宗主儿还没有来开市，你们就敢抢先？滚开！”于是，每年麦收秋收的时候，人市上必须等着廖府来开市，就成了许多老实农民不敢不遵守的规矩了。

东方天际刚刚现出了一丝儿鱼肚白，街西头老远响起了马蹄声。就听见有人小声玩笑说：“叫驴来了，快捂着耳朵吧！”原来，这“叫驴”是廖府的二管事，姓刘，因他最爱用难听的大嗓门诈唬人，才得了这个绰号。他骑着一匹昂头喷气的大马，带着一群护院的，掌作领工的，到跟前勒住了马，对着黑乎乎的人群扫视了一下，举起手里的棍子颠了颠，用没睡足的难听的哑嗓子咋啦起来了：

“喝！都看准了今年的麦收好，雇人多，上市的人可不少啊。穷小子们，廖府今日要雇两百来口子人，工钱是十斤麦子，按市价折钱。”

“这么好的麦收，一个工才十斤麦子？”人群里有人说。

“少啰嗦！”叫驴大喝一声，“姜太公钓鱼，愿者上钩，没人拿大轿子请你！”

看见人们不言语了，他又大声宣布：凡是被他挑中了的人，都站到那头去，由掌作的老张和老李每人发一块牌子，天黑收工以后就凭牌子发工钱。接着，他催动着马挤进了人群，勾着身子仔仔细细地打量着，看见谁身强力壮，就拿长棍子拨他一下：“你，算一个。你，也算一个……”有一个出奇的高大个子引起了他的注意，他探着身子伸过棍去：“喂，大个子，你……”一句话没完，谁也没有看清那大个子的胳膊是不是动了一下，那棍子竟吭啷一声掉下地去了。

刘叫驴火了，拍着马挤了过来，弯下身子盯住大个子的脸：

“你小子是怎么回事？”

“我怎么啦？”大个子装做没事人似的。

“我的棍子是怎么掉的？”

“谁知道你是怎么掉的。”

“你小子给我拾起来！”

“怪事，我干吗要给你拾起来？”

在黎明的微光里，人们都对大个子的身个模样很吃惊，连他手里那把镰刀也特别：别人的镰刀，柄长不过两尺，是木头的，刀身也长不过五六寸，他的镰刀却显得格外的长大沉重，粗粗的刀柄儿是用布条儿包裹着的，也许是铁的吧？好一个铁金刚似的硬棒人！再看看坐在马上的刘叫驴，三十来岁，瘦小个儿，蜡黄的长驴子脸，一身蓝布褂裤，真像个泥胎小鬼。但是马屁股两边还有十几名护院的打手，一色的膀圆腰粗，黑短打，白腰带，手拿枣木齐眉棍，横眉鼓眼，像要吃人。人们都用同情的眼色鼓励大个子不要服软，也有些人在暗地里替他担心。

“二爷我就是看上了你，叫你拾起来你就得拾起来。快点！”

没有动静，没有回答。

“你小子的耳朵卖给烧腊铺了？拾起来！”

还是没有动静。

刘叫驴更加火了。他跳下马来，从身边护院腿子手上接过一根棍子，逼近了两步，却又一愣，显然是这才看清楚了——这黑大汉的眉眼身个倒真有点骇人！

“你小子是哪来的？”又更加提高了声音，“问你是哪个茅坑的硬屎橛子，听到没有？”又颠了颠手里的棍子，卷了卷袖子。

后边的护院打手们也一起挤了过来。

谁也没有想到，黑大汉子竟突然笑起来了：

“哈！先生，我是卖短工的，你愿雇，我干；不愿雇，我走。大忙时候，找这个没来由的岔口，耽误工夫，犯得着吗？”

“少废话！快拾起来！”刘叫驴又逼近了一步。

又是一阵静。黑大汉子却突然一转身，叉开五指向人们一甩，震街动巷地叫起来；

“呵哈！乡亲们，怪事啊，俺们都是卖短工的，凭力气吃饭，并不低人一等，干吗要把俺们当牲口，棍子捅捅拨拨，口里骂骂咧咧。自个把拨人的棍子弄掉了，还要俺们乖乖给拾起来；不拾，张嘴就是骂，动手就要打。俺忍气吞声不回嘴，不行；赔着笑脸说好话，还是不行。未必咱们穷人，就真的下贱得粪土不如吗？”

人群里立时响起了愤怒的轰轰声，后面的人在往前面挤。大廖家府村人市上多年来积压着的对财主仇恨的怒火眼看就要爆发了！

刘叫驴和护院的腿子们没有料到这一着。天色虽暗，却也看得见无数愤怒的面孔和锋利的镰刀，再看看黑大汉那骇人的神气，要是打起架来，讨得到便宜吗？不是还要耽误东家的麦收吗？

后面有几个壮小伙子猛力往前一挤，前面的人猛一涌动，把那匹大灰马惊得腾地跳了起来，人群就更加乱起来了。

刘叫驴好容易拉住了马，喘着气爬上了马背，只得无可奈何地一甩手：

“妈的！大忙时候，顾不得跟你黑小子磨缠，是有种的你就别走，给我割一天麦子，天黑了咱们再算账；要不然，你就夹着狗尾巴滚出咱们村！老李，那边那个高个子就是他，他跑不了的，给他一块牌子！”

那黑大汉子并不是跑不了，是不愿意在穷哥们面前灭穷人的志气长财主的威风。他接过了长工老李递给他的工牌。

三

一百多名短工都被带领到地头上来了。加上十几名长工，再加上每年麦收照例要来“帮工”的一大群佃户，两三百口子人聚在一起。刘叫驴坐在昂头喷气的大马上面，扯开破嗓子咋啦起来：

“小子们听着！‘抢收夺麦’是个紧活儿。拿东家的钱，吃东家的饭，要摸着良心，割干捆净，干得脆快点儿。谁要是死洋蜡气磨工夫，把麦穗丢拉的满地都是，别怪我不客气！今日开镰大吉，晌午饭有肉菜，是廖府老爷的恩典。一早晨天气就闷热，要防着变天，别耽误时候，干起来吧！”

把人们分成了十几队，由十几名“掌作的”长工带着，快步走到十几大块麦地的地头上，排成了一条条长线。那边有一块地头上有一棵被雷电劈掉了半边的老杨树，枯杈子上吊着一面大得出奇的铜锣，锣下面站着一名护院的腿子，手里拿着一把长柄儿锣锤。刘叫驴像指挥官一样，喊了一声：

“鸣锣开镰！”

噹！噹！噹！——声音洪亮庄严，震动了原野。

立时，十几名领工的一个接一个地喊叫起来，由近到远，直到那块最远的地边：

“开镰！”——“开镰”——“开镰！”……

所有的人都弯下腰去了。遍野里响起了镰刀的嚓嚓声，就像无数的大鱼在金色的海洋里呷水拨浪一样。

打手们也早已三三两两地散开，监视着干活的人们。

刘叫驴兴奋地打着马，沿着一条大车路飞跑过去，又飞跑过来，最后勒住马，停在一块地边，扯开破嗓门叫道：

“哈哈！大伙听着！别叫那黑小子拉下啦！加把劲儿跟他赛一赛呀！”

正在埋头割麦的黑赵恭猛地惊醒过来了，直起腰来一看，喝！自己果然冲到了前面，超过别的人好远了。几年没有摸过镰把，没有见过麦地，没有晒过太阳，没有闻过泥土气味，今天这遍野里醉人的香味，耀眼的颜色，竟使他忘记了一切。他猛地吸了一口气，看着刘叫驴又打着马跑远了，就大叫起来：

“穷哥儿们！我老黑不过是一时忘了神，你们各人心里可要放明白点啦！”

“大哥，”旁边有个壮小伙子答话了，“放心，咱们是哑巴吃饺子——心里有数。可话又说回来，一看就知道你是个格外行得了的，你何不真的当着大伙露一手，叫大伙也开开眼？”

这话立刻引起了好多人的附和，都一片声要求起来。

赵恭高兴起来，当真弯下腰去，只听见脆快的嚓嚓声，只看见麦子在他面前翻着浪花，倒下去，倒下去，不一会就割到地那头了。等他来回割了三个垅儿，连割麦子有名的掌作的老李也才割了一个半垅儿。财主家总是挑最棒的长工来领工掌作当带头羊，如果卖力气，带得好，就有奖。如果有那力气不济的短工赶不上趟，被丢拉得太远，就算你倒楣——天黑时不光领不到工钱，还要挨一顿痛骂。现在赵恭把割麦最快的带头羊老李也比下去了，大伙怎么不高兴？所以遍地里立刻响起了幸灾乐祸的喝彩声和欢笑声。

赵恭面不改色，口不喘气，把镰刀往腰带上一插，走过来帮一个老年人捆起麦子来。

没想到，这老头正是昨天在苇塘边碰见过的担水的那个老人，名字叫吴从贵，是给廖府看坟地的老长工，老佃户，今日是特地来给东家帮工的。两人就一边干活一边谈起话来。

“老大爷，昨儿你叫我别在那塘边上张张望望，是什么意思？”

“什么意思！”吴从贵怕吓着谁似的小声说，“昨儿，看见塘那边有个水阁子没有？太太小姐们常在那儿打牌，钓鱼，有时还坐着小船在塘里悠悠转儿，历来就不准人看。你个外乡人，在那儿张张望望，了得！”

“怎么了不得？”

“怎——么！”老人认真地瞪了他一眼，又回身指了指散在远处地边上的腿子们：“瞅见没有？谁要是往水阁子那边一个劲儿瞅……了得啊！”

停了一会，老人又更加压低了声音：“老弟，看你这身个模样，是块好材料，我可忍不住要对你多多嘴；刚才在人市上……到天黑收工时你可得小心啊！咱们吃人饭，属人管，当牛当马都由命。凭气性，拿着性命闹着玩，可不行啦！”

“哼！”赵恭冷笑了笑，“命，几个钱一斤？看得见摸得着吗？他财主命大，就该黄土变成金，干吗还要收租放账，雇人干活，苛害穷人？命，去它娘的蛋吧！”

“你是匹牛，不是人！我好心劝你……”老人真的生了气，再也不说话了。

早有监工的腿子们把刚才这一切情形报告了刘叫驴。正在那棵半边枯的大杨树下休息抽烟的刘叫驴立刻磕掉了烟灰，跨上了马背，跑了过来，下了马，把缰绳递给腿子，拂着半人高的麦垅走到赵恭跟前，用马鞭子一指：

“黑小子！你说说，大爷我是雇你来割麦子的，还是雇你来捆麦子的？”

“怎么？”黑赵恭扬着粗眉毛问道，“我比掌作的少割了半个垅儿吗？”

“你能割多少，就应该割多少。捆麦子，有帮工的，用不着你来磨洋工，懂吗？”

“好，这是你说的，能割多少就割多少。”赵恭说着，从腰带上抽下镰刀，转身就走。

“你回来！”刘叫驴连忙赶上去，小声说，“咱俩商量商量。”他伸出两个手指头，“只要你可着力气干，一天给你二十斤麦子，再不然，三十斤也行！”

赵恭不光没有回答，连眼皮子都不抬一下，转身就往地头走去，弯着腰慢慢割起麦子来。

刘叫驴愣怔怔地站在那里看了他好半天，一咬牙，走了。

到吃早饭的时候了。通往村里的大路上，大车小担的送来了馒头、菜、豆汤和碗筷。三声锣响，干活的人们都走出了麦地，围了过来。但是人们马上就发现了：菜，是黑豆做的粗豆腐掺粗粉条和老腌菜，每个碗里不一定找得到两块薄片子肉。连馒头也是黑面的，而且是凉的，没有熟透的。这就是“开镰大吉，廖府老爷的恩典”！一早晨所受的侮辱在人们心头变成了火。他们互相咬耳朵，递眼色，做手势，很快就串通好了，都使劲吃起来。你吃饱了，再加两个馒头；我吃饱了，再加一碗稀粥。不大一会就吃了个桶光碗净。开工的锣响了，却很少有人起身去干活——没有吃饱嘛！

刘叫驴打着马跑来了。堂堂廖府，过麦收雇人，饭菜不够吃，误时误工，管事先生管的什么事？传说出去多丢人啦！东家要发脾气的呀！明明知道是穷小子们故意捣鬼，有什么办法？他雷鸣火爆地叫骂了一阵，只得又勒转马头，飞也似的往村里跑去。

等饭菜再送来，人们又好赖吃了一点，已经耽误了两个来钟头。不大一会，又到吃晌午饭的时候了。

后晌，天气闷热得更厉害，眼看就要变天。刘叫驴急得遍地里跑着叫着骂着。人们都忍受着，但是新的报复在暗地里进行：地里，麦穗子丢得太多了！

成群成队的妇女孩子们散布在周围小户人家的地里拾着麦穗，眼睛却尽往这边溜转。一会，东边有一群越过了地界，引得守护的腿子们跑了过去，叫骂起来。但是西边南边又涌进来两群……刘叫驴气得大叫一声，猛提缰绳，那马就甩开四蹄冲过去了。女人孩子们跑啊，跑啊。一个白头发的老太太跑慢了，被大红马撞倒了，被刘叫驴一棍子打得哼了一声，不动了。

出大事了！

一群群割麦子和拾麦子的人从四面八方跑了过去，把那可怜的老太太围起来了。

“打死人了！”

“可怜……”

“不过是拾你两根麦穗……”

“青天白日打死人！”

刘叫驴和打手们都有些慌张，脸色变了。但是眼看就要变天，耽误了东家的麦收可就更了不得啦！叫驴赶紧定了定神，又催动着大马绕着人们吼叫起来：

“对你们说，我刘二爷不是头一回遇见穷鬼装死！就是天塌下来，咱廖府也顶得住！割麦子要紧，干活去！”

但是没有人动身。许多愤怒的眼光向他射来。他更加火冒三丈，跳下马来，撞开了人群，挤进了圈里，喝！更加气炸了：又是那黑大汉，蹲在地下，在给老太太揉搓、摸弄，引得人们围着看。老太婆的白头发里渗出来一股血，顺着耳边在往下流……

叫驴心想：原来是大街上常常看见的、要饭的那个孤老婆子，有什么大了不得的！

“好啊，又是你这个黑鬼！喂！别他妈见神见鬼鼓捣了，起来，干活去！”

他一棍子捅了过去。奇怪，竟像是捅在硬石头上一样，黑大汉子动也不动。又一棍子打了下去。哎哟！棍子猛一下弹了起来，震得虎口发麻，吭啷一声掉到地下去了。

在愤怒的众人面前，刘叫驴呆住了，连他身后的十几名腿子打手也呆住了。

直到老人的喉咙里有了响声，鼻子里有了气儿，眼皮也颤动起来了，赵恭才站起身来，把腰一叉，脖子一梗，大眼一瞪，发话了：

"乡亲们，怪事！打死人的没罪，救活人的倒有罪！如今这老太太总算有了口气，可往后她要是到底活不成，要是万一有人硬说是我老黑把她鼓捣死的，打起官司来，你们大伙可要秉公说话啊！"

"好他妈小子！"刘叫驴突然脸色铁青，双脚一跳，"说话阴阳带刺，血口喷人，扰乱麦收。哥儿们，揍他王八蛋操的！"

"好啊，试试他小子的斤两！"十几名腿子也大吼一声，抡起棍子就往前扑。

众人轰地往两边一闪。

"慢——着！"好似一声晴天霹雳，赵恭一下子蹿出去一两丈远，头上的草帽飞上了天，腰里的镰刀抄上了手，一对眼睛像两盏灯，把众人吓了一大跳。"讲打架，不外行！怕见鬼我就不闯酆都城！来——吧！"

但是没有人敢"来"，腿子们都吓呆了。他们也并不是真的愿意替东家卖命呢。

"怪事！"赵恭又冷笑着说，"救活了人命反为仇。好哇！西北边的天气眼看就上来了，怎么着？要打架就趁早，迟了，泥呀水的不利落！"

刘叫驴回头一看：嗨呀！西北边天上，一大片泼墨似的黑云漫天盖地地卷过来了！他猛地跳上马去，拨转马头，一边打着马飞跑，一边带着哭腔大叫："哥儿们帮帮忙啊！快抢麦子啊！"他的小草帽呼地离开了脑袋，在马屁股后边飘着，转着，滚着。

腿子们和一部分长工短工们也跟着往麦地里跑去。

四

像是一块大的黑布遮住了天空，整个世界猛一下变了脸色。开始时人们只觉得袭来了一股凉气，身上的汗水变得凉浸浸的。接着，只见漫地里尚未开镰的麦子摇晃骚动起来，已经割下来铺在地上的麦子也颤抖着想跳起身来；连远处绿色的树林也变成了灰白的颜色，开始摇头晃脑了。突然间，一阵呼啸的狂风从远处扫着地面飞过来了。冰冷的、稀稀散散的大雨点，把地边路面上干燥的尘土一小股一小股地弹得飞跳，立时空气里就充满了呛人的泥土气息。真正的暴风雨来了，灾难降落人间了！差不多全村的男女老幼都跑出来了。抢啊抢啊，从灾难的魔手里抢粮食啊！……但是，不大一会，大雨就瓢泼瓮翻地狂泻起来了。大地上一片轰轰哗哗的声音。狂风搅起来的白色水雾和黄色的麦浪，跟活动着的人们混成了一片……

黑赵恭背着气息微弱的老太太，在狂风暴雨里向村子跑去。他身前身后跟着一大群人，有长工、短工和佃户，有拾麦子的女人和孩子。他们都是第一次看见财主家的狗腿子煞下了威风，心里痛快极了，一定要进一步认识一下这个出奇的刚硬汉子。其中有个名叫王建的小伙子，看样儿不过十七八岁，瘦小得像个猴儿，却跑跳得挺快，紧跟在赵恭身边，不停地呱呱着一些天真的亲切的话儿。

“大哥，我有个诨名，叫小猴子。我也给你起了个诨名，你可别见怪呀。”

“什么诨名？”

“铁柄镰刀。”

“哈哈，怪事！”

“怪什么？你这个人就跟你的镰刀一样，浑身是铁，又大又硬……”

到了村里的北大街，过了张老梗的铁匠铺不远，往北一拐进了一条又窄又长的胡同，胡同尽头处有个小破栅栏门儿，一过了门就到了一个十分特别的去处：无数个互相通连着的巴掌大的小院，无数间东歪西扭弓腰驼背的破土坯房子，无数段倒塌了的土院墙埂子，无数弯弯曲曲的小窄胡同。一些挡在门窗上的破草帘子被风雨翻搅得噼啪乱响，到处流淌着污泥浊水，走一步就要滑一下。多少面黄肌瘦的女人和老人！多少大糠菜肚子、瘦柴梗脖子、大凹凹眼睛的孩子！多少忧愁绝望的眼睛从破门窗后边呆呆地看着灰色的天空！这场风雨要打掉多少麦粒，冲走多少麦穗！怎么交租，怎么还账，怎么活命！只有在这里才能看见真正的灾难啦！

这就是大廖家府村北有名的穷人窝子。一共有两百多户人家，有从外地逃荒来的，也有在本地无路可走的。比这略小一些的穷人窝子，在附近的廖东庄、廖西庄、廖北庄还有三个，叫做东窝子，西窝子，北窝子，这就是远近闻名的四大窝子。

一到了这里，黑老赵就觉得胸膛喘不过气来，被雨水淋湿了的面孔板得像铁一样，不声不响地跟着人们，穿过了许多院墙缺口，拐过了数不清的房头屋角，最后来到了一片断墙颓壁的瓦砾场里。

几块破木板和破席头围着个破墙角，头顶上是塌剩下的一块泥灰屋顶，下面是个塌了一半的破土炕，炕上有一堆破絮烂草。无情的雨水到处嘀嗒，没有一处干燥的地方。这就是这可怜的老太太的家！她被人们安放在破土炕上以后，微微睁开了眼睛。叫她不答应，推她不动弹，只是用陌生的、毫无生气的眼色看着这个苦难的世界。仿佛她是在做梦，仿佛她的灵魂正在狂风暴雨里颠簸飘摇。有什么办法救她？就是救活了，还不是让她在这个世界上多受几天罪？

来了一些披着破麻袋，戴着破草帽的妇女和老头，也只不过是带来了两碗清水，一碗稀粥和一些眼泪。

赵恭只得悄悄儿离开了这里。他拐过几段破墙断壁，跳过了几个泥坑土堆，来到了村北的野地，顺着一条村边小路往前走去。他要在这暴风雨的野地里吐一吐胸膛里的闷气。

出了监牢有半个月，原来世界还是老样子！到哪里去？干什么去？他没有想，因为这个世界上本来就没有他落脚的地方。

遍野里到处是抢收麦子的人影子在晃动。许多装满了湿麦子的大车在泥泞的大路上挣扎着，牲口喷着气，赶车的人吼叫着。

一阵大风猛地吹斜了雨丝，水雾卷裹着一大团麦子从他旁边滚了过去。他连忙抢上去，抱起来。忽然，侧边有个蓝色的人影儿一闪。

“大哥，是你呀！你怎么在这儿？”

原来是铁匠的女儿张玉姑。她的辫子散乱，湿头发盖住了半个脸，衣裳湿得贴了身子，脚上沾了厚厚的泥。

“俺也是来帮人抢收麦子的。俺爹也出来了，忙活了半天了。”玉姑又天真地尖声说。

赵恭叫她把这堆没主儿的麦子抱回去。她笑着摇了摇头：

“俺不。俺家没种地，不要人家的麦子，待会儿你不论送给哪个穷人家吧。听见那边有女人哭呀叫的没有？俺俩一起瞅瞅去好吗？”

这姑娘，在这大风大雨的野地里，竟比在家里时要大方得多；心里只想着帮人和救人的事，并且不是自个的东西她就不要。

赵恭不觉高兴起来了。两人就一起顶着风雨往那边跑去。

五

前面有个郁郁苍苍的大树林子，被风雨吹打得摇天撼地。离林子不远有个小土坯院子。离小院不远的地里，一个女人正疯了似的呼喊着：

“老天爷——哟！老天爷——哟！拿什么交租子啊！……”

玉姑大声叫着：“树根嫂——！”几步就跑到跟前去了。

这女人正全身用力压在一堆麦子上面，连头上的髻儿都散了。但是另一堆麦子正在被风雨翻搅得四处都是，眼看就要被地面的水溜子冲走。在这样大的风雨里，她一个小脚女人，能够把这么多割了没捆的麦子抱成两堆，并且一直护住，真不容易呀！幸亏地上有绳子扁担，赵恭和玉姑几手几脚就把麦子捆成了两个大捆，由赵恭挑着，剩下的她俩抱着，一起向树林那边的小院走去。

雨更大了，一个炸雷接着一个炸雷，电光一阵阵在人的头顶上闪着。湿透了的麦子本来就很重，加上顶风，路又滑，她俩走不动，靠在麦捆上让赵恭推着，不过半里路远，走了好半天才到。

小院里有一溜三间北屋，还有两间搁农具柴禾的南屋。赵恭把这两间西屋里的家具和柴禾顺到一边，把麦子塞了进去。他走出屋来时，两个女的正换了衣裳站在北屋门口，彼此这才打量了一眼。树根嫂这才发现赵恭是个生人，向玉姑递了个询问的眼色。赵恭也才看清，原来这树根嫂才二十多岁，模样清俊，神情妩媚，竟像玉姑的姐妹。他为了免得被她挽留道谢，两步就冲出了院子门。玉姑在后面追赶，风雨声太大，他没有听见。

地面上像千河万沟，到处流水。只见那边的小路上有个人影，一路歪歪倒倒，全身泥滴水流。赵恭跑过去扶住了一看，原来是昨天和今天两回碰见过的吴从贵老头。原来刚才那个小院就是吴大爷的家。他只好跟玉姑一起又扶着老人往回走。

进了屋，老人听了儿媳妇千恩万谢地诉说了赵恭帮忙的事，就生气了，顿着脚："老弟，连姓名也没告诉，连水也不喝一口就走？看着我穷是怎么的！"不容分说，硬逼着他换了衣裳洗了脚，又硬逼着他坐在炕头上等着吃饭；又问了问贵姓大名，同时自己也换了衣裳，洗了泥脚，靠着炕上的被子坐着。

两个女的在外间屋忙活着，小声说笑着。一会，树根嫂端进来两大碗滚烫的盐水姜汤，一碗搁在赵恭面前的炕沿上，劝他喝了出点汗；另一碗递到老人手上，又怕他哆哆嗦嗦烫了手，竟是三只手抬着碗，看着老人吹吹嘘嘘地喝下去了，又拉过一条被子来给他盖住腿，又拿进一条火绳来搭在炕沿上给他点烟，这才拿着两个空碗走了出去。她手脚麻利灵巧，举动秀气好看，说话柔和亲切。老人显然是被儿媳妇的孝心感动了，抹净了胡子上的姜汤滴儿，抽着了烟，就从夸赞儿媳妇开始，没完没了地说起来了：

"……嗨呀，喝了这碗热汤，可就舒服多啦。……咳！二亩地的麦子，熟透啦，就靠它拿租子呀，不割不成啦。谁去割呢？小子树根，在东家的'下人厨屋'里当打杂的，在这个大忙的时候，能回来吗？我这老头子，给东家看坟地，过麦收不去出工？了得！儿媳妇可真是个乖孩子啊，一夜没睡觉，把太太小姐们的几十件衣裳都洗了，晾好了，这才抽出白天的空儿，自个一个人去割。咳！有什么法子？一家三口都是吃人家的饭，还住人家的房呀，要是不先尽东家的活儿干，了得！这么大风雨，狗娘养的刘叫驴还不叫我回来。你想想，我这把岁数，在这样大风大雨里，能像年轻人一样干吗？风里滚啦，泥里爬啦，刘叫驴还拿棍子捅我，这不得好死的东西！"

“真是不得好死的东西!”树根嫂也在外间屋里说,“弟兄两个,大管事,二管事,管的什么事?大的,是人面兽心的豺狼;二的,是没有人心的叫驴;祸害得穷人不得活!……”

“大哥,”玉姑也大声说,“听说,早晨你在人市上差点跟叫驴他们打起来?你可别跟他们打,那都是些咬住人不撒嘴的狗!”

“哼!”赵恭咬着牙,“要依我的脾气,真想扭断他的脖子!”

“可别!”玉姑说。

“可是,话又说回来啦,”老人又拉着长声儿说,“命里只有四两,你就是强挣了半斤,也要洒掉;命里有一斤,你就是洒掉了半斤,也还是一斤。使强赌气可不行啊!就说俺们东家吧,廖云岫大老爷,你听说过吗?命大着呢,做过四任知县,挣回的那银子,了得啊,磕磕箱子底儿,俺们一辈子也吃不清!”

“这廖家看势派挺不小,到底有多少地?”赵恭问他。

“四百几十顷,了得!一家人,只要有五亩地,省吃俭用,就饿不着。要是有十五亩,就暖暖和和的啦!要是有五十亩,还不天天做梦都笑醒了?有五百亩哩?了不得的财主啊!可是,人家有四千几百亩!骑着马都够一跑的!还有那在天津开的大买卖,现手现货的金子银子成了堆,了得啊!”

“哼!‘财主肉肥膘满,穷人骨瘦皮干’!”

“这话不假,”老人连忙抢着说,“要看财主,就得到咱村来;要看穷人,也得到咱村来啊。不信,你到南大街去挨门挨户瞅瞅,再到北大街去挨门挨户瞅瞅。就光看那有名的穷人窝子——刚才我看见你背着那个要饭的老婆子进了村,送她到家了吧?见到穷人窝子了吧?了得啊!”

“蔡老大娘怎么啦?”玉姑在外边问。

“怎么!”老人着重地说,“在地里拾麦子,被刘叫驴一棍子打得没了气,又被这位王老弟救活啦。”

“这老太太真可怜!”玉姑轻声说,“前日我还给她送去两升玉米面哩,她拉着我的手这一哭啊!”

“我那亲妹子啊!”树根嫂轻声叫起来了。“这北半个村子有多少穷人得过你的好处!今日这么大风雨,你个大闺女家出来帮人抢收麦子……

你那心儿怎么那么好！”

“看你这一嚷叫！”玉姑轻声笑了，“俺隔壁杨大伯家，老的老，小的小，病的病，不帮他怎么着？头晌俺父女俩帮他割了，后晌能不帮他弄回去？大闺女又怎么的，俺自小啥活儿不干？”

“得亏儿你是双大脚，要叫我可不行！”

“叫我说，咱穷人家闺女就别裹脚……”

屋子里，沉默了一阵的吴从贵忽然摇着头拖长了声儿说：

“进了穷人窝，出来别想活啊！”

“老大爷，这话是什么意思？”赵恭问他。

“什么意思吗？是俺们这儿的现成话。是说：都是穷得没路走的人才进这里边去，廖家给你两间破房住，几亩坏地种，就辖制住你啦——租价定的格外高，又没牲口又没粪，忙时还要白给廖家帮工，耽误自己的活儿，地哪种得好？就年年欠租欠债，除非死了你才出的来。这就叫‘出来别想活’，懂吗？咳！怎么人的命，就天上地下差得这么远！”

“要是我，饿死也不进这个陷人坑！”

“不进？妻儿老小一大堆，到哪儿找活路？进去了，‘欠债没还清，别想动脚跟’。有的，偷着跑去下关东；不少人跑到半路给抓回来啦，了得！”

“那里边年年要死多少人！”树根嫂叹气说，“就算不穷死病死，也得气死。那些黑心烂肺的狗腿子们，成天里……咳！”

她的话没说完，赵恭已经猜到了八九分。他低着头抱着膝盖坐着，听着窗外的雨声，想象着穷人窝子里人们的生活情景，心里实在气闷得难受，不觉抬起头来，猛吸了一口长气，又嘘地吐了出来，只得克制着，咬着牙，压低了声音：

“哼！‘天公地道’——是句口头话儿。可是，谁见过天公地道？老天爷，你活这么大岁数，见过吗？哼！我看是，天不公，地不道，他妈的！”

“可别这么说！”老人连忙拦住了他，“老天爷做事，咱凡人哪知道？就说今日这场风雨吧，多少年也没有过，谁知道老天爷干吗要发这场威？可别信口乱说，外边在打雷呢，了得！”

外间屋灶膛里的烟，不断从里间屋土炕的破缝儿冒出来，熏得人睁不开眼。吴从贵老头呛得咳嗽了半天，更加累得连说话的力气也没有了，就合着眼靠在被子上，立时，眼窝和脸颊都陷下去了，没牙的嘴张开了。赵恭以为他睡着了，正想悄悄儿溜下炕跑出去时，不想老人忽然像被什么吓了一跳，睁开眼睛坐了起来，使劲拍了一下大腿，骂起自己来了：

“嗨呀！我这个老不死的！光顾得说闲话，睡懒觉，把个天大的事儿倒忘啦！”

赵恭、树根嫂和玉姑都吃了一惊，问他是什么事，他一边溜下炕，一边用责怪的口气说：

“你们还不知道？下这么大雨，能保得住不陷一块塌一块的？了得！……我是说的坟地，好多个老八辈子的古坟，下边都空了……去年热天，也是大雨，天一晴，二老爷廖云阶不知怎么遛弯遛到这里来了，看见有个老祖坟塌陷了一块，硬说是我老头子不经心，放牛马进来踩塌了的，当时啊，就给了我……嗨嗨！说出来我这老脸真没地方放……这么大年纪了，还挨东家的……嗨嗨！不能再大意呀，大风大雨怕什么，总不过是一条老命……”

儿媳妇和玉姑苦苦劝他不要去，甚至抢过他的草帽和铁锨，都没有用。赵恭只得戴上树根嫂给的草帽，披上玉姑给的麻袋，急急忙忙追了出去。

雷声一阵阵由远而近地哼哼着。地面被冲洗得更滑了，人只得用脚趾头抓住地，稳住劲儿一步一步地走。要不是赵恭赶上来扶住他，老人早滑倒了。一进了树林，赵恭就索性背着他走了。这林子里，桃李梨杏四种果树都有。树下的泥土泡软了，脚踩下去一陷半尺深，真像老人说的：“了得啊！”果林深处却是一大片苍郁浓密的柏树林，阴森森，黑惨惨，风飘雨洒，狼号鬼哭。虬曲弯扭的树杈树干，高高低低的坟包包儿，大大小小的石人石碑，时隐时现，摇晃不定，人真像是走进了鬼的世界。赵恭大声问背上的老人：儿子儿媳妇常年不回家住宿，他一个人夜夜跟死人做邻居，怕不怕。

“看你说的！”老人回答说，“怕肚子饿！怕阎王爷不早点叫我死！自小儿就在这坟地里过日子，怕？真！……”

把所有的坟头儿都看到了，两人才在坟地正中间的一座大坟跟前停下来，坐在一张石头供桌上。连赵恭这个铁人也有些累了。幸喜风雨略小了些，说话用不着大声喊叫，老头儿歇了一会，哼咳了一阵，嘴又闲不住了。他长年过着孤苦日月，好容易碰见一个好心的不嫌絮烦的听客，怎么能不说话？

“看起来，咱俩是有缘分啊，要不然怎么会碰得这么巧？要不是你帮着，俺家那点麦子收得回来吗？租子交得上吗？这坟地查看得了吗？……不信，你瞧，这个最大的坟头儿，是廖家的老祖宗归德公的寝处。这归德公，据说，以前姓刘，叫刘四顺，给朝廷的皇亲当差，经管这片大廖家洼。每逢他把地里的出产和银子送进京里，皇亲大人就喜欢得不得了，总是说：‘廖家的来啦！’刘跟廖，字音不是差不多吗？以后，皇亲又把这片产业贱价卖给他啦，他刘四顺就改名廖归德啦，大廖家洼就变成大廖家府啦……缘分啊，了得！”

赵恭手捏着拳头，竖起了浓眉，瞪圆了虎眼，看着大坟头儿咬牙切齿地冷笑了一声：

“哼哼！当奴才起家，喝了多少血水！”

老人哼哼着，老花眼还不大放心地向每一座坟头儿溜过去。这里的每一座坟，每一棵树，每一丛草，都能勾起他多少心惊胆颤的回忆啊！从他爷爷在世的时候起，祖孙三代经着的那些事……嗨，就说这坟地里的草吧：长了，说你不割，荒了坟地；短了，说你放牲口进来吃了，踩了坟。还有那果园：就不准有几个烂果子掉在地下，有几个虫子爬在树上；他说能收多少斤，你就得交多少斤。有时他一火起来，人啊，被绑在树上，拿鞭子抽，棍子打……了得啊！

“老大爷，你别怪我说，我要是你……嗨！别说了，雨也停了，也歇够了，走吧！”

赵恭又背起了老人，拿起了铁锨，深一步浅一步地走出了树林。

“你要是我，怎么着？”老人在背上问他。

“怎么着吗？宁可站着死，也不跪着活！”

“你怎么这么大声！”老人又吃惊了，“真是个老虎投生的，不是哼，就是叫，心里总有一股子火。”

“哼，倒是说得对……”赵恭笑起来了。

到了院子门口，赵恭撂下铁锨、麻袋和草帽，然后把老人轻轻放下地来，趁他不防，赶紧转身大步走了。

风息了，雨停了，天空里还剩下几片轻飘稀薄的灰云，不时还洒下几滴稀疏的雨点。西边天上却出现了一抹娇艳耀眼的嫩绿色，像一大幅被雨水洗净了的锦缎，当中还横缀着两条紫金发亮的彩带儿。大地像是刚刚经过了一场凶猛的战斗，现在完全筋疲力尽了，竟像睡着了一样。每一棵树，每一株草，每一片叶子，都纹丝不动，没有声音。那漫地里倒伏了的麦子，就是大地的被盖，连这被盖也疲倦得颜色苍白了。

赵恭走得很慢，闪着眼光向四面看去。在这一望无边的土地上啊，哪儿是他落脚生根的地方？哪儿是他创立事业的地方？义和团弟兄们的深仇，何时能报？穷百姓的大恨，何时能消？洋鬼子、卖国贼子、赃官老财，何时能灭？几年以前，在易县山头上，弟兄们最后分手时咬牙滴泪立的那誓："钢筋铁骨砸不烂，千年万年要报仇！"——一辈子也忘不了啊！就说眼前看到的事儿吧：来这村才过了一个白天，就碰见了多少怪事！一头是大财主窝子，阎王小鬼，无法无天；一头是大穷人窝子，当牛当马，凄凄惨惨……

后边有脚步声响，是玉姑一歪一滑地快步赶上来了。走近他身边时，微笑着看了他一眼，轻声说：

"大哥，你……"

赵恭还没有从自己的心绪里醒过来，只是用眼光问她：我怎么？

"你真是个好人，饿着肚子也不吃人家的饭……褂子给你烘干了，拿去穿上吧。"

原来，刚才树根嫂给他找了半天，也没找到他这大个子能穿的褂子，所以一直是光着脊梁的。他接过褂子来穿上了。

恰好走到个岔路口上了。他站住了脚。怎么办？找个不惹眼的小村，先想法存住身子再说吧？可是，可是，这大廖家府的穷人这么多，又挺看得起我，铁匠铺父女俩又这么义气，不能说走就走啊……

不想玉姑却已经看出了他的心思，也猛地站住了脚。

"你要到哪去？不想回俺家？"她埋怨地看了他一眼，"哎，亏俺爹还说你什么有肝胆，又深沉，想跟你交朋友，可你……"她赌气似的一转身，走了几步，回头看见他跟上来了，又红着脸笑了。"快来吧，俺先回去给你做饭去。”这才加快了脚步，却还不住地回头看他是不是真的跟来了。

是个好姑娘啊，天真，聪明，能干，一颗心像清水似的……

“嗨！”他忽然想起来了，“蔡老大娘怎么着了？我该去看看她……可是，太晚了。”

真的，天色已经黑下来了。

六

铁匠铺的大敞屋里，炉台上搁着一盏小油灯，地下坐满了衣裳破烂的人，其中有今天替廖家割麦子的短工，有附近的街坊，也有铁匠张老梗的拳脚徒弟，还有穷人窝子里的佃户，总之，都是最有血性的穷人。他们正在谈论今天发生的故事。赵恭那高大的身影刚一在门口出现，屋子里就轰地嚷嚷起来了：

“黑哥回来啦！”

“他回来啦，你们有啥话就说吧！”是老铁匠那洪亮的声音。

“说什么？你不是说他没家没业吗？叫他在咱们村‘落’下来！”是几个壮小伙子的声音。

赵恭对着满屋子闪了一眼。多少亲切的面孔，多么热情的笑容！他不觉心里一热，一甩拳头，沉雷似的哼起来了：

“好啊！我老黑走到哪儿也有仇人，走到哪儿也有朋友。可是，哥儿们，干吗要我老黑在这村‘落’下来？”

“干吗？”小猴子王建跳到他跟前来说，“就干这个！”他把腰一叉，肚子一挺，装出后边有人撑着腰的样子。“俺们都看上了你的硬劲——铁柄儿镰刀！”

众人都笑了。

赵恭一蹦脚跳到屋子西头的矮墙头儿上坐下来，想了想，又半玩笑地说：

“哥儿们，真是俗话说得好：‘背着一块穷字招牌，走到哪儿也不用安排，两块砖头枕着脑袋，一捆烂草就是铺盖。’——‘落’下来还不容易？”

“说真的，你缺什么少什么俺们帮着你。”一个中年人认真地说。

“众人抬一人，不怕抬不进北京城。”是个老头子的声音。

“抬到北京城去干吗？”赵恭又开玩笑说，“给当官的大老爷献宝吗？”

“哈哈！”老铁匠大笑起来，“当官的可见不得你这个大铁塔，别吓坏了他！”

众人正在笑着，忽然半掩着的大门哐啷一声大敞大开，门外一片灯笼火把的光亮里，挤着二三十个腰粗膀圆的汉子，一色的黑短打，白腰带，手里拿着亮晃晃的刀和矛。刘叫驴堵着门口站着，拉长了冒着油汗的驴子脸，眼睛贼溜溜地向满屋子扫看了半天，明明看见了赵恭，却故意装腔作势地架着两个膀子怪声怪气地说：

“呵喝！穷小子们都聚在这儿，是约齐了来卖破烂的吗？张铁匠，你个老驴毬，有个大块头黑小子住在这儿，是吧？”

“你要咋的！”铁匠顺手抓起把铁锤，大喝一声，跳起身来。

“老黑在这儿，怎么着？”赵恭连忙一纵身跳到屋子当中，挡住了铁匠。

“嘿嘿，”刘叫驴冷笑了笑，“黑小子，廖府二老爷请你去一下。”

“我跟你那什么老爷，张三不认得李四，他找我去干吗？”

“俺们二老爷就是这么个脾气，交朋友不嫌面生，讲义气不在人熟，他找你自然有点贵干，还用废话一箩筐？”

“要是我不去哩？”

“不去，看他咋的！”铁匠又大吼一声。

叫驴不理铁匠，又对着赵恭冷笑了笑，用他那难听的破嗓门咋啦着说：

“黑小子，我这是跟你好请好商量，你小子可别给面子不要。这会儿咱爷们有的是工夫，你要是想来硬的，咱奉陪，要是懂事的，就快走！”

“动硬的就动硬的，高低不去！”铁匠又吼了一声。

“铁匠，你想找死？”叫驴问。

“咱试试！”

“真的要试试吗？”叫驴变了脸色。

铁匠对着满屋子一甩胳膊：

“哥儿们！王大哥犯了啥罪？干吗要仗势抓人？有种的站起来，干！出了事有我姓张的顶着！”

嗖，嗖，嗖！铁匠的几个徒弟，还有别的几个壮小伙子，还有猴子王建，都站起来了。

“慢——着！”赵恭一闪身拦住了他们的去路。

人们这才看见，他手里那把镰刀好像被捏的受不住，在打颤；另一只手里却有一把碎铁碴子，是从矮墙头儿上抓下来的。接着，只见他慢慢转动着身子，对满屋子扫了一眼，连躲在黑影里的玉姑也碰到了他那亮得怕人的眼光。忽然，他的喉咙骨一动，像是咽下了一块很硬的东西；两只大手一甩，把铁碴子和镰刀都扔到地上；声音十分低沉，有一股苦味：

“乡亲们，咱们都初次相识，连张掌柜的也不过一面之缘，可别为我这个外乡人受惊慌惹气恼啊！其实，他财主既非官府，我姓王的也没犯法。我去就去一趟，没什么了不起的！”

他又突然脖子一梗，转过身来，提高了声音：

“姓刘的！我这也是给你面子，要不然，光一把铁碴子就够你那些‘好汉们’吃的！怎么，你旁边那条‘好汉’手里拿着绳子干吗？真想动硬的吗？嘿嘿！我倒真想试试你们到底会不会绑人！……好吧，你们领路，走！”

话音刚落，人们还来不及眨眼，他那高大的身影已经跳到了门口，跨出了大门，把刘叫驴撞得一歪，对那些刀呀矛的连看都不看一眼，腿子们反而用尊敬的眼光看他，给他闪开了道儿。

刘叫驴吓得脸色铁青，对着铁匠吼了一声：“你个老王八蛋，这笔账先存在这儿！”然后急忙冲了出去。接着，就是一阵灯笼火把的晃动，一阵杂乱的脚步声，一阵疯狂的狗叫声。

屋子里一阵寂静。只听见许多喘粗气的声音。

铁匠张老梗像棵大树似的站在屋子当中，眼睛发红，手在发抖，突然一甩胳膊，嗵的一声，把大铁锤的锄头砸进了地面，锤柄儿笔直地竖着，然后咬牙顿脚地嚷叫起来：

“俺是狗养的！狗养的！看着从俺这屋里把人抓走……狗养的！”

停了一会，又突然像散了骨头架子，脑袋和胳膊都耷拉下来，全身都松软了，哼哼起来了：

“哼啦，哼啦，哥儿们，他，为啥甘心跟他们走？按他的脾气武艺……

咳，他是怕，打起来，闹大了，连累了咱们啦！……你们先回去吧，放心，只要有俺在，你们的王哥要是有个皮伤肉破的事，俺铁匠就要他们吃肉喝酒不知道香！”

小王建抹着眼泪走了。别的人也都带着气愤、痛苦、惊惶的心情走了。张老梗慢慢走过去关好了门。当他转过身来时，女儿玉姑看见，他好像害了一场病，眼神疲倦，脸色苍白，嘴唇发青。他用发抖的手拿起炉台子上的灯，灯焰儿一路哆嗦着，脚步沉重地走到后院，进了睡觉的屋子。

玉姑知道爹不吃晚饭了，她自己也难过得不想吃饭，就把炉台上的饭锅拿下来，提着炉火旁边的水壶，摸着黑轻轻走进了爹的屋子。灯光之下，只见老爹蜷着腿靠墙坐在炕上，胳膊搭在膝盖上，低着头一动不动。她拿起炕边小破桌儿上的茶碗倒了一碗水，忍了忍嗓子里的酸味，颤着声儿说：

“爹，喝碗水，心里也许好受点……”

张老梗抬起头来，用可怕的红眼睛看着女儿的脸，嘴唇哆嗦着，一直等到女儿走出了房门，他才说出声音来：

“闺女啊！咱们的仇，有多大！恨，有多深！命，有多苦！……怕就怕，他们把他送县，查出他是逃犯，就完啦！就完啦！……看起来，兴许，咱穷人，到底也不能，报冤仇，出恨气？不！俺，俺不活了，跟他们拼！……”

停了一会，他更加声音哽咽地说：

“……孩子，你，苦命啊！不，不对，是你这不中用的爹，害了你，害了你！……咳，从五岁上就没了娘。爹是个不中用的粗人，又穷得叮当响，哪能把你贴在心口上窝着，托在手心里摸着？只好，任凭你像猪狗一样，跟着一些男孩子，满村子野跑，土里滚，泥里爬……后来爹又闹起了义和拳……后来又坐牢，丢下你这苦孩子一个人去要饭。我真不知道，你，一个人，是咋的活下来的！……三年前，咱父女俩好不容易，总算逃到这个地处来啦。实指望，给你找到个合意的人，咱父女俩守在一起，过几年安生日子。哪晓得，咱人穷气性硬，你又是一双大脚丫子，孬种咱看不上他，像样的他看不上咱，就把你，给耽误下来啦！昨儿，你赵哥一来——昨天喝酒的时候，他对俺说了实话，是姓赵，叫赵恭。……真是一条咬钢嚼铁的好汉子呀！他又没家没业……哪想得到……苦啊！苦啊！黄连水泡苦楝子，苦透了心啦！……”

他就这么坐着，抽烟，白口喝酒，想着痛苦，想着仇恨，声音不高不低，但字字结实，句句颤抖，仿佛连后院那三间破屋子也在跟着颤抖，连房梁上的尘土也在纷纷下落。

灯盏里的油烧干了，灯焰儿爆响着，跳动着。不知过了多少时间，突然，女儿玉姑又轻手轻脚进来了，父女俩彼此都吃了一惊：爹的脸更瘦了，女儿的眼泡儿红肿了。爹心想：我的这些话说得她太伤心了。

“妮子，你也、一夜没睡？”

“爹，”玉姑颤声说，“俺想去找树根嫂打听一下……”

张老梗明白女儿的意思。吴从贵的儿子吴树根，是廖家的厨子，他媳妇也是廖家的下人，是可以找她打听一下的。又看见窗户上开始露粉亮儿了，就用干哑的声音说：

“好妮子，去吧！”

七

大廖家府村南大街路南路北两座大院都统称廖府，但为了说起来方便，人们又把路北的叫北大院，把路南的叫南大院。北大院是廖家财主的开山鼻祖廖归德修盖的，年代久远了，又经过了几度家业败落，房屋太破旧了。现在里面较好的一部分房屋归二老爷廖云阶全家住着，其余一些更破旧的房屋则是管事的、护院的、扛长活的和仆人们的住处。牲口棚和粮食屋也在这边。南院修建得较晚，房屋很新，归大老爷廖云岫全家住着，他们两家并没有分家，一切日用开支和家财管理都是统一的，只不过是分两处居住和吃饭。

大老爷廖云岫原来的名字叫廖云升。自从拿银子捐了个遇缺即补的知县前程，就一下子风雅起来了，取陶渊明的“云无心而出岫”之意，表明“吾本无心宦游，迫于君恩父命，不得已也”，改名为廖云岫。后来他赚饱了银子告老还乡了，又取“鸟倦飞而知还”之意，在南大院的堂屋门上挂了一块“知还堂”的匾额，把自己的书斋取名为“知还斋”，并自称为“知还斋主人”，把家财管理的事情完全交给兄弟廖云阶，自己成天跟着妻妾儿女们“雀战东窗下，悠然见烟灯”，过着花天酒地吞烟吐雾的日子。

廖云岫是个做官、抓银子、享福的好手；廖云阶却是个管家、理财、欺压人的好手；弟兄两个正好合成了文武全才。村里流行着这样的话：“南大院酒地花天，北大院阎罗宝殿；南大院子曰诗云，北大院棍棒刀兵……”

常言说，穷人家看灶膛，财主家看厅堂。在北大院里，有三处接人办事的地方。头一处是老堂屋“记恩堂”，是他家的开山鼻祖归德公留下的遗迹之一。这堂屋的正面墙壁上有一块大横匾，据说匾上原有“恩泽绵远”四个大字，现因泥金脱落，只剩下一片污黑了。这堂屋平常是关闭着的，只有在祭祖、祝寿、丧礼，以及处理全村全族的重大纠纷时，才打开用一用。第二处是“小堂屋”，是廖云阶接待亲友宾客的地方，也是处理亲友之间的纠纷，以及买卖田地讲价写约的地方。第三处是“账房”，也是一间挺宽大的屋子，但看起来像个铺子：当中横着一条半人高的长柜台，把柜里柜外分成两个天下，外面是一片空地，里面却摆满了钱柜、账柜、桌案、椅子一类的东西。平常，来交纳地租的佃户，来结算工钱的长工，来借债还债的穷人，来禀告事情和接受差遣的佣人等等，都是站在柜台外面的空地上，唯唯诺诺，低声下气。而廖家的大管事，有时二老爷廖云阶本人也在这里，却坐在里边的太师椅子上，喝着香茶，吸着水烟，冬天烤着煤火，夏天摇着扇子，对着柜台外边吹胡子瞪眼，吆吆喝喝。另外，如果地方上有什么“刁民滋事”，或是长工、佃户、佣人“不服王法”，“顽劣无行”，这里就又成了审讯判罪的大堂。

今夜，这衙门里点着一盏大吊灯，廖云阶又来亲自坐堂，要审判一个扰乱麦收的“不法刁民”。

廖云阶有三十多岁，秃脑袋，高颧骨，黑胡子，穿着一件两截纱的长褂——光是这件特别的长褂，就足以叫老实农民一见了就发抖：它上半截灰黑，下半截雪白，远看像是马褂罩着长褂，近看却是两截相连的一件衣裳，麻纱透明发亮，纽扣是铜的，也发亮，衬着他那个发亮的脑袋，再加手上托着个亮得出奇的铜水烟袋，真有股二老爷的气派呢！

跟他隔桌相对的一张太师椅子上，坐着大管事刘丕臣。这人也有四十上下年纪，模样跟他兄弟刘叫驴差不多：白蜡蜡的大长脸，一个大坟头鼻子，两只细缝儿眼睛离得很开，方下巴上没有胡子。现在，他正在眼睛看着桌面，不带任何表情，用柔和的低音对廖云阶谈着今天这场风雨中抢收的情形，和明天继续收割的筹划。正说着他兄弟刘叫驴汗流满面地跑进来了，躬着腰站在柜台外面，赔着笑脸说："把那个犯劣的黑小子给抓来了。"

"别啰嗦，带进来！"廖云阶皱着眉毛摆了下手。

一路上赵恭又在心里掂量了掂量：第一，他是刚刚从监狱里出来的人，决不能再进官府衙门；第二，不能把事情闹大，也不能逃跑，免得连累张老梗父女俩。现在，当他被狗腿子们围着站在柜台外边时，马上就注意到了：坐在柜台里边的财主对他的模样很是注意，也许起了疑心。他就更加下了决心：无论如何也要忍着，决不能动火。

廖云阶把水烟袋使劲往桌子上一顿：

"黑小子！听说你想在咱大廖家府打码头？好啊！今日老爷我倒要看看你有几颗脑袋！知道你的罪过吗？"

赵恭苦笑了一下，低声冷冷地说：

"你也甭给我安什么罪名，我也不想知道是什么罪名，干脆爱怎么办就怎么办，我一概领情。"

"黑小子！"刘丕臣把桌子一拍，"你回话不叫老爷，口气软中带硬，好大的狗胆！"

"真是狗胆包天！"廖云阶一字一板地吼叫着，"先是在人市上找事生非，当众捣乱，又唆使卖工的穷鬼们不好好干活，扰乱麦收；以后又造谣惑众，说我廖府伤了人命；最后又趁大雨带人抢我的麦子！看你这副模样，不是惯匪，定是惯盗！"又对着腿子们一挥手："都愣着干吗？一个个都是饭桶！是叫你去请客的，还是叫你们去提犯人的，嗯？"

"还不快绑起他来？"刘丕臣连忙厉声说。

刘叫驴走上前一步：

"二老爷，这小子太犯劣……"

赵恭却把手往背后一背，送到那些犹疑着不敢动手的腿子们跟前：

"哥儿们，绑吧，我领情！"

等腿子们把赵恭五花大绑捆好了，廖云阶鼻子里哼哼冷笑了两声：

"你小子还装硬？知道我廖府是进得来出不去的地方吗？对你说，像你这样又穷又硬的骨头我是见过的！一个来历不明的外乡人，正好，给我带到西跨院去——打一儆百！"

刘叫驴答应了一声。他哥刘丕臣却站起来对他做了个手势，然后对着廖云阶得意地笑了笑：

"二老爷说得对，是个来历不明的歪路货。看我亲自来炮制他：先烫毛，再炖肉，再焖酥他的骨头！"

他走出柜台，像是办一件过瘾的大事，脱掉月白色长褂，卷起袖子，然后从墙上摘下一根棍子和一条鞭子，对腿子们一甩手：

"带走！"

腿子们用块脏布把赵恭的眼睛蒙上，推着他走出了账房。

这西跨院是个挺宽大的四合院，是住长工、停大车、养牲口的地方。今天，除了廖家原有的几十名长工以外，还有一些明天要继续卖工而又无处投宿的短工，他们都住在十几辆大车下面和两间空闲的敞棚屋里。这正是一个杀鸡给猴看的合适地点。在这抢收夺麦的要紧时候，你穷鬼们敢造反？敢吃慌干慢、起哄闹事、趁坏天气搞鬼，糟蹋咱廖府多少万斤麦子？那就瞧着吧！

"给我吊起来！"

腿子们都是行家，不大一会就把黑赵恭吊在一棵大树上了。

刘丕臣站在一辆大车上，宣布了这个带头闹事的"坏家伙"的罪状，然后让腿子们高举着灯笼火把照着。先是"铁条烫毛"——用细铁丝编成的鞭子抽；又"干柴炖肉"——用大枣木棍子打。眼看着皮开了，肉绽了，鲜血染红了破衣裳，旧伤疤又变成了新伤口，全身没有一块好皮肉；最后还要吊着"晾干了他"。

刘丕臣擦着满脸的汗水，转动着身子，向满院子静悄悄的黑影里扫视了一阵，狞笑了两声，这才一挥手，带着腿子们走了。

夜深了。满天的繁星静静地注视着人间。树叶子上，白天的雨水未干，又加上夜里的露水，阵阵微风把水点子吹得掉下来，发出轻微的滴嗒声，像是下雨。远处东跨院里隐约的打牌声和笑语声停止了，只剩下近处几十匹牲口嚼草料和顿蹄子的声音，还有穷哥们叹气和嘘嘘说话的声音。

碉楼上打响了三更梆子。忽然，老赵觉着有人轻轻摇他的腿，使他猛地从半昏迷的状态里惊醒过来。接着，有人搬来一张梯子靠在树上，让他脚蹬着梯子档儿靠着休息。又有人拿来一条被单披在身上，是为了免得树上掉下来的水点子渍得他的伤口痛，又有人拿来一碗酒，蹬着梯子送到他的嘴边，等他一口一口慢慢喝完了，又对着他的耳朵小声说：

“四外没动静。碉楼上的家伙们白天忙了一天，准也都睡死了。我把你解下来，搭梯子翻墙，跑吧！”

赵恭只恨眼睛捂住了看不见，只恨手被绑住了摸不着，但是他感觉到了这位好兄弟呼出来的热气，多么亲热！多么温暖！他心里猛一下涌起了一股滚烫的味儿，使劲忍住喉头的酸哽，好半天才说出声音来：

“好兄弟！我死也忘不了你们！可是，不行，不能连累大伙！你贵姓？我要记住。”

“我叫辛二定。这儿是长工院，都是穷哥儿们。俺们早商量好了，这么多人，他找谁的岔口？你还是跑吧，保险没事。留得一条命，早晚再报仇！”

“你把我的眼睛解开。”

辛二定把捂眼布给解开了。星光之下，两人脸对脸地使劲看着，彼此都看见对方眼里闪亮的泪水。

“兄弟！”老赵又颤声说，“你们谁没有妻儿老小？我，反正是光棍一条，死了，命一条；不死，等着瞧。还有铁匠铺的张大叔，怎么好连累他？万万不能！”

辛二定无可奈何地叹着气，自言自语地说：

“也真难！痛得厉害吧？不伤骨，也得伤筋。就算是有武艺，这么高的院墙，跳得下去吗？跑得动吗？人生地疏，上哪儿躲？”

他叫老赵侧过身来，很细心地给他把绳子弄得松了一些，又重新把捂眼布扎上了，然后下梯子走了。

碉楼上响过了五更梆子。人们轻手轻脚地搬走了梯子，拿走了被单，有些人从牲口棚里牵出牲口来套车，大家都上工去了。

天大亮了以后，刘丕臣带着腿子们慢步逍遥地来了，冷笑了一声：

“喝喝！这黑小子倒真经熬，脑袋还没有耷拉下来哩！”

腿子们七手八脚把赵恭解下地来，拖着拽着，把他带到一个堆柴草砖瓦的小空院里，推进了一个很深的地窖，抬来两块又大又厚的破磨盘压住了洞口——要“焖酥他的骨头”。

在推进地窖以前，先把他推到洞口站着，耳朵边响起了一个嗄哑的流里流气的腔调：

“刘大爷，谅他这小子再也犯不了劣儿，炸不了刺儿，咱给他松松绑，叫他死也死得松快点儿，干什么不是积阴德，您说是吧？”

“嘿嘿，”是刘丕臣的声音，“你倒好心。”

“嘿嘿，俺不过看他打死不哼声，是条汉子。伙计们，别大意，亮着家伙！”

腿子们七言八语地回答着。响起了棍子顿地的声音。脖子上觉着冰凉，是搁着一把刀的。绳子解开了。

刚才那个流氓腔又说话了；

“黑小子你听着！俺们跟你往日无仇，近日无冤，话要说清楚：只怪你自个一块好材料没有使到正路上，扰乱咱廖府的麦收，屎壳郎尥蹶子，好大的胆子！俺家老爷要打一儆百，为地方除害，这是正理，懂吗？这地窖子里可是个好地方，晒不着，淋不着，又不冷，就只没吃的，没喝的，大不了也就是几天工夫，你要是熬不过，是你命里该着，可怨不得俺们。明年这时候是你的忌日，俺们在这儿给你烧点纸钱，到时候你到这儿来领。要是你熬过这几天还有口气，那就算你小子命大。俺们廖府的老爷最喜欢命大的人，就放你一条生路，任凭你在阳间吃哪口井的水，咱们廖府老爷就再也不过问……”

“老邱！你有完没有？快点！”刘丕臣不耐烦地吼起来，打断了这家伙的长篇大论。

八

一连五天，吴从贵老头忙得要死，累得要死。鸡叫二遍就起来，跟儿媳妇一起把收回来的那点湿麦子摊在院子里晾晒起来，然后到廖家泥浆水湿的地里去帮工，按规定一直帮了两天。接着又是给自家打麦子，种秋庄稼。……累得腰酸腿痛,可是心里还老是悬挂着一件大事,弄得一夜一夜的哼哼,咳嗽,睡不好觉。今天,他又起了个绝早,下了决心,摸着黑背着个粪筐,拿了把铁锨。出了院子门,假装是去拾粪,用铁锨做拐棍拄着,总想尽可能走得快一些。天空上繁星闪烁,遍野里寂静无声。他一边走一边在心里跟老天爷说话:

"后悔呀,真后悔呀,下大雨那天,要是留他住在咱家,刘叫驴他们找不到他,不就躲过了这场灾难吗?真后悔呀!你老天爷,都说你有眼,明光千里,怎么就看不见世界上的瞎胡事?怎么就看不见咱穷人受的苦?怎么不天打雷劈,把那些毒心毒肺的人劈死两个?……"

又马上责备自己:

"哎哎哎,我怎么能说这样话?怎么能瞎说八道责怪老天爷?了得!"

可是,停了不多一会又说出声音来了:

"都说有报应,有报应,我活了几十年,怎么一回也没看见现世现报的报应?我看呀,说来说去,都是命。命里注定有钱有势,就活该欺压人。穷人前生该他的账,今生就得还给他。命里注定是有缘法的——比方说,我连他的姓名都不知道,他自个说是姓王,可玉姑那闺女说他姓赵——咱俩偏偏几次碰上了,偏偏他就格外的怜惜俺。叫俺怎么能不结记他?狗娘养的们要是把尸身往那儿一丢,一甩手就走了,俺就把他埋起来,免得狐狸呀狗呀来糟害他,也算俺为他尽了一份心,报答报答他,还积积阴德哩。人不能没有良心啊!……"

他从小路抄直,大弯转绕到村西,走进了一片黑乎乎的柳树丛子。不论他怎么轻手轻脚,还是拂动了千条万缕的枝条,把许多还没有睡醒的小鸟儿惊了起来,响起了一阵扑扑啦啦的声音。他连忙撂下粪筐,蹲下身子,揉揉眼向林子外边使劲看去。

树丛子南边不远,是一大片荒草难生的低洼盐碱地,是这一带有名的乱葬岗子。如果说穷人窝子是活人受罪的活地狱,那么这里就是死人受罪的死地狱。自古以来,许多穷人正是沿着这样一条人生道路——从村北的活地狱走向村西这死地狱的。这是一片八九亩地面的死盐碱地,看着土色灰黑,好像十分肥美,其实是不长庄稼,只要一场露水,或是一阵小雨,地面就会泛上一层白色的盐碱,像是下了一层霜雪。再加上这里地势低洼，下大雨时容易积水成潦，所以这块地历来就是没主儿的。历来，大廖家府和附近村子死无葬身之地的穷人，在战乱当中死了的外乡人，被认为死得不光彩、不正道因而不能葬入祖坟的人，都埋在这里。年代太久远了，埋的人太多了，新来的死人找不着空处，就楼上楼地埋了下去，如今也不知道层层叠叠地埋过多少人了。如今，一眼望去是一片高低不平的乱坟滩子，一片白色的盐碱上盖着灰黄色的灰沙，稀稀拉拉地长着一些酸枣刺、蒺藜刺、狗尾草、红蓼草，像是癞子头上的头发。再加上到处是死人骨头和烂棺材板子，看起来真是荒凉得怕人。

村里的人们都知道，多少年来，在廖家大院死于非命的男人女人，五更天抬到这里来埋掉或是扔掉，已经有多少回了。哪怕是大白天里，如果一个人走这儿过，也会觉着阴森森的。更不用说在夜晚，在黎明之前，常常会看见鬼火在这里那里飘忽闪动。但是吴从贵老头并不害怕。他是跟坟头子就了一辈子伴儿的人。他最胆小，但所怕的是活人，不是死人。平生不做亏心事，不怕半夜鬼叫门。鬼有什么可怕的？并且，他一辈子确实从来没有见着过鬼，鬼比人有良心，它是不欺负穷人的。

吴从贵正聚精会神地注意着四下里的动静，忽然听见身子旁边“沙”地一响，吓了一跳。定眼一看，是个黑乎乎的小动物窜过去了，到离他丈把远的地方却又停下来。原来是个小小的黄鼬，用两条后腿坐着，抬起上半身，两只前腿合并在胸前，背脊一躬一躬的，头一点一点的，在朝他作揖呢，真是怪瘆人的！

“这是什么兆头？”吴从贵又在心里自言自语起来，“他妈的，连这么个小东西也来耍弄俺吗？是老天爷派它来给俺报什么坏信儿的吗？……”他的心不觉得绷紧了，全身的汗毛都炸起来了。

没想到只一眨眼，那黄鼬一晃就不见了，真快！却听见远处有了脚步声。从树缝里看去，通村里的大路上来了一团黑色的人影。走近了才看清楚，是四个人，两个人抬着一个破席卷子，另外两个人扛着矛子和锄头铁锨跟在后面，脚步声很重很快，喘着粗气，擦过树丛子旁边，走进乱葬岗子去了。吴从贵连大气也不敢出，听得见自己的心嘣嘣跳得响。

一会，听见乱葬岗子那边说话的声音：

“他妈的真沉，压的爷们气都喘不过来！”

“你们说，咱还埋他吗？”

“埋个土堆子干吗？又没年轻粉嫩的小寡妇来给他上坟！”

“对，早点回去再睡一觉，比什么都强。”

“人死灯灭。狼叼狗啃，胜于黄土压身。”

“妈的！干这份差事真不容易，起五更，睡半夜，不是对付活人就是对付死人……”

四个家伙就是这么有一搭没一搭地说着，走出了坟地，顺着大路回村子去了。

吴从贵心情紧张地背起粪筐拿着铁锨，钻出了树丛，怕吓着了谁似的轻轻走进了坟地。不提防那破席卷儿猛地吱啦吱啦响了几声，散开了，只听得扑嗵一声，那尸首一个鲤鱼打挺，竟站了起来！

“了——得啊！”吴从贵声音未落，身子往后一仰，倒在当地，粪筐和铁锨丢在一边。

正在这时，柳树丛子后面又飞快窜出两个人来。前面的大个子是张老梗，手里拿着一把大铁锤。后面的小个子是张玉姑，手里拿着把尖刃刀。

黑赵恭从地下抱起吴从贵，张老梗抱住黑老赵，玉姑两手发抖地抱住她爹的一只胳膊，四个人你瞅瞅我的脸，我瞅瞅你的脸。

“咋的，还活着的？”张老梗声音低沉地说。

“做梦也没想到！”玉姑颤着声儿说。

赵恭喘着粗气，转脸看着昏濛濛的野地，好半天才说出声音来：

“不缺胳膊不缺腿，还要在这个世界上闹腾闹腾！”

吴从贵又一阵头昏，闭上了眼睛，哼哼起来。

九

被打得半死，吊了一夜，又关在深深的地窖里五天五夜，没有痛死、饿死、闷死，这不是怪事吗？确实是怪事：刚进地窖不久，就闻到一股面食的香味；一摸，地窖里竟有一堆还有点温热的馒头，馒头旁边还有一瓦罐凉水。当然不会是廖家狗财主叫人搁在这儿的。又是哪个穷兄弟做好事呢？想得真仔细呀！赵恭狼吞虎咽地吃了一个饱，睡了一大觉，醒来时虽然觉着全身痛，倒还有点劲，就摸到洞口。四边是粗木头，上面压着大磨盘。用手使劲往上顶，顶不动；用脊梁使劲往上扛，大磨盘有点动。可是一使劲就全身痛得要命，而且洞里憋闷得喘不出气来。他挣扎着扛了一阵，头昏身软，昏过去了。又不知道过了多长时间才醒过来。又饱吃了一顿，喝了些水，又使劲扛了一阵，又昏过去了。越是时间久，窨子里的新鲜空气就越少，就越是心慌、头昏、身子软。幸亏压在洞口上的大磨盘被挫动了，从缝儿里透进来一小股凉气，用鼻子对着缝子呼吸，才舒服一点。不过时间久了还是不行。最后到底还是昏迷得不省人事。一直到刚才腿子们抬着他一路颠动，他才醒了过来，呼吸着野地里又甜又香的新鲜空气，从席子的破洞里看见了黎明前天上的星星，才知道自己又回到了人间。只觉得胸口又酸又热，全身痛得像火烧一样，可是心里是高兴的："这世界上还有我黑老赵的份儿？好哇！"等腿子们走了，他想试试自己的力气，挣扎得破苇席一阵响，竟没有听见吴从贵的脚步声，就一个鲤鱼打挺，跳了起来。

张老梗每天半夜来这里等着，已经是第六天了。他是想趁腿子们不防备时砸死他三个两个，替赵恭报仇，替穷哥儿弟兄们出气。要不，他还有什么脸活在这个世界上？可是女儿玉姑对他不放心，每天说什么也非跟着他不可。好在这姑娘是大脚，这几年跟着他也学过点武艺。没想到，今天吴从贵老头也来了。黑影里，是玉姑先认出来。她知道吴从贵老人最胆小，怕动起手来吓坏了他并且连累了他，就使劲拉住她爹，说什么也不让他跳上去对腿子们动手。

天上的星光慢慢有点淡下来了，没有时间多耽误了。三个人简单商量了几句就作了决定：玉姑把刀子往身上一掖，背着粪筐，拿着铁锨，由原路回村里去；张老梗背起吴从贵走在前面，赵恭拿着铁锤跟在后面，一起向廖家坟的大树林子走去，打算让赵恭先在那大树林子里躲一天，然后再想办法安排个地方养伤治伤。

白昼在小心谨慎地向人间移动。黎明的微光好像是悄悄儿从地面升起来的。迷蒙模糊，却越显得天地宽广深远。一片片割掉了麦子的土地，有的已经翻耕过了，有的还留着麦茬。还有不少熟透了的麦子来不及割掉。早玉米已经两尺高了。大地被各种深浅不同的颜色分成了许许多多大小不一的块块，散发着潮湿的泥土香味。一脚一脚踩下去，觉得土地特别坚实。呼吸着新鲜的空气，觉得格外提神。人，生活着就是好啊！但是，活下去又是多么不容易呀！

侧边不远的大路上，远远地来了一大群黑色的人影。模模糊糊地看得出来：扛着犁的，牵着大牲口的，拿着镰刀的，背着口袋的。牲口蹄子的声音，人说话的声音，破坏了黎明时的寂静。有个人骑在马上，小脑袋高高地突出在人群上边，那神气动作，除了刘叫驴没别人。是替廖家干活的长工短工们下地来了。远处还有一大片麦子没有割，也还有许多麦茬地没有翻耕呢。

张老梗和赵恭想从旁边一条小路岔过去，想离那些人远一点。可是，那边人群里不知道是谁，眼睛特别尖，突然叫起来：

"喂！你们看那像谁？"

"哎呀！"又有个人叫起来了，"这不是还活着的吗？"

"是他！没错儿！"第三个人说。

一大群人踩着刚耕过的地块往这边跑，到离开十来丈远的地方又站住了，都用惊奇的眼光朝这边看。张老梗还在大踏步往前走。赵恭却索性站住了脚，用亲切的欢喜的眼光看着他们，好像见了分别了多年的亲人一样。

刘叫驴吼叫着一些脏话，打着马从人群后面冲到前面来，用死鱼眼朝这边死死地盯了一阵，突然破锣嗓子一声吼：

"吴、从、贵！你……！"

一看见刘叫驴，一碰到那驴脸上的眼光，吴从贵就想到自己今天早晨干的事是犯了天大的忌讳，早就心虚胆怯得不得了。所以刘叫驴的吼声刚落，他就全身一抖，要不是赵恭眼快抢上去扶住了，他早就从张老梗宽大的后背上歪了下来。

刘叫驴又拨转马头，甩着鞭子，骂骂咧咧地赶着人群朝原路走去。

张老梗和赵恭两人咬紧牙加快了脚步。吴从贵头搁在老梗的肩膀上，有气无力地哼哼起来。

大地铺上了一层模糊的粉白色，露水开始闪烁着微弱的光亮，远远近近的大路上和地块里，渐渐出现了三三两两的人影子。在离村边不远的一块刚割过麦子的地里，有一个大人一个小孩一直在呆呆地朝这边看。一匹小毛驴站在一边不耐烦地甩耳朵，顿蹄子，奇怪为什么主人这么早就把它牵到地里，却又不赶快给它套上犁干活儿。那孩子不过十一二岁，瘦小得可怜。那大人，说起来可是村子里有名的人物：四十多岁，虽然生得矮小精瘦，但两眼有神，全身带劲。他小时候是个要饭的孤儿，从十来岁就跟着一个耍把戏的师傅流浪江湖，走遍了长城内外和大江南北，学会了几样古怪本事：头一样会变戏法，第二样会折筋斗，第三样会用一些偏方草药治疗跌打损伤，第四样会演驴皮影子戏。他二十五岁时带着一个河南省的小伙子——他的拜把子兄弟，回到故乡廖家府。无家可归，就先住在一家土鳖小饭店里。当时正是冬闲时候，他在小饭店的院子里用破幕布围成了一个小小的戏台，戏台口是一块绷得很平的白绫子。他跟拜把子兄弟两个在布围子里面，点亮了一盏大煤油吊灯，敲起了锣鼓，白绫子上就出现了大闹天宫的孙悟空，人们从来没有见过的皮影戏就开台了。孙悟空是“齐天大圣”，他也给自己起了个名字，叫吴天齐。从那以后，吴天齐的名字就传遍了远远近近。可惜的是，三年以后，正当他要娶媳妇成家的时候，那位盟兄弟思念故乡，回河南老家去了。从此他失掉了搭档，不能演皮影戏了，只好靠着典种几亩薄地，治几样疑难病症过日子。但他那见多识广、足智多谋、豪爽义气的性情特点却越来越得到穷乡亲们的尊敬，因此人们给他起了个外号——干脆叫他“吴大圣”。他还有个人所不及的特点：从小没有上过学，却最羡慕读书识字。从闯荡江湖一直到现在，村村镇镇人家门口的对联就是他的书本，有机会就问人，问了就记得住，有空就学着写。所以他在一般穷人里边算得上是个知书识字的人。张老梗铁铺门口的对联就是他编写的。也就是因为这副对联编写得特别合了老梗的意，他俩就成了相好的。这几天，他早就从老梗口里知道了黑老赵的事。一个铜浇铁铸的好汉，刚出了酆都城，逃脱了牢狱灾，又进了鬼门关，落进阎王殿，怎么不叫人揪心揪肺！刚才，他远远的看见一群人往那边拥，听见刘叫驴大喊大叫，就引起了注意。接着，又看见张老梗背着个人，后边跟着个出奇的大个子，都走得慌忙火急。他愣神想了想，猜着了几分，一个主意涌上了心头，一拍大腿，下了决心，对那孩子吩咐了几句话，就甩开两条腿往这边跑来：

“老梗哥慢走一步！”

张老梗一看是吴大圣，就站住了脚：

“嗨！来得好！你看他是啥人？”

“哈！我一猜就着！”吴天齐跑到跟前，一只手轻轻贴在老赵那宽大的胸膛上，“还能活着，谁想得到？”又从前到后，从上到下，把老赵全身的伤痕血疤看了一遍，深深地叹了口气，摇了摇头，“不能再耽误，不能！”又摸了摸吴从贵的额角，“大爷，怎么你们碰到一起了？是病了吗？”不等老头子回答，又瞪大了眼睛问张老梗：“是想让赵哥到廖家坟去躲一躲吗？亏你，怎么想出这样歪主意来！”

“咋哩？”张老梗也扬起眉毛反问了一句。

“嗨！不——行！”吴天齐顿了一下脚，“本来就用不着藏藏躲躲的！”

他的意见是：廖家二阎王廖云阶有个出奇的特点——信命。凡是经过十磨九难也死不了的人，他廖云阶就认定了这人是命大不该死，往后还许要得富得贵，发迹起来，他就对这人暗暗的怀着几分敬畏之意，即使是廖家的冤家对头，廖云阶也会让他几分。廖家的下人们，村里的老年人，还有经常在大街上摆算命摊子的“铁嘴葫芦”张知古，都知道廖云阶的这个特点，所以吴天齐很有把握。他拍拍胸脯说：

“我保险，没事！并且，一不是土匪，二不是小偷，三不是抢犯，正大光明的人，干什么要藏藏躲躲的？扛过了这样大的灾和难，还不该在村里大街上显显咱穷人的硬骨头吗？”

“说得对！”张老梗猛地兴奋得脸红筋涨起来，“咱怕吗？大摇大摆，上俺铁铺去住！要是狗娘养的们来找岔子，就跟他拼！”

赵恭也觉得有理，咬着牙点了点头。

于是兵分两路：张老梗背着吴从贵飞也似的往廖家坟跑去。吴天齐接过赵恭手里的大铁锤，扶着他往村子那边走去。

早起下地的人们正在三三两两的往村外走。村子虽然大，没有吴天齐不认得的人，他一路走着，见了人就扯开嗓子喊叫：

“你们说巧不巧？俺刚走到地里，远远的看见个黑影儿从乱葬岗子那边往这边走，到近处一看，是他！谁想得到？他还能活着！命大！没说的，这就叫命大！瞧瞧，胳膊肿得大碗粗……五天五夜……闷不死、饿不死、痛不死……还走阳间路，能吃烟火饭，命大不怕鬼，气死阎王爷！……”

十

就这样，“死不了的铁人”——这件奇事很快就传遍了全村。虽说是大忙的时候，张老梗家里还是整天不断人。从穷人窝子里来的人最多。小猴子王建——那天说赵恭是一把“铁柄儿镰刀”的小伙子，也来了，是跟张老梗的一帮子拳脚徒弟一块儿来的。他们一走进铁铺后院的小屋里，也不管赵恭痛不痛，就往他身上扑，一个个都是眼泪汪汪的说话不成声。几天来，一方面是惦记，就像惦记遭了大难的亲兄弟一样；一方面是气恨，恨财主心狠，恨自己没有能耐报仇。小王建情愿耽误地里活儿，帮吴天齐当了一整天下手：洗伤口，剔血疤，熬药膏……一直到天黑了，才跟吴天齐一块儿走了。

晚饭时张老梗陪着徒弟们多喝了几盅酒，早早就呼呼地睡着了。玉姑收拾完了碗盏家伙，小心地弄灭了灶膛里的火灰，拿着油灯走进自己屋里，从板柜里拿出两件她爹的衣裳，找了两块补衣裳用的布片子，连同针线卷成一卷拿着，擎着油灯走进后院，轻轻地走进了赵恭住的小屋，把油灯搁在小破桌儿上，坐在桌子旁边补起衣裳来。

从早晨饭以后，赵恭就发烧得浑身滚烫，痛得满头满脸冒汗珠子。后晌敷了药膏，喝了一碗汤药，才慢慢睡着了，一直没有醒。他做了一个奇怪的梦，梦见自己在今天早晨那个乱葬岗子里，刚刚从破苇席里钻出来，忽然看见眼面前站着一个凶神恶煞的妖怪，一只手拿着条粗铁链子，另一只手拿着根大粗棍子，龇着獠牙问他：“你从哪里来，到哪里去？要是对答得上来，就放你走；要是对答不上来，就一棍子打翻了你，用铁链子套住你，叫你千年万年受死罪！”赵恭答不上来。他从官府的监狱里来——这怎么敢告诉这妖怪？他往哪里去？——自己也不知道。不觉怒从心头起，火冒三丈高，就赤手空拳跟那怪物交起手来。那妖怪很厉害，赵恭身上挨了几棍子，痛得要命。正在着急的时候，忽然醒了过来。睁眼一看，屋子里有灯光，墙上有个人影子。一转头，看见玉姑正瞪着惊恐的大眼睛看着他；见他醒了，又连忙低着头缝起衣裳来。不知道为什么，他那蹦跳得很厉害的心一下子就安定下来了。

“是做了个梦吧？”好半天，玉姑细声细气地问。

“做了个梦，真怪！喊叫了吧？”

“没喊叫，光见你喘粗气。”

“吓坏你了吧？”

“没。”玉姑摆了一下头，微笑着看了他一眼，“俺想叫你，又不敢……”又低下头，把针往鬓角上抹了一下，接着缝起补丁来。

停了一会，她又细声细气地问：

“做了个吗样怪梦？是跟财主家狗腿子们干仗吗？”

“不是，是梦见个青面獠牙的妖怪……”他把刚才的梦简单说了一下。

“往哪里去——干吗答不上来？”灯光照着玉姑的脸好像一下子红了。“干吗答不上来？”她又说，“你还想往哪里去？不想把俺的家当做你自个的家？”说完了，很大胆地看了他一眼，是责备，是要他回答。

赵恭这回是真的答不上来。他是个粗鲁刚硬的汉子，从来心里像一张白纸，从来就没有对姑娘们动过情意，从来没有想过成家立业的事情。这一辈子怎么过法？反正是走到哪里也免不了要跟官府老财找是非，别的事根本就不去想。他觉得这姑娘的心也跟他一样干净，一样洁白。在这样安静的夜里，她一个人坐在他旁边，也并不奇怪。她那善良的脸面，温和的神情，天真的眼光，都说明她是穷生苦养的孩子，是跟她爹张老梗一样痛快直爽的性情。她是因为懂得仇和恨，才相信他，才亲近他。但是他现在不能回答她。好半天，他才说出半句话来：

“妹子，俺赵老黑怎么报答……”

“你怎么说这话！”她弯下身去捡起掉在地上的线团子，“俺想起来了，还有个事情没告诉你呢。关在地窖里这几天，吃到馒头了吧？喝到水了吧？嗯？……你猜是谁做的好事？是树根嫂的男人——吴树根大哥。真是个好人！他在廖财主家的‘下人厨房’里当大师傅，守夜的狗腿子们半夜去厨房喝酒，说起第二天要把你关进地窖子。天不亮，树根哥就把馒头水送到窖子里去了。刚才他才悄悄儿告诉俺。是来看你的，见你睡着了，没叫醒你。”

“嗨！怪事！我给大家伙干了点什么？真……”赵恭简直不知道说什么好。想起了挨打被吊那天夜里，辛二定和别的穷兄弟们的义气；想起了这些天穷哥儿们一切大情大义的事，简直不知怎么把心里那股说不出来的味儿掏出来。

停了一会，玉姑又说：

“赵哥，咋的？这几天你也该明白了：俺村的穷人呀，叫狗财主欺负的，没有一时一刻喘得过气来。你一来，跟财主狗腿子硬碰硬，替大伙出了口气，真刚强！下大雨那天，村里人们算了算，弄得狗财主少收论万斤麦子！要饭的蔡老大娘给刘叫驴的马撞得晕过去了，谁敢救她？除了你！当着大伙的面，把一群豺狼一样的狗腿子吓得动也不敢动！还踩水趟泥的把老大娘背到穷人窝子里去，除了你！那天要不是你帮了树根嫂，她家的租子怎么交！……还有，宁可自个到鬼门关里去送死，也不肯连累别人家，除了你！打得半死，吊了一夜，声都不哼，除了你！穷知亲，苦知近，又穷又苦是亲人……”

她越说眼睛越亮，脸越红，声音也越柔和。最后，用牙齿咬断了线，把补好了的衣裳折起来搁在小桌上，站起身来说：

“你今日早晨换的这身衣裳，沾了好多药膏，还出了好些汗，又该换了，要不，太脏了不舒服，也不好洗。俺是来看看你醒了没有。一天才喝了点稀米汤，饿了吧？锅里有小米粥，俺再去给你热一下，喝吗？”

赵恭心里更加热乎乎的了。他确实是又渴又饿，但是饿死渴死也不愿再麻烦这个好姑娘。他摇了摇头，假装困了，合上了眼睛。他欠他们的情太多了。我是一个，他们，是一百、一千、一万！……

姑娘不声不响地站了一会，以为他真的困了，就拿起了油灯，悄悄儿走了出去，轻轻带上房门，脚步轻轻地走了，

十一

吴天齐的药膏子真有效。三天以后，黑赵恭全身的疼痛就轻多了，红肿也消多了。他就想要出去串亲访友，活动活动腿脚。第一个要访的是

救命恩人吴树根。听玉姑说，这吴树根很忙，每天天不亮就到廖家去上工，夜深了才回家，只是有时候在中午抽空儿回来歇歇晌。所以，这天晌午，趁张老梗父女俩睡晌觉的时候，他悄悄出了门。

街上没有什么人。他穿小胡同出了村。遍野里阳光耀眼，泥土飘香，远远近近有一些人在耕地，正是在忙着种秋庄稼的时候。进了吴家的小破院子门，只觉得院里静悄悄的没有一点声音。两棵石榴树花红似火，几只鸡在树荫下边卧沙窝儿。他站了一会，听见北屋的西窗户里透出来轻微的鼾声。他轻轻咳了一声。没想到，立刻就听见那窗户里问了一声："谁？"他回答了一句："我。"就听见一声房门响，冲出一个小伙子来，一把抓住了他的大手，惊喜地说：

"赵哥，我正想去找你！……"

"你睡觉真惊醒！"

"是练出来的本事；坐在灶门口能睡着，针掉在地上能惊醒，就凭着煞瞌睡混个饿不死。"

吴从贵是个干巴皱缩的小老头，没想到他这儿子吴树根却是个漂亮人：粗眉大眼，脸盘方正，笑起来满嘴白牙，身材壮健匀称，一身干干净净的粗布补丁衣裳。他把赵恭让进屋里。老人和媳妇都下地去了，没茶没烟，只得干坐着谈天。

吴树根眨着熬瞌睡熬红了的眼睛说：

"我正想找你说说哩：就在咱村'落'下来吧，保险没事！"

"怎么能保险？他财主就算没事，我赵老黑还有事哩！"赵恭笑着说。

吴树根告诉他：两天以前，廖家二阎王廖云阶听说"犯劣的那黑小子"真命大，死了又活转来了，从乱葬岗子的土堆里钻出来，甩手甩脚地走进了村，一路上一边拍打着满身的土，一边还跟人们说话哩！廖云阶就吓得全身起鸡皮疙瘩，连忙在墙上挂着的观音菩萨画像前烧了一炷香，卜了一个"金钱卦"，翻开皇历一看，卦文是这样四句话："高山竖眼前，流水有根源，若问凶和吉，万事皆由天。"可了不得！那黑小子不死是天意！廖云阶连忙把这个卦文告诉了刘丕臣和刘叫驴，刘叫驴又对廖云阶说，是院丁头儿郝三说的：那黑小子不是姓王，是姓赵，他改名换姓到处转，说不定是江湖上有来历的，不能再对他做绝了，当心他的一帮子哥兄老弟来报仇。就因为这，这两天廖家南北两所大院里可吃紧啦：狗腿子们整夜不合眼的站更守夜，所有的窗户门都关得紧紧的。

“好兄弟，”赵恭笑着说，“你怎么连财主家房门缝儿里边的事都知道？”

“怎么不知道？”吴树根也笑了，“廖云阶的小老婆告诉了老妈子，老妈子到下人厨房来吃饭，当笑话说。你猜郝三那小子干吗要吓唬廖云阶？我猜想，他是怕你的武艺高过他，就算要不了他的小命，也得砸了他的饭碗。你说是这么回事吧？我算把那小子看透了！所以我说，落下来吧，保险没事！”

“穷哥儿弟兄们都劝俺落下来，落下来，俺落下来对大伙有什么用处？”

“怎么没用？”吴树根认真地说，“你不知道，俺们穷人世世代代过的什么日子！大伙儿就盼着天下早点出圣人，救救穷老百姓的命。真是盼的心血都熬干了。盼不到圣人，盼到个能人也好嘛。有你落在俺们村，大伙的腰板子就硬一点……就说俺家吧，祖祖辈辈……唉！来，我给你瞅瞅俺家的传家宝吧！”

他拉着赵恭走到院里，进了歪斜破烂的小南屋，扒开堆在屋里的乱柴草，从墙角里提出两个挺沉重的大柳条筐子，筐里满装的是灰褐色的土块子。吴树根拿起一块土，放在鼻子下闻了闻，又拿在手里摸弄着，土末子从手指缝儿里漏下去，掉进了筐里，他两眼看着筐子，好半天不说话，忽然胸膛里哽了两哽，一起一伏地喘着粗气，又猛地往下一蹲，呜地哭起来了。

这是他吴家五辈子留下的两筐土。从最初的祖爷爷起，租种廖家的地。起五更睡半夜，养猪，拾粪，积肥，拼着命地干，把地种肥了，庄稼收多了，廖家就狠心把种熟了的地收回去了，换给最坏的地。又照样起五更睡半夜拼着命地干，把地种肥了，廖家又照样收回去，换给最坏的地。每换一次地，老祖爷爷就在那种热乎了的地里不停地转游，趴下来闻那泥土味，流着辛酸的眼泪，用破碗装满一碗土，按得紧紧的，拿回家来，放在筐子里保存起来。老祖爷爷临死的时候对后辈人嘱咐说：“记住，庄稼人没有自己的地，是多苦！往后你们要像我活着的时候一样，把种熟了的地里的土留一块，这土里有前辈人的汗水跟心血，不能丢。要子子孙孙这么传下去，告诉后辈人，要是什么时候他们有志气，有能耐，挣得了自个的半亩地——哪怕只有半亩哩，就把这半亩地里的土拿一块，到我坟面前烧香祭奠，告诉我这个大喜事。可是以前留下的那些土块子也别丢，还要留着一代一代传下去，叫后辈人永远知道租地种的苦，爱惜自家自业的甜……”就这样，吴家五辈人就这么一代一代地传下来了，数不清换了多少回地，积了满满两大筐土。可是，有了自个的半亩地没有呢？——永远是个梦！

穷庄稼人的这股苦滋味，赵恭当然是知道的。他的祖祖辈辈不也是像这样过来的吗？正因为没有土地，受尽了财主的欺压，爹妈惨死，自己成了孤儿，十一岁，就在从白洋淀到天津的运货船上当了小做活的。“大清河水清又清，两岸的庄稼赛黄金，咱们没有自个的地，撑船拉纤受苦辛。”幸亏碰上了方宝成大哥，教给他懂得了人世间的深仇大恨，教给他木工手艺和全身武艺，后来又带他去闹义和团。在闹义和团的时候，有多少穷弟兄们都眼巴巴地盼着，要是有那么一天，打败了洋鬼子，然后劫富济贫，叫人人有地种有饭吃。穷庄稼人盼着人人有地种，盼了多少辈子啊！

“兄弟，”赵恭噙着眼泪说，“咱可不能死了这份心，熬着吧！熬下去吧！”熬下去怎么着？他却不知道——最叫人伤心的就是这个“不知道”啊！

“穷没有完，苦没有尽。你看俺爹，一辈子累的只剩一把干骨头茎子了，还得受累到死！……”吴树根哽咽着说。

正在这时，一阵急匆匆的脚步声响，吴天齐满头大汗跑了进来：

“老赵兄弟在这里，叫我好找！你们快去看看吧，穷人窝子里出了大事啦！”

十　二

屋顶上，破院墙头上，都站满了人。地上更是挤得水泄不通。连几棵树上也趴着些人，把粗树枝杈都压弯了。吴树根忙着到廖家上工去了。赵恭和吴天齐好容易挤到一个倒塌了的半截墙头儿跟前，一个青年人让出了一点地方，两人先后登上墙头，从近处的矮房檐上了房顶。多少愤怒的面孔，冒火的眼睛！人圈中心，是个小土坯四合院，四边的屋里屋外都是人，中间留了块小空地：两条板凳上搁着一块门板，门板上躺着一匹身肥毛亮的大黑狗。廖家的二管事刘叫驴，一只脚踩在板凳上，一只手拿个小茶碗，拧眉瞪眼，脸扭向一边。他身后站着三名护院的腿子。一个老头——吴天齐认得是小王建的爹王老厚，直直地跪在叫驴面前，正拉着声儿嚎叫：

"……我这么大年纪呀，头发都花白了呀，当着这么多的人啦，在你面前跪了这半天啦，求了这半天啦，你那心就不动一动吗？就不软一下吗？人心是肉长的呀，你未必就……"

"王老厚！"刘叫驴把茶碗摔了个粉碎。"你他妈在我面前卖什么老？你跪着不起来，是想在众人面前用苦肉计吗？好，索性叫你们众人都听着吧！"他扬起脸来，对着满房满院气愤、惊恐、悲痛的面孔扫了一眼，更加提高了声音："凡是这窝子里的人，二爷我今日再对你们说一遍：你们都是头顶廖府的天，脚踩廖府的地，往后谁要是再眨眨眼儿想造反，看看王老厚的样儿吧！今日是廖府二老爷拍桌子打板凳定出的王法，谁敢不依？王老厚！快滚起来照着办去，要不然老子就踢死你！"

"爹，你起来呀！起来呀！"小王建跳到老爹跟前，吼叫着，哭着。

"滚你妈的！"王老厚跳起身来，一甩手打得王建一踉跄。

那边屋里，响起了一个老年女人的哭声：

"我那苦命的孩子啊！我那可怜的闺女啊！把你妈也带去吧，在黄泉路上，娘也好照管你呀！"

人们忽然轰动起来，只见王建的哥哥王廷，手里拿着把菜刀从屋子里冲了出来，红头涨脸地挤到老爹跟前，扑通跪了下去，抱着老人的胳膊哭叫着：

"爹呀！祸是我闯的，你用这把刀把我杀死吧！打死他一匹狗，赔他两条命，他财主就没话说啦！……"

老人不等儿子说完，猛地扑过去，先把菜刀抢过来，然后用颤抖的骨瘦如柴的胳膊抱住儿子，父子俩同时嚎天呼地地大哭起来。

院子里，房顶上，墙头上，大树上，到处响起了撕心裂肺的嚎哭声和抽嗒声。

刘叫驴却更加咬牙切齿狠狠地说：

“他妈的！用什么苦肉计？哭冤喊屈，煽动众人，这就是造反！……你们这些陪着掉眼泪的人也都听着：告诉你们，廖家的天是哭不垮的！眼泪再咸也腌不了臭咸菜！王老厚，你给我滚起来！要不就，我刘二爷可不是手软的，一条绳就把你父子俩都拖进廖家大院里，叫你们进去就出不来！听见没有？滚起来！”

但是那抱头痛哭的父子二人反倒猛一下瘫软在地上了，直直地躺着，一口气憋在胸膛里哽不出来，憋得全身像抽筋一样直发抖。

赵恭身子前边，一个老头跟一个中年人在抽咽着小声谈论：

“怎么闹到这个地步的呀！”

“大伯，说起来不怕把你气死！……”

原来，事情是这样发生的：晌午，王老厚老两口子和两个儿子都在场里打麦子，光剩下个十六七岁的女孩儿在家里看家做饭。这小姑娘生得出奇的俊气，性情也乖巧伶俐，甭说穷人窝子一百几十户人家里挑不出第二个来，就连大廖家府全村也找不出比得过的。正因为这样，所以王老厚一家人总怕惹是生非，从来不叫她到家屋外面去抛头露面。太阳刚刚偏西，大小子王廷回来拿口袋装麦子，听见妹妹在屋里喊叫救命，慌忙冲进院里，却被一条大黑狗跳着叫着拦住了去路。王廷知道，这村除了廖家以外谁家也没有这样又肥又大的狗。他不禁怒从心头起，忘了一切，拿起靠墙的一把锄头，两下子就把狗打死了。这时从屋里跳出个廖家的狗腿子来，是个当过土匪的流氓荒子。他说自己是来催租要账的，说王廷不光抗租不交，还打死了廖府看家守宅的宝贝狗，把他扭到廖府去了。等王廷被打得头破血流回来时，一家人正在屋里嚎啕大哭，原来是，妹妹玉英趁家里没人时，用菜刀抹脖子自杀了！可是廖家还不善罢甘休，刘叫驴带了三名腿子紧跟着来了，说是“打狗欺主，这是造反”。你家闺女死了活该，跟廖家毫无关系。你王老厚一定要给这死狗披红挂彩，装在棺材里，全家人披麻戴孝送到廖府门口，对廖二老爷磕头赔礼以后，再送到乱葬岗子里去埋葬。这真是从开天辟地以来没有的事，穷人受欺压算到了头儿啦！并且，王老厚连埋葬闺女的钱也没有，哪还有钱给死狗买孝布红绸和棺材呢？

这时，小院里的人们忽然又轰轰嚷嚷地动乱起来。原来是，躺在地上的王廷忽然一翻身跳起来，冲进屋里去，一会，只见他跟弟弟小王建一起用门板把妹妹的尸身从屋里抬出来。王建把门板搁在肩膀上，腾出一只手来挥动着，大哭大叫着：

“叔叔大伯兄弟姐妹们！事到如今俺们也不顾什么脸面啦！这就是俺那亲妹子呀！她是个烈性人，打了那流氓荒子两嘴巴，还咬破了他的手，她没有给俺王家丢人啊！可是她叫人家害死啦！害死啦！穷人的命连人家的一匹狗都不如啊！……”

他停下来哽咽着。王廷忽然下了决心，把盖在妹妹身上的一块破布揭开了：

“你们大伙儿看吧，她是怎么死的，怎么死的呀！……”

众人都看见了那姑娘美丽苍白的脸面：两颊凹陷，牙咬着嘴唇，紧皱着眉尖，美丽的眼睛睁得挺大，定定地望着碧蓝的天空，像是在惊讶、在怨恨、在咒诅这可恶的人间。下颏上，颈子上，胸前的衣裳上，血迹还没有擦洗干净。

四周围又响起了一阵惊叹声和抽泣声。

赵恭和吴天齐两人不忍再看下去，从后房檐跳下去，低着头闷声不响地走着。正好半路里碰见张老梗父女俩，四个人对看了一眼，谁也不说话。回到铁匠铺，走进后院。赵恭一进屋就咬牙瞪眼地往炕上一躺；老梗哼地一声往炕沿上一坐；吴天齐掏出烟袋来抽闷烟；玉姑靠在房门口手搭手地绞手指头；每个人都胸膛鼓鼓地出大气。

忽然，小王建一头撞了进来，扑通跪在当地，满脸是泪，哭腔哑嗓地喊叫：

“张大叔，赵大哥，你们可得帮帮我啊！今日穷人窝子里的事你们一定也知道吧？好多穷哥们忍不住，都要炸。气死不如拼死！张大叔赵大哥，还有吴大叔，你们一个顶俺们几十个，今日要看你们的！”

“对！中！跟他狗日的拼！造他娘的反！”张老梗跳起身来，挥动着拳头。

“爹！要造反咱也算一份！”玉姑也咬牙红脸，紧捏着拳头。

“杀进阎王殿，叫他一个财主苗儿都不留！”小王建感激地看看老梗，又看看玉姑。

赵恭像咽下一块石头一样，使劲咽下心里那股难受的味，大手往小王建的肩膀上一搭，用痛苦的低沉的声音说：

“兄弟，男儿膝盖贵似金，干吗动不动就当半截人？起来！”

“你不答应我就跪三天！”王建倔强地说。

吴天齐摇了摇头，叹了口气：

“拼？不行啊！一闹起来，狗财主南北两座大院把门一关，咱进得去吗？就算把他廖家的财主苗子都杀绝了，他廖家还有女婿在保定当官带兵，还有县里的官府，咱穷哥们谁家没有妻儿老小？都把性命垫进去吗？告状打官司更不行，官老爷都是坐在钱眼子上面的，穷人能说理？事情没有筹划好，不能动，要忍着！君子报仇，三年不晚！”

王建失望地看看吴天齐，又见赵恭在一边好半天不说话，就绷着脸站起身来：

“喝！原来我看错了人！铁柄镰刀也是软的！”话音刚落，往外就走。

赵恭抢上去一把抓住了他：

“小兄弟，听我说几句话！”

“说吧！”

“你先回去，把刘叫驴稳住——一切都答应他！……”

“喝！这就是你的主意？哈哈！好啊！你……”小王建“呸”地朝地上吐了口唾沫，脸色紫涨，又想转身就走。

可是赵恭的铁手把他的肩膀抓得紧紧的，提高了声音：

“听我的！人，死了不能再活过来，这个仇以后再报！狗的事包在我身上，保险他财主扎不了刺，也保险咱穷人丢不了脸，行吧？”

“死狗的事你怎么包法？”

“今日夜里，先把你那好亲妹子埋葬了。那死狗，还搁在当院，千万别动地方。你一家人关门睡觉。明日一早你们就知道了，保准什么事也没有！”

“你说话当真？”

“一百个当真！”

“好，我相信你！”小王建真的相信：有本事的人什么事干不出来？他急急忙忙地走了。

赵恭一点也不理会屋子里三个人惊奇的眼光，自言自语地说：

“得找几块木板才好。”

吴天齐问他要木板做什么用，他又笑了笑说：

“不光要几块木板，还得找一堆刨花，都拿到王建兄弟院子里去——咱们要假戏真做，叫他刘叫驴屁都放不出来。廖二阎王不是怕神怕鬼吗？咱就叫他见见神鬼吧！”

“这事包在我身上！”吴天齐把大腿一拍，“连干木器活的人我都包了！”

北大街有个手艺不大高明的“半拉子木匠”，木板刨花都现成，人也是“穷得义气”，很可靠；索性叫他带着木板和家具到王家院里去假戏真做，不是正好吗？

事情就这样商量定了。晚饭前后做好了一切准备。

当天半夜里，赵恭坚决不要别人跟着，自己一个人拿着一块破麻袋，提着一罐子煤油，带着火镰之类的东西，悄悄进了穷人窝子，从破院墙缺口跨进王老厚的院子里，把那死狗往破麻袋里一装，往肩膀上一扛，又从原路出了窝子，过北大街，走小胡同，来到南大街的破关帝庙侧边，推开破侧门走了进去。这破庙不知道已经有多少年，房破屋漏，不能住人。原来，赵恭刚刚来到大廖家府那天，从南大街走过时，就曾留心过街北离财主家大院不远的地方有这座破庙，并且留心察看过一番，当时心想：“要是万一找不到住处，这地方倒也能凑合着避避风雨。”后来在张老梗家被刘叫驴和狗腿子们逼得有本事不能施展，不得不束手就擒时，他曾经多么后悔啊！“当初如果是在那座破庙里落脚，教训教训这群豺狼，打了就走，谁也连累不着，是多好！”今天，当小王建说到要杀进廖家大院，他就又琢磨开了：门厚墙高，碉楼垛口，狗腿子护院，一群拿锄头捏杈把的穷人，怎么进去？就算是黑夜里翻院墙，也得有个没有人觉察得到的踮脚的地方呀！……那么，就真的只好死了人还得给他的狗装棺收殓，披红挂彩，抬到廖家大院门口磕头赔礼？……嗨！他心里猛地灵机一动，又想到了这座破关帝庙……这时，他悄悄儿进了破庙的侧门，里面是个满地砖头瓦片乱草丛生的荒院子。他把死狗从麻袋里拖出来，往它全身淋满了煤油，又仔细把洒在地上的煤油用沙土盖起来，然后提着它，爬上靠近大殿后房檐的一棵大柏树，一纵身轻轻上了房顶，在两尺高的屋脊后边隐住身子，打火镰引着了纸媒子，一吹，点着了狗尾巴，然后提着狗腿站起身来，猛吸一口大气，使出当年闹义和团时有了名的“铁胳膊”功夫，抡起狗来甩了个圆圈，然后用尽全身力气扔了出去，然后就势往下一躺，口里发出一种奇怪的、惊破天空的、凄厉的声音：

“呜——嗷——！”

是对着夜空发泄闷在胸膛里的怒气和怨气，是有意要惊动廖府守夜的人们。

这关帝庙离廖家北大院不过四五家人家。果然，廖家守夜的狗腿子听见怪声，吃惊地朝这边一看，喝！一条火龙一样的东西呼地从空中飞过来了，飞过了院墙，嗵！正好落在廖云阶住的北屋正房的屋顶上面。

立时，大街小巷的狗叫声，廖家大院的人喊声，乱成了一片。

赵恭不慌不忙从后房檐跳下地来，捡起空瓦罐和破麻袋，穿小胡同回去了。

他却没有想到，吴天齐一直远远地跟着他的，看见了一切。当他穿小胡同往回走的时候，吴天齐却从破庙前门摸到关公的神像面前，用手指头在那积满了灰尘的神案上划了八个大字：“穷人受欺，关爷震怒”，然后不慌不忙地拍拍手上的灰尘，不慌不忙地走了。

十　三

第二天早晨，刘叫驴带着几名狗腿子先到关帝庙看了看，发现了神案上那八个灰尘字迹，不觉吓得汗毛倒竖，连忙派一名腿子回去报告廖云阶。接着，他又到穷人窝子王老厚家的院子里看了看，只见满地刨花，给死狗做的小棺材即将完工；又对王老厚和左右邻居问了几句话，没有找出什么可疑的岔口，就拉长了驴子脸闷声闷气地走了。

全村的人们都在纷纷议论：

“老天爷有眼，关帝爷显圣。……可惜，那把火没有烧着了他家的金银窝子！”

晌午时，吴树根来到了铁匠铺，带来了消息：廖云阶说这是“义犬火化升天，到天上当天狗去，临走不忘家，偏偏要在自家的屋顶上升天。这是大吉大利，是千年万年没有过的大奇事。”廖云阶还说，要重修关帝庙，要立神狗坟。其实，这个狼心狗肺的活阎王吓得要死，一整天躲在姨太太房里不出来，不知道在观音菩萨面前烧了多少香，磕了多少头。连南大院里光享清福不问家事的廖云岫也吓坏了，把刘丕臣和刘叫驴叫了去，嘀咕了一上午，最后决定：先派人把关帝庙里神案上那八个字擦掉，把正殿打扫干净，然后拉着廖云阶到庙里烧香、磕头、许愿……整整折腾了一下午。

夜里，铁匠铺后院赵恭的住处挤了一屋子人。都是穷人窝子里和北大街上最有血性的人，都疑心昨夜发生的这件奇巧事也许跟黑赵恭有关。只因为事关重大，所以谁也不愿意对赵恭说破，只是不断的重提旧话——劝赵恭在大廖家府“落”下来。

赵恭一直闷声不响。他在想着小王建一家的悲惨事情。傍黑时才听见玉姑说：昨天一整夜王建的妈没有睡觉，一边哭，一边给那惨死的闺女揉眼睛，一千遍一万遍地嚎叫：“闺女呀，你闭上眼睛吧！闭上眼睛吧！你不合眼，娘的心里更加刀剜得痛呀！”她说什么也不让把闺女埋掉，一定要留着让她多看几眼，一定要多守着闺女说说话儿，好像闺女还活着，还能听见她说话。闺女来到人间十几年，没有过过一天好日子，没有吃过一顿顺心饭，没有跟爹妈痛痛快快亲热过。穷人，除了把眼泪往孩子脸上滴，哪有个心里松快的时候啊！哪知道，孩子就这么含冤负屈地死了！就这么丢开爹妈走了！再也不回来了！一切骨肉之情的欠缺再也弥补不过来了！并且，是多好个闺女啊！不论什么样的补丁衣裳，穿在她身上都是好看的；不论什么样的话儿，从她口里说出来都是好听的；不是拆拆洗洗，就是缝缝补补，一家人的衣裳鞋袜不离她的手；对爹妈，一百个孝顺；对邻居，一百个乖巧……

赵恭总说自己是个粗鲁人，但玉姑说得很细，他也听得很细，并且直到这时他还在想，想得很细。

人世间有多少不平的、悲惨的、令人气恨的事啊！仇，太深了！恨，太大了！……

忽然，他对着正说得热闹的人们一摆手，冲出了屋子。人们吃了一惊，不知道发生了什么事情，也跟他冲了出去。只见他从前面铺面屋提来一把大铁锤，走到东墙根，把铁锤双手举了起来，“哼”地一声，砸了下去，吭！把墙根下边一块捶衣裳用的大石头砸了个粉碎，碎片子向四面飞了好远；然后抬起身来，仰望着星空，狠声狠气地说：

“天在上，地在下，弟兄们在眼前，我赵老黑要是不一辈子跟赃官财主干到底，就像这块石头一样，天打雷劈！”

十四

当年啊，铁柄镰刀黑赵恭，就这样咬牙发誓，把自己一锤子钉在这块土地上了！

在起初的一些年月里，他很少出门。老铁匠父女俩在大敞屋的东半边干铁匠活，他在西半边的半截墙头后边干木匠活，整天很少说话，连大门都很少敞开。在大街上走过时，他总是拿两个鸡蛋大小的铁丸子在手里搓着，仿佛是要学那些吃饱了没事干的老年人，用搓核桃玩弹子来修身养性。碰见了熟人，他总是温和地笑着，亲热地点头，压低了声音说话。看见财主家的人来了他就躲开。财主家来找他做木匠活儿，他不是病了，就是出门有事。他时常推着小车出门卖木器家具，一走就是半月二十天。他白天很少到穷人窝子里去，好像根本不认识那里边的人。连他跟铁匠的女儿张玉姑成亲时，也只是由老铁匠铸了一个大生铁香炉，说了两句吉利话：“铁铸的香炉永不烂，患难夫妻到白头”，在里边插上三根香，夫妻俩拜了天地，就完了事。连他的连鬓胡子也留长了。人们从这时就开始叫他是“老赵哥”或“赵老恭”了。连铁匠张老梗也像是老实多了，很少在大街上出头露面。只有玉姑还是那样天真，心肠好，凡是无依无靠的穷人家她都去，只不过是，现在人们都叫她是玉嫂子或玉大姐了。

那时候，廖家的腿子们也曾报告廖云阶，说姓赵的那个黑小子反而在这村落了户，成了家。

“嗯，还老实吧？”廖云阶不大在意地问。

“倒是没见怎么为非作歹……”

“什么大不了的事，也跑来说，就撂他在那儿得了。”

廖云阶向来认为天下是他廖府的。个把子穷光蛋，既然他命大不该死，就让他活下去吧。要是他犯劣，大不了花巴掌大一张纸条儿往县衙门里一送。

刘丕臣也是向来不怕穷小子捣乱的，也不大理会。

只有刘叫驴和别的腿子们知道这姓赵姓张的不好撩拨，总有点提防着，倒也不敢来生什么是非。

那么，铁柄镰刀赵老恭，是被心肠狠毒的狗财主给治服了吗？是被俊气温柔的铁匠女儿化软了吗？

铁匠铺后院的东邻家，因生活不下去，逃难下关东去了。北大街的人们集钱股、出劳力，把三间北屋改成了一间大通屋，请来邻村一个半通文墨的老先生“开馆训蒙”，教着几十个“小萝卜头子”。就在赵恭在这村“落下来”的第二年冬天，一天夜里，学生早已散了学，老先生也回家去了。学屋里，正面墙边神案上孔圣人的牌位被挪开了，换了一块“天地诸神之位”的牌子，一个小小的瓦香炉也换成了赵老恭成亲时用的那个大生铁香炉，里边插着赵老恭割麦子用的那把大铁柄儿镰刀，镰刀前边插着一炷香。神案前边孩子们的书桌也挪到了一边，地下跪着一片人——是“二十八宿”和“三十六友”，一共六十四个，都是有深仇大恨的人，咬碎了钢牙的人，见死不怕的人。他们在赵老恭的带领下，传递着喝完了一大碗鸡血酒，然后磕头盟誓，然后，赵老恭用低沉的、发狠的口气禀告起来：

“天啊！咱们六十四个穷庄稼人，结的是庄稼义气，讲的是穷人心肠。咱们‘香炉里边插镰头，烧香发誓把天求，一心要报庄稼仇’！咱们这就算立起了香炉镰刀公道会！……我黑赵恭啊，血海深仇比谁都大，比谁都深，就是杀尽了普天下的赃官、卖国贼、财主，都不能解我的心头恨！……”

他哽塞得说不下去了。许多人都哭了。

一会，他又哑着嗓子接着说：

“今日，可别怪我粗人说粗话。我老早就生气：怪事！咱们穷庄稼人，凭力气吃饭，有什么罪过？干吗尽受穷、受气、受折磨？那些骑在穷人脖子上拉屎的人，干吗反倒享一辈子福？前生的事儿既是谁也记不得，又没有人对质作证，干吗说要人在今生来还报？未必真的咱穷人前生都造了孽？不公啊！你那骑牛的李老君，骑驴的张果老，打赤脚的李铁拐，穿草鞋的济公佛，你们要是真的，看样儿早先必定是穷人，你们就看不见这天不公，地不道？你们就不兴为咱穷人争口气？就不兴让地上多出几个放牛的朱洪武，种庄稼的李闯王？怪事！嗨！反正，长毛造反是第一回，义和团起义是第二回，事不过三，必定要还有第三回！反正总有一天，咱们庄稼人要闹天宫、砸地府，要劫富济贫、天公地道！反正，人一生下地来就懂得今生今世的仇和恨，反正有冤有仇啊，必定要报！反正我赵老黑这一辈子就卖给了'报仇雪恨'这四个字！哥儿们啊，我也说过，记住'冒烟没好火，好火不冒烟'这两句话，没有到时候就不要冒烟子、露馅子。一定要神不知、鬼不觉，千方百计偷着烧一把无情火，烧的狗日的们狼嚎鬼叫，尸骨冒油！一定要闹他个天翻地覆，河水倒流！哥儿们！拿出咱穷人的刚劲儿来，干——吧！……"

人们听得心里一阵阵发紧，一阵阵发热，一阵阵跳得嘣嘣响。他们这才真正知道，他黑老赵是个多么了不起的人，多么出奇的人。

当年，他们就是这样立起了"香炉镰刀公道会"。他们朝思暮想，要扯起天公地道的大旗来！

从此，穷人窝子里暗暗变了样，家家房山有破洞，个个院墙有缺口，咳嗽为号，互相串通。以前常常到穷人窝子里行凶作恶和侮辱妇女的廖家腿子们，胆怯了，单独三两个不敢来了。因为，白天里会有许多砖头块子砸过来；黑夜里，会被人捆住手脚，痛打一顿，扔在村外。穷人窝子成了又恐怖又神秘的地方了。

从此，在秋收麦收的时候，廖家的地里场里就屡次发生大火，牲口也常常害病死掉。

有几回，廖云阶和刘丕臣坐着大车出门，庄稼地里突然飞出许多砖头土块，打得他俩和护送的腿子们头青脸肿。

从此，像这样的"怪事"层出不穷。

许多"形迹可疑"的人被抓进廖府受了吊打，连赵老恭这个不出门的"老实人"也被抓去过，却什么形迹也查不出。

那一年，春旱秋涝，加上军阀混战，正在农忙时碰上了兵荒马乱，夏秋两季的庄稼都只收到三五成，是个百年不遇的大荒年。廖家逼租逼债，狗腿子们连一升半合的粮食都要搜光抢尽。许多人饿死了，许多人家卖儿卖女，许多人偷着往外地跑。有一天，逼租的狗腿子们忽然发现：穷人窝子里的大部分老弱妇孺都不见了，窝子里只剩下一部分青壮年人。并且，他们像是约好了的，不论怎么盘问，都是一样的回答。

"你们家里的人到哪去了？"

"逃荒去了。"

"往哪儿逃？"

"走到哪儿算哪儿，没有一定。"

"你们怎么不逃？"

"俺们留下来等着坐牢……"

廖家的老爷和管事的都慌了："穷鬼们把家口都弄走了，剩下年轻力壮的，怕是要闹事啊！"于是，赶紧派人骑着马，追！西边，在离村几十里的地方追到了一大股，是想逃往山里去的。南边，也在不很远的地方追到了一小股，是想逃往白洋淀去的。

"回去！"腿子们说，"租和债都免了，还发给每人一斗救济粮。……"

这些老弱妇孺，有一个动摇就带动了十个，有十个动摇就带动了一百个。他们害怕逃到外地无依无靠，饿死冻死；害怕一路上拖累死；害怕家里丢下的青壮年人被财主害死。于是，这几百口子面黄肌瘦、破破烂烂、哭哭啼啼的人群，又拖拖拽拽往回走了。

但是，他们回到村里才知道：村里来了一营官兵，丈夫、儿子、兄弟，好多亲人都被抓走了。救济粮——空话。财主只拿出很少一点粮食，想收买少数老实糊涂的人，想套他们的口供。租和债，免——也是空话。明年、后年、十年、二十年，一定要补清。多少老人，妇女，孩子，被拷打，被盘问！

一场计划得很好的、眼看就要烧起来的大火，就这样被扑灭了！香炉里边插镰刀的公道旗，没有扯起来！

赵老恭和张老梗，还有北大街上一些别的人，虽然不是穷人窝子里的佃户，也被当做嫌疑犯，抓去坐了好久的牢。

许多人变成了残废，才放了回来。许多人饿死病死，才脱离了苦难。许多树的皮被剥光了。直到如今，穷人窝子里没有一棵稍为大一点的树，都是那时候和以后的年月被剥皮剥死了的。财主剥穷人的皮，穷人剥树木的皮！

从此，仇恨又深了一层，血债又加了一笔。

那一年，又出了一件悲惨事：一直在廖家当洗衣佣人的树根嫂，突然被刘丕臣提成了下人厨房的“管事妈子”。她要每天夜里到仓房屋里去，从刘丕臣手下领取下人厨房第二天用的油盐粮食。也就是说，她要每天一次，用正颜厉色来对付刘丕臣的挑逗和侮辱。正当她要辞工不干的时候，在廖家一个办喜事的日子里，竟被喝醉了酒的刘丕臣关在仓房屋里强奸了！温柔、孝顺、勤劳的树根嫂啊，一个百里难挑的好女人啊，她不能活下去了。就在当天夜里，她丢下了无限恩爱的丈夫，悬梁自尽了！

吴树根啊，这个多情而又诚挚的人，痛苦得失魂落魄，定要报仇。

半年以后，赵老恭、张老梗、吴树根，趁刘丕臣在外村眠花宿柳回来得很晚，突然从庄稼地里跳出来，用报仇雪恨的大手要了这个坏蛋的命，把他的尸首拖进了“廖家坟”，揭开了廖归德大坟前面那块拜跪石，露出了一个塌陷了的大洞子，把他丢了进去，让他给归德公的阴魂当管家去了。

这件事，神不知，鬼不觉。但是廖家和刘家告到了官府，事儿也传遍了全县。

“吴树根，一定是你要报仇，一定是你干的！”——廖家和刘家就用这样的理由，把吴树根捆到县里，投进了监狱，整整十年。

吴从贵老头，被夺去了租地，赶出了小院，无家可归，在吴天齐家里病了一个多月，离开了苦难的人世。

吴天齐，这个多才多艺的人，本来祖辈上就因地亩被占的事情跟廖家有仇，他又是吴家的同族人，又对吴从贵生养死葬——廖刘两家就用这样的理由，把他投进了监狱，整整两年，回来以后不久，就病死了。

黑赵恭，他跟吴家非亲非故，为什么他媳妇张玉姑要到吴天齐家里去伺候吴从贵的病？吴从贵死了，又为什么要出钱出力帮着埋葬？——廖刘两家也以此为据把他投进了监狱，整整两年。

还有张老梗……

廖家的长工们，有的以前跟吴树根两口子有交情，有的是镰刀会的弟兄，都是苦大仇深的好弟兄，在赵老恭的指点下，他们要泄愤。

正是中秋佳节之夜。廖家南大院的大老爷廖云岫又像往年一样，带着一家人在"后湖"的水阁子里吃完了酒宴，然后分乘几只小船，在大水塘里飘飘荡荡地欣赏"残荷月色"。廖云岫跟他最心爱的小儿子坐在一只船上。这小子才十四五岁，年少好胜，把小船划得比别的船都走得快，穿过了一片残荷败叶，来到了湖心。没想到突然嘣咚一声水响，小船猛地一歪，喝得半醉的廖云岫和这小子一起扑通掉进了水里。女人们的叫声惊动了看宅护院的狗腿子们，等他们游到湖心捞起他们的老爷和少爷时，肚子里已经都灌满了脏水，不懂人事了。这件蹊跷事是人干的还是鬼干的？南北两座大院的腿子们全体出动，查遍了每一处苇丛，每一片荷荡，没有找到任何形迹。

正当南大院一片忙乱，一片哭声的时候，北大院里又突然起火了。大火是从常年关闭着的老堂屋"归德堂"里烧起来的。一些老八辈子的雕花格板，画漆梁柱，桌椅家具，祖宗位，绷干绷脆，见火就着。霎时间巨大的火舌冲破了屋顶，浓烟蔽天，把安静悠闲的月亮也惊得摇晃起来。火生风，风助火，眼看着穷人们最痛恨的账房屋也烧起来了，穷人们最羡慕的仓房屋也烧起来了。仓房屋里装的是粮食、糠秕、草料，烧得火势更加凶猛。院子里只有一口水井，村里的水井离得又远，几十名长工多么卖力气也不济事。腿子们从南大院赶回来了，也不顶事。村里的乡亲们谁敢随便进大院里去帮忙？又有几个愿意去大院里帮忙？积压了多年的仇恨之火啊，烧吧！烧吧！

但是，一把大火怎么能把财主烧得绝苗绝种？廖云阶一家老小搬到南大院去了。几十名长工，有的被辞退了，有的受了拷打，有的送了监狱。辛二定——若干年前，赵恭被吊打的那天夜里，把酒碗送到赵恭嘴边，劝他逃跑的那个辛二定，为了解救一起被捕的别的弟兄，一口招认，承担了一切，死在刑场上了！

每一次报仇雪恨，都要增加新的仇恨！

人们从县里把辛二定的尸体运回来，半夜里悄悄埋在村北的一个长满小树的沙包子上。为了永远纪念这个好兄弟，赵老恭在他的坟前栽了一棵倒插洋槐树。如今这棵槐树已经长了一丈多高，茂密的柔条四面分垂下来，覆罩着半个沙包，远看就像一个滚圆的美丽的绒球，仿佛辛二定那崇高的灵魂仍然在美化大地。

十　五

年年月月，血和泪……

香炉里边插镰刀——天公地道的大旗，没有扯起来！穷人的事业，没有闹起来！

为什么成不了事？

吴天齐在世时曾经说过多少遍：

“可惜呀，老弟！要是俺们早生百儿八十年，凭着你这身本事，加上俺们的帮撑，带着穷人窝子这伙兵将，打进廖家府，开仓济贫，散财买马，这远远近近的穷人们还不跟着咱们干？还怕不越闹阵势越大？搞起千军万马，闹他个天翻地覆，那是多好！就是死了也值得呀！可是如今这个世道，不成啦！洋枪洋炮太厉害呀！……”

这不光是吴天齐的话，是远远近近好多好多穷人们的话。北平、天津、保定这些大地方，那些拿着洋枪大炮的千军万马是干什么用的？县城里保安队的那些丘八们是干什么用的？就连廖财主家的狗腿子们，也早就在若干年前把刀矛棍棒换成了洋枪，干什么用的？一句话：对付穷庄稼人的呀！咱不会抢他们的洋枪吗？对，就算你抢了他十条八条枪，就算你拿着枪躲在庄稼地干掉他几个，子弹打完了呢？对，就算你有了枪，阵势越闹越大，往后呢？归根到底，干得过人家吗？

香炉镰刀公道会的人们有多少次串过亲戚，访过朋友，碰到过许许多多这样的提问，都不能回答。

那么，这世道就永远不会变吗？咱穷人就永无出头之日吗？天不公，地不道，就永远这样下去吗？苦啊！心里这股苦味像千斤石头一样压在赵老恭的心头，压在许许多多穷兄弟们的心头。赵老恭的头发胡子苦白了，脸上的皱纹苦深了。他整天拧着眉毛，不爱说话。他常常不让人知道，一个人到村北那个小沙包上去，坐在那棵倒插洋槐树下边，背靠着辛二定的坟墓，焦思苦想：你们，什么袁、段、张、吴、蒋，你打来，我打去，你下台，我上台，像走马灯一样转圈子，你们害苦了多少穷百姓！你们做了多少亏心事！你们，藤结瓜，瓜连藤，哪朝哪代，都跟廖家狗财主有挂连——不是亲戚，就是朋友，财多沾势大，势大结财多，你们这财多势大的天下就永世不变吗？二定兄弟啊，什么时候你才能在黄泉底下笑起来？埋你的那天，我记得清清楚楚，你死不瞑目——眼睛是睁着的，就跟王建的妹妹小玉英一样！有多少穷人，活着盼，死了也盼，盼着有那么一天抹干了眼泪笑起来啊！

有一天，赵老恭正在这么想得出神时，听见近处响起了一种很特别的脚步声。他一下子就听出来了，除了半疯半傻的吴树根，没别人。分开下垂的槐树枝条一看，果然：驼背，躬腰，就像当年的吴从贵一样，背着粪筐，拿着粪叉，脚步不稳，就像他脚底下的土地在不住地摇动着，慢慢走到沙包包后面去了。沙包子那面有他那死了多年的媳妇的坟。一会，听见他轻声地，自言自语地说起话来了：

"我的好人，我的亲人，你，怎么想的，怎么舍得！怎么舍得！我，想你呀！你说什么？气恨得没法，没脸见人，报不了仇……咳！傻呀！咱俩不会，远走他乡吗？俺这心啦……俺还留着你的髫儿的，还，有一股头发味儿，你的头发味儿，俺……"

呜呜地哭起来了。闷着声音哭，像是把脸埋在土里，使大劲也哭不出来。

赵老恭的心像刀剜一样痛，不由得长长地叹了口气。没想到这声口气却把吴树根惊住了。他停住了哭声，慢慢走了过来，用粪叉分开槐树枝条，突然惊叫起来：

"了得啊！俺还以为，是她，在坟里……"

赵老恭从枝条里钻了出来，拉着吴树根的胳膊，想送这可怜的老人回家去。

"老弟，你呀，别再这么疯疯傻傻的，要留着精神等着报仇啊！"

"你说的什么？报仇？哈哈哈哈！"吴树根突然很得意地笑起来了，"你以为，俺不报仇吗？俺叫你知道知道，了得啊！"他紧拉住赵老恭的胳膊，往廖家坟走去。

"兄弟，你刚才说什么髫儿，什么头发味，怎么回事？"

"了得啊！"吴树根吃惊了，慌张了，用手摸了摸胸前的衣裳，斜看了赵恭一眼，犹疑了半天，才拿出一个小小的灰布包儿来，站住脚，用颤抖的手把它一层一层揭开来,原来里边有个女人的发髻!

这发髻还是那么墨黑有光。一定是早年埋葬媳妇以前他瞒着人剪下来的,亏他偷偷儿藏了这么多年!

吴树根把那漆黑的发髻紧贴在灰白的胡子上面,又闷声闷气地哭起来了。

赵老恭不由得想起了当年树根嫂的模样神态,就像她真的在眼前一样。死人能够在活人心里活这么久,谁能相信?这怎么能不叫人难过得要发疯?

正是傍黑的时候。一走进廖家坟地的树林,天色就显得更黑。吴树根揩干了眼泪,藏好了发髻,把赵老恭领到廖家老祖宗归德公的大坟跟前,丢下粪筐,用粪叉的尖齿插进坟侧边的砖缝儿里摇了几下,那几块古老的青砖就活动了。他非常紧张地停下来听了听四外的动静,然后小心地把砖抽出来几块,身子一躬,从黑洞口钻了进去。过了一会,他又从洞口爬了出来,一只手伸到赵老恭的眼睛下边,瞪着兴奋得发亮的眼睛,咬着牙说:

"你们,那叫报的什么仇?看我这,把他的老祖宗,把他的老根子,把这些骨头块子一点不剩,砸得粉碎!了得!嘿嘿嘿,这才叫,了得啊!"

自从老看坟人吴从贵死了以后,廖家财主很难再找到一个既不怕鬼,愿意孤住在村外那个小破院里,又会侍弄果树,还特别小心谨慎的看坟人。那时他们看见吴树根虽已半疯半傻,却还能够干活,而且从来也没见他有犯劣的行为,是祖传的老实性格,所以就让他接替了这份看坟的差事,这是对这个半疯子人的"恩典"。谁说财主没有好心肠呢?财主哪里想得到,穷人心里的仇恨是埋得多么深!

像这样把仇恨埋得很深很深的人,还有很多很多,老王建就是其中的一个。他的哥哥王廷死在监牢里了,他的爹妈死在悲伤饥饿里了,他自己在二十几岁时就被割断了脚跟筋,后来两个膝盖又得了风湿病。他不能干活,只有坐在地上用屁股走路,有时只有撑着双拐才能吃力地站一会儿。怎么生活呢?捏泥人卖。他学会了捏几种人:官老爷,大兵,老财,狗腿子,穷人。官老爷和老财叫人看着可恨;大兵和狗腿子叫人看着生气;穷人,男女老幼,各色各样,叫人看着可怜。每天做饭的时候,把捏好了的泥人填在灶膛里烧成泥坯，然后再涂上颜色。他用这些泥人教育孩子们懂得仇恨。许多穷孩子就成了他的朋友，都自动帮他弄泥，挑水，捡柴，挑泥人到南大街集市上摆摊子卖。他还教给孩子们用小刀在全村大大小小的树干上刻上"记恨"两个字。年年岁岁，树长大了，树干上的字迹也长大了，升高了，变深了。孩子们也长大了，他们心里的仇恨也长大了，升高了，变深了。他把这些事叫做"下种"——就像种地一样，把仇恨的种子深深地种在生气勃勃的土地里面，他相信，总有一天这些种子会开大花，结大果。

是的，老一代人死了、伤了、老了，但是新的一代正在生长。就是在这样死死生生的过程中，在这种血泪交织的过程中，在大多数人并没有感觉到的时候，历史却正在生长、演变、发展。巨大的事变正在向着人民走来，人民也将迎着事变走去。

第二卷

一

离大廖家府将近五十里的金驼镇，是多大个镇子？

有五千多户人家。

“天爷！”——偏远小村的庄稼人一听说本乡本土竟然有这么大的地处，就准要吃惊得吐出舌头，半天也缩不回去。

秋冬之间，遍地里没有庄稼挡眼的时候，老远看去，黑压压，乌濛濛，模糊粗重的一长片，沉沉重重地压在天边的地沿上。有个传说：不知哪年哪月，有位知县老爷坐轿子过这儿去上任，离镇子老远就喊叫起来：“好！乌龙卧地，只可惜担载不起！”远来恭迎大驾的镇长先生正骑着马走在轿子旁边，连忙请教：“敢问老爷，何谓担载不起？”老爷回答：“不瞒你说，本县善观风水。这儿地脉太薄，担不起金驼镇的沉重，再过九九八十一年，就要地塌水涌，全镇遭灾！”那么，有解法吗？老爷说，有解法：这镇子不是处在两县交界之处吗？只要把它分成两半，由两个县分管，就可以消灾免劫啦。据说，这就是金驼镇分成东西两半，由两个县分管的由来。又据说，后来那位知县老爷就派他的一个亲戚当了西镇的镇长，靠着税、贿、诡三个字刮地皮发了大财。所以就有个歌谣：“金驼镇，本姓金，挖地三尺深，金银数不清。”不管这个传说是真是假，反正它更增加了金驼镇在人们心目中的分量，这倒是真的。

镇南镇北相离半里地左右的地处，各有一座荒废了多年的砖瓦窑矗立在田野之上。从南北两路来赶集赶庙的人们，一走近这两座死了火多年的大窑，就会觉得金驼镇更加气势压人。瞧，镇中心的许多粉壁高房，挤压着镇边上无数的黄土小屋。传来了喧闹的人声，闻见了饭馆里的油香气味，使人不由得就要想起那三条长长的大街，街面上几十家派头很大的铺号。庄稼人年年把土地上产出的东西，比如粮食、棉花、苎麻、花生、芝麻、香油等等，送到这些铺号里集中起来，转运到大城市里去，又从这些铺号里买回洋油、洋布和各种"过日子用得着的"洋货土货。人们还会想到：多少停车歇马的骡马大店，多少赌场烟馆和花柳小院，还有那住在大街小巷里大大小小的财主，还有每个月六次的大集市，还有一年一度热闹非凡的大庙会。

为什么会有庙会？只因镇东头有一座奶奶庙，镇西头有一座财神庙。这奶奶姓甚名谁？不知道，反正是一位慈眉善目的送子娘娘。这财神姓甚名谁？也不知道，反正是位满身贴金的胖大佛爷。奶奶和财神的生日又十分赶巧，正好是同一天里，这就是一年一度为期七天的大庙会的头一天。每年，一到开庙的前好几天，就有数不清的大车小辆，有的来自附近村镇，有的来自外省外县，还有的来自北京、天津、保定这样大的城市，载着据说是普天之下无所不有的货物，还有搭棚子用的苇席、布幔、木杠之类的东西，从各条大路上来到镇里镇外，抢占搭棚子摆摊子的地盘。还有跑江湖卖艺的，看相算卦的，和尚道士，三教九流，也都来占店房找住处，准备在开庙以后各显神通"蹭点油水"。赶庙会的人之多就更不用说，全镇差不多家家户户都住着接来看戏的亲朋戚友。一开庙，想发财的男人们就到财神庙里去磕头烧香"拴元宝"，想生贵子的女人们就到奶奶庙去烧香磕头"拴娃娃"。元宝，是做成元宝样儿涂着金粉银粉的泥团子，娃娃也是涂着五颜六色的小泥人。人们在神像面前烧香磕头已毕，闭着眼睛向大殿两边的神台走去，把钱丢在台前的大瓦瓮里。钱丢得越重越响，灵性就越大，希望也就越大。然后从台子上摸到一个元宝或娃娃，用事先准备好的金色丝线拴起来往怀里一揣，然后喜悠悠地带回家去搁在枕头旁边。真的灵验吗？反正是讨个欢喜，买个希望。

"一个镇子，两个县管，三条大街，四大酒馆，五大怪物，六大头面，七十个柜台，八十家香院，九十杆大枪，十万块洋钱。"——这也是远近流行的"金驼镇十字歌"。四大酒馆，并不是说镇上只四家饭铺，是就大的而言。五大怪物，是指几个流氓地痞头子和性情古怪的人物。六大头面，是指六家最大的财主，人称张王李赵姚郝六大爷。七十个柜台，是指七十家较大的铺号。八十家香院，是说有很多"半开门"的私娼。九十杆大枪，指的是两个县在这里设着两个警察所，还驻扎着县保安队的两个小队，有时还驻扎着一连一营真正的正规部队。十万块洋钱，这句话却有几层意思：一是说商家铺号买卖兴隆；二是说大小财主财产无数；三是说镇公所、警察所、保安队刮钱无数；四是说五天一次的大集市，一年一度的大庙会，热闹非凡，"钱财哗哗地流得响"。

是呀，像这样的狼窝蛇穴之乡，又远离大廖家府有五十里路，赵老恭夫妻俩为什么要把心爱的女儿远远地嫁到这里来呢？嫁过来以后命运又如何？

二

"穷人家的女儿就命定了只能叫个穷名字？我偏要叫她金珠子！"——女儿刚满月，她妈就一定要给她起这么个名字，不是为了图吉利，也不是为了求富贵，只是为了争口气。当时赵老恭也同意："也好。真金不怕火，不变色，砸不烂，又光亮。"——这就是赵金珠这个名字的由来。

说起来是十二年以前的事。当时珠子姑娘刚满十七岁。小时候，爹坐过三回牢，妈也坐过一回监，她跟小弟弟们受过多少苦啊！如今，那个泥土满身的，瘦得只剩下一对眼睛的黄毛丫头到哪儿去了？真是"女大十八变"哩。"俺们早就看出这孩子模样生得奇，现在你们瞧，没说错吧？"——这是赵老恭的老弟兄们常说的几句话。她，身个儿长得比一般女孩子快，苗条挺拔，壮实柔韧，一双天足，一举一动矫健洒脱。脸盘，瓜子形，微突的前额像她爹，皮色粉白光亮像她妈。眉毛弯长，斜斜地插向鬓角，看着令人心颤。一双凤眼常常眯着看人，有一股迷蒙味儿，是因为睫毛太长；有时猛一睁开，又大得出奇，亮得出奇，显得又大胆又俊美，有一股英武刚毅的味儿。浓黑的头发从不抹油，粗辫子自然光亮。补丁摞补丁的粗衣裳，又合体又干净。帮爹妈干家务活和木工活，帮弟弟们洗衣裳做鞋袜，还要抽空到穷人窝子里去帮人，还要起早睡晚练武艺，真不知道她怎么忙得过来。还是家里的半个主心骨，不光妈妈有好多事要问她，连她爹也跟她商量事儿。从十四岁起她就很少在村里的大街上露面，为的是免得碰见坏人惹是非。可是，十七岁呀，毕竟是女孩儿青春勃发的年龄。特别是像她这样胆大性豪的姑娘，她要心花怒放，发泄精力，了解世界，窥探世界，窥探生活。“一辈子只看见碗口大一块天，是多冤！”——她总记得爹说过的这句话。赵老恭虽然是一把铁柄儿镰刀，可对女儿向来就心软，赵大婶面慈心软就更不用说。所以，爹妈不光答应她跟爹一起去赶金驼镇的大庙会，并且不得不答应她：挑着一小担小件木器，到庙会上去卖点钱应应家里的急用。

这时赵老恭的大儿子赵大鹏刚满十三岁。全身墨黑，壮实得像只小老虎，小名就叫黑鹏子。生就的火暴性情，专爱跟村里有钱人家的孩子们寻事打架。从他记事的时候起，他爹常常忙不过来，全靠姐姐教给他练武艺。爹和妈全都被关进了监牢的那两年，更是全靠姐姐带着他，住在县城里的破土地庙里，在大街小巷里讨钱要饭，往牢里给爹妈和吃奶的弟弟二鹏送牢饭，送衣裳。那时他才五六岁，姐姐也才九周岁。他要饭是从来不开口的。遇见难看的脸色，听了难听的话语，受了难忍的欺侮，他可就最会大喊大叫地还嘴骂人。有多少次，全靠姐姐千方百计地维护着他，才没有被恶狗咬伤，被坏孩子打坏啊！有多少次姐姐扑到他身上，紧紧地搂住他，代替他挨受拳打脚踢恶狗咬，弄得遍身是伤啊！夏天夜里，姐姐熬着瞌睡用破衣裳给他赶蚊虫，冬天夜里，姐姐用唯一的一条破被裹住他，用身子贴住他，她自己的后背冻僵了，手和脚都长了冻疮。他的饭量大，要来的饭常常不够吃，姐姐总是千方百计地骗他，说自己吃饱了，让给他吃……这些事黑鹏子怎么忘记得了！所以，他从小就对姐姐又亲又爱又敬重，早在心里打定了一个牛筋子主意：“往后谁要是娶俺姐，俺就恨死谁！”今天，爹跟姐姐都要去赶庙会，是远近闻名的金驼镇大庙会呀！他怎么能不吵吵闹闹一定要跟着去？反正留他在家里也不安生，去就去吧！——爹答应了，姐姐也答应了。

就这样，赵老恭推着一车子大件木器家具，金珠子扁担闪闪地跟在后面，黑鹏子空着手走在最后，三口人早晨天刚亮就上了路。

珠子姑娘特地穿了一身补丁最多的衣裳，为了是让路上碰见的人都明白：要不是穷得连眼皮子都睁不开，谁家肯让一个姑娘家挑担子去赶庙会？只是她妈心里太过意不去，临出门时强迫着在她的辫子根上插了一朵小小的红色剪绒花。一路上黑鹏子在后面多少次瞅着姐姐头上的这朵花。他喜欢，姐姐插了花儿真好看；又不喜欢，路上的人们老瞅她，八成是这朵花太惹眼。

只在半路上歇了一小会。重新上路时，黑鹏子去抢姐姐的担子挑。他身子矮，把绳子往扁担头上挽了挽。挑着走了不到十几步，就压得龇牙咧嘴，脚步不稳了。姐姐一甩辫子笑着把担子接过去，臊了他个大红脸，心里暗暗恨自己：真没出息！

天刚晌午就过了金驼镇镇南边的废砖瓦窑。实在是又渴又饿又累。只见南街口大打麦场周围的一些大柳树下边歇着许多空大车，许多壮大骡马正把头插到大笸箩里吃草料，赶车的把式们都在大车上下横躺竖卧地睡午觉。紧靠大路边的一棵大柳树下，摆着三五个卖吃食茶水的摊子，摊子边围着三三五五填肚子润嗓子的顾客。赵老恭领着珠子姐弟俩走到树荫凉下边，歇下了车子担子，打算落落汗再进街。刚好旁边有一辆卖馒头的平板独轮车，却又有些古怪：比一般的平板车宽大得多，上面搁着个特大的柳条笸箩，笸箩上搭着块雪白的粗盖帘布，从掀开的布缝里露出雪白肥胖的、热气腾腾的大个儿馒头。香味怎么这么好闻！笸箩后面靠近车把的地方搁着两个水桶，一个桶里装的是冒气的热水，另一个桶里装着一些碗筷。有几个大人小孩正围着车子买馒头吃。赵老恭心想：“打早起到这会儿，五十里路，真亏了你姐弟俩！”就走过去买了十来个馒头，用大草帽托着，叫黑鹏子找来三块破砖头当座儿，三口人就坐在树荫凉下边大口大口地嚼起干馒头来。喝，这馒头可真做得好。一掰开层叠层，层层喷香，捏着硬实，嚼着香甜。更没有想到，卖馒头的小伙子又端来了三碗开水，三双筷子，一小碟咸菜，小心地搁在地上的帽沿上面。黑鹏子注意到，他一碰见姐姐的眼光就红了脸，心想：“哼！是个红脸鸡！”赵老恭也打量了小伙子一下，也在心里说：“好个俊气壮实的小家伙，是块好料！”就笑着问他：

“真是天下少有的怪事，你卖馒头还带搭头，是怕人们咽着不顺溜吗？”

“嘿嘿，反正比啃干馒头强。”小伙子红着脸，憨厚地笑着说。

“哦，明白了，你这是做好事。选得这地点也好，对走远道儿的人真是雪里送炭。可你干吗单给俺们仨，别的人呢？”

“俺得看人，”小伙子又笑着说，“走远路，挑重担，一身汗，两腿土，一看就知道。再加上，还有这个小兄弟……”

“好，有眼力。你贵姓大名？”

“不敢，姓王，贱名金生。”

“你说话这么文气，念过书吧？”

“念过两年，嘿嘿，总算会写个三横一直的王字。”小伙子又跟珠子的眼光碰了一下，又一次红了脸，露了一下憨厚的笑容。

“姓王？”老恭不觉闪动着浓眉，“我倒要向你打听个人：这镇子上有个叫王满仓的，你认识吗？”

“怎么不认识？是我爹！”小伙子漆黑的扫帚眉也颤动了一下。

“嗨！”老恭猛地跳起身来，睁大了眼睛。“该不是同名同姓的吧？他如今也该是四十好几的人，圆乎脸，中等个儿，下巴颏儿上有块小疤子花儿……”

“没错儿，你说的就是我爹！”小伙子那对清水似的大眼睛闪动着特别的光亮。

老恭又“嗨”了一声，一顿脚把地都震动了：

“我少说也来赶过五回庙，回回都没打听着，没想到今日刚好碰见你！”

“大伯，我爹，他，去世啦！”

老恭先是一愣，接着又“嗨”地顿了一下脚。又觉着，这儿不是说话的地方，还要忙各人的事儿，就问明了王金生的住处，打算后晌再找到他家里去细谈。

周围早就有些人偷眼往这边瞧，那眼光好像说：“好个眉眼神俊的姑娘！可惜，连一件平整的衣裳也穿不起！”也有人在暗暗地埋怨赵老恭：“你这个做爹的真跟凡人不一样，怎么能让个姑娘家挑担子赶庙？真稀罕！”正当赵老恭跟王金生说话时，又从镇子里急急忙忙跑来几个小伙子，更是朝着金珠子指指点点，挤眉弄眼，做怪样儿。这金驼镇既是五方杂处之地，狼窝蛇穴之乡，自然就免不了有一些二流子习气的年轻人，五天一次集市和一年一度的庙会就是他们的节日：在赌场里吆五喝六，在闹市上偷三摸四，在奶奶庙门口调戏妇女，有时还成帮结伙打群架。这几个是镇子南头的一伙，这时正在家里吃晌午饭，听人说镇外大柳树下边歇着个眉眼出奇的挑担子的姑娘，就轰地一下都跑来了。

赵老恭早已把这些情形看在眼里，正想快点吃完了馒头进街去。珠子姑娘可就有些按捺不住。她紧皱着眉尖，眯细了凤眼，站起身来，看见那边有两匹狗在尖着鼻子嗅那地面子上的一摊子血迹（大半是早晨有人在这儿杀猪留下的），立刻就有了主意，从地上抓起一把土块，扬起手腕子轻轻点动了两下，只见两个小土块子急如流星地飞了过去，喝！几乎是同时，不偏不歪，正好打中了两只狗眼！吓得那两匹畜生先是一跳两尺高，紧接着就嗷嗷叫着，丧魂失魄地夹着尾巴逃跑了。

旁边看的人忍不住叫了一声好。

"狗眼看人，不识好歹，爹，咱们走！"

在人们惊异的目光下，珠子紧绷着脸挑起了担子，老恭翘着大胡子推着车子，小黑鹏骄傲地挺着胸脯，老少三人不慌不忙地向镇子南口走去。

可是，走了没有几步，没想到那伙小荒子竟然跑上来挡住了去路，挽袖子伸胳膊地吼着：

"姐儿，慢着走，有话说！"

"有什么话说？"珠子站住了脚，颤动着眉弯子问。

"嘿嘿，"为头的一个年岁大一点的冷冷一笑，"爷们还是头一回看见你这样的罕物儿，想在咱这金驼镇用嫩葱尖子扎刺儿吗？问问你：刚才骂谁是狗眼看人？说清楚了再走！"

珠子一看来势不善，也冷冷一笑，同时用一只手把长辫子往头上一绾：

"哼哼，见过拾柴禾拾狗屎的，没见过拾骂的！"

小荒子们哪有那样的眼力，哪里看得出姑娘眉眼之间的那股英武气概？倒以为：这小丫头气性倒不小，索性逗逗她吧。

"哦喝？"他们一片声嚷嚷起来，"嘴头子倒挺硬，想必是有两下子，今日爷们倒要试试你的斤两！"

"怎么试法？我可胆小着呢。"珠子又冷冷地说。

"丫头片子挑担子卖木器,没见过。要是挑得过去,你就走;要是挑不过去,就乖乖儿把担子留下来,算是给爷们送的嫁妆!"珠子这回才真正是怒从心头起,又黑又弯的眉毛扬起来了,凤眼睁大了又眯细了:

"吃屎喷蛆不要脸!好吧,这大路上打狗碍着过路人,要打,就回到空场子上去,打你个痛快!"

荒子们原以为人多势众,诈唬一下,让父女俩服服软,赔个礼,调笑一阵,捡点便宜就拉倒,谁知这父女俩倒真是不怕事的。只见姑娘把担子歇在场边,先对她爹使了使眼色,小声说了几句什么,然后走过去把气得头脸紫涨的黑鹏子使劲往爹跟前一推:"给我老老实实待在这儿!"最后又威吓地瞪了他一眼,这才猛一转身大步冲冲地往大柳树下走去。看见卖馒头的王金生抽下撑车的棍子想帮忙,她用手势制止了他,却揭下馒头笸萝上那条很厚实的粗白布盖帘,抓紧一个布角,甩得哗的一响,立刻就扬起了弯刀眉,睁大了星光眼,紧抿着红嘴唇,从牙齿缝儿里迸出一声喊:

"是好汉,都——来!"

周围的人们一群群,一伙伙,远远近近,都瞪大了眼睛,伸长了脖子。连在场子周围大树下边歇晌的车把式们也都跑过来了。

小荒子们以为一块白粗布算什么兵器?都嘻嘻哈哈地笑了起来,有的从裤腰上抽下了铁尺,有的亮出了随身的短棍,有的把过路人的扁担抢了过来,一声喊叫,扑了上去。

嗨呀!在一边看热闹的人一下子就看花了眼。先是,姑娘突然一挫身子,只听见忽的一声响,白布一晃,最先扑上去的一个家伙的小腿被刷了一下,猛一下倒了。紧接着,那盖帘布就像银龙翻卷,又韧又硬;姑娘的身影子恰似紫燕飘飞,东腾西闪,噼噼啪啪,哗哗嗯嗯。铁尺飞上了天,短棍飞上了树,扁担在半天空里翻着筋斗掉下来。荒子们手酸了,腿痛了,鼻青了,脸红了,东倒西歪,爷呀娘呀喊叫着,向四面八方跑起来了,跑得快的少挨两下,跑得慢的再一次被刷倒了。

看热闹的人们啰,都定在柳树下,场子上,大路边,呆住了!

姑娘紧绷着脸,离得老远一甩手,那块白布又飞上了平板车,正好落在笸箩上。接着,她对谁也不看一眼,一甩头,大辫子就松下来甩到了背后,然后不慌不忙地朝着自己的担子走去了。

在所有惊呆了的人里面，只有小伙子王金生最忘神。刚才姑娘的每个神情举动都使他连脊梁骨都打颤。可是现在他又比谁都醒过来快，连想也没有想，就不由自主地推着平板车，朝着那父女三人快步流星地追了上去。

大街上，两边棚子密挨密，当中路上人挤人。赵老恭觉着身子后边轰嚷的人声越来越响，回头一看：喝！除了刚才在大空场上看热闹的人以外，又加上了一些新的好奇的人们，都伸着脖子使劲往前挤，一边挤一边嚷嚷：

"别看她穿得破，可了不得！"

"就算不是仙女下凡，也是人间少有！"

"是那个挑木器担子的姑娘吗？"

"就是她！"

"这一辈子可算开了眼！"

整条大街乱成了一锅粥。妇女们被挤得尖声喊叫，孩子们被挤得大声啼哭，叫爹叫娘的，争吵埋怨的……

"这可坏了，要炸庙！"老恭着急地在心里说。一面大声嘱咐黑鹏子："紧跟着我的车子，可别挤丢了你！"一面使劲喊叫前面的人们让路，却只恨人太多，走不快。

忽然，他看见金生空着手分开众人挤到了小车前面，大声嚷叫着："借光借光，对不起，有急事儿，要往镇公所送信儿……"两只手左推右挡，真像个开路先锋。他的平板独轮车呢？老恭回头一看，喝，横放在后边不远的路上呢，弄得从侧边胡同里出来的一辆载货的大车也磨不过去，正好挡住了后面潮水般涌动的人群。"好小伙！真……！"老恭真正打心底里喜欢起这个小伙子来了，却又顾不得说话，只是回头招呼着珠子快跟上。

等后面嚷嚷叫叫的人群推倒了平板车，正在抢馒头捡便宜时，他们四个人已经脱了"险"。后来又在另一条大街侧边的一个胡同口里找到一块空地方，这才停下来，摆开了摊子。王金生又相帮着卖起木器来。不过，不知道为什么，他常常脸红发呆，跟买木器的顾客说话时也常常前言不对后语，引得金珠子多少次抿着嘴暗笑，引得黑鹏子多少次拿眼睛瞪他，并且小声嘟哝：

"哼！丢了馒头车子就像丢了魂！"

他人小看不见后面，倒以为那辆平板车是挤丢了的——这家伙真没出息！

"闭住你那闲不住的嘴！"姐姐又小声"呲"他了。

王金生的脸更红了。

"没见过这样的红脸鸡！"黑鹏子又嘟哝了一句。

"你倒是听话不听话？"姐姐把他拉到一边，恨声恨气地小声问他。

黑鹏子鼓着黑脸蛋子不再说话了。姐姐干吗老向着这个红脸鸡？哼！……又想："你一护着他，他就更脸红，讨厌！……"

三

太阳斜照屋顶的时候，木器全卖完了。王金生就领着赵家三口人穿大街，过小巷，往自己家走去。在一条没有行人的僻静的小胡同里，父女俩这才找到空儿说起话来。

"丫头，记得我时常跟你说的几句话吗？"

珠子闪眼看了一下爹的脸色，明白了。

"记得。不就是'艺高不露，才高不显，爱露爱显，必有凶险'吗？"

"可刚才你干吗非要露一手不可？"

"爹，你又不是没有瞅见。对那样一伙子臭狗屎，忍得住吗？我一不伤他们筋骨，二不破他们皮肉，还不算对得起那些下流痞子？"

"你怎么就不让我去对付他们？还不是你自个想逞能？你呀，哼！"

"嘿嘿，我不信，你能不显露地去对付？"

"你到底岁口嫩，经的事少，就不知道你爹有时候也能变着法儿对付人。我早就想好了，他们不过是爱玩爱闹吧？好，我就装呆卖傻，跟他们玩玩掰腕子、拌腿子，冷不防捅一下腰眼子，管叫他们暗地里心服口难言，边上看的人还不知道是怎么回事。"

珠子格格笑起来：

"我就不信，你还会装傻样逗人玩。"

确实，她长这么大也没见爹跟谁开过玩笑，连眉毛疙瘩都很少松开过，只除了她，有时还能逗得他笑几声。

“咳，你呀！……”老恭又爱又恨地摇摇头。又问：“你怎么想到用那块布来对付他们？”

珠子笑得更加又脆又响：

“你不是说过吗？前清的时候，有那有本事的人，甩着辫子就能对付刀呀矛的。所以夜里我就时常用自个的衣裳练。我是想，哪能老是带着长棍子短刀子？设或碰见带着家伙的有硬本事的人，赤手空拳不是要吃亏吗？”

老恭欢喜得心里发烫，表面上却半点也不露，反倒咬牙皱眉地摇摇头：

“不论怎么说，今日要不是亏你金生哥，说不定要生出大麻烦。”

“我不信，有什么大麻烦？”珠子不懂地看了爹一眼。

“你呀，咳！光知道咱大廖家府那小天地里的事，哪里知道这外边的世界。这镇子上有警察所，有保安队，知道吗？引得那么多人像疯了一样跟着咱们，还能不挤翻了摊子，踩坏了孩子，炸了庙会？那些拿公事当私事办的家伙们，本来就整天的想找事由儿请功领赏，要是把咱抓去，当做扰乱庙会的坏人办，麻烦不麻烦？”

珠子不再说话了，再一次感激地看了王金生一眼。

黑鹏子却很不服气，心里说：“还得亏他呢，得亏他会红脸！”

确实，这时不光王金生的脸红得像火炭，连珠子姐姐的脸也红得像鲜花。这就更叫黑鹏子生气：“怪！”他又发现，当他偷眼看姐姐时，姐姐竟也在用责备的眼光看他。他的嘴就噘得更高了，脸也鼓得更圆了，简直就像个熟透了的大噘嘴石榴。

“爹，”珠子想了想，又说，“得亏当时你没有使劲拦挡我，我哪里想得到你心里的打算？你必定是怕我跟你争起来，当着那么多人，不是要叫那些小荒子们笑话咱？也得亏，有那块布……”她又瞟了王金生一眼。

老恭只是“哼哼”了两声，没说什么。一方面，他是不愿意承认女儿猜得对，不愿意让她太显露，太高兴——她毕竟还嫩着呢，不能太纵着了；另一方面，他是正在悄悄儿打量着王金生，心里在思摸着别的事。

这小伙，年纪不过十八九，粗眉大眼，又秀气又英俊，还带着点孩子味；个儿不高不矮，走路昂头挺胸，腿脚轻健有弹性，不爱说话，腼腆文气；大眼睛定定地看着前面，像是在想什么心事，必定是嘴拙心里秀……

出了这个小胡同就是镇北的野地，住户人家的院墙外边有一条车道，车道外边有一些零零星星的小空场，空场外边，一片片绿色的庄稼在微风里飒飒作响。忽然，一大群麻雀轰地一声从一片玉米地里飞了起来。紧接着，在小空场上觅食的几只鸡也大惊小怪地叫起来，有两三只狗也狂叫着冲了过来。王金生正在吆喝狗时，忽然从两块玉米地之间的一条庄稼小道儿上冲出一个人来：

“哎呀金生，你怎么这时候才回来，叫我好等！……”

是个五十多岁的老头。躬腰驼背的小个子，灰白头发的脑袋，灰眉毛下边的一对松皮眼睛使劲朝这边看。忽然，满脸的皱纹颤动一下，又用苍老的声音叫起来：

“哈！我说兴许能见到，果真就见到了！金生，你可真是……了不得！真是了不得啊！”

他一边嚷叫一边快步迎了过来。快到跟前了，却又猛地转过身去，“别忙，我先给你们开门去。”就快步颠颠地走了，简直兴奋得像是全身都鼓足了劲头。

是个秫秸寨篱围成的小后院。院子门已经开了，里边是三间土坯北屋，两间更加破烂的小西屋。东北角上有个大凉灶棚子，差不多把院子占去了一小半。棚子里是大锅台、大案板、大笼屉、大风箱之类的东西，一看就知道是王金生做馒头的作坊。老头儿已经用颤抖的手开开了北屋外间门的大铁锁，转身急步走下了台阶，从凉灶棚子里的大水瓮里舀了一满脸盆水，从晾竿上扯下毛巾泡在盆里，像主人似的张罗着让客人洗脸，然后用颤抖的手把金生拉到一边，像是压低了声音，其实又是有意让客人听见，还不时斜着眼朝客人看去：

“巧巧巧，真巧啊！……你怎么还问‘什么’，全镇子都传遍啦！仙女！真正的仙女！……怎么，你还想瞒着我？是我姨夫，在镇子南口卖山里红，亲眼看见的。他赶紧跑来告诉我。还说这仙女的爹对你打问你爹呢，还说后来你跟着他们走。还说，得亏你用馒头车子拦住了人，要不可了不得！你呀孩子，禀性呆，呆得要死；心眼灵，灵得要命，真怪！……我就猜着你要把他们领回家来。把我高兴的呀，就不用说！要不，我干吗要站在路口上傻等？站得腿酸了，望得眼花了，没法，只好到瓜棚子里去歇歇儿。哪知道一歇下来就困得迷糊了。得亏那儿地势好，听得远，到底听见了你们的脚步响，还有小车的吱扭声……你呀，报大仇的时候到了！到了！还，兴许是，有缘！大半是前生注定了的！注定了的！好好好！……她贵姓？姓赵？哈！《百家姓》上的头一姓，难怪……”

王金生好容易总算止住了老人的唠叨话。正好赵家父女俩也洗完了脸。大家一起进了屋。这才发现，黑鹏子早已溜进了屋子，仰脸八叉地躺在炕上呼呼地睡着了——他实在是太乏了，也实在太有气了，睡着了还鼓脸噘嘴的呢。照例是女客盘着腿儿坐炕里，男客坐在炕前的板凳上，主人坐在炕沿上。只有那老头儿特别，坐在门坎上。珠子姑娘一直在心里暗笑：“真有趣，把个凡人当神仙，还传遍了金驼镇！”又想：“这老头，瞎说八道，什么有缘没缘的……”直到这会儿，她才被屋子里干净整齐的情形转移了注意，不由得要朝满屋子闪动着眼光。嘿，半截白的窗户纸上贴着好看的窗花，平光的墙壁上贴着雅气的年画，一条挺干净的薄被方方正正地搁在炕头上，炕后沿还整整齐齐地堆着一摞书，炕下的小桌子上还有纸笔墨砚。“倒真像个念过书的人……”她正在这么想着，却冷不防王金生扑通一声朝着他爹跪下了：

“赵大伯啊，你说你寻了我爹好些年，你可不知道，我也盼了你好些年啦！……”

“怪事！你这是怎么啦？”老恭连忙搀起他来，同时扬起了浓眉——对晚辈人莫名其妙的孩子气的举动，他常常是扬起眉毛发问的。

“请你收，收我做徒弟！”王金生挺着胸脯，喘着粗气，两眼含泪。

“做什么徒弟，是想学抡斧子推刨子的木工活吗？”老恭又故意假装不懂地问。

“不是，是想学武艺！我爹在世时就几次说到，大伯你、武艺出众。我就总想，能见到你……”

“别的话你先别说，简简单单：干吗要学武艺？”

“为了报仇！侄儿我，有血海深仇啊！”话音刚落，就忍禁着哭声，抬不起头来。

老恭颤动着眉毛看了看女儿，是探问；女儿也正在闪着大眼睛看着他，也是探问。她早已猜到了，爹很喜欢这个小伙子。

大家都不说话。

那老头却从门坎上站起身来，激动得脸色青白，猛地大声吼叫起来：

“金生！别没出息！别哭！你家的事我知道得最清楚，你不能说我来说！今日一定要说！只有说出仇和恨，拜师学艺才能见诚心！要不，你赵大伯怎么能一拍胸脯子就答应你？学武艺，这可是个熬筋练骨的苦事情，得用报仇的心做底子……去！打点酒去！一来是，酒烧心头好说知心话；二来是，你我这一辈子总算是遇见了奇人，神仙一样的奇人！……”

他停下来斜着眼观察了一下珠子姑娘的脸色，这才放心地接着说下去：

“三来，要是你赵大伯收了你，我陈万有就要喝它个熏天倒地，替你高兴……人，一辈子就是凭缘法，缘法一到，一好就百好……”

王金生果然抬起头来，抹了一下眼泪，一转身就脚步嗵嗵地冲出门去了。

四

珠子姑娘也紧接着跳下炕来，来到后院的凉灶棚子里，往锅里舀了几瓢水，往灶膛里塞了一把柴，坐在灶门口的兀凳上，从灶头的小土坎里找到火柴点着了火，就拉起风箱来。听见屋子里陈万有老头还在说话儿。这老头真有趣，连说话的腔调都有趣，刚一说开了头儿就逗得她几次忍不住要抿着嘴儿笑。

“赵大哥，你呀，看样儿比我年岁小，可我得叫你赵大哥。这就如俗话说的：不能按年岁定大小。对吧？你不见怪吧？……好，咱俩这就算一见知心，那我可就得先说说我自个的事。我名叫陈万有。其实哩，我什么也没有。没老伴，没儿女，没家业，没本事，真正是万没有。你知道吧？在俺们这金驼镇，人们开口闭口讲究的就是有没有。说谁家‘可真算有’，那就是大财主；说谁家‘也还有’，那就是小财主；说谁家‘还算有’，那就是日子还过得去；说谁家‘有歪路子’，那就是钱财来得不正派；说谁家‘光有一身汗'，那就是卖力气挣饭吃的；说谁家'光有几张嘴'，那就是光有吃闲饭的；说谁家'只有讨饭的打狗棍'，那就是靠要饭过日子的。你想想，我陈万有有什么？可是，哈哈！我有！我有！不瞒你说，我有一颗摸着都能烫手的心！一颗好心！说出来你也许不信，我就是靠着这一颗心，过了一辈子！……”

停住了。听得出他是在打火镰，叭烟袋，吁吁喷了两口烟，这才又接着说：

“嗯哎，你一定要问：一个人怎么能全靠一颗好心过日子呢？这，好心要知道好人才行哩。要不，你就是傻子。对你说，我打十来岁起，什么能够挣扎着干的事儿都干过，几十年，也挣了点钱，也娶过媳妇……这些，就不去说它。总归一句话：这一辈子我早就看透了。咱这金驼镇，有多少财主铺家是靠着坑压诈骗'有'起来的。别看我陈万有百没有，我可瞧不起他们那样的'有'。我还总是在心里骂他们，咒他们。人，是两只小手抱着心窝儿在娘肚子里长成人形的，就也应该两只手捧着你那火烫的心做一辈子人。要不，怎么叫个人？……比方说，有一个跟我一块扛长活，相好的，娶了亲，有了孩子，又有个有病的老妈，养不起，愁得想上吊，我，拿着一小洋铁盒白光光的洋钱，三十块，是我媳妇死了以后我又积下的一点钱，全都给了他：'拿去，做个小买卖。'就这样救了一家人的命。你想想，他能看着我饿肚子吗？另外，咱这北半边地处，只要是正派好人家，有什么活儿，只要我给干得了的，不讲工钱，帮着干，人家忘得了我吗？年年月月，东家给三升，西家给一斗，柴禾我自己拾。这是不是万有？有时也挑着个卖香烟糖果的挑子往当街一摆。筐子里还带着几个小兀凳。有那没事的老头老婆过来了，请坐吧，闲磕牙吧。天南地北，东长西短。就这么着，全金驼镇的事儿就都装到我心里了。这又是不是万有？等到老得不能动了怎么办？好办，躺在炕上，等死。等乡亲们把我光着身子往土里一埋，这无边无沿的地上就有我，我也就有了无边无沿的地。你说说，我这又是不是万有？要按我自个说，是，是万有！”

珠子姑娘听着听着，不再笑了，深深地被感动了。原来这陈万有是这样个人！看来，这金驼镇上也有不少的穷人和好人啊！她猜得到，她爹一定是在不停地翘胡子，扬眉毛；一定光是听，不说话。他能说什么呢？他的为人在世的道理跟这个陈万有是多么不一样啊！她却更没有想到，陈万有后面的话更是叫她越听越动心，连锅里的水开得咕咕响她都没听见，连给她爹给陈万有送水喝的事儿也忘记了。

“……满仓兄弟活着时常跟我说到你：是个有肝胆、有义气、有本事的人——其实我也早就认识你，这，你没有想到吧？那年，你们带着一标子义和团败退到咱这金驼镇，放火烧了洋鬼子的教堂子。老百姓呀，好多人都拿起锄头铁锨土铳土炮帮你们，跟追来的洋鬼子打了一场大恶仗。死的那人啰，无其数！你想想，老百姓怎么能不恨洋鬼子？那个洋教堂是怎么盖起来的？是占的咱们的地皮，要的咱们的砖瓦，拉的咱们的劳工，还随随便便的打人骂人，还强迫老百姓信教，还……咳，说不完！当时我也在那伙子帮着打仗的人里面，也看见你是怎么杀洋鬼子的。当时你是个头目人，个子大，嗓门高，本事大，跳墙上屋，冲锋陷阵，数你能。没错儿，你这模样，又刚好姓赵，又打听王满仓，没错儿。在一群马里面，谁也忘不了那匹最好的马，对不？你为什么要找寻王满仓？这我也知道，是因为，后来你们被鬼子逼进了一所大院里，前后门都被洋枪堵住了。得亏王满仓，带着几个年轻人，从当院的白菜窖里，挖了个通到院子外边的地洞子，你们才趁黑夜钻地洞溜进了一条小胡同，神不知、鬼不觉就退到了镇子外。我说得半点也不错吧？咳，一晃，这么多年啦！真没有想到你还健在，还有这么好的姑娘，真是神仙一样！真是将门出虎女，压寨穆桂英！”

听得见爹低声嗡嗡地说了几句什么，把老人感动得哼哼咳咳的，好半天，才又哑着嗓子吐出声音来：

“好兄弟，咱金驼镇这么大，一个镇子的人不相识的还多得很呢，你怎么能打听得到这个名不震耳的王满仓！还有一层：后来王满仓下了关东，一去就是十二年，回来以后，过不几年就死了，你上哪儿去打听他？这，我可就要说到金生侄子的血海深仇啦！……”

老人大概是又在吸烟，咳嗽起来了。

奇怪，院子里忽然像是显得特别静，连邻院一棵苦楝树上往下掉苦楝子儿的嘀嗒声都听得见。珠子忽然觉着背后像是有个人，回头一看，果然，是王金生昂头挺胸地站在院子门里边的。他用手巾捧着一堆烙饼，两大块熟肉，一大包花生，胳肢窝里还夹着个大酒瓶。干吗红着脸站在那儿不动身？

她回过脸来看着灶膛里的火，轻声说：

“吃什么稀的？光咬干烙饼吗？倒舍得花钱！……”

金生没有回答，走过来把东西搁在案板上，又从粮食瓮里舀了一瓢玉米面撒在锅里，用勺子搅拌了几下，重新盖上了锅盖，又愣愣地站在锅台边不知干什么好了。

珠子抄起衣襟扇着脸上的汗，像是自言自语地小声说：

“这鬼天气，热死人。要是不怕热，就站在这儿发汗吧！”

话还没完，就咬住嘴唇忍住笑。

又低下头来看着灶门里的火，声音嘤嘤地说：

“是想你那馒头车，后悔了吧？看你往后拿什么家什去做买卖！嘻……”

看见王金生还是傻气呆呆的不动身，她不好意思地别过脸，却看见那边寨篱下边有两个老大的枯树根，有一个劈开了一个大裂口。树根旁边堆着一堆七弯八扭的干劈柴，还有一些碎柴楂，柴堆上靠着一把特大的月牙斧。她好奇地跳起身来，跑过去提起长斧头柄儿掂了掂，大约有三十多斤重，比平常劈柴的月牙圆口斧头也许要大两倍，重两倍。

“干吗要用这么重的斧子劈柴禾？”她回过头来，大大方方地小声问他，大眼睛盯盯地看着王金生的大红脸。

好半天，王金生才不得不嘟哝不清地说，

“不用大斧子，那老树根子，难劈……”

“干吗要用这样难劈的老树根子做柴禾？”

“买这老树根便宜。”王金生的舌头还是不听话。

“不对。不光是为了贪便宜。”她想了想，摇了摇头，又睁大眼睛闪闪地看着他那粗脖子、厚胸脯、宽肩膀和粗胳膊。“你大半是特意用这办法练手劲的吧？”

王金生啊，他真高兴，又真奇怪。怎么她一下子就猜着了？怎么她一点也不拿我当外人，这样爱跟我说话？他的心跳得厉害，脸也发烧得厉害，实在再也说不出话来，只得微微笑着点了点头。他可万万没有想到，自己那憨厚的笑容，又一次在姑娘心里留下了很深的印记。

“这样练蛮力……”她像是自言自语。又问他：“练了好久了吧？”

“两，两年。”

“干吗要练手劲？”

“为了……”他使了好大的劲也说不出话来。

看见他那变颜变色的劲儿，她不再问了，又回到灶门口坐下来。

正在这时，陈万有老人在屋里大声问，

“是金生回来了吗？”

王金生只“哎”了一声。

“真是棵薄皮嫩肉的嫩葱儿，不会支应客人，一呆就呆得像木头人。必定是打了酒，买了下酒的菜吧？都拿进来！我们老弟兄俩酒暖心头好说话。听见了吗？”

珠子又闪着大眼睛好奇地看着这个“薄皮葱”。只见他走近案板边，拿起酒瓶子和花生包，想了想又搁下；拿起菜刀来想切肉，想了想又搁下；又开开碗柜拿了三个小酒杯和四双筷子；这才又拿起酒瓶和花生包，红着脸走进屋里去。她连忙起身过去，拿着菜刀切起肉来。听见背后脚步响，她也不回头看。把切好的肉片装在碗里，又把几张大烙饼切成一般大小的三角块儿装在盘子里，脸对着案板说了声：“拿走吧！”闪身让在一边，看着他红着脸拿走了。她自己却从碗柜里拿出一小碟咸菜，从饽饽篮子里拿出一块玉米饼子，用刀把饼子剖成两半，把咸菜夹在里面，就坐在灶门口吃起来。又听见屋里陈万有老人的声音：

“金生啦，我要对赵大哥说说你的仇和恨。我知道你从小是在泪水里泡大的，孝心又太深，性情又太真，所以一提起你爹妈的事儿就要哭，可偏偏，你一哭我就心里难受得说不下去啦。反正你是心里苦得吃不下酒的，先到外边呆着去吧，等会儿再来陪着你赵大伯吃饭。依我说，这睡觉的小家伙也等会儿再叫醒他，姑娘大半也不喝酒……”

王金生真的出来了。先是抱着头坐在外间屋的门坎上，后来又索性到寨篱门外边的一个大枯树根子上坐下来。

屋子里又响起了陈万有的沙喉咙：

“……多好的人啦！模样百里难挑一。性情，火热柔和。心灵手巧，针线活没人能比。又勤俭，养鸡养猪，一天到晚不闲着。小日子呀，过得真是甜如蜜！谁不说满仓有福气？可哪知道啊，老天爷不睁眼，祸，不是从天降，是从地上来的呀！是个大热天，傍黑时她唤鸡进窝，一看，少了一只最爱下蛋的芦花鸡。邻舍家的孩子们说，看见它在野地里觅食呢。咳，千不该万不该呀，她顺着一条庄稼道儿一路叫唤一路找。你哪知道，她那唤鸡的声音是多好听，多脆亮，简直像银铃儿似的！她找着找着就走远了。狼心狗肺的姚章贵，姚五爷家的大少爷，金驼镇有名的色鬼馋猫儿，刚好当时从外村串亲戚回来，穿着白纺绸长褂，戴着小洋草帽，摇着白纸扇儿。他大半是离老远就听见了她的声音，看见了她的身影，就躲在路边一人多高的玉米棵子里，等她走到跟前了，猛地扑上去，抱住她就往地里拖。她呀，拼着命的喊叫厮打，抓他咬他。人们都收了工，野地里没人，离镇子又远，谁来救她？就算是有人看见听见，又谁敢来救她，好不容易总算挣脱了身子，披头散发跑回家来。哭啊，骂啊，寻死上吊啊。这一来可就闹得众人皆知啦！说是没有被糟蹋，谁信？跳进黄河也洗不清啦！还有什么脸在这金驼镇上过日子？其实哩，除了那些外白内黑的勾子心，爱说长道短的鄙薄人，那真正的穷人谁不知道冤和苦！可王满仓是个爱脸的血性人，他气不过，受不了，忍不住。告状吗？报仇吗？人家财多势大，根本就不用想。三天以后，满仓让她抱着当时刚刚才一岁半的小金生，自己挑着行李鸡笼，趁黑夜悄悄把她送回娘家去。满仓自己呢？也一去就不回来啦！闯关东去啦！原是跟她说好了的：听说关外地广人稀好挣钱，出去个三年五载，挣点钱回来置家业，面子上光彩，乡亲们也就忘记了过去的那宗事。哪知道，他，一去就是十二年，音信全无！可怜金生的妈，在娘家整整守了他十二年！那日子是怎么过的呀！……”

停了一会儿，珠子听见她爹声音嗡嗡地：

“老哥，先忍住心头酸，喝酒，喝酒，再说下去！”

“对，我喝！酒逢知己千杯少，语到投机万句多！”听得见陈万有抿酒的声音，长吁气的声音，动筷子的声音。“……十二年啊，满仓的一亩五分命根子地谁来种？金生的妈娘家离这儿十八里，她爹年纪老，只有一个哥哥，自己家的活儿就够他忙的，能到这儿来帮她种地吗？她自己又不能回来操持。是我，是我陈万有，跟邻壁的屈山屈海弟兄俩——身强力壮的穷光棍汉，世间上少有的好心人——商量好了，暗地里托人给金生的妈——

那时人们都叫她满嫂子——捎信去:地,我们帮你种着,房子院子帮你看着,可有一样,地下打下的粮食可怎么办?过了几天,她娘家的爹就亲自来了一趟,当面对我说:他的闺女知道我是个信得过的大好人,一切都拜托我。还说:不到万不得已他闺女是不回来的;他家的日子,虽然不宽裕,闺女外孙是亲骨肉,怎么也不能不管顾;闺女在他家也不吃闲饭,光她给人做针线活儿的手工钱就不少,她还养鸡养猪呢,所以,打下的粮食都给她闺女存放着,为的是给她一家三口留后路;对她娘家的哥哥嫂子就说是把地当给了我陈万有,当地的钱少半儿给满仓还了债,多半满仓带走了做路费。……就这么着,年年月月,打下的粮食俺们三人半粒也不要,哪怕是穷得揭不开锅盖,也不动她的一把糠,都给晒干簸净,囤在她家的北屋里,还年年扛出来晒。又怕陈坏了,挑到集上去卖,卖的钱都搁在乡亲们的'公益会'里存放着,一个子儿也少不了。还年年给她家抹房顶——要是漏了雨,粮食不是要霉坏吗?十二年,囤满了一屋子!还要天天锁门,夜夜经心,还特地在她家院里养了一匹狗。要知道,咱这金驼镇可少不了翻墙掏窟窿的夜猫子呀!赵大哥,你想想看,我,是不是陈万有?我活在这世界上,算得上是一个问心无愧的人吧?"

"老哥,你是个顶天立地金不换的人!"是哼出来的声音,还有拳头打在桌子上的声音。

"好!"陈万有也大声说,"有你老哥这句话,我不光要多喝半斤酒,我还,就是立时死了也值得!来!喝!好!……可是这还不算,还有后来的事儿呢。真是普天之下,无奇不有啊!……后来,满嫂的爹妈都过世了,满嫂没有靠傍了,她能再带着孩子赖在娘家看哥哥的眼色,听嫂嫂的闲话吗?只好回来啦。进家一看:院子里没有荒草,一大堆秫秸玉米秸,屋子里还是好好的,北屋东间里满屋子粮食。她呀,朝着俺们三人就跪下啦……嗨!这就不用说啦。倒是我,看见她变了样,就像不是她了。才三十出头的人,倒像是四十好几的。早先那亮晶晶的眼睛,小了,红了,肿了。不用问,是哭成这样的!……是腊月底的一天,大雪漫天。她母子正缩在北屋西间的炕上发闷呢,忽然听见前院的大门吱啦一声响,隔着窗户上的小玻璃眼一看,了不得:进来了一个满下巴大胡子的黑脸男人!一顶毛茸茸的三块瓦翻羊皮帽子紧扣着眉毛,一身光板破羊皮大袄,破布条扎着破棉裤脚儿，一双沾满了泥雪的大毡靴，挑着两口破箱子，一闯进门就喊叫：‘家里有人吗？’娘俩连忙跑出去，一问，回说是王满仓多年以前的朋友，这大雪天没法赶路，又没钱下店，要在这儿借借宿儿。对他说家里没人。‘你跟这孩子不是人？’又说家里没男人，‘我不是男人？’娘儿俩撵他，骂他，拖住扁担往外拽他，都没有用。他径直闯进了外间屋，放下了担子。娘儿俩只好进里屋关上房门不理他。可是他反倒在外面又哭又骂：‘好你个没良心的呀！……’娘儿俩正在又疑心又害怕，又是我，又是我陈万有，听见了喊叫，连忙从隔壁踩着雪跑过来，一下子就抱住了他：‘满仓兄弟，是你呀！……’我那眼泪哟，哪能止得住！满嫂子这才开开了房门，一看，帽子摘了，皮袄脱了，是他！是一十二年想断了肝肠的亲人回来了！我，这可算知道啦，她夫妻俩的情分是多重啊！她全身发抖，靠在门框子上差点儿昏倒，可是眼睛还直勾勾地看着他，看着他，后来就猛一下扑到他身上。哭啊，撕心裂肺地抽嗒啊，哪里哭得出声音来！可是，谁想得到，满仓兄弟反倒推开了她：‘先别忙哭，有的是时候。’走进了里屋，本来是冻得通红的黑脸一下子青白了：‘炕上这两双男人的鞋是谁的？’满嫂起先是一愣，接着就生了气：‘大的那双是孩子他后爹的，小的那双是小叔子的。谁叫你一出去就是十二年？’王满仓啊，我想拉他也拉不住，哭着喊着就往院子里跑：‘都怪我！都怪我！我不活着了！’满仓嫂啊，追出去就抱住了他：‘那鞋是俺给人家做的针线活呀！’就这么着，两口子在雪地里紧紧地抱着，哭得个天昏地暗！我一看，雪越下越大，两口子身上都白花花。想劝他俩进屋里去。又想，相离十二年刚见面，有多少苦情，哪还管什么下雪下雨！哪好意思去打断人家！又一想：倒是我自己，怎么好傻站在这儿看着？我就一边眼泪扑簌一边往外走，一边听见他俩哭着嚷着从心里肺里撕裂出来的话。‘为什么十二个年头连一个字的信儿都不写？’‘在外边混得连饿狗也不如，有什么脸给你写信？为的是叫你伤心，叫你挂肠，叫你爹妈生气，叫你哥嫂笑话吗？我又不会写字，你又连个正经名字也没有，写李二妞收，行吗？还有，谁知道你还是不是我的人？’‘你才真正是个没良心的，半点也不知道我的心！’这时我已走到院子门外边了，听到满仓猛一下用更高的哑嗓子喊起来：‘我不知道你的心？倒是怕你不知道我的心啦！我把那个东西拿出来给你瞧瞧，看你还记得不？我可是一时一刻也记得它，天天睡觉时都要拿出看看它，摸摸它呀！……’我不由得回过身来，从破寨篱的秫秸缝儿看见，满仓就这么哭着说着，把破棉袄的边儿撕开个口子，从里面摸出个小纸包，打开来托在手上叫满嫂看，后来我才知道，是个金耳环，吊着个小坠子，有一粒比绿豆还小的翡翠珠子。原来呀，是两家订亲时，满仓送的定亲礼，原是一对儿，十二年前满仓临走时带走了一个。‘你还记得吧？我，顶喜欢摸捏你那柔柔软软的耳唇儿，一百次逗得你笑得直喘气。在外边，十二年，我哪一天不想你！……’当时啊，我看见，满嫂一把抢过那耳环来，看了又看：‘我的那个也留着的，好不容易又配成对儿啦！’就猛一下拉起满仓的手，偏过脸去把耳朵送到他手上：‘好亲人啦，你再摸摸吧，捏捏吧！捏得它痛我才相信，这，这不是做梦啊！’又是呼天喊地的哭啊，哭啊……连金生那孩子，起先是不认识他爹，站在外间屋门口发愣，后来也猛一下扑过去，紧紧抱住爹和妈，哭得嗓子都哑啦！我，也站在寨篱外边，哭得个昏天黑地！等我醒过劲儿来，才看见，早已有邻壁左右的好些人，也都站在远远近近的雪地里哭！……赵大哥，你说说，要不是亲眼看见的，会相信天底下有这样撕心裂肺的奇事吗？有这样的夫妻情义吗？……”

陈万有的舌头打卷了，吐字不清了。声音有时高，有时低，一低下来就发颤，像哭声；可一高上去就蛮有劲，像是咬紧牙关说恨话。天黑下来了，房檐上的麻雀要进窝，却被屋子里的声音惊得吱喳叫，钻进屋檐缝儿里又飞出来，又钻进去。

珠子回头一看，王金生背对着院里，躬着身子抱着头，全身一抖一抖的。“在哭呢！”她想，“真是个情深意真火烧心的人，难怪他要狠命的练力气……”又转过身来在心里说：“这个陈大伯，你就快着往下说嘛，声音也大点儿嘛，真是！……”

陈万有真的又接着往下说了：

“……满仓在外边十二年干了些啥？据他说，扛长活，扛码头，拉洋车，伐木头，下煤窑，什么都干过。最后又被日本鬼子抓去当苦力，开山洞。受的那苦哇，三天三夜也说不完！为什么没有落下半文钱？倔犟，仗义，呆气，倒霉——就因为这八个字——真正的是八字命不好，打架伤了人吃官司，再加上坏人骗，小偷偷，朋友借，鬼子抢，害病花，还有一路回来的盘缠钱。还不如他媳妇，在娘家熬灯熬油帮人家做针线活，年年养一大群鸡和两头猪，除了贴补娘家，自个暗地里也积了点钱；也不如他孩子小金生，从六岁起就帮人家放羊，暗地里也积了点钱。他这一回来，可就做梦也没有想到哇：吃喝花用都不发愁，一家三口心暖心。他，下死力气要过争气日子，还送孩子上学里去念争气书。可就有一样：十几年，越苦越憋气，越气越积仇。脾气又刚硬，哪里憋得住？大年初一，请多年不见的乡亲们吃酒，也是补报大伙照管了他家十二年的恩情。酒喝多了，点着了心里的火，又哭又嚷叫，邻舍十家都听得见：'不报冤仇不为人！……'这还不算，以后又多少次在乡亲们红白喜事的酒席上，在大街上跟知心朋友说体己话，都是哭腔哑嗓地大声喊：'报仇！报仇！'事情偏偏这么巧，有钱有势的人总是脚踏楼梯步步高：姚章贵这个禽兽当了东镇的镇长啦！区里县里他都打耀得开。在大街上过来过去，屁股后头老是跟着两个盒子炮。当着人，是笑面虎；背着人是龇牙狼……咿呀呀，干坏事刮钱财……咿呀呀……是腊月底。谁家不想多挑点甜水过新年？就在那个大破窑北边，有一眼最好的甜水井。雪，踩紧了，结成冰。冰上，挑水的人，洒的水，又结、成了冰。井口边，滑得、站不住人。王满仓啊，太……太勤快啦。天，刚粉亮，就去挑水。可是，咿呀，一去，就不回来啦！……你猜是、怎么回事？是他，自个，滑到井里去的吗？咳！……后来，乡亲们把他，从井里，捞起来啦！……咿呀，我是，亲眼看见的：怕死人！那双眼睛，睁得大大的，怕死人！直到这会，一想起来，咳咳……你想想，满嫂子，她还能不哭得、死去活转来？……惨啦，一家三口，好不容易才过了三年、顺心的、暖和的、日子！……祸不单行啊！偏偏，西邻家，有个，不懂事的，年轻人，去告诉她：就在那天早晨，他，也去挑水，刚走出院子门不远，就老远看见，姚章贵——姚见鬼的、小舅子，名叫邓六儿的家伙，挑着一担、不见重量的、空桶，从井北边挡风沙的那段破墙那边转出来朝西边，飞快的、走了。这邓六儿常年住在姚家，专靠说白溜谎跑腿打杂过日子，他什么时候挑过水？他家离这儿又不近，干吗偏偏要到这儿来挑水？这不是，明摆着的事儿吗？……一知道是这么回事，满嫂啊，她可就，再也、不想活着啦！她，怨命！怨自个，连累了，满仓、受了十二年不是人受的苦，最后又送了他的命！怨自个儿对不起、满仓！怨自个，没脸活下去！也没心劲活下去！她躺在炕上，三天三夜，滴水不进口，只是哭。到第四天，我，去劝她。她，对我说：'大叔啊，金生没爹啦，往后，多靠你、好心人、照应啦。好在、这孩子十七岁啦，成大人啦，从他爹一回来，俺俩就发了誓，从此死活在一起，不再分开。……'我真蠢啊，根本没想到，她这是说的、绝命话啊！到第五天，她就，趁孩子金生不在家，自个蹭到搁柴禾的小西屋里，上了吊啦！到阴间去找满仓去啦，真的要生死在一起呀！……"

"我的老天哟！"老人这回是真正的放声哭起来了。"当时是，是我，是我陈万有，把她，从绳子上，解下来的呀！她也是，眼睛睁得大大的，看着我，看着远处，怕死人呀！装殓时，我看见，她的左手紧紧捏着右手背，右手是攥着的。我使劲给她掰开来，一看，右手心里是那对金耳环！乡亲们也都听说过这耳环的事，都哭了。是西邻家齐嫂的好主意，缝了个小口袋，把耳环装进去，搁在她心窝上，……多好的、女人呀！才，三十多点年纪，还年轻呀，怎么舍得，丢下孩子，死！……"

好半天，老人又突然忍住了哭声，大叫起来：

"赵大哥呀赵大哥，你说说看，这普天之下，这从古到今，有多少好人，多少穷人，是睁着不甘心的眼睛，怨气冲天的眼睛，走到阴曹地府里去的？为什么，那阎王老爷，就看不见？就不管？这个昏天黑地的世界，到底还有个边儿沿儿没有？"

"天不公，地不道，这是我说了一百遍的话！"爹也大声吼叫着，"珠子！叫你金生哥来吃饭——你们也该饿得够呛了！"

珠子这才发现，她手里还拿着个饼子忘记了吃。可是她哪里还吃得下？站起身来回头一看：王金生也正从院子门口回过头来，眼泡红红的，声音是嘶哑的，用泪眼看着她的泪眼：

"我吃不下……"

"哎！"她在心里说，"陈老伯说得对，真是禀性呆，心眼实，孝心重，情分深。一个心实意重的人，就必定有一股呆劲儿……"又回头用亲切的眼神看了他一眼，像是叫他去吃饭，又像是对他说："我知道你的心……"这才走进屋里去。

爹正在使劲摇醒黑鹏子，陈万有老人用枕头垫着腰靠墙坐着，闭着眼睛垂着头。她坐在炕沿上对老人说："上了年纪的人，刚喝了酒，这样坐着睡着了会受凉，索性盖着被子躺下吧。”同时扯过那条夹被来给老人盖上了。

老人猛地睁开了眼睛抬起了头：

“啊！多好的姑娘！几十年也没人对我、这样、知冷知热啊！……”

“大伯，”珠子想了想，猛地睁大了亮得出奇的眼睛，“我想问问你，这金驼镇，像你这样的好人多吗？”

“哈！”老人猛地抬起了身子，又兴奋又好奇地看着这个出奇的姑娘，“多！多得很！我陈万有是真正的陈万有，跟我相好的，都是好人，在金驼镇上少说也有好几十！可是，你问这，干吗？”

珠子没有回答，一旋身子走出了屋子，本来是想盛几碗粥拿进来，却正好碰见王金生正用一块木板托着五六大碗粥进来了。她转身往炕沿上一坐，拿起了筷子，咬着牙说出几句话来——是有意说给王金生听的：

“好汉能恨也能忍，保住身子是根本，用饭食压住心里的恨吧！”

她觉着，王金生在用感激的、很特别的眼神看了她一眼，心里不觉涌起了一股滚热味。

月光已经从窗外映了进来，根本不用点灯。……

五

十二年前的这件事，对于当时刚满十三岁的黑鹏子来说，真正的像是一场梦。可不是吗？还没有进镇子就发生了那种奇怪事，进镇子以后，人挤人，五颜六色，吵吵嚷嚷，买买卖卖，挨叱生气。以后就睡着了。直到如今，他每逢一想起来，也还是觉着像一场梦。他更加没有想到，就是在这场糊里糊涂的梦里，竟然决定了他那最亲最热、最敬重的姐姐的命运呢！

可是在当时，他的梦还在接着往下做呢。

他狼吞虎咽地塞了一肚子烙饼和熟肉，也没有喝粥，就又耷下脑袋来睡着了，起五更吃的早饭，小跑着紧追着爹和姐姐赶了将近五十里路，又在庙会上紧张了多半天，实在太困了。

小车上铺了两条破麻袋，这就是小黑鹏今天夜里睡觉的床。为了防他从车子上滚下去，王金生用绳子在车架车辕上绑拦成一面网。珠子姑娘抢着把碗筷锅盆都涮洗了，这才拿起扁担和绳子，跟着爹的小车走出了院子门。

陈万有醉得动不了身。王金生一直把他们送到镇子南口的大柳树下。在这儿相遇，又在这儿分手。临分手时，赵老恭两只大手往小伙子的肩膀上一搭：

“好侄子，学武艺的事，可不是个嘴咬萝卜的容易事。先别急，你再想一想，我也再想一想，咱们往后再商量。你就在家里听我的信儿吧！”

王金生没有再说什么，只是呆呆地看着月光下面渐渐走远了的人影子，听着那小车越远越小的吱扭声。他完完全全地呆住了，像木头人一样动也不动地呆住了。心里啊，为什么这样空？是丢掉了什么最贵重最痛心的东西吗？丢了什么呢？为什么老像是有个好看的身影儿，一双眉毛弯弯的叫人心发颤，一对眼睛一会儿迷迷蒙蒙地，一会儿又闪闪发亮地睁大了，在他的眼前出现呢？还有那好听的声音在耳边响……啊啊，十八九岁的小伙子，在这个冷酷的世界上，在孤苦的生活里，还是第一次碰见了这样一个揪心夺魄的姑娘呢！多么出奇的姑娘！临走时她为什么用那样的眼神定定地看着他？当他也索性大着胆子瞅她时，她的眼睛只是眯了一下，又睁大了，又看着他，还抿了抿嘴儿。月光之下，他把这一切看得是多么清楚啊！为什么她的眼神是那样动人，那么多变化，好像是对他说着心里话？她说的是什么心里话？是真的呢还是自个瞎想的？是做梦呢，还是真事儿？……他的心啊，就像是被她摘走了！

嗖的一声，一个什么东西从他身边窜过去了。他吓了一跳，惊醒了。原来是一匹瘦得皮包骨头的野狗跑过去了。是因为远处的庄稼地里有点什么响动吧？也许是个地老鼠在那儿偷吃嫩玉米吧？正是白天被她用土块子打过眼睛的那匹老灰狗。真好武艺！真有功夫！她一扬手，那神情……哎！

他这才发现自己是站得太久了，只得低着头往回走。

月光照着自己的影子在脚边晃。他用脚踢着地上的土，像是想用这样的办法踢掉心里的苦味儿。忽然，他发现沙地上有个红色的小东西。弯下腰一看，猛一下欢喜得一颗心发狂似的跳起来，连忙拾起来。是她丢的！准是她挽辫子准备打架时丢的！是那朵被漆黑的头发衬得耀眼的剪绒花！

他的手发抖，心发抖，小心地用手指弹掉花上的土，把被过路人踩扁了的花瓣儿弄得重新鼓起来，然后用巴掌轻轻地窝着它。好像是脚不沾地，好像是飘飘晃晃。看不见大街上布遮板盖的棚子摊子，也看不见在板凳上、木板上、货架上横躺竖卧的守夜的人，闻不见蚊香的烟味儿，听不见打鼾的声音。庙会上月夜的情景跟他一点关系也没有了。不知怎么就进了自家的院子，又进了自己睡觉的屋子。陈万有老头还在炕上打鼾呢。他不愿意惊醒他，轻轻地抽开了桌子的抽屉，小心地把花儿搁进去，又轻轻关上了。屋子里蚊子嗡嗡响，真亏老陈伯，怎么不怕蚊子叮，他轻轻掀起炕席角儿摸火柴，想点着一根熏蚊子的草绳子，却摸着了一叠纸。呀！这不是几张钞票吗？连忙拿着冲到外间屋门口，映着月光一看，真的是钞票！一元一张的，一共是十张！哦，没错，准是他父女俩悄悄儿留下的，准是为了赔他的馒头车！又想起了：他明明看见，卖木器的钱都是交给她收着的……他心里啊，又酸又热又发紧，千言万语对谁说？忽然像发了疯，把牙一咬，一步就跨出了门，两步就冲到寨篱边，拿起那把特大的月牙斧，高高地举起来，正想“哼”地一声劈下去，却又想起来：左右邻壁的人们在睡觉。只得又把斧头轻轻地落下去。好，就这么练吧，高高举起，轻轻落下，更能练劲。咬紧了牙，举一下斧头，不出声地在心里哼一下。“狠！……狠！……狠！……”月光映着，好像连他的影子也有那么一股傻劲，也在一晃一晃的，“狠！……狠！……狠！……”天上的月亮在暗笑，隔壁齐大嫂家鸡窝里的鸡也在小声地笑，近处的狗可就大惊小怪地叫起来。

六

这时候，赵老恭父女俩正在不紧不慢地走在大路上。夏夜的清风把身上的汗水吹得凉浸浸的，真是舒服。这里那里不时地响着庄稼拔节长穗的咔咔声。大地上的一切都在银色的月光下悄悄儿生长生长，小黑鹏在睡梦里长个儿，赵老恭和金珠子却都在心里长心事。

珠子姑娘一想心事，眼睛就眯眯着，眼神就显出一股迷迷蒙蒙味，赵老恭对女儿这个习性是最最熟悉的。老恭一想心事，大胡子就撅起来，眼睛就在浓眉毛下边定住了神，金珠子对她爹的这个习性也是最最熟悉的。父女俩起先是一前一后地走，后来就并排着走，后来就互相看了一眼，后来就谈起话来了。

“丫头，你在想什么吧？”

“爹，你呢？我看你也在想事儿。”

“我在问你呢，你倒问我，死丫头！”

“我呀，不告诉你！”珠子故意撇了一下嘴。她看得出，爹今日很高兴，她自己也很高兴，所以想要耍孩子气，逗得爹更高兴，慢慢再探探爹的心，慢慢再把自己的心事说出来。

“死丫头！干吗不告诉我？”

“好吧，告诉你吧，我想起了小时候唱的个歌儿——是看着这天上的月亮想起的。”珠子看着天上银盘似的月亮格格笑起来。“怪好玩的，你想听这歌儿吗？”

“哼，我知道，又是动了你那孩子气。……好吧，你就唱给我听听吧，要唱就唱真的小孩歌，可不许你瞎编排。”

“爹，我今日可得劝劝你。你一年到头什么时候快活过？眉毛当中老是挤着个愁疙瘩。我再不逗逗你，谁还敢逗你？连我妈都老是怕你烦。你呀，依我说，得快活时就得快活点。嘻嘻哈哈一百岁，活着气死狗财主！……好，我就唱给你听。”她忍住笑，就真的细声细气地唱起来：“清水井，清又深，井里的月亮亮晶晶。月亮月亮你是听：你是这，井的心，明又亮，深又真，照见我的影儿，照见我的眼睛。我跟你，比一比，看谁深，看谁真，看谁的心眼亮晶晶……不，我不唱了！”她到底忍不住格格笑起来了。

老恭也把笑意藏在胡子里。他知道女儿为什么不往下唱，也知道女儿为什么要想起这么个小孩歌——真是个心眼灵透了的丫头啊！

可是，他还要进一步探探女儿的心，就看着远处，自言自语起来了：

“咳，倒实在是真难得。孝心大，禀性真，心肠好，有志气，又念过三年书，家里又只他一个人，还有点自业地……”

珠子没答话。好半天，她才忽然说：

“今儿这月亮真是好，它就像知道俺跟爹赶夜路，照得这样明。哎呀，一到这空旷地方，再加上有月亮，我就觉着挺畅快。爹，你猜怎么着？在家里，在村里，我总觉着可闷呢。你不知道，有多少回，我给吴树根大叔送东西，总要爬到他家院里那棵大树上去，上得高高的，看着咱们的村子，看着四外的地，心里呀，就有一股说不出来的畅快味，就想呀想的，想得可多呢。有时候，还想到咱们家，想到你……”

“想我的什么？”

“想你，早先，可真巧，碰到俺张爷爷，碰到俺的好妈妈，在咱村落下来，一家人结成一条心，水里火里一块儿受。所以我就想，世界上的事儿就像真的是有运气。爹，你说说，人，有时候是不是真会碰到刚好接关斗榫的运气呢？”

老恭嗯嗯着没回答，他在琢磨女儿这些话的意思呢。

走了一段路，珠子又突然问：

“爹，你到底愿不愿意收王金生做徒弟？”

“你说呢？”老恭故意反问她。

“我说该收他。”

“你准知道他是个有出息的好苗子？”

“我敢说有八分九分准头儿。”

“你从哪儿看出来？”

“是你自个儿刚才说的：孝心大，禀性真，有志气。另外，他还自个儿想办法练力气呢。”她把王金生用大斧子劈老树根的事也说了。“别看他爱哭，那是因为禀性真，孝心重……”

老恭想了想，过了一会，不觉感叹起来了：

“人啦，怪事！丫头，你知道做父母的心肠吗？哪怕在别的事儿上心比铁还硬，可在儿女的事儿上有时候就心软。丫头，你以为爹的心就不会挺软的吗？”

“爹！……”珠子颤着声儿说。

“丫头，今日我可要跟你说实话，我跟你妈都一样，就是对你最心软！”

“爹，别说了，我知道。”

“你知道就更好。那我就索性对你说明白：我跟你妈这大半辈子过的什么日子啊！脊梁上压着个大磨盘，脚底下踩的是刀尖子，心是在苦水里淹着的！我这一辈子算是跟这个世道作对作定了，死一百遍也不回头！

你的弟弟们，往后也得顶着苦难日子过。这，没说的，他们长大了都是男子汉，谁叫他们生在这个鬼世道？又谁叫他们生在我这样的苦人家？他们的性情看来也像我。可你，到底是个女孩儿家，我跟你妈私下里商量过好多回，总想给你找一个顺心一点的好人家，别再像你妈似的苦熬一辈子……”

“爹，”珠子更加声音发颤地说，“你猜我怎么想的？”

“你说吧，我听着。本来是个爽性孩子，就该说爽性话，今日你就干脆把心里的话都对爹说出来！”

“我干吗苦熬苦练学武艺，你还不知道？”

“我，知道你有志气，是我的女儿！”

“兴许，往后给咱们家报仇雪恨的还是我，你信不信？”

“丫头啊！你的心性我知道，你妈比我更知道。可是，爹妈的心，最疼的就是你！……”

停了好半天，他才又接着说：

“我本来想给你找个天高皇帝远的地处，找个离官府远的三不管的地处，找个不是一家财主独霸天下的地处，离开大廖家府这个鬼地方远一点，家里出了什么事也省得连累你。可是，真是巧对巧，看起来，今日碰见的偏偏就是个有仇必报的小人儿。你是知道的，这个鬼世道，你只要捅它一指头，它就要砍你一千刀。收那个小家伙做徒弟吗？我是千愿意万愿意，可只有一样事儿犯犹疑：怕你往后要受大苦。刚才我为什么没有立时答应他？就因为这！……”

可是，女儿也有自己的想法：把楔子楔得远一点，叫廖府的狗财主们够不着，想要斩尽杀绝吗？办不到！报大仇，雪大恨，先在远处立下根基也好一些。并且她也看准了：今天碰见的这个小伙子，是个痴心人，是个上好的人，是个叫人不能不动心的人，她的心已经被他紧紧地牵住了，要想剪断这根牵心的绳子，说什么也办不到了！

“爹，我倒是想直话直说，可你不会骂我是眼皮子太浅的疯丫头吧？”

“我干吗要骂你？说吧！”

她想了想，索性斩钉截铁地大声说：

“爹，往后，天大的苦处我也愿意受！”

“你真的拿定主意了？”

“这你就不用问！刚才我干吗要问陈老伯，像他这样的好人有多少？哪儿有恨火烧心的穷人，哪儿就能扎根子，闹事业！”

“好！”老恭也咬定牙根大声说，“既是要跟这个鬼世道做对头，我就连儿带女一起豁出来！我答应你！”

珠子后退一步，飞快地抹了一下眼睛，再也说不出别的话来了。

突然间，天上那银盘似的月亮好像变得更亮堂，更耀眼。银白色的大地也好像变得更安静，更宽广。天地啊，好像也能懂得姑娘的心！

脚步迈得更快更重了，小车也在静夜里吱扭得更响了。

黑鹏子忽然在小车上怪声怪气地叫起来，又甩胳膊又蹬腿。要不是早就在车子上绕了几道绳子拦着，一定会摔下来。他是在做梦，真是一个奇怪的梦：几十只大公鸡围着他，先是用大惊小怪的神气看着他，后来又大惊小怪地对着他扯开嗓门叫，最后又都向他扑过来，弄得他悬在空中颠簸着。他气得不得了，就使劲地又踢打又骂……

七

两天以后的早晨，王金生穿得一身新，独自走在通往大廖家府的大路上。

这两天，他吃不下，睡不着。白天像做梦，做梦像醒着。有多少次，晃晃荡荡走出了院子，来到自家的地边上，站在爹妈的坟跟前，对着坟头说梦话：“爹妈啊，你们应该显显灵……”站得腿软了，晒得头昏了，又回到屋子里，呆在炕头上。又梦见，自己拿着刀，她也拿着刀，趁黑夜跳进了姚家的高院墙，杀！砍！真解恨！一睁眼又看见了那朵小红花——插在墙缝上，红艳艳，红艳艳，变成了一张脸蛋儿，变成了好看的弯眉毛和大眼睛，听得见她银铃似的说话声，也听见了他自己的说话声。是他在跟她说话呢，是把呆得说不出来的话，是把心里想说的话，全都对她说出来。她，也对他剖腹掏心，山盟海誓……

陈万有老人看出了他的心事。有什么事能够瞒得住这位好心的、像亲爹一样亲的老人呢？

今天早晨老人又对他说："孩子，这样熬下去会熬病的。干吗不鼓起心劲去碰一碰？碰着了，是天大的福；碰不着，就死了心；也强如这么活受苦！……"逼着他换了一身新衣裳，推着他出了院子门。他就这么晃晃悠悠，走上了大路。

头上太阳晒，脚下热土烤，四周围热气熏。他解开新小褂的扣子，露着鼓鼓的胸膛，不住地深深地叹气。快到晌午了，实在又热又渴又饿，只好往路边的高粱阴影下找个小土埂子坐下来。去呢，还是不去？心里又"二乎"起来了。

一会，从对面大路上来了个人。三十多岁，瘦小个儿，嘴唇上有些胡子茬儿，走到跟前时好奇地朝他看了一眼，大半也是走累了，也在他身边用草帽垫着坐下来，掏出小烟袋，叭哒叭哒吸着烟，扯下肩膀上的手巾擦着汗，竟然不管是生是熟地说起话儿来：

"这天，真热，看这遍地的庄稼，今年的收成准错不了。落个好收成，穷人的日子还好过一点。小伙子，你，看样也是走远路的吧？这样大毒太阳，怎么头上也不戴草帽，不怕晒？"

王金生很不愿意在这时候聊闲天，可是对方的眼睛很诚恳地盯住他的脸，弄得他不能不回答，出门太慌忙，忘了太阳晒。不想那人却要打破砂锅问到底。

那甜甜的笑脸又叫人不能不回答："到大廖家府，找一个姓赵的……"话没说完，就后悔了：人家又没问你找姓赵的还是找姓王的，干吗管不住自个儿的舌头？

不想那人却冲地一下站起来，小眼睛滴溜转，对着他全身上下看了好半天。

"哈！你，贵姓王，是金驼镇的人，对吧？……哈！你瞧瞧，我一猜就着！我还知道你的大名，叫王金生，对吧？……瞧你，果然是，粗眉俊眼，又壮实，又文气，还格外的爱红脸……"

这回轮到王金生吃惊了。他也冲地站起来：

"大哥，你……？"

"你先别问我，"那人忍住满脸的笑，抢着说，"我先问问你：找姓赵的干吗？又干吗坐在这儿皱眉头？像你这样的壮小伙，走这么点路还会要歇歇腿？你心里准是有什么不踏实的事儿，对吧？”

王金生不得不承认，这人确实是个机灵人。他的脸又红了，不得不说实话了：

“大哥，就怪我，光知道他叫赵老恭，没有打听他住在大廖家府的哪条街。他有个女儿……嗨！”

他又后悔了，脸更红了：干吗要说“他有个女儿”？真是！

“嘿！”那人猛地像是笑得憋住了气，猛地往土埂子上一坐，躬身朝地，笑啊笑啊，忍住声音笑啊，全身发抖地笑啊。好半天，又突然停住了，站起身：“巧巧巧！天难寻，地难找！……小伙子，你真运气好。可是你先别急，来来来，我先给你看相，看完了我再告诉你。……脸朝着我，好，天庭饱满，印堂发亮，两腮泛红，这是吉星高照，遍地红霞，眼前就有大喜事。还有，两道浓眉黑如漆，眉心有个不显眼的红印儿，这是乌龙抢珠。这珠子抢到抢不到，那就要看看你的心劲啰。这眼睛，好啊！双星闪亮，瞳孔里边像是有个人影子。啊！是个姑娘的影子，藏得很深很深。白眼珠子上有血丝子，你必定是心神不定，寝食不安。你为什么心神不定？为什么连眼睛都熬出血丝来了？就因为你心里准是有个姑娘的影子，眼睛连心嘛！小伙子，别害臊，对我老实承认吧，我保准能解掉你心里的愁疙瘩！”

王金生红着脸不回答。他向来不大相信看相算卦这类事，可是今日这个疯疯癫癫的人把相看得这么准，能不相信吗？还知道他的名和姓，这是怎么回事？憋了好半天，他只得说：

“兴许是的……可是，说实在的，我是想找赵大伯拜师学艺，可没有别的……”

“好！”那人更加有了精神，咳啃了一声，更加认真地说，“我可不管你这样那样的心事，我只看相。来，再让我看看你的鼻子。哦，天下少有的好鼻子！鼻梁笔直，你必定是生性耿直，心里没有半点弯弯拐拐的勾当，还心眼儿发死，呆里呆气，对那些看不顺眼的肮脏事儿嫉恶如仇，对你喜欢的好人呢，嗨呀，把性命许给他也可以。是这样吧？我又说对了吧？”

“对！一百个对！”王金生这回不得不完全信服了。

“好！还有：你鼻头丰满，难得啊，载大福。所以你虽有愁事在心，必有贵人相助。”他仰起头来看了看天，又仔细看了看小伙子的鼻子：“好啊，眼时正是太阳当头顶，正好你的鼻梁正中有个亮点子，这是瑞气来临，相助的贵人就在眼前，哈，就在眼前！你猜猜，这个贵人是谁？”

看见王金生吃惊地露出了满嘴的白牙齿，瞪着傻气的大眼睛，傻呆呆地看着他，他忽然把头一仰，“哈哈哈”地笑得前歪后倒站不住脚，嘴里还断断续续地念叨着：

“真是啊……赶得早不如赶得巧，……赶得巧是因为运气好，……运气好是因为注定了……我也省跑路……你也省发愁……”

这一下，可就把小伙子的脸呀，憋得像个熟透了的大桃子，红一片，黄一片。好半天，他才又想起来：这个怪人到底是什么人？

“大哥，你贵姓？你跟赵大伯挺熟吗？”

那人这才收住了笑，用手背碰碰小伙子挺着的胸脯子——喝！真硬实，有弹性，叫人真恨不得往那上面打一拳。他就更加高兴得笑眯着眼，自豪地大声说：

“这话问得好！这会儿你就是不问我也要告诉你！听说过齐天大圣吴天齐没有？……好，我就估摸着你听说过。这方圆几十里，无论男女老幼萝卜头，谁没看过他的皮影戏？谁不知道影子孙猴吴天齐？对你说，我就是他留在这个世界上的后代人，正名吴百川，外号怪圣人，在咱们大廖家府一带可也有点小名气，名气就是来自这个外号上。可我只是专门对那些有钱的财主怪，对那些心术不正的坏人怪。对咱穷哥们，我除了有时闹着玩逗他们乐一乐，可半点也不怪。干吗叫我是圣人？肚子里有几句夹生书，手底下有一笔像样的字，教着几个穷孩子，在穷人里边是圣人。再索性告诉你，我爹跟赵老恭拜过盟，他的事就是我的事。所以呀，想想看，今日你是不是真的碰见了大贵人？这大热天，我干吗要往金驼镇的大路走？这你还不明白吗？刚才我为什么欢喜得像发疯？是看你，这小伙子，好啊！真正是个‘人之初，性本善’的小伙子！是为我那命根子一样的妹子高兴啊！哈哈！不过，别忙，我还得扎扎实实地问问你……”

他把小伙子重新拉到土埂子上坐下来，对他说：“姓赵的这家人家可不是平常人家啊，是在大仇大冤的血海泪河里翻浪花的人家啊，说不定什么时候他家要遭到挺大的凶险事，你，不怕受连累吗？”

“她家血海仇，我家仇血海，到底谁怕连累谁？”王金生捏紧了拳头大声说。他已经是全身冒大汗，高兴得恨不得飞起来。

“你，还嫩着呢，不怕坐牢受苦，公堂熬刑吗？”

“为了……，把我的骨头磨成了粉子也甘心！”

“那姑娘可是个如龙似凤，气高志大的非凡人，不是那种只会围着锅台转，爱钻磨子眼的人……”

“我本来就看着她不是个平常人，你这一说我就更明白，更喜欢！”

说着说着，小伙子从衣裳兜里掏出个小瓶子，从里面倒出一朵小红花——这就是证据！是真情实意的证据！是眠思梦想的证据！他，噙着眼泪，真的把两天两夜神魂颠倒的实情都抖落出来了。

吴百川这才一百个放心了：

“好啊！天造地设的一对儿！走，我领着你，拜丈人，拜师傅去！”

又从怀里拿出两个玉米面饼子：

“吃吧！姑娘真是了不得，就估量到我会在半路上碰见你，就估量到你几天都吃不下饭，怕你饿得连路都走不动，特意叫我带给你……”

小伙子啊，根本就不想一想这些话的真和假，高兴得猛地跳起来……

八

一路上，吴百川的嘴闲不住。说廖家府的事，问金驼镇的事，说赵家，问王家；夸说赵金珠，也夸说他自己；还念了一大篇《自编人生在世三字经》：“人一生，在于心。心眼正，是根本。走正路，扎深根。志气刚，骨头硬。泰山压，不弯身。油锅煎，忍住疼。日子苦，别伤心。有眼泪，肚里吞。……”又说了许多自己怪圣人的怪笑话，有意逗得王金生笑。还一再要王金生记住几句最要紧的话：“赵钱孙李，今日你大喜；周吴郑王，我给你帮忙；冯陈朱魏，你进门就下跪；蒋沈韩杨，要叫爹叫娘。”“干吗要叫爹叫娘？我知道你，年轻人，少历练，爱红脸，开口难。可是，只有嘴头儿甜，才好结姻缘。姑娘的妈是个面慈心软再好不过的人，搁不住你亲亲热热叫她两声妈，保险她就把你当儿子待，不愁那姑娘不是你的人……”说得口渴了，就从路边的地里扯两根甜玉米秆子嚼一嚼，他身子又弱，走得慢，又老吸烟，老气喘，走走歇歇，尽管王金生心里急得全身冒大汗，他却总是不慌又不忙，所以直到天傍黑了才走到。

为了要先向赵家一家人说一说刚才半路上的那场戏，夸一夸自己的鬼怪才，表一表王金生的痴情意，他又特意先把王金生领到学馆里，让他在学生的课桌边坐着等，他自己要“先去给赵大叔一家人报个信儿”。临走前又一再问王金生：“记住我在路上告诉你的那几句话没有？赵钱孙李……”逗得小伙子使劲点头说“记住了”，他才又放心又得意地走了。今天吴百川是特意给学生们放了一天假才出门的，破旧不堪的学馆屋里没有人。王金生只得呆呆地看着破窗棂子上的蜘蛛网，听着院子里荒草丛中的麻雀叫，心里急得像火烧。

不知道过了多久，吴百川兴冲冲地来了，神情愉快地对王金生招了一下手：“跟着我走吧，都说妥了！”本来一迈过破院墙的缺口就是赵家，他却有意要郑重其事，心想：“哪有不让新女婿从正门进去拜丈人的理？”就领着王金生出了学馆的破院子门，从大街上绕到赵家的大门口。他却万万没有想到，他的所有这一切都是弄巧反成拙，使得赵老恭和金珠子有时间对事情琢磨了一下，使得事情发生了意想不到的大波折。

王金生心急如火地一脚跨进了赵家的大敞屋，头一眼就看见大胡子赵老恭站在一些刨花和木条子中间。先拜师傅，再拜丈人，这是金生心里天真的打算，所以他两步就冲到老恭跟前，膝盖一弯就想下跪，没想到却被一双有力的大手钳住了胳膊，听到的是口气很硬很重的话语：

“男儿膝盖贵似金，知道吗？我这一辈子哪怕在公堂上给打得站不住，宁可摔倒也不跪！”

“我是要拜你为师……”金生嘟嘟不清地说。

“拜师也用不着下跪磕头，这是俺们赵家的规矩！”

王金生看着老恭的脸色，吃惊地愣住了。

吴百川也大吃一惊，连忙走过来，大声说：

“赵大叔，刚才不是说好了吗？金生除了拜师，还要……”

“大哥，你先别谈那个事！”那边过道门口出现了珠子的身影，口气也很尖厉，眉尖子是皱着的，眼睛是眯着的。

王金生发傻了。他又看见，赵大伯身后的黑鹏子也像看仇人一样睁着大眼睛瞪着他。

连这间大屋子也像是呆住了，一点声音也没有，连四面的墙壁也像是在冷着脸看人。

"你们怎么这样待贵客?"吴百川生气地转动着身子，看看这个，又看看那个，想从他们脸上找出答案来。刚才他很得意地对他们夸说的时候，他们还挺高兴的呀，怎么不大的工夫就变了卦?

赵老恭对他使了个眼色，翘了翘胡子，金珠子又叫了一声"大哥"。可他还是怎么也转不过弯儿来。

幸亏这时从珠子姑娘身后走出一个四十来岁的大娘来，先责备珠子："你怎么这样!"又急急忙忙走过来对赵老恭埋怨地瞪了一眼："你更怪!你们父女俩都古怪！不论怎么着，能够这样吗?"又走过来拉住王金生的手，用慈爱的眼光从上到下打量他，忍不住笑起来：

"果真是个好孩子，他百川哥说得一点也不错！孩子，告诉你吧，我就是珠子的妈。听说你没爹没妈了，是吧？往后你就跟我的亲生孩子是一样……"

"妈，你先别说那些!"又是金珠子又尖又脆的声音，"刚才我跟爹商量的话你不知道……"

"你不用管！你们父女俩都不用管，这事我要做一回主!"赵大婶挺生气地大声说。"你们父女俩也太……"她更紧地拉住金生的手："走，你吴大哥也一块儿，到后院吃饭去!"

王金生不愿意往后院走，眼泪刷地流湿了脸。

站在赵老恭身边的黑鹏子大眼盯定地看着他，猛地把手里的木条往地上一摔：

"又是红脸鸡，又是爱哭鼻子的软壳蛋，呸!"

王金生一听就更生气，转脸看着吴百川。

"吴大哥，这是怎么回事?"

看见吴百川撅着嘴说不出话，他转身就要往门外走，却被赵大婶抢过去死死地拉住了。他又声音嘶哑地大声说：

"我捧着一颗火炭心，丢进了冰窟窿！大娘，你放我走吧!"

吴百川可就再也忍不住了，大步冲冲地走到大门口，一回身脸红筋涨地对着赵老恭嚷起来：

“喝！没想到，没想到，真没想到！你们有脸我没脸！我也是捧着火炭心，丢进了冰窟窿！”

他刚一转身要跨出门，却听见嗖地一声响，金珠子像飞一样窜过来堵在他面前，红着脸，挺着胸：

“大哥！今日一时有话也说不清。这事都怪我，要生气你就生我的气。打我吧！骂我吧！往我脸上吐唾沫吧！可是你说什么也不能走！——往后你会明白的！”

吴百川猛一下心软了，犹疑了，眼皮子低下来，在心里对自己说：“那我就等等再看吧。”同时觉着有两只大手抓住了他的胳膊，是两只最熟悉最亲热的手。刚想回头看，赵老恭的胡子已经蹭到他的耳朵上：

“你怎么这样沉不住气？……”

忽然，那边昏暗的墙角里，一个白胡子老头推开身边一个七八岁的孩子，动作像年轻人一样快，几步冲到王金生跟前，两只大手抓住他的肩膀使劲摇，声音嗡嗡地震得满屋子响：

“孩子，没吗大事儿，别丧气！我，直说了吧，刚才听了百川的话，才知道你是个啥性情。你心诚意真，这，好，一百个好！可吃不下，睡不着，下跪流眼泪，太心软，太心呆，这，不好！一百个不好！老实对你说：既是你想往赵家的门坎里迈，就一定要有硬骨头！要知道，这家人是扛着泰山过日子的！我是个老铁匠，懂得要熔铁炼钢，就得受锤打，就得淬淬火！刚才他们对你冷水淋头顶，别见怪，是对你，淬火，懂吗？人，一辈子要是不炼不锤不淬火，咋的成得了材？往后你要是不怕受苦受煎熬，就留下来，俺们都会欢喜你。要是你太嫩，受不了，那就，你要走俺们也不拦着你！”

王金生有些明白了。屋子里所有的人都在看着他，连站在大门口的金珠子也瞪着大眼睛看着他。是的，这老人说的是真心话，他们不是看不起我，不是要弄我。

“要真是这样回事，我死也不怕！”他咬着牙大声说。

“好！这还像个男子汉。那就到后院吃饭去吧！”赵老恭微笑着推了吴百川一下。

后院的树下边早已摆好了桌凳和饭菜。王金生心里这才松快了。却又没想到，刚刚拿起了碗，珠子姑娘又说起冷话来：

“爹，妈，还有吴大哥，趁着还没有动筷子，我还有几句话要说清楚。看来我爹是认下王金生这个徒弟啦，往后他就要长久住在俺家学武艺，要是他愿意，还可以学木工。人，多一样手艺总比少一样好。并且学武艺也不能整天不歇气，空下的工夫干什么？今日我可得说明白：往后他应该叫我爹和妈是师傅和师娘，叫我弟弟们是师弟，叫我是师妹。我呢，叫他是师兄。这可是一定要守住的大规矩！”

最后，她板着脸孔闪了王金生一眼。满桌子的人，除了赵老恭以外，也都一会儿看看王金生，一会又看看金珠子。特别是吴百川，拿着碗筷的手僵住了，眼瞅着珠子愣住了。珠子也闪了他一眼，又接着说：

“吴大哥，你也该明白：往后在乡亲们面前你只能说我爹收了个徒弟，千万不能说别的。我这可是掂着斤两嘱咐你，你可不能把这重话往轻处听！”

自以为聪明一世的吴百川，又一次糊涂了。

可是王金生倒还是高兴的，心里想：“反正往后我能学武艺，也能天天看见她……”他只吃了个半饱，忽然想起来：今日迷迷糊糊出了门，连门都忘了锁。陈大伯会帮他锁上吗？老人爱忘事，靠不住，锁搁在哪儿他也找不着。镇上的小偷们欺负他一个人过日子，不止一次挖过他的后墙根，都因他惊醒得早，叫起来，才没出事。他放下了饭碗，结结巴巴地说明了一定要连夜回去的原因，起身就往外走。

“哎呀！”赵大婶吃惊地叫起来，“天都黑了，路这么远……”起身想拦挡，金生已经走进了前面的大敞屋，几步就冲出了门。

九

月牙还没有升上来，街上很昏暗。刚才来时是从哪条小胡同由村北穿过来的呢？心想找个人打听一下，忽然听见后面响着又轻又急的脚步声。

“王金生，等一等！”——是她，多么清脆好听的声音！

王金生不觉全身一震，站住了脚。姑娘跑到跟前，看看四外没人，把他的衣裳角拉了一下，自己先走进了路边一个胡同口。金生跟过去，两人都挨着墙根站住了。

“给你！接着！”声音很低，口气却很重。“是一根枣木心棍儿，挺结实，路上万一碰见坏人，就跟他干。还有，这是四个饽饽。听吴大哥说，几天你都没有正经吃过饭，刚才看你又没吃饱，今夜又要赶这么远的路，人又不是铁打的……”停了一会，又更加细声细气地说，“别糊里糊涂瞎憋气，要有一股男子汉的大志气。学武艺不是为了报大仇吗？你爹你妈的仇，怎么能忘记？怎么能为了别的事，耽误更大的事？答应我，回去收拾一下，把地里的活儿托付给陈大伯，带着衣裳被褥，快点回来。听见了吗？怎么不说话呀？怎么给你东西也不接呀？心眼儿就那么死！”

枣木棍是沉沉的；饽饽，用毛巾包着，是温热的；话，是情深意重的——是希望，是安慰，又带着点儿命令味。离得这么近，连她出气儿的声音都听得见，大眼睛在昏暗里也闪光，大胆地、照直地看着他，弄得他只好胆怯地低下了头。好半天，他才从滚烫的心里迸出来一句话：

“我，本来就打算来！……”

“姐，你回来！”后面的大门口响起了黑鹏子的声音。

珠子没有应声。又用更轻更柔的声音问：

“不会想一想又觉着不是味儿，就赌气不回来了吧？”

“我要是不回来，就，太对不起……”

“干吗说话老是那么不清不楚的？应该拿出个男子汉的样儿来，钉就是钉，铆就是铆。太对不起谁？”

“太对不起我那冤死屈死的爹和妈，也太对不起……你！”他鼓起了最大劲儿才说出这个“你”字来。

“这就对了——你总算明白了，好！”又是那么大胆地看了他一眼，顿了一下，又说：“穿过这个胡同就是村北的大路，望准了北斗星走，别走错了。一会儿月亮出来了，道儿就更好认：车印儿深，蹄印儿多，都是俺村赶庙的大车小辆在路上留下的记号儿，照着走就没错儿。走吧！”

可是王金生没有马上走。他从腰带上摸出个小纸包，递过去：

“我从炕席下边摸到这十块钱，心里，难受了一整夜！……”

“干吗要那么难受？”姑娘明明懂得，却有意问他。

“我，不说，你，自个想吧。要是你，以为我不是为了……，才把车子丢……”

“我知道，你不用说。”声音多么轻，多么柔。接过小纸包，推了一下他的手：“趁天还没有黑透，快走吧！”

王金生啊，深情地看了她一眼，又憨厚地微笑了一下，这才一转身迈动了脚步，起先是走得很轻很慢，是在细细地回想着她的模样，她的声音，她的情意。后来就大步流星，简直就像真是在空中飞。

珠子呆呆地看着他的后影，抿着嘴儿笑了。

“姐，你回来！”又是黑鹏子狠声狠气地喊叫。

她只得转身快步往回走去。进大门时，听见黑鹏子在黑影里呼呼地喘气：

“姐，你，气死我了！”

“干吗要生这么大气？干吗要一次一次催命似的喊我？”

“就是要喊你！”

“干吗？碍着你什么了？爹不管我，妈也不管我，偏你——管得着吗？”

“我就是要管！”

“干吗就是要管？”

“他是个软壳蛋，你，是厚脸皮！”

“你自己呢，是个小混虫！”

珠子扑哧笑了一声，独自往后院走去了。

“你骂我，自个还笑！”黑鹏子鼓着脸蛋子呆在黑地里生闷气。姐姐从来没有这样骂过他，也从来没有这样对他冷——没有问他吃饱了没有，没有拉着他的手往后院走，没有对他掰道理。他性情太火暴，壮得像个小牛犊，自以为武艺高，是北大街上的孩子头，总爱跟南大街上有钱人家的孩子打群架。爹揍他，改不了，妈说他，改不了；张爷爷管教他，更不听。每一次，只有姐姐一到场，一叫唤，他才老实了，不得不红头涨脸地让姐姐拉着他的手，一路往家走，一路掰道理。可是，今天……

“都是叫那个软壳蛋闹的！”

他并没有吃饱饭，可是全家人谁也没有来叫他，就像谁都忘记了他。听得见，后院的碗筷响，听得见全家人都在夸说那个软壳蛋——真是气人啊！

十

有一天，黑鹏子跟妈妈和张老梗老爷爷在一块说闲话。黑鹏子问妈妈：

“那个红脸鸡，软壳蛋，干吗老是不说话？”

“你要他说那么多话干吗？”老爷爷问他。

“谁像你，一天到晚废话三箩筐！”妈妈也说他。

“可是他干吗老是动不动就红脸？”

“难怪你姐姐说你是个小混虫。快去帮你爹拉锯子去吧！”

这时，王金生已经在赵家待了快一年，黑鹏子已经十四岁了。

又有一天，他跟吴百川一起在王老建屋里聊闲天。这时人们都开始叫他大鹏子了。“大叔，你们才不知道呢，俺姐对他可厉害呢！”

“怎么厉害法？”

“不论多难的套数，顶多只教给他三遍四遍的，要是他再不会，就板着冷面孔斥打他，噎得他一愣一愣的。”

“你说说，你姐这样做对不对？”

“我看，对那个软壳蛋就是要硬一点。可是他也太窝囊，挨凶时，就不兴回两句嘴？哼，就光会当红脸鸡，没出息！”

“你们每天都是在五更黑夜练，你看得见他红脸？”

“有时有月亮，我看得见，连二鹏子也老是看见的，不光我。可是，怪就怪在我姐又老是替他洗衣裳，做鞋子，缝缝补补的……”

“你真是个小混虫，什么也不懂！”

王金生在赵家苦熬苦练了四年多。赵大鹏就背了四年多“小混虫”的绰号，同时也明着暗着跟王金生闹了四年多的小别扭。他没有叫过王金生一句“金生哥”，没有给过王金生一个好脸色看。他们练武的场地是吴百川的学馆院。他爹赵老恭时常没工夫，姐姐就成了他们的女师傅。

第五年秋收过后，老爷爷张老梗带着大鹏回山东去看望唯一的亲人——他的内侄女，一住就是两个月。回来时，姐姐已经嫁到金驼镇王金生家去了。赵大鹏这才明白过来了：为什么那年姐姐要当着王金生、吴百川和全家人说出那些有斤有两的话，为什么要对王金生暗地里关心，明着厉害。如果一开头就挑明了，没过门的女婿怎么好跟姐姐一块儿练武艺？姐姐又怎么能板着脸孔当师傅？在乡亲们当中不会有人说闲话？那一来是不是会弄得他爹在有些乡亲们面前脸上不好看，说话不打响？……姐姐呀姐姐，你的心眼是多深！你瞒得我好苦！

更奇怪的是：家里就好像是空了半边天，塌了半边地。妈妈就好像是一下子老了好几年，常常偷着抹眼泪。爹的眉毛疙瘩皱得更紧更大了，再也没有人能够逗得他颤抖着大胡子微笑了。连小二鹏也老是愁眉苦脸的不快活。张爷爷更是生了很大的气，一连好几天，怎么也待不住，从后院到敞屋来回走，大声嚷："你们，就不等我回来，让她在上轿以前对我磕个头，亲亲热热叫我一声老爷爷！……""俺家的凤凰鸟，毛干啦，就飞啦！……"嚷完了这几句，有时就抱着头哗哗地流眼泪。姐姐带走了什么呢？为什么全家人都难受？赵大鹏说不出。其实呢，是从这个苦受熬煎的家庭里，她带走了一家人的春天啊！是美丽动人、新鲜活泼、暖人心肠的春天啊！是这一家人最最缺少不得的春天啊！

姐姐呀姐姐，鬼迷心窍看错了人，还嫁得那么远，还这样瞒着人，你的心，太狠了！我恨，恨死了那个软壳蛋！

在村里爱惹祸，在家里闷得慌，又常常没活干，还多一个吃不饱的大肚子，所以从十六岁起，赵大鹏就断不了推着小车出门卖手艺，做木工。他个子大，长相粗，到处充大人。其实呢，虽然他一年比一年岁数大，虽然他在外面串游的时候一年比一年久，可离着真正的"大人"还早着呢。总是忘不了对那个软壳蛋的恨，总是忘不了对最亲最热的姐姐的怪，总是在心里对姐姐和姐夫存着个痛疙瘩。直到好几年以后，他才明白了：原来姐姐和姐夫都是这样了不得的人！

人们啊，要学会懂得别人，懂得亲人，懂得世事，懂得人世间各种各样的眼色、话语、行为、举动，可真不容易呀！

十　一

用赵大鹏自己的话来说，几年来他只到姐姐家去过三回半。

头一回去，他看见姐姐的日子过得又暖和，又顺心。后院外边一亩五分地的庄稼长得绿油油，还种了一点菜。前院里养了一头猪和一匹小毛驴。新房里，窗户纸上贴着鲜红的红窗花，粉白墙壁，花纸顶棚，一套红漆家具。桌子上是镜子、坐钟、瓷瓶子和茶壶茶碗。姐夫照样赶集市卖馒头，两口子都做木工活。得到了乡亲们的尊敬，"金姐""金哥"，叫得挺亲热。为什么不叫"金生嫂"、"赵嫂"和"王嫂"？为什么要叫"金姐"？真怪！有时两口子一吃了晚饭就出了门，夜深了才回来；有时起黑五更就出去了，天亮了才回来。问姐姐干什么去，回答总是那句话："兄弟，别问，有正事儿。"有个名叫黄剑秋的年轻人，几年前跟姐夫同过学，现在是镇子上的小学老师，夜里有时来教两口儿"学文墨"。姐姐呀，几年前你老是教给我要立大志气，报大冤仇。如今，你还记得自己说过的话吗？你还记不记得，咱爹咱妈过的什么日子吗？老家的几百户穷哥儿兄弟们过的什么日子吗？你想没有想过，我，这几年在外边过的什么日子，是谁们逼着我过这样的苦日子的？你变啦！叫这个模样俊气的软壳蛋给迷住心窍啦！叫这小暖和日子把你的志气溶化啦！你，天好也是个女的，到底不是钢筋铁骨的男子汉啊！

姐姐照样对大鹏好。"好兄弟"不离口，杀鸡买酒款待他。把他的一大卷脏衣服洗净了。"软壳蛋"待他也不错，一再留着他住几天。他却总是暗暗地冷眼瞅他们。是的，这样的姐夫，要按常理说，上哪去挑去？长方脸盘，浓眉大眼，直鼻梁，薄嘴唇，皮色白净，身个儿也高矮合适，壮实匀称，老是昂头挺胸，干什么活都是个样儿，没有一句多余的言语，脸上老是有一股又认真又高兴的神气。连姐姐的嘴角上也总是挂着笑模样呢，连她的眼光也比以前更加亮得出奇了呢。

就这样，赵大鹏闷着满肚子的气，趁姐姐出去有事时，故意找岔儿跟姐夫王金生说了几句斗气的话，也没有等姐姐回来，就推着小车走了。

一年多以后，他又第二回来到姐姐家。正好碰见姐姐和姐夫都不在家，门却没有锁。他对屋里屋外看了一遍，不光还是原来那股小暖和日子味，还在后院里种了一棵葡萄树，藤子已经爬上了架，窗户台上还搁着两盆鸡冠花和月季花。“好啊，你就这样过下去吧！”他正这么在心中生气时，姐夫王金生像是有急事，冲冲冲地进来了：

“喝！是你来了！”

本来是一句欢喜的话，只因心里想着别的事，脸上的笑模样不自然，口气也硬了点，这可就真正点着了大鹏心里的火，吼起来：

“怎么？嫌我不该来？得，我走！”

不管王金生怎么追着他说好话，他急步冲进了小胡同，抄起了车子把：“要不是看在姐姐的情分上，我真想揍你这个软壳蛋！”推着车就跑走了。

没落坐，没喝水，没吃饭，也没有见着姐姐的面，所以这回只能算半回。

第三回，是为妈妈几次责怪他对姐姐没良心，也是因为到底也熬不住想姐姐，又加上恰好顺路走到金驼镇附近了，所以又去了。

“什么都没有变，还是原样，哼！”他又一次正在这么想着时，陈万有老头把他叫到隔壁自己的家里，在喝酒吃饭的时候跟他谈起话儿来。

“小老弟，算起来咱俩有好几个年头不见面啦。那年咱俩头一回见面时，我见了你，你可没有见着我。起先是你睡得像死人。等叫醒你吃饭时，我又喝醉了，脑袋扎在胸口上，你准是连我的脸面也没看清楚，对吧？上两回你来，刚好我又出去串村给人阉猪去啦。……不过，这都不去说它啦。咱要说的是眼面前的事。如今你也是六尺高的大男子汉啦。听说你从十六岁起就在外边串游着卖手艺，真有出息呀。所以，今日我可要倚老卖老地考问考问你几个事儿呀。你愿意听我的考问吗？”

得到了大鹏的回答以后，老人又接着说：

“头一条：你姐姐跟你姐夫成亲的那一天，在吃喜酒闹新房的人里面，有那认出了她的人：‘她不是很像几年以前大闹金驼镇南关的那个天仙女吗？’嗨呀，这一来可了不得！引得好多人借由头儿来认她！谁也没有想到，过了几天，两口子就吵了一架，你姐夫金生把你姐姐打得又哭又叫喊救命，跑到院子里，躲不过；跑到我家里，还躲不过；又跑到东邻的寡妇齐嫂家里去。得亏齐嫂是个泼辣娘儿，拿着根擀面棍儿拦着院子门：‘王金生，哪有你这样不知道疼新媳妇的？你打着灯笼上哪儿去找这样的好媳妇？亏你长着一副人样，有福不知福，半点人心也没有！今日你要是敢进我这个院子门，我就要让这根擀面棍儿说公道话！’左邻右舍的人们围着左说右说，金生这才气呼呼地回去了。……我问你，他俩为了什么要紧的事要打架？你姐为什么这样怕王金生？你，能够说出个明五暗六的原因来吗？”

这可是赵大鹏万万没有想到的事！他一拳头打在自己的大腿上，咬牙切齿地说：

“这个软壳蛋！没哄到手时哭鼻子，一哄到了手就变心，欺负我姐姐！姐姐呀姐姐！……要是我……哼！”

“要是你，怎么着？”老人问他。

“揍扁了他！叫他一辈子不敢在家里出大气！也显显自个的本事——说是仙女就是仙女，镇住这金驼镇的坏蛋们！”

“你呀，别怪我说你，是个大混虫！”老人摇了摇头。

赵大鹏吃了一惊：怎么？我错了吗？

老人又接着说：

“刚才我说的是头一考，把你考住了。还有第二考：从你姐姐嫁到王家来，除了按老规矩三天回门回娘家去了一趟，以后就一直没有回去过，这又是为什么？”

赵大鹏猛一下叫起来：

“得，果然不错，她是忘了，忘了老人！忘了穷乡亲们！忘了她自个是个什么样的人！”

“你真是个大混虫！”老人也突然生了气，喊起来。“对你说，有三个不准：不准你在这个镇子上对人说你姐姐有本事！不准你在这镇子上说大廖家府的事！不准你在这镇子上闯祸！”

“谁不准？谁说的？”

“是你姐，是你姐叫我嘱咐你。”

“为什么？”

“这个‘为什么’要你自个去想！”

“我姐干吗不亲自对我说?”

“就为的是免得你当面问她‘为什么’,为的免得她忍不住要把原因告诉你。她怕你要打破砂锅问到底,嘴又关不住风,兴许会漏出去。另外,也是有意要你学会用心思,多想一想。她知道,你长得个子倒不小,可比起你爹来,你那心窍差得太远了,往后怎么能接你爹的手,干那应该干的大事业? ……这个‘为什么’,就是我要考你的第三考。你想想吧!”

赵大鹏啊,这回可是真正的傻眼啦!

可是越糊涂他偏要越生气,也说不清是生谁的气,也许连他自己也在内。他不再说话,跳下炕就往这边院子跑,开开寨篱门,推着车子就往外走。

姐姐和姐夫追赶着他,陈万有老头气喘吁吁地追赶着他。一直到村外野地的大路上,姐姐大声喊:

“你给我站住!”

他倒是真的停了停步,回过头来说:

“站住干吗? 还有什么说的? 回去过你们那窝囊暖和日子吧! 忘掉你早先的根儿苗儿吧!”

一阵脚步响,姐姐赶上来拦住了他的路。接着,姐夫那高大强壮的身子也像大树桩子似的立在他前面。最后,陈万有老头也气喘吁吁地赶上来。三对眼睛都定定地看着他的脸。姐姐皱着弯眉毛,眯着丹凤眼,咬着薄嘴唇。

“兄弟!”好半天,她才说出话儿来,声音不高,有点儿发颤,“你真不该拿这样的话来噎我,冤我啊! 真不该……”

“嗨!”陈万有老人使劲顿了一下脚,“真正的是个大混虫! 我要这样说,你真是个大混虫! 我不怕你生我的气! 不怕你炸炮仗,你把我老头子揍一顿吧,我情愿受着!”

赵大鹏的心开始软下来了。这多年,他飘州过县,走村串乡,见到事情越多,受的苦越多,就越生气,越着急,心里的火气也就越旺盛,就越是憋闷得难受,这股火气能够对自个所最喜欢的亲姐姐发作吗? 陈万有老头为什么要对我考三考? 这会儿他又为什么这样替姐姐抱不平? 又为什么一次又一次骂我是大混虫? 也许姐姐真的有什么打算吧? 她本来就是个了不得的人呀！那么，她又干吗要把心事瞒着我？未必我真是那样盛不住事儿的破碗底？嗨！

他一咬牙，一顿脚，重新抬起头，正要说什么时，正好碰上了王金生那责怪的、尖利的眼神儿，心里那股无名火就猛地冒上来：都是叫你这个软壳蛋闹的！

“你这么瞅着我干吗？想吃了我吗？”他恶狠狠地问。

“兄弟！”王金生却沉得住气，不紧不慢地说，“你一直老是看着我不顺眼，这，我早就知道，可根本就不往心里搁。路遥知马力，日久见人心，我王金生到底是个软壳蛋还是块硬石头，总有一天你会知道的！今日我不是为别的，是为的，你像这样对你姐，太伤她的心，我，看不过！”

“哦喝！”赵大鹏大声笑起来，“你不把我往心里搁，这倒真是你的心里话。我，也跟你一样：不在乎！可是，你，为了我姐？哈哈，说的比唱的还好听！让开，我没有工夫跟你多啰嗦！”

他猛一使劲，推着小车，绕过了夫妻俩，头也不回地大踏步走了。

走着走着，又自己冷笑起来：“得，倒是真的长大啦，从小混虫变成大混虫啦！”——他是突然间想起了许多往日的事：真怪，有多少人骂过他是小混虫和大混虫！

又听见姐姐在后面远处喊叫他：

“好兄弟呀——，千万别不来呀——，我，想你呀——！”

那声音，清脆，颤抖，恳切，在野地里飘荡了好久好久，在赵大鹏的耳朵里回响了好久好久。他心里不觉又涌起了一股又热又酸又发痛的味儿。为什么心里会发痛？为什么连两只脚都变重了？为什么这野地里突然间显得太空旷？为什么他突然间觉得自己太孤单？

姐姐呀，你，真叫我揪心啊！

十　二

两个多月以后，赵大鹏回到了家里，悄悄儿问妈妈：

“妈妈，你说说，俺姐是不是变了心？干吗出阁三年多，一次也不回来瞅瞅你？她还有良心没有？”

妈妈仰着脸看着窗户外边的天空，嘴唇动了几动，好半天才吐出声音来：

“我猜到了：你必定是生了她的气，必定是冤屈了她，是吧？你呀孩子，长了这么大一块料，也在外边历练了这么久，怎么还是这么混？不说别的，光说你这双磨死人的大脚丫子吧，一年顶少也得六七双鞋，谁给你做的？我有那工夫给你做吗？就半点也认不出那针线手艺来？”

赵大鹏傻眼了，心里又猛地又酸又热了：

“未必都是姐姐托人捎来的？”

“捎、来、的！亏你是怎么想的！离得这么远，哪去找那么多方便人捎？”

“那……”

“是你的好姐姐！还有你那好姐夫！两人轮换着，每隔三两个月准要回来一次，不是捎来这，就是送来那，家里缺什么就送什么，就像他俩的眼睛老是瞅着家里的日子的……”

“怪呀，怎么我一次也没有碰见？”

“有什么好怪的？”妈妈用手抹了一下脑门子，其实是在抹眼泪。“他俩，总是夜里来夜里走，连夜打来回。你，要么是不在家，要么就是睡得像死猪，怎么会知道？我那可怜的好闺女啊，她的担子，太重了！她的心，太好了！她的日子，太苦了啊！……”

妈妈伏下身子抽嗒起来了，眼泪，每一滴都滴在赵大鹏的心坎上了。

“她，把心里的事、忍着，这么多年，不愿意、对你说，也不让我、告诉你。就因为，她，要干的事太大，半点风也不能漏，半点也不愿意连累亲骨肉。你这性情，又太……归根到底，你姐是要用这样的办法熬练你，要闷得你自个开心窍，长心眼，改脾气；也是要做个样儿给你看——要干大事业，就要心思深；她是盼着你能成个大材料，知道吗？”

“你妈的话说得对！”随着这声音，老爹一脚跨进了房门坎。“我在门外听了多时了。你妈说得对！你姐这样做，是跟我打过商量的。骂你姐夫是软壳蛋，你这个硬壳蛋能干出什么事业来？宝刀不缺口，好火不冒烟。炮仗的响声大，可噼啪一炸就完事，兴许还会炸伤自个的眼。你，要变成好材料，还早着呢！……”

赵大鹏啊，听了这些话，好像是全身的骨头架子都散掉了。

十　三

一年多以后，在一个初冬时候的早晨，金驼镇发生了一件惊天动地的大事情。

镇东头奶奶庙的后墙外边，是一条南北方向的小窄胡同，西边是一家很古怪的葫芦小铺。这小铺门面很窄，里面很深，是一间长条形房子，只有前后门，侧墙上没有窗户，里边阴森森的。大门口没有招牌，吊着一个油光锃亮、尖嘴细腰、上下两个鼓肚、大得出奇的葫芦，葫芦底正中间还吊着一把红纸穗子，一天到晚随着风儿飘动，这就是“葫芦小铺”这一名称的由来。店掌柜是个五十多岁的老头，不知来历，不知名字，只知他姓陶，人称陶葫芦。几年前这老怪物突然出现在奶奶庙门前的大戏台下边，摆着一个草药地摊，摊子上就搁着这个大得出奇的葫芦。后来，据人们传说，他给东镇镇长姚章贵送了一斤上好的吉林人参，就讨到了镇公所旁边这间原是堆破烂家什的黑屋子，就开起小铺来。

卖的是两宗货：一是香纸蜡烛，是为到奶奶庙烧香进供的人们“做好事”；二是烧鸡、熏鱼、花生米、兰花豆和陈年老酒，白天为过往客商“行方便”，夜里为隔壁镇公所里办公、算账、打麻将的先生们“行方便”。这陶葫芦老头平常面孔冷冰冰，阴森森，常对乡下人发狠；可是一见到镇公所、警察所、保安队的大爷们和有钱的阔佬们，就“又躬腰又拱手，长官大爷不离口”。所以镇上的穷哥儿们就给他编了四句顺口溜：“东边靠着奶奶，西边靠着大爷，葫芦里有灵丹妙药，穷百姓哪个敢惹？”东镇镇长、外号姚见鬼的姚章贵，就是“大爷”里最厉害的大爷，是陶葫芦老头最大的靠山。所以，陶葫芦虽然是个来历不明的孤老头，却成了金驼镇上远近闻名的五大怪物当中的第五怪。

金驼镇的人们可真是做梦也没有想到，那件惊天动地的大怪事，却正好是从这个古怪小铺的后门口开始发生的！

这天早晨，天还没亮，天空上半片月亮还未消。金驼镇上鸡不惊、狗不叫，大街小巷都沉浸在安静的、淡淡的银辉中，只有阵阵轻微的小北风，吹得树上残剩的枯叶子飒飒响。有十来个挑着大白菜赶早集的人，像是事先邀约好了的，一起挑着担子从镇北穿街过巷往镇东走。走到葫芦小铺的后门附近时，忽然都吃惊得叫起来："哎呀！无常鬼！"都丢下了担子，撒腿就跑。原来是，他们看见，那后门外边大槐树前边，竖立着一个一丈多高全身雪白的鬼！

这无常鬼确实是可怕：头戴五尺高的尖帽子，倒吊着八字眉，血盆大口里拖出一条三尺长的红舌头，宽袍大袖，下垂的右手拿着一把特大的蒲扇，伸出的左手拿着一根白色的长棍。灰黑色的树影衬着它那一身白，在如银似水的月光下，简直吓得人们连汗毛都一根根地炸出冷汗来！

这些人当中有两个有名的屈大胆，一个叫屈山，一个名叫屈海，是亲哥俩，都是三十岁左右一身牛力的大汉子。他俩在远处定神定气地瞅了好半天，看见那无常鬼竟然像木雕石刻的一样动也不动，就慢慢向它跟前蹭过去。最后蹭到紧跟前了，这才看清了，原来这个无常鬼是假的！那高帽子是纸糊的，大白脸也是在一个长圆形柳条笸箩上糊着雪白的纸，眉眼口鼻都是画的，舌头是一条红布条，衣裳是糊窗户用的稀薄棉纱布做的，左手的长棍子正正地指着葫芦小铺的后门口。一摸，原来衣裳里面裹的是两捆绑接起来的高粱秆，上面还糊着一层雪白的纸。难怪这无常鬼显得全身雪一样白！两人一声喊叫，其他的人也就敢围上来了。大伙又发现：葫芦小铺后门口的地上有一顶红疙瘩头儿黑缎子面的瓜皮帽，还有一根湘妃竹长杆儿旱烟袋，杆上系着个黑缎子绣白花的烟荷包。"这不都是镇长姚见鬼的东西吗？"——有的人忍不住大声喊起来。接着又发现：沙地上有一条像扫帚扫过的长印子，印子上有两只云头纹缎子面双梁棉靴。"又是姚见鬼的！"——人们又一声喊。顺着沙地上的痕迹往前走，就走到奶奶庙的大门口。恰好这时从另外的街口和胡同里来了十几个卖柴禾的人，刚刚把柴禾挑子摆在戏台下边的大空场上，看见这边七言八语的人群，就也都跑过来。哈！这可就更加发现了天大的新鲜事儿！这时东方已经粉亮，星月的余光仍未褪尽，人们清清楚楚地看见：庙门口的台阶上仰面八叉地斜躺着一个人，黑色八团花缎子马褂，灰细布长袍，光头上没有帽子，脚上只穿着袜子，瞪着没有光亮的死鱼眼睛，灰白色的面孔拉得挺长，张着嘴巴，看着真怕死人！"真的是姚见鬼！"——人们又是一声喊。

立时又发现：黑漆门上贴着三张写着红字的黄纸。有那认得字的到跟前仔细一看，原来是一副对联和一张通告。对联上的硃标红字是：

赌棍恶棍大淫棍　天神愤怒

坏鬼狠鬼刮财鬼　人世难容

通告的纸张较小，上面是三行潦草的字迹：

仙庙岂容玷污　本奶奶容忍非止一日　今特派无常大仙将此恶棍严惩示众

姚见鬼是全镇打麻将的头一名高手，光是在牌桌子上赢的钱就买了十几亩好地，盖了好几间新屋，说他是赌棍，半点不冤。倚仗官府，包揽词讼，颠倒是非，随意抓人打人，的确是全镇好老百姓个个恨得咬牙的大恶棍。至于"淫棍"二字，就更不用说。他利用职权随意摊款、派款、加税，开赌场抽头钱，这些刮钱的手段更是骇坏人。所以，当人们听那两个识字的人念完这些话以后，有的就长长地吁气："到底也有报应！"有的哈哈大笑："说得真对呀！"更多的人，在屈山屈海哥俩的分派下，有的去把守葫芦小铺的前后门，防止陶葫芦逃跑；有的去守护那个无常鬼，不让人毁坏；有的蹬着别人的肩膀翻院墙跳进庙里去，当当！当当！使劲敲起那口敬神用的大铁钟来，别的人就都往大街小巷飞跑着大喊起来：

"快到奶奶庙门口去看啦！出了了不得的人命大事啦！……"

天亮了，又正逢集日，不大一会庙前的大空场上就聚满了人。连小学的老师和同学也来了不少。镇公所的先生们和姚见鬼的护兵们当然是全体到场了。最后穿黑制服的警察所长，人称毬所长的邱所长，带着两名来不及洗脸的警察来了。穿灰制服的保安队小队长，人称瞪眼猴的侯队长，也带着几名衣帽不整的丘八来了。"长官到场，必有锣响"。先是一阵子"让开！让开！"的吆喝，然后就开始像老百姓所说的，"搞起侦探"来了。

毬所长先"侦探"了姚见鬼的鼻子：还有一点微微的气息。瞪眼猴从领口伸进手去"侦探"了姚见鬼的胸口，还有点微微的温热。接着又一路侦探到葫芦小铺的后门口。在附近发现了几个雪白的肉包子，拿起来一闻，有一股很冲的酒味。难怪夜里这附近听不见狗叫声呢，狗们都吃得又饱又醉了！一名警察和两名丘八像争功似的抢先飞跑到姚家报信儿去了。其实姚家早就得到了信儿，姚见鬼的两个儿子和一名小舅子，还有男男女女一大群，惊惊慌慌，哭哭啼啼地来了，在众人的瞪视之下，用门板把姚见鬼抬走了。

人群里忽然爆发了一阵吼叫声：

“抓陶葫芦去，好好审问审问他！”

“一定要抓住陶葫芦！”

“不能毁掉那个无常鬼，要留着做个见证！”

“不准毁掉！……”

毬所长和瞪眼猴都暴跳如雷，想制止住人们的骚动。可是，在这如潮水般涌动的人群里，他们的威风被淹没了。人们要发泄长年累月的气愤，要痛揭大爷们的臭底子。一部分人早已把那个假无常鬼搬上了大庙对面的大戏台，让它竖在台口，让众人打着哈哈看。另一些人早已撞开了葫芦小铺的小后门，争先恐后地拥进屋子去了。毬所长和瞪眼猴也只得跟着进屋里去侦探一番。怪呀，前后门都有人把守，陶葫芦却没了踪影！原来是，在陶葫芦的床铺后面、屋子里最阴暗的后墙下边的地上，有一块盖板，揭开盖板就是一个地洞，从地洞里摸着黑走十来步远就到了尽头，用手往上一托，就把一个小坐柜推到了一边，伸出头去一看，啊，原来是一个铺设得十分精致的房间，简直像是阔绰人家少奶奶的绣房！

奶奶庙里怎么会有这样一个房间呢？这可真是天大的奇事！毬所长和瞪眼猴都不想再侦探下去了。可是进来的人越来越多，大家都七言八语地轰嚷着，向老道姑水月仙睡觉的屋子拥过去，事情很快就弄明白了。

水月仙正紧紧地抱着她的徒弟，一个三十岁左右模样俊气的女人，名字叫吴瑶姑的道姑，在痛哭，在发抖，散乱着漆黑的头发，衣裳也没有扣好，哪像个出家修道的人！

“没什么好看的，都给我滚出去！”毬所长举着警棍，瞪眼猴举着手枪，大喊大叫地驱赶着人们。

“找陶葫芦去呀！”不知谁在窗子外面喊了一句，提醒了大伙，人们立时就在奶奶庙里搜索起来了。

其实，人们用不着再搜索。正在这时，奶奶庙的大门忽然四敞大开，还一直留在空场上的人们看见，先头翻墙进庙撞钟的那个小伙子，一只手抓住陶葫芦的脖领，另一只手对着大伙一扬：

“哈！这家伙真诡，躲在奶奶的坐龛子里边，正在闻奶奶的屁臭呢！……”

在人们潮水一样的轰笑声中，屈山和屈海用大得出奇的嗓门盖住了所有的声音：

“叫他说！”

“审问审问他！”

全场的人也都跟着像地动山摇似的喊叫起来了。

陶葫芦吓得鼻子头儿都青了，两腿一颤就跪下了，躬身拱手，向四面作揖，张开了缺牙的嘴巴：

“乡亲哥儿弟兄们高抬贵手，我说我说……”

人声安静下来以后，他又接着说：

“昨儿夜里，姚、姚镇长在我店里喝酒，喝到半夜，醉了，想回家，刚刚开开后门，就看见一个无常鬼站在当面，吓得他一下子就昏倒了。我听见响动，过去一看，也昏倒了……”

“放屁！”

“瞎说！”

“你屋里那个地洞是怎么回事？”

陶葫芦朝众人磕头磕得嘣嘣响，然后又抬起身来，用嘶哑的声音呼喊着：

“你们打死我吧！打死我吧！别的，我确确实实是什么也不知道哇！……”接着，就倒在地下大声嚎叫着，耍起赖皮来了。

毬所长和瞪眼猴喘着粗气急急忙忙从庙门里边冲出来，先踢了陶葫芦一脚：“起来！”然后，抓住他的脖领，不管人们怎么吼叫着反对，推推搡搡地把他带走了。

就在这时，镇公所的大爷们已经派人把葫芦小铺的前后门都贴上了封条，封条上盖着镇公所方方正正的大红印，门边还贴着一张大告示：

为布告事：本镇不幸　镇长遇害　显系坏人　为非作歹

　　葫芦小店　难脱关碍　特此封门　以便查追

如有擅自开门者　定当严惩不贷

特此布告周知

金驼镇东镇镇公所

年　月　日

在许多人回家去吃早饭的时候，几名警察把戏台上的那个假无常鬼也搬走了。

十　四

真糟糕，赵大鹏这回没有碰上这场大热闹。他是在事情发生以后第三天的后晌才来的。从大街上走过时，他就觉得镇子上有些跟平时不一样，是既冷清又热闹。说冷清，是因为各家商店的顾客少，大街两边坐着晒太阳闲磕牙的人也少。说热闹，可也真热闹；许多穿长袍马褂的大爷们不断地在高房大院里出来进去，像有什么愁烦事儿；几家大酒馆里猜拳饮酒的人好像特别多，吆喝欢笑的声音在街上也听得见，好像有什么喜事儿；一些小胡同里常有三三五五的人们聚在一起小声儿说话儿；不断的有背着枪的大兵在街上走过来走过去……

姐姐和姐夫都不在家，前后院的院子门都关着的，外间屋的门是锁着的。到隔壁找到陈万有老人一问，说是走亲戚去了。除了早就断绝了来往的姥姥家，没听说姐夫还有什么亲戚呀？莫非是姐姐带着姐夫回大廖家府住娘家去了？这可是几年来都没有过的稀罕事！

一年多不见，陈万有显得背更驼了，腰更弯了，脸上的皱纹结成了网，眼珠子完全被眼皮子遮住了，他根本不回答赵大鹏的一些问话，只是顿踏着脚步在屋里来回走了两三趟，忽然像是下了决心，仰起脸来说：

“好！好！你来得正好！我正想把这场大事对死人禀告禀告，又心里怯怯的，一个人不敢去。你来了，这不是正好？有你陪着，我胆子就壮了，又可以顺带着对你这个活人说说,也让你高兴高兴。可有一样,我先得问问你:上回我考你的那三考,明白过来了吧?”

“得,大伯,你怎么还问这话?我又不是一块锯不开钻不透的榆木疙瘩!”赵大鹏不好意思地抓抓脑袋,笑着说。

“那我就更放心了,就不怕对你说了。你吃过晌午饭了吧?……好,那咱俩马上就走!”

老头子忽然像是全身是劲,很快地转动着身子,从墙上的小龛儿里拿了一把敬神用的香,从炕席角下拿了一包火柴,“走,走,走!”领着赵大鹏走出了屋子,也不关门,径直走出了院子,顺着一条小路,绕地角,穿树丛,走得很快,根本不像个年老力衰的老人。赵大鹏一抬头,眼前忽然出现了一座山,一座长满了荒草的破烂山——正是镇北的那座大废窑。窑的四周围是一片大荒地。到处长满了酸枣刺、荆条子、狗尾草,只有窑北边有一块铺满了盘根草的大平地,像是有人特意把一些小树杂草砍掉了开辟出来的。平地四边围着密密的杂树丛,真像是围着一道墙。

“哈!这儿倒真是个练武艺的好地方!”赵大鹏不觉轻轻地喊了一声。

“你这回倒是不傻,有眼力!”老人不客气地说。

“真的有人在这儿练武吗?”

“哼嘿,”老人笑了笑,“那我可说不清。”

说话之间,已经来到一个井台旁边了。很明显,是从前窑东家为了烧窑用水方便,特意打的一眼井。井口四边铺的是大方块砖,井北两步远的地方有一段矮挡风墙的破烂遗迹。奇怪的是:井里边填满了烂砖头和老树根,已经成了不出水的枯井了。

“有什么奇怪的?你真是少见多怪!自从那年井里淹死了人,脏了井,再加上这里常闹鬼,谁还敢到这儿来挑水?除了成群结伙来这儿练武艺的人,谁还敢到这儿来?……你坐在那儿,老老实实等着!”

老人一边说着,把点着了的几根香插在井边,对着井口跪下去,磕了几个头,胡子颤动着,禀告起来了:

“满仓老弟啊!我知道,多少年,你,冤魂不散,常在这儿转游。有人在月亮夜里看见过你,坐在这矮墙头上,哭得凄凄惨惨——不止一回!今日,我陈万有特意来告诉你,你可要好好听着:你的仇人,姚见鬼,短了命,死啦！是你那有孝心有志气的好小子，还有他媳妇金姐儿。她，真是个了不得的天仙女啊，带着一伙子穷哥儿们，替你，替金生的妈，报血海冤仇啊！姚见鬼是怎么死的呢？本来，他还有一口气，家里人灌了他半碗人参汤，又活过来啦。可是，正当着家里人让他安安静静躺一会儿，他那不懂事的小小子，把奶奶庙门口，陶葫芦家里，桩桩件件的事，全都告诉他啦。你想想，他还有脸活下去吗？他能不像摘掉了心，丢掉了魂一样吗？听说，当时他就急得吐了几口血，接着就发高烧，不吃不喝，两天两夜，一口痰梗着嗓子眼儿出不来。就在刚才，有人对我报信儿，他，就在今日晌午，一伸腿，死他娘的啦！……满仓啊，我这么猜想，你，必定是想知道，这个仇是怎么报的吧？好！我要对你说！多少年，我就等着这一天，要对你说！要从头儿细细地对你说！……”

他手撑着地面费力地站了起来，泪流满面，喉头骨不住地跳动着，走到赵大鹏跟前，拉着他一起靠着破墙埂子坐下来，拿烟袋装烟的两只手不住地发抖。赵大鹏有好多事要问老人，可是他如今到底是二十多岁的人了，比以前懂事多了，在老人这么难受的时候，怎么好问他？

“老弟！”老人猛地转过脸来说，“俗话说：‘心里搁不住三把火，不是招灾就是惹祸’。你就是个心里搁不住三把火的人。比起你姐来，可别怪我贬斥你：真是天上地下呢！她可是‘心里打定了铁主意，十年也不肯露出去’。他两口子好多事你都不知道吧？不知道就不知道，别问。别凭你那火暴脾气坏他两口子的事，他俩的事也免得连累你——这就是你姐要把一些事儿瞒着你的因由儿，懂吗？好，等我抽袋烟，提提神，说起话来就有精神，就有真心，就有真情……好，你听着！满仓老弟啊，”他又对着井口呼喊着，“你更要听着！前日奶奶庙跟前出的那件事，真是神仙也想不到哇！真是太好啦！……”

时间随着老人所说的故事不知不觉地移动着。西斜的太阳照遍了荒地。微微的寒风吹得黄草枯枝轻轻地摇动。老人一会儿站起来，甩着手里的烟袋杆，声音很大；一会儿又转过身去对着井口，压低了嗓门；一会儿又坐下来，可是不到片刻又站起来。周围树丛子里的麻雀一阵一阵地惊得飞起来，又落下去。好像这荒地上真的有个游魂屈鬼在飘晃，在聚精会神地听。不远处的一棵杨树上飞来了一只老鸹，对着这边伸伸脑袋，翘翘尾巴，不时“哇哇”地聒噪两声，好像它也在听着这个出奇的故事。到最后，老人咬着牙使劲地甩着烟袋锅，说起狠话来：

“……满仓兄弟，你两口子一块去追他去！赶他去！他那股大老爷的架势，迈八字步迈惯了，不会走得太快的。你俩，在阴间的路上，追上他，狠狠地抓住他！狠狠地揍他，撕他！抓破他的脸！扭断他的胳膊！打断他的腰！叫他的鬼魂也受死罪！报冤仇，一定要现过现。别傻，别想着到阎王老爷那儿去告状。我早知道，阴间跟阳间是一样，官官相护，阎王老爷也总是向着有钱有势的人！你俩都是身强力壮的，狠狠地揍他个半瘫半死，再拿着他的两只脚在野地里拖，拖得他全身上下稀巴烂！……”

老人的喉咙哑了，气喘吁吁，再也说不下去了。

天空上一阵“呱呱”响，一大群老鸹像一片黑云似的向西边飞过去了。原来，天色已经暗下来了。

天气很冷，赵大鹏衣裳单薄，却全身冒汗，呆呆地看着井口，发起愣怔来了。他有多少事要想啊！可是，从哪儿想起？怎么理出个头来？

“好老弟，你怎么啦？”老人忽然大声问他，“哎呀，把我吓了一跳！瞧你那眼睛，亮得真怕人，我还以为是王满仓附了你的体呢！天黑了，咱快走吧！”

他连忙拾起地上刚才没有用完的几根香，转身又对赵大鹏说：

“咱先别忙回家，你索性再陪陪我，再到满仓两口子的坟前去禀告禀告。你想想，万一满仓兄弟的魂儿不在这儿呢？咱说了半天不是白说吗？白天到坟那儿烧香磕头，怕坏人看见起疑心，这会儿天黑了，正好……”

赵大鹏只得又跟着老人离开了井边。不想刚刚走了几步，忽然听见身后树林子里一声响动，接着又响起了低低的清脆好听的声音：

“哎，等一等！”

陈万有吓了一跳，打了个侧歪，要不是赵大鹏眼疾手快扶住了他，说不定会倒下去。两人刚刚定住了神，眼前就出现了一个年轻女人的身影：身段匀称好看，衣裳紧身合体，头上包着雪白的羊肚子毛巾，映衬得头发漆黑，两眼闪亮，双眉秀美。虽然天色昏暗，虽然头上身上沾了一些枯叶，那全身的光彩和新鲜味儿也耀人的眼睛，像是给这片荒地带来了春天。

“姐姐！”赵大鹏简直是从胸膛里喘出来的声音，跨大步迎了上去。

"哎呀！金姐，你怎么……"陈万有也感到意外，一时说不出话来。他的意思是：你怎么在这儿，不是走亲戚去了吗？

金姐没有回答老人的问话，低着头静静地站了一会儿，像是想起了什么，又猛一转身钻进了树林，一阵枝条乱草的响声过后，又响起了她那低低的、口气坚决的声音：

"屈大哥，我再嘱咐你一遍：明面上装孙子，暗地里当爷爷。任他们砸门打户，发狠耍横，抓鸡逮鸭，翻箱倒柜，咱可一定要忍着！"

几个男人的嗡嗡声过后，又响起了另外一个男人的声音——赵大鹏听得出来，是姐夫王金生：

"那'无名帖'一定要不早不晚在鸡叫二遍时贴出去，千万别睡着了！"

又是几个男人的嗡嗡声和一阵荒草的响动声，树林外边出现了几个模糊的人影子，分散开向着回镇子的方向走去了。

金姐这才又重新从树林子里飞快地钻出来，先对老人笑了笑，然后对着赵大鹏从上看到下，又走近一步捏了捏他身上的衣裳，轻轻地叹了口气：

"好兄弟，真想你呀！天冷了，还穿得这样单薄，这些年你是受了多少苦！……"

话声顿住了，赵大鹏也心里酸梗得说不出话来。

"兄弟，这回你都明白了吧？不再怪我，不再怪你姐夫了吧！"昏黑里看得见她白牙一闪，是一个亲切的微笑。

赵大鹏是多么熟悉这样的微笑啊！

"姐，我，真该死！"他又是从胸膛里喘出来的声音，并且使劲顿了一下脚。

"愿意见见你姐夫吗？"姐姐睁大了眼睛问他。

"愿意！太愿意！他在哪儿？"

姐姐转过脸去轻轻地咳了两声。赵大鹏弯下身子从树林子缝里看见，在昏暗里一个箍白手巾的头像是从地底下钻出来的。哦，原来树林子外面不远有一个以前烧窑取土的大旱坑。从那响声可以想象得到，坑里一定是长满了很深的芦苇和杂草。坑里还有人在小声说话呢，声音像是在地底下响，一定还有别的人在里面。

姐夫王金生刚一走出树林子，姐姐就抢上去把他拉到赵大鹏跟前，闪着白牙格格地笑着说：

“你俩该像小孩似的，勾勾手指头讲和吧！”

赵大鹏低着头，听凭王金生抓住他的胳膊，觉着自个的脸有些热。

“好兄弟，”王金生心诚语热地说，“咱俩都是穷生的、苦养的、冤耕的、仇耩的，本来就是一个垄沟里的苗儿，我也知道你是个喜硬不喜软、心里装不住半点别扭事的人。只怪我，前些年年轻，心笨嘴拙，有话说不出，把顶知近的亲戚都冷了。今日就得对你敞开心：你姐是我的大恩人，她的亲人就是我的亲人。我又自小没有弟兄和姐妹，你，就是我的亲兄弟！……”话的情意是多么真！

“得，金生哥，你还不如骂我几句好！”赵大鹏又是从胸膛里喘出来的话。

“你小声点！”陈万有老人连忙走上来一步，很紧张地向四面看了看，又一转身：“金姐，姚见鬼那个鬼东西死了，你知道吧？”

“大伯，我有顺风耳，早就听到信了。”接着她又恨声恨气地小声说：“我倒是恨他死得太快了点。要是留着他那条狗屎命，让他活着臭得见不得人，死又死不了，成天过着钝锯子锯心的日子，那才好呢！大伯，刚才你禀告的那些话我都听见了。对你说，咱还不能大意，不能光顾得高兴。死了一只狼，还有别的虎，他们不会善罢甘休的。你猜这两天那些大爷们东串门子西串户的干什么？是琢磨怎么破案呢！哼哼，真好笑，琢磨来琢磨去，最后得出了什么道道儿？说是共产党捣乱！说咱金驼镇上有共产党！这可就把他们吓得哟，一个个都像掉了魂！就赶紧派人到县里去，把警察所和保安队的人马全都请来了。是后晌刚刚悄悄进的街，都住在西头财神庙里的。这会儿队长所长们正在张大头财主家吃酒呢。刚才我还得了个准信儿，今日半夜里他们要冷不防来个夜猫子进宅，挨家挨户查坏人，查共产党。狗财主们记性倒不坏，还记得姚家和俺家是世仇，早就有几匹狗到俺家前后左右闻了好几次味儿呢。这我可是早就料到的。所以，大兄弟，”她又眼光闪闪地看着赵大鹏，声音也变得柔和了，“咱姐弟俩，还有你姐夫，多少年没有说过知心话，这一回又不能……唉！连在陈大伯家住一夜都不行，你立时就得走！……”

“姐姐，姐夫，”赵大鹏连忙说，“这回你俩可别心里过不去。今日我像一场大梦醒过来了，心里又暖和，又高兴。得，放心吧！”

姐姐可真是有计算，早在陈万有讲故事的时候就已经安排好了。一阵小车的吱扭声，是大脚齐嫂从陈万有院里把小车推来了。小车上绑着一个灰黑色的包袱，是姐姐给做的一套新棉衣，一双新鞋袜，袜筒子里还装着几块现大洋。姐姐并没有把这些东西当面告诉赵大鹏，是他后来才发现的。她只是告诉他：一直往北，到离这儿五里地的杨庄子去找个过夜的地方。是村子南口里边路东，土坯院墙有个缺口的一家，院子门侧边有个大碾盘。叫开门以后别问人家的姓名，只说两句话：“夜寒风冷，借个宿头”，就保险有暖和炕头儿让他睡一夜。

临分手时姐姐又难过地说了一大篇痛心的话：

“好兄弟，我知道你的心，你姐夫他也早就知道你的心。要不是有一把穷人的硬骨头，能够从十六七岁起就在外边东走西串，受这么多年的罪吗？可是，今日我倒要劝劝你：老这么东走西串的，什么时候是个了？虽说你也在外边交了些朋友，也不过是像天刚亮时的星星，东一个西一个的，太阳一出就都没了，有什么事儿你到哪儿抓捞他们去？能靠着他们闹起什么事业来？所以我说，兄弟呀，你应该找个落地生根的地方；应该把咱赵家的种儿苗儿多往几个地方种下来，多长一些藤，多结几个瓜。你明白我的意思吗？是不是这个理？我看，我爹我妈也不会不愿意，总比这样老让老人惦记你要好。……天到冷时候了，该回大廖家府老家去了，别叫爹妈又惦记着。回去以后，别把这儿的事情告诉妈，也别告诉乡亲们，别叫妈妈又多担一份心。在这个世界上要干出一点穷人的事业来，多嘴多舌，锣鸣鼓响，打草惊蛇，就准要坏事。冒烟没好火，好火不冒烟——爹不是对俺们说过一百遍这样的话吗？今日要不是你来得巧，要不是陈大伯把什么都说出来，也不会让你知道的。这不是无情无义，是刚好相反，真正的义重情深，是有福同享，有祸同当，砍头掉脑袋也不连累骨肉亲，自个承担着！更不能让他们顺藤摸瓜，斩尽杀绝！这就是我跟你姐夫在心里埋了多少年的实心话，今日全都对你说了，你该明白了吧？……把这拿着，是几块饽饽，你还没有吃晚饭……”她从齐嫂手里接过一个小包儿递给了他，然后背过身去抹起眼泪来。

赵大鹏啊，这个钢筋铁骨的硬汉子，这时也不由得一滴热泪滚出了深眼窝；心里有一股说不出来的味，就像猛一下失了魂，丧了神，又滚热，又寒浸，塞得紧，空得疼……

陈万有被感动得背过身去，用手扪住嘴巴想忍住咳嗽，却怎么也忍禁不住，只好咳嗽着向着回家的路上走去了。

王金生和齐嫂争着要领赵大鹏走上通往杨庄子的大道，齐嫂使劲把金生一推："我知道，你们还有紧要事儿要商量！"转身就走上了林间小路，回头对赵大鹏招了一下手。

赵大鹏连忙推着小车跟上去。他一回头，看见姐姐和姐夫正在从一块麦子地里大踏步向着另外一个方向走去了。

十　五

齐嫂是个身高体健的大脚女人，四十来岁，赵大鹏前两次来就对她的爽快劲儿很欢喜。从今日的事情看，猜着她必定是姐姐的一个好帮手，所以就很想跟她说说话，一方面也是为了想忘掉心里那股说不出来的酸楚味；另一方面也是想给心里的一个疑问找答案——现在他倒真的长了心眼了。

"齐嫂，你的眼力真好，这小道儿不平，你倒步步踩得是地方，走得还挺快。"

"早先年天天夜里摸着黑回家，惯了。"

"这会儿你不天天摸黑儿回家了？"他开始想套话儿了。

"不啦，早就不啦。"

"这么说，你早就不再到奶奶庙去帮姑子们干杂活了？"

"你怎么知道我在奶奶庙里帮过工？"

"好嫂子，你跟我姐姐家是紧邻，我又来过不止一回，还能不知道？"

"什么好嫂子坏嫂子的！少废话，快着走！"

看起来，这女人虽然性情泼辣，心直口快，可也并不是傻子。

"得，我闭住嘴巴！"赵大鹏连忙说。

可是走着走着齐嫂自己反倒憋不住了：

“狼不叼狗不啃的坏痞！”

“得，你自个说吧，我不问。”赵大鹏暗地里笑了。

“这事儿我可不怕对你说——我说的是陶葫芦那个老坏种！”

“他怎么坏法？”

“他的小店是贼窝子！吊的那葫芦是强盗土匪们认门儿的记号！姚见鬼常不断的叫他的小舅子跑天津买盒子枪回来卖给土匪。要不，他姚见鬼怎么这么些年老垮不了台？八面有靠山，面面玩得转，神着呢！哼，狼不叼狗不啃的东西们，看那些大爷们这回怎么办吧！”

“看起来你们金驼镇真是个古怪地方。”

“有什么古怪的？”

“出了像陶葫芦和姚见鬼这样的人，这样的事，还不古怪？”

“喝，你以为这就算古怪啦？比这更古怪的还多着呢。就光说陶葫芦吧：昨儿半夜里警察所的人偷偷儿把他放跑了，对人说是他自个跑掉的，你看怪不怪？他们以为放跑了这个老家伙，又把葫芦小铺封了门，再把道姑吴瑶姑送走了，再加上姚见鬼也死了，这种天大的丑事就盖住了。哼，金姐早就说过他们会放掉陶葫芦的，果然。金姐还说，这一回咱们只能算是捅了那些家伙的一个痛疙瘩，往后咱们难干的活儿还多着呢！嘿！你这个姐姐呀，真了不得！不是我小看你，也别怪我说缺德话，你呀，老弟，虽说也算是一个硬梆梆的男子汉，可是比起她来，连一个手指头都比不上！你这么成年累月的在外边跑，连个媳妇都娶不上，这算怎么回事？你姐可是不止一次跟俺说到你，她老是盼着有哪个有眼力的人看上了你这条好汉子。可你自个呢？就不会去找？未必就这么老是等着天仙女下凡？哼，你呀！……好了，到岔路口了，就顺着这条大路走吧，我可要回去了。”

她真的一转身就大步嗵嗵地走了。

赵大鹏却停下了小车，从车兜里摸出姐姐给他的玉米面饼子，咬了一口。可是！刚才那股说不出来的味儿，积压了几年的那股味儿，又猛地涌上了心头。舌头不听使唤，又僵硬又麻木。嗓子眼儿不听使唤，梗得咽不下去。抬头看看天，黑蓝黑蓝不见底，满天星星鬼眏眼，像是一块钉满了铜钉的大石板，严严实实地扣在人头上。低头四望看看地，漆黑一大片，无边又无沿。只他一个人，一个无处落脚的人，一个没有伴儿的人，比蚂蚁还要小，比鬼魂还要孤。到哪去找那落地生根的地方去？到哪去找那有眼力的知心人？到哪儿去闯事业？到哪儿去使力气？……苦啊！

他不觉往地上一倒，打了一个滚，趴在地上，两个巴掌捧住脑袋："嚎——！嚎——！嚎——！"不是哭，不是喊，是使出全身的力气狠狠地叫。寂静的夜被这嚎叫声冲破了，撕裂了，声音传得很远很远，像是冲到天外边去了。他听着远处隐隐约约传来的回声，完全僵住了，好半天，心里什么也没有想。

一阵冷风扫着地面吹过来，他那热得发烫的心猛地打了个冷战，使得他猛一下警醒过来，"我这是干吗？疯了吗？"一翻身跳了起来。

那辆小车还静静地停在那儿的。他一步跳过去，想踢翻了它，踩扁了它。可是，这小车是他唯一的伴儿啊！多少年靠着它挣饭吃，混日子，相亲相热……他抬起来的一只脚又放下了。

"我，恨啦！"他抄起了车把，扬着脑袋，不出声的，对着黑夜，对着这太宽、太大、太黑的大地，喊叫起来了。星空和大地都变得模糊了。这个从来不爱流眼泪的人，从来就瞧不起爱哭鼻子的人，现在却泪如泉涌了。"我，六尺高的男子汉，空长了一块料，空憋着一肚子劲……我这心，比火烧还难受啊！"最后，他使出全身的力气狠狠的"嗨"了一声，像是平地一声雷，震得连天上的星星都发抖。一颗流星在天空上划了一条长长的线，大地上闪了一下亮，真像是有一颗星星被震动得掉到地边上去了。

他孤孤单单地推着小车，紧咬着牙，狠瞪着眼，独自往前走去。

第三卷

一

永定河边，春满大地。

老头白老敬一边干着活儿，叹了口气，对女儿小凤发起感慨来：

“咳，看来今年春天的雨水不错啊，只希望夏天秋天不发大水就好啦。‘千年万年河不定啊，千年万年苦不尽啊’，你知道这两句俗话吗？别看是两句平平常常的话儿，可也是老辈人千年万年传下来的哩。你懂得它是什么意思吗？”

小凤当然懂得：千年万年啊，人们总是希望这性情古怪的无定河能够安定下来，所以特地叫它是“永定河”。可是永定河还是不肯改变性格，每年夏秋之间，只要下一两场大雨，河水就会猛涨起来，夹带着黄酱似的泥沙，狂奔猛泻，有时就挤破了两岸的堤防，浑浊的黄汤子向两边无边的平原漫过去，滚过去，淹没了庄稼，冲毁了房屋，冲倒了树木，直到死人的尸体漂没了，活人的眼泪哭干了，大水才退走了，却留下了无边的黄沙，无际的荒凉，无限的愁苦。

白老敬看见女儿没有回答，就摇了摇头，用教训的口气说：

“你，年轻轻的，哪里知道这些事！‘黄沙吸不干穷人的泪啊，黄沙盖不住富人的罪啊’，你懂得是什么意思吗？哼，我估量你就不懂！”

小凤儿还是没有回答。她不是不懂，是不愿意想这些不愉快的事情。本来嘛，夜里下了一阵小雨，今天晴了，是个难得的好天气，阳光格外温和，空气格外清新，没有漫天的风沙，遍地一片嫩绿，饱饱地吸几口新鲜空气，干着活儿，全身使劲活动着，有一股说不出来的痛快味儿，干吗要想那些不愉快的事情呢？并且，不管有多少苦，多少难，人们还不是活下来了吗？你看，这永定河两岸无边无际的黄沙地上，不是仍然庄稼遍野，绿树成荫，炊烟四起吗？

白老敬对女儿扫了一眼，忽然手扶着锄头直起腰来，瓮声瓮气地嚷起来了：

“你，你的心跑到哪儿去了！”

“爹，怎么啦？”小凤也直起腰来，翻着大眼睛问。

“我问你，你的心跑到哪儿去了？”

“哎耶！你平白无故，动不动总是心儿肺儿地问人家。我的心又没翅膀又没腿，能跑到哪儿去？还不是在这儿，哦哦，在跳呢，没跑……”小凤半调皮半撒娇，怪模怪样，娇声娇气，话还没完，就格格笑起来。

“死丫头！我看你是成心逗我生气！”白老敬又爱又恨地顿了下脚。

“你平白无故说人家，还说人家逗你生气。”小凤把嘴一噘，身子一扭，倒像真的生起气来了。

“我平白无故说你？看你留的那苗儿，稀一棵密一棵的，那像人干的活儿吗？”

“哦哟，你说的是这回事呀。”小凤这才明白了。“我可不像你，留苗哩，也不管哪棵苗儿好，哪棵苗儿坏，反正总是隔那么远留一棵，把好些长得挺壮的苗儿都锄掉了，我看着心都痛了，还想说你呢，你倒先说起我来了。”

“你心痛……我知道你，没命地爱那些小猫儿、小狗儿、小鸡儿、小鸭儿，连小玉米苗儿你也爱，也舍不得锄掉。这么大了，还像个孩子，也不害臊！”

“我就是喜欢那长得壮的小苗儿。你看这一棵，紫红秆儿，黑绿黑绿的叶子，多少次的大风沙也没把它摔打死，反倒长得这么壮，不逗人爱吗？能狠心把它锄掉吗？”

“‘舍不得苗儿，打一瓢儿’，到秋后挨饿，你就知道该不该狠心了。个死丫头！”白老敬气得瞪着眼睛，胡子一撅一撅的。

爹那生气的样儿反倒把小凤逗得又格格笑起来。她把发热的脸蛋子靠在锄头柄上冰着，一边笑着一边说：

“爹，别生气啦，等会我把这稀的地方，用你锄掉了的好壮苗儿补种上，不就行了吗？”

“你那密的地方太密，可稀的地方并不太稀。并且，补上的苗儿还得浇水，你到村里去担水来浇？不累死你！就是浇了水，也未必活得了……别再想新鲜花样了，快干活儿吧！”

可是小凤并没有马上动手干活儿。她甩了甩头发，擦了擦汗水，挺起胸脯来吸了口长气，大眼睛忽闪忽闪向远处看去。这蓝得耀眼的天空，这生气勃勃的原野，这柔和的春风，把她迷住了。她的心真的不知道跑到哪儿去了。……忽然，她尖声叫起来了：

“爹！爹！你看那个推小车的，推着那么满满的一车东西，可走得多快呀！”

白老敬停下锄来，手搭凉棚向女儿指的方向看去。果然，那边，茂密的柳树林子旁边的大道上，一个高大汉子推着一辆红漆独轮小车，车上不知装的什么东西，红红绿绿，堆得老高。那道儿上至少也有半尺多厚的松软黄沙，就是空身人走也得走一步退半步，可是那汉子推着满载的车子却走得飞快，车轮子发出吱扭吱扭的声音，响彻了原野，引得遍地里干活的人们都停下手来向他看去。那汉子大概是发觉了人们都在注意他，因而有些得意，快走到村边时，忽然扬起头来，扯着嗓子吆喝起来：

“啊——，谁家要做木器活儿嘞！”

真像是从铜胸铁肺里迸出来的声音，震得整个的原野嗡嗡地响，连遍地里觅食的老鸹也惊得飞了起来。接着，不像是推着，简直是擎起小车，轻轻巧巧地走上了村边的斜坡，进了村子。

“是个做木匠活儿的！”小凤儿惊喜地说，“爹，你不是早就说要找个师傅做几样木器家具吗？”

“嗯，”老头点着头，“要不，你去看看，要真的是个木匠师傅，就跟他搭咕搭咕，看看要多少钱一天。”

小凤儿兴奋地答应一声，把那些锄掉了不要的玉米苗儿敛在一起，用手抱着，准备带回家去喂小毛驴，把锄头往肩膀上一扛，这才急急忙忙向村里走去。

二

推小车子的大个子大约有二十五六岁，宽遮檐的破草帽，盖着一张黑里透红的大方脸，刷子似的粗眉，微微深陷的大窝窠眼，高鼻阔嘴，腮帮子上一片黑麻麻的短胡子茬儿。他上身斜缠着一件破旧青布夹衣，露出两条红铜色的粗大胳膊，那鼓鼓囊囊的肌肉，真像铜浇铁铸的一般。粗粗一看，你也许会觉得他身个儿过于高大了些，跟平常人的样儿有些不大配称；但多看了两眼以后，你就会感到惊奇：他全身上下，连粗眉大眼都在内，是生得那么匀称、那么协调、那么矫健，有一种说不出来的好看味儿，甚至连他那露着白牙齿的笑容和说话的神气，都有一种单纯朴素的动人样儿，使你不由得想跟他攀谈一下，交成朋友。他那辆小独轮车也很特别，装的是满满一车小炕桌，小兀凳，小梳头匣子，以及长短不一的扁担、锄柄、擀面杖，还有一套做木匠活儿的工具，一个搁零碎东西的箱子。这些东西有的上了红绿油漆，有的是白光闪闪，使得整个车子看起来像个打扮得花团锦簇的新媳妇儿；并且，所有这些东西又是互相咬关斗榫，填缺补空，绑扎得那么巧妙，车子走起来时，它们不会颠簸摇晃，更不会掉下一件两件来。

这时天还不到晌午，男人们都在地里干活，女人们都在家里做饭，街上没人，村子里静悄悄的。那人把小车吱扭吱扭地一直推到十字街口的老槐树底下，才停了下来。先对着这棵百十年的老槐树打量了半天，大约是又奇怪又高兴：怎么这个常遭水淹的地方，竟会有这么一棵万劫不死的老槐树。因此他露出满嘴的白牙笑了笑，转过身来，把斜缠在身上的破夹袄扯下来，捏成一团，擦了擦满脸满身的汗水，又把破草帽摘下来当做扇子，呼呼扇了一阵，等身上的汗水完全干了，就连衣裳带帽子往小车上一丢，然后两脚叉地，两手叉腰，一扬头，又扯直了嗓子吆喝起来：

“做木器活——儿！”

“拾掇零碎木器活——儿！”

“卖呃——小炕桌儿，小兀凳儿，梳头匣子，扁担锄把擀面杖——儿！”

声音被街道两边的墙壁逼住了，比刚才在村外的那声吆喝显得更加宽洪响亮，把街上觅食的鸡群惊得乱跑乱叫起来，全村的狗也都惊慌失措地狂吠起来。从街那头财主家的黑漆大门里冲出来三匹特别高大的猛狗，箭也似的窜了过来，窜到离老槐树两三丈远时，却又勇气全消，猛地趴住了脚，屁股往后一挫，尾巴往下一耷，只敢皱着鼻子龇着牙，在喉咙里嗷嗷着，引得跑来看热闹的孩子们和大个子本人都笑起来。他非常得意地用大手摸着宽大的胸膛，吸足了气，又用更加惊人的嗓音吆喝起来：

"板凳断了腿啦，水筲漏了水啦，打箱子做柜子啦，找我来！"

看稀罕的孩子越聚越多，好奇的眼光不住地从车身上溜到人身上，又从人身上溜到车身上。大个子停止了吆喝，弯下腰来对孩子们扫视了一遍，装得一脸正经地说：

"你们这么瞅着我干什么？去，给我老赵传个名儿，就说我'名叫赵大鹏，力大本无穷，手艺又高强，干活儿不稀松'，知道吗？"

孩子们笑了，他自个也笑了。

"你叫赵大鹏？"一个调皮的小家伙问他。

"对，我叫赵大鹏，怎么的？"

"不对。"小家伙皱着脸儿摇着头。

"怎么不对？"

"你叫老大熊！"

赵大鹏一瞪眼，一跺脚，口里"呸！"地一声，吓得那小家伙转身就跑了。

别的孩子们却笑得更加大胆了。有几个特别胆大的还七嘴八舌地嚷叫起来：

"他跑得不远，快追他去！""追！追！快追去！"

赵大鹏没有追去，却把两只手的大拇指伸直了对在两个耳朵眼儿上，像是一只贯穿耳朵眼儿的轴儿，张开两个大手巴掌，像是安在轴儿上的两把扇子，一面说："都不是好东西，再这么鸦鸣雀噪的，我扇飞了你们！"一面的弯下腰来，怕人地瞪圆了眼睛，一步一步地向孩子们走去，两只手一扇一扇，嘴里呼——！呼——！呼——！孩子们明知是假的，却又不能不怕，轰地向四面散开了。只有一个小男孩没有跑，上身穿了件破得打了绺儿的大褂子，下身光着，挺着大肚子靠在老槐树上。赵大鹏回身看见了他，走到跟前去对他说：

“你这个小家伙……哟，看你这肚子！尽装的菜叶子糠糊糊吧？财主家的小兔羔子们尽叫你菜馅饺子吧？我小时也跟你一样哩。得，那些兔羔子们要是再笑话你，就使劲儿揍他们！你一个人揍不过就多约几个人去揍！不要怕。你看我这粗胳膊粗腿，就是自小儿揍那些财主羔子练出来的。还有，别这么耷眉丧眼的。你看我，不管怎么着，总是黄连树下弹琴，苦中作乐；干吗要做出个窝囊样儿叫他们看着高兴？对吧？”

那孩子微笑着，没有回答，眼里却闪出兴奋的亮花来了。

陆陆续续来了一群妇女，围着小车，东摸摸，西看看，讨价还价，唧唧喳喳。赵大鹏正在应付着，忽然听见背后响起了一个清脆好听的声音：

“喂，我说，你给人家做木器活儿吗？”

原来是个十六七岁的小姑娘，鹅蛋脸儿，说话时嘴角边跳动着两个小酒窝儿，大黑眼睛的外眼角微微上挑，眼光笔直地射到人的脸上，有一股大胆调皮的味儿；却头没梳光，脸没洗净，穿一身有些宽大的破旧蓝布衣裳，更显得身段还没长好，太细瘦了些。“好个俊气姑娘！”赵大鹏一边在心里赞叹着，一边回答说：

“你没听见我吆喝吗？”

“你做活是论天还是论件儿？”

“活儿多就论天算，活儿少就论件算。”

“论天怎么算，论件又怎么算？”

“你是想叫我做活儿不是？”赵大鹏反问她。

“哎耶，看你这人，不想要你做活还向你问价？”

“得，”老赵笑着说，“既是有活儿要做，钱多钱少好说，够本儿就行。”

“你这人说话怎么含含糊糊的，谁知道你怎么才算是够本儿？咱们还是先小人后君子，说个准价钱吧；你愿卖，还要我愿买不是？”小姑娘板着脸正颜厉色地说。

“呵呵呵，”赵大鹏这回是笑出声音来了。这小姑娘好听的声音，和有斤有两的性情，都使他高兴。“得，”他也一本正经地说，“我跟你说说什么叫个够本儿吧：要是论天算，管吃饭就行；要是论件算，不吃你的饭，那你就看着给，我决不争多讲少。”

“你说话算话？”

“姑娘，你看我姓赵的像个说话不算话的人吗？等我把活儿给你做好了，生米做成了熟饭，我想反口还反到哪里去？是不是？”

小姑娘想了想，实在也无话可说。赵大鹏等两个妇女买了两个小兀凳走了，就推着小车，吱扭吱扭地跟着小姑娘走去。他一边走一边问：

“小大姐，你贵姓？”

“什么贵姓贱姓的，我不懂！”姑娘一甩辫子，抿着嘴儿笑了。

“贵姓，就是问你姓什么，是个客气话儿。”赵大鹏装作没有理会她的调皮，认真地解释说。

“你用不着跟我客气！”

“得，不客气就不客气。你姓什么？”

“我姓白，清清白白的白，怎么着？”姑娘的口气又有些严厉了。

“家里有几口人？是种人家的地还是种自个的地？”

“你问得这么详细干吗？你是坏人是好人？”姑娘猛地回过身来，瞪大了眼睛。

“哟！”赵大鹏心里说，“这小姑娘，人小心眼倒不少，火性也挺大的哩。”

“哎哎哎，”他连忙赔了个笑脸，“姑娘，得，我不过随便说说话儿，你可别看错了人啊！”

“你别老是跟我‘得’呀‘得’的，我不认识你！”姑娘又轻蔑地说。

他们走到靠近村头的一个破土坯院子门口了，姑娘叫赵大鹏在外面等着，自己走了进去。

过了好大一会，才见从院子里走出一个老大娘来，有五十多岁，花白头发，在老太太当中是少见的高个儿和天然的大脚，身子骨儿也硬硬朗朗。她站在院子门口，沉着脸用严厉的眼光向赵大鹏打量了半天，然后用冷冰冰的口气大声说：

“做木匠活的，你可别怪俺啰嗦，俺家是有些木器活儿要做，可是得问清楚：你是哪一垮子的人？干吗到俺们这一垮子来做活儿？你倒说说吧！”

“呵呵呵呵，”赵大鹏一扬脑袋，咧着大嘴笑起来，“你，大半是看见我这样儿：大高个儿，粗眉大眼，胡子拉碴，像个干黑道子[①]买卖的吧？哈哈！你可错看了人啊。你想想，我要是黑道子的眼线儿，还麻麻烦烦推着这一车子家什？还——不怕你见怪——找你这穷家小户来安眼儿？[②] 再说，我到底是不是黑道子，一会动起斧头凿子来，得，不就露出来了吗？”

这些话并没有把老大娘说服，她还是铁着脸，朗朗脆脆地说：

“你既是手艺人，干吗干活不先规定价钱？有这样的手艺人吗？”

赵大鹏有些不耐烦了，走到小车跟前去，戴上了草帽，抄起了车把手，同时大声说：

“得，老太太，你别这么阴一句阳一句地审我。我姓赵的就是这么个各别的手艺人：讲的是人情义气，钱多钱少不在乎。你看看我这人像个要小钱的，为了一文半文钱跟娘们儿克索半天——是那样人吗？我不说价，是看着你像个穷家主——凡是穷家主，看着我姓赵的干的活好，随便给几个，我接着，也是看得起你。这叫你好来，我好往，两好合一好。可你要是看着我干的活不好，或是你钱不凑手，得，那没说的，我一个子儿也不要。要是有钱的主儿，咱可就是另一个样儿，咱说多少价钱，你愿意，咱就干；不愿意，咱拉倒，我可不指望你那几个臭铜钱来养命。我姓赵的就是这样，张飞打铁，人也硬，活也硬。怎么着？到底想不想雇俺？”

老大娘没有回答，她还有些犹疑。

“咳！”赵大鹏鄙视地摇了摇头，推着小车，一边走一边说：“得，伸出手去嫌胳膊长，缩回手来又嫌胳膊短，不是个爽快人！……”

“哎！赵师傅，你回来！”

“怎么啦？”老赵站住了脚，同时心里说，“得，叫我‘赵师傅’哩，有门儿。”

“把小车推进院里来吧！”

“用俺干活啦？”

“把车子推进来吧！”

老赵笑了，心里说：“这大娘，吃戗不吃顺。可也难怪，这一带土匪太多……”他磨过车头，吱扭吱扭，一直推进了院子门。

---

① “黑道子”即土匪。

② “安眼儿”，土匪黑话，即确定抢劫或绑票的目标。

三

这是个收拾得挺干净的小院。正面是四间土坯北屋——一明两暗，加上一个小套间屋。西边和南边是破破烂烂的磨棚、柴禾屋、猪圈。沿着这些房子的墙脚摆着一些瓦盆，里边大都种了花儿，有正在开花的，有没有开花的，也有刚刚长出鹅黄小叶的。看来这家主人虽然穷，却是个喜欢花儿草儿的人。东边院墙根，用秫秸和枣刺围着一小块地，种着点小葱一类的东西。刚才那个小姑娘手里拿着把小葱站在园子门口，一看见木匠师傅进了院子门，就像旋风似的跑进了北屋。只见北屋外间的门扇后边，还有个年岁大些的青年妇女，隐着半个身子站在那里，朝门外探着头儿，黑头发帘下边，一对大黑眼睛像两颗星星似的闪着光亮。她一碰见老赵的眼光，赶紧往后一缩，门扇一动，整个人就不见了。接着，刚才那个小姑娘又从北屋跳了出来，搬出两条板凳来搁在院子角上的枣树底下，把附近的花盆搬到一边去，腾出做木匠活的地方。接着她又穿梭似的来回跑了两趟，再搬出一条板凳，拿出一壶茶和两只茶碗搁在板凳上，招呼老赵喝茶；又一扭身跑进柴禾屋去了，一会，听见她尖声说：

"妈！快点来帮我抬一下！"

老大娘应了一声，也快步走进柴禾屋去了。

赵大鹏把小车歇在一边，解开车上的绳子，取下锯子斧子等工具来，同时禁不住想笑，心里说："这小姑娘，像个喜鹊似的跳来跳去，真麻利！"却听见北屋外间屋响起了拉风箱的声音，一看，是刚才那个年岁大些的年轻妇女，正坐在灶门口烧火，一边侧过身子来朝外看。她的脸盘跟小姑娘的很相像，只是白一些，头发也光亮些，身材也高大丰满些。她大约有二十三四岁，一定是老太太的大女儿。

老大娘已经帮着二女儿抬出来一捆木条木板，和一段较大的圆木，指给赵大鹏说明：一条弯木头要做个犁杖；一堆木板要做个大木盆，盛豆腐浆子用；另外还要做一个门框；一担水桶……

"嗨！"她叹口气说，"说实话吧，像俺们这穷家小户的，几十年没盖过房兴过工，就是闺女出聘，也不过到集上好歹买两件木器家具就得了，哪里雇过师傅做过活儿？这是头年里涨大水，她爹半夜里去捞鱼，鱼没捞着，倒捞了些个木头回来，这才打主意要制两件家具。不管穷不穷，也不管年头太平不太平，日子总要过不是？正好碰见你……”又回身对小姑娘说：“小凤，别愣在这儿看稀罕，又不是三岁两岁的孩子……快去帮你姐做饭去！”又对着北屋大声说：“大鸾，多贴几个饼子！”

“一个叫白鸾，一个叫白凤，好名字！”老赵在心里赞叹着，看见老大娘要走，就连忙大声声明：晌午饭别打上他的数儿，因为天时眼看就到晌午了，头半天没干活，不能吃人家的饭，这是他老赵的规矩。

“赵师傅！”老大娘猛地变了脸色，“你这说的什么话！别说你给俺干活，就是进院来讨水喝的过路人，碰见饭熟了，也不能让他饿着肚子走吧？”

老赵又连忙声明：他自个带着干粮的。

“不——成！”老大娘更加生气地一扭头，“你要是小瞧俺，就趁早儿走，俺家不用你干活！”

看来这老大娘是个倔强好胜外冷内热的人，要扭过她来是不可能的。老赵只得无可奈何地“嘿嘿”了两声，摇了摇头。

“我看你才真的不是个爽快人哩！”大娘又责备了一句，去煮猪食喂猪去了。

赵大鹏不知不觉地喜欢起这一家人来了。心里一高兴，干起活来就更有劲。他光着膀子，卷起裤腿，站起来，蹲下去，量尺寸，画墨线。木头在他那大手上颠来倒去，像小柴禾棒儿一样轻巧。墨线画完了，就动起斧子刨子来。内行的人只要一听那斧子刨子的声音，一看那木屑刨花的跳动，就知道他每一下动作都是有准头的。等斧子一停，刨子一放，拿起木头来一看：喝！正好齐墨线，不多不少，又平又直。这才叫功夫哩！不大一会，几条七歪八扭的木头，已经变得方方正正，又光又亮了。这简直是一个人唱一台戏。他那窝窠大眼里闪着光，嘴唇和喉头骨不时颤动着，咽着唾沫，像是品尝着有滋味的东西，其实是在计算，在想象，并且也是在过瘾。确实，世界上还有比这更过瘾的事情吗？你瞧，这个粗手大脚的大个子人，哪还有半点粗鲁味儿？他的每一个动作多爽利，多有力，而又多柔美！

从左右邻壁来的一群围着看稀罕的大人小孩，都看得入了迷，一声不响，一动不动。一会，又从院子门外走进来一个六十来岁的老头，中等个儿，灰白胡子，身体健朗，两眼有神——是这一家的主人白老敬。他刚从地里回来，端了个小板凳坐在一边，一袋接一袋地抽着烟，满脸皱纹里隐藏着钦佩和欣赏的笑容。老赵没有注意到他，他也没有跟老赵打招呼。直到女儿小凤叫他吃饭，他才站起身来说：

“师傅，歇歇，到屋里吃饭。”

“哦，大叔……不，我就在外边吃吧。”赵大鹏向周围看稀罕的孩子们扫了一眼，并且做了个逗笑的怪样儿。他要看住这一摊子，要是孩子们乱动斧子凿子，失了手可不是好玩的；并且，那屋里有个花朵儿似的年轻妇女，怕人家忌讳，自己也不好意思。

白老敬也不再客气，进屋里吃饭去了。

一会，小凤端出饭菜来了，是一大篮子玉米面饽饽，一大碗小葱拌豆腐，还有一瓦罐玉米面稀粥。老赵一看就笑起来了：

“哈，姑娘，你真不怕把我撑死啊！”

“哎耶，看你说的！”小凤对他斜了一眼，忍住笑说，“你这么大个子，还不吃两人的饭？再加你又推车赶路，泼命干活，不饿？要是给你拿少了，又该笑话俺们穷家小户的没眼力，不爽快，是吧？”

“哎呀，好厉害的嘴！”老赵笑着，摇了摇头。

吃完了饭，他也不歇着，马上又动起手来。听见北屋里有洗锅涮碗的声音，他偶然朝那边看了一眼，却是小凤的姐姐大鸾，手在洗碗，脸却朝着他的，却又赶紧偏过头去，躲开了他的眼光。她那黑光光的头发帘下边那对眼睛啊，怎么那么黑，那么亮，那么羞怯，那么动人！“真怪呀，”老赵在心里说，“我东飘西荡也看见过一些闺女媳妇，怎么今日……嗨！”他举起斧子来猛劈一下，打断了自己的思想，觉得脸有些发烧，就闷着头干起活来，再也不敢往那边看了。

一会，只见老头白老敬从屋里走了出来，对他上上下下打量了半天，问他：

“你贵姓赵？”

“对，贱姓赵。”

“听口音像是南边人，是吧？”

“是南边人，离这儿八九十里。”

“离这儿八九十里？”老人思摸着，摇摇头，“也许我猜错了？……你不是白洋淀的人？”

老赵惊奇地瞪大了眼睛：

“我老家倒是在白洋淀，后来搬到燕南县大廖家府村落户……”

“老家是白洋淀大柳树庄吧？”

老赵更加惊奇地作了肯定的回答。

“你爹的名字叫赵恭，是吧？”

老赵又作了肯定的回答，又补充说，他现在老了，人们都叫他赵老恭。

“可是，大叔，你怎么知道我爹？”

“嗨呀！”老人忽然使劲跺了一下脚，大声叫起来。“我一猜就猜着啦！这才是大水冲了龙王庙，一家人不认得一家人啦！嗨呀！多少年啦？三十多年啦！哥儿弟兄三十几年不见面啦，一晃就是三十多年啦！”两行滚热的眼泪顺着老人脸上的皱纹流了下来，滴到地上了。又猛一下抓住赵大鹏的手，并且用有神的眼睛盯着他的脸：“侄子，你跟你爹年轻的时候真是一模一样啊，简直就……咳，还有你这手艺除了是你爹的传授，还能是别人？头吃饭时我就看了你半天，就觉着有些面熟，可怎么也想不起在哪儿见过。刚才我一问她们，知道你姓赵，我就想起来了……咳，真是越看越像啊！”

赵大鹏简直分不清老人是在哭还是在笑，是在点头还是在摇头，想说话又插不上嘴，正在又慌张又纳闷，只见白大婶也两步迈出屋子来，把手一拍：

“侄子，你还在愣着大眼发傻？你就没听见你爹说过，当年闹义和团的工夫，有个拜盟兄弟白敬，还有个师妹杨大脚？”

“哦！原来是盟叔盟婶啦！”这回轮到赵大鹏拍手跺脚了。

“咳，一晃三十多年啦！”白老敬揉着眼睛说，“我朝思暮想，总想只要见见当日老哥们一面，就是死了也甘心啊。可这么大地面，各人东跑西散，到哪儿去找？也几次托人到白洋淀的大柳树庄去打听过，可哪里打听得着？真没想到……”

“侄子，”白大婶亲热地说，“你的大名怎么称呼？”得到赵大鹏的回答以后，她又对站在身后的小凤说：“小凤，听见没有？往后是一家人了，你就叫他鹏哥吧。”又朝着门里，对掩在门扇后边的大女儿说：“大鸾，你也出来见见你鹏哥吧，往后是一家人啦，用不着避讳啦。”

大鸾没有出来，还是手扶着门扇，只是红着脸，用大眼睛对着赵大鹏闪了闪，抿着嘴儿笑了笑。小凤却调皮地说：

“哎耶，俺不叫他什么盆哥碗哥。他长得黑不溜秋的，俺就叫他是黑不溜秋的大黑哥好了。”

话还没完，屋里屋外的姐妹俩都笑得直不起腰来。

“死丫头！”白大婶笑着推了小凤一下，“尽会说些没油没盐的话！以为你还小吧？”

“反正比黑哥那大个子小！”小凤嘟哝了一句，吃吃地笑着跑进屋里去了。

白老敬拖过做木工活用的板凳，吹掉了上面的尘土，拉着赵大鹏并排坐下来，吸着了旱烟袋：

“侄子，你弟兄几个？”

“有个大姐前几年出了阁。我是老二，下边有两个兄弟。大弟名叫二鹏，比我小六岁——今年十九；二弟小鹰子还小，才十二岁。嘿嘿……”说到这里，赵大鹏不由得笑了笑：“大叔大婶，说来你两老也许不信，可世界上就偏偏有这样的怪事：刚才二妹子不是笑我长得黑吗？她要是看见我跟兄弟二鹏站在一起，准会吃惊得不相信自个的眼睛……”

“鹏哥，未必咱那二哥比你长得还黑？”小凤儿在屋里的门扇后面尖声问。显然她两姐妹是都躲在门扇后面的。

“嘿嘿，怪就怪在我那兄弟不是生得黑，是相反，白得不像是穷家小户干粗活的人，也不是我这样五大三粗的丑八怪……”

“嘻嘻！”小凤儿又在门扇后边悄悄儿笑了，“一个黑，一个白，倒是天生的一对门神爷……”

门后边又响起了一阵很低的，吃吃的笑声。

白大婶也忍不住微微地笑了，连忙岔开话题说：

“你那兄弟准是生得像你妈，你妈年轻时准是个俊气人。……咳！赵大哥算是有福的，儿大女大，三个好小子……”

她是想起了自己老夫妻俩都已年老力衰，没有儿子，不觉得有些感慨。但是她的老伴白老敬却没有在想这些伤脑筋的事，只顾朝赵大鹏那虎气生生的模样看了又看，然后对老伴的意见提出了反驳：

“凤儿的妈，你这话不对。你能说俺赵大哥年轻那时候不俊气？你能说大鹏侄子这彪彪壮壮的模样不俊气？什么叫个俊气？男人女人可得两说着——男子汉，大丈夫，膀大腰圆，剑眉虎眼，这就是俊气！”

“俺爹说得对！俺大鹏哥就是个拿得出算得上的男子汉！”又是小凤儿在门扇后边小声发议论。

“死丫头，你少说两句好不好？还不快去干你自个的活儿去？”白大婶说着，也朝屋里走去。

赵大鹏对白大叔的这番话却有另外的想法：他，一个五大三粗顶天立地的男子汉，又是有名的“铁柄儿镰刀”的后代人，如今二十六岁了，给爹娘造了什么福？报了什么恩？长了什么志气？报了什么冤仇？如今只落得有家不能归，老娘有病也不能管，在外边四处流浪，这算什么男子汉大丈夫？……可是，这些话这会儿他不能吐出来，只能暗暗地憋在心里。

他拿起了斧头，开始干活。

白老敬也要趁雨后地皮儿湿，抢时间耪地，和小凤一起扛着锄头下地去了。大婶忙着涮锅洗碗烧茶水。大鸾套着匹小毛驴在磨棚里磨豆腐。她们家每隔三五天做一回豆腐，在本村卖和挑到集市上去卖，不过是为了赚点豆腐渣养猪，过日子手头上也活泛点。

赵大鹏起先是只顾一心一意地干活儿想心思，根本没有朝磨棚那边看一眼。可是，银铃般清脆好听的声音——是吆喝小毛驴的声音，是细声柔气跟小毛驴说话的声音，不时地传到他的耳朵里来。他还是不朝那边看。可是，他好像看见了：那发出银铃般响声的人，常常从磨棚门口露出半个脸儿来，朝着他闪动着亮闪闪的眼神。

四

傍黑时，白老敬和小凤扛着锄头，拖着疲倦的脚步，往村里走去。这时候，太阳消失了最后的余晖，大地上的一切景物都失掉了明暗，变得模糊起来。这无边无际的平原就显得更加平坦，更加广大，像一个其大无比的墨绿色的大翡翠圆盘，苍茫浩渺，气魄慑人。白老敬和小凤儿都不由得挺起了胸膛睁大了眼睛，向四面看去。啊，在这大圆盘的边缘上——在那青紫色的天地交界之处，冒出了一条金色的弧线，又慢慢变成了金色的半圆，最后就升起来一个浑圆的、动人心魄的、大金盆似的月亮。只有在这广大溜平的平原上，才能看得见这样大、这样好看的初升的月亮。它从大翡翠圆盘的边缘慢慢升起，浮嵌在青灰色的天幕之上，还没有放出耀眼的银辉来，只是安详地微笑着，静静地注视着人间。

在这样的时候，人的心里就不由得要生出一股豪迈的喜悦的情绪来。

白老敬是个感情丰富而又容易激动的老人。他一辈子经历的事情很多，所以心里的感慨很多，甚至一说起话来就要带几分感叹味儿。现在，他挺着胸，扬着头，手捏着胡子，眼睛看着远处，又发起感慨来了：

"三十多年啦！……咳，你斩草除根除得尽吗？除不尽的呀，咱老弟兄们还有后代人啊！……"

小凤儿忽然尖声尖气地问：

"爹，你说说看，那月亮里真的有神仙吗？"

"怎么没有神仙？"老敬认真地说，"要是天上没有神仙，地上有些事儿哪会碰得这么巧？"

"怎么巧法？"

"怎么巧法？咱们刚好碰见了你赵家大伯的后代人——就是这么个巧法！"

"碰见了又怎么哩？"

"碰见了——这是缘分！"

"缘分又怎么哩？"小凤又想逗爹生气，故意调皮地问。

"缘分，哼！"

"哼！"小凤儿撇了撇嘴，"我猜你今日又要花钱打酒。"

"咳！"白老敬叹了口气，"爹一辈子把骨头都累断了，撑起这么个家来，把你们养大了，可倒好，连喝盅酒都要受你们挟制！"

"哎耶，好吧，喝就喝吧，"小凤儿笑着同意说，"给你炒盘豆腐，俺大鹏哥准也是爱喝两盅的，你俩喝个够。”

“这还像个话！”白老敬也抹着胡子笑了。停了一会，他又感叹地说：“咳！还不该喝两盅吗？咱老弟兄们到底还有见面之日啊！到底还有后辈人啊！”

到了家，白老敬撂下锄头，就找出酒瓶到街上去打酒。等他回来时，院子当中已经摆好了炕桌儿、小凳儿和杯盘碗筷。赵大鹏洗了手脸。一家人除了大鸾害臊没有出来，都围着小炕桌坐下来，喝酒吃饭，谈起话来。每年一到天气暖和了，他们家为了节省灯油，总是在院里借着星光和月光吃晚饭。今夜的月光格外好，天空清碧如水，万里无云，满院子像洒银铺雪一般，使人格外高兴。

为了回答白家老两口子提出的许多问题，赵大鹏就详细说起自己的家庭情况来：他爹赵老恭今年整六十二岁（比白老敬大三岁），身体倒很健壮。只是他妈有个腰酸腿痛的病儿，不时的在炕上动不得。老外公张老梗还在世，有八十来岁了，倒还壮实，虽不能再打铁，却坚决不愿吃闲饭，自己在街上摆个卖糖果纸烟的小摊子，赚几个零花钱。晚辈人中他有个姐，早就嫁出去了。家里除了他们弟兄三个以外，他爹还收养了一个无依无靠的孤女，名叫辛小兰，才十来岁。全家共是七口人，靠租种地、做木匠铁匠活儿和打短工过日子。赵大鹏二十二岁的时候，他爹用三担高粱买了个外地逃荒的女人给他做媳妇。不想正在准备办喜事时，那女人大半是思念以前的男人，又嫌他家穷，又怕以后跟赵大鹏合不来，就偷偷跑掉了。说到这里，老赵叹了口气：

“咳！好在叔和婶子都不是外人，说起这话来我也不嫌臊：别说是家里穷，就凭我这个模样脾气，能盛得住个媳妇吗？得，跑就跑她的吧，咱也不追不找。一来，人家夫妻恩情重，咱能硬着心肠去拆散人家吗？咱能做出那样没良心的事吗？三担高粱买的，买的又怎么着？三担高粱就买得人家恩爱夫妻两分家？就买得人家硬要跟我这么个不称意的人过一辈子？二来，咱也更松心，推着小车走南闯北，一个人吃饱了一家子不饥，心里没挂牵。只可怜俺妈，自己的家务事弄不过来，还格外的心肠好，义气深，把多少穷人家的事儿装在心里，忙在手头，几十年没断过，熬煎得身子一年不如一年，没个人替替她。……她是怎么得的腿痛病？冰冻三尺，非一日之寒，说起来话就长啦！打我记事的时候起，不光我爹坐过多少回牢，遭过多少回难，连我妈——她也坐过牢，受过刑。我爹坐牢的时候，全靠她往牢里送饭。不光给俺爹送饭，还给坐牢的乡亲们送饭，还为村子里家家穷人操心，还拖着俺们弟兄们——都很小……唉，这些事往后再慢慢对老叔老婶子细细地说吧……”

说到这里，赵大鹏牙一咬，手捏拳头往桌子上一捶，脖梗子上的青筋都暴出来了：

“狗财主！从我爹一脚踏进廖家府，就跟他们结下了血海仇！……狗东西们胁逼村里谁家也不敢把地租给俺们种，得，俺们就租邻近村子小户人家的地，再加上耍木匠铁匠手艺，打短工，就这么过日子。穷是穷，反正总饿不死！仇太多，恨太深，总有一天，不是他们死，就是俺们亡。来，大叔大婶，喝酒！”

他端起酒壶来斟了满满三盅酒，三个人同时一饮而尽。白老敬抹了抹胡子上的酒滴儿，慨叹地说：

“改不了，就是改不了啊！你爹的脾气，还是像年轻时那么刚硬耿直。你们弟兄……有种啊！”

“穷人么，没有种还行？”赵大鹏自豪地笑了，“穷骨头也许只有三斤重，可一定要扛得起千斤石，要是扛不起来，不就叫它压扁了吗？大叔你说是不是？”

“是啊！”白老敬满意地点点头。

白大婶也赞叹了几句。她也兴奋得脸有些红了，袖子卷得高高的给赵大鹏和白老敬碗里夹菜，脸两边的两个铜耳环晃荡晃荡，仿佛年轻了十来岁。

赵大鹏微笑着想了想，又接着说：

“要是没有钢筋铁骨，当年俺爹也不会在廖家府这个大财主窝子里落户。……说起来，你们两位老人家大半还不知道：当年，义和团一失败，老弟兄们一散伙，俺爹从山里出来，白洋淀老家的仇人多，回不去，在外边隐姓埋名飘荡了两三年，可到底也没躲过那些信洋教的财主们的祸害。他坐过牢，挨过吊，……受的那刑罚，嗨！到如今，身上那烙铁烙的伤疤印子还在呢！凌迟处斩的告示都要贴出来了，真可以说是钢刀架在肉脖子上了，得，刚好碰见知县大人做生日，请客吃酒，不知怎么搞的，县衙门失火了！趁着那牢头禁子慌张松劲忙着救火的工夫，他，咳，那时他那身武艺力气，你们两位老人家是知道的，……跟同牢的哥儿们一起，黑夜里反牢砸狱，跑出来啦！九死一生啊！骨头，像俺爹，那才叫穷人的硬骨头哩！俺们后辈人要是赶得上俺爹的一半儿，也不愧为人一世……”

白老敬和白大婶一连喝了好几盅酒。许多心思在心里翻动，却一时不知道从何说起。最后，白老敬放下酒杯，突然对赵大鹏说：

“侄子，这几年你到过白洋淀的赵北口没有？到过？好，赵北口镇上那个大石头牌坊，这些年兵荒马乱，没有毁了它吧？没有毁就好啊，那可是个古迹啊。那上面刻着四个大字：燕南赵北。当年我跟你爹他们，一共是十个小伙子，就是在这石头牌坊下边，拈香滴血，磕头盟誓，结拜成生死弟兄的呀！‘弟兄聚义，燕南赵北，牌坊虽倒，义气不灭；洋人灭尽，赃官杀绝；报仇雪恨，精忠报国。’——这就是俺们当年盟誓的话啊！……天哪！那是多火势的事业呀！多义气的弟兄呀！那时候，从白洋淀到大清河，一直到天津的海河，多少船哪！船上的人，一色是小老虎似的小伙子；一色的红头巾，红腰带；一色的大刀长矛，白光闪闪。还有走旱路的人哩。你看吧：条条大路，人们牵成线，结成伙，急急忙忙，奔向天津北京。庄稼人一齐心啦，可了不得呀！那是什么气派啊！……”

他抬起头来望着清水一样透明的天空——望着那遥远的过去的年代。眼角上有两粒小小的泪花在月光下闪烁着，闪烁着，终于扑簌掉下来了。他连忙用袖子擦了一下，端起酒盅来，吱的一声喝干了。

“……那时候，咱们义和团可不是叫洋鬼子打败的呀！是叫狗日的满清官兵暗算坏的呀！……唉！还有那狼心狗肺的财主哩！侄子，你到过静海县的大铺头镇吗？没有到过？嗨！那时候，俺们的大师兄，带着俺们众弟兄退到了大铺头镇。镇上有家姓王的大财主，狗日的，表面装好人，又送猪，又请酒，说是：‘你们为朝廷出力，为老百姓报仇，千辛万苦，如今贵脚踏上贱地，还能不尽点小意思？’张罗大师兄他们几个人住进大院，在酒席上用药酒把他们谋害啦！把大师兄的头割下来，连夜就往天津洋人那里送，想请功领赏……嗨！大铺头啊大铺头，财主的心肠比蛇毒，大师兄死在财主手，弟兄们的血泪啊，滴红了土！——这就是三十多年前的歌儿啊！……”

“小凤！”白大婶声音发颤地说，“热酒浇热肠，越说话越长。你把这壶酒拿去烫烫，给你爹你哥换热的喝！”她抄起大襟来揉了揉眼睛，又自言自语地说：“真是怪事，这么多年，多少伤心裂肺的事儿我也没有掉过泪，今日一提起当年的事儿来，就忍不住……”

小凤儿端来了热酒，给赵大鹏和她爹一连气儿斟了三小盅，两人都喝了。白老敬吃了几口菜，果然是“热酒浇热肠，越说话越长”了：

“侄子，你问以后怎么着了吗？后来，你猜是谁立下报仇雪恨第一功？……咳，那时候，这家姓王的大财主家有个丫头，才十八九岁，可是个了不得的姑娘啊！她是财主太太房里的使唤丫头。财主王仲山临去报功以前，进太太房里穿衣裳，这么长那么短对太太一说啊，这姑娘可就在房门外边听见啦。她呀，心里一机灵，装做什么也不知道，给太太铺好了炕，顺手把王仲山的水烟袋揣在怀里，出了房门，找了个马灯提着，走到后边的院子门口，大声问：‘守后门的是谁？’后门的门楼上下都有人，拿着刀，问她要干什么。她说：‘老爷忘了带水烟袋，太太叫我赶紧追上去送给他。’原来呀，这狗财主平常过日子臭讲究可不少，抽烟总要用自己的水烟袋——是银的，上面镶着金花，擦得锃亮，无论到哪里去，都得由长随佣人用个丝绳编的小提兜儿给他提着。当时，守门的兔崽子们一看，姑娘手里真的提着那个小烟袋兜儿的。可是他们也不傻啊，说：‘黑更半夜的，你个姑娘家怎么行？还是俺们派个人给送去吧！’姑娘她呀，可就火了：‘你们别说废话好不好？除了送烟袋，太太还有要紧的话儿叫我告诉老爷，要是派别人也行，太太还叫我提着马灯出来？磨缠了这么半天，要是误了事儿，回头你们到太太面前担不是去！’几句话呀，吓得兔崽子们连屁都不敢放。好！门一开姑娘就出来了，撒开腿就跑……当时，弟兄们一听这个事，立时就把人分成两拨：一拨由那姑娘带着，去追那往天津找洋人报功的狗财主；一拨围住了王家大院……报仇心切啊，脚上就像长了翅膀似的，一口气跑了十来里，看见前面有一溜子灯笼火把，好，分成两路悄悄儿抄了上去，抡起刀呀矛的，一个猛冲啊，狗日的们一个也没有跑掉！把狗财主也逮了活的！等我们回来，这边包围宅院的人们还没有攻打进去哩。院墙高得像城墙，有箭楼垛口，一百几十个看宅护院的打手，还有火铳抬枪，攻起来不得费点事吗？好姑娘，又是她！是她对着大伙儿一声吆喝：‘弟兄们！看我的吧！’她呀，一只手提着雪亮的大刀片，一只手抓住狗财主的脖领子，弟兄们用火把照着，对着箭楼上就连骂带嚷：‘狗贼子们！你们是叫财主家残酒剩菜撑昏了脑袋是怎么的？连洋鬼子都叫义和团杀得还不了手，要不是出了卖国贼，洋鬼子早就死绝了。你们是哪座山上的小毛驴，倒敢在老虎头前尥蹶子？好大的胆量！老实告诉你们，别想磨时候，别想等洋鬼子来救你们的狗命，一来没人替你们去找洋鬼子报信；二来，阎王爷催命的令旨到了，容不得你们有喘气儿的工夫了。快投降吧！如若不然，先叫这万恶不赦的王仲山人头落地，再架好梯子，挖穿地洞，攻进去，杀你个鸡犬不留！’侄子，你听听这篇话！当时我正站在一边举着火把照着，听着听着，心里呀……咳，火把上一根火棒儿掉到手背上了，我都不知道痛！……嗨！当时呀，财主家院墙上，那几十名打手全给镇住啦，好半天鸦雀无声。院子里就响起了太太呀，姨太太呀的嚎哭声……大门一开，人们举起刀矛就往里拥……嗨呀！报仇啊，祭灵啊，盟誓啊……”

白老敬说到这里住了声。赵大鹏瞪圆了眼睛，用沉雷似的声音问：

“婶子，那姑娘就是你吧？”

“是她！”白老敬大声说，“不是她还有谁？咱们神团里远近闻名的大脚妹子！”

赵大鹏抢过两位老人的酒盅滴溜溜斟满了酒，给自己也斟上了，那大手像是要把心里的感情舀出来，抹了一下嘴巴，然后举起酒杯来说：

“得，叔！婶子！你们的事，俺爹也说过多少次，可直到今日我赵黑子才算是真正见到了高山大河。来，侄儿孝敬一杯！”

两位老人用颤抖的手举起酒盅来，一饮而尽。

“人的性情是磨出来的。”白大婶一边吃菜一边说，“心里的仇气要是大了，什么也干得出来。狼心狗肺的王仲山，逼租逼债，害得我父母双亡，从八九岁就强逼我当丫头，把我放在火坑里烧，砧板上剁，那个苦处，你们年轻人做梦也想不到，有了机会我还不报仇？再加上他卖国通敌，气得我火烧心。别看那时我是个十八九的姑娘家，要是让我零刀碎割地割死他们，我这两只手也不打颤！”

她是咬着牙说这些话的，说完了，透了口气，又换成柔和的声音对那边屋里叫道：

“大鸾！豆腐浆熬好了吧？端两碗出来给你爹你哥醒酒。”

这半天，白鸾独自在屋里吃完了饭，又在烧火熬浆，却也不时站在门口听听。她已经忘记了害臊，穿梭似的端出几碗豆浆来，放在各人面前，然后悄悄站在妈妈身边，低着头掐弄着手指头。她心里恨不得像小凤一样，紧挨着妈妈坐着，抱住妈妈的身子，拿脸蛋儿在妈妈的肩膀上，脖颈上，亲着，蹭着。但是她不能像妹妹那样做。她的年岁大了，平常庄重惯了，又当着赵大鹏的面，怎么好意思耍孩子气？她只好又回到屋里去忙活儿去了。

妈妈像是被小凤磨蹭得不耐烦了，嗔她说：

“这么大了，还这么扭股糖儿似的缠在妈妈身上，真没出息！夜深了，天凉了，也不知道……”

“哎耶，我知道，我知道！”小凤抢着说，同时跳起身来，“是要我给爹拿件衣裳去，对吧？会给爹拿衣裳，不就是出息？”说罢，格格格地笑着跑进屋里去，拿出件破薄棉袄儿来，往爹身上一披，又笑着说：“妈，平常你老是管着俺爹喝酒，今日你可就不管了。你看他一个劲儿地喝，都快醉了，也不拦拦他？”

“今日我不拦他。”白大婶说着，反倒把一盘豆腐向老伴面前推了推，意思是叫他多吃点凉豆腐压压酒，又接着说：“日月艰难，平常老舍不得让他花钱喝酒；今日是见着了大侄子，就像见着了赵大哥一样，闷了几十年的话还不该说说？还不该让他放开量儿多喝几盅？个死丫头，叫我说了两句，就装出个懂事的样子来了，就不知道看看那酒还热不热，要是不热，再拿去烫烫去！”说到这里，她叹了口气，声音又变得柔和了：“咳！女儿天好总是女儿，真正知冷知热还是我这个老婆子！”

白老敬被女儿的娇态和老伴的柔情弄得心里热乎乎的，七分酒意竟变成了十分。他提起酒壶来，壶嘴儿颤动得对不准酒盅儿，洒的桌子上一片湿，好容易才斟满了两盅，拿一盅送到老伴儿跟前，哑着嗓门说：

“凤儿的妈，今日咱俩也得喝个对盅儿。来！”

“干吗？你真的喝醉了吧？”老伴又惊奇又不好意思地问。

“我是醉了，”白老敬举着酒盅说，“可是酒醉出真言啦。我也不怕大侄子笑话。咱们家虽说穷，可是像咱俩这样的，世间上恐怕还找不出多少来哩，真称得上是知心知己的患难夫妻啊！当着他们后辈人也不要紧，这没有什么可笑话的。来啊，你要是不喝，我心里可就难受啦……”

白大婶无可奈何地笑着，在小凤和赵大鹏的劝说下，到底把那盅酒一饮而尽了。老头这才满意地笑了笑，一仰脖子喝干了自己那盅酒，抹了抹胡子，又无限感慨地说起来了：

“咳！说起来话可就长啦！……我今日要说个痛快，叫他们后辈人知道也好。……想起来，自从那回在——我刚才不是说到了吗？——在大铺头镇王家大院的大门口，凤儿的妈，我这心里就对你……以后，嗨！在咱这方圆二三百里的地面上，要说打的那仗，死的那人，洋鬼子和官兵造的孽，老百姓受的难，咱义和团结的仇和恨呀，三天三宿也说不完！咱俩真是一块儿在血海尸山里滚过来的呀。那时候，白沟河，大清河，日夜漂尸，水都变了色。白沟镇几千家人家没有一间好房子。镇里镇外的路边上，庄稼地里，躺着的，吊着的，野狗拖着的，尽那死人、死牲口，残腿断胳膊的。你们想想，洋鬼子对咱中国人是多狠！恨不得把咱中国人杀绝了！当时啊，咱俩一块流过泪，咬过牙，一块指天发誓要报仇。当时咱俩说的什么话，你还记得吗？反正我是忘不了的！……好，以后退到易县山里头，重新聚义了五千人，又杀回大清河白洋淀，血战王家场，死守军庄，又退到山里，打埋伏大战九里坡……咳！打仗啊，我护着你；跑路啊，我扶着你；住宿扎营啊，我帮你安排地方。你呢，衣服脏了帮我洗，破了帮我补，吃饭，你总忘不了叫我一声；要是半天不见，你就到处找我。咳，咱俩什么话不说？可就是有那最要紧的一句话，那心里藏得最深的一句话，怎么也说不出口……可就亏了赵恭大哥啊，是他，当着咱俩的面点破了咱俩的心事呀。你记得吗？是在大战九里坡的那天，你腿腕子上受了点伤，我把你背下山来，歇在个村边上，赵大哥走到咱俩跟前，痛快人说出了痛快话：‘兄弟，妹子，患难夫妻百年恩啦，等伤口好了，你俩成亲吧！’……咳，赵大哥啊，打起仗来猛冲猛杀，拳脚武艺没人比得上；对朋友弟兄，心直口快，又最能体贴人。这些年，我睡里梦里，总想见他一面。咳！那时候，咱们挡不住人家人多势众，只好下山散伙。当初在赵北口结盟拜把的十弟兄，只剩下四个人啦！四兄弟加上你，五个人坐在山坡上，愣怔怔地看着山下边的一展平川地。你记得当时赵大哥说的什么话吗？他说：‘咱们哥儿弟兄们无论如何要熬着活下去，要成家立业，生儿育女。就算咱们这一辈子再也没有伸冤报仇之日，也要把咱们的事业告诉后代人；钢筋铁骨砸不烂，千年万年要报仇！’——这就是他说的话！……以后，咱夫妻俩装作跑江湖卖武艺的，走曲阳，过完唐，转望都，风里来，雨里去，什么罪没受过？……一晃三十多年啦！你们后辈人不是也该知道知道老辈人的事儿吗？要记住啊，咱们穷人，中国人……咳！”

白老敬再也找不出适当的话语来说出心里的意思，就顿住了，擦起眼泪来。

赵大鹏已经有了八分酒意。他眉毛拧成了一字，拳头捏得手心冒汗，喉头骨不断颤动着，咽着唾沫。正像每次听他爹赵老恭讲这些故事时一样，他听着听着，就心里闷塞，脸上发烧，又感动，又惭愧，觉得自己不如老一代，觉得满肚子气没地方出，满身的力气没地方使。哎，这些老人们是多么英雄！他们的心情，他们的话语，都像是在火里炼出来的。在几十年的日月里，在千辛万苦的生活道路上，多少辛酸的泪水也没有把这股火浇灭，多少世故的硬茧也没有把这股火盖住啊，后辈人能接下这火种去吗？

白老敬被心里的火烧得脸上的皱纹和胡子都颤动起来了。他用颤抖的手从腰带上拿下烟袋来，哆哆嗦嗦地装了烟，用火镰打着了火，叭嗒叭嗒地吸了两口，又深深地叹了口气，摇摇头说：

“中国人，中国人！……东洋鬼子又来欺负咱中国人啦！……听说，占了咱东三省啦，热河省啦，又不声不响占了咱河北省东北边一大片啦；又在廊坊车站，丰台车站，驻了鬼子兵啦，离咱们家门口也不是挺远的啦……也许，咱们到老了还得更加受洋鬼子的气哩！”

“是，我也听说啦！”赵大鹏瞪大了红眼睛。“大叔，你猜我为什么推着小车转到这北边来？我就是想打听打听这个事，没想到倒是真的！哼！气死人！”

小凤儿兴奋地插嘴说：

“北京[1]的学生来演讲来着！是过年的时候来的，男的女的几十口子，

---

① 当时官方规定叫“北平”，但老百姓仍然习惯地叫“北京”。

还在离咱村五里地的张家庄搭台子演文明戏哩，俺们还去看戏来着……”

“学生们还说了些什么？”老赵连忙问。

“还说蒋介石不打日本，卖国。”小凤恨恨地尖声说。

白大婶也接口说：

“听说是，咱河北省的东北边子那二十几个县，表面上还是中国官府管事，一点动静也看不出来。这地方就在咱这永定河对岸不远，就像是在咱这院墙外边一样，可是要不是学生们下乡来演讲，要不是咱这里有个教书的张先生也对咱们这么说，咱们还闷在鼓里哩！老百姓啊，真是傻透了！”

“卖国啊，卖国啊，”白老敬颤着声儿说，“前清的官府偷着卖国，后来袁世凯袁大头偷着卖国，如今的官府又偷着卖国，等把咱家家户户的灶王爷都卖了，把咱们老百姓的脑袋都卖了，咱们还不知道呢！”

“哼！”白大婶又气愤地说，“卖国本来就不是正大光明的事，还能叫咱们老百姓知道？比方咱们闹义和团那时候，要不是朝廷里偷偷儿通敌卖国，咱们还败得了？”

“是啊！”白老敬磕掉了烟灰，又突然看着赵大鹏的脸问道，“侄子，你倒说说看，怎么这些当朝廷的，当官管事的，都爱卖国？”

“一句话，有钱的，当官的，都是些黑心烂肺的王八蛋！”老赵用闷雷似的声音说。

“我早看透了，”白大婶说，“他们对付咱老百姓可是有本事哩。那些学生们说：就因为学生们要救国，官府就派兵拿大刀砍他们！拿水龙头冲他们！就跟那时候聂士成和袁世凯对咱们义和团一样，从背后对咱开枪开炮！”

“那个冷天，水淋到身上是多冷啊！我就心疼那些女学生。”小凤儿说。

“世界啊，倒过来啦！”白老敬又摇了摇头。

“要是洋鬼子真的占到咱们这一塆儿来了，往后的日子可怎么过啊！”白大婶无限忧愁地出起神来了。

“婶子，甭愁，到那时，咱庄稼人再把义和团闹起来！”赵大鹏一拳头打在桌子上，把酒盅都震得跳起来。

五

月亮已经飘上了半天，满院子花影树荫，人像在水晶宫里，微风吹来，确实有些凉气侵人。白老敬虽然披上了薄棉袄，还是禁不住咳嗽起来，再加上酒也喝够了，说话连舌头都打卷了，只得由小凤儿扶着，脚步颠倒地进屋里睡觉去了。

赵大鹏心里发闷，两个大拳头搁在膝盖上，瞪着红眼珠子看着地上自己的影子。直到白大婶起身去关鸡窝，同时催他去睡觉时，他才猛地惊醒过来，站起身来，这才想起要到小车上去拿铺盖卷儿。不想他刚走了几步，却碰见白鸾从磨棚里走了出来，迎着他站住了脚，大眼睛对他闪了一下，又赶紧低下头来摸弄自己的衣裳角儿。老赵不觉一愣，只得跟她打招呼，但怪得很，那声音听起来竟不像是他自己的：

"妹，妹子，喂牲口？"

"俺压豆腐哩，"白鸾轻声说，"你是去拿铺盖吧？俺早给你拿进屋里去啦。"

老赵又是一愣。

"妹子，这可是……麻烦你了。"

"鹏哥，"白鸾抢着说，"一家人了，你还说这话。"她又羞涩地一笑，回身走进磨棚里去了。

赵大鹏脚不踩地似的走进了北屋。

白大婶关好了鸡窝，收拾了桌凳碗筷，关好了院子门，回身站在院子当中，抬头看了看月亮。刚才，女儿的神情举动她都看见了，一个主意涌上了她的心头……

她走进了磨棚屋。

这磨棚屋虽不宽大，却有三个用场：磨棚，牲口棚，豆腐作坊。月光从破窗棂子上透进来，照得屋里银灰铺地。大鸾隐在压豆腐的木架子后边，听见妈进来了，却一声不响，不像往日一样催妈早点去歇着。白大婶也故意一声不响，顺手拿起筛子给小毛驴的食槽里倒了点草料；又顺手拿起一块抹布，在装热豆腐卤水的桶里浸了浸，洗起磨盘来，一面听着从木屉里挤压出来的豆腐卤水慢慢流到桶里，发出滴滴溜溜的声音。一会，听见这声音更加微弱了，缓慢了，她知道这屉豆腐已经压得差不多了，就丢下抹布，走到木架跟前，帮女儿搬下压在木屉上的石头，揭开盖板，打开包布，一股浓烈的新鲜豆腐的香味散发了出来，在月光的照耀下，只见一大块雪白水嫩的热豆腐躺在木屉里边，看着真是爱人。白大婶用手按了按，不软不硬；掰了指头大一块尝了尝，味道纯正香滑。她很满意，这才看了女儿一眼，不想女儿也在看她，那忧郁的眼神又一次刺痛了她的心。她在心里叹了口气："唉，算来男人死了快两年了。年轻轻的，又碰上这么个年头，怎么是个了场啊！"口里却没话找话地说：

"鸾，今日煮豆腐浆，那条炕烧得太热，你爹跟你鹏哥怎么睡哟！"

"他俩不会上套间屋里睡？"白鸾说着，把那桶冒着热气的豆腐卤水提到一边搁着，想了想：又说："妈，俺爹昨儿换下的衣裳哩？我想趁这热卤水搓两把。"

"这么晚了还洗衣裳，你不困？"白大婶虽是这么说，却不等女儿回答，就到自己睡觉的屋子里去把老头子的衣裳拿出来了。她懂得女儿为什么要现在洗衣裳，她把一切都看在眼里了，所以又柔声说："我白天看见你鹏哥小车上有一卷脏衣裳，也拿来顺手儿洗洗吧。他出门在外，到了俺们家，俺们不照管他，谁照管他？今日他叔侄俩都喝醉了，明日早起一醒来准会觉着心烧口渴，你早起做饭时先沏一壶酽酽的枣儿茶。唉，可惜咱这穷家破业，连点好茶叶都拿不出来。"

白鸾低着头站着，没有回答妈妈的话，心里却很感动。她好像猜到了妈的话里有些暗示的意思。她的脸有些发烧。妈大半看见了塞在墙角上的那卷衣裳吧？多好个妈啊，平常虽说管人管得严，那是因为村里坏人多，女儿的心思她可是懂得的，并且是同情的。

等妈妈进屋睡觉以后，白鸾拿出那卷衣裳来，不由得放在鼻子上闻了闻，一股男人的体气味儿使她的心都颤起来了。她叹了口气，把衣裳往盆里一泡，就洗起来了。

月亮已经偏到西半边天去了，从西边慢慢飘上来一块洁白的浮云，迎着月亮飘去，慢慢地，慢慢地挨近了，像一团雪白的轻纱，把月儿裹住了，好像再也不会分开了。可是人只一小会没注意，那调皮的月亮又从一边露出半个脸来，露出整个脸来，最后竟把那团轻纱丢在一边，独个儿向远处飘去。奇怪，当人的心绪在摇晃的时候，好像那月亮的小圆盘脸儿也在不断地转侧摇晃。好像是，它一会调过脸来朝这边看，一会又调过脸去朝那边看；好像连它洒下来的银色的光辉也在静静地摇晃。真的，在这无边无际的银光里，飘动着一种春末夏初的气息，是院子里枣树花的清香气息，是从村外柳树林子飘来的潮湿气息，是从远处永定河里飘来的泥水味儿和鱼腥味儿。

白鸾揉搓着赵大鹏的一件粗布小褂，同时在心里自言自语："怪可怜的，一个人在外边，晚上宿在哪里？饿了谁给做饭？衣服脏了谁洗，破了谁补？正像咱妈说的，俺们不照管你，谁照管你？……"她把小褂放在旁边的清水盆里漂了漂，拧干了，拿到枣树那儿的绳子上晾起来，不知不觉地走到小车旁边了，就摸弄起那些小梳头匣子、小兀凳儿来，暗忖："这些小物件儿拾掇得可真得人爱哩。……看你做活儿那个爽利劲，看你说话知情达理的，长得浑身像铁，心里可细着哩！……"打开一个白木箱子，发现里边有一套小锅小盆的做饭家具，心里就更加怜惜地说："还自个做饭？生一顿熟一顿凑合呗！……哟，还有半瓶子酒，心里不痛快就喝酒解闷儿……"她又自个笑了："嘿嘿，自个说自个模样差，脾气不好，盛不住媳妇儿，瞎说呗！我看是，那个跑了的女人伤了你的心……"

她不觉出起神来了。

突然，咔的一声，吓了她一跳。原来是小凤儿养的白毛小猫，从柴禾屋的屋顶上跳下来，落在地上一堆干树枝儿上，发出了响声。

她又回到盆边洗起衣裳来。

那猫儿无聊地在月亮地里绕着一些花盆走了一圈，最后竟缩在她的脚边，对着她"妙妙"地叫起来。她不耐烦地踢了它一脚，同时在心里埋怨说："小丫头子，今日来了个客人，就慌的连这小恩物儿也忘了喂，也忘了抱它在被窝里亲热……"一抬头，只见那猫儿并没有跑远，却在对面墙脚的阴影下边伏着，动也不动，用绿光闪闪的眼睛冷冷地看着她，仿佛在责备她："哼，你呀……你羞不羞？"

六

一辆小车，走遍天下，干活吃饭，到处是家——这是赵大鹏多年来的生活特点。他很想推着小车一路卖手艺，到丰台廊坊还有东北边那二十几个县去看一看。咱中国又不是没有篱笆的菜园子，让日本鬼子随便出随便进，愿意占哪里就占哪里，这是哪一国的理？这叫怎么回事？鬼子在那些地方还能干出好事来吗？老百姓怎么活下去？学生们光是演演讲就完了吗？咱老百姓可不能让人家闷在鼓里挨捶，一定得去看它个清楚明白……

他只用了四天时间就把活儿干完了。但是他并没有走，白老敬一家人都像待至亲骨肉似的待承他，挽留他，只要他露出了一点点要走的意思，老头儿就急了："怎么，侄子，你，把俺这儿当了外人的家吗？"接着就是白大婶，小凤儿，还有白鸾那对多情的会说话的眼睛，都用别人连想都想不出来的，有声无声的语言，弄得他无法回答，而且，说实话，也好像不想回答——因为总像有什么东西把他挂住了，使他到底总是下不了决心。

还有一件事情弄得他下不了走的决心：白老敬去年刚收了一批新的徒弟，是十来个穷家小户的壮小伙子，个个都像小牛犊一样，看着真叫人喜欢。他们又都有情有义，对白老敬真是"师徒如父子"。这几天晚上他们来串门子，对赵大鹏的木工手艺非常钦佩，喜欢听他谈说拳脚路数和天南地北的见闻，一来二去，性情相投，互相间很快就成了朋友，今天这家请吃饭，明天那家请喝茶，弄得老赵真有点舍不得马上离开他们，他们当然更不愿意老赵马上就走。像他这样常年在外而且胸怀大志的人，怎么能不想多交一些真心朋友呢？

可是，性情痛快而又常常气闷难伸的赵大鹏，他的心情又开始有些阴郁起来了。在一个人闷着头干活的时候，他常常皱紧了眉毛暗地里叹气。为什么？用他自己的话说，只有一个字："命"！他从白家一家人的情意，特别是从白鸾那对深情的黑亮的眼睛，特别是从自己心里那股说不出来的味儿，已经感觉到了什么，已经猜想到了：如果再这样下去，很可能要……他禁不住自己要往那方面想，又不愿意往那方面想——实际上也是要想又怕想。怕什么呢？命里注定要报大仇雪大恨的人，命里注定要把穷人的事业闹起来的人，命里注定总是要在这个世界上闯祸，总是准备经大苦受大难的人，又恰好碰见这么个凶险时候——谁知道日本鬼子会不会真的打过来？到那时，自己能够不舍出命去拼一家伙吗？怎么能想那样的事？怎么能忍心让那样好的人儿跟着自己受苦？他妈不是跟着他爹受了一辈子苦吗？“家口千斤重”，一个人要是成了家，还能放心大胆的去干事业吗？可是，唉，在另一方面，正像一年多以前姐姐说的话：老是这么东飘西荡，孤孤单单，像一棵没根的草，没有个落地生根的地方，这苦日子什么时候是个完！这怎么能够闹得起事业来！如今，真是天凑巧啊，碰见了这么有情有义的一家人，还有这么个叫人动心的好人儿，还有这么一帮相好的穷哥儿们……只要一想起那对默默无声的会说话的眼睛，心就嘣嘣地跳呀！怎么能把她，把她的一家人，丢在这么个凶险地方，自己一甩手就走？唉唉，莫非命里注定了这儿就是生根落脚的地方吗？所以，他又怎能不往那上面想呢？心里实在放不下呀！

在第五天的半夜里，老赵突然被一阵狗叫声惊醒了。只听见全村的狗都像发了疯似的：有狠命的短促的声音，有恶狠狠的苍老的声音，有绝望的号哭似的声音，简直吵得天翻地覆。他翻身坐了起来，这才发现白老敬已经不在炕上了。他急忙穿好衣裳下了炕，走到外间屋。下弦月的月光映在破窗户纸上。他看见门后边站着两个模糊的人影，是白大婶和小凤儿。

“鹏哥，别出去！”——这是白鸾的很低的声音，原来她也站在那边房门口。

小凤也紧张地瞪着大眼睛对他做了个手势，意思是叫他不要做声。白大婶悄声对着他的耳朵说：“过黑道子呢！”他这才看清了，原来娘儿三个手里都拿着菜刀擀面杖一类家伙的。他心想：“就是阎王爷出巡，我也得去看看！”不顾她们娘儿三个的劝阻，开了外间屋的门，走到院子里。月光下，只见白老敬手里拿着一把大鬼头刀——大半还是当年闹义和团时用的家伙——隐在院子门后边，看见他出来了，连忙用武把式的轻捷脚步走过来，先摆了摆手叫他不要声张，然后对着他的耳朵，口气严厉地说：

“黑道子踩窝，出去不得！”

踩窝,意思是土匪到窝藏他们的窝户来有事。全村的狗叫得更凶了,还夹杂着人的脚步声和压低了嗓门的吆喝声。赵大鹏飞快走到柴禾屋边,拿了把梯子靠在房檐上,依着白老敬的嘱咐,上了房顶以后,不直身,不抬头,身子紧贴房顶趴着。一会,只见那边十字街口的老槐树底下晃动着一群黑影,顺着街道往这边来了:三四十人,一色的黑褂裤,白腰带,有的提着手枪,有的扛着步枪,互相低声唧咕着一些听不懂的黑话。当中夹着两个穿灰白衣裳的人——是一个老头和一个十几岁的孩子,都低着头,手背在背后——是五花大绑绑着的,走路脚步不稳,身子歪歪趔趔,看起来是土匪们绑来的"票子"。最后是三匹小毛驴,前面一匹驮着个大个子男人,黑绸子裤褂,大肥秃脑袋被月光照得贼亮贼亮的。后面两匹上是两个女人,都穿着粉红小夹袄,青缎子坎肩,黑裤子,油头粉脸,脑袋后边歪吊着个大髻子,髻边还插着花,手里拿着鞭驴的树枝和掸尘土的手绢,随着毛驴得得的蹄声,摇摇晃晃地过去了。

全村的狗叫声慢慢平静下来,只剩下余怒未息的呜呜声了。

白老敬从院子门边转过身来,对着北屋和房顶上小声说:

"咳,走啦,出村东啦,钻了柳树林子啦。咳,他娘的,一个个都灌足了啊,隔着门缝都闻得见酒味哩!"

赵大鹏正在顺着梯子下房,忽然听见左边邻家的房顶上有人大声说话:"呸!鬼!鬼!妖、妖怪!"接着站起来一个高大的身影,上边大,下边细,远看着真像一棵树。这是村里有名的人物,赵大鹏曾经跟他见过一回面。他真名叫冯柱,外号叫破伞——说全了是"撑不开也收不拢的破伞"。原因是:他性情古怪,说话结巴,生得楞高精瘦,小脑袋,长脖子,手像鹰爪子,两条长腿像两根高粱秆,却又经常穿着又厚又破宽大得出奇的短粗布衣裳,看起来真像一把半张开的破伞。

"一个村子只听见你嚷叫,你想找死?"是他老婆在那边院子里凶他。

"我我我我又没没没银子票子,又没没没没千金闺女,我我我我怕什什什什么鬼?"

这话可激起了白老敬的气愤。所谓千金闺女,明明是指他家说的,他顿了下脚,骂起来了:

"找死不看日子的东西!又笑话俺穷家破业的拿着闺女当宝贝?别

看你日子好过，又有后代，你那拖鼻涕的小小子还是个刚出土的蔫苗儿，还不知道养不养得活呢！”

院子的另一边——右隔壁一个要饭的孤老头子郭老二，也用他那带些河南省口音的特别腔说话了：

“冯柱，你不要站在北风头里说风凉话，你虽说没有花朵儿似的千金女，倒真的没有银子票子吗？俺还听说你又要买地呢，要不，你干啥半夜里起来趴在房顶上？这风凉话除了俺郭老二，哪个敢说？颠倒你偏要说，吵得俺睡不了觉，快滚到你那热被窝里搂着老婆去吧！”

冯柱倒是真的不再说话了。但是还听得见远远近近的关门声和惊惊慌慌的说话声。

赵大鹏随着白老敬回到屋里，白大婶插好了门，叹了口气：

“咳！这是什么年月，什么世界！”

天快亮了，一家人索性不睡觉，男人女人各在自己屋里谈起闲天来。

年年月月，全村的人们要经受多少这样心神慌乱的不眠之夜啊！他们已经养成了习惯：夜里只要多少听见一点点响动就会惊醒。他们在夜里能分辨出狗们是因普通的事情叫，还是被土匪惊动得发了狂。他们每夜都要用粗杠子把门户顶得结结实实，门后边还要靠着一两件顺手可以拿得到的防身武器。个别的日子好过一点的人家，还置有抬枪火铳，被逼无法时还会跟土匪干起仗来。这村的村长，姓汤，生下地时，他爹正好打麻将和了个清一色满贯，因此给他取的名字是，大号来喜，小名满贯，人们却都叫他汤满罐，又叫臭汤罐子。他以前给本村的财主郑黑眼当了几年管家，跟郑黑眼的大女儿有些不干不净，就成了死心塌地的狗腿子，以后就被郑黑眼搁上台当了村长。他有个兄弟，名叫来财，外号叫汤混蛋，也跟他是一路货色，在村里开个小杂货铺。弟兄俩交了一帮子狐朋狗友，不知道干了多少见不得人的勾当。刚才骑在毛驴上的脑袋发亮的大个子，就是他俩的盟兄弟之一，名叫魏三，外号三麻子，是个混里混沌心狠手黑的土匪头子。他们——财主，流氓，土匪，钱财，权力，枪杆子，结成一体地骑在庄稼人的头上，胡作非为。

所以白老敬一提到这些事情，就要恨恨地摇着头慨叹地说：

“嗨呀，真是昏天黑地，乌七八糟啊！”

白大婶也在对面屋里大声说：

“真是，一说这些事，口都嫌脏，心都发颤。这一回又是几十口子人的大吃大喝，不知道又要给俺们各家摊派多少花销呢！”

“要咱们成年价出钱养着这么一帮子瘟神，害死人不偿命的破荒子们！”白老敬又咬牙切齿地摇了摇头，同时把手里的烟锅用力一甩。

“哎，什么时候天老爷睁眼，”小凤也尖声说，“把这伙土匪，土匪婆子，流氓荒子，地主老财，一起用雷劈死了才好！”

这时天已经亮了，白鸾已经梳好了头，开始烧洗脸水。白大婶开了门，正要出去开鸡窝放鸡，隔壁的郭老二一脚迈进门来了。他们两家只隔着一段倒塌了的破院墙头儿，就像住在一个院子里差不多，再加上彼此都挺说得来，所以这郭老二什么时候想来串门子，只要一迈腿就过来了。他五十来岁，驼背，一条腿有点瘸，浑身上下——乱老鸹窠似的头发上，满是皱纹的脸上，长短不齐的胡子上，全身的破衣裳上，到处都沾着黄色的沙土，像是刚刚从土里钻出来的。原因是：他的土炕上只铺着一片盖不住土的破席头儿，一床破得打了绺儿的被子几年没洗；出去要饭，什么时候走累了，就随便往沙地上一倒。

他手里拿着烟袋装烟，一走进门来就说：

“俺还睡啥的觉？……俺倒不是怕偷怕抢，更不怕他绑俺的票，像俺这连骨头都榨不出油来的人……嘿嘿嘿……咳！是狗叫得俺心烦。另外，俺也替你们担心，怕狗日的臭汤罐子万一羞臊恼了，真的翻了脸，黑了心——这畜生们什么事干不出来？……”

“哼！”小凤一边往屋里抱柴禾一边说，“怕他？只要他敢动俺姐一个指头，我就得叫他那肥猪脖子上冒血！”

白鸾的脸猛一下红了。白老敬老两口子都不说话。赵大鹏瞪着疑惑的大眼看看这个，又看看那个。郭老二知道自己说漏了嘴，想对赵大鹏遮盖过去，连忙装出一脸的神秘味儿，压低了声音问他：

“你在房顶上看见那毛驴驮着的货没有？是两个妖精吧？你猜是哪洞哪府的妖魔现世？告诉你吧：一个，当然是土匪婆子，玉翎鹰儿，好名色吧？另外一个你猜是谁，村长的兄弟媳妇，小粉褂儿，又是好名色！这臭女人，又跟着她干姐儿去了，大半又说是去逛天津卫[①]去了。哪里是去逛什么天津卫！你瞧见没有？两姐妹一样的打扮，一样的妖气，也一样的——不、要、脸！”

他气得脸都变了样，停下来猛吸了几口烟，又把白大婶拉到一边，用更低的声音对着她的耳朵说：

“刚才俺在老槐树底下听人说，西头黄家的黄花闺女，这回没有来得及躲出去，怕是到底给糟蹋啦！听说，临走的时候还把屋子里砸了个稀烂！”

白大婶的脸色猛地变了。别的人没有听见这些话，但也猜得出不是好事，所以也都变颜变色地愣在那里了。

郭老二走了以后，白老敬出去到大街上看了看。果然不错：街上静悄悄的没有人影，家家关门闭户。碾盘边没有娘儿们推碾，井台边没有男人们挑水。连鸡和狗都像是瞪着惊惶的眼睛看人。只有财主郑黑眼家的大门四敞大开，两匹大黑狗安安稳稳地躺在门洞里边，院子里有男人女人说话的声音。西头黄家的院子门也是紧闭着的，隐隐约约听得见里面有女人忍禁着的、悲悲切切的啜泣声。院子里一棵榆树上歇着两只斑鸠，伸长了小脑袋东张西望，突然像受了惊似的，轰地一下飞走了。黄家对面的小胡同里，有两家的大门洞里响着唧唧哝哝的声音，显然是一些男人女人在谈论夜里发生的事情。

白老敬很后悔出来走这一遭。可怜的黄家遭到了这样大的不幸，这也是全村的耻辱，别人家都不出来张望，偏你出来看什么？就算没有人说你是幸灾乐祸，自己的良心过得去吗？你家不是也有两个嫩葱儿似的闺女吗？臭汤罐子早就在打你家大姑娘的主意，村里不是好多人都知道吗？你就不怕别人冷笑和责怪吗？……他的心缩得很紧，慌慌张张地往回走，生怕碰见了人。不料，他刚刚走到自家的院子门口，恰好从侧边胡同里转出一个人来，用嘶哑的声音叫他：

“大叔！”

他吃了一惊，一看，幸亏不是外人，是他的徒弟冯大雨。在白老敬的

---

① 天津，在清朝时叫天津卫，是海防门户的意思，此地群众一直沿用这一名称。

十个徒弟里面，有“三冯两马”五个拜盟结义的兄弟。三冯，是冯大雨、冯大水、冯大雪，本来是三个堂兄弟，两马，是马壮、马健两个亲兄弟。五个人结义以后，真比五个亲兄弟还亲。这冯大雨是五兄弟里面的老大。他二十二岁，中溜个儿，粗眉大眼，性情爽快，是个挺可爱的小伙子。这时他紧走两步来到老敬跟前，把扛在宽肩膀上的锄头拿下来使劲往地上一顿，然后把老敬拉进院里，返身关好了院子门，又拉着他走到院子角上的枣树下边，这才小声说：

“大叔哇，夜里的事你知道了吧？”

“知道，咳！”老敬叹口气说，他发现这小伙子难过得眼珠子都红了。

“大叔啊，我的事连我爹我妈都知道得不详细，可你倒知道。是那回在大河堤上歇晌，我跟大水兄弟说闲话，没想到你没有睡着，全都被你听见了，你还记得那回的事吧？……今日，我这心里真像刀剜一样啊！”

他哽着喉咙停了一会，又用恳求的眼光看着老敬的脸：

“大叔，请你把小凤子叫出来一下好吗？我有件事情要求求她。”

小凤本来在外间屋帮着姐姐做早饭，早就看见冯大雨进了院子，这时正站在外间屋门口朝这边看，一见她爹向她招手，就走了过来。冯大雨连忙迎上去两步，小声说：

“凤子，我的事不管你知不知道，今日万般无奈，只好求你做好事帮帮忙——我知道你跟黄菊花相好，你一定能帮忙——我当着大叔托付你，是正大光明。觉着这对你也没有什么不好，你要是肯帮忙，兴许就救了她一条命，你愿意吗？”

小凤眼睛看着当地，一面在心里捉摸一面说：

“看你这人！是糊涂了吧？你没有说出来，我哪能知道愿不愿意？哪能知道该不该办？”

冯大雨把声音压得更低地说：

“妹子，我求你今日到黄家去串个门，悄悄儿对菊花妹子说，就说是我叫你告诉她的：千万别心窄！千万别寻短见！兴许周家要退亲，不怕，有我，我不嫌弃她！——就是这几句话。”

小凤愣住了。冯大雨跟黄菊花相好的事她是知道的，是黄菊花自己告诉她的。冯黄两家沾点亲戚，又住在斜对门，遇事互相帮助，非常亲密。

大雨跟菊花从小是表兄妹关系，一块玩，一块拾柴禾、搂树叶、挑野菜，随着年岁的长大，两人就有了情意，而且是很深很深的情意。可惜的是，黄菊花的爹因为穷，贪图财礼，在菊花十岁时就把她许给了外村一个姓周的人家，事先竟没有跟冯家商量。所以大雨跟菊花的感情只能是痛苦的绝望的感情。小凤知道，在这样的时候，冯大雨的这些话对菊花姑娘是多么大的安慰，多么大的支撑啊！那姑娘一向又是个要强的性情，受到这样的耻辱以后，她还怎么能活下去？说不定冯大雨的这些话真能救她的命呢！这样容易做到的好事能不做吗？可是，一个姑娘家能替一个小伙子传递这样的话吗？她爹她妈向来是家教很严的呀！所以她猛一下愣住了，看了爹一眼，知道他必定也一时拿不定主意；她眼珠子一转，一旋身子跑进屋里，小声跟她妈唧咕起来了。冯大雨一直站在院子里等着，最后听见白大婶说："去吧！走她家后门进去！"又看见小凤板着脸走了出来，只对他看了一眼，并不说话，就走出院子门去了。他这才放了心，对白老敬说了一句感谢的话，就扛起锄头走了。

这时赵大鹏正在外间屋里洗脸，把一切都看在眼里。一会，小凤回来了，他才从她口里知道了是怎么回事。

吃晚饭的时候，赵大鹏趁着白老敬又在叹气发感慨时，问他：

"老叔，当初你跟俺婶子干吗要在这么个鬼地方安家落户？"

"侄子，"老敬用他那炯炯有神的眼睛笔直地看着大鹏的脸。"你是说这地方不干净，不平安，不公不道，是吧？嗨呀！"他长长地透了口气。"什么地方尽刮顺气风？什么地方的穷人不生气，不着急？你爹当初干么要在大廖家府落脚儿？那儿不也是个叫人生气着急的地方吗？想当初，我跟你婶子跑江湖卖艺，走到这村，穷哥们看得起，找我学拳脚。那时候，村长臭汤罐子的爹汤兴发，也一心要拜我为师，把他家打谷场上的两间破场屋借给俺们住，还租给我十亩地种。那时候，臭汤罐子弟兄俩还没有出世，郑家财主的气势也没有现在这么大……嗨呀侄子，这三十年，我老两口子是怎么泼命干活啊，怎么省吃俭用啊！大水淹，土匪抢，村长要，财主欺……如今，总算把她姐妹俩拉扯大啦，还置下了三亩沙子地，几间土坯房啦，咳！不容易啊！虽说日子过得不松心，能一抬腿就走吗？走到哪儿去？哪儿是咱穷人的安乐窝儿？"

白大婶也接着说：

“侄子，你放心。俺们虽说是住在这么个豺狼窝子里，虽说总是提心吊胆，生气着急，可从来还没有出过什么大不了的事。原因是：一来，臭汤罐子的爹汤兴发还在世，这老人还讲点义气，到如今还没忘了师徒情分，所以他小子臭汤罐子一直还不敢对俺们翻脸。二来，村里的穷哥们看得起俺们，你帮我护的，破荒子们要对俺们做什么坏事，他也得想一想，众怒难犯，众人难欺。三来，俺们过日子一向是稳着脚步儿走，村里的差呀款的，别人拿俺们也拿，轻易不跟他撕破脸。另外，两个闺女，大的从来不出院子门，连在院子里边露面的时候都少，你看她，见的太阳少，捂的脸是多白！二的，你看她，头不像头脸不像脸的，就不敢叫她梳洗打扮。并且，他们也不是不知道，俺们这一家，就连大鸾也一样，谁是怕事的？一人拼命，万人难当，俺老两口子不是没有经着过刀山血海的人，要是真的欺负得不像样儿了，敢跟他白刀子进去，红刀子出来！就连小凤儿这丫头，别看她是个年幼的闺女家，可真是像我的闺女。俺老两口子没有小子，从来就不把她当闺女养，小时候送她上过三年学，也教过她拳脚武艺。别人家这么大的闺女谁下地干活？可她就要去。她心疼俺两口子年老受累，她不怕人笑话，也没有人敢笑话她。有时到村里去讨个豆腐账什么的，她身上还带着刀子呢！你可别看她爱说爱笑像个孩子，往后你就知道了，她只要一发性子，上刀山跳油锅都不怕！”

“侄子，”白大婶最后说，“你也是个有气性有心胸的男子汉，我就不信你会给昨儿夜里的事儿吓住了。可你万一要是真的有点心虚，那，俺们不是撵你走，可也就不强留你了——就让俺们这老根嫩叶的在这儿顶着这大北风吧！”

“得得得得，婶子你……”老赵连忙摇了摇手，笑着，脸却红了，什么别的话也说不出来了。同时不觉回过头去朝背后看了一眼，却见白鸾果然在他背后，靠着外间屋的门框儿站着，低着头抿着嘴儿，似笑非笑，并且拿那黑亮得出奇的眼睛偷偷儿瞅他。

七

对土匪的恐惧加上对日本鬼子的担心，使得人们常常在不安的气氛里过生活。

现在，赵大鹏除了被留着不能走，心里舍不得而不想走以外，还有一条——是真正的更加不放心、不忍心、也不甘心一甩手就走了。

这天早晨一起炕，他就提议说：

"老叔老婶，今日我来挑土和泥，脱坯。"

"脱坯干吗？"

"你看看那院墙，倒塌得像老太太的牙齿，院里干什么外边全看得见，抬起腿来一跳就过来了，在这个荒乱年头，还用说？"

一家人立时全都兴奋起来了。这本是他们想了两三年的心愿啊，只因力量不够，一直不能实现，现在可是能实现了。于是，除了白鸾专门负责烧水烧饭操持家务事情以外，其他的人，挖的挖，担的担，抬的抬，和泥的和泥，还把隔壁的郭老二——郭二叔也叫过来帮忙。旧院墙拆下的土，用小车推到地里去，是最好的肥料。在院里挖个大一点的地窖，秋后可以放红薯和白菜，有个紧急事儿也可以藏人藏东西，挖出来的土就用来和泥脱坯；不够，再在北屋里挖个地洞，有了事儿藏人就更保险；土还不够用，再到村外地里去挖，去担。

一家人，连帮忙的郭二叔也在内，都像办喜事似的，有说有笑，不要命地干。赵大鹏也高兴吗？他高兴，又不高兴，心里有一股甜味，又有一股苦味。二十五六岁的人啦，还从来没有做过甜美的梦。可是，现在爱情自动地来找他了——再也不是猜想，而是真的，是千真万确的。是温柔、含蓄而又大胆的爱情啊！是美丽、迷人而又纯真的爱情啊！每次，他那汗透了的衣裳一换下来，她就给拿去洗得干干净净，把破的、脱线的地方用密密的针脚儿补好了，折得整整齐齐，搁在炕上他睡觉的地方。每当他刚一感到口渴，她正好就沏好了枣儿茶端来了，柔声说："鹏哥，歇歇，喝茶。"接着就是一个深情的眼色。饭熟了，又端来一盆热水，柔声说："鹏哥，洗手吃饭吧，也该歇会儿啦。"接着又是那含笑的深情的眼色。知道他什么时候想洗澡，什么时候该洗脚；知道他每顿饭吃几块玉米面饼子，喝几碗大麦仁粥，到什么时候就会饿；知道他一上午挑了多少担土，脱了多少块坯，是不是太累了；知道他的脚有多大，给他买的袜子，补的袜底儿，做的鞋子，都正好合脚；知道他什么时候要看她一眼，因此早就等在那里，早就在偷偷地看他。哎，难道世界上真的有像这样会说话的眼睛吗？它常常对他说："我这心啊，只要你明白就好了！""你欢喜我吗？干吗你不敢看我？"它是这样黑，这样亮，这样深，这样忧愁，你总觉得它在看你，它也真的是在呆呆地看你；如果它不是在什么地方偷偷地看你，你就会觉得失望；因此你也总想看它，却不敢久久地看它，因此怎么也看不清它；只觉得有一对美丽的星星在那弯弯的刘海下边闪亮，传神，说话，于是你的心就热了，醉了，紧张地跳起来了……

天气一天天热起来了，她穿着一件雪白的单布小褂，缝得合身，洗得干净，更显得头发特别黑，脸儿特别白，身材特别壮健柔韧。细看起来，她也许不如妹妹小凤儿生得俊美，她的前额没有小凤的好看，嘴唇也稍稍厚了一点儿，眼神也不如小凤儿那样神采飞动，顾盼灵活。但小凤还带三分孩子气，她却是一朵盛开的鲜花，脸上有少妇的红晕和粉嫩的光彩。并且，她的美是更多地在心里和眼里静静地藏着的，只有经验过忧患而又心肠热烈的人，才能充分领会，才会引起心灵的颤动。并且，她是多勤谨啊！每天早晨天不亮就起来，扫地、烧水、做饭、煮豆浆……直到深夜，还要做针线活儿和纺线。她的针线活儿在村里是有名的，有许多人拿活儿给她做，这成了全家的重要收入之一。她好像不知道什么叫做疲倦，却总是轻声柔气地劝别人歇会儿。

他的心常常热得发烫，紧得发痛，常常忘记了干活。常常，当他发现小凤悄悄在一边观察他和她时，脸就猛地一热，就举动失措起来，像是做了见不得人的事情。

但是，慢慢地，他发现小凤是同情他的，那观察的眼光是亲切的。

有一次，趁着帮忙的郭老二不在，她突然半玩笑半认真地问他：

"黑哥，你还想念那走了的嫂子不？"

"我还想她？"老赵回答说，"她走了，我朝南方作三个揖！"

"那你干吗这几天老是不高兴，像是有谁欠你二百大钱似的？"

“瞎说！我干吗不高兴？”

“哼！老是眉毛拧成了疙瘩，看着怕死人的，谁知道你有什么心事？”

“更是瞎说，我什么时候眉毛拧成了疙瘩？”

“哎耶！还想瞒人呢！难怪一看见有人，一跟人说话，眉毛就赶快散开了；一没有人在跟前，就又拧起来了。你以为别人看不见吗？”

老赵心里说：“你看我这个混人，一有点心事就挂在脸上！”他还想抵赖，但又一想，对这个聪明伶俐眼睛很尖的小丫头，你越不认账，她就越当真，不如干脆来个满不在意还好些。所以他只是笑着摇了摇头：

“哈哈！总是怕吃得太饱撑坏了肚子——这就是我的心事！”

小凤儿大眼睛滴溜转了一下，又提出了新问题：

“黑哥，你怎么不再寻个嫂子？”

老赵又笑了：

“嘿嘿，妹子，你别笑话我了吧。一来穷，二来丑，三来憨……”

“要是有人一不嫌你穷，二不嫌你丑，三不觉你憨，偏偏就看上了你这大黑脸呢？”小凤说一句，扳倒一个手指头，格格地笑得弯了腰。

老赵马上涨紫了脸，心跳起来了，不由得故意装傻地摇摇头：

“遍世界也找不出这么个人来！”

“哎耶，怎么找不出来？就怕你不找！”小凤儿还在笑，同时向窗户那边瞟了一眼。

老赵也不觉向窗户那边瞟了一眼。只见窗棂上的小玻璃块儿后边，正好有对眼睛在望着他。正是那对会说话的、深情的、又忧郁又好看的眼睛。是爱慕、是希望、是恳求、是责备。……他心里又一阵发热，深深地受了感动，不觉脱口而出地大声说：

“哈，得，要真有那样人，她就是我老赵知心贴肺的人，我就把心掏给她！”

“拿来！”小凤调皮地伸着手，顿着脚。“拿出你那心来，我给你捎给那个人去！”说完了，就笑着跑进屋里去了。

又有一次，小凤跟他两人在外间屋里掏地洞，趁着歇下来喝茶的时候，她又说起那别有用意的话儿来了。

“哎耶，黑哥，你知道吗？”她的长睫毛一个劲儿眨着，嘴角边的小酒窝儿狡猾地跳动着。

“看你这没头没脑的话！”

“我是说，你知道俺姐的事儿吗？我打量你就不知道！”她又撇了撇嘴儿。

老赵知道大鸾这时正坐在屋里的炕头上纳鞋底，也许又在隔着破窗户瞅他呢。再加上不知道小凤儿指的是什么事，所以那黑脸又一下子变紫了。

“咳！”小凤儿又假装正经地叹了口气。“说起来，这事只怪俺爹，自己一辈子斗大的字不认得三箩筐，可偏偏喜欢念书的人。要不，你想想，他干吗让俺小的时候上了三年学？想起来就笑死人：是八九岁的时候，穿着一身用俺爹的旧衣裳改的，男孩子样儿的破裤褂，裤脚长得在地下拖；脚上是露脚趾头的鞋，头上扣着个破瓜皮帽儿，一条小辫儿老是想翘出来，怎么也按不到帽子里去。哈哈哈哈！……”她笑得把头埋在膝盖上，半天，好容易不笑了，才接着说：“你看我这会这辫子是多长！那时候那条黄毛毛翘翘小辫，哈哈哈哈……！得，我不笑了。哎，俺爹这人，光欢喜念书的人还不算稀奇，偏偏又对字呀画的喜欢得入了迷。看你睡觉那屋里墙上，不是贴满了字画吗？你猜是谁画的？嗨！如今人都不在了，纸都变黑了，俺爹还是说什么也不让撕下来，真气人！”

“什么‘人都不在了’？你平日说话有斤有两的，今日怎么……”

“哎耶，哈哈哈哈……！”小凤索性跳起身来，一只手扶在门框上，身子前低后倒，边笑边说：“看你急的！你越急，俺就越慢，要把你急死！”

确实，这调皮丫头是故意要颠颠倒倒，慢慢吞吞，逗人发急——但这还只是一半；另一半儿是，她那最要紧的花样还在后边呢，这使她的少女的心又欢喜，又兴奋，还带着点羞涩味，脸蛋子泛出羞红的光亮来。所以她实在也不能够平平静静有条有理地说出她的故事来。

但是她毕竟又重新坐下来，说出她的故事来了。原来，当时白老敬在学里看上了一个会写会画的学生，当时才十五六岁，模样清俊，家里也挺好过。于是，托学里的教书先生——这一带有名的张洁泉先生做媒。男家也看上了大鸾的模样俊美，性情柔和，于是一说就成。不想大鸾一嫁过去，碰见了一个三刁四怪的狠心婆婆，还加上那男孩子从小儿娇生惯养，身体弱，本来就有个痨病底子，结婚以后病就更重，拖了几年，就死了。可怜白鸾除了伺候过几年病人，受够了婆婆的气，哪里尝到过半点夫妻情意！到如今，她年轻轻的守寡，一些死脑筋的人还说她是克死过男人的丧门星，要想再找个合适的男家，可真难啦！

说到这里，小凤最后的一着棋子儿可就走出来了。

“哎耶！”她用惯常的口语叹了口气，“黑哥，你说俺姐命苦不命苦？”

老赵紫涨着脸，点了点头。

“哼，我看你是个没心肝的人！”小凤嘴一撇，眼一斜，身子一扭，像是生气了。“也不流泪，也不说一句半句痛心痛意的话。你呀！”又用手指头点了他一下。“可是话又说回来，要不是当初，哪有今日，是不是？”她那水汪汪的眼睛闪着调皮的光亮，笔直地看着他的脸，是询问，是观察，也是暗示和挑逗。

“‘今日’怎么哩？”老赵的脸更加紫涨，却明知故问，同时朝东间屋的窗户瞟了一眼。

“哎耶！”这调皮鬼竟拍了一下手，大叫起来了，“亏你还问‘怎么哩’！你问得出口吗？好，我不跟你这木头人费唾沫了，叫你自个去想想吧！”

她真的又跳起身来，走进西间屋里去了。

老赵喉咙里咳咳了两声，朝东间屋的窗户看了看，破窗户纸后面有一对眼睛；又朝西间屋的窗户看了看，破窗户纸后面也有一对眼睛。他的心又嘣嘣地跳起来，只好拿起灶台上的茶碗，不想那大手竟在微微发抖。他看着碗里晃动着的茶水，出起神来了。

忽然“噗哧”一声，原来小凤儿又悄悄走出来了，在背后问他：

“怎么着？”

老赵咧了咧嘴，没有回答。

“哼！你呀还问‘今日怎么哩’！人家对你一百一，你对人家……你是真的不理会，还是有意装糊涂？你没心肝！羞、羞、羞……”她弯下身子，用手指头划脸羞老赵，自个的脸却早就羞得更红了。看见老赵瞪着眼举起大拳头来吓唬她，就叫了声：“哟，吓死人的！”笑着，甩着辫子，三步就跳到院子里去了。

就在这次谈话的第二天，老赵被白老敬劝说着一起去张庄赶了一趟集。集市上的买卖人纷纷议论说："坏啦！反乱年头来啦，去年，日本鬼子穿过北京城演习啦！从通县顺公路来的，又是人又是马，又是坦克又是大炮，进北京东直门，一路从大街走过去，出西直门，到八宝山，整整折腾了一天！这几天，又天天从丰台到宛平城跟前打靶！那靶子上就画的是中国人的样子！妈拉巴子的，咱中国地方成了东洋鬼子的锅台啦，他愿意涮锅就涮锅，愿意洗碗就洗碗，愿意盛饭就盛饭……所以说，乡亲们，你们谁家要娶媳妇，要聘闺女，赶紧的办吧，别舍不得花钱！这年头，留着钱干吗？谁不知道，日本鬼子见了女的就像馋猫一样，关外的妇女们叫他们糟蹋了多少哇！还动不动就拿指挥刀劈你，杀人就像宰鸡一样！……"说得人们汗毛一炸一炸的。确实，集市上卖做嫁妆用的百货特别多，买的人也特别多。看样子有钱的人家都在准备娶媳妇聘闺女哩！赵大鹏的一小车木器家具一会就卖完了。往回走时，白老敬一路上紧皱着眉毛，不住地叹气：

"这日子怎么过啊！莫非就这样当亡国奴吗？"

赵大鹏也一路拧着眉毛咬着牙，很少说话。到了家，他把从集上给姐妹俩买回来的两面镜子，两双袜子，两块毛巾交给小凤。小丫头一接到手上就喜得蹦进东间屋去了，故意尖声尖气地说：

"姐，看人家给你买的，成对儿的……"

白老敬老两口子在这边西间屋里，却装做没有听见，只顾小声说着集市上的见闻。

八

早晨，白大婶打开破箱子柜子，翻捡了半天，找出了两件破旧衣裳，让大鸾重新洗了洗，补了补。吃了晌午饭，她把这补好了洗净了的衣裳细心折叠起来，用手托着，走到帮忙做活的郭老二跟前：

"她二叔，这有两件旧衣裳，补了补，还能穿……"

郭老二眨着眼睛想了想，然后一扭脖子：

"你还是拿回去吧，俺不要。"

"你这人是怎么啦！是嫌破嫌烂是怎么的？"白大婶像是有些生气。

“我嫌破嫌烂？我？”郭二叔说，“你看我这身上的衣裳，大半窟窿破绽也不算少吧？”

“那你就该拿去！”白大婶声色俱厉地说，“换下你那脏的破的来，给你洗，给你补！”

“我说什么也不要！”郭二叔也硬着脖梗，板着面孔，提高了声音。

看着这两人你一句我一句的，你还以为是在吵架呢。

最后，郭老二终于说出了谢绝的原因：

“嫂子，这大热天的又不冷，只要露不着腚就中，我要那么多衣裳做啥哩？汗湿了俺夜里脱下来晾干，第二天早晨又穿上，怕它个鬼？你们一大家人，做鞋底，补衣裳，补袜底，要用多少破布片，何必拿它来给我糟蹋？”

他到底也没有要这两件衣裳。

下午干活的时候，他突然停下手来，叹了口气：

“咳！好人啦！好人啦！赵老弟，你碰见了好人啦！”

“二叔，你说谁？”老赵问他。

“说谁？你咋还要问？”郭二叔好像生了气。“这些日子你还看不出来？村子里除了坏人跟财主，除了像冯柱这样是人不理的死庄稼头，哪个跟他家说不来？对俺，更是一百一。你看他们吃的什，穿的什？是你来了才没吃糠，其实每年都是糠菜半年粮，能说不艰难？可是只要俺一断顿，就给拿过粮食来。俺身上的这身衣裳，”他用手扯起破裤腿抖了抖，“就是老敬哥给的。好哇！好人啦！我郭老二是生死难报哇！去年冬里，冷得滴水成冰，俺是冷屋冷炕，凤姑娘到俺屋里一看，回去就抱来几捆秫秸。过年，俺是空手拍巴掌，鸾姑娘又端过来半斤白面，一升荞麦面，两棵白菜。……他家的人勒紧裤带少吃，少用，给俺……不光老人心好，连两个姑娘……”

他说不下去了，显然是要忍住喉头的哽塞，往手上吐了口唾沫，用锄头和起泥来，但是过了不到两分钟，又直起腰来，瞪着烂眼圈儿，生气似的看着老赵，口气严厉地说：

“你，老赵，不要负了人家的好心！果子红透了，树枝儿垂到你嘴边上了，就该摘下来，莫等旁人抢了去！莫让她掉进粪坑里！”

“二叔，你这话……”老赵的脸又紫涨了。

“看你是个爽快人，怎么又不爽快了？红啥脸？”郭二叔索性丢下锄头，走到老赵跟前去，用一个手指头敲着他那强壮的胸脯子：“你以为俺人穷眼也瞎？俺还看不出来？俺看得出来！姑娘，是花模样，蜜性情，金子心，还有一双会做活儿的仙姑手；两个老人，也是金子心，火炭肠子；连凤姑娘，对你，也是火心热肠。这样人，这样亲戚，哪里去找？你不要傻！”他更加压低了声音：“爽快告诉你：村长——臭汤罐子，去年死了老婆，托人来提过三次亲，没答应。这臭汤罐子可是个蜇人的蝎子。西头黄家有个好姑娘，他也想弄到手，去串过几回门，卖乖献勤，碰了钉子，蝎子尾巴就翘起来了。那天，不是来了黑道子吗？都说兔子不吃窝边草，他们这回偏偏不管三七二十一，把个姑娘给糟蹋啦！如今那姑娘哪有脸见人？病啦！爹娘怕她寻死，把她关在房里，不离身地看管她。多老实多勤谨的一家人啊，如今遭了这个肮脏事，还咋的在村里过日子啊！……唉！我就怕这是给老敬哥一个信儿：当心，俺汤来喜不是好得罪的。老弟，你呀，不要锈坏了镰刀不割麦。走正路——赶快托媒人，俺保你一说就中。要不然，你就要误了自己的事，还害了老敬哥一家，也害了这个好闺女，连我看着都要又生气又心痛的。你想想，那汤家简直是个火坑，臭汤罐子那个人性，把媳妇当做他那帮狐朋狗友寻欢取乐的玩意，他以前那个媳妇就是活活气死的。老敬哥和老敬嫂会答应这头亲事？当然不会。所以说，俺就怕蝎子会蜇人……”

听着听着，赵大鹏的脸色由紫转青，眼瞪圆了，大拳头一挥，咬着牙说：

“臭汤罐子，我宰了他个兔崽子！”

郭二叔连忙用手势制止了他，低声说：

“你想找死是咋的？你就是宰了他，他还有亲兄弟、盟兄弟，土匪流氓一大帮，都是心黑手狠的家伙们。还有老财郑黑眼，更是臭汤罐子的靠山，他暗里害人的手段更毒。用你的命换他的命，值得吗？”

老赵一屁股坐在一堆土坯上，愣在那里一动也不动。事情就是这样，从各方面向人逼了过来，由不得你再三心二意！

“正路，托媒人说亲，先下手为强。”郭二叔又补充了一句。

但是赵大鹏到哪找媒人去？他在这里人生地疏。一些新相好的年轻朋友，毕竟都是嘴上无毛的人，又都是白老敬的徒弟——是晚一辈儿的，怎么好托他们说媒？托郭老二？人是好，跟白家相处得也不错，可是，不论怎么说，让一个要饭的叫花子说媒，村里人不笑话吗？白家会高兴吗？到金驼镇去请姐夫或是姐姐来一趟？他颠来倒去想了想，不好。姐姐不是最希望他扎根成家吗？不是会非常高兴吗？为什么不好？这原因他只能自个闷在心里，不能对人说。回家去叫他爹赵老恭来吗？家是回去不得的。但是，最后他还是下了决心："得，死也回去一趟！等把院墙砌好了就回去！先到金驼镇姐姐家，叫我姐姐把爹叫到她家，对他说……"

郭二叔一看老赵那神气，心又软了：

"老弟，也莫要太难过，俺还听到个信：臭汤罐子有八成要娶财主郑黑眼的大闺女。这对鸟男女本来就不干净，如今听说那女的有了身孕，郑黑眼，是家丑不能外扬；臭汤罐子，是一块膏药贴在身上揭不下来……可就是不知道这个事情真不真，要是真的才好哩！"

傍黑时，老赵心里发闷，又到郭老二家里谈闲天。这郭老二的家实在不像个家，是一小间伸腰就会碰头顶、转身就会碰屁股的破土坯房，房外没有院子，只有一个巴掌大的小空场；房里没有家具，除了破炕、破席头、破被子以外，只有一个破锅台，上面安着个破锅，锅边搁着两个破碗，一个提水用的破瓦罐，破锅盖下边盖着两块长了霉毛的糠饼子。人只能蹴缩在破炕上坐着，鼻子闻见一股浓厚的霉气味，好半天也不能习惯。

"哈哈哈！"郭老二辛酸而又自嘲地笑起来，"你看俺这是个啥样家，是个狗窝！"

这人的身世故事，赵大鹏是听说过一些的，但为了找话说，也为了要发泄同情心，还是要提线儿引他说一说。

"你问俺以前的老家？"郭老二说，"有啥的老家？河南省，黄河边。从小儿没了爹娘，要饭长大，给人做长工。一场大水，黄河改道，人都逃光了，死光了，房子地也冲光了。跑出来，还是当长工。一年两年换一个东家，一路往北到了这里。已经是五十岁的人啦，背驼了，腰软了，老了。在这里又给郑黑眼做了一年半，咋的不是两年也不是一年，是一年半？给他赶大车摔瘸了腿，以后又得了一场病。人家财主肯白养俺这个残废人吗？就给辞了工啦！……"

老赵打断了他的话：

“二叔，我听说你这腿不是赶大车摔的，是给人打坏的，到底是怎么回事？”

郭老二低着头沉默了半天，烂眼圈用力眨着，像是要忍住泪，却忍不住恨，终于猛地抬起头来，牙咬得吱吱地响：

“你要是不知道，俺也不说，说起来引俺动气，何必？你既是知道，俺就说给你：郑黑眼有个小小子，名叫郑宝果，两年前，他九岁，娶了个十八岁的姑娘做媳妇。她是郑家全家的丫头，奴才，受气包。可怜啦！真正是，夜里给小小子做枕头，白日给一家人当丫头，吃饭啃骨头，受气挨拳头，不知啥时候能到头。有时候真的一天两天不给她吃饭呢！是俺可怜她，常常把俺吃的饭省下来，偷偷塞进她的窗户里。有一回，夜里，俺趁小小子到村里玩去了，又到后院给她送吃的，走路当然是脚轻轻的，天色又黑。鬼凑巧，俺听见院子后门一响，看见一个人影闪进来，俺三步赶上去一看，是臭汤罐子！俺傻，问他：‘咋的不走大门？’却看见他后面还有个女的——是郑金枝——黑眼老财的大闺女！俺明白啦，转身就跑，一块玉米面饼子掉在地下啦！俺是个当长工的，凭白无故黑夜里到后院干啥？又干啥带着玉米面饼子？给谁吃？所以，这可就了不得啦！第二天，郑黑眼和他老婆一齐动手，把那媳妇打得个半死。过了三天，夜里俺在街上胡同里走，后面上来两个人，一杠子打在俺腿上：‘看你还管人家的闲事不！’俺就倒了。又一杠子：‘你他妈要是敢乱造谣言，说是说非，就小心你的狗命！’又一脚：‘你狗鼻子狗眼少管人事！’……唉！以后，手上可怜的几个钱都医了病。病好了，腿瘸了，俺这心也横了：高低不当长工！也不走！就住在这村里，等着！哼！”

他这最后几句话是从牙缝里恨恨地挤出来的，眼睛在昏暗里闪闪发光，像两粒火星子。

老赵嗵地一拳头打在炕上，把炕面子打了个窟窿，咬着牙骂了一声：

“好狗日的，真狠！”

郭老二冷笑了笑：

“这算狠？你知道郑黑眼是咋的发起家的？不知道？哼！这，你才真正能看出财主的手段，财主的心肠。……这，今日俺不对你说，有一天俺要领你去瞅瞅，瞅见那个事，你的心要发抖的！”

夜里躺在炕上，老赵翻来覆去睡不着，瞪圆了眼睛看着漆黑的夜，看着自己的过去，自己的未来。国的事，家的事，村里的事，自个眼面前的事……这一辈子怎么过法？莫非到老了也得像郭二叔一样？不能！一千一万个不能！那么，像西邻冯柱那样过一辈子吗？来这里这样久，就没有看见冯柱一家三口天亮以后出去过，天黑以前回来过。把女人当男人使，把小孩当大人使。牛比猪肥，猪比狗肥，狗比人肥，不串门子，不说闲话，不赶集市。没有人理他们，他们也不理人。这叫什么人！这过的什么日子！退一万步说，就算你想过这样日子，哪里去找冯柱家那样的三十几亩地？人，宁可站着死，不可跪着活；弯着腰干活，直着腰走路；不为财死，不为食亡；有冤报冤，有仇报仇……

九

白老敬沿着新砌的院墙看了看，兴高采烈地回到屋里，对着全家人大声说：

“好啊！还剩下不少坯，我看还够盘一条炕的。这屋里的炕到处都裂了缝子，外屋做饭，里屋冒烟，不换不行了。十几年老炕土，拆下来上地，今年打的粮食可就多了哇！”

老赵只得打算等盘好了这条炕再说。他还没有打消去丰台廊坊的念头，可是他没有想到，马上出了一件事情。

这天，白老敬两口子都下地去了，郭老二这天也没有来帮忙——光盘盘炕，有小凤递坯拿泥就可以。这时，老赵正在屋里等小凤拿泥来，忽然看见这丫头扶着门框探进羞红了的脸儿来，眼里也闪着特别的光亮，迟疑了一下，咳了咳嗓子，才小声说：

“鹏哥，对你说，俺姐给你沏好了一壶枣儿茶。外间屋到处是泥呀土的，没地方坐，你到她那屋里歇会儿吧。”

老赵一愣，没有回答。

“去吧！”小凤又催促说，“外间屋灶台上有盆水，先洗洗手脸，要不，你那泥手灰脸的怎么喝茶？怎么见人说话？快去吧！”她的脸更红了，“人家她有话对你说。”最后这句话的声音小极了。

老赵的心跳得嘣嘣响。他不觉站起身子，走到外间屋。只见小凤儿一甩辫子，走到院里，站在院子门口向外看了看，又回过头来用眼色催他，又转身向门外看。老赵不知道自己是怎么洗完手脸的，也不知道是怎么走进白鸾的房门的。

一把小瓷茶壶搁在靠墙的桌子上，桌面拭得干干净净，壶边有个茶碗，桌边有条板凳。白鸾靠着炕沿站着，红着脸，低着头掐手指头，没有看他，却轻轻地，无限柔情地说：

“坐下喝茶吧，刚给你沏的。”

赵大鹏啊，这个如钢似铁见死不怕的人，这时一颗心差不多被这两句话融化了。他没有坐，像根柱头似的立着，也低着头，不知怎么心里有些发哽，半天也说不出话来。

停了一会，白鸾又用颤抖的轻柔的声音说：

“……其实俺……一百份心也许才……尽到一份儿，只要你知道……就好了。”

“妹子！我知道！我知道！我不是傻子！”老赵突然像发誓似的，声音像沉雷一般。

“小声点！你知道俺，……可是你那心呢？”

“我，不是木头，不是土坯，也知道好歹！”

白鸾猛地抬起头来，用泪光闪闪的眼睛看着他，那泪水泛着泛着，忽然扑簌一下滚出来了。又猛一转身，趴在炕上的被子堆儿上，抽抽咽咽哭起来了。

赵大鹏慌了，坐在炕沿上，想拉她，又不敢，没了主意。

“大妹子，你，你怎么啦！要是我说错了话，你就骂我吧！给我颜色看吧！”

白鸾一边抽咽一边回答说：

“不，不是你说得不对。……你的话，让俺放了心。……是，是俺自个，觉着……对你说，你可别把俺当了不正派的女人。……俺是心里、一刻儿也、放不下你。也是这个荒乱年头，还有村里的坏人，逼得俺不得不……俺心里的苦味儿啊，简直是……没了法儿，俺才要、当面跟你、表表心啊！……”

赵大鹏啊，他万万没有想到，世界上竟有这样的女人为他这样一个人受苦！并且，她想得是多么细致啊！怎么会把你当了不正派的女人呢？难道我老赵是没有眼力的人吗？多少年来，对那些不正派的女人，我连看她一眼都嫌脏呢！我到底没看错你呀！

他又感动又怜惜，心里涌起了一股热，一股酸，不觉得就用颤抖的大手拉住了她的手腕：

“妹子，我明白你！我明白你！我不是没眼力的人！我就怕，自个是个不成材的人，配不上你，值不得你这样……”

“快别这么说！”白鸾用痛热的怜惜的口气说着，抬起身来挨着他坐着。“别尽说些看不起自个的话！你说你有眼力，俺就没眼力？俺就不明白你？在俺心里，你是一百，一千，一万！相反的，俺倒怕你嫌俺……嫌俺……”她的意思是说：嫌我嫁过人。“对你说，要是你今日，不明白俺的心，嫌弃俺，俺就活不成啦！要知道，反正村里的坏人早晚也不让俺活下去！西头黄家的事不是明摆着的吗？到那时，连俺爹俺妈，连小凤儿，也活不成！要是鬼子来了就更加……”她的头越勾越低，又抽咽着，抄起衣襟擦起眼泪来。

赵大鹏的眼睛也潮湿了。

白鸾又嘤嘤咽咽地说：

“哪知道，哪知道，心里的味儿啊，是这么苦！这么苦！像痴了，像傻了，可外面上还得撑住劲，还要硬装得没事人似的。只有一个人在房里时，才敢像丢魂失魄似的呆着，愣着，半天半天……怪呀，坐在炕上傻愣着眼瞅着窗外的天，天上飘着一片云，就觉得那模样怪像你。坐在炕上对着墙壁忘了神，墙壁上那七弯八拐的裂缝儿，也是模样怪像你。真是一合上眼就看见你呀！一做梦就看见你呀！哪知道，哪知道，一颗心全在你身上啊！想给你做鞋，你穿的那双旧鞋不合脚，又不好意思比着你的脚量尺寸，怎么办？看见你在泥地上踩的脚印儿，就悄悄儿去比了长短……。咳！谁知道你是怎么，把俺的心、给揪去了？也许是前生前世、定下的吧？”

她突然抬起头来，侧过脸来，用含泪的大眼睛惊疑地看着他，像是要明白，这是不是真的，是不是做梦。

“好妹子啊！”赵大鹏喉头酸哽地叫起来啦，“你这一说我就更明白啦。我真没想到……我，一句话：对你，真是生死难报啊！真的，从今往后，就是死了变成灰，也忘不了你啊！”

不想白鸾突然抓住了他的胳膊，摇着：

“快别说生呀死的！今日咱俩头一次换心，不吉利！”

老赵愣了一会，长长地嘘了口气，苦笑了笑说：

“我，还说得上什么吉利不吉利！妹子，我有个顶大顶大的心事还没有对老叔老婶说，今日对你，几句话也说不清。总归一句话，俺身上的冤仇疙瘩千斤重，总有一天要溅的满地血！俺能连累你吗？你可得好好想一想啊！并且，俺这一点火就着的性情，太见不得不公不平的事，说不定哪天要闯祸。就因为这，俺爹怕俺在村里早晚要遭财主的害，从十六岁起就叫俺常常出门卖手艺。他要俺留得青山在，好钢要用在刀刃上，不能随便……打个比方吧，是去年冬天的事：容城县一个朋友约俺去给一家财主做细木工活。那儿尽盐碱地，熬小盐[①]的人挺多。县里官盐店说小盐抢了大盐的买卖，县政府就在四乡里贴布告，要熬小盐的人去交钱领执照，要不就按私盐贩子办罪，抓人罚款。那天俺到县城里去赶集，正好碰见人们在官盐店门口闹事。他妈的，官盐店的掌柜——县长老爷的女婿，狗仗人势，叉腿叉腰站在高台阶上，指着人们骂骂咧咧，还吆喝十几个警察要抓人。是我气不过，打倒了几个兵，又跳上去抓住胖掌柜的脖领，两嘴巴就打得他嘴里喷血。接着人们就都轰上去了，把官盐店打呀抢的，弄了个热闹，把警察和巡官都吓跑了。……咳！当天我就跑啦。后来听说容城县派人到处查找。得亏狗娘养的官老爷们不知道俺姓甚名谁，要不的话，还不找到俺家去把俺爹俺妈抓走？你想想，俺这样人怎么能成家立业？怎么能过庄稼日子？怎么不怕连累自个的亲人？妹子，你呀，越是对俺好，俺就越是怕……所以俺想，今日索性把话说在前头，免得以后……”

白鸾一只手紧紧抓住胸前的衣裳，突然用探问的、亮得出奇的眼光看着他，用颤抖的声音问他：

---

① 当地群众每天早晨把“泛”在地面上的含有盐碱的土扫起来，经过滤制，就可以得到带有苦味的土盐，俗名“小盐”。

“免得以后怎么着?”

“咳!”赵大鹏痛苦地叹了口气,“只怪这世道……”

“你倒说呀,‘免得以后’怎么着?”

“免得以后,俺连累你,受苦!”

老赵一句话说出了口,这才发现白鸾的脸罗,红得简直没法再红,又弯又细的眉毛也扬起来了,白牙齿咬着下嘴唇,眼睛愣怔怔地看着对面的墙壁,很明显,是痛心,是委屈,是责怪。原来她也是个有气性的人啊! 他一下子慌了神,正想说话,她却突然转过脸来,怔怔地看着他,像喘气似的,用低低的颤抖的声音问他:

“怎么你,还不明白、俺的心? 大半是你自个,对俺又拿不定主意吧? 要不就,就是怕俺,经不住打雷下雨的事,往后拖累你,嗯?”

“妹子呀! 你怎么……”

“你大半是以为俺性子弱,怕往后……就反过来说,是吧?”

“你,你怎么这样想!”

“你要是真的怕受拖累,就趁早说出来!”她把脸往旁边一扭。

“妹子啊,我对你起誓!”

白鸾又回过脸来,两人你看着我,我看着你,白鸾眼里的泪水又扑簌掉下来了。

“鹏哥呀,鹏哥!”她突然倒在他的怀里,真正痛心地压住声音大抽大咽起来,“怎么你还不明白俺的心? 怎么千言万语都说尽了,你还不明白? 谁知道啊? 要是你没有这般刚气劲,也许俺、心里还不定有你哩! 鹏哥呀,你说你是个不能落家的命,可俺是个不能出院子门儿的命! 连到院子门口去站一会都怕招祸害! 这日子怎么过? 憋死! 闷死! 只恨自个不是个男子汉,就只喜欢你这样的男子汉! 就,只喜欢你! 只喜欢你! 掏心摘肺地喜欢你! 只要你也真的把俺看成个贴心人,就是水里火里俺也跟着你! 你要是得了死罪,俺跟着你去阴曹地府;你要是坐牢,俺给你送饭,守你十年二十年,一直到死! 可你要是没心肝,对不起俺,俺立时就死给你看! ……”

赵大鹏这才更加明白了:她竟痴心火热到了这样的地步! 他感动得全身发抖,紧紧地搂住她,用沙哑的声音在她耳边说:

“知心知己的亲人啊！得，从今日起，你就是我的人，我也是你的人；往后不管出了什么事，不管官府、老财、土匪、流氓怎么对付咱，也不管日本鬼子真的来了会怎么着，我赵黑子跟你，总要活着在一堆，死了在一块；我要是对你这知心知己的亲人变心昧意，就天诛地灭，死了不得埋葬，叫野狗啃尸！”

“真的吗？”

“一千个真，一万个真！”顿了一下，他又补充说，“亲人啊，你把俺的心揪住了，揪得紧紧的了，跟你的心拴在一起了。要是没有你，我也不知道怎么活下去。我能把你丢在这个土匪流氓窝子里不管吗？不行！说什么也不行！就是钢刀架在脖子上，我也丢不下你！……”

白鸾又抬起脸来看着他，从他的脸上确实看出了千真万确的诚意，千真万确的决心，她这才完全放了心，这才闪着雪白的牙齿笑了，笑得多美啊！又把头往他肩窝上一靠，眯着眼睛，完全沉浸在幸福里了。可是赵大鹏却用颤抖的大手轻轻地把她的头扳起来，他要仔仔细细地看看她的眼睛——这一直看不清楚的、又黑又亮又深邃的眼睛。真怪呀，近处看，它却并不是那么黑，是黑眼珠周围有一道小黄边，白眼珠带点浅蓝色，多么透明，多么亮，多么纯洁，还汪着泪水，泪水里面，黑眼珠里面，有个小人儿——是他，她把他嵌到眼珠子里去了，装到心坎里去了；这泪光闪闪的眼神……哎，他还怎么能不是她的人！

“好啊！”她又笑了，笑得多美！多幸福！

停了一会，她又说：

“快去找人说媒吧！快对俺爹俺妈提亲吧！在这个荒乱年头，可不能耽误啊！”

“得，等盘好了炕俺就回去一趟。”

“你可不能回去！可千万别回去！你要走了，俺就得结记死！”她用两只手使劲抓住他的胳膊恳求着，好像怕他马上就走掉了。

“干吗不到金驼镇去找你姐夫来说一说？”

“不行啊！”老赵叹了口气，“为什么不行，这事三句两句话说不清，往后得空再细细跟你说。”

“那可怎么办？嗨！”白鸾也发愁地叹了口气。

老赵想来想去只有一条路：自个提亲。可是，怎么好意思开口？

白鸾蹙着眉尖儿想了半天，忽然微微一笑，天真地说：

“不怕，俺想法儿叫俺妈对你提，行吧？”

“怕不行，她是个爱面子的人……”

“俺要叫她说，俺想办法，你放心。”

“要真那样，就太好了！”

事情就这样决定了。

赵大鹏站起身来，看着白鸾的娇羞样儿，禁不住又捧住她的脸看了一会，这才下了决心，走出了屋来，来到外间屋里。

怪呀，门外的天色竟变得格外明，阳光也变得格外亮。他的心还在跳，头也在发旋，想站一会定一定神，没有办到，不由自主地走到院子里，不知怎么走到了猪圈旁边来，对着圈里的大母猪看了一会，其实什么也没有看见；又回身对着新砌的院墙扫了一眼，却不知不觉地回到了屋子里，愣住了。真怪呵，这世界，怎么竟变了样儿啦？

小凤儿从院子门外边进来了。红着脸，抿着嘴儿笑了笑，用调皮的眼光打量了一下正在发呆的赵大鹏，又赶紧绷住脸，走到他跟前去，突然说：

“说悄悄话儿还那么大声，怕别人听不见是怎么的？……傻愣着干吗？是真的把心掏走了吗？快赶紧干活儿去！待会俺爹俺妈回来一看：怎么一个上午才干这么点活儿？俺们怎么说？”

老赵这才惊醒过来，脸色发紫，感激地说；

“二妹子，我真不知对你说什么好！”

“有话别对我说，我不爱听！”说完这话，她一斜眼，一撇嘴，去院里拿起铁锨来铲了一锨泥，拿着走进了盘炕的北屋西间；又拿着空铁锨出来，脸色还是一本正经，连眼睫毛也不颤动一下，又铲了一锨泥，拿着走进北屋西间。像这样来回走了几趟，这才把铁锨插在院里的泥堆上，又回到北屋外间，大声说：“你个死猫咪，找了你半天，躲在这儿的，滚得一身泥！”说着走进她姐妹俩住的屋子——北屋东间，瞅见姐姐正在对着镜子抿头发，她又撇了撇嘴，从炕前的晾竿上扯下手巾来擦着脸上的汗，同时翻着大眼睛看着顶棚，自言自语似的说：“干吗脸红，又没人笑话你！”

白鸾猛一转身，抱住了妹妹，一句话也不说，只忍禁着声音傻笑，笑得肩膀发抖。

小凤却不笑，还是一本正经地板着脸，噘着嘴，使劲推开了姐姐，又去院里，搬起两块坯来，吃力地往盘炕的屋里走去，对赵大鹏连眼皮子也不抬一下。

赵大鹏在外间屋里愣了半天，突然咬紧了牙根，瞪大了眼睛，捏紧了拳头，提起右脚来想狠狠地顿了下去，却又怕惊动白鸾，只得轻轻落了下来，然后走进西间屋干起活来。小凤发现，他抹泥、摔泥、砌坯，手劲都特别重，粗眉毛一会拧紧了，一会又散开来，半天也不朝她看一眼。她心想："你还有什么不高兴的？是有意装的吧？哼，装得倒像！"

第四卷

一

那天，天刚放亮的时候，起早下地的人们看见，廖家如今专住下人的北大院忽然院门大开，从里面冲出来一大队高骡子大马的车辆。最前面一辆轿车上，坐着全身穿得崭新的大管事刘继志（他就是二十年前“死不见尸”的刘丕臣的儿子）。中间是十几辆空车。后面是几辆坐满了护院腿子的大车。腿子们都带着大枪，斜背着子弹带，也穿戴得整整齐齐。赶车的长工们狠命甩着响鞭，车队一路铃铛哗哗乱响，飞也似的奔向村东大道上去了。

廖家出了什么大喜事？好事的人们一打听，才知道是他家如今一代的人物头儿，大老爷廖祖道，带着家眷行李，从天津坐长途汽车到了离此几十里地的燕东县城，这是家里派人去接护他去了。

村里人们都知道，这廖祖道在外边做过多年县长、税务局长、稽征局长以及专员和委员之类的官儿，只因抓钱太狠，被敌对的人抓住了把柄而遭了点风险，从此就脱离了政界，回天津买了座小洋房，在工商界投了点资本，开了两家有名的大绸缎店，过起大城市里享福的日子来了。可是，现在他怎么又突然回老家来了呢？

后晌，浩浩荡荡的大车队从燕东县回来了。站在家里高房上向村外瞭望的廖云阶，一看见村东大道上那一长溜大车上一些西式家具的闪光，就兴奋起来了。不等护送的腿子回来报信，就率领着一部分家里人，还有村里一帮有家财有头面的人物，穿过南大街热闹的集市，到村口迎接去了。

廖祖道在前几年威风凛凛地回过两趟家，那时就已经胖得够瞧的，如今，按那些爱惊羡财势的人们的说法，就更是“发福得吓坏人的”了。他有四十几岁，大高个子，宽胸厚背，出奇光亮的大圆脑袋，出奇的浓眉毛、肉眼睛、勾鼻子，出奇的大肥嘴唇上有一小撮威严的黑胡子，出奇的粗脖子上挤着肥肉褶子，身上穿着件肥大得出奇的白纺绸长褂，脚上是黑亮得出奇的尖头皮鞋。离村还有好远，他就按照乡下的人情旧礼，命令坐在几辆大车上的护院腿子们下车步行，他自己也下了轿车，一只手拿着雪白的小洋草帽，另一只手甩着像条灰草蛇一样的文明棍儿，挺着出奇的大圆肚子，迈着威严的八字步儿。一看见村口上聚集着一群前来迎接的人们，他就用那洪亮得出奇的大嗓门呵哈着打招呼。然后加快脚步，一连声道谢，一连串拱手；然后在这些人的围拥之下，走进了村里。

他带回来的家口当中，除了老妈子小丫头以外，还有三个女人。一个是他的二太太，按当时上流社会流行的说法，是个“改组派”——放大了小脚的妇人。她也守着女人家的旧礼，一进村就把轿车车棚的帘子放下来，把自己遮蔽得严严实实。另一个是他的大女儿，是国难当头高中提前毕业的学生。她也多少遵守着女人的旧礼，只从车窗里露出半个苍白的脸孔，好奇地看着街道两边穿得破破烂烂的乡下人。第三个是廖祖道新娶的三姨太太，却一进村就跳下了轿车，在热闹的集市上一路扭着。她年纪不过二十，粉红色的碎花绸旗袍紧裹着身子，一头卷发，满脸脂粉，高跟鞋，丝光袜，手打小花伞，肩挂小皮包，总之一句话：苗条、漂亮、妖气。街两边，被她惊得目瞪口呆的妇女们，气得斜着眼的男人们，反感得用瘪瘪嘴念佛的老婆老头们，反而引得她一次次抿着嘴笑起来。

突然，她吃惊地“哦”了一声，脚步一停。街旁边有个摆木器摊子的小伙子，站在用四张新炕桌摞起来的台子上，身材魁梧匀称，脸盘白净周正，漆黑的剑眉高扬着，闪亮的大眼斜睨着，好看的嘴唇撇撇着，粗壮的胳膊横抱在胸前，斜扭着宽宽的肩膀，一身有补丁的白粗布衣裳，加上脚下那光亮耀眼的红漆桌子的衬托，更显得魁伟、英俊和高傲。乡下农民里竟有这样的人物，真使这女人吃惊，引得集市上许多人也跟着她朝那小伙子看去。旁边有个人叫了一声：“二鹏，哈！”原来，他就是赵大鹏的大兄弟赵二鹏。不料赵二鹏猛一回头，脸色陡变，朝旁边狠狠地“呸”了一口，倒把这妖精女人弄得脸一红，一边赶紧扭身去追赶那群阔人，一边还禁不住回头看了两眼。

这样的老爷太太，再加上满满十大车箱笼包裹和式样新奇的梳妆台、穿衣镜、沙发、衣柜等等东西，再加上几十名背着大枪、挺胸凸肚、横眉瞪眼的护送腿子，再加上那些肥得滚瓜冒油的、一色的红缨络头、黄铃圈颈的壮大牲口，就成了财主生活的大摆列，大现世，就使得满集市的人们纷纷议论起来：

“喝！看人家这气派呀！”

“简直把半个天津都搬来了！”

“那些大皮箱里怕都是装的洋钱吧？”

“不知是哪个地方倒霉，连土皮儿都刮掉了三尺！”

阔人们快要走到十字街口时，妖精似的三姨太太忽然朝着廖祖道紧走了几步，竟用满街人都听得见的娇腔怪调叫起来：

“喂！瞧，真吓坏人的哟！”

她本来是天津一个高等私娼的女儿，名字叫张翠屏，上过几年中学，虽是廖祖道花洋钱买来的小老婆，却跟乡下一般的“小的”不同，在天津时出来进去都是挽着廖祖道的胳膊走路，像个正式太太的派头。但今天在乡下也这么着，却被廖云阶、廖祖道和所有的头面人物们恶狠狠地瞪了一眼。但她并不在乎。你们把我当稀罕看，我也把你们当稀罕看哩！世界上的男人都爱看女人，女人为什么不能看男人？女人能够招惹男人看，这才够味儿，要不然，女人干吗要讲究穿戴打扮？太老实就得受人欺负，女人就是要有点野劲儿。——从少女时代起，她妈就有意无意地用这些“为人在世”的道理教育了她。所以，在满集市各种各样的眼光之下，特别是在廖祖道周围这些乡下阔佬想看又不敢看、表面上假装正经的眼光之下，她不光是满不在乎，而且有意撇嘴扭脸，做出鄙视的样儿。

原来，她指给廖祖道看的，是站在关帝庙门前的一个疯子。这疯子的模样的确很怪；看那长头发像个女人，看那短胡子是个男人；骷髅似的脸上闪着一对鬼火似的眼睛；上身一丝不挂，露着精瘦焦黑的骨头架子；下身穿一条经吊啰嗦的破短裤，露着棍子似的泥腿和干柴似的脚丫。

他原本是北大街上一家过得去的小家主儿，祖孙三代为了地亩的事跟廖家打了十几年官司，地输光了，人气死了，最后剩下他光杆一个，还欠了廖家一笔诉讼费，要给廖家当长工顶债，就气疯了。从此人们就叫他王疯子，让他住在这个破关帝庙里，靠讨饭活着，已经有好些年了。

只见那疯子像是很冷，全身一阵哆嗦，紧接着又两步跳到街心，扑通跪了下去，磕头捣蒜的，用非常难听的声音喊叫起来：

“黄天呀，青天呀，佛爷保佑长生啊，冤啦，冤啦，冤咕隆咚啊！死呀，活呀……”

阔人们都吃惊地站住了脚。

廖祖道前几年回家时就听说过这王疯子的事。他脸上那股笑眯眯的味儿一下子没有了，转动着大胖身子，大肉眼睛狠狠地对周围的某几个人扫视了一阵，好像他们都是他的下属或奴才，然后大声呵斥地问：

“这是怎么回事？在大庭广众之下乱喊乱叫，胡说八道，是什么意思？”

站得离他不远的村长，以前廖家的二管事，现在已经年近花甲的刘叫驴，猛一下脸色煞白，跑过去抓住那疯子的头发就踢打起来。廖祖道忽然又大声问道，

“看起来这人是个疯子吧？”

“是个疯子，姓王……”有个阔人讨好地抢着说。

“哈哈！”廖祖道竟又挺着大肚子笑了。“这就难怪，这就难怪。……老弟，”他又对大管事刘继志说，“看这疯子怪可怜的。他有亲人没有？”

“老爷，嘿嘿，就他孤家寡人一个……”刘继志毕恭毕敬地说。

“怪可怜的，替我赏给他一块钱！……”廖祖道把文明棍儿一甩。

不过是打发一个疯叫化子，出手就是一块钱，不光是集市上看热闹的人们吃惊，也不光廖祖道周围的阔人们吃惊，连廖云阶老头子也吃惊了。但刘继志却非常懂事，故意当着众人，把挟在胳膊下边的一个漆黑光亮的公事皮包打开，拿出一张崭新的钞票，故意用手指头弹得一响，走过去塞在疯子手里。

前面的大车队已经进了廖家南大院的大门。刘继志忽然对着走在后面的几十名腿子们一挥手：

“跑步——走！”

腿子们就一阵跑步冲到了南大院的大门跟前，分成两行站在大门两边。等廖祖道和廖云阶他们走近了，刘继志又憋红了脖子喊了一声：

“敬礼！”

两排人就哗地两脚靠拢，哗地举起了枪支。

廖祖道的脸上又现出了笑容。

“还是个样儿，还是个样儿。好极，好极。你们既是拿着枪，”他用蛇一样的文明棍儿对着腿子们一晃，“就应该像个军人样儿，好极。明儿我还要给你们发制服，让你们成为真正的军人……”

“继志平常不断教练他们。”廖云阶说。

“好极。”廖祖道又满意地摸了一下嘴唇上的小黑胡子。

跟在他后面的士绅头面人物们都连忙随声附和着，同时趁机会告辞了。等在里边二道门口的女眷们再也忍耐不住，迎到大门口来了。其中有被廖祖道遗弃了多年的大老婆——一个没有经过“改组”的小脚女人，她侧着身子低着头，对廖祖道连看都不敢看，却对最后进门的三姨太太狠狠地瞪了一眼。

二

夜里，阖家在大花厅里吃了一顿团圆盛筵以后，廖云阶老头子先问这位派头很大的侄儿累不累，需不需要休息，然后把他领进自己的书房，叙起家常来了。

自从那年北大院失火以后，廖云阶就搬到南大院来住了。这书房原是廖云岫生前引为得意的“知还斋”，它还通连着三间很舒服的“藏娇”的“金屋”。如今廖云阶占用了这些房间，除了在天花板上吊了三个鸟笼儿以外，不但门楣上还留着那块隶书的“知还斋”匾额，就连满屋子的陈设也很少变动。这也说明，他廖云阶对一切事情都是不欢喜改变旧样子的。奇怪的是：这书房里到处都是大块大块的镜子，书柜上有大镜子，古董柜的隔板上有大镜子，墙上的字画吊屏之间有大镜子，廖云岫生前抽大烟的小炕后壁上也嵌着一面很大的镜子。这秘密，在墙上挂着的那幅寸楷吊轴《知还斋赋》里有所透露——其中有一些这样的句子：“儒雅岂可不风流，敢笑庸人叹白头”；“书香粉气孰浓，镜影真形谁艳”；“满窗春意摇花影，四壁秋波荡诗魂，每谓人间无此福，翻疑此屋是仙城”。

所以叔侄俩一走进来，屋子里就到处光影闪动，出现了许许多多胖子和瘦子，连笼子里的鸟儿也惊得乱跳乱叫起来。胖子是满脸红光，大模大样地塞满了一张藤躺椅，厚嘴唇含着牙签，胖手指夹着雪茄，喉咙里威严地咳啃着，弄得大肚子一跳一跳，好像是还要膨大。瘦子却像干瘪了的老丝瓜，脸面皱缩晦暗，干柴似的瘦手上托着个古老的铜水烟袋，往藤躺椅上一靠时，像是还要尽量地瘪缩下去。廖云阶一辈子是个呼三喝四、翻眼看人、威震一方的人物，周围几十里以内的地主士绅们见了他都不敢正眼相看，今日他却在这位派头很大的侄儿面前相形见绌，有些畏缩起来。他暗恨这种畏缩，暗恨侄儿这大模大样的派头，却又不得不装出愉快的笑脸，只好不看对方的胖脸，直盯着对面镜子里的瘦脸问道：

“怎么样，新盖的这座花厅还行吧？”

“行，好极，嗯——啃！”廖祖道说。

“你那座二层小楼可花了不少的劲，乡下匠人哪盖过这种洋式的楼房？怎么样，总算还过得去吧？”

“嗯，好极，嗯——啃！”廖祖道又说。

“咳，侄子，一接到你的信，家里就赶紧张罗，一直忙了两三个月，不容易呀！钱，你寄回来的还不够，家里又添了些。要盖，就要盖得像样一点，是不是？”

“嗯——啃！”廖祖道又清了一下嗓子。

“咳，老啦，老啦，”廖云阶真正摇头叹气起来了。“当年的精明能干不知到哪儿去了，遇事都是心有余而力不足。这么大个家，一天是多少事情，管不了也得管，不然怎么办呢？……”

他发起牢骚来了：第一条，自己精力衰竭了；第二条，四个侄儿都在外面，不管家里的事；第三条，一辈子只生养了一个儿子，偏偏又是个“傻老五”，只知道骑马玩狗，疯跑野闹；第四条，三个老婆死了两个，剩下一个二太太，她又总觉得自个是个“小的”，一天到晚“阿弥陀佛”，百事不管，当不了帮手；第五条，大管事刘继志，倒是能“了事儿”，可到底是外人，能把百样事情都靠给他吗？……

“咳，难啦！人啊，只要一老，活着就没意思啦，就该给后辈人腾地方啦，天下是你们的啦！……”

“嗯——啃！”廖祖道端起刚才老妈子新冲的盖碗茶，勾起头来抿了两口。

廖云阶被侄儿这股淡而寡味的劲儿弄得有些恼火，不觉坐直了身子，提高了声，索性明打明敲地说起来了：

“我，两手一摊，把什么都交给你们，自个吃碗现成饭吧，谁伺候我？你二婶子，刚才我也说了，是木头一样的人。我身边就不该有个称心贴意的人儿？就不该有个热天打打扇儿，冬天暖暖炕儿，闷了说说话儿，病了端汤端水的吗？你们一定会说，‘不是有个老妈子吗？’是呵，丫头老妈子！我操持这份家业，几十年，呕尽了心血，如今老了……丫头老妈子！”

“叔！”廖祖道终于不耐烦地开口了，“这种事你用不着和别人商量。看中了什么人，要用多少钱，哪怕是用一箩金子买个十八岁的姑娘呢，还不是只要对刘管事一说——一句话的事？我们晚辈人、亲戚朋友们谁也不会说二话的。六十七十的娶小婆，有钱嘛，就名正言顺。我也知道你老人家的心事：总希望晚辈人多体贴一点，多尽一点孝心。这样，你心里舒畅，说出去也好听，对吧？其实呀，这种事哪能让别人‘隔山买牛，买一架骨头’？晚辈人操持得万一不合你老人家的心意呢？到那时你老人家再去自个出面看中一个吗？嗯——啃！至于家业，有大事还是要跟你老人家商量的，这你也放心。……不过，这些事搁在一边，今日我倒想跟你老人家谈件大事情。”

廖云阶阴沉着脸，心里一百个不痛快：“哼！说得冠冕堂皇，推得一干二净。孝心，我知道你那‘孝心’：只恨我不死！……”

“你老人家也知道，”廖祖道接着说，“我在天津有房子，有事业，有孩子们在那儿上学。这次其所以下决心回到乡下来住，固然是由于你老人家一再去信，说家里没人操持，但也有另外的原因。这跟国家大事有关，跟时局有关。”

说到这里，他费力地勾起身来，极力劈开两腿，免得大肚子挤得难受，然后看着对面镜子里的瘦脸问：

“你老人家想过没有，万一要是日本人打来了，咱们怎么办？”

“日本人要开仗吗?”廖云阶吃惊了。

“要、开、仗!”廖祖道轻蔑地笑了笑。“所以,在乡下不留心政事,是不行的。”

他又咳啃了一下嗓子,郑重其事地掰着胖手指头数说着,东北、热河、冀东,这甭说。北平、保定,中央的直系军政机构都已撤退,连故宫的古物都已南迁。拿宋哲元做幌子,成立了“冀察政务委员会”,实则是一半儿听命于日本。从山海关起,天津、通县、廊坊、丰台,都驻了日本兵。蒋委员长的既定方针,是“攘外必先安内”,对日本人能让则让,能忍则忍,日本人呢?看起来是得寸进尺,永无止境。

“还有,你知道日本人扶植的冀东二十几县的政府叫什么名字吗?叫‘冀东防共自治政府’,这里面就大有文章。‘中日共同防共’,这恐怕就是骨子里的玩意。自从蒋委员长在西安‘蒙难’以后,虽然表面上不得不停止剿共,可是,在西北,还是大军云集;在内地,还是大捕共党。这样看来,将来到底是抗日呢,还是联日呢?还是又联又抗——明抗暗联呢?哈哈,难定,难定!……并且,咳!”说到这里,廖祖道又像高兴又像忧虑地叹了口气,“就算万一迫于民意,不得不抗日,咱们中国又怎么打得过人家?多则一年半载,少则三月两月,保准就要亡国!这可不是我危言耸听,连中央的一些要人都这么说。所以,不管将来的趋势如何,到时候必定天下大乱,必定有许多共党、奸民、盗匪乘机蠢动。你想想,咱们这么大家业,这么多老幼妇孺,到时该怎么办?”

“是啊!”廖云阶完全被说服,被震动了。“平时我也听到一些言传,你这一说,就更加……可是,”他撩起松眼皮子来看着侄儿的胖脸。“按道理讲,一乱起来,是应该进城啊,往外国租界里一住,才保险呢,怎么你倒正在这时候下决心回乡……”

“这你老人家又不明白了。”廖祖道又笑了笑。“嗯——啃!‘小乱进城,大乱下乡’,这句俗话可很有道理。小乱,通都大邑都驻有重兵,不会波及,所以要进城,大乱呢,争夺的就是交通命脉的城市要道,飞机炸,大炮轰,直到胜败分明才能平息,所以要下乡。上海‘一二·八’战事不就是个眼前的先例吗?所以说,中国人在这一点上还是有经验的,聪明的。嗯——啃!”他很满意自己的见解,笑着,往椅背上一靠,吸起雪茄来。

"可是,"廖云阶又说,"咱们这一塆儿的有钱人家倒像是没事儿似的哩。"

"所以哟,"廖祖道用肥手拍着椅子扶手,不胜叹息地说,"乡下人不留心政事,坏就坏在这里。并且,人家怎么能跟咱们比?人家就是着急,又有什么办法?咱们……哼!"

"咱们……那你打算怎么着?"

"怎么着吗?天津,万一变起非常,不久也会平息,日本人也不能不要安定的秩序,也不能不要繁荣的市面。所以我在天津的事业没有结束,托给二兄弟管着的。相反,我倒想再一次跟你老人家商量商量,从家里提一笔款子去加在里面。一方面,死守着乡下的家业,到底发展不大,这我早就来信说过;另一方面,一条腿在乡下,一条腿在城里,乱在乡下则进城,乱在城里则下乡,进退自如。这是我的第一着棋。第二着棋:咱们家有钱、有人,有枪、有威望,这一回我又带回了两挺机枪跟十支手枪……"

"你未必是想用这点本钱挡住日本人?"廖云阶又吃惊了。

"嘿嘿嘿嘿!"廖祖道笑得全身都颤动起来了。"这,你老人家又不明白了。大而言之,乱世出英雄。侄儿我还雄心未死,还想在这个世界上试试腕力,只要有枪杆子,有根深蒂固的实力,就哪一面的买卖都好做,何况我们这一带处于平、津、保三大城市之间,乃是兵家必争之地。这,你老人家往后许会看见的。小而言之,祖宗创业不易,我们后辈人即使不能发扬光大,也该守成勿失,所以极须防止奸民匪类乘机蠢动。要知道,最可怕的是共产党趁机闹事。前几年南边高阳蠡县就发生过多少万人的奸民暴动,就是共产党鼓动起来的,可怕得很哩!这两年北平天津学生闹事,甭说,不也是共产党搞的名堂吗?只要共产党一得势,咱们就完了!"

廖云阶微微点着头,端起茶儿上的盖碗茶,像喝酒似的小口小口地抿着,心里思忖着。

门外有人咳嗽了一声。接着,门帘子一动,先响起了柔和的声音,再伸进一个笑脸,再走进一个人来,是大管事刘继志。

"嘿嘿,二太爷还没有歇着,哦,大老爷也在这儿。我是来问一问,看明儿有什么急着要办的事儿。"

这人有三十四五岁。他的模样,任何人一看见就会吃惊:"真像只大螳螂啊！”他个子很高，全身干瘦，却有一副宽大凸出的骨头架子，加上长颈躬背，长臂大手——这一切，是螳螂的身子。光头，高颧骨，一对离得很开的鼓鼓的大白楞眼，宽嘴，尖下巴，没有胡子——这一切，是螳螂的头脸。总爱伸着长颈、瞪着大眼、愣愣地看人，再加上走路时全身弹动，点头磕脑，一纵一纵——是螳螂的举动神气。对穷人手狠心黑，决不留情——是螳螂的性情。本地人说螳螂的两条前腿像两把刀，把螳螂叫做“刀螂”，所以给刘继志取了个非常恰当的绰号，叫“刘大刀螂”。

这刘大刀螂不像他爹刘丕臣那样有个大管事架子，成天坐在账房里支使别人跑腿；也不像他叔刘叫驴那样整天光会扯着嗓门咋呼人，却办不了多少正事。他相反是精得怪，勤得怪，能得怪。他整年住在专住下人的北大院里，每天天不亮就起来，拿着个木头梆子沿着长工们的住屋狠着命梆梆地敲，催长工们起炕下地。早饭过后，就跟二管事一起，骑着马到地里去转，监督长工短工们干活，了解地里的情况，记住明日该做的活儿。下午又忙其他的杂事。夜里还要把长工头们叫到账房里来分配明天的活儿。总之一句话，他是一天到晚像个刀螂似的东跳西颠，遇事过问，忙得连饭也顾不得吃。

这时，天色要黑没黑，老妈子或小丫头马上就要来点灯了。但大刀螂一进门就把白小褂的袖口一卷，像干什么正经大事一样，把桌子上的煤油灯罩取下来，对着罩子口呵了几口气，熟悉地从桌子最下面的抽屉里拿出擦灯布来，好像他天天做惯了这样的事情，动作熟练地擦着灯罩，一面又赔着笑脸对廖祖道说：

“嘻嘻，大老爷，你的两间卧室，刚才我指派他们大体布置了一下。要是你看着不合意，明日我再叫他们按你的意思改，反正明儿还要布置书房客室。不过刚才二太太三太太看着倒是挺满意的。三太太可高兴啦，说这儿比天津的公馆还好，窗子外面就是花园，还有竹丛子，院子后面还有大苇塘，水阁子……”

他说得柔和、清楚、动听，鼓泡儿大白楞眼也眯成了一股甜腻腻的味儿。廖祖道知道他这会儿进来主要就是为了说这些话，所以微微笑了笑，也柔和亲切地说：

“继志老弟，你来得正好，咱们说说话儿。你先坐下，忙了一天也该歇歇儿了。”

大刀螂连忙擦完了灯罩，从桌子抽屉里拿出火柴，点着了灯，满屋子里立刻出现了许多灯光，以及由许多光照出来的半明半暗的胖脸、瘦脸和螳螂脸。大刀螂这才搓搓手，侧着身子用半个屁股坐在椅子上，笑着说：

“我倒真是急着要跟大老爷说说话儿，为的是，大老爷在外面经得多，见的广，好长点见识。”

“老弟，”廖祖道说，“你像是对军事还有点兴趣，是吧？”

“是啊，”大刀螂的大眼珠子一转，“我是这么想的，可不知对不对：这年头，只要抓住了枪杆子就好办事。从小处说：自从大老爷你陆续买回这些枪来，村里的事儿，地方上的事儿，连看青[①]这么点小事，就都好办多啦。从大处说：民国以来的这些大人物头儿，谁不是抓枪杆子起家的？大老爷，我这话对吗？”

“好极好极，说得好极！”廖祖道没有想到，这人只上过师范，当过几年小学教员，竟还有点头脑。“枪杆子是硬本钱，你这话很有见地。今日我看你带队伍还像个样儿，就看出你的兴趣来了。咱们家枪支也不算少了，往后还可以添置一些。可是，这些院丁们都可靠吗？”他所说的“院丁”，是近些年廖家人们对护院腿子的习惯称呼。

“可——靠！”大刀螂着重地说。“都是本村近村、沾亲带故、知底知细的人。要不然，拐了枪去当土匪，好家伙！”

廖云阶也在旁边帮着做了证明。

“对，一定要可靠！嗯——啃！”廖祖道显得更加威严郑重了。“可是，还有个大事：有了枪，没有个名义，这不好。今日他们就没能进燕东县城。要不是拿着我的名片去见了县长，人家说不定还要下他们的枪呢。所以，一定要到县里呈请备案，成立维持地方治安的保卫团。”

“好哇！”大刀螂轻轻拍了一下椅子扶手。“大老爷这一回来，俺们就更有了主心骨儿啦。最近土匪特多，咱们就以防匪为名，再扩充点人枪，大老爷当团长。……嘿，好得很！”

三个人，连廖云阶在内，都兴奋起来了。

---

① 庄稼将熟正待收割时，在地里看守着，以防偷盗，谓之看青。

“明儿，”廖祖道又微笑着说，“杀一口大猪给院丁们，就说是我犒赏他们的。只要他们往后好好干，我亏待不了他们。”

“小子们有福啊！”大刀螂简直歌吟起来了。

“另外，”廖祖道又皱着眉毛说，“村子里的事咱们也要多细点心。比如，怎么能让那个王疯子还留在村里呢？十几年，成天里胡说八道，这不是让老百姓心里总有个疙瘩吗？往后我要考查考查，看看村子里还有些什么不良不驯的人，我可不能让自己的眼皮子底下有捣乱分子！……”后面这几句话，他是鼓着眼睛狠狠地说出来的。

接着，他们又谈到了管理家业和经营土地的事情。廖祖道的意思是，要把这四百顷地多半由自己经营。再雇他两三百名长工，多添百十匹壮大牲口和几十辆大车，还开它几个油坊、淀粉坊、弹花房，用残渣养猪，用豆饼、麻饼、花生饼和牲口粪上地。这样，肥多、车多、人多，再加上多打水井，水也多，地里的出产就会大大增加。另外那一小半土地，应该全部论十顷八顷租给大户人家，租额可以略低，但必须定死，旱涝不变。这样，承租的大户或者自种，或者转租给小户人家，怎么也有赚头；而他们廖府在收租管理上就方便得多，省得老跟许许多多小穷佃户们捣麻烦。而要做到这两点，就必须：第一，要把零星出租的土地都收回来，并用收买和调换等办法，把一部分小块土地变成大块连片；第二，要加盖几个长工住处，几个作坊，几处猪场，因此就必须找出三两个适当的中心地点，修盖“廖家新村”；第三，要物色一些管理人材。……这样大干的结果，地里的收入必定大增，就会有大批本钱在北平天津的市面上翻翻筋斗，他廖祖道就可以大展宏图了。

这是廖祖道的又一个打算，也是他这次回家的另一个重要原因。因此在回来以前他就做了充分准备：要家里修盖洋房，在天津买了很多最新式的家具，赶急娶了个年轻漂亮的三姨太太，以便今后身在乡下，而福在城市。

刘大刀螂既已经摸清了这位大老爷以后的路数，不便久坐，就无限兴奋地告辞走了。这家伙的前几辈人都是给廖家做事，谁都知道他们有祖传的几样本事：一是溜——溜沟子舔屁股，博得主人的信任；二是抽——用鞭子棍子和其他各种办法，从佃户和下人身上“抽”出油水来；三是扣——从出卖东家的大批农产品和买进各种日用东西当中克扣捣鬼；四是偷——安放和收买一部分亲信下人，从仓房、厨房、场里、地里、账目上，玩弄各种偷盗的花样。因此他刘家现在也是个三两顷地、一大片房、一个杂货铺子的小财主了。可是刘继志不能守在家里理财享福，天生是个要干大事业的人。他舍不得廖家这样的大台盘、大财源、大势力。今天他又碰到了这样一位有雄心有魄力的主人，今后必定能够大大发挥他的能力和抱负，必定能够使他大掌权势，大发其财。他怎么能不兴奋呢？

三

廖祖道听着刘继志的脚步声远了，却冷冷地哼了一声，自言自语似的狠狠地说：

“对这种人，既要信之任之，又要防之禁之。今后他可别想在我的手眼底下乱扒弄东西！一两天我就要细细查查他的账目，至少也算是给他一个警告！”

听了这话，廖云阶忽然像被什么东西刺了一下似的，猛地把铜水烟袋往茶几上一搁，站起身来，背着手在屋里来回走了两趟，竟完全忘了刚才那股畏缩劲儿，虎着脸用教训后人的口气说起来了：

“所以哟，经营这么大家业，不容易！就拿用人来说，你知道谁可靠，谁不可靠？有时候，你的心操碎了，可并没有人知你的情！……”

他是真的生了气：第一，连你爹在世的时候也从没查过账，你一回来就要查账？这不明明是跟我过不去吗？这绝对不行！哪怕吵翻了都可以！第二，把那么多地收回来自己经营，添用那么多人，还让他们住在什么“新村”里面，你有几对眼睛耳朵去管他们？这岂不是拿祖宗的家业摆弄着玩？第三，把雪花花的洋钱拿到天津北平去投资到别人手上，这更是胡闹！第四，像王疯子这样的人，正应该留在村里，让人们知道廖府的厉害，何必小题大作？……

“我知道你们都是新派人物！”他最后又高声说，“新派人物会享福，会花钱，会说会道，会想出五花八门的怪主意，只有一样：不知道经管家业的艰难。手里没有成堆哗哗响的洋钱，万贯家财也是空。眼前没有几百家佃户，千顷良田也是空。就好比是坐着没有底的船，祖宗的家业就要往下沉，懂吗？”

廖祖道在回来以前就知道迟早要“干”这么几场，所以他并不生气，却冷冷地说：

“叔，我懂得。把成堆的现洋埋起来，锁起来，换成金子搁起来，天天手里玩着，脚下踩着，眼里看着，这很踏实。可是，不投资，不生利，物价一涨，钱一贬值，或是发生战乱，遭到抢劫，踏实吗？眼前有几百家佃户，走出去有人一片声叫老爷，麦收秋收，催租催账，吊人打人，热闹非凡，这也很踏实。可是，年年歉收，年年拖欠，挤也挤不出来，榨也榨不出来，逼急了还要造反作乱，踏实吗？我看，祖宗的家业本来就在往下坠！”

“嘀嘀！”老头子更生气了，痛苦地笑了两声，眼睛狠狠地看着侄儿的脸：“侄子，你怎么见得本来就在往下坠？你这话是怎么说的？我给你们辛辛苦苦管了一辈子家业，供你们弟兄几个上学，扶你们走上军政各界锦绣似的前程，如今个个都有了大太太，小太太，外宅野窝，享福不尽。我是丢了半亩地，还是丢了一间房？就说这南大院吧，当日是什么样子？如今修盖得成了什么样子？可我这个给你们当长工的人，一辈子享过什么福？到如今，六十五岁了还要操心，你们摸摸心坎儿想想看！……”

“叔，这些细账还是不算的好。”廖祖道冷静地、懒洋洋地往椅背上一靠。

他这句话是言简意赅，既触到了老头子几十年来亏公肥己的阴私，也包括了几十年来家庭中的许多利害冲突。

老头子猛地气得身子发抖，脸上冒汗，衰弱无力地往躺椅上一倒，自怨自艾似的呻吟起来了：

“我傻！我蠢！我当了一辈子牛马傻瓜！……”

这时幸亏从后边卧室里走出一个女人来——是廖云阶的二太太。她并不像廖云阶所说的，是个“只会阿弥陀佛”的“木头人”。她知道自己出来得正是时候，先把手儿抄着，嘴儿嘬得很小地笑着，眼睛向廖祖道瞟着，然后才响起了轻甜柔媚的声音：

“哟！我说，二老太爷，大老爷，你们叔侄俩几年不见，就这么亲热？说起话儿就没个够吗？二老太爷也是，一辈子操心还没有够，还要拖累大老爷来跟着你操心？大老爷今日大老远的回来，有个不累的？有多少话明儿后儿不能说？你呀，咳，就不知道，花厅洋楼那边还有人等着他哩！开口闭口说人家是木头人，只会阿弥陀佛，我看你自个倒是越老越糊涂，半点儿也不知道体谅人，嗤——！”

廖祖道奇怪这女人为什么还是像几年以前那样白嫩丰满。他毫无顾忌地盯着她，直到她说完了，最后又笑着对他看了一眼，他才站起身来。女人却又抢先打起了书房门口的帘子，娇声向门外叫着“黄妈”，他就擦着她走出了书房，跟着黄妈的灯光，走过回廊，穿过花园，走进了新盖的大花厅。

不想这里真有人等着他。那黄妈把小提灯往一张大圆桌子上一搁，“老爷，太太在这儿哩，”径自从花厅后边的侧门出去了。廖祖道转身一看，果然，一个实际上只有四十一二岁，看起来却要老得多的小脚女人，穿着一身黑香云纱褂裤，看样儿是刚刚特地梳洗打扮了一番，眼睛对他射着希望恳求的光亮。

“孩子他爹！”她强装笑脸地小声说。

“像个鬼似的站在这儿，要干吗？”廖祖道皱着眉毛问。

“未必就没有一句话儿说？”女人颤声说着，试探地往前走了一步，看见丈夫不做声，就又接着用极小的声音说：“不看在我的分儿上，也该看在你女儿的分儿上吧？表面上总还得顾着点儿吧？我在家里不是人，可不能让你女儿在家里叫人看不起，心里难受啊！一句话，可怜可怜俺娘儿俩吧！……”

“少啰嗦！”廖祖道阴阴狠狠地一声呵斥。“对你说，往后你少这么不知好歹地在我跟前找晦气，小心我拿手枪打死你！往后凡是我在的地方，就不许你在！这个花厅你也少来！听见了没有？”话音一落，提起小灯，走进了通往小洋楼的侧门，被小丫头接着，格登格登上楼去了。

剩下那可怜的女人一个人在黑暗的大花厅里，趴在桌子上，忍禁着声音，抽咽得全身发抖。

四

每天夜里，南大院里常常有些屋子里深夜灯光不灭，人声不断。穷人们是“顾肚子，熬日子”，难过的是白天，一吃了晚饭就睡大觉。廖家大院里却有许多吃了饭没事干的男男女女，白天睡得很晚才起，夜里可就有了精神：打牌、读唱本儿、听留声机，搞各种性质的争风吃醋、吵架、发神经病、弄吃的……首先是廖云岫留下的五房姨太太，至今还大都是徐娘半老，无儿无女无财产，本来是寡而难守，为了顾全廖府的面子，又不便再嫁，于是就带头儿“混日子，熬夜晚”，就带动了经常住在娘家守寡的两三位姑姑和她们的儿女，还有经常来走亲戚的三姨六表和她（他）们的儿女。廖云阶和他的二太太当然也经常参加。丫头老妈子们当然也得经常陪着熬。

在所有这些人里面，闹得最出奇的，要数廖云阶的独根苗子傻老五和他的媳妇。

原来，这傻老五不但是廖府里、也不但是本村里、而且是附近几十里地以内有了名的“笑话大全”，是这个稀奇古怪人世之间的一个稀奇人物。

廖云阶是“财大命苦”，直到年已五十了才发现一位“小妾”的肚子里有“喜”。从此这位“小夫人”和她的肚子就成了千娇百贵的宝贝，就一连几个月不许她从炕上或躺椅上起来，连丫头们替她穿衣裳也不许她稍稍费点伸手伸腿的力气。而且每天毫无节制地要她往肚子里塞进去各种滋补的东西。所以，傻老五出生时，他娘就由于难产而被他“克”死了。于是这没娘的孩子就更加成了宝贝：真正是对他服侍得无微不至，光是奶妈子、老妈子和丫头就换了无数个。于是这小子就自自然然成了傻子。只因他在叔伯兄弟里面排行第五，所以取名叫五宝儿，村里的人们却都叫他是傻老五。

他七岁才断奶，八岁就娶了个十六岁的漂亮媳妇儿，九岁才走出廖家大院在村子里“见世面”。从此以后，廖家的高墙大院就再也关不住他啦。有什么法子呢？世界上的一切都是这么新奇，而傻老五又偏偏有一股傻得要命的好奇心，而且早已学会了哭、闹、打滚、摔东西、打媳妇，再想把他圈在院墙里是怎么也不行了。村子里的任何地方，任何人家，任何事情，他都要去看看。特别是一听见哪里有婚丧嫁娶的鞭炮声、锣鼓声、嚎哭声以及吵嘴打架的轰闹声，他就会不要命地往哪儿跑；跑去了就张着大嘴傻看，不到困极了饿极了决不回家。那可怜的，模样十分俊气的媳妇就成了他的“跟班长随”和“保驾大臣”，因为这傻小子偏偏只要她跟着，决不要别人。她要随身带几条手绢，给他擦鼻涕和口水；要带着棍子替他打狗，因为全村的狗偏偏都爱咬他；要带着小狗小猫或养小鸟的笼子，为的是随时供他玩耍。她还须天天打扮得鲜花耀眼，要走出去“很像廖府的儿媳妇”。为了这个傻小子，她挨了廖云阶和他的二姨太太多少打骂啊！至于傻小子打她，那更是家常便饭，所以这媳妇经常只得用胭脂水粉盖住打伤了的脸蛋子和哭红了的眼泡儿。

傻小子好容易长到十三岁了，世面也见够了，不再爱在村子里野跑了。但是夜里可就热闹了：常常不光在卧室里哭闹，还光着身子跑到院子里扯开嗓子大哭大叫：“她她她，使劲地抱我，咬我，还，不让我睡睡睡觉哇！”——全院的男男女女，包括在院墙碉楼上守夜的腿子，没有不捂着嘴笑的。当然，每一次总是那媳妇挨一顿打骂才收场。

一晃，傻小子长到十五岁了，可就又出现了新鲜花样。不论白天夜里，特别是在夜深人静的时候，总是傻小子先挑起事端来。“你是我的媳妇吗？”回答是的。好，那我就是你的男人，就有权打你、咬你、揪你；回答不是，就更了不得。“我是你的男人吗？”同样的，两种答案都可以成为对媳妇又打又咬又揪又扯头发的理由。“你说说，我是傻子吗？”不能回答，然而不回答也是受惩罚的理由。“你猜猜，我喜不喜欢你？”“你猜猜，我讨厌不讨厌你？”“你说说，你疼我吗？你讨厌我吗？你记我的仇吗？”都不能回答，都也同样地无法回避。“你猜我想打你不想打你？”说想打，好，我就真的打你；说不想打，好，我偏要打你。……她全身都被打得拧得青一块紫一块。她比他人大力气大，但绝对不能还手，也绝对不能逃跑躲避。咬着牙忍住，不哭不叫吗？可见你并不痛，可见我还不够厉害，就更加用力，直到她没命地哭叫起来。然而，大哭大叫更有罪，会招来丈夫和公婆共同的处罚。……啊啊，人世间奇怪的事情太多了！

傻老五不懂得怜悯，不懂得感情，不懂得美丑，不懂得做一切事情，不懂得什么叫做夫妻，不懂得除了折磨别人以外还有其他的快乐，不懂得自己为什么活着，更不懂得怎么样才能活着，却偏偏只知道好奇——也许正是由于不懂得一切，才对一切都感到新奇呢！

所以，像今天这样大的事情当然会引起傻老五极大的好奇心。他一整天东跑西窜，到处发呆发傻，多少次跑到新盖的那座小洋楼里去，特别是爱赖在廖祖道的三姨太太张翠屏的房间里不出来。那些新式家具，华丽的陈设，巧妙的安排，下人们的忙碌，香粉的气味，都使他着迷。

晚饭以后，张翠屏刚洗完了脸正坐在梳妆台前面对着镜子描眉擦粉，忽然听见房门外边一阵拉拉扯扯的声音，她并没有注意。接着，房门开了，她以为是廖祖道进来了，也没有回身。却没有想到，在大煤油灯的照耀之下，只见对面镜子里出现了一个出奇的怪人。她不觉吃惊地回过身来，猛一下呆住了。这人确实模样奇怪：很不相称的大脑袋，长骡子脸，呆滞无神的大死鱼眼睛，呆呆地张着两片厚嘴唇，流着牵成线的口水；却有一头漆黑油亮的头发，更加衬托得脸色油黄，皮肉浮肿。上半身特别长，穿一件雪白的府绸新式衬衫，胸前被口水流湿了一大片，衬衫口袋装得鼓鼓的，是一大团湿手绢。下半身的两条腿却显得又短又瘦，西式蓝绸子裤子又皱又脏。脚上是缎子面的圆口软底鞋，黑颜色变成了土灰色，把擦得极干净的红漆地板印上了几个显眼的黄色鞋底印子。两只手——左手搭在右肩膀上，右手托在后脑勺上，更显出一副十足的呆相。更奇怪的是：他身后紧跟着一个油头粉脸、弯眉秀眼、身材苗条的媳妇。她上身穿一件干净合体的藕荷色紧身小褂，下身是墨绿色的绸料裤子，裤脚周围还有一圈粉红色的花边，脚上是大红缎子面的绣花鞋。“多漂亮个小媳妇儿！”张翠屏心里说着，好奇地从梳妆台前站起身来，走上前两步，问那媳妇：

“你们是这院里的啥人？”

“他，是二老太爷跟前的……”

“是二老太爷的佣人吗？既是佣人，晚上还跑到这里来卖什么呆？”

“太太，他不是佣人，是二老太爷跟前的……少老爷。”那媳妇小声嘤嘤地说着，又拉拉傻老五的胳膊，想叫他快走。但是傻老五甩开了她的手，更有兴趣地呆看着眼前的这个女人。

张翠屏不禁格格格笑起来了：

“倒真是头一回见世面，有这样的老爷！那么，你呢？是什么人？”

“俺是他的……”那媳妇说着，侧过身去，又使劲拉傻老五的胳膊，但还是拉不动他。

“你是他的丫头吧？看你的穿戴又不像……怎么？你干吗流起眼泪来了？怪呀，这是怎么回事？来来来，坐下，咱俩说说话儿。看你怪秀气的，挺招人喜欢。别怕，别紧张，咱俩往后交个朋友……”

那媳妇不敢坐下，只是靠在沙发扶手上，低着头，使劲忍住要往下滴落的泪水。

“哦，未必你是……他的太太？是吗？”

那媳妇哽咽着轻轻地“嗯”了一声。

“成亲几年了？”

“七年……”

“老天！”张翠屏惊叫了一声。因为，从那呆气孩子的年岁来看，简直估不透他是多小结的婚。

这样聪明俊气的小媳妇，这样呆气的丑八怪男人，而且很小就娶了她，七年，日子是怎么过的呀！为什么会有这样的事？可是，为什么没有这样的事？她，张翠屏的母亲和她自己的遭遇……男人——有钱的男人，什么怪事都干得出来，这一点她是知道得非常多的……

房门外边脚步声响。“嗯——啃！”廖祖道皮鞋咯咯地进来了。他当然认得傻老五，并且也听说过他的傻劲，知道他大半是来看稀罕的。他廖祖道最宠爱的姨太太和她的卧房，是可以任凭别人看稀罕的吗？再加上刚才对叔父廖云阶的厌恶心情，对大老婆那苦丧样儿的厌恶心情，所以他立刻用恶狠狠的、极端厌恶的眼光盯在傻老五身上了。

傻老五长这么大还没有看见过这样可怕的眼光，也许是第一次学会了怕人，马上全身一抖，打了个寒颤。

“你来这儿干什么？滚！”简直像一声炸雷。

傻老五“哎呀”了一声，转身就跑，撞得房门一响，差点摔倒。他媳妇连忙跟在后面往外走。可是身体肥胖的廖祖道忽然动作敏捷起来，跨上两步拦住了去路，用贪馋邪恶的眼光朝她浑身上下打量了一阵：

“哦，你是老五家的。一朵鲜花插在牛粪上，真可惜！……好，去吧！”

那媳妇低着头红着脸走了。

张翠屏“哼哼”冷笑两声，关上了房门。

真是“老鹰入林，百鸟无声”，廖家南大院从来没有像今夜这么安静。

五

有雄心的人是闲不住的。廖祖道很快就忙起来了：到县里拜会县长，去金驼镇拜会镇长，到附近拜会区长，又接待县长、镇长、区长的回拜，又在家里宴会亲朋戚友，又拜会本村和近村有名的士绅，还派人去给许多人送礼问好。像他这样一个富甲数县又在外边做过大官的人物，回来后不坐在家里等县长、区长和全县的知名人士来拜望，反倒先“屈尊”去拜望他们，这在廖云阶看来是“反常”，在官绅人物们看来是“难得”。他又特别热心于替人家排忧解纷。邻近有两个村子的两家财主，为了一片坟地打了十几年官司，成了附近几十里地有了名的公案。廖祖道想办法把两下里请来，陪他们吃了两天酒，还让姨太太陪他们打牌，到底使得两个仇人都受了感动。把这个谁也解不开的死结子解开了。于是，不到一个月，廖大老爷的名声就在四乡的地主士绅们当中传扬开了。

这一天，廖祖道又夹着那个漆黑闪亮的公事皮包，带着村长刘叫驴，大管事大刀螂，还有两名挂着盒子枪的腿子，到村东小学校去参观。当然啰，村长、校长和临时急忙赶来奉陪的三位校董，马上就恭请他为校董会的名誉董事长，还请他在全体师生面前训话，讲了一通：“教育为立国之根本，而教育之根本则在于精神训练，而精神训练之根本则在于孝悌忠信，而孝悌忠信之根本则在于勤勤恳恳读书，老老实实做人……”最后，拿出三百块钱来捐给学校，作为“扶助教育事业的一点小小的表示”。于是全校师生都深为感动，恭送他于校门之外。

回来时路过十字街口的破关帝庙门口，他顺便用文明棍一指：

“像这类古迹，应该保护，懂得吗？嗯——啃！”

这么个小小的破庙，最多不过一百几十年的历史，神坛上的“关爷”早就红脸变成了黑脸，连原来拿着《春秋》的胳膊都断了，算什么古迹？但是刘大刀螂懂得老爷的意思，马上就对刘叫驴使着眼色小声说了几句什么。

刘叫驴马上就飞步跑到村公所，叫来了两名村丁，带来木条木板，把破庙门结结实实钉起来了。

当天夜里，人们听见，原本住在庙里，现在没地方睡觉的王疯子，在大街上来回蹓跶着，用一种悲惨得裂人心肺的声音嚎叫了多半夜。到鸡叫三遍时，有一家炸油馃子的人家早早儿起来生炉子，从大门缝里瞅见村公所的两个村丁把王疯子的嘴巴塞住，绑在马上拖出村外去了。从此一连三天没有看见王疯子的影子。不想到了第四天早晨，起早下地的人们看见，王疯子竟吊死在南大街十字路口旁边的一棵老榆树上了！只见他全身的衣裳比平常更加破烂；头脸手脚到处是伤痕，破衣裳洞里更是血迹斑斑。更奇怪的是，他的破裤腿上缝着一块两尺来长的白布，上面有四个大字："三代奇冤"，是用朱红颜料写的，非常刺眼，像血写的一样！

这件事很快就轰动了全村，许多人到十字路口来看。村长刘叫驴怕廖府的老爷知道，连忙命令北大街和穷人窝子里王姓同族的人把尸体收了。但是仇恨和气愤暗暗在人们心里生长着。这王疯子祖孙三代都是性情倔强的人，为了廖家强占地亩的事情拼着命打了多少年官司，弄得家破人亡，连房子也卖了。剩下唯一的一个人也气疯了，最后竟连这个破庙也不让住，还拖到村外去打得半死，只好上吊寻死；连死了也不饶——不准在大街上晾尸！不准带着"三代奇冤"的布条！人们记起了多少年来许许多多的事情，仇恨的火怎么能不烧起来！

刚好这天廖祖道正借用村公所大摆筵席，把一溜廖家府——包括廖东村、廖西村、廖北村一共四个村子——有钱的"父老"们都请来了。他在酒菜初上时发表了一通演说：

"嗯——啃！本人今日在此讲话，心中实甚惭愧，盖因在外多年，未能与故乡父老时常欢叙。……这次其所以回来，无非是老马恋栈，并愿以个人绵薄之力为乡梓尽责任，谋福利，不图留名后世，但求无愧于心。……今后父老兄弟们有何为难之事，村政建设上有何需要，本人无不尽力。……目前的当务之急，莫如地方治安。咳！大家知道，年来因时局关系——日本人眼看就来了——好人惶惑无主，坏人趁机作乱，因此土匪蜂起，以致近来抢劫绑票之事时有所闻。本人实在是忧心如焚，寝食不安呐！嗯——啃！大家知道，我廖府人枪具备，固若金汤。那么我所忧者何？所忧者，是故乡父老之生命财产呐！诸位，你们有什么保障？你们每天夜里能高枕无忧吗？尤为可忧的是，一旦日本人真的发动了战争，地方上岂不是要更加慌乱吗？因此本人责无旁贷，带头发起：在本村成立保身保家的保卫团。办法是：第一，我廖府把既有的全部人枪都贡献出来；第二，诸位有愿意参加赞助者，按一百亩地出一人一枪，有人的枪支自带，没人的出钱雇人；第三，必须到县府里申请备案，由大家签名，以见民意；县里区里我已去过，关节皆已打通；第四，凡不愿参加赞助者，其生命财产保卫团概不负责……"

他确实抓住了一部分人害怕"地方不太平"的心理，也给另外一部分怕花钱出人的人们一个威胁。何况，谁敢表示异议得罪廖府？因此在酒酣耳热之后，大家都拱拱手表示"热忱拥护"，大部分人当场就在给区县的呈文上签了名。最后，廖祖道在众"父老"的陪送之下，甩着文明棍，挺着大肚皮，心情愉快，满面红光，不时用洪亮的嗓门哈哈大笑，向廖府大院走去。

他和所有的人都没有想到，竟会在离村公所不远的十字路口，碰到了从北大街那边来的、浩浩荡荡的出殡的人群。

六

出殡的事本来没有什么稀奇。这群人只不过是抬着一个小而且薄的白木棺材，棺材前面只不过有四名吹鼓手，连手拿哭丧棒、腰扎草绳、全身披麻戴孝的引路孝子也没有。棺材后面，在一群头扎孝布的男女里面，也听不见呜呜咽咽的哭声。看起来死者是个没有骨肉血亲的孤苦人。但奇怪的是：像这样子平常常出殡送葬的事，怎么会有这么多男女老幼各色各样的人们跟着看热闹，怎么会连南大街两边一些小胡同里的人们也被惊动得跑出来看，怎么许多人的脸色是这样严肃，这样紧张，又怎么会有这么多人在交头接耳议论什么。

廖祖道起先是不大在意，打算等人群过去了再走，后来很快就看出有些异样来了；后来听说是王疯子的丧事，就更加留心观察起来。突然，他那大肥脸猛地变了颜色，连厚嘴唇都变成乌黑的了。

“那是怎么回事?”他气势汹汹地用文明棍儿往前一指,对刘叫驴吼叫着问。“青天白日之下,在我的面前,竟敢有这种蛊惑人心的怪事!你们这些办公人都是饭桶!都瞎了眼!”

原来,在出殡行列的最前面,有一杆照例的引魂幡儿:照例是在一根长竹竿子上,吊着一条镶着黑边儿的,用过一百遍的脏白布条,布条两边照例是两条随风飘动的黑布飘带。不同的只是:那脏布条正中还缝着一块两尺来长的雪白的布片,布片上面竟有四个鲜红耀眼的大字:“三代奇冤”!

很明显,跟在出殡行列前后左右的人们,都是被王疯子的惨死、被这四个刺眼的红字、被同情心和好奇心吸引来的。

刘叫驴啊,他也有个官名,叫刘甫臣,他也有一把花白胡子,也是任职有年的村长,如今也算得上是个小小的财主,也许还应该说是廖祖道的长辈,却突然在这么多的上层人物面前受这样的呼喝,看这样的脸色,并且这个向他发怒的人正是他想极力讨好的人,是从天津一回来就给他送过一份礼物的人,他心里的滋味还好受吗?他那喝酒喝红了的驴子脸猛一下变白了,他简直要气疯了,几步就纵到出殡行列前面,拼着老命吼叫起来了:

“站住!不许走!是谁他妈这么大胆?在蒋委员长的治下,青天白日的江山,清平世界,朗朗乾坤,有什么冤,有什么枉?你们他妈的既是敢说出冤枉来,我当村长的就有权过问!必是王姓宗族里有承头的人,既是吃了豹子胆,老虎心,敢办出这样混账事情来,那就给我站出来说清楚!”

棺材停下来了。这些王姓人们里的多数人其实只不过是老实人想出窝囊气——大热天,又正在晌午,廖家财主和下人们不会出来,只要从这十字路口穿过去,就算在全村的人们面前多少出了口冤气。谁想到事情会这么巧?在平常,出殡的遇见了仇人拦路,必定要打一场恶架,伤两条人命。但今天这对头可不比平常啊,如果说出王疯子的真实冤情来,可就闯下了弥天大祸啦!所以他们立时就乱轰轰起来。特别是有个叫王大牛的莽张飞,气得红头涨脸,在人群里跳着蹦着,恨不得马上就去跟刘叫驴拼命。但一些老年人却坚决要把这场对死人、活人、穷人的奇耻大辱咽下去。有个老头甚至眼泪横流地对着王大牛他们作起揖来:“好小子们啊!

忍得一时气，免得百日忧啊！……”最后，老人们竟走到哼哼冷笑的刘叫驴面前，眼里含着泪水，拳头抱在胸前，有的甚至两腿一软，跪了下去，哀哀地求起情来了。

“不行！说什么也不行！”刘叫驴对着下跪的老头们一摆手。“你们就是磕破了头，哭肿了鼻子，都白废！有什么冤，有什么枉，今日一定要说清楚！是谁他妈的狗胆包天，把那块喊冤布当做引魂幡？既然有胆子干出来，为什么没有胆子站出来？”

跪着的老头们还在哀求。愤怒的人群却越哄越响。

王姓族中最老的王老仲忽然颤颤抖抖地挤在棺材跟前，转脸对着大伙说：

“乡亲们！俺王老仲七老八十的啦！活够啦！死了也够本啦！今日俺可要当着大伙说说理啊！今日给王疯子出殡的，有俺王家一族的人，也有北大街的街坊，说起来都跟死人不是什么贴己的至亲骨肉啊。他王疯子有什么冤，有什么枉，俺们怎么知道？不过是，他是上吊死的，尸首上吊着‘三代奇冤’四个字。他自己说有冤情，俺们能说他没有冤情吗？俺们把他自个写的‘三代奇冤’贴在引魂幡儿上，不过是让死人跟着自个的笔迹走，万一他死了还有疯病的话，也不会走错了路，他的鬼魂就不会留在村子里让孩子们受惊。俺们本来是一番好意啊！如今村长先生非要问清楚王疯子有何冤何枉，叫俺们怎么答对呢？这不是叫俺们大伙为难吗？”

又有个中年人接口说：

“常言说：人死无大过，未必这疯子死了还有罪？”

廖祖道和一群阔人们，都站在街边铺家门口的高台阶上看着事情的发展。刘大刀螂叫来了一群院丁，都站在廖祖道的前后左右。

突然，在抬棺材的青年人中，有个壮实英俊的小伙子猛地“嗨！”了一声，把棺材盖子拍得啪地一响，用洪亮振耳的非常沉痛的声音呼喊起来：

“大叔啊大叔，谁知道你有什么冤枉，你要是会说话就好了啊！”

街两边的墙壁响起了回声，好像有许多人在响应他的呼喊：

——会说话就好了啊！……就好了啊！……

这小伙子就是赵老恭的二儿子，赵大鹏的兄弟赵二鹏。

满场里，许多人的心都紧缩起来了。

又有个满头堆雪的大个子老头，从侧边的人群里挤到棺材跟前，半尺长的白胡子哆嗦了一会，才用苍老的颤抖的声音说出话来：

“是啊，天无眼啦，地无情啦，人死了就开不了口啊！老弟，俺们能替你说啥呢？俺们对不住你呀！……”

他就是年已八十多岁的铁匠张老梗。他的声音不高，却悲凉得裂人心肺。

在一片寂静当中，渐渐响起了一些忍禁不住的抽咽声，还有不少人在用手背揉眼抹泪。一个弯腰曲背的小老头跄跄踉踉挤出了路边的人堆，走进了一条胡同，用胳膊肘往墙上一撑，白头往手腕子上一搁，没有发出哭泣的声音，只是身子像抽筋一样，一下一下地抖动着，抖动着，像是要把心胸里面梗塞得太多的悲愤抖出来，抖出来。

他就是半疯半傻的老吴树根。

刘叫驴又嚷叫起来：

“好他妈的东西们啊！敢在这大路上开灵哭丧吗？哭就能把棺材哭走？甭想！既是冤无头，债无主，那就除非把这个屁的招魂幡儿扯掉，要不然，我当村长的就有这个权力，不让他妈的棺材走！”

“村长先生，这条路不让走，俺们走别的路行不行？”一个老头声音发抖地问。

“不行！”刘叫驴把脚一顿。“除非把这个屁的引魂幡儿扯下来，哪条路也不让走！”

“好啊！”刚才闹的很凶的莽张飞王大牛，这时又大声说话了，“村长满口‘他妈的’不让棺材走，那俺们有什么办法？就把棺材搁在这儿吧！”

赵二鹏和别的几个青年人也都应声说：

“对呀！把棺材撂在这儿，让明儿赶集的人们瞅瞅咱村的事儿吧！”

“对呀！等尸身发臭了，反正也臭不着俺们北大街！”

有几个小伙子马上做出了抽杠子解绳子的样儿。特别是王大牛，他今日要豁出性命来干了，索性脱光了上身，跳到棺材背上，嚷叫得唾沫星子乱喷：

“就把棺材卖在这南大街吧，便宜货，谁愿要谁买！……”

忽然，街边看的人一阵轰动，只见一个矮墩墩的老头从远处挤着撞着冲过来了，还没有站住脚，就扬起胳膊来狠狠地给了王大牛一锄柄，同时哭着嚷起来：

“畜生养的啊！了不得啦！又想闯祸啦！”

王大牛一个踉跄跳下了棺材，但马上又跳了上去，也哭腔破嗓地嚎叫起来：

“今日你就打死我吧！打死我吧！……”

老头子又挣扎着想去打他。人们扯的扯，劝的劝，一片混乱。

“王老正！”突然一声炸雷，是八十多岁的张老梗，两只大手钳住了王老正的胳膊：“你再敢动！……咋的，忘了三十年前为狗出丧的那宗事吗？你们王家丢了几十年的人！你越活越丢人！你不能再丢全村穷乡亲的人！”

王老正果然只有喘气的工夫，再也不能动了。

全场又静下来了。几个小伙子真的在抽拆绳杠，要把棺材搁在这儿了。

这样热闹的大事情大场面当然少不了傻老五。他早已挤在人群里看了半天。他媳妇被他拳打脚踢闹腾得不敢再拉了。最后，他恰好挤上了一个高台阶。原来是张翠屏和她的丫头一起站在这儿的。除了傻老五，谁还敢挨着她站着？她也早已被这件稀奇古怪的事情激动得兴奋起来，她很想发泄一下野性，凑上一点热闹。现在可就机会来了，就对着傻老五的耳朵说了几句话，指了指停在十字街口的那具棺材。傻老五果然高兴起来，飞快地跑到棺材跟前，正想骑上去闹傻气，不想恰在这时刘大刀螂领着一群腿子快步跑到了棺材跟前，呼啦一下摆好了阵势，一齐亮出了武器家伙，吓得这傻家伙赶紧跑着找他媳妇去了。

刘大刀螂大声喝问：

“谁让你们把棺材丢在这儿的？”

“俺们不知道是谁，问村长去吧！”人们回答说。

“别他妈胡扯！村长是不让你们走，没有叫你们把棺材撂在这儿！”

“又不让走，又不让撂在这儿，那你说怎么办？”莽张飞王大牛站在棺材上问。

“抬回去！”

“抬回去就抬回去！”王大牛忽然聪明起来了，“就请村长先把这关帝庙的大门打开吧！”

“叫抬回你王家去，谁叫你他妈抬进关帝庙去？”

“关帝庙就是王疯子的家，他不回关帝庙回哪儿？”

大刀螂和腿子们一时都被噎住了。

停了一会，大刀螂才又想起了词儿，脸红脖子粗地说：

“你们这些人怎么不讲理？村长说不让你们走，那是有关村政的事，咱不管它。这南大街是全村的公用大道，有咱廖府的一份儿，又是咱廖府来往的必经之路，谁敢在这儿撂棺材，咱廖府就要管！说到关帝庙，也有咱寥府一份，以前让王疯子住，是可怜他；如今他死了，未必还让他那穷尸烂肉臭咱们全村？这，咱廖府也要管！”

他把腰一挺，用大白楞眼威胁地扫视着众人。他身后的腿子们也都挺着腰，瞪着眼，摆出威胁的架势。

王姓族中的几个老年人，特别是王老正，又吓坏了，嚷叫着：“算啦算啦，咱们就把棺材抬回去吧！……”

站在棺材上的王大牛却气得头脸紫涨，眼看着就要不顾一切地动手打架了。

突然，一个身材高大粗壮得出奇的老人猛地从街边人堆里两步跳了过来，像根大柱子似的往王姓两代人当中一站。在耀眼的阳光之下，近处的人都看得见：那宽大厚实的赤膊黑得发亮，硬得像铁，胸前、背后、胳膊、肩头到处都有一块一片的疤痕，像是大铁块子上的锈疤。他把腰一挺，脖子一梗，灰麻麻的大连鬓胡子一翘，对着老少两边的人转了一下身子，浓眉毛下边深陷的窝窠眼里射出刺人的光亮，在喉咙里轻轻地哼了一声：

“真——有出息！”

立刻，不光王姓两代人停止了争吵，连附近所有看得见他的人都屏住了声息。紧接着，像是低微的波浪声一样，由这中心地方向着四边扩展开去。是许多人在小声地咬着耳朵说话——是惊讶，是期待。

他就是年过六十的赵老恭。

今天的事情他本来想绝对不出来说话。香炉镰刀会的人们向来就不让他在一些公开的事情上露面。但是现在事情已经逼到这一步，真的只好把“三代奇冤”的布条子扯下吗？或者让全体送葬的人向着大刀螂和刘叫驴下跪求情吗？而且直到把死人埋葬了以后，廖家是不是还会追究起“肇事之人”没有完？三十年的经验，太多啦！太惨痛啦！

只见他转过身来，轻轻跳到棺材盖子上，脸上忽然现出了笑容，是一种胸有成竹的，认为不必大惊小怪的笑容，大胡子翘了两翘，锐利的眼光扫视着周围的人，然后用发自胸膛的宽洪而又沉重的声音说起话来：

“乡亲们！乡亲乡亲，同饮一个井里的水，同走村里村外的路，一生下地来就在这块黄土上过日子，怎么能不亲？不用说死人送葬这样的大事，就连邻壁左右的人有个三病两痛的，能看着不管吗？乡——亲嘛！所以，今日我这个向来不爱管闲事的大粗人也想说几句话。说得对，大事化小，小事化了，大伙儿能过太平日子。说得不对，大伙儿再商议，总要别出大事才好啊！以为出不了大事吗？不见得！天下的事不能做绝了！”

说到这里他抹了一下胡子。所有远远近近的人们都往这里挤过来了，都想听听下文。只见他又转脸对着大刀螂，把声音稍稍放低了点，不过还是字字清楚，让大伙儿都听得见：

“管事先生，我要对你说几句。你刚才说得对，这事你是应该管啦，那就请你帮着俺们对村长说说吧。村长是你叔，你说话比俺可顶用得多。既是全村的公路，怎么咱们抬着棺材过一下都不行？未必冤无头，债无主，死人就不能从街上过，这是哪儿兴出来的理？连前清的皇上也没有兴过这样的规矩吧？说是清平世界，朗朗乾坤，不会有冤情事儿，那就把它当做是疯人说疯话得了，还管它干吗？还怕它干吗？活人害怕死人，害怕疯人说疯话，害怕三尺长的一块布条子，害怕布条子上的几个大红字，这不是怪事？这要是传到四乡八镇去，就不怕千人万众笑掉了牙？所以呀，依我看越是不管它，才越是清平世界哩！疯人说疯话，犯什么法？哪一家官府出过告示禁止疯人说疯话？又不让走，又不让停，硬要死人走回头路，他早已家败人亡，叫他往哪儿回？自古以来又有这个理吗？一百人也抬不动一个‘理’字呀！嘿嘿，四乡八镇成千上万的人，谁的心里没有个理字！管事先生，你想想看，也让这满街的千人万众评一评，是你那理对，还是我的理对？”

刘大刀螂又被憋住了，气得脸色铁青，不住地锉动着牙巴骨。

赵二鹏忽然笑起来：

“哈哈！又不让走，又不让停，又没地方回去，是要咱们在这儿给死人化骨扬灰吗?”

他这几句平常话却给一个人找到了借题发挥的机会。这人就是怪圣人吴百川，现在年已有四十多岁，他横冲直撞地挤了过来，把赵老恭请下了棺材，自己站了上去，像念书似的，拉着干哑的长声儿说：

“是呀，化骨扬灰，好主意呀！要不然，如何了结呢？当着如此世道，活着是受活罪；死了，埋在乱葬岗子上让狼叼狗啃，是受死罪；还不如一把大火，化骨扬灰啊！好人们啦，我那穷家里还有一把柴禾，谁做好事去抱来吧，连我这把贱骨头一起，烧他娘的呀！索性让四乡八镇的人们都知道，咱大廖家府村的怪事怪上加怪呀！……”

他倒下身去，直直地躺在棺材盖子上，等着。

满场啊，静得连大刀螂和刘叫驴喘粗气的声音都听得见，连穷人们眼泪落地的声音都听得见，连风吹引魂幡的飘飘声都听得见。

“喝！好蓝的天!”吴百川躺在棺材上笑起来，“真是青天白日呀！乡亲们，我吴百川一辈子不做坏事，不黑良心，活得清白，死得干净，能够这样死，往后四乡八镇的乡亲们都会念叨我的呀！你们快呀！快拿柴禾来烧哇!”

突然，“唬唬唬唬唬……”是廖祖道的奇怪的笑声。他不是张开嘴哈哈大笑，也不是咧着嘴嘿嘿地笑，而是闭着嘴在喉咙里“唬唬唬”地笑，大肚子震得发抖，声音沉闷瘆人。笑完了，把文明棍儿举起来一晃：

“开玩笑！开玩笑！开玩笑！既然冤无头，债无主，就简直是小孩子开玩笑！先生们，没什么，咱们走!”

用文明棍儿一招，就带着那伙上层人物，大声嗯啃着，挺着滑稽的大肚子，快步走了。

刘叫驴和大刀螂既是没有了看客，并且再也想不起欺人压众的词儿，也只得骂了几句脏话，偃旗息鼓地走了。

抬棺材的小伙子们，虽然脸上的泪水还没有干，却被这意外的胜利结局，还有廖祖道威严而又滑稽的做派，以及大刀螂和刘叫驴那无可奈何的狼狈样儿，逗得笑起来了。在街周围看热闹的人们当中，也有不少人咧开了嘴。

突然，已经走了好远的大刀螂，像被什么蜇了一口，瘦高个子猛地一跳，转过身来，向这边冲了几步，对着出殡的人们，咬牙切齿、狠狠毒毒、一字一板地大声吼叫：

“小子们！别他妈、笑断了肠子！小心，往后、还有、哭鼻子的时候！”

那张刀螂脸简直比石灰还苍白，说完了，又狠狠向人们瞪了一眼，这才一转身，像想起了什么似的，突然向着南大院的大圆拱门飞跑起来。

人们起先是一愣，接着就气得咬牙。小伙子们重新绑好了绳杠，抬起了棺材，吹鼓手们格外有劲地吹打起来，看热闹的人有一部分还继续跟着。

这是一条直通村西的大街，过了廖家南大院的大门不远，路南有个两边高墙陡立的小胡同，胡同口上有个轻易不开的铁栅栏门，里边尽头处是廖家南院的小侧门——廖府的人们都叫它是西便门。当出殡的人们快要走近胡同口时，忽然，谁也没有想到，胡同里先是像决堤流水似的一阵响，接着就从那开着的小栅栏里冲出十几匹恶狗来，都是肥壮高大的看家狗和猎兔狗，颈子上都带着皮项圈。刘大刀螂也像匹恶狗，跟在狗群后边跳出了栅栏门，“呵喝！呵喝！”地吼了几声。那群咬惯了穷人的恶狗就像狼看见了羊群，皱着鼻子龇着牙，并不吠叫，阴阴狠狠的、箭也似的向出殡的人们窜过来了。

财主家的恶狗咬人，能打它吗？三十年前“打狗欺主”的耻辱的记忆犹新啊！人们怎么能不冷汗一炸！

好个赵二鹏，说时迟，那时快，大吼一声，一个箭步冲到狗群跟前，吓了畜生们一跳；又风车似的在街心翻了一路筋斗，打了几个滚跌，把狗们逗得发狂，围着他跳蹿，又撒开腿就跑，比风还轻，比燕子还快，狗们更加狂怒了，追啊，追啊，他却猛地腾空一纵，从狗群背上飞蹿了回来；等狗们狂怒地赶回来时，他又一纵身，往前飞跑起来；狗群又追啊追啊，一眨眼的工夫，人和狗就都没了影儿。

刘大刀螂伸着长脖子站在胡同门口，脸又像石灰一样白，眼里闪着仇恨的火，无可奈何地喘着气。

吹鼓手们吹奏得更响了，出殡的行列走得更快了，引魂幡儿飘动得更欢了。

赵老恭挺起胸膛走在人群里面，不禁摸着大胡子笑了，心里说："好小子啊！"

七

走在人群最后、被人们拉下了好大段距离的，是矮得出奇的半截子铁人王老建。

前三天他听说王疯子被村丁们偷偷拖出村外没回来，就气愤得夜里睡不了觉，一个人坐在他的小破屋门口狠狠地咒骂老天爷：

"鬼天！鬼天！瞎了眼的鬼天！聋了耳朵的鬼天！……"

昨天夜里他忽然想到个主意：要去砸烂瞎了眼的关公像。就在深夜里撑着蹭着来到了南大街。刚好碰见村公所的更夫傻宝瑞敲着梆子走过来了。

"谁？"

王老建没有回答。

傻宝瑞走到跟前一看，小声叫起来了：

"你怎么不答声？可吓坏我了！以为是刚刚看见个上吊的，就马上碰见了勾魂的鬼……"

王老建就是这样去亲眼看见了吊在大树上的尸体；立刻又有一个新的主意涌上了心头。就马上折转身磨蹭着回到家里，点着了小油灯，从枕头底下拿出搁了一年舍不得做件小褂的一块白粗布，撕下来一条，用画泥人的红颜料写上了歪歪扭扭的"三代奇冤"四个大字。这些年他向教书先生吴百川和上学的孩子们学习，认得不少字，能读《精忠说岳全传》一类的小说，也会写几个眼面前常用的字。然后带着针线，又磨蹭着往外走。突然，一件为难的事情使他停了下来，呆呆地坐在窝子胡同里面。正在这时，背后响起轻轻的脚步声。

"谁？"他扭回头去小声问。

没有回答。走到跟前了才看清楚：是赵大嫂。

赵大嫂啊赵大嫂，年轻人叫你是大婶，老年人叫你是大嫂，一年到头你睡过多少整宿的觉？哪家穷人的困难你没想到？你自己的腰酸腿疼全忘了，只为穷人忙不了。半夜三更脚步轻，怕把别人吵。鸡不惊、狗不叫，把你的脚步声听熟了。连天上的星星都说你真是好！

三十年来，你看见过多少死人，料理过多少死人，看见过多少人临终时的表情，听见过多少人临咽气以前的言语！

所以，这时王老建感到最为难的事情，只有你能够办到，而且你是一千个一万个的愿意！

所以，当她听了王老建的难处后，就不管王老建愿不愿意，蹲下去，抓住老建的两只胳膊往肩膀上一搭，使大劲儿站起来，竟然就这样背着他，一只手扶着街边的墙壁，踉踉跄跄地来到了南大街十字路口的老榆树下。

老天，果然是真的！王疯子直直地吊在一个很粗的树杈子上！看起来，这疯子是踩着大树干上面那些老疙瘩、老窟窿上去的。怎么临死以前他倒不疯不傻能够想出往死路上走的办法呢？

赵大嫂先蹲下了身子，轻轻地放下了老建，然后接过针线，蹬在老建的肩膀上，凭着她那熟练的针线功夫，根本不用眼睛看，就仔仔细细地把那块白粗布缝在王疯子的裤腿上了。然后，又照样不容分说地把老建背上，不声不响地往回走。

谁会想得到，是这样两个人，在深更半夜的时候，干出了这样谁都不敢干的事！

……现在，送葬的人们走得离王老建越来越远了。

又是在这个节骨眼儿上，背后响起了一阵轻轻的脚步声，又是他的好赵大嫂赶上来了，又不容分说地抓住他的一只胳膊往肩膀上一搭，半背半拽地让他站直了身子，让他用另一只胳膊夹着拐杖撑着，就这么半背半架地带着他往前走去。

她的灰白头发完全被汗水浸湿了，脸上的皱纹完全被汗水填满了，身上的衣裳完全湿得贴在身上了。

咬着牙做事，咬着牙想事，咬着牙走路，咬着牙迎接一切、熬过一切、顶住一切，很少说话，这是她多少年来养成的习性。

八

前几天刚刚下过一场大雨，荒凉、死寂而又地势低洼的乱葬岗子，被初夏的太阳晒得蒸腾起一股非常刺鼻子的潮湿气味。一些蜥蜴一类的小动物，被突如其来的人声惊得在稀稀疏疏的刺丛子草茆子下面嗖嗖地乱窜。

棺材已经埋好了，坟包子已经拍打紧了，纸钱也烧完了，写着“三代奇冤”四个大字的白布条子也在坟前烧掉了，王姓一族的人们已经流着眼泪磕完了头，向死人告别了。

当赵大婶在新坟跟前放下王老建时，自己只好歪歪倒倒地走到一边去，往地上一坐，用两只手按在太阳穴上，脸上没有一点血色，紧紧闭住眼睛。

许多人不由得长长地叹了口气。

可是王老建的举动很快就吸引了大伙的注意。只见他使劲“嗨!”了一声，把拐杖使劲往地上一砸，铁青色的脸拉长了，用颤抖的手从破褂子口袋里掏出一个很扁很脏的旧纸包儿，颤抖着手打开来，从里面轻轻地拿出一张折叠着的破烂纸，小心地揭开、摊平、抖直，拎起来叫大伙看：

“你们看到纸角上这个颜色变乌了的方块块没有？这就是前清知县衙门的大官印哩！……说起来，快有十来年啦！有一天，在关帝庙里，他，疯子大叔，对我说了一大堆疯话，我半天也没有听懂。后来他摸索着从破被子里掏出了这张纸交给俺。你们猜是什么玩意儿？就是那张打了三辈子官司的老地契！我这才明白，他大半是要我给他收留着……嗨！一晃，快十来年啦！这上面有三代、多少口子人的尸骨和冤气啊！……”

刚才烧纸钱的火灰还没有熄尽，他把那张地契折成长条儿，把一头插进火灰里吹了吹，就烧着了。微风一吹，黑色的纸灰围着新坟飘舞起来，像是死人的阴魂真的在接受它。王老建趴在坟前咚咚咚磕了三个响头，然后直起身来，哽咽着，呼喊着：

“大叔啊，阳间告不了状，伸不了冤，你把这地契带到阴间去，要是真有阴曹地府，你就在阎王老爷面前，告地状去，告阴状去吧!”

他索性呜呜地大哭起来。这悲伤，不是从一处来，不是从一时来，是像黄河淤沙一样淤集了多少年的啊！

“大叔啊，还有、一件事、托付你：三十年前……我那玉英妹妹的冤魂、要是还在阴间，没有投胎转世，你就找到她、约她一起、去告状，告他——阳世间的血海深仇！……”

高高低低的哭泣声抖动着荒凉的坟场，向着天边的原野传播开去。

一辈子咬牙忍苦的赵大婶，哭得倒在地上了。十二岁的小鹰子和十岁的小兰子连忙扑了过去，“妈呀！妈呀！”地呼叫着。

赵二鹏也想跑上去扶起娘来，却被他爹铁钳子似的大手一把抓住了胳膊，一声吼：“过来！”父子俩脚步嗵嗵地走到王疯子坟前，“跪下！”又一声吼，父子俩扑通跪了下去。

“疯老弟，你就安顿在这儿了！”赵老恭的声音从来没有这样苍凉，这样嘶哑，这样沉重！“跟你在一块儿的，都是老八辈子穷死的人，屈死的人，冤死的人，另外，还有以前闹义和团给洋鬼子、官兵、财主们杀死的人。咱这村里老辈子的人都知道，光是他们廖家就杀了几十口子义和团的弟兄们，都埋在这儿的。这片土，冤尸冤骨摞了多少层！尸骨还要年年月月受盐碱渍，受雨水泡，被野狗狐狸啃！再瞧瞧他财主家的廖家坟，那是什么样的势派！什么样的地方！为什么咱们穷人生成了活着死了都要受罪、受屈、受苦？”说到这儿，他突然提高了声音，像打雷一样吼起来，“这就叫，天不公，地不道！连他妈的阎王老爷都瞎了眼！”接着又压低了声音，带着无限的苦涩味儿：“来生隔世，谁见着过？今生今世，怎么能忍？阎王老爷，要是真有的话，我疑心，他也是向着财主坏人的！我黑赵恭一辈子讲的是天公地道，不偷不抢不害人，有什么罪？谁知道阴间的那些说法是真的是假的？谁看见过？有哪个死鬼回来把那些事儿告诉过活着的人？干吗人死了过奈何桥时要他喝迷魂汤，不让他再记得阳间的事？又干吗不让死人给活人托个梦，说说阴间的事？我黑老赵对这些事琢磨过不只一千一万遍啦！我看，是骗人！不是阎王骗人，就是那些和尚道士们骗人！要不然，怎么坑害穷人不偿命的财主们就不怕活着遭雷劈，死了受报应？”……他顿了一下，哽了哽嗓子，又接着说：“话再说回来：今日这宗事情还没有完。那个肥头大耳的廖祖道，是个鹰鼻鹞眼的肉头刀子，他是不会善罢甘休的！你们这些老八辈子的冤魂屈鬼，要是你们真有灵的话，今日我要当着你们明明心：往后不论受什么样的刑，受什么样的苦，坐什么样的牢，我黑赵恭反正要跟狗财主硬到底！拼到底！还有，凡是今日一起出殡的穷哥儿们，不论是谁，要是遭到了财主的坑害，只要我黑赵恭帮得上的，一定要丢家弃业豁出老命去帮他！”

性急的王大牛难受得喘着粗气，突然大叫起来：

“大伯，也让俺王大牛明明心吧！”

“侄子，你等我说完。”赵老恭的嗓音更加嘶哑了。“遍地的冤魂屈鬼啊！你们，要是人死了真的有魂有鬼，要是你们还有一点点灵气，就应该帮着俺们穷人，出一出这千年百年的大冤气啊！实在做不到的话，也应该想法儿在暗地里向着俺们，保护俺们啊！比如，我黑赵恭如今老了，大仇没有报，大恨没有消，只幸亏养了三个好小子，我如今是指望着他们啦。你们要是有灵，就应该暗地里护着他们，不要遭到了财主的暗算，不要让他们没了志气，要叫他们到了有朝一日，把咱穷人的事业闹起来！”

赵二鹏突然举起了拳头，用洪亮的声音大吼起来：

“我赵二鹏要是不能报仇雪恨，就给天雷劈了吧！”

王大牛也紧接着大吼起来：

“叔叔大伯哥儿弟兄们！今日的事可不是闹着玩的啊！凡是有种的，都跟着我王大牛跪下来，也表表咱们的心意吧！”

于是，在这一向荒凉死寂的坟地里，跪了一片人，连素来胆小怕事的王老正也跪下来了，接着就响起了庄严的声音。

只有老铁匠张老梗没有出声，他弯下身去，用头顶抵着土地，宽厚的脊背像被什么人用鞭子抽打，一下一下抖动着。

赵大婶像傻了一样呆呆愣愣听着一切，看着一切。她的心碎了，忘了一切，站起身来。冲过来一下子扑到儿子二鹏身上，紧紧地抱住，放声大哭起来了。

连小鹰子和小兰子，连所有在这儿“看埋人”的孩子们，也都跟着大人们哭起来了。

九

“乡亲们，光哭，不中用啊！”突然，从跪着的人群外冲过来一个人，站在众人面前，哽咽着嚷了一声。

众人都吃惊地抬起头来，接着又都陆陆续续站起身来。只见这人四十来岁，瘦高个子。说他是庄稼人吧，又好像透着点斯文气味；说他是念书人吧，又是一身庄稼打扮。剃光了的脑袋，穿着粗布裤褂，脚上是沾满了黄土的黑粗布家做大鞋。拿草帽的大手也有些粗糙。长方脸盘上有两道墨黑的扫帚眉，一对善良灵活的眼睛，眼圈红红的，像是刚刚流过眼泪的——这眼神，加上他说话的声调，立刻取得了人们的几分信任。

“老哥，你是哪村的？怪面生的。”有人答腔问他。

“俺是南边的人，到这村来走亲访友，正好碰见你们贵村出了这么个惊天动地的大事情。刚才俺都看见了，真是揪心裂肺呀！”他用搭在肩膀上的手巾擦了擦脸上的汗水，又走近众人两步，把声音放低了些，“刚才在村里大街上，乡亲们说的话可真好哇！这就叫赵钱孙李，各说一理。他财主有财主的歪理，咱穷人有穷人的正理，今日咱穷人的正理把财主的歪理压倒啦！特别是这位老大伯说的话，”他对着赵老恭点了点头，“句句千斤重，噎得狗财主屁都放不出来。可是，刚才老大伯说得对，狗财主不会善罢甘休的呀！求神问鬼有什么用？神鬼连他们自个的骨头片子都保不住，丢得这满地是，他能帮咱穷人吗？拿性命跟他狗财主熬吗？咱要吃大亏。衙门是熬油的锅，财主的钱财是柴火。熬什么油？咱穷人的骨髓油！咱穷人就这么给熬了数不清的年头儿啦！”他停下来，从心底里哼地叹出一口气来，车转着身子看着每个人的脸。

“哪，你说咋办？”张老梗忍不住大声问。

“办法总会有的！”那人也大声说，“办法总会想得出来的！俺是个爱交朋友、爱管闲事的人。咱们人不亲，乡土亲；乡不亲，义气亲。这么大的事，可不能一眨巴眼儿就有了主意。要是乡亲们信得过俺，咱们先认识认识，慢慢再商量，好吧？”

赵老恭一直叉腰站在一边，观察着这个突如其来的有些奇怪的人，心里说:“看他的神气,听他的言语,像是投咱的心,他说话时眼光老是朝我看,为什么? ……”

太阳已经偏西好远了,好多人还没有吃晌午饭,又正是地里活儿挺忙的时候,不少人已经在大踏步往村里走去了。香炉镰刀会有个规矩:不得头目人的许可,会友们任何人都不能把外村的生人往家里领。于是老恭对周围的几个人使了个眼色,抹了一下胡子,然后把手一挥:

“大伙干吗在这儿晒太阳? 找个阴凉地方歇会儿不好吗? 这位老弟,既是愿意交个朋友,就一块儿走吧!”

王大牛、赵二鹏和几个别的青年人拿着绳杠走在最前头。赵二鹏紧锁着浓眉,吐出了一口长气,心事很重地说:“往后,瞧着吧!”他的意思是:这么多年,廖家狗财主老是想从一堆乱麻里理出个线头儿来,可怎么也理不出,今日他爹赵老恭可就自己冒出来啦。遇到这样的憋气事,不露头儿行吗? 连过路人都知道:狗财主是不会善罢甘休的。钢刀架在脖子上,挺脖子是白送死,缩脖子也没用,怎么办? 王大牛是个粗鲁性子,他只有两个字的主意:“拼了!”怎么拼法呢? 几个青年人都同意他的意见:回去以后把各家藏着的大刀片子拿出来,磨得快快的,准备派用场。

吴百川、张老梗,还有别的几个中年和老年人一起走在中间。他们各人心里也都有一块同样的大石头压着,所以好半天谁也没有说话。张老梗耐不住这样的沉闷,先开了口:

“咳! 其实,像王疯子这样又咋的不好? 这么多乡亲,热闹了一大场,到底也出了口气。人,这么着也行啦!”

“大爷,”吴百川也想用闲话来减轻心里的忧愁,就接口说,“你这不是真心话。不论怎么热闹,怎么出气,他王疯子躺在棺材里,埋在土堆里,知道什么? 你们大伙说是不是?”他向前前后后的几个人问。

“是呀,人死灰灭。热闹,出气,都是活人的事。死人知道个屁?”一个跟吴百川差不多年纪的人接口说。

“是啊!”吴百川叹了口气,“人,有的时候真的是死了比活着还好。比方,刚才我躺在棺材上叫人们把我烧死,这又是耍酒疯吗? 不,我是真的想死。要是他廖肉头当时就叫人抓我,那我就,咳,冲到他跟前去,一头撞死在他跟前! 民不畏死,奈何以死惧之? ——古话就是这么说的。”他停下来，从肩膀上摘下那根两尺多长的烟袋，装好了烟，用火镰打着了火，猛吸了两口，喷出了一团浓烟，然后接着说："你们说说，我，活着有什么意思？我老人临死的时候对我说：'百川啦，别忘了，别忘了廖家的仇啊，别忘了你爷爷奶奶是怎么死的啊。别忘了你爹我，从小就成了孤儿，十来岁就跟着一个跑江湖耍把戏的河南人走了，在外边飘飘荡荡，熬筋炼骨，见事就学，受的那千磨万苦，说也说不完啦。你，要跟着赵恭大叔，报仇啊！'到如今，我是四十来岁的人啦，我报的什么仇？想起来我就心里憋气得要死！并且，我过的什么日子！你们是知道的，儿子，从那年咱镰刀会第三次闹事没闹成：跑到了关东，没了信儿。大女儿寻了个不成器的女婿，在婆家受穷受气，年轻轻的寻了短命。小女儿，倒是个孝顺孩子，可我能把她留在跟前吗？老伴，长年生病，半死不活。我自个呢，肚子里装着点夹生书，身子骨不强，种着一亩半薄碱地，教着二十几个毛孩子，穷得连口水都流干了。咳！越想越没意思啊！又加上王疯子这个事一刺心，所以我就要，找死！所以说，刚才我往棺材上那么一躺，是真的想死，不是假的！"

"妈拉个臭蛋，俺就不信只有绝路一条！"张老梗翘着胡子，望着远处，大喊起来。

旁边一个老头连忙把老梗的胳膊拉了一下，并且回头朝走在后边的那个生客看了一眼。张老梗和别的几个人也连忙朝后边看了看。只见那人跟赵老恭肩并肩地说话，走得很慢，落后了好远。这也是镰刀会的规矩：跟外来的生人打交道时，一人交手，大家齐上；一人交谈，大家走开，所以他们都有意离那人远一点儿。

吴百川忽然紧走两步赶上了前面的赵二鹏，叫着二鹏的小名小声说：

"二傻啊，今日的事，俺们别人都可以，就连你爹在这个节骨眼儿上，不露也不行。反正咱们都到了岁数啦，豁出来这把老骨头，坐牢就坐牢，死就死。可你，刚才在大街上喊叫的那几句话，太震耳朵啦；后来又翻了一阵筋斗，太刺眼睛啦；是钢是铁，全露出来啦。这，不好哇。你跟你哥，是咱穷人后一代的顶梁柱啊，往后就指望着你们啦！我看，你得出去躲一阵，小心为上……"

赵二鹏猛一下红了脸，好半天说不出话来。吴百川的话既是责备他，又是夸奖他。他不愿意当着这些年轻的伙伴受夸奖，所以红了脸。今日的事，他后悔吗？像这样的事谁忍得住？该豁出来的时候就得豁出来。不后悔吗？也不是。从很小的时候起，他的爹妈和镰刀会的长辈们就看他生得聪明俊气，是一棵穷人家里的好苗子。在大廖家府这样的地方，好姑娘容易受糟践，好小伙容易受欺压。怎么能保住这棵好苗子长大成人呢？他爹赵老恭早就拿定了主意：报仇的快刀要暗地里磨，要教给这孩子里边精，外边傻。可是二鹏这孩子甭大人教，从小儿就看熟了：他爹是个百能百耐的人，干了多少惊天动地的事，却一辈子装窝囊。所以他从小就学他爹的样。他有些口吃，不爱说话；脑子里爱想事，常常在人面前打愣怔；跟着吴百川念过三年书，同学们很少人知道他聪明；把他爹的拳脚武艺全套学到了手，外人都很少知道；在集市上卖木器，常常算错了账；跟人打交道，常常三言不对两语；长得俊气，穿的衣裳却很破；见人爱笑，笑起来有一股憨厚味……所有这些特点，有的是天生的，有的是装成的。别人想装一定装不像，他装起来丝毫不费力。可是，今天确实是跟他爹一样，完全露了馅。他想来想去只能归结为这样一句话："沉住气，等着瞧，天塌下来用脊梁顶！"他没有回答吴百川的话，是因为事已至此，谁也拿不出主意，说也没用——他向来是不爱说废话的。

赵老恭一走出乱葬岗子，就故意把鞋脱下来磕掉鞋窝里的土，又用手擦了擦大脚板，又跷起左脚来摸弄了半天，好像是脚后跟上扎进了一根刺。那个生客也不着急，也不跟别人一起走，不慌不忙地站在一边等着他。等别人都走远了，两人才并排走着，谈起话来。

"老弟，还没有请教你贵姓大名呢。"

"大伯你太客气。贱姓郑，本名叫郑仲平，还有个假名字，叫平地山，往后熟了，你就叫我老平好啦。"

"怪事！干吗要起个假名字？"

"哈！其实也不怪。你想想，真名字犯法，不用假名字行吗？"

"犯什么法？看你不像个犯法的人。"

"大伯，你听说过前些年高阳蠡县庄稼人造反的事吧？"

"听说过。"

"咳，死的那人啦，就甭提有多少！俺全家五口人，就跑出了俺一个。你想想，俺那真名字还能用？"

“干吗要叫个平地山？意思是平川地上一座山，又是怪事！”

“咳！不怪。刚跑出来那时候，俺只恨咱这平川地方没有山，要是有大山，咱们千把两千造反的庄稼人，钻山沟，转山头，跟他狗日的官兵泡蘑菇，还怕成不了大事吗？可是后来有个朋友对我说：只要记住仇，记住恨，留得青山在，不怕没柴烧。他又说：咱这平川地方到处有穷人，真的是人山人海，只要你跟穷人心连心，到处交朋友，就到处有大山，这样的山削不平，搬不掉，他官府财主半点办法也没有。就这样，俺就起了这么个假名字：平地山。”

“嗯，有道理。……这么说，你是个走南闯北的人。那你靠什么填肚子？嘴巴可不能饶人！”

“嘿嘿，俺干的是粗人活，吃的是斯文饭。”

“又是怪事！”

“哈！又不怪。整年整月扁担不离肩，压肿了肩膀跑肿了腿，这不是干的粗人活？串学堂，赶集市，专卖笔墨纸砚，字帖红仿，课本杂书，这不是吃的斯文饭？”

“倒也是……”

赵老恭的神情口气一直是有些冷淡，明显是带着盘问的味道。平地山的态度却一直是洒洒脱脱，坦率愉快，一开头就把自己的老底子抖出来，一点儿也不含糊。

“老弟，你说你是到这村来走亲访友的，访谁？”

“访你。”

“可咱俩素不相识……”

平地山微微笑着，从腰带上扯下一条又脏又破的羊肚子毛巾来：

“大伯，认得这条手巾吧？”

老恭接过手巾来看了看，猛一下扬起了浓眉毛，睁大了窝窠眼，大兜嘴胡子一撅一撅地颤动着。他认得这条手巾是大小子大鹏的，是他妈用两条半截破手巾缝着接起来的。

平地山又从腰带里面抠出一个折破了、揉脏了的信封来。老恭接过来一看，信封中间写人名的红线框框里有五个大黑字，是二鹏的笔迹：“赵大鹏亲收”。名字两边是收信人和发信人的地址，反面封口的地方还有

"平安家书"四个字。老恭还是既不承认,也不否认,只是用亮得出奇的眼光观察着平地山的脸面。

平地山还是微笑着,用大草帽当扇子扇着:

"大伯,你一定又觉着怪:这信怎么落到俺手上的?是几个月以前的事。是在容城县的集市上,一大群靠熬小盐过日子的人被盐局的税卡子逼急了,抓住官盐店卖盐掺沙子的把柄,起哄闹事。官盐店的胖经理是县长的女婿,他吆喝着十几个县警兵痞抓人打人。正在闹着,从人堆里猛地跳出个黑大汉子来,三拳两脚打倒了几个兵痞,揪住那个胖经理就扇了几耳刮子,大吼一声,撒腿就跑。集炸了,人乱了,把官盐店也砸了抢了。兵痞们没抓着他。正当他打兵痞的时候,从他腰里掉下了这个手巾包,里面包着这封信。得亏是我的个熟人拾着了。后来容城县出布告悬赏捉拿他,布告上写明他的年岁相貌,可就是不知道他的姓名住处。……本来俺早就想来,有事耽误了。今日这么大事情不见他出面,准是不在家吧?大伯,你的长相跟他一样,所以我说走亲访友访的就是你,准没错!"

"你怎么就知道准没错?遍世界模样长得差不多的人多得很。"老恭开始面带笑容地说。

"哈哈哈!大伯你真会说笑话。不光脸面像,身个像,连性情也像,又都姓赵,还错得了?"

"你怎么知道我的性情?怎么知道我姓赵?"

"访友先访邻,访邻先访村。大伯你想一想,俺要是没有先访一访,要是没有点儿把握,一见面就敢把俺的来路全都抖落给你吗?三天前,俺在村西口一棵树下边撂下担子想落落汗再进村。正好树上有个鸟儿叫得挺好听。抬头一看,喝!树干子上有两个大字:'报仇'。明显是有人在树还不大的时候就用刀子刻上去的,树越来越高越粗,那字也就越长越高越粗。再看看别的几棵树上,也都有'报冤仇','报仇雪恨','永记冤仇'。当时俺就想:这村的穷人啊,必定了不得,必定有能人。后来进了村,住在小饭店里,跟店掌柜一家人混熟了。以后又串了串小学,赶了一趟南大街的集,在街头巷尾结识了几个爱聊闲天的老年人。就这么着,对这村的事儿就知道点眉目啦。咳!财主院,高门楼,碉楼垛口像城头。城头里边财主乐,城头外边穷人愁。你愁活该愁,枪杆子砸骨头。骨头砸不烂,穷人是好汉。好汉齐了心，咬牙跟他拼。拼了几十年，冤仇大如山。何时把冤雪？急得头发白。谁的白发多？要数赵大哥。咳！赵大哥呀赵大哥，满肚子心事对谁说？……”

听到这里，赵老恭猛地抢前一步，一转身使劲抓住老平的胳膊，使劲看着老平的脸面。他看见，这脸面的表情非常诚恳，非常亲切——是知心知意的模样，胜过千言万语。

“老弟，说得好！”又压低了声音，“我问问你——是自己人，一语重千斤；不是自己人，万语似风轻——你能对我说真话吗？”

“大伯，有话你就问吧！”

“你，是不是，共、产、党？”停了一会，又补充说，“你对我说真话，我保险不对别人露口风。”

“俺认识共产党的人！俺有共产党的朋友！”

“好！早就听说，早就找过，早就盼着。”老恭猛一转身，对着前面的人挥动着大手：“喂——！好天气！”

吴百川和张老梗他们早就等着这句暗语的，都转身大踏步向这边走来。

十

大路到这儿突然凸起了一个几尺高的弓背，以弓背为起点向左边伸出去一条月牙形的堤埂子，包围着廖财主家宅后的大荷塘——如今村里人们都叫它是阁子坑。这里地势低洼，廖家财主因防夏秋之间荷塘涨水漫地，不知何年何月修了这道拦水的小堤，如今，廖家的人都说这里有一条龙脉，根据是：大路上那个凸起来的小弓背自古以来受过多少车压人踩，雨淋水泡，却总不见它低矮下去，如果不是龙脉，怎么会有这样奇怪的事？穷人们呢，不管它龙脉不龙脉，只是喜欢这道月牙堤地势较高，上面长满了浓密的树木杂草，是夏天干活时歇凉歇晌的好地方。坐在浓荫里边，从树缝向外看去，一边是无边无际绿油油的庄稼地；另一边，近处是一片芦苇，远处是一片荷叶荷花，再远处就是廖府的水阁子。阁子后面是廖府的高墙大屋，黑压压雾蒙蒙一大片，倒影映在水里，有一股说不出来的财主气派，给人以“另外一个世界”的感觉。特别是那座八角形的水阁子，从廖祖道回来以后又新油漆了一下，红柱子，绿围墙，雕花窗格子白帘幔，常常有几个油头粉脸的男女在窗格子里晃来晃去。有时他们还从窗子里探出半个身子来，钓鱼、喂鸭子、唱歌。在这里歇晌的人们就骂，人们只有用骂娘来出气。

赵老恭紧挨着老平在一棵柳树下边坐下来，等随后钻进树林来的人们都靠近坐好了，就对大伙介绍说：

“这是平大哥。大号叫地山。是咱们自己人，大伙都认识认识，一回生，二回熟。是亲兄弟甭言语多。刚才咱俩几句话就交了心……”

老平打断了老恭的话，笑着说：

“应该说咱们大伙都姓穷，名字都叫苦，都是穷苦人。《百家姓》上没有这个姓，《三字经》里没有这一经，可是普天下数咱姓穷的多，是大姓。”

大伙都笑了。赵老恭接着说：

“咱们早就听说过：早年间高阳蠡县穷人造反，今年开春容城县砸官盐店，这两宗翻天大事都有平大哥的份——他可真是个有来头的人！”

“咋说的？有来头？”张老梗突然声音嗡嗡地问。在人多的场合里，他总怕自己年老耳聋听不清别人的话。其实他耳不聋，眼不花，连满嘴的牙也都是好好的。

“是有来头的！”老恭又重复说。“翻过大浪头，见过大世面，还……”他压低了声音，“必定也见过共字号的人——我是这么猜，可不知道猜得对不对。”

老平微笑着看着大伙，没有说话。大伙的眼睛一下子都亮起来，也微笑着看着他。张老梗往前探着身子，仔仔细细地把老平看了半天，忽然脸一红，脖子一梗，猛力把大腿一拍：

“哈！这可好！咱这多年盼那鹞子翻身的能干人……能人不露相，露相非能人。你那眼神，俺一看就能猜个八九不离十！”

“俺可不是什么能人！”老平连忙笑着说，“你们这些大爷、大伯、兄弟哥儿们才真算是能人呢！俺今日真开了眼界！说文才，有文才；说武才，有武才；斗得狗财主连嘴唇皮子都张不开。好！太好啦！赵大伯，你就是文武双全的全才。还有这位小兄弟，”他指了指赵二鹏，“真是武才！还有这位老哥，”他又指了指吴百川，“真是文才！在那个节骨眼儿上，往棺材盖子上一躺，哈！……”

“那不算什么，”吴百川又谦虚又得意地摇了摇头，笑得两撇小胡子往脸边飞。“俺这怪圣人的绰号不是白叫的。只要豁着老脸，就没有比要疯卖丑更容易的事。”

大伙又都笑了。

只有赵二鹏没有笑。他跟大伙一样，一听说这位姓平的是翻过大浪头的人，心里就起了一股又尊敬又亲切的感情。一听到夸赞自己，他就红了脸。他那秀气的大眼一眨也不眨地盯住老平的一举一动。莽张飞王大牛却瞪圆了眼睛看看二鹏，又看看大伙。他不明白，为什么大伙对这个看起来并不怎么起眼的生人这么敬重，这么注意。什么能人？显了哪点能耐？要是真有能耐，刚才在大街上干吗不帮着咱们大伙说句话？

“哼！”赵老恭咬着大胡子叹了口气，“老弟，就像你刚才念的那个歌儿：几十年，报仇报不得，急的头发白。人才，人才不如人家的钱财本事大。你走南闯北，见多识广，今日，俺们可得好好向你讨教讨教。俺们大伙早就憋了一肚子糊涂疙瘩解不开，简直憋得白天黑夜睡不着觉，连气都透不过来。……”

他忽然跳起身来，往树林那头走了几步，弯下腰，手搭凉棚朝树缝儿外边看了看，吼起来：

“东西！躲在这儿干什么？过来！”

只听见树林外边一声响动，接着又见树缝儿的亮光一黑，钻进一个野孩子来：壮实得像头小牛犊，除了腰间有一条歪歪斜斜的破短裤，赤条条的身子墨黑放亮，东一块泥，西一片高粱花，连嘴唇上都是土，好像是刚刚跟大地亲过嘴，只有一对黑白分明的眼珠子是干净的，对着全场的人滴溜转，最后把眼光转到平地山的脸上，长睫毛眨巴眨巴直晃动。他就是赵二鹏的弟弟赵小鹰，小名叫三嘎子。他们弟兄三个的小名是按顺序排下来的：大愣子、二傻子、三嘎子。

“东西！”老恭继续吼叫着说，“早就看见你钻在庄稼地里远远地跟着俺们，干吗要这么鬼头鬼脑的？”

“是妈叫俺跟着的。”嘎子嘟哝着说。

“干吗叫你跟着？”

“妈跟小兰子回去做饭，叫俺跟着你好给她报信儿。”

“报什么信儿？”

“报……你跟……这个生人的信儿呗！”

“生人怎么着？有什么信儿好报的？”

“妈觉得这个生人挺古怪，不放心，怕是财主家派来的探子。”

“你们大伙瞧瞧，”老恭转身对大家说，“俺家自个倒养了个小探子哩！”

在众人的笑声里，小嘎子觉着受了侮辱，鼓着脸蛋子。

“干吗要鬼头鬼脑的钻庄稼地？”老恭又问他。

“俺要是不躲着点，你又该骂俺：‘野马溜缰，到处疯跑。’”

嘎子把最后两句话学得很像老恭的口声，又把众人逗笑了。

老恭自己也觉得又好气又好笑，

“扯谎！还不是为了逮蝈蝈？你那裤子里是什么？”

他扯开小嘎子的裤腰抖了一下，两个绿色的大肚子蝈蝈掉下地来，一蹦三尺远，跑了。嘎子斜着眼看着，使劲咽了口唾沫。

“天大的事情你也不知道着急，光知道贪玩！滚回去！这回真的给你妈报个信儿，就说……，你知道说什么吗？”

“知道！”小嘎子朝客人看了一眼，又小声问，“要打酒吗？”

“打！”

小嘎子“嗯”了一声，嗤溜就钻出了树林，跑下堤去。一会，听见他在外边喊叫：

“绣红姐，咱回去吧！”

“你先走。这儿马齿苋挺多，俺再扯点！”是个小姑娘的声音。

吴百川突然使劲把烟锅子往地上一磕，叹了口气：

“俺家这才是个真探子呢！”

绣红小姑娘是他的女儿。他老婆常常怕他要疯闯祸，有事就派绣红远远跟着他，监视他，以后就根据绣红所说的情况埋怨他。让个十五六岁的姑娘到离村这么远的庄稼地里野跑，设或碰见坏人呢？女人啊，跟着咱们受了多少罪！担了多少心！可是话又说回来：有谁还比小嘎子的妈担的心多，受的罪多？准又是她想得周到，特意让小嘎子跟绣红就着伴儿一起来……

赵老恭回到原地方坐下来。平地山亲切地笑着对他说：

“这小家伙真机灵！”

“咱们穷人家的孩子就是这样，又聪明又机灵——看对什么事。”老恭说。

“这话可一百个对！”吴百川说，“就拿我教的那一群萝卜头子来说吧，十成有八九成都是咱北大街一带穷人家的孩子，不见得个个聪明，可是学起《庄稼杂字》来就记得快，也会写；学起《修身》课本来就脑筋死。多少有点钱的人家的孩子就不一样，念书不一定行，欺负女同学倒有本事。别看小嘎子这孩子泥腿泥胳膊不像样，老弟，你看看这些树上，”他对着老平挥了一下手，“看见了吗？棵棵大点儿的树身上都有字。就是他们这些不起眼的小泥猴刻的！”

老平一看，吃惊地说：

“喝！真没想到是孩子们刻的！……看起来，这仇，这恨，埋得真深啦！所以我常常这么想：别看咱穷人就这么一代一代地受下去，苦下去，可是咱们在积攒着，在憋着劲。就像大热天憋大暴雨一样，起先是闷着闷着，闷得难受极了；天上的云彩像赶集一样，跑哇跑哇，越聚越多，慢慢的，雷声响了，轰隆隆，闪电拼命闪，就像要把天撕开；风也来了，扬起了尘土，风里带着一股潮湿的泥土味；一眨眼的工夫，喝！噼哩啪啦，大雨点子洒下来啦！又一眨眼的工夫，哗——，天就像塌下来一样！……咱穷庄稼人这股劲憋了几十年，几百年，几千年。别看眼时没有事，到时候——只要时势一变，瞧着吧：比大水憋崩了堤还要厉害哩！我是个走南闯北的人，我可知道这个理。拿咱这村的事儿来说吧，别看几十年来咱们大伙熬筋断骨，受苦受难，好像简直就没有办法翻这个身，出这口气。可是别忙别急，时候快到啦！世道要变啦！别看咱穷庄稼人不起眼，实际是，说文才有文才，说武才有武才，人又多，真是人山人海，到时候时势一变，瞧着咱们的能耐吧！……”

“这话可真对！”吴百川兴奋起来了。他想起他爹吴天齐在世的时候就常说：不是咱们没能耐，是咱们时运不济，只要时运一济，翻江倒海的事业都干得出来。

张老梗忽然往前挪了挪身子，侧着耳朵对着平地山问道：

“老弟，咋的？你是说，世道要变？”

“是的，大爷，这时世眼看就要变。”平地山以为老人耳朵闭，大声回答说。

“变啥？”张老梗愤愤地说，“俺活了八十几年，啥朝代都看见过。从前清的皇上变到民国，从民国变到袁大头，变到冯国璋，变到段祺瑞，变到吴佩孚，又变到蒋光头。就像唱戏一样，红脸进去，白脸出来。”他看了看大伙，又看着吴百川：“百川，早先你爹在世的时候，年年过年买皇历，俺就年年到他那儿看皇历，那皇历上印的相片年年换。又是啥的大总统，又是啥的大督军。都戴的是那么个平顶遮沿帽子，帽顶上一把冲天穗子，对着咱这看皇历的老百姓横眉瞪眼。后来换了蒋光头，帽顶上的冲天穗子没有了，可是横眉瞪眼更厉害。多少年来俺就常在心里说：妈的，豆子变豆浆，豆浆变豆腐脑，豆腐脑变豆腐，豆腐变臭豆腐，变来变去还姓豆，还是咱穷老百姓倒血霉！俺一辈子也忘不了：那时候，说是西太后的勾子心变直了，招咱义和团打洋鬼子。后来咋样？变他娘个狗蛋！她那妖婆心变得更勾，勾洋鬼子来打咱们义和团！……这一回，平老弟你说说，咋的变法？”

“张大爷，你这话有理，有理。”吴百川点点头说，“这个事我可想过不是一天的。就拿孩子们发蒙念的书来说吧。最早的是《三字经》，一开头是个人字，‘人之初，性本善’。到了袁世凯的民国，兴的是《国文》，第一课也是个人字，‘人、手、足、刀、尺’。到了蒋光头的民国，兴的是《语文课本》，人就变成狗啦！一开头就是‘狗，大狗小狗。大狗跳，小狗叫’。好像咱全国的老百姓都是狗，不是老狗，就是小狗，不是男狗，就是女狗，整天不干别的，除了跳，就是叫。这叫什么话！越变越坏！所以说，咱中国就算不亡国，也必定有大乱。蒋光头这个当家人要咱老百姓都变成狗，还能不亡国？还能怪日本鬼子要打进来吗？”能够当着老平和这么多人显显自己的肚才和口才，又看见大伙都被逗得笑起来，他就很得意地拿出长烟袋杆子打火抽起烟来。

话题就这样自自然然地引到国家大事上去了。平地山有意地就话引话。他说：

“洋鬼子们欺负咱们中国，就像财主们欺负咱穷庄稼人一样。想当初，满清的王爷们跑马圈地：这个王爷说，这块地是我的；那个王爷说，那块地是他的。这不是跟洋鬼子们这个占一片中国的地方，那个也占一片中国的地方一样吗？如今日本鬼子想由他一家独占咱中国，也就跟廖家财主想由他一家独占咱这一片地方一样。这一望无边的庄稼地，最初是谁开出来的呢？这遍地的粮食年年是谁种出来的呢？不是财主们，不是洋鬼子，是咱们受苦受累的庄稼人啊！要是自古以来没有咱庄稼人受苦受累，咱中国还不到处都是荒山野岭？咱大廖家府这里还不是一片荒滩？庄稼人啊，千年万代受苦受累，自个吃了几粒粮食？自个过了几天舒心的日子？咱们受苦受累都喂了狼，喂了虎！各种各样的狼和虎都骑在咱们的脖子上，咬咱们的喉管，喝咱们的鲜血！日本鬼子是个最狠最贪的狼，要是他占了咱中国，他会对咱们庄稼人发善心吗？当然不会。到那时，一些没有中国味的大官、地主、流氓、土匪必定要变成汉奸，一方面帮着鬼子喝咱们的血，一方面他们自己狗仗人势做坏事。到那时，不光是咱们受苦受累种的粮食是鬼子、汉奸、老财的，连咱们的闺女媳妇都保不住呵，咱庄稼人还怎么过日子！还怎么活下去！那么，怎么办呢？能够靠蒋光头打鬼子吗？蒋光头要是有半点中国人的味，日本鬼子还能把咱们欺负到这步田地吗？咱庄稼人啊，要救国，要保家，要活命，要直起腰杆子来做人，只能靠自己！”

平地山的话句句打动了人们的心，人们越听越出神。靠自己怎么靠法呢？人们正想聚精会神地听下去，老平却又把话题引到远处去——说起一个故事来了：

“半个月以前，我到北京去贩货，顺便到宛平县城外的大辛庄去看个好朋友。大清早，俺俩正沿着离村子不远的铁道路埂子一面走，一面谈着话，忽然听见远处汽车呜呜响。朋友说：‘妈的，真可恨！又是丰台的日本鬼子到这儿来演习，看见车头上的膏药旗没有？咱们趴下来瞅着吧！’俺俩就在铁道埂子上趴下了。喝！三辆大汽车，尘土飞扬地顺着公路冲过来了。车头上日本膏药旗飘得哗哗响。车箱里装满了日本兵：尖头小帽黄军装，刺刀闪亮大盖枪，横眉瞪眼像恶狼。看着看着，俺的汗毛都炸起来了。倒不是怕，是觉着阴森，是心里发冷。大伙想想看：大清早，安安静静的中国地方，鬼子兵就这么坐着汽车横冲直闯，一个个的模样都像是要咬人的狗，怎么能不叫人心里发冷？汽车一直冲到宛平县的城门口，故意堵着门口停下来。鬼子官哇哇叫，鬼子兵跳下了车。鬼子官又哇哇叫，几个鬼子扛着几块木头牌牌就跑。跑到离铁路大桥不远的沙岗子上停下来，刨土，把牌牌竖起来，埋稳当了，就到沙岗子后边躲起来。朋友说：'你瞅见没有？那木头牌牌上画的是什么？'俺仔细一瞅，哼！画的是中国兵，半截身子，灰军装，遮沿帽，吊眉苦脸。俺正气得不得了，啪啪啪！枪响了。回头一看，城门口这边地上趴着一溜子，正伸着枪筒子向这些木头牌子瞄准呢！把画的中国兵当靶子打，这就是鬼子兵的演习！俺这心啊，猛地往下一沉；胸口的血啊，猛地往上一涌。你们看看俺这衣裳袖子，当时，俺牙把袖口都咬破了，自个都不知道。看看宛平城，城门关着的，城头上堆满了大沙包，沙包后面能够没有中国兵吗？再看看这边远处的铁路桥，桥头上也堆满了大沙包，沙包后边能够没有中国兵吗？这些中国兵就这么闷声不响，瞪着眼睛瞅着鬼子在鼻子跟前逞威风……"

"狗娘养的们，咋不打？"张老梗忽然大喊一声。他早就气得热血涨脸，宽胸脯子一鼓一鼓的。

别的人也都气得瞪大了眼睛，咬紧了牙根。

"为什么不打？是蒋介石不准打！谁要是对日本鬼子开枪，就砍谁的脑袋！"

"蒋光头干吗不让打？"吴百川问。

"就因为他要卖国！杀老百姓他是好手，成千成万的杀，他连眼皮子都不眨，在鬼子面前他的膝盖骨就软了，扑通就跪下去了！"

"好狗日的！"

"要是我，豁出脑袋不要，也不能忍住不开枪！"

老平接着说：

"只要是有血性的中国人，谁能忍得住？当时，俺就忍不住喊起来：'打——倒日本鬼子！'俺那朋友也马上喊了一句。鬼子官听见了，哇哇哇鬼叫几句，鬼子兵就全都趴的趴下，跪的跪下，啪啪啪！子弹把铁路埂子上的石头子儿蹦得乱飞乱跳。你打枪吧！糟蹋子弹吧！俺俩把身子隐得更低一些，还是接着喊：‘打——倒小日本！’‘打——倒小鬼子！’真没有想到啊，当时，遍野里一人多高的庄稼地里，远远近近，四面八方，到处都喊起来了——看不见人，光听见喊声，就像是从地底下喊出来的：‘打——倒日本鬼子！’‘打——倒小日本！’……当时，俺这心里哟，热得发烫，眼泪就掉下来了！”

老平说到这里，真的连眼圈都红了！

“咱中国人啊，亡不了国！有咱这人山人海的庄稼人，就亡不了国！大伙想想，要是当时遍野里干活的庄稼人都有枪，那百把几十个鬼子还跑得了吗？所以说，咱穷庄稼人要活命，一不能靠天，二不能靠地，三不能靠别人，只能靠自己——靠自己拿起枪杆子来，干！”

他一拳头打在自己的大腿上，跳起身来，看了看大伙，又对大伙提出了一连串的新问题：肉头刀子廖祖道为什么不早不晚单单这时候回家来？为什么他搬回来一堆家眷，一大堆家具，还在家里盖了座小洋楼？这单单是为了怕打仗，单单是为了躲鬼子吗？为什么他一回来就忙着对地方上的头面人物们买好儿，拉近乎？为什么前儿天到小学校里去捐了三百块钱，讲了一通话，大讲埋头读书就是救国？孩子们埋头读书就可以救国吗？这像不像汉奸话？“前日我在南大街集市上摆摊子卖‘斯文货’。吃过早饭时候，来了三个年轻人：一个十六七岁的男孩，一个十八九岁的姑娘，看样儿是在北京天津上学的学生；还有一个打扮得挺妖气的年轻女人，看样儿也是从大城市来的阔太太。那男孩子从摊子上拣起一本《抗战必胜》——是宣传抗日的书，翻了半天，想买又不想买。女学生说他：‘别买！爸爸要是知道你看这种书，不大发一顿火儿才怪呢！’那妖气女人小声说：‘怕什么，要是我，就买，偷着看！’后来那男学生到底还是不敢买，撂下书走了。后来找别的买卖人一打听，才知道两个学生是廖祖道的儿女；那妖气女人是廖祖道的姨太太。”廖肉头连抗日的书也不让他的孩子看，他还有半点爱国的心没有？还像个中国人不像？为什么他要向县里写呈文成立保卫团？难道他廖家护院的枪杆子还不够多吗？为什么财主们都对枪杆子有这么大瘾？为什么廖肉头说成立保卫团是为了“维持地方治安”，不说是为了抗日？他想维持的是什么样的治，什么样的安？如果廖肉头的保卫团真的成立了，他廖肉头就成了官，衙门就安在咱们的家门口，往后他廖府要捐要款，抓人打人关人，必定就打着官字招牌，必定就更加厉害，咱们穷人还能有透口气的地方吗？要是日本鬼子打来了，他廖肉头这个保卫团会打什么旗号？今日发生了王疯子出殡这宗事，他廖府丢了天大的人，咱穷人的头头脑脑全都露了底，廖肉头能不千方百计用枪杆子来压咱们吗？……

南大街东头的小学校里前些时新来了个陈老师，是从南边任邱县来的，是平地山多年的老交情。他从学里老师们口里知道了许多廖肉头的事，又把这些事情告诉了平地山。事情真是火烧眉毛难眨眼啦！

怎么办？

夺他廖家的枪！——在座的人们都想到了这一点。而且不是今天才想到，多少年，想到过多少次。可是，就算夺到了几杆枪，敌得过官府吗？敌得过官兵吗？附近各村的穷人们跟得上来吗？香炉镰刀会的大旗，扯得起来吗？唉，难啦！

可是老平兴奋得浑身都是劲，他捏紧了拳头使劲往空中一甩：

"不难！俺说世道要变，有两条：一条是日本鬼子要打来，逼得咱庄稼人要干起来！再一条是有了红军和共产党，老百姓有了主心骨！只有共产党，才能把全中国的庄稼人结成一条心。只有共产党，才知道拿起枪杆来怎么干。蒋光头怕共产党，日本鬼子怕共产党，廖肉头这样的财主坏蛋更怕共产党。他们怕的恨的，就是咱们亲的近的……"

一提到共产党，人们的问题就更多了：共产党是专为穷人打抱不平的吗？共产党共产共妻吗？红军是穿红衣裳的军队吗？为什么凡是跟老百姓作对的人都怕共产党？为什么共产党有这样大的本事？……

老平就重新坐下来，说起更加惊心动魄的故事来了。他从北伐战争说到蒋介石叛变革命，谈到毛主席在井冈山创立革命根据地，土地革命，红军二万五千里长征，西安事变，共产党的抗日主张……人们哪一辈子听见过这样的事？坐得远一些的人越凑越近；耳朵不灵的人侧过耳朵来；抽烟的人忘记了抽烟；眯着眼睛的人睁大了眼睛。张老梗的白眉毛扬到了额头上，嘴巴合不拢，口水顺着白胡子流下来。吴百川一会咧着嘴笑，一会又噘着嘴着急，两撇小胡子不停地颤动着。几个小伙子紧紧地挤着赵二鹏，挤得他浑身汗，他也没觉得热。王大牛一只大手撑住地，手指头抓进土里去，忽然一只牛虻在他的粗脖子上叮了一口，痛得他一抬手使劲打了自己一个嘴巴子，手指头带起来的泥土撒到别人的背脊上，别人也没觉出来。老头周闰三不停地咽唾沫，喉头骨像个小老鼠，不停地在他那皱皮脖子上跳动着。吴百川的女儿小绣红不知什么时候钻进林子来，从一棵树干后边露出半个脸儿来，亮晶晶的眼睛吃惊地望着平地山，有时又朝赵二鹏瞟一下。她并不是完全听得懂。可是别人都听得这么出神，连她所暗暗钟情的赵二鹏也出神得眼睛也不眨一下，那她也就像是完全听懂了。庄稼人啊，成年价把脊梁骨弯成了弓，用脑瓜子触着地，一点也没有看见天旋地转，世道在变啦！

阴影和阳光的碎片在人们身上静悄悄地移动着。知了的叫声此起彼落，非常热闹，也丝毫没有引起人们的注意。带着荷花香味的凉风，一阵一阵地从林子外面吹了进来，把人们身上的汗水吹得凉浸浸的，但随着心情一阵阵激动，新的热汗又一阵阵地冒了出来。赵老恭聚精会神地听着每一句话，大胡子撅得朝天翘，眼睛却亮光闪闪地看树缝儿外边的荷花塘，看着远处的水阁子。那黑压压的一片高房大院很沉重地压在水面上，压在大地上，好像永远也不会有什么变动。可是这变动就在它旁边发生了，就在这树林里发生了，就在赵老恭热血翻滚的心胸里发生了。是的，几十年，几百年，人们早就憋足了劲，要用极大的力气掀翻这很沉重的黑压压的一大片……

十　一

树林子外面一阵嗵嗵的脚步声把人们惊醒了。林子里的光线猛地一暗，一阵枝叶响动，钻进两个人来。这两个人其实应该说是一个半人——是一个中年汉子和一个半截子老年人。这中年人名叫张来子，是个粗胳膊大腿、浑身蛮力的大个子。这老年人是半截子铁人王老建。平地山刚才在乱葬岗子里就对这个半截子老头观察了好久，现在再一次看见，还是有些吃惊：他到底有多大年纪？像五十来岁，又像有六七十了。敞着瘦小干瘪的胸脯，露着一块块颜色不同的伤疤。两条残废萎缩的腿脚互相交叠地盘曲着，屁股下面兜着个破麻片垫子。挺着腰，直着脖子。头发胡子上满是尘土。一张脸像被什么东西挤压成的,皱纹又多又深。

张来子先把提在手里的一个柳条筐子搁在地上。筐子里有一瓦罐绿豆汤和几个碗。是赵大婶叫他送来给客人和大伙解渴的。然后他轻轻地把王老建放下地来,很得意地对大家说:

“哪像个人,比灯草还轻!”

王大牛打趣地说:

“你吹什么牛?压得脚步子响得像打雷,没把俺二叔的骨头架子颠散了就不错!”

“你背着他跑这么远试试看?”张来子不服气地说。

“真难为来子!”王老建笑着看看大伙,又偷眼观察了一下平地山。“我正帮着大嫂子烧火做饭,三嘎子回去那么一学说,我就估摸着大伙必定是在这儿说要紧的事,就怎么也耐不住啦!得亏来了个好心人,顺带手儿就把我捎来了……”

“可惜你来晚啦!”吴百川说着,同时很自豪地把这个半截铁人对平地山作了介绍,最后又不胜感慨地重复了一句:“可惜,来得太晚啦!”

“我知道来晚了。”老建愉快地说,“不过也还是划得来。你们猜怎么着?刚才我在路上算计了算计,整整有七个年头啦!七个年头没有到村外野地里来,没有看见这没边没沿的庄稼地。去年前年,有两回实在闷不住,自个磨蹭到村边,可是人矮庄稼棵子高,挡得什么也看不见,真别扭哇!今日得亏来子身个高,可给我看了个痛快的!人真是怪。那几年坐监牢,你们猜我心里最想的是什么?不是想家。亲爹亲妈,亲哥亲嫂,都没啦,家破人亡啦,还想什么家?除了想你们大伙,除了惦记赵大哥跟赵大嫂,就是总想看看这没边没沿的庄稼地。大伙说说看,这一望无边的庄稼地有哪一块是我老建的?可偏偏就要想,怪不怪?另外还总是想干活儿。干什么活儿?犁地。一合上眼就看见犁铧翻着又潮又软的泥土,好像连泥土的香味都闻得到,真是怪!我王老建什么时候种过自家的自业地?套着狗大个小毛驴,犁一天地累得个臭死,到秋后粮食都归了人家财主的粮食仓,有什么瘾头?可是我偏偏就要想,怪呀!……”

他挺着身子扬着头,眼睛看着想象中的远处,完全沉浸到自己的感情里去了。他王老建就是这么个挺特别的人:性情硬,心肠热,生活苦,感情多。他常常说出一些别人想不到的话，这些话却能够打动别人的心。他常常做出一些别人做不到的事，这些事却最能代表别人的心。正因为这样，所以人们都格外地尊敬他，喜爱他，同情他，而且习惯于跟着他去想事情和动感情。

在人们同情的沉默里，他猛地又清醒过来了，竟然自己对自己笑起来：

“你看我这个混账人！你们大伙都在说正经事，我来横插一杠子，也不怕这位客人笑话！”

平地山连忙把一碗绿豆汤搁在地上，笑着说：

“大叔，你说的哪里话！我也是流过庄稼汗水的人，知道你的话里是一股什么味。你句句话都说到俺心里啦！咱们穷庄稼人都是土里生，土里长，土里活，土里死，咱跟庄稼地最亲，可是偏偏就亲不了。咱们连做梦也想在自个的地里受大苦，受大累。可是咱就是想不到。为什么？咱没有哇！世界上最叫人难受的两个字就是‘没有’。咱们的一切苦处都是从没有来的。谁有呢？财主——他们有地、有钱、有势；当官的——他们有印把子，枪杆子；洋鬼子——他们有洋枪，有大炮。他们为什么有？咱们为什么没有？是他们命大，咱们命小吗？是他们这些家伙们勾结在一起来治咱们，把咱们治得越是没有，他们就越是有。他们这些家伙是连环套，把咱们的脖子套得死死的，叫咱们连大气都不能出。你想造财主的反吗？他官府来整治你。你想造官府的反吗？他洋鬼子来整治你……”

“着哇！”张老梗忽然把大腿一拍。“当年闹义和团，就是这样的！就是这么个鬼世道！”

“对！就是这么个鬼世道！”老平接着说，“拿眼面前的事来说吧：为什么王疯子家从有变成没有了？就因为他光有点地，没有钱，没有势，不能跟官府连成套。为什么说‘衙门口儿朝南开，有理无钱别进来’？财主把穷人的血汗变成钱，又用这钱财结官府——道理就在这里。当官的，带兵的，拿了这些钱财又干什么？找洋鬼子买洋枪，买洋炮，招兵买马压穷人。洋鬼子拿了这些钱财又干什么？制造洋枪洋炮来打中国，打进中国来占地方，做买卖，开工厂，喝咱们穷人的血。他们就是这样一个连环套！为什么蒋光头不抗日？他跟洋鬼子本来就是压制咱穷人的连环套嘛！为什么蒋光头要怕红军和共产党？就是因为共产党红军要砸烂他们这个连环套嘛！所以说，咱们穷人就是要跟着共产党，准备着拿起枪来干！他不抗日，咱们抗！咱们就是要把‘没有’变成有……”

“说得好！”王老建忽然猛力往地上砸了一拳头。

大家正在出神地等着老平往下说，张来子忽然对着赵老恭轻声喊起来：

“哎呀，我倒忘了！大婶子叫我告诉大伯，家里的饭早熟啦！”

大家都被这句话提醒了，这才注意到：斜射进林子的阳光变红了，林子里的阴影变暗了，西斜的太阳快要落土了，肚子也真饿了——大伙还没有吃晌午饭呢！

赵老恭这半天一直没说话，一直在细细地想，这时才深深地吸了口气，又呼地吐出来，兴奋得脸盘变成了紫红色，把眉毛胡子映得更加白。他一只手钳住老平的胳膊，并没有用力，就拉得他同时站起来。又用另一只手往老平的肩膀上一搭：

“老弟，真对不起，半天只喝了一口凉开水！”

众人也都用热乎乎的眼光看着老平的脸：

“真太对不起啦！光想听你多说点，把什么都忘啦！”

老平也用兴奋的眼光看着大家：

“可别这么说！一家人不说两家话。好酒好烟，不如知己聊天；千里相会，为的是贴心贴肺。俺，心里可觉着痛快呢！”

“哈哈！”赵老恭忽然扬着脸笑起来。“说痛快，可真不假！”他把胸膛拍得梆梆响。“咱们心里真像是松了绑啊！几十年，有劲使不出，有火烧不旺，踢不开，蹦不动，心痛得咬断了牙，苦哇！……今日，好——！平老弟一定要在咱这儿住些时，你要走咱也不能让你走。待会儿吃了饭，大伙再到我家里，咱们还要细细地谈。看起来，铁树要开花啦！”

他笑得大胡子扯到耳朵根，窝窠眼里却含满了泪。几十年人们没有看见他这么高兴过，人们也不觉心里涌起一股酸，一股热，含着眼泪笑起来。

十 二

当天夜里，差不多全村的家家户户都在谈论王疯子出殡的事情。但谈得最热闹的还是廖家大院里上上下下的人们。廖家的三个主要人物——肉头刀子廖祖道，骚胡子廖云阶，大刀螂刘继志，都坐在花园里幽静宽敞的大花厅里，在雪亮的大煤油吊灯下边，喝着饭后茶，抽着饭后烟，先从王疯子出殡的事儿谈起，自自然然就说到了村里一些犯劣的人们，说到了若干年来穷人们不安分、想造反，以及种种凶顽不驯的怪事，当然，也谈到了赵老恭一家人的种种情形。这花园可以说是廖家南大院的"紫禁城"，四面都有花隔子粉墙围着，只有两个月亮门儿通向外面的回廊厅房，即使是在白天，除了专门伺候花草和做些粗活的一个聋子老头儿以外，男下人是一概不准入内的。这时花园两头的月亮门儿早已关了，刘大刀螂又把大花厅所有的门窗都关严了，廖祖道又命令丫头老妈子们不要进来伺候茶水，所以他们尽可以放心谈论，不怕漏风。

廖云阶老精怪真是个活账本儿，竟记得住那么多的人，那么多的事。正像他自己常说的，这一辈子他是操了多少心啊！一提起赵老恭，他就咬牙切齿。这个黑头老鬼真可恨啦！他一直都是藏而不露，就像什么"坏事儿"都跟他不相干，直到今日才算露出根儿来啦。几十年来，也不是没有对他疑心过，可是不论怎么惩治，他都不服软，不露馅。压杠子、坐牢，他都熬过来了。甚至把他关在站笼里一天一夜，站不直，坐不下，没吃没喝，他也熬过来了。更可恨的是：本村近村的穷鬼们全都跟他一条心。现在细想起来，哪一回也是这样：只要惩治赵黑头一回，怪，或迟或早，穷鬼们准得叫他廖家出点事。坐牢，连牢头禁子都服了他，跟他成了相好的。好他妈厉害啊！

"嗨，真是个人才！"廖祖道听到这里，忽然使劲把椅子扶手一拍。

"真！"廖云阶说，"讲武艺，二三十人近不得身；讲口才，连县官都怯他。连他的小子们也是个个行得了……"

"他们很穷？"

"很穷。"

“既然很穷，未必就不爱吃甜的？”

廖云阶叹了口气，摇了摇头，刘大刀螂插嘴说：

“大老爷，你的意思是，想用弼马温买住孙猴儿吗？不行啦！村子里谁不知道？他一家子都生成是软硬不吃的贱种！……”

“真是个人才！”廖祖道又恶狠狠地赞叹了一句。他心里却在想：一定要捏弄住这个犯劣的人！要是不听摆弄，就把他捏死！

三个人都沉默了一会。忽然，刘大刀螂冲地站起身来，脸色惨白，全身发抖，压低了声音嘶叫起来：

“嗨哟！真该死！这不是更加明白了吗？我还等到什么时候？……大老爷啊，今日我可要在你面前剖剖心啦：多少年来我一直都在疑心，我爹死不见尸，不明不白，这你是知道的。一定是他赵黑头干的！可怜我那亲爹啊，一直连尸首都找不见啦，更甭说给他老人家报仇哇！年年清明节，一看见人家给先人们上坟烧纸，我弟兄们心里哟，比刀子剜还痛啊！……”

“咳！”廖云阶长长叹了口气。“继志侄子是个孝子，俺家老五要是赶得上他一半儿就好了。……可是，侄子，你也该放低声点啦。”

“二太爷，大老爷，”大刀螂真的更加压低了声音，“我爹的死，还不是因为尽心尽力给东家办事，得罪了穷鬼？从他赵黑头来到这村的头一天起，我爹就为了东家的事跟他结了仇。像他赵黑头这样的人，还能有仇不报？并且，这样杀人灭迹的事，我量吴树根这样的人也做不出来，一定是赵黑头，一定是！你瞧他两家要是没有在一块儿干过同生共死的勾当，赵黑头会对吴家两代人那么热乎？赵黑头啊，他到底也没有给我爹偿命，我怎么也不能甘心啦！……”突然，他那瘦高个子往下一挫，竟跪倒在廖祖道面前，越发像狼嚎似的哭起来了：“大老爷啊，你一回来，我刘继志心里就、存着指望。只除了你，才能替我做主啊。你今日要是不答应，我就死也不起来呀！”

泪水，像泉水流在冰上，在他那大白脸上闪烁着。

廖云阶，这个一辈子害死过多少穷人的老精怪，现在是更加被感动了，用发颤的干柴手揉起眼睛来。

可是廖祖道还是像没事人，只管冷静地在屋子里踱过来，踱过去，大皮鞋在新红漆地板上发出咯吱咯吱的响声，肥大的黑影子被灯光映在粉白的墙壁上晃过来，晃过去。在别人的悲苦面前，他的头脑从来就是铁石一样冷静的。但是这时他也有另外一种藏在内心深处的感情：对那些有本事、不驯良、而又收买不动的人，他从来就恨得深，恨得毒，必定要彻底治服，或是连根儿除掉。在他看来，今日的事极可能是赵黑头鼓动起来的。明明是，抬着死尸，打着冤旗，浩浩荡荡，游行示威。而且人心那么齐，又恰恰是他廖大老爷从村公所出来的时候，又恰恰是在四通八达的十字路口，是当着那么多的民众打了他的嘴巴，压了廖府的威风，还对抗了村政府。由此可知，若干年来穷人们许许多多的反叛行为，也一定跟这个黑头老鬼有关系。这还了得！真没想到，乡下竟有这样的穷人头儿，他廖家竟有这样的世代冤家！对这种人要是不彻底铲除，将来必定会成为地方上的心腹之患，会妨碍许多事情的进行。

于是，廖祖道决定要将计就计地玩一手儿。刘大刀螂又用嘶哑的声音喊叫着说：

“大老爷，你就这样狠心让我跪着吗？你就算不为我着想，未必也不为咱们堂堂的廖府着想吗？”

“怎么叫为我家着想？”廖祖道站住了脚，偏着大圆脑袋问他。

“你就不怕，赵黑头总有一天又要报仇，又要带起穷鬼们造反？”

“咳，老弟，”廖祖道说，“你是个聪明人，怎么还摸不透我的心意？早先我家光有刀矛棍棒的时候，赵黑头想不想报仇造反？他行吗？如今我们出进都有枪支护卫，宅子四面是铜墙铁壁，就凭他们那一套拳脚刀棍……嘿，这我放一百二十个心。我这次回来，是想在地方上做出点成绩，树立点声望。这些时我的所作所为，你还看不出来？今日赵黑头和怪圣人他们当众给我难堪，我为什么不马上抓起他们来，一封书信往县里一送？还不是为了要在众人面前表示宽厚？嗯——啃！”他停下来，满意地用大肥手摸了摸小黑胡子，又深深吸了口长气，像是有所感慨地接着说，“可是另一方面呐，我又想：你们父子两代都替我廖家出了不少力。小时候，你爹常常领着我玩，教我念《神童诗》，给我买糖球吃，就像我的亲叔一样。这些事我忘不了的！我，是个讲义气讲孝道的人，也就最喜欢讲义气讲孝道的人。你为父报仇的孝心，我是深受感动，深受感动！……好吧，我答应你，给你做主，替你报仇！”

“好哇！”刘大刀螂跳起身来，“大老爷，这我可就生死难忘大恩大德啦！可是，我是个急性人，咱们怎么办，你有个底子没有？”

廖祖道又来回踱了两趟，然后猛一转身，眼睛狠狠地盯住刘继志的脸，低声说：

“方策已经确定，十六个字：‘不落口实，不择手段，斩草除根，免贻后患。’懂吗？”

“好！我懂！”刘大刀螂咬着牙，拳头紧贴着大腿，同时脚跟一抬，全身一纵。“我有办法了！……”他那大白楞眼里闪着怕人的光亮。

“‘不落口实’是什么意思？”廖祖道问。

“是说：咱们既要做得出来，又要说得过去……”

“好极！”

“我最痛恨的就是穷鬼们不服王法！村里一切不服王法的人，大老爷，你都交给我好了！”

“好极！”廖祖道又说，“从明儿起，我给你一支盒子枪带在身上，一来可以防身，二来经常练练枪法，往后带队伍才更有本钱……”

刘大刀螂又全身一纵，喘呼呼地说：

“大老爷，从今往后，我刘继志活着是你的人，死了是你的鬼，我一定要头拱地报答你！”

廖祖道又恶狠狠地说：

“好！只要你赤胆忠心为我办事，我也一定对得起你，咱俩一言为定。可是，老弟，我再问问你：今日在十字路口哭鼻子流眼泪的，还有些嚷得最欢的年轻人，尽是些什么人？”

“多半是咱家的佃户。”大刀螂说。

“我可是留心来着，”好半天只是合着眼养神的廖云阶，忽然，睁开了眼睛，“多半儿都是村北‘窝子’里的人。刚才我也说过，王大牛这小子就是窝子里最犯劣的一个。”

“东西们！”廖祖道咬牙切齿地骂了一句。“给你们房住，给你们地种，等于是养着你们，倒像是冤苦了你们，碰着个事由儿就哭，就嚷……嗯——啃！所以我说，不能把地零零碎碎租给这些穷鬼们，生成的贱骨头,养不驯的狼！……”

“是呀,每年收租要账,不知道要捣多少麻烦。”大刀螂附和说。

“嗯——啃！所以,这都是前辈子留下的积弊:在本村近村集中养着几百户下三烂穷鬼。幸亏这一带还没有共产党活动,要不然,岂不更是养虎贻患？所以,这一回,等秋收一完,就一定要把这些地收回来！老叔,不能再姑息养奸了,这‘废佃自耕’的事一定要办,并且刻不容缓!”

廖云阶没想到说了半天竟归结到这上面来了,竟是自己提供了理由来反对自己！他一时想不出话来说,并且,在刘继志这个外人面前,也不愿意跟侄儿争论,但心里却有些激动,只得用发抖的瘦手把铜水烟袋的嘴子送进口里,低着头一个劲儿咕咕起来。

“继志老弟,”寥祖道又一边来回蹓跶着一边说,“这都是当前的急务:成立保卫团,收回租地,惩办坏人。……”

粉白的墙壁上,他那晃来晃去的影子看起来是那样的沉重,那样冷静,那样自信。一些具体做法已经在他的脑子里现出个图样来了。不过现在不能当着老头子的面说出来。必须独断独行,干了再说。

“哎,”他忽然又站住了脚,笑起来了,“我又想起了陈老三家的小汤包……”

这陈老三是南大街上一个有名的包子铺掌柜,专卖核桃大的小笼包子,一口一个,一咬一兜儿油,从早晨到深夜都有卖。现在已经十来点钟,说话说得肚子饿了,小汤包下酒,吃饱了喝足了再睡觉,岂不是很美？刘大刀螂当然也很欢喜汤包美酒的滋味,但当他跳起身来要喊人去买时,廖祖道又叫住了他:

“老弟,你又是叫聋老大去买吧？我倒想起来了:那天你告我说,这老废物的兄弟辛二定,也是咱家的老长工,是那年穷鬼们闹事,被衙门里逼口供逼死了的,对吧？他丢下个小闺女寄养在北大街一个姓赵的人家家里,这姓赵的就是赵黑头吧？”

“是的,听说那小闺女是给赵黑头的小小子当童养媳。”

“这又是怪事!”廖祖道又突然把虎脸一沉,“怎么赵黑头这么神通广大,跟咱们家的老长工都勾串起来了？你去把这老废物叫来!”

不大一会,刘大刀螂就提着马灯领来了一个六十多岁、躬腰驼背、全身精瘦、精神麻木的老头儿。他就是三十年前赵老恭被吊在北大院的大树上时，领着几名长工给他拿梯子，喂酒，并劝他逃走的辛二定的哥哥，名字叫辛大定。在廖家人们的印象里，这辛大定越老就越呆、越傻、越老实，连耳朵也聋了。自从让他住到南大院东便门里的狗棚子旁边，专管喂狗、种花、打扫厕所等等杂事以来，已经将近七八年了，人们总是看见他不声不响地摸索干这干那，只跟狗呀花的打交道。他那对昏花的老眼从来也不看人，从来也不留心什么事情。就连别人对着他的耳朵大声说话，他也只把眼睛看着地下"嗯嗯"地答应，好像不管你是谁，你的表情态度怎样，对他都是一样。他怎么会变成这样的，他心里尽想些什么，他有没有喜怒哀乐，谁知道？谁管他？

现在他低着头走进了灯光明亮的大花厅，对满屋子华光耀眼的绣屏字画，桌椅家具，瓷器摆设，还有刚刚被请进来吃包子的太太们，他都不抬一抬眼睛，好像他眼面前并没有任何东西。廖祖道冲地站起身来，猛不防把个茶碗往他脚后边一摔，啪地一声响，把女人们吓一大跳，连耷着眼皮子养神的廖云阶也全身一震。但辛大定还是那样，低头耷眼地看着当地，没有一点反应。廖祖道又突然往他面前一站，用毒蛇一样的眼光狠狠地盯着他的脸，足足有三五分钟，引得所有的人都不声不响地看着他，屋子里简直静得瘆人。但这怪老头还是一动不动。

一直到老头子侧着耳朵听完了大刀螂的大声吩咐，接过了买包子的钱，提着马灯，踢踢踏踏地走出了小花园院墙的小月亮门，廖祖道才转过身来，嗯啃了一声，咬着牙狠狠地说：

"妈的！我这手痒痒的，真想扇他两耳刮子！"

"哟！你恨这么个糟老头子干吗？你真是个怪人！"廖云阶的二太太娇声娇气地说。

廖祖道没有理她，却对廖云阶和刘继志大声说：

"我恨那不亢不卑的神气！我讨厌——那死鱼眼里像是藏着一股火！今日我才知道，不要以为咱这大院里边是十足的太平天下！老实说，我疑心这老废物是装聋作哑，是赵黑头和穷鬼们的坐探！嗯——啃！不管怎么着，继志老弟，赶快找个替换人，叫这老东西滚他娘的蛋！你们用一些这样的人，真是没心眼！"

“辛二定怎么死的，这聋老大压根就不知道！”廖云阶忽然生气地大声说。

“叔，你能保险吗？要是万一他知道呢？”廖祖道也大声问。廖云阶又被憋住了，压住了，又气得拉长了脸，抖动着胡子，半天，才固执地、恶狠狠地爆发了：

“不论怎么着，是我调弄了几十年的下人，忠诚可靠，决不能不用！我不怕！决不怕！几十年就这么过来了，穷鬼们没有咬掉我一根毛！就拿王疯子打比吧：十几年来，不论是本村的人众，不论是外村赶集的人众，谁见了他不会想到咱廖府的威势？谁敢跟咱廖府做对头，他就该想一想——像王疯子这样的人就是活榜样！我当家几十年，向来就是这样主张：对那些犯劣的对头人，惩治得差不多时，也可以留他一条命，既显得咱廖府的宽厚，又可以让他做示众的——这就叫做留着鸡血给猴看。哪个猴子不怕看见血？要是连一个疯子都怕他活着碍眼惹事，咱廖府的日子还怎么过？那就趁早把地都卖了，坐吃山空，让后辈子孙要饭去吧。废租自耕，好听的新名词儿！多雇几百长工，长工们不是一样的要造反？到时候怎么管制法？辛大定兄弟俩不就是咱家的老长工吗？这老头子多少年来又老又聋，你都不放心，要是有几百名壮实长工，你就放得下心？话再回到王疯子身上来：要是让王疯子住在那破庙里自生自灭，还会发生今天这样叫咱丢脸倒灶的事？祖宗八辈子也没有丢过这样脸！我看还怎么去把这脸拾回来！”

他越说越气，一会站起来，一会又坐下去，把水烟袋往桌子上顿得啪啪响。

屋子里一阵沉默。

廖云阶的二太太点着了一支香烟，一边仰着脸吐着烟圈，一边翻着大眼看着顶棚上的大花吊灯，忽然娇声怪气地笑起来了：

“哟！嘿嘿嘿……，真有意思，我数得清清楚楚，它绕啊，绕啊，绕啊，整整绕了二十五个圈儿，往灯罩儿上一撞，摔了个崩脆——真是活该！”

“是吗？真有意思。”廖祖道也出人意外地笑着，连忙走到大吊灯下边，费力地弯下大胖身子，拾起一个花翅膀的大蛾子来，用两个肥手指头拎着，举到灯亮下边看了一会。“小东西，怪逗人喜欢的，去吧！”一松指头，那蛾子真的又绕屋子飞起来了。

“真无聊！”三姨太太张翠屏一撇嘴，一扭身。

别的太太小姐们有的低下头来暗笑，有的轻轻摇着扇子，装作什么也不在意。

大刀螂不得不放弃吃小汤包的机会，赶紧告辞：

“我得到北院去看看那些扛长活的，也许他们也在议论今日的事，小子们也别想趁势儿犯劣。”

廖祖道用赞许的眼光目送着他。

十　三

这时候，聋老头辛大定并没有走远。他在离花园不远拐角处一间小屋子的门前停了下来。门是半开着的，屋子里没有点灯。他正要小声说话，屋子里已经响起了声音，走出一个小小的人影子来。是一个五十多岁的老太婆，做粗活的老妈子，廖府的下人们都叫她刘二婶子。她是大刀螂刘继志的远房本家，从年轻的时候就守寡，就被刘继志的爹刘丕臣引荐进来当了廖府的下人。如今年纪大了，由于是管账先生的本家，受到信任，被允许住在离花园不远的这间小屋子里，专管扫地、洗地板、擦家具，从厨房里给老爷太太少爷小姐们打饭打水。几十年劳苦、孤独、辛酸、屈辱的生活，在她心里刻下了无数道深深的伤痕。年轻的时候，她曾经跟模样俊气、性情温和的树根嫂非常要好，两人结拜了干姐妹，交换过金兰帖，树根嫂成了她在这个世界上唯一的情胜骨肉的亲人。但是，树根嫂遭受了刘丕臣的侮辱上吊死了，她的唯一的亲人被夺走了。当时，下人厨房里一个姓周的大师傅劝她说：“别太伤心，别哭得太厉害，别引得刘丕臣猜忌你。你跟树根嫂是干姐妹，俺跟树根哥是干兄弟，咱俩一样，都得忍着，要装得像没事人一样。等着吧，总有报仇的一天！”从此，她就变得沉默寡言，真的一直在咬着牙等着，等了二十几年。这时，她轻轻走到辛大定跟前，先做了个叫他不要出声的手势，然后把他拉进屋子里，对着他的耳朵，把刚才她所隐约听到的大花厅里的谈话告诉了他，然后把平常打饭用的一个食盒子交给了他。

辛大定把小马灯拨得亮些，提着食盒，费力地眨巴着老花眼，高一脚低一脚地走出了廖家南大院的东便门。宽大的南大街上寂静得怕人。从侧边一个胡同里传来了打更的梆子声。辛大定故意放慢了脚步。村公所的更夫，全村人都熟识的傻宝瑞，敲着梆子从胡同里走出来了。两人用咳嗽声互相打了招呼，然后凑到跟前，脑袋碰着脑袋。傻宝瑞不傻了，聋老大也不聋了。

"有事？"

"风很紧。廖肉头跟大刀螂下了狠心，要对赵大哥下毒手……"

两人分了手。傻宝瑞敲着梆子不紧不慢地往北大街走去。他驼着背，躬着腰，翘着胡子，拖拉着破鞋头，脚步走得那么均匀。这脚步声和梆子声，是这静夜里大街上唯一的声音。走到赵老恭家西边不远，进了又窄又长的"窝子胡同"，从一段破院墙的缺口跨进了一个野草丛生的小破院子。这就是跟赵家后院相毗邻的、荒废了多年无人居住、一直被当做学屋的那个小破院。多少年前，赵老恭就是在这里跟穷弟兄们一起磕头盟誓成立香炉镰刀会的。如今这里是吴百川教学"坐馆"的地方。每天夜里，孩子们早就回家了，念书的声音早就消失了，教书先生吴百川也不住在这里，院子里应该是非常空虚寂静的吧？可是，傻宝瑞刚刚跨过院墙缺口，还没有来得及站稳脚跟，就听见一声轻微的响动，只见从一棵树干后面转出一个黑影子来，吓了他一大跳。他倒退了一步，刚想张口问是谁时，那黑影子已经闪到了他的跟前，轻声说：

"宝瑞叔，有事吗？"

原来是赵二鹏。

"你这孩子！怎么一个人在这儿？"

"家里有事，俺在这望风。"

"告诉你爹，风紧……"

两人低声说了一阵话，傻宝瑞又从原路走了。不一会，街上又响起了梆子声。

赵二鹏又回到树干后边，搬开墙根下边的两捆玉米秸，露出了一个缺口，跳了过去。

这时候，在西房的外间屋里，他爹他妈正在发生一场小声的争执。

“给我！”

“不给！一辈子别的事我都听你的，就今日这件事……不行！”

“你一辈子对着它磕头磕破了多少层脑门皮，还没有磕够？”

“往后俺不磕头了，可俺要留着它做个念物儿。老平啦，你不知道，早先我跟他成亲那工夫，没彩礼，没嫁妆，也没价请客办酒席，什么也没有，就光是俺爹给铸了这么个生铁香炉，俺夫妻俩对着它拜了天地，就这么成了亲。后来，老一辈子的穷弟兄们又对着它磕头盟誓，结成了香炉镰刀会。从那时到现在，有多少晚辈子人入会，都对着它磕过头，盟过誓。今日你要是把它砸了，对咱俩来说，不吉利；对会里老老少少的人们来说，就怕他们散了心……”

“我是恨！是这口恨气没法出！敬神敬鬼几十年，一面敬，一面恨，恨这神呀鬼的光为财主，不为穷人，骗了我几十年。今日我才知道，是咱们自己骗自己。要革命——像老平说的话，就得有个决心劲儿，就得从这个骗人的鬼东西革起！有我这把老骨头在，还有咱那把铁把子镰刀在，咱会里的人们铁定的散不了心。什么吉利不吉利？大不了是个死吧？死过多少遍的人，你还怕死？怪事！”

“叫俺爹说说吧，爹，你让他砸吗？”

“不让！”老爷爷张老梗说。“这香炉是俺铸的，把你们两口子，把穷哥儿弟兄们，铸到一起了……俺不让砸！”

别的人们也都小声议论起来。最后还是平地山的话起了作用，他说，只要把心里的迷信思想砸掉了，香炉留着也没关系。

二鹏这才走进屋里，把刚才傻宝瑞所说的消息告诉了一遍。于是人们又回进了里屋，继续更紧张地商量起正事来。

直到半夜过后才散会。人们都从破院墙缺口跨进学馆院，又从破院墙缺口跳进窝子胡同，然后分散着各回自己的家。走在最后的是王老建和平地山。本来是两个人，两张嘴小声说话，走路却只用两条腿。

“你真的背得动吗？可别拌着什么东西摔一跤。”

“放心，轻轻巧巧。俺的眼睛也管事。”

“往右手，那儿有个院墙缺口，看见了吧？迈过去。……好，你还真有点劲。……我再说一遍，把我送到家可以，在我那破窝儿里睡觉可不行，又窄又脏又有股气味。”

“放心吧，俺东跑西颠，什么样的地方没住过？多少回，数九寒天，在村外钻到麦秸垛里过夜。什么叫干净？什么叫脏？照我看，财主窝子里才真叫脏，你说是不是？”

“这话说得真好！……咳！几十年啦，好容易才碰到你这么个明白人，真像是老天爷睁开了眼……”

“嘿嘿，老天爷要是再不睁眼，咱们大伙就使劲来掰开它！”

“对！这话又说得好！”

老平真没有想到，黑夜穷人窝子里的路是真难走。胡同窄，拐弯多，坑坑坎坎，高高低低。以为黑的地方是泥水，其实是干地方；以为白的地方是干地，其实是前几天下雨的积水坑，是被天上的星光映白了的。碰到大树浓阴的地方，只好把腰弯得低低的看路下脚。这里的狗还特别多，一听见人声，就远远近近发狂般的吠叫起来。有时还猛不防从一个什么黑暗地方冲出一只两只，照着人的小腿闯过来。老建只好不停地吼叫着吓唬它们。人越是理直气壮地对它们喝斥，它们反倒像输了理一样变老实了，这大概就是狗们所特有的狗性吧？既然这里住的都是穷人，为什么要养这么多狗？老建解释说，穷人们用不着养狗防盗，但必定要养狗防狗——是防备财主家两腿的恶狗。连穷人家养的狗也知道应该恨什么人。只要看见穿得阔气的，或是看见肩背大枪腰扎皮带的人，它们就特别愤怒，就会成群结伙地围攻上去，他越是大声呵斥，它们反倒越是愤怒勇猛。从这一点来说，这些穷人家的狗倒是很通人性的。而且它们都吃得很少，饿得很瘦，却决不嫌贫爱富，从这一点来说，它们比很多人的人性还强哩。

王老建既然家破人亡，自己又残废了，当然不能再当财主家的佃户了，按廖家的规矩，当然也就不能再住廖家的房子了。幸亏有侄儿王大牛顶了门户，仍然租种着他家原先租种的土地，住了原先住的房子。这时，破院子门是虚掩着的，一推就开了。也有一匹狗趴在院里边的，王老建只轻轻“咻咻”了两声，它那怀疑的呜呜声就在喉咙里咽回去了。也是飘荡着薰蚊子的艾蒿烟子的香味，跟一路来时到处闻见的烟味一样。对面屋里，王大牛回来得早，已经是鼾声如雷。房门不用推，本来就是开着的，因为根本不怕偷盗。平地山刚刚要往门坎里迈脚，老建就在背上说，“弯腰，当心门框低，撞头！”老平刚刚两只脚迈进了门坎，老建又说：“站住，别再走了，当心踩坏了娃娃！”老平心里好笑，什么娃娃？也许是小猪娃吧？他果然站住了脚，慢慢试探着伸直了腰。老建又说：“身子朝左转，把我搁在炕上。”老平真的向左手转了一下，就觉着自己的大脚真的碰到了炕沿根。老建又说：“好，松手。”老平把身子略略低了一下，觉着老建已经坐在炕上了，他才放心地把肩膀上老建的两只手松开。不知道老建从什么地方找着了火柴，点着了墙龛里的小油灯，这才看清了整个屋子的面貌：矮、小、窄、破，四个字就够说明的了。后墙上一个断了棂子的窗户，没有糊纸。小土炕打直勉强能睡两个人，上面铺着一领旧席，角儿上有一堆破被子，一个小炕桌，炕桌上有几个装着红绿颜料的破碗，碗沿上放着毛笔。没有家具，地面盖着一块挺厚的湿粗布，揭开布角一看，才知道是盖着一些刚刚做成的泥娃娃坯子。老平捡起两个就着灯亮欣赏了一下：喝！一个是胖老财，一双鼓眼，一脸横肉，一个大肚子。另一个是个瘦长脸的小老头，叫人一看就想起了本村的村长刘叫驴。泥坯做好了，必须放在阴湿的地方，用湿布盖着，才不至于干裂，等做饭时，每次三个五个的放在灶膛里烧成熟坯，再用胶水颜料画上眉眼衣服，才算完成了。老平这才知道，这个“半截铁人”就是靠着这套手艺过日子的。

隔壁人家一匹毛驴扯着嗓子叫起来了，震得歇在房顶棚上的苍蝇嗡地满屋子飞。

“这窝子里也有些人家养牲口吗？”老平问道。

“有。不是小毛驴，就是老黄牛。有两家伙养的，有三家四家伙养的。没有牲口怎么种地？没有牲口粪怎么上地？穷人，宁可自己饿肚子，也得省下钱来养一条驴腿。”老建一边说着，把炕角上的破被子挪动了一下，看了看，实在为难，呆呆愣愣的不知道怎么办才好。

老平又问他：

“都是挺穷的吗？是不是也有好过一点的？”

“有，少。”

“他们是怎么过得好一点的呢？”

“弟兄多，力气壮，心眼灵。能干，死干，不要命地干。种地，耍手艺，跑小买卖，打短工，外带省吃俭用。积下钱来独家买一匹牲口，养两头猪，养一群鸡，男人女人老的小的都不闲着……”

“也有积下钱来买房置地创家业的吗？”

“创家业？难啦！你多能干，不如老天爷会变，不如狗财主会算，挡不住天灾人祸……”

王老建终于下了决心，让老平背上背着他，胸前抱着被子和枕头，出了屋子，来到院里，顺着靠在房檐上的一张梯子上到房顶。好在房子矮，梯子也还结实，王老建的身子也不重，老平并不觉得怎么吃力。他倒是担心这个梁小柁细、泥灰很薄的房顶是不是能经受得住两个人，不敢站直了身子在上面走，轻轻地把老建放下来以后，就趴着铺好被子，两人这才肩并肩很舒服地躺了下来。这上面确实是既凉爽，又畅快，蚊子也不多，比闷在浓烟呛人的小屋里强得多。天空上满天星斗，四野里寂静无声，周围是数不清的豆腐块一样的灰色房顶。有的房顶上也睡着人的，响着有节奏的鼾声。老平觉得舒服极了，不觉脱口而出地说：

“大叔，这太好啦，真像回到家里一样！”

他所说的家，不是一般人所说的家。多少年来他一直是到处为家，哪里有穷人，哪里就是他的家。今天他当然像是回到了自己的家。王老建也觉着很舒服。他伸直了麻木的两腿，仰面朝天，手托着头，心里想着刚才在赵老恭家里谈的那些道理，商量的那些事情，想着傻宝瑞送来的信儿，想着赵老恭一家人的危险处境。他转过头来，对着老平的耳朵小声说：

“老弟，你还不太知道俺们赵大哥的性情。你劝也是白劝。在这个节骨眼上，他不会躲出去的。他从来就是这样，不愿意自个图安逸，让别人去扛大山。泰山压顶，他是高个子先扛住。这一回又是这样。他怕自个躲出去了，廖肉头必定要找别人出气。并且，正像你说的，眼看着有好多别的风浪事要来，咱们要想办法对付，他怎么愿意走出去？我是知道他的。几十年啦，还能不知道？他的大小子，是因为脾气太暴躁，在家不光没有好处，还会坏大伙的事情，他这才让他常常在外边转。这个二小子，也是个又有志气又孝顺的小子，他倒是老想着出去见见世面，可是在这个节骨眼上，只要他爹他妈他爷爷不走，他自个是说什么也不会走的，所以你也不用再劝他……”

这时候，在星光之下，又有个灰黑色的人影子向着王老建的小院子走来。是个身材瘦小的老太太。她一只胳膊夹着一卷东西，手里还拿着一把扫炕的小扫把，低着头，走得很慢，显然是怕惊动人，很轻很慢地推开了院子门，轻轻走进院里。趴在院门里面的那匹狗很高兴地跟着她，亲热地摇着尾巴，用鼻子嗅她的裤腿。她好像根本没有看见这个懂事的畜生，轻轻走到老建住屋的窗根下边，侧着耳朵听了听，又看了看靠在房檐上的梯子，断定屋子里没有人，人在房顶上哩。就轻轻走进外间屋，又走进里间屋，很熟悉地一伸手就从炕头的席角下边摸着了火柴，点着了墙角里的小油灯，然后爬上炕去，跪着，用小扫把轻轻地扫起炕来。扫完了，把小扫把留在炕上，意思是留给老建以后用。下了炕，又从门扇后边拿出个大扫把来，轻轻地把地面上做泥娃娃撒下的泥疙瘩和沙土扫到门坎外边。又把小油灯挪到外间屋的锅台上，轻轻地把外间屋也照样扫干净了，连墙角上和水瓮锅台之间的空隙地方都不放过。然后把垃圾归积到灶门口的柴灰里，这才直起腰来轻轻地喘了口气。又把小油灯放还原处，吹灭了，轻轻带上了房门，走出来站在院里，侧着耳朵听了听房顶上低低的谈话声，想了一下，就走到梯子跟前去。当她干这些事情时，那卷东西一直是夹在左胳膊下边的，因为那是一条新的薄棉被，在这里实在找不到干净的地方放下来，所以她一直都是用一只右手干活儿。现在她又用那只右手扶着梯子，轻轻地吃力地上了两步梯档，看见了躺在房顶上的那两个人，就用右手拿着薄被，轻轻丢了过去。这房顶本来不大，被子正好落在平地山身边。两人正谈话谈得入神，猛不防吃了一惊。平地山一勾身坐了起来，吃惊地问：“谁？”她连忙摇了摇手，意想是叫他不要大声说话，免得吵醒附近房顶上和屋子里睡觉的人。平地山吃惊地看着她下了梯子，走出了院子。

“甭问，是大嫂。”老建说。

“哪个大嫂？”老平还不明白。

“赵大哥家的，二鹏那小子的妈。对你说，你就没有见过这样的人！黑更半夜的，她不定怎么翻箱倒柜才翻出这条被子来呢！这么晚了，还自个摸着黑送来。腿脚走路又不方便，眼睛也不好使……她为什么不让孩子们送来？必定是两个原因：一是怕孩子们惊鸡惹狗，吵醒人们；二是要让孩子们多睡会觉，明天要干活。她那心啊，没那么细的！”

“哎，我该下去送送她。”

“甭送！你一下去，全窝子的狗都会叫起来，她就要不乐意。”

“你这一说我倒想起来了，未必是咱俩说话说得什么都忘了？刚才怎么就一点也没有听见狗叫呢？”

“看你说哩，就有这样的怪事：这窝子里的狗就是不咬她。一来是，她来得太勤，五更黑夜的常来往，连她的脚步声狗都听熟了；二来，敢情狗们也知道她是天下少有的好心人吧？咳！”

“她尽来干吗？”

“事儿多哩！这家媳妇坐月子，那家老太太有病，张三家揭不开锅，李四家父子吵架，都是她的事。送鸡蛋，粮食，衣裳，问寒问暖，知冷知热，说宽心话，帮着收拾家务，陪着人家流泪……总归一句话：家家都是她的亲人，比亲人还亲！唉！就说我吧，真不知怎么报答她才好！”

“嗨！……”平地山无限敬佩地轻轻感叹一声。

夜气确实有些凉浸浸的了。王老建的一条破被又窄又短，棉絮又不均匀，两个人实在盖不过来。老平把那条新的、干净的薄被抖开，给自己和老建盖上，又重新躺下来。

但他的睡意一点也没有了，只好睁着眼睛望着天上的星星，心里的思绪像波浪一样起伏着，涌动着。

一会，他觉着老建动了一下，自己身上的被子变重了。原来是老建把被子掀到他这边来了。

“你怎么不盖？”

“我不冷，你盖吧。”老建说。

这样的夜气，露水又重，他怎么不冷？哦，老平明白了：他是怕自己的脏身子和脏被子弄脏了这条新被子。于是老平坐了起来，把新被子折叠起来搁在枕头旁边，仍然扯过破被来盖上，重新躺了下来。他这么做时王老建也不拦挡，只是等他躺下时往他这边挤得紧了些，又用手把旧被子往他这边扯了扯。

十　四

这时候，赵大婶已经摸摸索索回到了家里，进了后院，在微弱的星光下，她看见一个粗大身影坐在西屋墙根的“记恨石”上。她的心一下子就痛热得颤抖起来了，也紧挨着他坐了下来，看着他那翘翘着的大连鬓胡子，轻声说：

“我说，你，别想这想那的了。一整天操心绞肠的，吃晚饭时又喝了那么多酒，还不该好好儿歇着去？”

“我哪能睡得着！”他轻轻地从胸膛里嘘出了一口长气。“想想咱俩坐的这块破石头吧……整整三十年啦，我跟你！……今日总算，明白了好多事儿……”

是呀，这块捶衣裳用的石头，三十年前，他咬紧牙关一锤子把它砸碎了，把他自己钉在这块记仇记恨的土地上了。“整整三十年啦，我跟你！”这句话里含着多少辛酸，多少痛苦，多少体贴之情和难言之意啊！她禁不住抄起衣襟擦起眼泪来了。

“别哭，”他说，“我这心比什么都硬，可就是怕你哭……”

“俺不是哭……”她仰脸望着繁星闪烁的星空。

奇怪，老夫老妻了，这会儿倒想亲热一下。眼泪又涌满了眼眶，星空霎时间变成了一片银白，她却微微地笑了。一会，又扶着他的肩膀站起身来，摸索着走进了黑暗的柴禾屋，摸到东墙上那个小神龛跟前，手扶着墙壁跪了下去，先磕了三个头，然后哽咽着轻声细语地说：

“菩萨啊，到底是你显灵，到底天底下有好人，有能人。兴许，咱们到底还是有盼头啊！……”

又扶着墙壁站起来，走出柴禾屋，挨着他坐下来，想了想，轻声细语地问：

“鹏他爹，你说说看，天底下真有那样的好地方吗？”

“我心里也正在掂量着这个事儿呢！”老恭翘着大胡子出神地说。

“唉！要是真有那样地处，普天下的庄稼人可就乐得睡着了也得笑醒啦！就连那些死了的穷人，在黄泉下边也要乐得睁开了眼啦！”停了一会，又说："要是有那样地处，俺就豁出来了：哪怕它千里万里，哪怕是拄着讨饭棍子一路要饭，哪怕是滚着爬着，也要亲眼去瞅瞅，回来再告诉乡亲们，让大伙也有个盼头儿……"

老恭回过头来吃惊地看着她的脸，心里说："怪事，你跟我想到一条道儿上去了！"不过，他还是决定暂时不把自己的心思告诉她。

"睡去吧，可别把身子熬得油干火尽，到时候什么也瞅不见！"他心痛地说着，拉起她来，扶着她往屋里走去。

第五卷

一

村村镇镇传说着一些有根无根的议论和谣言。“山海关驻扎着百十万日本兵，只等一声令下就往关内开。要打大仗啦！陆乱的年头来啦！”蒋光头像牲口贩子卖牲口一样，正在偷着跟日本鬼子用手指头比码子——讨价还价，咱老百姓都蒙在鼓里呐！”“别怕，咱中国有的是能人。遍地红花开，单等红军来。到时候，你就瞧热闹吧！”还有更奇怪的传说：八月十五，劫数临头，铜头铁脑的天狗下凡，见铁就咬，见人就吃；七七四十九天日月无光，不能动烟火，不能点灯……

老槐树庄虽然是个深藏在柳树丛子里的不顺大路的小村子，村北永定河大堤上也偶然有满载着行李箱笼的胶皮轱辘大车走过，行李堆上高高地坐着城里装束的男男女女，是从北京回乡下避难的有钱人。他们也没有带回什么确实的消息，只是说：北京城外丰台车站的日本兵天天到宛平县卢沟桥去闹事，看样子是要占咱的铁道线。北京城里城外，到处有吸白面的小汉奸替日本人探消息。河北省主席宋哲元这家伙靠不住。蒋光头还想跟鬼子谈判说和。北京的学生们见天的游行、演讲……

“大地方有钱人的家当一车两车就拉回来了，咱庄稼人的房子地能装在车上拉走吗？不管怎么着，只要脑袋还长在脖子上的，日子就还得过。嘴巴饶人肚子不饶人，不干活反正不行！”——这是白老敬老两口和许多老年人共同的结论。

“唉！一辈子过的是揪心日子，如今更加过的是揪心日子，谁知道往后还会怎么着？”白老敬常常这样感叹地说。

来找赵大鹏做嫁妆的人家多起来了。自己有木料的人家多半把他请到家里去做,没有木料的人家就来找他定做。也有人想在手里多存几个活钱,来找赵大鹏搭咕买卖木料的事。他们多半是夜里有空的时候来,常常要跟白家老两口子聊天,谈的多半是年头不稳,儿女的婚事要早点办一类的话题。这就更加给白老敬增加了烦恼,也更加给大鸾、小凤和赵大鹏增加了焦急心情。白老敬是为女儿焦急,小凤是为姐姐焦急,老赵是为自己、为白鸾,为了报答知心人、为了早点定下来而焦急。男子汉大丈夫,怕什么"家口千斤重"?该扛的担子就得扛起来。为朋友两肋插刀都干,为救人丢掉脑袋都干,何况是为了这么个知己知心有苦有难的好人儿!——现在,赵大鹏常常用这样的话来为自己辩解,来抵抗以前的矛盾心情。

可是,白大婶却丝毫不动声色,非常沉得住气。十天过去了,半月过去了,二十天过去了,不管白鸾姐妹俩怎么暗示,怎么挑动,不管事情已经明显到了不能再明显的地步,也不管老头儿几次把话头儿往这方面引逗,白大婶却总是不动声色。白鸾早就在悄悄儿做准备:做绣花鞋,做新衣裳,每天都经心打扮得更加鲜嫩好看。并且所有这些鞋料、丝线、衣料、梳头油都是赵大鹏给她买的,白大婶是都看见了的,但她还是声色不动。姐妹俩也曾要老赵转托郭老二去试探了一下。白老敬说,他过去已经在女儿的亲事上做错了一回,这回要由老伴做主。白大婶的回答是:"她二叔,我知道,你是好心好意,可这个事我有我的主意,你等着瞧吧!"

慢慢地,小姐妹俩到底还是把妈妈心里的想法套出来了。原来,妈妈是个争强好胜的人,过去一直埋怨老爹巴结日子足实的人家,赔着小心把女儿送进了苦海,现在她是再也不愿意拿着花朵儿似的女儿去求人了。不管这男家怎么知己,婚嫁事儿总是个大事呀。俗话说:"真心要吃人参果,哪怕山高路难行。"他要是对女儿真有深情实意,那就让他厚着脸皮子低下脖梗子来求吧。必须多费点时间,让女儿的柔情把这个刚硬汉子化得更软些,缚得更紧些,才能达到一个更重要的目的。真是一个有主意的老太太啊!

有一天,赵大鹏正在院子里用泥灰抹猪圈的顶棚,白鸾趁着喂猪的机会,小声对他说:

“鹏哥，别焦心，别丧气。”

老赵叹口气说：

“我这心里天天像火烧似的难熬呢！”

“我不也是？”白鸾说着，拉了他一下，两人就轻身闪进了柴禾屋。

于是她就央求他了：

哥，你就算为我，也算为你自个做好事吧！就老着脸跟老人说去吧！”

赵大鹏又叹了口气：

“得，除了对亲爹亲娘，我可从来没对别人老着脸皮低过头啊。从来是一觉着不痛快，甩手就走。这回可真是为了你啊！”

“俗话说，‘为嘴丧身，为媳妇拜丈人’嘛。”白鸾嗤地笑了，却立时又皱起了眉毛尖子，叹口气说：“唉，你总算答应说了，可是事儿还难着呢，成不成还不一定呢。”老赵吃了一惊，问她是怎么回事，她又说，“这事也全在你：你要是愿意，咱俩就好事做成了；要是不愿意，咱俩还是前世没有修下这份福……要是真的一场空，往后，我可怎么活！……”她的声音变了，眼里泪汪汪的，说不下去了。

直到赵大鹏急得跺脚，一再催她，她才说出了原委。原来是，老两口子想儿子想了一辈子……但也并不是要他做倒插门女婿，不要他改名换姓来接续白家的香火，只不过是要他长久在自家顶门顶户过日子。

“就是这个事？”老赵又用大手捧住白鸾的脸，用爱极了的恨声说，“亲人啦，你光知道我是个爱面子的人，怕我嫌丢人是不是？罢罢罢，为朋友知己掉脑袋都干，别说是为了你！走遍天下到哪儿去找你这样的贴心人？你算把我这高傲性儿制服啦！反正我是有家难归——俺村的狗财主要是知道我犯的案，十年八年也不会饶过我的！他妈的，谁要敢笑话我是倒插门，只要我知道，瞧我不揍扁了他！……得得得，这回你总算知道我为了你——我的心是什么样儿了吧？”

白鸾喜得猛地跳开身，用亮得出奇的眼睛看着他，终于完全相信了，放心地呼出了一口气这才突然想起来了，侧着耳朵听了听，然后故意大声说：

“你还没有找见？那个耗子洞在这个墙角这儿呐，趁着有泥灰，顺手儿堵堵它吧，往后还想在这屋角搁点粮食呢。”

赵大鹏也大声说：

“这好办，等会我就来拾掇一下。”

两人先后走了出来。院子里，除了小凤在外间屋门口探了探头儿，没有别人。

从此，姐妹俩都又兴奋又焦急地等着那个能确定大事的好时候快点来。对姐姐来说，只有到了那一天，才算把她所向往的那点幸福牢牢实实地贴在心口儿上了。在那样的时代里，一个女人一辈子大都只有一次这样的日子，仿佛是人生路上的一道门坎，她必须由别人推着撞着迈过去，很少是迈向幸福，多半是迈向痛苦，永远也不能回来。自己却万幸从门坎那边痛苦的深坑里回来了，现在又要重新迈过去了，是一半由自己做主，心甘情愿地迈过去，而不是由别人推着撞着了。她希望那边不会再有痛苦。可是，世界这么不太平，总像有个什么阴影在悄悄地威胁着她……一定要快！一定要快啊！对妹妹来说呢，那好日子跟她也不是毫无关系。因为，那是一场高兴，是为了姐姐的幸福而高兴，是为了全家的命运而高兴啊！并且，哪个女孩子不是在这样一些事里学习和体验人生意味的？往往经过一两次这样的学习，人们就会发现，她已经突然变成大人了，她的眼神、脸色、打扮、举动都有了明显的变化，她已经成了青年人注意的目标了。她的爹妈就会在心里说：“这孩子，一晃就成大人啦，该替她操办啦……”

二

现在，白老敬家的院子房子完全变样了：院墙又高又厚，泥抹得又平又光；院子门换了结实的新门框，门扇也加了结实的横档；院子里的地面也一展平；北屋，一溜墙壁都抹平了，窗棂子断了的地方都补好了，屋里的墙壁也粉得像新房；所有的房顶，漏雨的地方都修补了；连猪圈、磨棚、柴禾屋都见了新，并且添了许多新的木器家具。村里人们只要走这大门口一过，就又惊奇又羡慕地说：“喝！这一家要办大喜事哩！”于是，白老敬家要招倒插门女婿的事，就悄悄儿传遍了全村。

这一天，趁早晨天气凉快，老两口和小凤儿都到地里去翻红薯秧子和掰高粱叶子去了。老赵在院子里用桐油油一副新做好的水桶，白鸾在屋里烧水做饭。看来老俩口对他俩的事不光是一百个承认，而且也一百个放心，要不然是不会把他俩单独留在家里的，所以两人都很高兴。一会，白鸾拿着两个煮熟了的鸡蛋，走到院里说：

“干一阵子就歇一会儿，别一个劲儿的。早晨空着肚子……先吃两个鸡蛋吧。”

“哟！”——忽然院子门口有人怪叫了一声。

两人转脸一看，原来是村长臭汤罐子来了。

这人三十来岁，是个横宽楞胖的敦敦个儿，一脸横肉，满面酒刺，肉头鼻子鼓泡眼，大下巴，厚嘴唇。他“哟”了一声，走进了院里，鼓眼珠子朝着白鸾和赵大鹏转了一阵，突然咧开嘴，露出两颗亮闪闪的大金牙，怪腔怪调地说：

“鸾妹子呀，我早就听见耳报神儿报了信儿啦，该着着实实给你道个喜儿啦。到底是眼眶儿高啊，瞧不上金啦，瞧不上银啦，单单瞧得上识趣儿的人啦……好好好，不错不错，你看这院里拾掇得……你真有眼力！”

白鸾的脸红得像泼了血，转身两步就跑进屋里去了。

“哎呀哎呀大妹子，你怎么走啦？”汤满罐走到大鸾住屋的窗户外边，接着用他那油腔滑调的流氓腔说，“是怪你大哥我出门到京里逛了逛，回来知道信儿晚了，没有早点来道喜是不是？哎呀，不要紧，知错儿，改错儿，好比没错儿，大妹子应该给我搬个座儿，摆个桌儿，咱俩坐下来说个话儿，逗个乐儿，改日有空儿，你大哥我再备一份厚礼儿，给你着着实实道个喜儿。哈哈！好啦，别生你大哥我的气啦，出来给你大哥我介绍介绍这知心识趣的人儿吧！”他回过头来对着赵大鹏眨巴着鼓蛤蟆眼，得意地笑着。

赵大鹏一只手捏着拳头，一只手叉腰，拧着粗眉，瞪着虎眼，虎势敦敦地站着听他说完了这篇话，然后走上前两步，从牙缝里哼出一句话来：

“你是什么人？”

“哦！”汤罐子还在得意，翻着白眼珠子，放连珠炮似的说：“原来你老弟还不知道我老哥的名儿姓儿呢。对你说，我名叫汤、来、喜，现任本村村长，大小管着点事儿，你就没听见说过？你就是赵大鹏吧？我倒是听说过，听说过，早两个月就听说过，只因老哥我逛了趟北京，今日才来当面领教。”看见赵大鹏的神气不对，他一边说着，已经朝院子门口退了几步，却还想摆摆派头诈唬一下：“不过你老弟也应该懂得规矩，进山拜山神，下海拜龙王。你既是想在本人我的治下落脚儿，安铺儿，还要摘下俺村最好看的香花儿，就应该懂得，摘掉一枝花，摇动一棵树；就应该对邻壁左右，四面八方，讨好儿，卖乖儿；就应该到本人我这一村之主的小庙儿里，打个照面烧炷香才是。谁知你来了这么久，不光照面不打一个，今日本人我特来拜望，你怎么反倒对我扬眉瞪眼的？‘你是什么人？’这像对村长本人我说的话吗？听说你也在外边走过些码头，怎么倒像是没见过世面的？……”

“原来你就是臭汤罐子！”赵大鹏却一步紧逼一步地往前走去。他两眼冒火，大喝一声：“你给我站住！”

但是汤罐子没有站住，反而一直退到院子门口，一只脚踏在门坎上，脸上变了颜色：

“哎呀老弟，你怎么这样不通脾！我是来买豆腐的，顺便拜望你，想跟你交个朋友。你瞅瞅，我这不是带着碗的？”他手里果然有个大海碗。

“不管你是来买豆腐的也好，干别的也好，快给我滚出去！别撩的我压不住火儿！我这拳头……”

“哎呀呀，好！好！”汤罐子已经迈出了门坎，却隔着院墙大声说：“好他妈的！姓赵的，我是大人不生小人气，不跟你一般见识。往后你姓赵的既是卖给这村了——为了个媳妇儿，你把祖宗八代都不要了，看来也不是个有出息的人——往后山高路遥，日子长得很，咱们走着瞧！”

老赵一个箭步窜出了大门，不想白鸾早已跟在后边的，这时竟来得这么快，一把拉住了他的胳膊，发急地说：

“撵人别过百步，算了！”

她满脸通红，胸脯一起一伏，右手上竟有一把雪亮的尖尖的小刀子。老赵吃惊地问她拿着刀子干吗，她没有回答，向四下里一看：臭汤罐子已经拐进了街侧边的胡同；这边，东邻家的院子门口，站着冯柱，伸长了脖子，摇晃着小脑袋，对着她冷笑着，结巴嘴动了几动，想说什么没说出来。她怕老赵又跟这个死庄稼头生气，就把他拉进了院里，把院子门一关，然后低着头，仍然红绷着脸，走进了北屋，把小刀往灶台上一丢，坐在灶门口，使劲拉起风箱来。

这时，郭老二推开院子门走了进来，一边拿着烟锅子装烟，一边自言自语似地说：

“俺在那边急得要跳脚，生怕老赵忍不住性子，闹出事来。俺不是说过吗？这人，是个蜇人的蝎子，毒得很。可是俺走不过来——把个院墙砌好了，隔开了，真不方便。”

他把站在院子当中咬牙发愣的老赵拉过来，按在北屋的台阶上坐下来，又接着说：

“老赵，跟俺一样，忍住，等着。忍得一时气，不吃眼前亏。大河也有改道的时候，高山也有崩塌的时候，等到有朝一日，咱再报仇雪恨……”

“我忍不住！”老赵大声说。

“喝，俺倒忘了，”郭老二想转换话题，“今日，俺本来是想领你去看那个事的——你不是想知道郑黑眼是咋的发起家的吗？看了那个事，你的心会发抖的！”

但是老赵的心本来就在发抖，还哪有心思去看郑黑眼的事？等郭老二走了，他想了想，走进屋里，关好了门，插上了栓，对白鸾说：

“妹子，我想起来了：以前我刚来的时候，小车上的小箱子里有半瓶酒，后来怎么就不见了？是你收起来了吧？干吗要收起来？”

白鸾那已经平静了的脸色，又猛一下像擦了胭脂，爱惜地看了他一眼：

“俺不是管着你，是怕你喝多了伤了身子。”

“妹子啊，”老赵强笑了笑，“咱俩的事，今日说什么也得在老人面前定下来！可是，我得喝点酒盖住脸，才好说话。”

白鸾立时兴奋得脸色像朵鲜艳的花，连忙到自己房里去拿出酒瓶来，又找来了她爹烫酒的小瓦壶，倒满了，掏出灶膛里的火灰，把壶煨在灰上。

老赵拖了个小兀凳儿挨着她坐着，郑重其事地说：

“妹子，我还有句话要说：往后，不论是什么事，要是我实在忍不住了，你可别再像今日似的拦挡我。”

白鸾看了他一眼，又扭过头去看着灶门口的火光，用出人意外的坚决的口气说：

“你该忍的还是得忍，我该拦的还是要拦！”

“要是我实实在在忍不住呢？”

“到了实在忍不住的时候，我也会一样的忍不住！”

老赵看了一眼灶台上那把雪亮锋快的小尖刀，一下子明白了，心里一热，猛地抱住了她，痛热地亲起她来了。从现在起，他才更加知道她的性情，也就更加掏心裂肺地爱她了。

“没想到，你还有个小牛耳刀。到劲头上，你敢下手捅人吗？”他在她的耳边小声地、无限痛爱地问。

“你呀！哼，难怪老是不相信俺能够跟着你上刀山，下火海呢！怎么就忘了，俺有个什么样的妈，什么样的爹？只以为俺是个绵软性子豆腐心？就不知道俺也会棉里藏针？亏你还说自个没有看错人！索性告诉你吧：从十四岁起俺妈就给了俺这把刀子，夜里压在枕头底下，白天，要是家里没人，就带在身上。小时候，俺也学过几天拳脚，可惜俺在这上面没长性，不像小凤那丫头……哟！锅里有煳味了！”

她脱开身，跳起来，揭开锅盖搅了几下玉米粥，从瓮里舀了半瓢水加进去，又往灶膛里塞了一把柴禾，然后低下头去吃吃笑起来：

“你今日要是再不开金口提亲，俺可就要怪你，恨你，再也不理你……”

三

这件事马上就惊动了半个村子。一些平常跟白家相好的人，有的就到地里去找老两口子报信儿去了。把事情说得最详细的当然还是郭老二，他是从头到尾亲耳听见的。老两口子都铁青着脸。白老敬只嚷了一声：“好狗日的！”小凤儿也只说了一句：“要来的事就让它来吧！”白大婶却一句话也不说。他们都想到了最近西头黄家发生的事。直到一脚迈进了自己家的院子门，白老敬忍了不是一天两天的冲天怒气可就爆发出来了。

“侄子，”他全身发抖地对着赵大鹏大声说，“你做得对，做得对啊！是该这么着：骂他，赶他，叫他滚！要是他滚慢了，就三拳两脚揍扁了他！你有出息啊，是我白老敬的侄儿，是你爹的小子。好啊！好啊！”他又蹦蹦弹弹地转动着身子，扬起头来对着四面的院墙，用更高的声音嚷道：“狼不叼狗不啃的东西啊，倒真的在我自家院里拉屎撒尿来啦？好啊！你，哪怕骂我白老敬两句，我，忍着，可以；哪怕吐我一脸唾沫，好，我也能咬咬牙，忍着；你胡要差款，供你那些混蛋朋友们糟，我也忍着。为了孩子们要过日月，我忍着，可以啊！可是你，要是给俺家闺女不好看，我，能忍着吗？不能！万万不能！你这个狼不叼狗不啃的东西，告诉你：要是再敢到俺家院里来扎刺儿，我就跟你拼了！我不要这条老命了！……”

小凤儿一回来就跑进姐姐屋里，这时也在屋里嚷叫起来：

“叫他的盟兄把弟都来吧！叫他明着也好，暗着也好，来吧！这人们不怕！怕浪就不在大河里行船，怕黑就不在黑夜里走路！姐，别抹眼泪，哭干么？反正他不敢动你一手指头。俺姐妹俩头可断，血可流，可就是不能受那些臭狗屎们的肮脏气！不能，说什么也不能！要拼，就拼吧！……”

赵大鹏愣在院里，眼里又在冒火。

街坊上来了几个劝说的人，可是白老敬还在有一阵没一阵地嚷叫着。

只有白大婶沉得住气。她不声不响，把从地里带回来的两筐高粱叶子搬进了磨棚，抓了一大把放在小毛驴跟前，看着它贪馋地吃了一会，才走出来，反倒劝说起那些来劝说的街坊，多谢他们的盛情美意，没有发生什么大事，大忙时候，别耽误工夫。她知道，人们越是劝说，老头子就越是嚷叫得没完，而事情也许就会越闹越大。等人们都走了，她才大声地、斩钉截铁地对老头子说：

“还嚷叫什么？刮风能挡得住下雨吗？又没出什么事，该干什么干什么——吃饭去！”

白老敬果然不再嚷叫了，羞愧地低下了头。真的，成年累月，多少气都忍过来了，干吗今天突然忍不住了？这么嚷嚷叫叫的又有什么用？唉！为了孩子们，为了这个小小的家业，要忍着啊！

他把被露水沾湿了的褂子脱下来，晾在院里晒衣裳的绳子上，然后跟赵大鹏一起走进了屋里。

小凤儿在西间屋的小炕桌上摆好了碗筷，一家人，除了大鸾还在外边灶台边忙活以外，都围着炕桌坐了下来。白老敬正在对酒壶发生了兴趣，想要开口说什么时，白大婶却板着脸对着外边厉声叫道：

“大鸾，你进来！”

白鸾吃了一惊，不知道自己办了什么错事，有些胆怯地进来了，怯怯地靠着门框站着。

白大婶又用严厉的口气说：

“大人不在家，有外人进院里来，有什么言语举动，等大人回来了，小人们应该原原本本学说一遍，这是俺家历来的规矩，你总该记得吧？”

“记得，妈，”白鸾轻声说着，向赵大鹏闪了一眼。

“刚才那狗屁村长对你说了些什么？”

白鸾的脸又猛地红了。当着赵大鹏，汤罐子的那些话是难以学说的。但她知道，这时是既不能罗嗦，也不能含混；既不能多说，也不能少说。她只得尽可能清清楚楚地把汤罐子对她说的话重复了一遍。

“那臭蛋对你再没有别的言语举动吗？”

“妈，没啦。”

“好，侄子，”白大婶又转脸对着赵大鹏，“那狗屁村长也对你说了些不三不四的言语吧？”

赵大鹏也只得照原样儿学说了一遍。

“除这以外，那臭蛋再没有别的言语举动吗？”

得到了赵大鹏的回答以后，白大婶在喉咙里哼哼地笑了两声。是笑自己当着这未来的女婿的面，表白了自己一向家教很严，女儿一向清白干净，因此抬高了女儿的身价，保持了自家的尊严。但她马上又恢复了严肃的表情，眼睛看着桌子上的菜碗说：

“看起来跟郭老二说的一样，并没有出什么大事，并且骂也骂了他，撵也撵了他，气也出了，脸面也顾住了，还用得着像给疯狗咬了似的，大嚷大叫，好让村里人们以为咱家出了什么丢丑的事儿，瞎猜疑咱们吗？糊涂！大鸾，拿饭来吃，吃了饭各人该干什么就干什么，别为这些没斤没两的事儿耽误工夫！”

白老敬又像刚才一样难为情地低了头，胡子一撅一撅的，像是在咀嚼这篇话的味儿。

白鸾和小凤先后向赵大鹏丢了个眼色，像是在说：“是时候了”，然后脸色微红地掀开门帘子出去了。

屋子里静了一会。

赵大鹏心里又激动，又紧张，又别扭。他用微微发抖的大手拿起了酒壶，哆哆嗦嗦地斟满了三杯酒，声音沙哑地说：

“叔和婶子，喝了这杯酒，侄儿有几句不知高低的话要说一说。”

白老敬抬起了头，眼睛发亮，拿起酒来一饮而尽。他已经猜到了几分，但老两口子早已说定，这个事他不能插言，他只得叭嗒叭嗒地抽起烟来。白大婶却仍然直直地坐在那里，没有喝酒，眼睛看着桌面，脸上也没有表情。

赵大鹏咳了咳嗓子，压住羞臊劲儿，索性提高了声音：

“侄儿我是个直脾气，粗鲁人，不会说话，说错了，算我没说，往后叔婶还是叔婶，侄儿还是侄儿；要是说对了呢……”

要是说对了呢——他不知该怎么说了，大脑袋像个蒸熟了的大紫茄子，直冒热气。

小凤在房门外扑哧笑了一声。白老敬也赶紧用手按在胡子上掩住笑意。白大婶拿起酒杯，抿了一口，终于说话了——声音也变得柔和些了：

“侄子，你既是个直性人，有话就说吧，一家人，还有什么话说不出口的？”

“得，我说！”老赵把右手捏成拳头往桌上一搁，用左手抹了一下脸上的汗水。“我说！我干什么不痛痛快快地说出来？”他自个也笑了。“反正村里人都传遍了，刚才那混蛋村长也大嚷大叫地挑明了。是这么回事：侄儿我想高攀，可就是怕配不上大鸾妹子……”

“哦哦，”白大婶也终于笑了，“侄子，你绕了半天弯儿，敢情是想跟你大鸾妹子结亲，是吧？”

“是啊！”老赵透了口气，“就怕我般配不上，是痴心妄想，把话说错了……”

“你没说错！”白大婶连忙打断了他，“俺们老两口子不是糊涂人，知道你是个泰山压顶不弯腰的刚强人，今日自个开口求亲，不容易，好比是铁口钢牙里吐出软话来。可是俺们听起来呢，也不容易。俺们是为了闺女的终身大事，也是为了俺老两口子的老年光景，不得不把耳朵放硬一点。俺们也有几句话，说出来，你愿意，就算；不愿意，也算俺们没说，往后还是好叔婶好侄儿，行吧？”

赵大鹏连忙说：

“婶子，行，你说吧！”

“俺们老两口子都到了岁数，要是两个闺女都出了门，俺们靠谁？这个事你替俺们想过没有？”

“婶子，你往下说吧！”

“养个闺女不容易哟！小时候屎一把尿一把的甭说，大了，在这样年头儿，哪天哪夜不提心吊胆的呀！未必能让她头上插朵花儿就出了门，把养她的爹娘丢下不管了？”

赵大鹏猜着她还会这样问下去，就直截了当地说：

“婶子，你是要我在这儿过日子，是吧？”

“着哇！”老头儿忽然忘形地把大腿一拍，但马上又把要说的话忍住了，不好意思地看了老伴一眼。

“侄子，你猜对了。”白大婶脸上又闪开了一个胜利的笑意，“我知道，从你的口里说出这句话来，又是很不容易。可是我要说就说透。我再问你：对这个事，你心里有个活动意思没有？要是有，咱们就往下说，要是没有，咱们上面的那些话就都算白说……”

“有！有！”老赵连忙答应。

“好！”白大婶这回笑得更开朗了。“我知道，这两个‘有’字从你口里说出来，更是不容易。那我就往下说：俺们老两口子不是死脑筋，不想叫你改门换姓。你是顶天立地的男子汉，也不会折这个志气。你姓赵还是姓赵。往后愿意怎么称呼俺们，就怎么称呼，叔呀婶子的——叫惯了改不了口，也行。俺们不在乎这些，在乎的是孝心。等俺俩一死，你们爱上哪儿就上哪儿，俺们就管不着了。”

“婶子，这些事我一百个依你！”老赵像发誓似的说。“可是，事儿还没有说完，侄儿我还有一宗为难事儿，说出来，你两老要是担得住，这事就成了，侄儿我是欢天喜地；要是你两老担不住……”

“你甭说了！”白大婶连忙打断了他，“你是说的你犯案在逃的事儿吗？不知怎么，凤丫头倒早就知道了，早就告诉我了。俺老两口子是那样怕事的人吗？并且，你要不是有这宗事，还许来不了俺家哩，还许不愿意留在咱家哩。可是对这事担不担得住，还不光在俺老两口子身上。”说到这里，她对着门外叫道：“大鸾，你来一下！”

“妈，我在这儿呢。”停了一会，白鸾在门帘子外边说。

“好，”白大婶说，“刚才你鹏哥的话你都听见了吗？”

“听见了，”白鸾小声说。

“你鹏哥是个犯案在逃的人，往后跟他过日子的是你，你能担得住吗？”

“妈，甭说了，”白鸾用哀求的发颤的口声说。

“鸾，”白大婶心痛地柔声说，“你别糊涂。我知道你是个孝顺孩子。可这事不能完全由着爹妈。‘头嫁由亲，二嫁由身’，你也该说出自个的主意来，免得往后万一出了什么事，你就算不埋怨俺们，俺们心里可是过意不去哩，所以今日得当面锣对面鼓地把话说清。你听见了吗？”

好半天，白鸾没有回答。她一肚子痴情，满心的激动，现在怎么说得出来？于是小凤儿——这个热心快肠而又聪明大胆的妹妹来替她说了——外间屋里响起了她的清脆好听的声音：

“妈，甭问俺姐了，姐对我说过：她什么也不怕，什么也能担得住！”

“好，”白大婶说，“鸾，既是你自个拿定了主意，俺们老人没什么说的了。”

“还有一样，”赵大鹏说，“这个事俺爹决计不会不愿意，可是事先总得跟他商量一下，才是正理。赶明日，我先给俺姐写封信……”

“着哇！”白老敬又忍不住地拍了一下大腿。“孩子，这才是正理呀！这才算孝心呀！嗨嗨嗨……”他擦起眼泪来了。

“你估量你爹你妈准愿意吗？”白大婶却用很不放心的眼神紧紧地盯住老赵的脸。

“婶子，”老赵连忙大声说——也是有意说给门外的白鸾听的：“这你就放一百二十个心！头年冬天我爹就说过：‘在外边能找到落脚生根的地方就落下来，我不拦挡你。又没地土产业，都守在家里干吗？万一出了凶险事儿，好叫狗财主斩尽杀绝吗？’说到我妈，这些年我不是常在外边吗？她哪一天不惦记我？倒不如我有个定根儿的地方，她倒还放心点。要紧的是，往后我得空儿就常常回去看看老人……”

"着哇!"白老敬又感叹了一声。

白大婶这才真正眉开眼笑了,却又抄起大襟来擦了一下眼泪,然后,举起了酒杯,用慈爱的眼光看着赵大鹏,又用欢喜的眼光看了看白老敬:

"今日是个大喜庆日子,来,喝酒!"

都喝了酒,吃了菜,她又笑着对老赵说:

"侄子,今日高兴,我可要说个笑话。人们都说也许要跟日本鬼子开大仗,说不定要跑反躲乱哩。你看这一家老弱残兵,就你一个人脊梁骨硬,到时候你可不能光是顾管俺家大鸾一个人……"

"他要是光管俺姐不管俺们,俺可要跟姐姐算账!"小凤儿在外边抢着说。

接着,外间屋里就响起了姐妹俩互相推搡的声音和吃吃的笑声。

"就你话多!"白大婶低下头去拿酒盅,故意不让老赵看见她的笑脸。

四

白大婶在欢笑声里并没有忘掉忧愁。吃了饭,她拢了拢灰白色的头发,换了件干净衣裳,正要出门去找臭汤罐子的爹汤兴发,说说今日早晨那宗事,防着以后再出麻烦。不想郭老二忽然领着一个人撞了进来。那人一进门就扑通一声跪在当地,朝老两口子嘣咚嘣咚地磕起头来,把一家人都惊得呆了。

这人有四十多岁,乱头发,黄胡子茬儿,上身光着,下身穿着条补丁摞补丁的破单裤,正是村里人们最近关心的"西头黄家"的黄老祥。他一边磕头,一边苦着脸用哭腔说:"大哥大嫂哇,我黄老祥天塌地陷啊!……"

只说了两句话,就索性扪着脸大哭起来了。

人们好容易把他拉起来,安抚他坐在炕上。

原来是这么回事:黄老祥的闺女黄菊花不论如何总觉着没有脸再活下去,总想寻死上吊。前日,周家来了人,果然要退婚,"俺家不能娶这样丢人现眼的媳妇!"把订婚的帖子往当地一摔,一甩手就走了。黄老祥还怕那伙狼心狗肺的土匪,死了该下十八层地狱的臭汤罐子,既是开了个头,往后兴许还要沾住了不放。村里不是有过这样被沾住了不放的人家吗？就算那伙狗东西们不再沾上，黄老祥也没脸在这村住下去，他闺女说：“除非立时立刻离开这村，要不，俺终归是一死！”所以黄老祥下决心要把家搬到离这儿一百多里路的宛平县去投靠亲戚。他当然也知道最近日本鬼子常到卢沟桥一带去闹事，说不定立时就要打大仗，那儿有多少人家想躲凶险还躲不开呢。可有什么办法呢？别处没有那样知近的亲戚呀！要死就死在外边吧，比死在家乡少丢点人强，要讨饭也到外乡去讨吧，比在家乡心里也安稳些。前几天他托人给那亲戚捎了个信去，昨天接到回信叫他一家去，信上还说：“这年头谁也说不清该在哪儿死，要死咱两家就死在一起吧！”原来这家亲戚是个非常热心仗义的人家哩。所以黄老祥想把自己的两亩地典当出去做今后谋生的本钱。在这火烧眉毛的时候，典给财主家吧，怕狗财主趁机会压低当价，将来又不让赎取；找日子足实的庄稼主儿吧，既嫌丢人，又怕人家一时拿不出现钱来。是郭老二提醒了他：“找那心肠火热的去！”原来，白老敬在本村成立了一个武艺会，附近几十里有人家办大喜事，或是有大庙会，常请他们去凑凑热闹，多少给点报酬。于是这武艺会里积存了一部分公款，都存在白老敬两口子手上，除了用来添置一些刀枪武器以外，实际上成了会里穷哥儿们互济互助的公益金。但是这公益金必须经过在会的人们大家商量了才能动用，所以白老敬两口子答应黄老祥：这事他俩自有主意，要巧做安排，等晌午人们从地里回来了，把一些主事儿的人邀集在一起说一说，保险能叫他得到满意的回答。

黄老祥这才稍稍松了口气，临走时又拉着白老敬的胳膊说：

“今年我那二亩地的庄稼是长得多好啊，眼看就要收割啦，是吃到了口的粮食啊，我不心痛吗？可有什么法子呢？典当给你们大伙穷哥儿们，我总算甘心一些啊，你们是不会把那地种坏的——在这点上我也放心啊……”

他怕碰见人，出了门不愿意顺大街往西走，却由郭老二陪着，走出村东口，然后再从村北绕到村西去。

“多老实个人啊！”白老敬站在院子里摇头叹气地说，“一辈子树叶儿掉下来都怕打破了头，可偏偏落了这么个下场！‘穷家难舍，热土难离’，可怜啦！”

他看看自己的家：这新砌的院墙，新抹过的房山，新修过的门窗，还有房檐下新开的花儿；再听听屋子里在小声说话的姐妹俩，想起了今日刚刚发生的喜事；想起了黄老祥也有这么个小小的穷家，也有个花朵似的女儿，如果不发生这个事，很快也要办喜事了。想着想着，他的眼泪就流下来了。

赵大鹏也站在外间屋里红着眼发愣。

"孩子，"他背后忽然响起了白大婶柔和的声音，"你看见了吧？在咱们这老槐树庄，跟在你们大廖家府一样，穷人过日子不容易。往后你也是有家口的人了，遇事可得想一想，光来硬的不行，光来软的也不行。……小凤！"她又对着东间屋的房门小声说，"你下到地洞里去看看，前日那场大雨，看里边进了水没有，拿点干草进去铺上，咱可不能不准备着。……汤家这个混蛋，越来越不像话了，我这就去找他爹汤兴发说说去。听说那老头被他小子气病了，可是那混蛋小子干的事他还不一定全都知道呢……"

赵大鹏看着白大婶走出了大门，嘘了口气，扛起锄头跟着白老敬一起下地去了。

五

武艺会的人们对黄家的事情早就气愤不平，所以黄家当地用钱的事，大家一致同意了白老敬的主张。他们还知道黄家现在正是缺粮断顿的时候，就自动凑合了一小口袋粮食。夜里，白老敬掖着三十块叮当响的银洋，背着一小口袋百家粮，给黄家送去了，对黄老祥说：

"兄弟，会里的穷哥儿们叫我告诉你：地，别说什么当不当的啦，俺们先替你种着，不要你写当契文书，以后无论你什么时候回来，也甭拿钱来赎，这地立时就是你的。地里打下的粮食呢，也一样，不论你什么时候回来，保准立时就有你全家人的吃食。钱，会里现时只有这么多，你先拿去用着，往后在外边有什么难处，再写信回来，咱们再想办法。只有一样：老天爷保佑，别打大仗，别起荒乱，就什么都好说。就怕一大乱起来，各人都顾不了命，那就也许顾不得种地收庄稼这些事儿啦。穷哥儿们还说，他们不来送你啦，但愿你在外边百事如意，‘人挪活命树挪死’，也许挪动挪动地方，倒比在这个鬼村里强些也说不定……”

黄老祥听了，又哭起来了：

“乡亲们这是天高地厚的恩情啊！我什么时候能够报答啊！他们说不来送我，是怕我害臊哇，我也确实没脸见他们啦！只怪我平日光知道顾家糊口，跟乡亲们亲热得少，如今可就后悔也来不及啦！……”

确实，黄家住在村子的最西头，人又老实得过分，平常很少跟乡亲们来往。……他如今可真是穷家难舍，热土难离啊！一家人一夜没睡，把那些坛坛罐罐摸来摸去，丢下这样又拿起那样。黄老祥还绕着自己的院前院后，地头地尾，和村里的大街小巷，像幽灵似的，不声不响地转了两趟，不知道又流了多少眼泪。半夜过后，忽然听见院子里嗵地一响，一家人吓了一跳，好半天连大气也不敢出。后来再也听不见什么动静了，才大着胆子开了外间屋的门，走到破院墙边一看，地上有一团黑糊糊的东西，提到屋里的灯亮下一看，原来是一捆半破不烂的小被子，小褥子，小单衣棉衣。黄老祥哽咽着说：“这是哪个做好事的乡亲，给俺家晚生的呀！”晚生，是他那还不满一岁的小小子。他老婆和女儿菊花又因此抹了许多眼泪。……

鸡叫三遍时，总算收拾好了。正在吃饭，忽然听见院子门一响，一家人又吃一惊，却原来是白老敬、赵大鹏、小凤儿来送行来了。小凤一进屋就拉住那可怜的姑娘黄菊花的手，看着她那又瘦又黄的脸，半天半天只说出了一句话：“你真傻，干吗要走？”这句未经思索的话，却是真情的流露，却是最好的安慰，是说：如果你不走，有什么要紧？起码我就对你格外亲热。……

白老敬给黄老祥出了些主意，把应该带的东西又重新确定了一下。赵大鹏带来了斧子、钉子、木头条子，把门窗都钉得结结实实，并且答应以后经常来照管着点。然后，赵大鹏抢过黄老祥的担子担着，小凤儿抢过黄菊花沉重的大包袱背着，走出了院子。菊花的妈手挽着小包袱，抱着睡熟了的孩子，亲着他的小脸说：“孩子，你没啦家啦！你没啦家啦！”只两句话，又引得全家人大哭了一场，送行的人也流了许多眼泪。最后，一家人又回身对这个苦难的破家看了几眼，这才上了路。

天色要明未明，薄薄的昏云遮住了星星。出村不远就是柳树林子，道路就显得更加昏暗难认了。赵大鹏眼力好，挑着担子走在前面。白老敬和黄老祥走在一起，问明了宛平县那家亲戚的地址，嘱咐老祥以后来信。小凤跟黄菊花肩挨着肩，她悄悄塞给黄菊花两个小布包，小声说："这个白布包是俺跟俺姐给你的，这个蓝布包是冯大雨给你的。他还叫我给你捎个话：活下去！不论怎么也得活下去！周家不是退了婚吗？那更好——他还巴不得有这样事呢！他叫你等着他，他也等着你，十年二十年，决不变心！……"黄菊花听一句紧捏一下小凤的手，轻轻点一下头，一直没有说话，眼泪也一直不干，但是，从此她将有勇气活下去了！

当天色正明的时候，他们走上了永定河堤。黄老祥突然跑前几步，超到赵大鹏前面，转身跪在堤面上，又磕起头来了：

"老敬哥啊老敬哥，我黄老祥生生世世也忘不了你一家人的大恩大德啦！……"

白老敬连忙拉起他来。赵大鹏放下担子，却说不出话来。小凤也放下包袱，拉着黄菊花的手。她又一次注意到：这姑娘遭了这个事，害了一场病，熬煎得一张脸是多瘦多黄啊！在灰白的晨色中，她那美丽的眼睛更是大得怕人，痴痴地望着人，半天半天，把头往小凤的肩膀上一倒，这才喊出一句话来："妹子，天呀——！"只这一声喊叫，一个动作，就把两个姑娘的心靠得更紧了，把两家人的心靠得更紧了，把对于故乡的留恋之情和对于亲人的惜别之情更加重了。当他们彼此都朝着相反的方向走，彼此的影子都慢慢在晨雾中变淡了，却还几次互相回顾时，彼此的心里是股什么滋味呀！……

堤身比地面高出两三丈。白老敬他们老少三个人都愣着眼，咬着牙，向村子的方向走去，向极远极远的地方望去。这闪着露水银光的原野，这裹着轻轻薄雾的树林，这滚泻着黄汤的河水，这隐在柳林深处的村庄，这人们劳动过生活过的土地啊，你会使人想起一些什么事儿来呢？于是，白老敬又想发感慨了，胡子尖儿颤动着，却怎么也说不出声音来。话，从哪儿说起呢？用什么样的言语才能把心里的味儿说出来呢？

人们为什么热爱家乡？为什么童年的情景在记忆里永不磨灭？为什么，即使是痛苦的童年生活，即使是辛酸的人生道路，对于故乡也难免有着眷恋之情？是因为最熟悉吗？不完全对。有时候，对于越是熟悉的事物，反而会越是厌烦。……故乡啊，当我刚刚来到人间，当我第一次呼吸到人间清新的空气，就是你的温暖，母亲的怀抱，使我享受了第一个安稳而又甜蜜的睡眠。当我在母亲的怀抱里第一次睁开了无知的眼睛，最初看见的就是你的光亮，我就听见你惊喜的声音说："看呀，他睁开了小眼睛哩，多好看的眼睛呀！"从此我的眼睛就再也不愿意关闭了。即使是在梦里，也总是看见你慈爱的容貌，于是我在梦里也常常微笑，也常常吸吮你的乳汁。即使是由于贫穷，使得那乳汁是如此稀少，也总有一股甜味。那时候，我还不懂得人间有贫穷和不公，有辛酸和苦难，所以我总是张着小嘴啼哭着向你要求："我要吃，我要吃那甘甜的乳汁！"于是你就把痛爱的眼泪滴到我的脸上。于是我幼小的心灵里就不知不觉地开始有了人的感情。原来，我对于故乡的感情就是这样开始发生的呀！以后，我的儿童的眼睛总是睁得圆圆的，大大的。我看见，你所展现的一切是多么神奇，多么美丽，而又多么出乎我的意外——原来人间是这样的：是这样，有美丽也有丑恶，有欢乐也有痛苦。于是，我那最初的感情的萌芽，就在这样无限惊奇的状态里继续生长。金色的白天，银色的月夜，蓝色的天空，绿色的原野。春天，万物在醉人的空气里，在芳香的泥土上，朝气蓬勃地生长。夏天的丰茂，秋天的收获，冬天的白雪。随着季节的变换，年月的推移，故乡啊，是你在不断地编织我心灵上感情的篇章。第一次，当我往泥土里种下了一粒种子，当我看见那种子绽开了娇嫩的鹅黄色的幼芽，我的心颤动起来了，我是多么欢喜！从此我爱上了种植和耕耘，懂得了劳动的意义和快乐。我不怕流汗，不怕劳累。然而这快乐总是伴随着痛苦，因为我没有土地。泥土的香味使我心醉。种子发芽，庄稼生长，丰盛的收获，使我心醉。可是我缺少土地，甚至根本没有土地！我所收获的东西不够一家人吃喝，甚至还要交给人家！我的辛勤劳动不为了自己，甚至是为了别人。我不能享受人间最大的、最正当的快乐。不光没有土地，也没有一个人所应该有的一切权利。我必须忍受欺压和凌辱。亲爱的故乡啊，对于我的痛苦，你也无能为力。就是在这样无数的忧患当中，我懂得了什么叫做"乡亲"。我们互相依恋、同情和关心。泪珠的线把我们的心连在一起，共同的命运温暖着彼此的血液……

故乡啊，我怎么能不留恋！我怎么能够忘记！

如果不是事先一点风声也没有透露，今天必定会有更多的乡亲们来送行。

“天哪！”——黄菊花的这声喊叫里包含着多少痛苦，多少绝望，多少气愤和不平！在她喊叫这一声以前，曾经几次放眼向早晨故乡的田野看去。她看见，在大堤下边不远的庄稼棵子里隐藏着一个人影。他包着白色的头巾，呆呆地站在那里，庄稼棵挡住了他的半个身形，却没有挡住他那双无限多情的眼睛。在朦胧的晨色里，离得那么远，她能够看清楚他那眼神里所流露的感情吗？是的，她看得见，是用自己的感觉看见的，是用自己的回忆看见的，是用自己的想象看见的。他是怕她难过，所以没有以表哥的身份来送行。可是他要最后地远远地看她一眼……

家乡啊，这就是家乡！

于是，老头白老敬又要大发感慨了。

“小凤，你们怎么都不言声？”

小凤和赵大鹏都没有回答。白老敬摸着胡子想了想，又说：

“你们呀，没有经过多少事儿啊，我可见得多啦！……咳，你们看，这脚底下，地面上，哪一块土坷垃上都有穷人的血和泪啊！”

“我不信，穷人的血呀泪的有这么多？未必咱们就不会叫财主坏蛋们也流点血，流点泪？”小凤儿说。

“嗨呀，你不信？”白老敬瞪了她一眼，“比方说，汗，是咸的；泪，也是咸的；血，也是咸的；归根到底都是一个东西。只不过，从汗毛眼儿里流出来就是汗，从眼睛窝儿里流出来的就是泪，从血脉管儿里流出来的就是血。你想想，哪个土坷垃上没有穷人的汗水？并且，几十、几百、几千年，流了多少泪呀，多少汗呀，多少血呀！……”

“财主天热了也流汗。”小凤儿又说。

“财主的汗不咸不苦！”白老敬大声说，“穷人，干活越累，肚里越饿，汗才越咸越苦哩！财主死了，他的亲人也哭，可那是清汤寡水的眼泪。只有穷人的泪啊，才是又咸又苦，又苦又咸，嗨呀，跟穷人的汗水一样！……”

“为什么穷人的眼泪就特别咸，特别苦？”

“穷人的心是苦的！穷人的泪和汗，是从心里流出来的！”白老敬狠狠地说。

小凤儿无话可说了。

赵大鹏一直没有说话。他被刚才的离别，被现在白老敬的议论，深深地感动了。

他们谁也没有注意到，刚才黄菊花远远地、泪眼模糊地看了又看的那片庄稼地里，那个扎着白头巾的人，像丢了魂儿一样的人，早已蹲了下去，把脸埋在两只大手里，耸动着肩膀，不敢放声地痛哭起来，庄稼棵子上的露水也像是落泪，洒了他一身。

也许要过若干个年月以后，黄菊花才会知道，冯大雨曾经为了她，如此这般地痛哭过吧？但也许她到了儿也不知道，这个小伙子的痴情，正跟她自己的痛苦，是一样的深沉吧？

唉唉，土地里，又增加了多少又苦又咸的味道啊！

六

这时候，前面堤下边的柳树林子里跑出个人来，对着这边大声嚷叫：

"俺来晚啦，来晚啦，谁知道他们走得这么早！"

原来是郭老二。他跑上大堤，向西北方向看了看，但是人已经走远了，看不见了。他叹了口气，忽然拉住老赵的胳膊：

"正好，走，领你瞅瞅那个事儿去！"

他俩拉着手，大踏步往堤下走去。老赵腰带上还插着斧子的，这时用一只手抽下来，举起来晃了晃，大声说：

"我要能用这把斧子砍尽那些王八蛋才好！"

"不中啊，老弟，"郭老二微笑着说，"不中的呀，一把斧子顶吗事？"

天空上的薄云已经消散了，太阳已经冒上了地平线，庄稼梢儿和树尖子上开始现出了淡淡的金黄色。雾气显得更白了，露水也显得更湿更亮了，一切植物这才现出了真正的绿色。人的光脊梁却显得通红通红，从远处看真像用红颜料画成的一样。两人一会儿走进小柳树林，一会儿插进庄稼地里，露水把全身都浸湿了。原来，这永定河沿岸两百多里路的地面上，到处是一两人高的柳树林子，多半是在荒沙滩上自生自长的，少半是人们为了防止风沙栽种的。多少个年头，旧的树被大水冲走了，淹死了，新的树又长起来了，所以或稀或密，或高或低，没有整齐的行路，中间还杂着一些槐树榆树一类的杂木。每年春天夏天，庄稼人常常把一些柔嫩的柳条砍下来，编成筐子筐箩一类的东西，拿到离河较远的地方去卖。这是一种不花本钱的副业。柳树啊，就像这里的庄稼人一样，在这贫瘠的黄沙地上，入地生根地活下来了，没有被风沙制服，反倒制服了风沙；它们是柔软的，却又是坚强的。

他两人已经从村子的西北绕到村子的正南面来了。郭老二叫赵大鹏靠着一棵大柳树坐下来等着。从树干的缝隙间看去，眼前是一大片瓜地，有西瓜和甜瓜两种。杂乱的藤蔓和稠密的大叶子把地面都铺满了，在周围高高的庄稼棵的围绕当中，真像一片又厚又软闪着银光的地毯。那些黑白黄绿颜色不一的大瓜，静静地躺在藤叶当中，就像是嵌缀在地毯上的大宝石和大珍珠。地中间有一口浇地用的水井，井台旁边有一个支在高架子上的草窝棚，窝棚下边有一些瓜皮和锅碗之类的东西。一会，只见从树林旁边通村里的那条路上来了个人，瘦小个子，头上顶着一顶比脑袋大不了多少的小草帽，身上是一身雪白的裤褂，倒背着手，微低着头，仿佛对这金银交织的景色毫无兴趣，只是快步走着。等走近了，才看清了他那又瘦又尖像枣核似的小脸：稀稀的倒吊眉，黑山羊胡子；上眼皮松松地耷拉着，右眼睛只是在内眼角露着个豆粒似的小洞，左眼却睁得大些，闪着奇怪的光亮；下眼泡鼓鼓得像两个小口袋，使人疑心眼珠子是装在这两个小口袋里的。再一细看，原来那睁得大一些的左眼皮上有一块淡淡的，略带蓝色的黑记，难怪这只眼睛的眼光这么特别——原来是郑黑眼！

只见郑黑眼冲冲地走到瓜地旁边，先站住脚向满地扫了两眼，然后背着手，弯着腰，沿着地边时走时停地察看着，像是寻找丢了的东西。走完了一整圈以后，又沿着地中间的畦沟走着，寻找着。好半天，这才忽然像找到了什么，冲冲冲地走到井台边，对着高高的草窝棚嚷叫：

“老二！老二！你下来！”

一会，从窝棚里钻出个人来，远远地只看见是一身土色，像个用泥土做的人，顺着靠在窝棚门口的梯子慢慢走了下来，弯腰曲背地站在郑黑眼面前。

“太阳晒着屁股了，你还挺尸！”郑黑眼抡胳膊动腿地叫着。“我说了一百遍：是叫你来看瓜的，不是叫你来养老享福的。黑夜里有人来过吗？”

那人小声嘟哝了一些什么。

“没有动静？来，叫你看看，不见疮疤你就不承认烂了肉，妈拉巴子的！”

郑黑眼话音刚落，就转身快步走去，并不回头看，就知道那人准会跟着他走。最后他在一个地角上站住了脚，等那人走近了，就向地下一指：

“看见了没有？”

那人又嘟噜了几句什么，话还没完，哼——一个又脆又响的耳光。那人歪了歪身子，用手扪住了脸。

“我问你看见了没有，有意问东答西！”

那人又嘟噜了两句，但得到的又是一个又脆又响的耳光。

“刺猬！刺猬！可你是干什么的？是叫你来看瓜的，还是叫你来白天黑夜挺尸的？夜里不会放警醒点？妈拉巴子的，糟饭的货！”

老赵有些忍不住，拿着斧头想站起来，却被郭老二使劲拉住了。

停了一会，听见那人又说了几句什么。

“什么？”郑黑眼说，“对你说，不——给！今日不给你送整份粮食来，只能给你个半饱！牛鞭子抽的，糟饭的货！……”

郑黑眼一直到骂够了，这才一甩袖子，转过身去，冲冲地走出瓜地，往村子那边走去。当他擦过柳树林子时，赵大鹏看见，他那愤怒的脸色简直像一块刮光了毛的老母猪皮。

他们两人站起身来，出了树林，走进了瓜地。只见那个可怜的人，晃动着露肉的半截破裤子，拖着露趾头的半截破鞋头儿，歪歪趔趔地走到了井台旁边，往一块破砖头上一坐，像是根本没有看见有两个人在向他走来，只是用手捧住脸，肩膀一动一动地哭起来了。

“喂，老二！”郭老二叫他。

那人慢慢侧过头来，烂眼圈儿向着郭老二眨了眨，瓮声瓮气地说：

“你别叫我老二。”

“干吗不叫你老二？该叫你二爷吗？”

“你也是个老二，跟我一样。”

郭老二听了这话，“呸！”地吐了一口唾沫，拉着赵大鹏就走出了瓜地，同时问他：

“看见了吧？”

“看见了，”老赵咬着牙说，“要不是在这村里，我一定要教训教训那狗日的，叫他知道穷人不是豆腐做的。妈的，简直就不把扛长活的当人！”

他的意思是：可惜这村有白老敬一家，特别是有个白鸾，使他不得不按捺住性子。

“咋的？你还以为他是个长工？”郭老二冷笑了一声，“对你说，他不是长工，是郑黑眼的亲兄弟！”

“亲兄弟？”老赵吃惊得张大了嘴巴。

“是亲兄弟！”郭老二把声音压得很低很低，像是怕郑黑眼听见。“你知道是咋的回事吗？郑黑眼的爹，有两个老婆，这老二是小老婆生的，窝囊。老家伙一死，郑黑眼请来姥姥家的人，还有别的亲朋邻舍，硬说他亲兄弟不是他爹的种，是野种，硬不给他娘儿俩分家产，还要赶出门。亲朋们左说右说，娘儿俩才住进了一间小柴禾屋。你猜咋的？咳，不到三年，把那女人活活给折磨死啦！还要折磨死这个亲兄弟呢：担水、看磨、推碾、喂猪、喂牲口、种地，啥事不是他的？没错也得找出点错来，打，骂，不给饭吃，不给鞋袜衣服穿，冬天不给柴禾烧炕。每年，一到热天，就叫他在这块地里浇地看瓜。瓜熟了，摘下来，用车运到河边去装船，运到天津卖，出息可大啦！每天，郑黑眼不是早晨就是傍晚，要到瓜地里来看，把一些惹眼的，大个的瓜记住。要是少了一个两个——刚才你不是瞅见了吗？咳，就算没有偷瓜的，这柳树林子里，庄稼地里，刺猬呀，獾呀，少得了？防得了？这老二就白天黑夜不能睡。还要自个做饭吃，还要拧辘轳浇瓜。天底下真有这样的事哩！可是，这郑老二也怪，弯腰曲背的瘦干柴样儿，连眼里都没有一点点活气，颠倒他咋的也不死，真是个受苦的精怪呀！……你，心里发抖了吧？”

是啊，看了这样的事实，听了这样的故事，老赵心里确实是气得发抖了。他猛地扬起斧头，咔嚓一声，把路边的一棵小柳树砍断了，这才从胸膛里呼出一口气来。正在这时，忽然听见背后脚步响，回头一看，真怪呀，又是郑黑眼！这鬼家伙还是倒背着手，微低着头，大步冲冲地走着，等走到郭老二跟前了，又突然放慢了脚步，先向赵大鹏斜溜了一眼，然后用恶狠狠的口气说：

“郭老二，你领着人到我地里去干吗？又想管闲事吗？”

“俺穷是穷，颠倒也想买个瓜吃。”郭老二冷冷地说。

“你干吗不买？又干吗在树林子里躲起来？”郑黑眼又向老赵斜溜了一眼。

“不买，是嫌贵，在林子里，是歇腿；不犯法吧？”

“告诉你：往后你有事没事，少领着生人到我地里去！”

“是。往后俺除了众人都走的大路，啥地方也不去，中吧？”郭老二冷笑着，皱皱鼻子摇摇头，像躲开脏东西似的，闪到一边去了。

郑黑眼有些生气了，他那有蓝记的睁得大一些的左眼放出毒光来了。但他看了看赵大鹏那紧皱着的浓眉，圆睁着的大眼，粗壮的胳膊和亮晃晃的斧头，又赶紧把要说的话咽了回去，把头一偏，大步冲冲地走到前面去了，连老赵对着他的后影“呸”地吐了口唾沫，也像没有听见。

等他走远了，郭老二冷笑了笑说：

“你看这黑眼狐狸是多鬼！刚才明明看见他往村里走，颠倒他又从树趟子里偷着回去了，是想瞅瞅他兄弟在干啥哩。要是那可怜虫在背后骂他，好，就一顿拳脚，一顿棍子，打得个半死；要是那窝囊货在哭，好，他就高兴，过瘾，笑得啊，像狼皱鼻子，狗打喷嚏。真是个又鬼又毒的老狐狸啊！他就是用的这鬼手段，毒心肠，发的财，成了村里的霸王爷，把臭汤罐子这些流氓荒子捏在手里当腿子，搞得无法无天，穷人不敢哼声……咳！”

七

郑黑眼有三个女儿，大女儿叫金枝儿，二女儿叫玉叶儿，三女儿叫银花儿，还有个小小子，叫宝果儿。光听这些名字，就知道郑黑眼是把女儿看成自己的金枝玉叶，高贵得不得了。若干年前，当他给小小子宝果儿做满月时，曾在酒酣耳热无限高兴的时候，当着满屋子的亲朋戚友们做了几句歪诗：“金枝高出树梢头，玉叶迎风好风流，银花一朵香千里，宝果富贵比王侯。”这诗表面看来不过是几句似通不通的吉利话儿，实际上却是说：女儿是摇钱树，上天梯，将来必定能攀高亲，结大户，于是儿子就成了受财进宝的聚宝盆，从此他郑家就会香火万代，富贵无穷。三个女儿都是从出生下地的那天起，就有人来提亲说媒，郑黑眼总是一听三摇头。后来渐渐长大了，大女儿金枝虽然姿色平常，却很妖气；二女儿玉叶模样姣好，又会打扮；三女儿生得俊美，又上学念书，再加上他家的家业越来越大，所以来提亲的人就更多了。郑黑眼都不中意，很不耐烦。他这人是什么鬼怪事儿都做得出来的。有一年过年的时候，他又在堂屋门口贴了一首歪诗："吾家小姐千金贵，凡家小子你不配，别叫媒人来说嘴，免得跑断麻秸腿。"他的意思是要来拜年的客人们给传扬出去，免得以后麻烦。果然，从此就再也没有来说媒的了。但是那些更高的高门大户，又哪里瞧得上他郑家这么个两顷地的土瘪财主呢？因此，除了小小子宝果儿在九岁时娶了个十八岁的媳妇以外，三个女儿至今都没有定亲。如今大女儿已经二十六岁了，跟臭汤罐子闹得肚子现了形，不得不嫁，但汤罐子的父亲汤兴发还没有最后答应；二女儿玉叶已经十九了，也正是多愁多感的年龄；三女儿银花十七了，今年因时局紧张，北平市教育当局怕学生游行闹事，中学提前举行了毕业考试，从北京回来，也正在待字闺中。常言说："该嫁不嫁，爹娘挨骂。"青春，饱食终日无所事事的苦闷，使她们想挣脱囚笼，家里自然不免要常常闹点小气。今天郑黑眼带着三分不快的心情回到家里，却不料家里也有一场小小的风波在等着他的。

他背着手走进了堂屋，把草帽摘下来往春台上一丢，一看摆在春台正中间的钟，已经指着八点半了，觉着肚子实在饿了。只见大红漆方桌上已经摆好了碗筷，他就在一家之主的位子上坐下来，叫了一声："你们人哩？"只听见外面"哎"了一声，门帘子掀开，进来的不是儿媳妇春梅，却是大女儿金枝，捧着一大碗鸡肉搁在桌子当中。郑黑眼没好气地对着她的身子斜溜了一眼，然后问她：

"干吗又宰鸡？"

"馋了，想吃，就宰。"金枝儿说。

"宰的哪只鸡？"

"大红公鸡。"

"你们疯了？就那么一只公鸡，不留着打鸣儿，干吗宰了？这是谁的主意？想吃光喝尽不过日子了吗？"

“爹，”金枝儿紧绷着红脸，斜着眼望着别处，“俺家的母鸡用不着公鸡，叫它们一年又二年地等着去吧！”说完了，一噘嘴，一扭身，甩开门帘走出去了。

“这是什么屁话？”郑黑眼先是一愣，接着就拍了一下桌子，跳起身来，骂起来了，“妈拉巴子的，反了！反了！”

但是院子里好半天没有人答腔，静得连掉下一根针都能听得见。他只得压住火气，想起了每顿饭照例要喝两盅的酒还没有拿来，就自己从红漆春台的抽屉里拿出酒壶酒盅，摆在桌子上，坐下来斟了一盅，喝了一口，拿起筷子来想尝尝鸡肉烂不烂，却又马上把筷子一摔，用更大的声音叫起来了：

“春梅！春梅！”

一阵脚步响，却是二姑娘玉叶儿应声来到了门帘子外边。

“你们都掉了魂儿是怎么的，只给我一只筷子！”

“就只有一只，”玉叶儿说。

“怎么就一只？还有一只乌木筷子呢？丢了？”原来，全家只有他一个人是专用一双乌木筷子吃饭的。

“找不着，”玉叶儿嘟哝说，“这只筷子本来就没有配成对儿，到哪里找去？”说完了，赶紧走了。

嗵！——郑黑眼又是一愣，然后一拳捶在桌子上，酒盅酒壶跳到地上去了，鸡肉碗侧倒了，汤汁儿流了一桌子。

“一个个的都反了！疯了！不像样子了！想豁出来跟老子干一场怎么的？怎么就疯心疯成这样了？……”

这时候，他那最心爱的、平常他倒有两分怕她的三女儿银花，也在客厅对面的书房里嘟哝起来了——她有文化，说话倒是更加含蓄一些：

“说俺们疯，哪有什么风？一年到头门关户闭，就是有点风也解不了热！”

“都反了！都反了！……”郑黑眼用更大的嗓门叫骂起来。

他那长得矮胖白嫩的老婆，村里人们都叫她水萝卜的女人，这时走了进来，小声说：

“他爹，别嚷叫啦，好叫邻壁左右的听见，又当笑话去说吗？”

"都是你生的,你养的,一窝子臭货!死不要脸!我知道,你跟她们是一个鼻孔出气,大臭货弄出一窝子小臭货!……"

"你是真要嚷得好听吗?"女人也提高了声音,"好吧!嚷吧!咱们索性都到大街上嚷去,叫村里人们都听听去!……"

她也是不好惹的,是说得出就做得出的。

儿媳妇春梅低眉耷眼地进来了,重新收拾好了桌子,摆好了碗筷,拿来了饭菜。郑黑眼两口子用不同的眼色盯着她的每一个动作。这媳妇是小户人家出身,身体健壮,模样端正,虽然经常受婆婆和姑娘们的气,时常不给饭吃,脸儿有些黄瘦,却还是满身的青春气息。她当然知道公公那毒蛇似的眼光是什么意思,所以一到公公面前就红着脸,连头也不敢抬。但她也同样害怕婆婆那监视的眼光,所以常常弄得手足无措,有时不免就要动作迟缓,或丢三忘四,或有问不答,甚至会摔了杯盘碗盏,于是立时就会遭到婆婆的毒手,一巴掌,两棍子,是平常事,还不准她哭。这时,她摆置好了饭菜和碗筷,正要出去,郑黑眼却叫住了她:

"站在一边,等着添粥!"

她只得低眉耷眼地站在一边。但婆婆又命令她:

"站着干什么?去看看灶门口的火都弄灭了没有。成天呆里呆气,什么事儿也不经心,大燥热天气,设或着了火怎么着?"

她又只得低着头走出去了。

三个女儿都在房里生闷气,小小子郑宝果在外村的学里住宿,就只剩下老两口子吃饭。女人一边吃着,又说起话来了:金驼镇大庙会的日子快要到了,听人们说,金驼镇的东镇西镇两个镇长都说今年年头不稳,不知道有了今年是不是还有明年,得热闹时就热闹一下;所以今年的庙会格外热闹,从北京天津请来两台大戏,唱对台;女儿们想去看看戏,又怕说出来不准,今日她们这么闹,这也是一个原因……"

郑黑眼虽然自己不正经,却从来不准自己的老婆和女儿们出去逛集市,赶庙会。为了金驼镇的大庙会,老婆和女儿们年年要求,他是年年不准。"把我郑家的花儿朵儿拿出去叫千人看万人瞧?一百个不行!"——这是他每年都要重复的一句话。他刚才的气还没消,又加上老婆把儿媳妇支使出去了,现在又为这事跟老婆争了几句,气就更大了。但他压制着，想了想，反而笑了——是想到了一条妙计，要惩办一下这些造反的女人们。

这时，院子里有个男人咳嗽了一声，接着，门帘子一掀，村长臭汤罐子那胖胖敦敦的身子挤进门来了。

“哦，怎么，这早晚儿才吃饭？”

“看把你欢喜的，一定是有什么喜事儿吧！”水萝卜问他。

“是啊！”汤罐子轻神吊气地叫了一声，接着就讨好儿逗趣儿放起连珠炮来：“这呀，是有个了不得、不得了、天难寻、地难找的喜事儿。我爹那老不死的，一泡屎到底憋不住啦，到底透了口儿啦，答应啦，这我可就要拜丈人丈母娘啦，这事可得赶着紧儿办啊。”他又压低了声音：“这可不光是为了本人我，多半儿还是为了大爷你，这还用得着说？明日就是个黄道吉日，我就托人来下聘礼。得请个有点头面的媒人——总得是个穿长袍儿的，留八字胡儿的，像个样儿的，要不大爷你也看不上，是吧？这个人倒难找啊！可是聘礼我倒准备好啦。你以为我前些日子上北京，光是为了逛逛天桥散散心吗？”他从衣裳兜儿里掏出个手帕包儿，装模作样地打开来，托在手上，伸到水萝卜的鼻子跟前——是一堆黄灿灿的金货。“嗨！北京有名的字号——天福银楼打的，金耳环，金戒指，包金镯子，最时兴的样式：耳环上是金桃儿下边吊着金叶儿，戒指是一朵花托着两颗心，保险大姑娘会喜欢。……对，看把我欢喜的，”又把手帕儿一裹，装进了衣裳兜儿，“真是失魂少魄，把更大的喜事儿倒忘啦：我爹，那老不死的，还答应跟俺们弟兄俩分家各过哩。这往后可就好啦，大姑娘到了俺家，就甭伺候公婆啦，她自个就是当家的啦。她要吃什么，喝什么，穿什么，戴什么，只要一伸手，一句话，就……”

“分家？”郑黑眼打断了他，“干吗要分家？”

“这，大爷还不知道吗？那老不死的，今日嚷嚷仓房屋里的粮食少啦，明日又嚷嚷小铺里的钱不见啦，不是嫌俺们糟蹋日子，就是嫌俺们挥霍家当，天天吵，天天骂，不分，还得了？为了给大姑娘办聘礼，我又偷着把一匹大青骡子牵出去卖啦，气得他罗，病了一场。昨儿个，东头白家的大脚婶子找了他去，也不知道说了些什么——这个大脚婆子，倒真的以为我汤来喜看上了她家那嫁过一回人的回锅肉，没见过世面的红脸鸡——反正，这老婆子一走，俺娘就把我找的家去啦，爷儿俩一对口，就吵起来啦，他就答应了大姑娘这头亲事啦。那老不死的还说：‘头一宗，我老两口子供不起你那皇后娘娘，更甭指望她伺候俺俩，她不要你妈伺候就算不错。第二宗，你兄弟俩糟日子，毁家当，闯祸得罪人，俺们也管不了。好，分家……”

“怎么个分法？”郑黑眼又冷冷地打断了他。

“说好了，三股儿掰。”

“一家三十亩地？”

“嗯，外加房子院子，农器家具……”

“哼！”郑黑眼撂下筷子，睁大了左眼，郑重地说：“聘礼，那金啦银啦都是小事，反正你今日拿来，明日俺家闺女还得带回去。说正经的：拿三百块现大洋来！另外，分给你名下的三十亩地，我要亲眼看看地契文书——这个事更是半点也不能含糊！”

“哎呀老天！”汤罐子身子一仰，两只胳膊一摊，“好高价钱！怎么你说大话也不怕磕着牙？叫我到哪儿去找这三百块现大洋啊？地契也……我爹那老不死的说，分地不分给地契，他怕俺们卖地。”

“这不行！”

“什么不行？”

“定亲的事不行！我不能答应，不能叫我的千金闺女到你家喝西北风去！”郑黑眼站起身来，推开椅子，他现在真是十分冒火了。

“有三十亩地，还不够大姑娘吃喝一辈子的吗？”

“有地没有文书，就不靠实，好比没有地！”

汤罐子鼓着蛤蟆眼，愣了好半天，又问：

“大爷，一点商量头儿也没有吗？”

“没有！”郑黑眼一扭脖子，“三百块现大洋，我好办嫁妆；三十亩地契，是俺家闺女的饭碗；不能含糊！”

“要是拿不出来，这头亲事就吹了？”

“亲事是吹了，可是事情并没有完……”

“那，大姑娘的身子……”

“这就是我说的‘没有完’——要你负责，到时候你就知道了！”

“大爷，咱俩这些年的交情……”

郑黑眼突然大发雷霆：

“什么交情！我先是用你当管家，以后又把你搁上台来当村长，你恩将仇报，坑害俺家闺女，败坏俺家名声，做的那不要脸的事，这叫交情吗？你摸摸自个的良心问一问，有哪一点对得起我郑某人，嗯？直到如今我还没有去告你，这就是看着天大的面子！要不然，别说是三百块钱，别说是三十亩地——还不是我郑某人要你的——就算把你爹那份家当全都赔进来也不够！你掰着指头掐算掐算看，是不是这样，嗯？”

“大爷，你先别发火，咱们再商量。比方说，就算不看咱俩多年的交情，也该看看魏三哥的面子吧？”

“哼！”郑黑眼冷笑了一下，“也好，等魏老三来了，让他给评评理，看看到底谁对不起谁！……”

两人都愣愣地站着，谁也不说话。最后，汤罐子气得把漂白小褂的袖子一甩，撂开门帘，冲到院里，又回身对着门里冷笑了笑：

“大爷，告诉你说吧：你以为我这回光是逛了趟京城，买了点聘礼？你以为汤来喜不会走大路上高山？实话对你说：今日我犯不着跟你翻脸，只要时辰一到，你郑大爷兴许会看清本人我的眉眼高低，兴许会拿着闺女来求我的！”

他又甩了甩袖子，一转身噔噔噔朝大门走去。没想到刚刚走进大门洞里，郑黑眼又赶出屋来叫他：

“来喜，你等一下！”

汤罐子以为事情有了转机，心里一喜，转身睁着蛤蟆眼等着。

“我问问你，今日我碰见郭老二领着个大个子黑小子在柳树趟子里躲躲藏藏，鬼鬼祟祟，是个什么人，你这当村长的知道吗？”

“是白老敬家的亲戚。”汤罐子失望地不耐烦地说。

“叫什么名字？”

“赵大鹏。”

“是干什么的？”

“木匠。”

“从哪来的？”

“不知道。”

“是白家的什么亲戚?”

“不知道。我吃了饭管那么多闲事干吗?”汤罐子懒得罗嗦,不愿意说出白家招女婿的事。

“这不是闲事!”郑黑眼认真地说,“光看那模样就知道不是个善良之辈!并且跟郭老二那样的穷光蛋混在一起,有个好的吗?你这当村长的得留心,不能让村里有坏人!……”

汤罐子不等郑黑眼说完,两脚就迈出大门去了。

郑黑眼回到屋里,听见那边屋里响起了郑金枝喑喑哑哑的哭声。

“她爹,”水萝卜试探地说,“这,你是不是做得太过了点?”

“你不懂!”郑黑眼厌恶地跺了跺脚,又补充说,“我姓郑的什么时候做过赔钱的买卖?”

真的,他郑家无限金贵的千金小姐,被这么个混蛋小子偷上了手,本来就是吃亏上当丢人现眼的事,怎么能不要个像样儿的价钱就出手?但是水萝卜现在只懂得心痛女儿,女儿一哭,她的心就软了。

“不管我懂不懂,”她大声说,“闺女是我生我养的,我要做一半儿主。如今人家答应了,又分家各过,还要怎么的?”

“你嚷什么!”郑黑眼咬着牙,压低了声音,“汤家那老混蛋让小混蛋气病了,灰了过日子的心,又觉着年岁到了,犯不着给小混蛋们当牛马,想去地。前日我托人去探口风,他说:‘我去地不是当地卖地,我要找人种分收。就是卖地当地,也不给郑黑眼!’这老混蛋!现在又想出个分家不分地契的办法来。怕你小子卖地?鬼心眼倒不少,看你逃得出我郑某人的手掌心不!”

“可是,”女人压低了声音,“刚才你听出那小子的话风儿没有?你不是听说有些不三不四的荒子们往通县日本人那里跑吗?就怕他也……万一日本人真的来了呢?”

这一点郑黑眼倒没有想到,这可不能不认真估摸一下。他又一次不得不佩服女人的机灵心眼了。他耷拉着眼皮子捉摸起来。

那边屋里,金枝儿的哭声更响了。

八

晚饭以后，村里年轻的人们爱到离村半里地的大河堤上去歇凉。这河堤高出地面两三丈，弯曲蜿蜒地伸向远处，显得气魄动人，可以居高望远，眼界宽阔。堤面有一两丈宽，光滑平坦，像城市里的马路一样。夹堤长着两行古老的大柳树，高大雄伟，千丝万缕，有如纱帷罗幛。两边的堤坡上长满了铺地盘根的青草和一丛丛的野花。如果是月夜，堤这边的庄稼地就显得银光无际，亮珠闪烁。有时宽大的河堤里雾气特别浓厚，月光与雾色混成一片，有如一条宽大绵长的银纱。河水虽然浑浊，却不污秽，正是雨季涨水的时候，浩浩荡荡，动人心魄。年轻的人们来到这里以后，脱掉衣服，扑通跳进水里，喊叫着，嬉笑着，痛痛快快地洗掉一天的汗污，然后上得岸来，随便铺点什么在身子底下，仰面朝天往堤坡草地上一躺，就扯淡起来。乡土的感情，人世间的道理，国事家事，……许许多多的东西，就是在这样的聊天当中深深地漫透到人们心里去的。……哦哦，有时候你只要呼吸几次早晨清新的空气，看几次被斜阳染上了金光的大地，瞅几次黄昏后月亮的升起，摸几次那湿热的土地，闻几次泥土的气息，再加上你跟这里的人们一起劳动过，交往过，共同欢喜，共同焦虑，你就会爱上这个家乡！

比起这些青年人来，赵大鹏倒成了见多识广的"故事篓子"。他本来不是个会说故事的人，经不住这些年轻人七问八逗，再加上自己本来就有一肚子想说的话，又本来就想激起这些穷哥儿们心里的火，所以一说起来就没有完："西南边挺远挺远的地方有个村子"——是大廖家府震魂动魄的故事；"东南边挺远挺远的地方有个镇子"——是金驼镇滚油翻锅的故事；"西边挺远挺远的地方有个县城"——是容城县里焦盐爆火的故事；还有天南地北许许多多的事情。这些小伙子也把各人所知道的故事说给他听。就这样，他们互相间就自自然然地更贴心更靠近了，赵大鹏也就自自然然地更加成了这帮青年人又喜爱又尊敬的大哥了。

也有三五个年岁大一些的人常常到这儿来乘凉。有的是老单身汉，喜欢这儿热闹；有的是因家务不和，愿意到这里来躲气。其中有个性情很特别的老头，真名字叫邹老木，木与梦同音，村里人们都叫他做老梦或老做梦。他大半辈子是在西边大山里头给人家放羊，每年春夏秋三个季节都在深山荒岭里跟不会说话的羊群就伴。漫长年月的孤单生活使他变成了名副其实的“老梦”，对于世间上万事万物他都像做梦一样去想象和解释。因此他也有说不完的奇怪故事，讲不完的特别道理。比如：什么地方一条大蟒蛇钻山，把一座大山头钻崩了，就像揭开了开水锅一样，猛地冒起了一股漫天大汽，那条大蟒蛇就不见了，必定是升天了。什么地方有个大清水湖，湖里有无数条很大的金色鲤鱼，在一次下大雨的时候，这些鲤鱼忽然从雨雾里飞到几里路以外的一条河里去了，以后就不见了，必定是去朝拜东海龙王去了。不论多么高的山上，只要有一条长年不断水的小溪流，里面就有很小的鱼。这些鱼从哪儿来的呢？无论如何，从山下的河里塘里是游不上去的。所以说，山上的蚂蚱能变成鱼。他说，凡是山里应该有的东西他都看见过，可就是没有看见过老得飞不动的鸟，也没有看见过老死了的鸟尸体。那么，世界上这成千上万的鸟就不老不死吗？原来，鸟儿一到了岁数，就拼着最后的力气往高处飞，飞到天门外边，就变成了云彩，五颜六色，好看极了。他在山里的大石头上几次看见过神仙的脚印，可见神仙是有的。千年的古树会成精，会兴妖作怪，所以老天爷就派雷公来把它劈死，死的时候还嗡嗡叫呢。在他看来，万物都有灵魂，世界无限神秘，一个人只要懂得这个世界的秘密，老是去琢磨一些稀奇古怪事情，他就永远也不会觉得孤单啦。

今夜月光特别好，洒银铺雪，把这眼界宽阔的河边变成了一片银白世界。在赵大鹏说完了一段“实实在在的事儿”以后，邹老梦又接着“谄”起“玄玄乎乎的故事”来了：

“……嗨呀，说起来，你们爱信不信，我可是亲眼看见的，千真万真，半点也假不了。就跟今晚一样，我也是这么出神地瞅着天上的月亮。一块棉花似的云，盯着眼瞅着它吧，好像是不动；眨巴一下眼吧，它可就走过去把月亮裹起来了；再眨巴一下眼吧，月亮又跑到它前面去了；月亮是怎么跑脱的呢？我看得清清楚楚，它是打了个滚儿，是躺在那棉花云上面打了个滚儿，滑溜溜地打了个滚儿。那朵棉花云看样儿想沾住它，它滑滑溜溜的，哪能沾得住？我就这么瞅着瞅着，这眼睛呀，叫那光亮耀的怎么也睁不开。我就想，闭着眼歇会儿吧。谁想得到，刚刚闭着眼歇了不大一会，就听见半天空里老远老远有说话的声音。怎么回事？睁开眼一看，喝！从远处飘过来了：两个老头，白头发，白胡子，白衣裳，白飘带，盘着腿，脸对脸那么坐着，就那么悬空坐着，就像走马灯一样慢慢地转，转呀转呀，一边转一边往这边飘。白胡子有三尺长，银光闪闪，飘呀飘的真好看。说的话我听得清清楚楚。这个说：'流年坏，大乱来。'那个说：'大乱一到来，遍地红花开。'这个又说：'遍地红花开，红军下凡来。'那个又说：'红军下凡来，百姓乐开怀。'这个又说：'百姓乐开怀，妖魔鬼怪躲起来。'……可惜呀，当时，我这头也懵了，眼也花了，心也傻了，也忘记了磕头，只一眨眼的工夫，就飘远了，不见了，半天空里光剩下个银盘子似的月亮，什么也没有了！"

听故事的人们的头也懵了，心也傻了。说是假的吧？又太像真的；说是真的吧？未免又太蹊跷了。

有人想进一步证实这件事情的真假，就问他：

"这是什么时候的事？"

"就是昨儿半夜里，你们大伙都走了，大堤上一个人也没有，月亮跟今晚一样……"

"就你一个人坐在这儿？"

"可不就我一个？"

"你不怕？"

"怕什么？那些年我在大山里放羊，白天夜里都是一个人，住在山洞子里……"老梦又要说起他那放羊的生活来了。

"邹大爷，老听说红军红军的，红军是什么样儿，你见过吗？"

"我没有见过，可是听见说。红军，全身披红挂彩，刀枪不入，日行一千，夜走八百，专为穷人打抱不平，本事大得很，真不是好玩的！……"

"那不是比神仙还有本事吗？"

"比神仙还好。神仙不管凡间事，红军可是专管凡间事。咱们就等着吧。前几年我在西边山里就听说了：在西边老远老远的地方早就有红军，把那片地方治理得可好啦！夜里睡觉根本不用关门！把那些黑道子，流氓荒子，财主贪官，都治服了，夜里还能不敞开门睡安生觉吗？你们不信？

有什么不信的？心里不开窍，就不信；心里开了窍，就信。想想看，什么东西没有个变化？说起来你们又该不信：连山都会飞呢！西边平山县有个燕尾沟，是个五岔子山沟。怎么是五岔子呢？脑瓜跟嘴巴是一岔，两个翅膀是两岔，两个尾巴尖子又是两岔，一共不是五岔吗？站在高山上一看，活像只燕子，再也没有那么像的。可是，就在那燕子背上，平地里孤孤的一个小山头，就像个竹笋，就像个宝塔，所以叫笋尖山，又叫宝塔山。老年人都说，古时候是没有这个山的，是有一年秋天刮大风，飞来的。飞来干吗？镇住这只燕子，要不，它一动弹，一拍翅膀，就山崩地陷，平地成河，整条沟里的十八个村子就全都给毁啦！多少人的性命就都完啦！……”

谈话就这么无穷无尽地继续下去。听故事的人里总不免有些爱抬杠的人，他们提出各种各样怀疑的和反驳的意见，总想把邹老梦难住。可是邹老梦是不怕抬杠的。人们提出的问题越多，他所想到的故事，他对一些事情的看法，也就越说越多。

夜深了。人们都陆陆续续回村子去了。只有赵大鹏和冯大雨、冯大水几个人没有走。冯大雨还想逗着老人继续说下去：

“邹大爷，你这一辈子什么稀罕事儿都见过，可真算没有白活着。”

“这话可得两说着，”老人回答说，“要说知道的事儿多，可是活得不算冤。要说一辈子受的苦——没有老伴，没有儿女，没有亲人，没有家业，孤孤寡寡，全靠自个的两只手伺候自个的嘴巴，冤不冤？可是话又说回来：没有老婆少担心，没有儿女少生气。两个肩膀扛着个脑袋，抬腿一走就算搬了家。就算挨打受气，也是自个一个人受着，不为老婆孩子瞎操心。……你们猜我这话是什么意思？咳！有的人，五尺高的男子汉，眼看着自个痛心痛意的人儿受人欺，有气不敢出，有仇不敢报，那才叫活得冤呢！”

冯大雨和赵大鹏吃了一惊：这老人怎么真的什么都知道？俺们还没有把要紧的话问出口，他倒先来将一军。冯大雨不觉一勾身子坐起来：

“老大爷，臭汤罐子还常常给你气受吗？”

原来，三年前邹老梦从西边易县山里回到故乡，没有亲人，没有住处，是臭汤罐子“看着老头子孤苦伶仃怪可怜的”，叫他住在村公所后院的一间小披屋里，给他规定了一个条件：每天给村公所拾一捆柴，挑一担水，扫一遍地，必要的时候还得帮着做做饭，跑跑腿。为了顾嘴巴活命，老头子养了二十来只羊，还要编筐，捞鱼，一天到晚手脚不得闲。有事，臭汤罐子就喊："糟老头子，过来！"事情干完了，又喊："糟老头子，滚蛋！"稍不如意，就祖宗八代"卷"一顿。经常半夜三更的要给汤罐子的赌友们伺候茶水。魏三麻子的土匪队伍来了，就叫老头子"宰羊待客"，高兴时随便"赏"两个钱，不高兴就"下回再说"；再不高兴，就三拳头两耳光，叫你吃不完兜着走。

冯大雨问起臭汤罐子给气受的事，原是想用话引话，引邹老梦参加他们的计划，来它个里应外合，报仇雪恨。没想到邹老梦早就是有心人，却又装成无心人的样子，故意所答非所问地说：

"这些祸害精！真是蜈蚣蝎子蛇，各有各的路数。祸害人的总怕人祸害。狗凭牙齿猫凭爪子。臭汤罐子的两个爪子就像是长在他身上一样——我说的是安三安四这两个流氓腿子。汤罐子天天到郑黑眼家偷香油吃的那工夫，这两个家伙天天半夜送他到郑家的后门口，五更天又去把他接回来。打从金枝儿的肚子大了，郑黑眼大半是天天把后门上了锁，汤罐子有几个月偷不着香油吃，再也不去了。夜里，他们打完了牌，总是三个人在前北屋东间睡在一起。前些时汤罐子从北京天津回来，也不知道是拜了什么师傅，得了什么传授，天天夜里在前院里练武。怎么练法呢？叫做什么'打麻袋，麻袋打'。在屋里房梁上吊着个装满了沙子的麻口袋，三个家伙轮换着用拳头打，就像打人一样，打一下哼一声，一口气要打三百六十下，这叫'打麻袋'。把身子脱光了躺在门板上，旁边一个人，提着用绳子拴着的装沙子的小口袋，甩起来使劲往他身上打，一口气要打七七四十九下，打得破了皮也要咬着牙忍着，这叫'麻袋打'。你说这是吃了饭没事干不是？折腾完了，浑身臭汗，浑身沙子，就从后门出来，到这河边来洗个澡，这才回去睡觉，睡到第二天快吃晌午饭了才起来。你们说说，这是干吗？我这一辈子看见的古怪事儿真不少，可就是没有看见过这样的古怪事！……天不早了，那三个混蛋该来了，咱们也该去歇着了。"

说到这里，老头磕掉了烟灰，站起身来，下了堤坡，顺着堤下边的一条小路，走进了一片小柳树林子。他的二十来只羊卧在这片树林子里，他自己也在这片林子里的沙地上睡觉——夏天就有这个好处。

几个青年人商量了一阵，准备了一下，把铺在地上的破被单一卷，跳下大堤，钻进了庄稼地。

第二天早晨，几个起早下地的人们发现：通往河边的一条小路上有三个圆球一样的东西。原来是三个人，手被反绑着，身子虬曲着，脑袋被套在褶腰裤子的大裤档里，两只脚被捆绑得紧贴着大腿。人们给他们解了绑，把他们的脑袋从裤裆里翻出来，才又发现他们的嘴里塞着破布团子，眼睛也用布片子蒙着，全身青一块，紫一块。等他们缓过气来了，人们问是怎么回事，安三安四两个家伙才有气无力地回答说：

"是他妈狼不叼、狗不啃、不得好死的王八蛋们干的！躲在庄稼地里，冷不防跳出来，用胳膊腕子把人的脖子一勾，一张口刚想叫唤，嘴巴就给塞住了。……甭想瞒着，跑不了是会武艺的，跟老子们有仇的。叫他小子们等着吧！今日不见明日见，今年不见明年见……"

臭汤罐子坐在地上，一边揉脚搓腿，一边发表了一篇威胁性的声明：

"你们听着！算是你们运气好，碰上救了俺们仨，我汤某人知恩必报，忘不了你们！可有一样，谁要是他妈的不知好歹，嘴巴没锁关不住风，把我汤某人丢脸的事拿去当笑话说，好，那你他妈就小心点！……"。

下地的几个人又好笑，又好气，又胆小，只好绷紧了脸，二话也不敢多说，不声不响地走了。后来，他们的嘴巴果然能关住风，所以村里的人们一直不知道这件事。白老敬一家人当然也不知道这件事，只以为赵大鹏是在大堤上图凉快，所以昨天夜里回去得晚了一点。

从此一连三天邹老梦没有在大堤上露面，直到第四天他才高高兴兴地来了，又有一搭没一搭地念起他的"荒唐经"来了：

"你们以为世界上没有神仙吗？对你们说，有，是真的有。神仙不是人修成的吗？人，是顶聪明的东西，什么坏事也做得出来，什么好事也做得出来，什么巧事也做得出来，未必人就做不成神仙？好事做多了，积福积多了，就算不能活着白日升天成天仙，也能够死了在地下成地仙。人在世界上做了多少好事坏事，阎王老爷那里都有一本账，记着哩。对你说，金驼镇上就有一个姓胡的胡半仙，开着个草药铺，据说是会飞檐走壁，还专门会治跌打损伤，真是手到病除，灵效得简直没法说。臭汤罐子，安三安四，这三个家伙不是天天'麻袋打，打麻袋'吗？自个把自个打伤啦。今日，汤罐子的兄弟汤来财，赶着大车送他仨到金驼镇找胡半仙治伤去啦。年年庙会上的赌场里都少不了汤罐子，总是早几天就去，不到散了庙，倒完了汤，不回来。今年，说是治伤，我看也是提前去治他那财迷伤，赌瘾伤，想捞点外财，回来娶郑黑眼家的千金女，办喜事……”

这些话，只有赵大鹏和冯大雨几个人听得懂。

九

虽然年头儿不静，人心不安，但今年的雨水不大，不会闹水灾了，人们眼看秋庄稼就要收到手了，所以要在秋忙以前买点农器家具和日常零用的东西。庄稼人在辛苦而又平凡的生活里，除了过年过节和赶赶庙会看看戏以外，是没有什么娱乐的。尤其是女人们，只有在赶庙会的时候，才有权利打扮得漂漂亮亮，到那千人万人闹闹嚷嚷的地方，看热闹，买东西，看人，并且也被人看。这次小小的快乐就会在她平凡而又痛苦的生命史上留下不可磨灭的印记，一直到她们头发白了，许多别的事情都忘记了，这件事情却不会忘记，甚至当时穿的什么衣裳，看的什么戏，都记得清清楚楚。

在白老敬一家人里，只有白老敬自己赶过两三次远近闻名的金驼镇庙会。小凤儿自然是一次也没有去过。在她的想象里，金驼镇庙会啊，什么稀罕东西都有，别处没有的东西都有，那大戏更不用说，比哪儿的戏都强。她是多么欢喜看戏呀！从几岁的时候起，她就会被欢乐的剧情引得大笑，被悲哀的剧情引得流泪，还能记住戏里边的一些唱腔和词句，高兴时就自个哼哼起来。

今年，小凤儿可有赶金驼镇庙会的理由了，前好几天她就嚷嚷说："今年的庙会可有我的份儿啦！"确实，白老敬要去金驼镇跟盟兄赵老恭会面，同时谈谈女儿的亲事；赵大鹏也要去偷着见见老爹的面；这都是早就写信约好了的。金驼镇又有落脚铺儿——赵大鹏的姐夫家就在镇上，小凤不愁没有地方住。另外，臭汤罐子和他的两个帮手都不在村里，不会趁家里人少的时候来惹是生非。所以白老敬全家人一连三四天都在为赶庙会的事忙活：赵大鹏赶做一批木器；白老敬两口子赶编一批柳条活儿；白鸾赶着给小凤儿做新衣裳；小凤自己忙着做新鞋。好在现时地里的活儿不多，人们都能腾出手来。

动身那天，小凤五更天就起来了，并且把一家人都吵醒了。等别人把饭做熟了，把上路的东西都准备好了，她才梳洗打扮完毕。这姑娘啊，还是第一次这样经心经意打扮自己呢：第一次把脸洗得这么净，还擦了点粉；第一次把头梳得这么光，还抹了点油；第一次穿上了水红色的新小褂，黑底黄花的新裤子；也是第一次对着镜子照了又照，知道自己是这样好看，因而羞得脸发红。连妈妈也惊奇了，心里说："这孩子，成大人啦！"连老爹也感到骄傲，心里说："是咱白家的好闺女啊！"说女儿像花朵儿，真是不假，你瞧吧，那小骨朵被毫无色泽的花托儿包着，每天每天好像总是那个样儿，却突然在一个阳光明媚的早晨，在一个什么新鲜日子，舒开了带着露珠的粉瓣，现出了鲜艳的颜色，羞怯地迎风摇动。

姐姐白鸾今天对小凤也更加亲热，帮她擦粉，剪刘海，编那又粗又长的大辫子，还不时拿眼向镜子里睃她，还一再不明不白地抿着嘴儿笑，仿佛今天是妹妹的喜庆日子。虽然现在的姑娘们都时兴剪短头发，小凤却舍不得剪掉自己这条长过腿弯的辫子，姐姐就悄悄儿笑话她了："哼，还没长成人形呢，就知道爱好看了，还不知道那爱看你的人在哪儿呢！"等完全打扮好了，姐姐对着她全身上下打量了半天，又欢喜得笑起来了："哟！百个村子也挑不出来，连我看着都心痛呢！"

白鸾现在变得快活多了，跟赵大鹏说话也不大避着家里人。这些天她一再嘱咐老赵：一到了姐夫家就不要出门，庙会上有什么稀罕事儿也别去看，更千万别冒冒失失回大廖家府去。她说一句，老赵总是笑着回答一句："得，依你。"临上路时，她又依依不舍地嘱咐了一些什么。老赵笑着说：

"放心吧，凭我这一身拳脚，活人还能叫死人逮住了？保险囫囵个儿去，还囫囵个儿来，倒是你在家里要多加小心，千万提防着点……"

为了免得小凤从村里大街上走太惹眼，就由老赵推着满载红绿家具的小车走在前面，白老敬挑着一担柳条货跟在后面，小凤低着头走在最后，出了大门就往离得最近的村东口走去，从庄稼道上七绕八拐地绕到村南，才上了直通金驼镇的南北大道。这时郭老二也赶上来了。他也跟白老敬一样，挑着一担柳条编的笸箩和筐子。

太阳刚刚冒出地平线，金色的阳光开始抹上了大地，天气还不热。赶庙会的人在路上牵成了线，互相招呼着，说说笑笑。转过两个柳树林子，离村已有几里地了，小凤忽然朝着侧边一条大路叫起来了：

“张老师，你也去赶庙呀？”

白老敬连忙拦住了她：

“这么大人了，怎么在路上大喊大叫的，不怕人笑话？”

果然，路上人们的眼光都向这边射过来了。小凤羞红了脸。但她马上忍住了劲儿，索性抬起头来，挺着胸脯，洒洒脱脱地走着，心想：“怕什么？你们瞅我，我还瞅你们呢！”

那张老师在那边路上手搭凉棚朝这边看了一会，加快步子抄近路走了过来。他有六十来岁，宽额长脸，花白胡子，灰白色的寿星长眉，穿一件月白竹布长褂，衣襟上吊着个眼镜盒子，盒子下边吊着一条黄丝线穗子。他是小凤小时候上学的老师，又是白鸾头一回定亲时的媒人，又是白老敬最钦敬的朋友。他先扬着寿星眉，像逗小孩似的跟小凤打招呼，吃惊她长成了大人，问她学的那几个字忘了没有，然后走到白老敬跟前，摸着白胡子叹起气来：

“咳！国都快亡啦，谁有心思赶庙去？可是，跟几十个小毛孩子一起坐冷板凳，有什么意思？好，赶庙就赶庙吧——我给孩子们放了假，把学堂门一锁，就出来啦！”

白老敬笑着说：

“说的是呀，像我们这样人，今日要是不来，也许明年后年想来还来不了呢——年岁不饶人啦！时势也不由人啦！”

“这也是，这也是，”张先生连连点头说，“得乐之时且乐，莫待年衰力薄……好，咱们一边走着一边谈。”

“洁泉先生，国家的事，有什么说的吗？少先生又来信了吗？”白老敬只要碰见张洁泉先生，就要打听国家的事情。他把肩膀上的担子顺了一下，让张先生跟他并排着走。

“刚才我不是说了吗？国事忧心啊！春天，俺家小子带着北平的学生们到咱们这儿作宣传，说的那些事儿你大半还记得，这就不去说它啦。

咳！北平北平，几代帝王之都，文化古城，华北重镇，鬼子兵什么时候想穿城而过，就穿城而过；什么时候想做军事演习，就做军事演习；这，咳！还不算做到头儿了吗？不，还没有到头。前两天我又收到俺小子的来信——告诉你们说吧：这回十有八九要真的打起来啦！”

“真的要打起来？”白老敬大吃一惊，脚步停顿了一下，连心都嘣嘣跳起来了。

别的人也都吃惊得变了脸色，像有一块石头猛地压上了心头。

“千真万确，眼看就要打起来啦！”张先生接着说，“你们想想，驻在丰台的鬼子兵干吗要天天到宛平县城跟前去打靶？就因为那儿的永定河上有座铁路桥，知道吧？要是他占了这座桥，就卡住了咱河北省的喉咙管，鬼子兵就可以坐着火车往保定开，中国兵也就不能到北平来增援，这就是小鬼子的鬼心眼！说是演习时丢了两个鬼子兵，一定要进宛平城里去搜查。你们想想，能让他狗娘养的进城吗？谈判，扯皮，占了县城东北边的一座小土山，修了工事，机枪小炮正对着那座铁路桥的桥头儿。桥头儿上有一排中国兵守着的。……蒋光头不准抗日，总有那有血性的中国兵，忍了一百个忍，能忍得住吗？这就叫一触即发，一触即发，懂吗？你们想想，这一打起来，谁知道胜败如何？蒋介石，宋哲元，都没有准备，人家日本鬼子可是早有准备的。要是这一仗咱们打败了，鬼子到咱们这儿来，还不是一抬腿就到？到时候，咱们国亡了，家破了，预先怕是连个信都不知道啊！……”

“狗日的蒋介石啊，你卖国卖到什么时候才算完？”白老敬咬牙切齿地顿了顿脚。

“蒋介石他哪里是卖国！”张先生恨恨地说，“卖，不是还得讲个价钱吗？不是人家还得拿钱来买吗？他这不是卖国，是丢国！送国！”

“是啊，比方我这一担柳条货，多少要有个价钱才卖哩。”

“他狗日的不光是自个丢国送国，还不准别人救国，谁想救国他就打你、关你、杀你！”张先生又压低了声音说。

“跟他妈前清的朝廷一样啊，实实足足的汉奸种啊！”白老敬又狠狠地顿了下脚。

“所以说，赶庙，听戏，不是‘不知亡国恨’啦，是心里闷得没有法儿，找排遣啦！”

“洁泉先生，你这一说，把俺这赶庙的心可就说冷啦！还赶什么庙会？趁早儿呆在家等着大祸临头吧！等着跟日本鬼子拼老命吧！”白老敬站住了脚，苦着脸看看众人，眼光落到赵大鹏身上了，猛地想起了自己要到金驼镇去办的事情，不觉又低下了头，长长地叹了口气。

众人也都不由得站住了脚，都犹疑不定地你瞅着我，我瞅着你。

“庙会还是要赶！”张先生突然大声说，“干吗不赶？俺家小子信上说：咱们驻扎在石家庄以北这片地方就有三个军，一共十几万人！光是北平附近就有好几万！丰台的鬼子兵有多少？才一个大队——几百人！我就不信咱中国兵都是孬种，都是软蛋，一个人尿泡尿也把他淹死了！就算他鬼子紧的忙的往关里调兵，来得及吗？就算咱们那些当大官的军头儿不抗日，那些当兵的也都是豆腐做的吗？再不济也得抵抗一阵子吧？我保险，顶少半月二十天以内没大事，放心大胆赶庙去吧！”

白老敬和众人这才松了口气，心情沉重地继续往前走去。

郭老二赶到赵大鹏身边，小声说：

“他说的，你都听见了吧？是个真正的明白人啦。听说他也不是有钱的主儿。俺跟他不熟，跟他家少的可熟哩。他少的在京里一边教书，一边上大学，才学可高哩，上通天文，下通地理，普天下的事儿都知道。他每年放假回来，就爱找穷哥儿们聊天。有一回，俺在地里干活，他找俺来了，说了半天话，脾气可好呢！你想想，要不俺咋的认得他？他还说过共产党的事呢。”

老赵吃了一惊，心想：“共产党？人家说我也是……”

“他说共产党是什么样的人？”

“都是好人，明白人，有才学的人……”

“共产党不是打老财，劫富济贫吗？”

“是啊，共产党不兴有穷有富，不兴仗势欺人，专一替穷哥们打天下……”

“得，”老赵心里说，“我不也是这样想吗？要是出来个能人，把普天下治的一般儿平了，那是多好！我在容城县……”

他早就听说，那次容城县砸官盐店的事，是共产党领的头。他自己不也是领头打了官盐店掌柜的吗？官府不是要捉他当共产党办吗？到底是怎么回事呢？

跟在张老先生前后左右走的人更多了。张先生正好也谈起了共产党，说共产党主张打日本，可是蒋介石要打共产党。共产党就领着千军万马从江西出发，打遍了半个中国，一直打到了陕西省，要不是被蒋光头和阎老西挡住了，早就到这儿来跟日本鬼子干上了。共产党的头目人名叫朱德、毛泽东，是天底下最能的能人，亚赛三国时候的诸葛亮……

赵大鹏心想："要是咱这一弯子有共产党，我说什么也得找他去！"他故意走慢一点，等张先生赶到他后边时，就回身问他：

"张先生，咱们这一弯子有共产党吗？"

"那我可说不清！"张先生猛地沉下了脸，慌张地向四面闪了一眼。"你老弟说话怎么这么大嗓门，这是好玩的吗？"

老赵本来想问问少先生的事，这一来也不好问了。但停了一会他又想起了另一个问题：

"张先生，我是个粗鲁人，你可别见怪。我再问你个事：要是鬼子真的占到咱们这里，你说怎么办？"

"咳！"张先生叹了口气，"怎么办？我看是：拼，跑反，等死，三条路。"

"对！拼他狗日的！拼掉一个够本，拼掉两个赚一个！"老赵咬着牙说。

"就算两个拼一个，也得把他小日本拼光了！"郭老二接口说。

"就算十个拼一个，也得把他拼光了！"别的人也插嘴说。张先生却摇摇头，叹了口气：

"你们啦，年轻力壮，可以拼。像我们这年迈力衰的，忧国之心有余，报国之力不足，连跑反也跑不动。就算能跑到别处去，又何以为生？我看，要是真有那一天，我们这老人们只好抹脖子寻死！老敬哥，你说呢？"

白老敬没有回答。他觉得自己还能拼一下，但心里非常忧闷，一时不想说话。

"我看啦，这又是劫数快到了，在劫的难逃啊！"一个背上搭着条空帆布口袋的老头儿说。

大家沉默了一阵，小凤儿在一边说话了：

“老师，咱大枫哥今年暑假没回来？”

“没回来，”张老师说，“来信说是学里同学们留住他搞宣传。”

“要是大枫哥回来就好了，咱们也好问问他：到底鬼子兵有多厉害，咱们老百姓该怎么着。”

“对呀，他可是个大明白人！”郭老二大声说。

十

这时，从后面赶上来了一辆胶轮大车，两匹大骡马拉着，跑得飞快。车辕上，一边坐着郑黑眼，另一边是赶车的把式唐小三。车身上用几根棍子撑着两块挡太阳的席片子，席片子下边的车箱里坐着郑黑眼的老婆和三个女儿，都打扮得花一团粉一团的，像火炭似的耀眼。人们都闪在一边，让车子飞快地颠簸着过去了，就互相递递眼色，做做怪脸，把刚才的愁闷暂时忘记了，有的人就说起阴阳话儿来：

“真怪呀，郑黑眼让闺女们去赶庙会，还亲自送去，这不是日头打西边出吗？兴许，就是因为要开仗，郑黑眼也知道应该让他家的千金女乐一天算一天？”

“也许是这个黑眼狐狸动了善心，要放鸟儿出笼哩。”

“我看啦，他是想在庙会上高搭彩楼招女婿哩！”

只见那车却在前面远处停下了。人们走近了才看清楚。原来是碰见个赶庙会的烧饼担子，郑黑眼买了些烧饼，又命令长工赶着车走了。

但是走了不远，那车又停下了。原来是又碰见个推着平板小车卖熟肉的。郑黑眼又买了一大包切碎了的熟肉，大车又上路了。但是走了不远，人们又听见他大声命令长工：

“从这边拐弯！”

“干吗从这边拐弯？这不是绕北京到南京吗？”长工唐小三问他。

“是听你的还是听我的？拐过去！”

唐小三只好轰着牲口，把车磨到旁边一条岔道上去了。

人们都好奇地在远处瞅着。又听见郑黑眼的老婆水萝卜尖声说：

“她爹，你这是怎么回事？是闹着玩儿还是怎么的？”

“谁跟你们闹着玩!”郑黑眼恶声恶气地说,“到前面你们就知道了,等着瞧好看的吧!”

那大车已经被侧边的柳树林子遮得看不见了。郭老二对大伙儿眨了眨眼:

“这老鬼的鬼事儿多,说不定又要搞啥鬼把戏,咱们瞅瞅去!”

于是,一部分人歇在路边等着,郭老二和赵大鹏,还有几个别的人,都丢下担子车子,一起钻进了柳树林子,远远地悄悄儿跟定那辆大车走着。

一会,看见大车停下来了。瞧稀罕的人们赶紧钻进树林子里隐住身子,听见郑黑眼说:

“给你们,吃吧!不是早晨还没有吃饭吗?”

只见车上的女人们都拿着烧饼,用手掰开,夹上熟肉,吃了起来。又见郑黑眼从车辕上跳下来,走到车后边,一弯腰,从路当中捧起一把沙土,往天上一扬,那沙经风一吹,正好飘到车上的女人堆里。女人们尖声叫起来,有两个还跳下车来。郑黑眼又接着扬了三捧沙土,才住了手。等女人们的嚷叫声停下来了,他才大声说:

“你们嚷什么?叫什么?你个牛鞭子抽的臭货,在闺女们面前领着头儿骂老子!你再骂两句试试看?在这野地里老子还怕你撒泼?牛鞭子抽的!年年吵吵闹闹要赶庙,不就是为了坐在大车上颠屁股、晒太阳,到庙会上吃尘土、吃烧饼夹肉、看稀罕玩意吗?现在你们屁股也颠了,太阳也晒了,沙土味儿也尝了,烧饼夹肉也吃了,就是稀罕还没有看。要是想看的话,前边不远有个水坑,坑里沤着麻的,大半正有人光着全身站在里边剥麻洗麻,要看,就叫唐小三再赶几步路,看完了,就回家!……”

女人们大半是气呆了,都不说话。半天,忽然响起了一个尖锐的哭声:

“天啦!天啦!这还像个做爹的吗?这不是我爹,这连人都不像啊!”

原来是郑黑眼的三闺女银花儿。她一只手拿着条绿绸子手绢捂着脸,另一只手提着白绸旗袍的花边,一边哭着,离开了大车,快步向刚才的来路走去。郑黑眼大声叫她,骂她,想追她,她都不理,反而提起旗袍大襟,更快地跑起来了。

剩下的三个女人跟郑黑眼吵闹得更凶了。

郭老二和赵大鹏他们悄悄儿从树林子里回到原来的地方，把看到的事对人们学说了一遍。人们这才明白，为什么刚才郑银花满头大汗气喘吁吁地从他们跟前跑了过去。一些老年人就气得骂起来，年轻人有的却笑得喘不过气来。小凤还没听完，就气得绷紧了脸，独个儿先向前边走了。赵大鹏没有笑，两手叉腰地站在大路当中，瞪圆了眼睛看着岔路那边，想知道这场把戏的最后结局。

一会，一阵牲口蹄子声，大车又飞快地开回来了。车上的女人们在哭着，嘟哝着。郑黑眼坐在车辕上，像办了一件痛快事儿，脸上挂着得意的笑容，离得老远就大声嚷叫：

"小子，闪开道儿！"

赵大鹏更加生了气，没有闪开道。立眉瞪眼，两手叉腰，像座铁塔似的站在大路当中。他打算：等两匹牲口冲到紧跟前了才猛地跳开，让受了惊的牲口带着大车来个大歪大扭，给郑黑眼一点颜色看看。歇在路边的人们着急了，喊他，他还是不动。

幸亏赶车的唐小三是个有心计的年轻人，早就把老赵那吓人的架式看在眼里，很觉高兴，大声"哦"了一声，同时右手甩了个响鞭，左手猛力把缰绳往侧边一带。那两匹牲口一扭脖子，车就猛地一偏，一阵风似的擦着老赵的身子过去了，把车上的女人们弄了个大撞大碰，发出了一阵怪叫。郑黑眼也猛不防一头撞在唐小三那又瘦又硬的肩膀上，痛得骂了两句难听的话。唐小三回过头来对着老赵做了个快意的笑脸。赵大鹏突然用震动原野的声音哈哈大笑起来。

当赵大鹏回到路边人堆里时，有的人高兴地夸赞他，有的人沉默着用敬佩的眼光看他，有的人却说他闯了祸。白老敬拉长了脸，低着头，胡子一撅一撅的，半天半天，长长地叹了口气，把老赵拉到离开人们远一点的庄稼地里，小声对他说：

"侄儿啊，本来我不该说你，倒是该夸赞你。有气性、有肝胆、有良心的人，是该像你这么着，是该给这个黑心黑眼的老狐狸一点颜色看。要是我年轻，也得像你这么办。我原也是个火爆脾气呀！可是，咳！我活了几十年，知道哇，光靠三拳两脚，不行啦！对你说，这个老狐狸可不是好撩拨的呀，是杀人不见血的手儿啊！昨儿夜里，你婶子对我嘱咐了又嘱咐，叫我千万千万要照管你，别让你在庙会上出事儿。侄子啊，你如今，像你婶子说的那话，是有家口的人啦，往后还要养儿育女呢。什么叫有家口，什么叫养儿育女？这我可是过来人啦。几十年来，我忍着啊，忍着啊，忍得心痛，忍得头昏，忍得要发疯，可我还是只能够忍着……”

他由于说了不想说而又不得不说的话，是又羞愧，又伤感，又激动，还夹杂着对老赵的痛爱心情，眼里噙着泪水，满脸的皱纹颤动着，说不下去了。

赵大鹏的心猛地一痛，一酸，胸口上像堵着团棉絮，闷得难受，咬着牙，一句话也不说，失神落魄地走出了庄稼地。

十一

人们又继续上路了。他们从白老敬叔侄俩的脸色上，猜得到他俩到一边去说了些什么，猜得到他俩的心情，所以好半天没有人说话。最初打破沉默的还是张老先生，他摇头叹气地说：

“毫无人性，以至如此，禽兽不如！”

“怎么老天爷不用雷劈死这样人！都说儿女不孝顺父母要遭天雷劈，父母要是对儿女太不像样，未必老天爷就不管？”背空帆布口袋的老头儿说。

“若是真有主持公道的雷公，这世界早就太平啦！”张先生又摇摇头，哼哼冷笑起来。

“是啊，”白老敬又要发泄心里的闷气了，“财主的心肠毒蛇的口啊。遍世界有几个好心的财主？哪见过有遭雷劈死的？又比如，日本鬼子像这样欺负咱中国，天雷怎么也不劈他们？谁知道老天爷是怎么个主意？”

“富而仁者，其实不多啊！”张先生若有所思地点点头。

“反正，”背空口袋的老头儿又说，“活着不通人性的人，不管他是中国人也好，是外国人也好，来生必定变牛马，要不，世界上这些畜生是哪来的？”

白老敬为了解脱心头的烦闷，就停了停脚步，用右手扶住扁担，左手从腰带上解下烟锅，然后一边走一边打火镰，抽着了烟，就长篇大套地发泄起来了：

“郑黑眼啊郑黑眼，他那心是怎么长的？三十年前啦，俺刚来这村时，他才二十多岁。那时啊，咱们村北的里外两道河堤都崩坏啦，该修啦。穷人们都要修靠河边的里堤，原因是啊，里堤这边尽穷人的地，有三四百亩啊。可他狗日的，领着三五家有钱人，硬要修离河远的外堤。原因，还用说？他们的地又好，离村又近，都在外堤这边啊。穷哥们说：‘修了里堤，不是连你们外堤那边的地都保住了吗？’可是他狗日的不说这个理。两下里差点要打起来啦。郑黑眼啊，他，给衙门里送了点礼，把三个承头争吵的穷哥儿们抓去关起来啦，硬用村里的公款和材料打了外堤啦。你们想想，这么一来，穷哥儿们那三四百亩地啊，年年，一到夏秋发水时，一大片绿油油的庄稼就没啦！就淤上一层沙子啦！年年那时候，你就听吧，多少穷人家儿啼女哭啊！”

“就是村北河槽里那一片荒沙滩吧？”赵大鹏恨声恨气地问。

“是啊，如今是柳树都长不住的荒沙滩啦！那些年，穷人要活命，就借钱吧，借粮食吧，卖地当地吧。郑黑眼啊黑心狼，他就高利放债，低价买地。……嗨呀呀，他郑黑眼就是这么发的财！他郑黑眼的家当，是咱穷人的血水泪水积起来的呀！”

“不会不找他借钱，不向他卖地？”老赵又问。

“嗨，你哪知道，那时啊，村里有两家财主，都是抽大烟玩女人的败家子，还能放债买地？中等人家吧，有多少闲钱借给还不起债的穷人？郑黑眼当时又在村里管事，跟官府来往，谁买卖土地敢不经他的手？并且，那时他家原本就有七八十亩地，雇着个长工，有的是钱啊……”

“狗日的！”赵大鹏恨恨地骂了一句。

“狗养的！俺还以为他光是苛害亲兄弟发的财！”郭老二也骂起来。

“还有后来开饭铺的事儿哩。”有人提醒说。

“是啊，”白老敬又装了一锅烟，一边打着火镰儿一边说，“这也是黑眼狐狸造罪作孽的事儿啊。他有个小舅子——水萝卜的小兄弟，姓贾，是个在天津做买卖赔了本的小流氓荒子。生得尖嘴猴腮，老是戴着个小小尖尖的破瓜皮帽儿，所以人们都叫他贾小帽。郑黑眼拿本钱，贾小帽当掌柜，在咱村开了个小饭铺。想想看，咱村统共不过三四百户人家，又不当大路，这小饭铺有多大进项？可是这黑眼狐狸看得真准啦！那贾小帽的媳妇，你就别提她是多妖气，多会哄人，多不要脸啦！村里那些掌不住定盘星的人，有事没事，晃晃悠悠就进了那个小门坎儿，两根油条，三张馅饼，一盘饺子，四两白干……嗨！谁吃得多，那女人啦，就对谁多妖气两下。有些人，一听见她说话的声音就掉了魂儿！吃了喝了，没钱给，记上账吧，不要紧。不要紧可是不要紧，到年底一算账，老鼻子啦！还不起？也不要紧，给郑黑眼写张借字儿吧。到明年，本利加番，又还不起，不要紧，拿地来顶吧！……咳！春冬两闲，过年过节，饭铺里，牌啊，赌啊，烟啊，酒啊，……你们想想，咱村里如今这么些个流氓荒子，哪里来的？比方说，那时饭铺隔壁有一家姓安的旗人，在外边干差事混了几十亩地，被那妖精女人迷的，饭铺就成了他的家啦：早晨起来，在饭铺里洗脸，吃油条；晌午，两碟子炒菜四两酒；晚上……咳，不到几年，他的家当可就成了饭铺的啦！你们说说，如今安家的后辈人有一个成器的吗？弟兄三个，一个干黑道子，两个是臭汤罐子的小喽罗……”

听到这里，张老先生忍不住插嘴说：

“这个禽兽不如的贾小帽，搬到俺们张家庄，如今，儿女长大了，又子继父业，女承母志，他家的饭铺又成了土匪流氓窝子啦！”

“咳！”白老敬长长地叹了口气，“说到土匪……”他向四周围的人扫了一眼，才放了心。“那时啊，魏三麻子才二十来岁，不过是个夜里藏在柳林子里打闷棍的小荒货。可是郑黑眼看上了他啊，小饭铺儿就成了他的落脚窝儿，销赃洞儿，眼线绳儿……如今，咱们这一弯的财主谁家没有拿枪护院的腿子？就是郑黑眼一家没有。他凭什么？并且，郑黑眼凭什么捏住了臭汤罐子这伙子流氓？他又凭什么常常随便要佃户加租，要债户加利？……他呀，官府，土匪，流氓，方方面面……咳，村里的穷人怎么活啊！一想起这些事，我这腿脚就气得发软，连走路都没力气啦！”

前后左右的人也都气得说不出话来。好半天，有人又提醒说：

“就连汤兴发家这两个混蛋，不也是他郑黑眼一手炮制出来的吗？他家那老辈子都是多好的庄稼人，哪想得到，出了这样两个畜生不如的后代！”

一提起汤家前后几辈子的变化来，白老敬和其他两三位老年人的感慨就更多了，谈话也就更热闹了。

汤兴发他爹他爷爷，都下了狠心一定要在这个沙窝穷地方“发”起来。爷爷的外号叫汤熬油，他爹的外号叫汤不漏，两个外号都名副其实：一个是，一辈子用自己的一把穷骨头熬出油来了；一个是，一辈子过日子滴水不漏。要知道那时汤家两代人是怎么过日子的，就看看如今的破伞冯柱吧，冯柱一家就是那时汤家的影子。那时候，汤家的女人不是女人，她们生孩子是女人，干庄稼活是男人。汤家的孩子也不是孩子，他们模样是孩子，可是吃奶、睡觉、啼哭都在地里。汤家的人也不是人：天天，你就听不见他家的人说话。他们总是不声不响出门，不声不响下地，不声不响干活，不声不响回家。只在吆喝牲口的时候，你才知道，“这是人哩”。他们一辈子没有吃过一顿不掺糠菜的粮食。可是他家的牲口倒比人强，吃的是黑豆高粱拌料，听的是亲热柔和的言语，只因为牲口干活比人顶用。每天夜里，左右隔壁的人睡了一觉醒来，总是说：“你听，汤家的人还没有睡哩，还不到半夜哩。”又睡了一觉醒来，又说：“你听，汤家的人起来了，咱们也快该起炕啦。”这两代人啊，恐怕整整有一百年吧，屋子里没有桌子椅子，因为用不着，因为地面和炕面就是不用钱买的桌子，木头砖块就是不用钱买的椅子。这两代人也没有用过箱子柜子，一时花不着的钱，穿不着的衣裳，吃不着的粮食，都装在大瓦瓮里，封得严严的，深深埋在地下，耗子咬不着，盗贼偷不着，土匪抢不着，邻人见不着，大水淹不着。……哦哦，这两代农民就是这样不声不响做牛做马活了一辈子；就是这样熬焦了骨头，漏尽了生命，积聚了粮食钱财，买了土地，置了家业。

到第三代人汤兴发手上，就更加发起来啦。他干起活来跟前辈人一样不要命，在农闲时还赶着大车出外倒卖粮食，还让能干的老婆开了个小杂货铺，开始雇长工干活。所以这汤兴发也有个外号，叫汤膏子。意思是，一锅肉汤越熬越粘，成了肥粘膏子啦。……可是有钱才知儿女贵，他再也不让自己的孩子从小儿在地里滚啦。这两个混蛋小子是在零食吃不尽的小杂货铺里度过童年的，是在贾小帽的小饭铺里学会吃喝玩乐交朋结友的，是在郑黑眼的教导下学会行凶作恶胡作非为的……

人们谈到最后，白老敬摸摸胡子叹口气说：

“咳呀！村里的这些事，一下子哪能说得完？你们只要合着眼儿想一想，就知道，一个村有一个村的事儿，一个家有一个家的事儿。……你们看，条条路上这些牵成线的人，谁家没有一本账？哪说得完？人，活着……咳！”

是啊，在这广大无边的平原上，村村镇镇，家家户户，有多少辛酸的故事，多少罪恶的奇闻，多少悲欢离合，多少生死存亡？如果那些说书卖唱的人，把这些事编成书，打着鼓板唱起来，得多少个白天黑夜才说唱得完？

十　二

当人们正在大谈郑黑眼发家的故事时，郑黑眼本人却正在回村的路上对着三女儿银花大声吼叫：

“喂！我说，离家这么远，你是想就这么走回去，还是想坐车回去？”

那丫头并不回头，也没有回答，只顾低着头往前走。

“哦喝！”郑黑眼像笑又像生气，“真的想造你爹的反吗？”他叫唐小三把车赶快些，超到银花前面，挡住了她的去路，又大吼起来：“上来！上来！”

她妈水萝卜也劝她上车。

“不上！”银花鼓着脸蛋子，一扭头，“说什么也不上！”她想从路边的庄稼地里绕过大车去。

“上来！”郑黑眼又吼叫，“你不要脸我还要脸！不能让我郑家的花朵儿在大路上叫过路人瞅个够，知道吗？”

确实，这姑娘脸盘俊俏粉嫩，雪白耀眼的绸料旗袍镶着浅绿色的花边，点缀着墨黑色的蝴蝶形纽扣，真像一朵又素雅又鲜艳的银花，正引得或远或近的过路人都停下脚来朝这边看。这就使得郑黑眼心里涌起了一股又怨又恨的味儿。他跳下车辕，夺过唐小三手里轰牲口的鞭子，快步冲到银花面前，咬着牙狠狠地说：

“别看我平日最心疼的是你，可今日你要是不上车，我就在这大路上先用鞭子抽散了你的骨头！”

他的脸色变得简直像要杀人，有块蓝记的左眼里闪着凶狠的光亮。

水萝卜心软了，害怕了。在这旷野地方的大路上，她的确没法对老不死的撒泼。只好也跳下车来，又哄又劝又拉，总算把银花拉上了车。郑黑眼这才彻底胜利了，把鞭子交给了唐小三，重新坐到车辕板上，大车继续往前走去。大女儿和二女儿又哭泣起来，水萝卜咒骂着，三女儿银花不停地嘟哝着，都不能减少郑黑眼得意的心情。他不时冷笑两声，回答老婆两句难听的话，只顾命令唐小三把牲口轰得快一点，再快一点。唐小三一路忍住笑，故意大声吆喝牲口，引得过路的人都朝这边看。

大车一到了村子中间的十字路口，郑黑眼就跳下车来，让唐小三先赶着车送女人们回家，自己径直往村公所走去。

村公所在老槐树西边不远，是一座谷草顶屋子，有一间宽大的正房和三间西屋，后面还有个后院。这儿原是贾小帽饭铺的旧址，现在由郑黑眼租给村里做村公所，每月由公款里拨给他几块钱租钱。正房是所谓办公重地，经常摆着三五张方桌，搁着算盘和纸笔一类的东西。正面被烟熏黑了的墙壁上，贴着一张“蒋委员长肖像”，是奉了区政府的命令贴的，已经旧得看不清眉眼高低了。三间小西屋有一间做了厨房，村长汤罐子时常借点由头儿开火吃公饭，弄得大锅小勺噼啪响，街上走过的人都暗地里骂娘。另外一间西屋是村长的卧室，里面有他的铺盖之类的东西。但汤罐子每天夜里在哪儿睡觉，或是这小屋里每夜有什么勾当，村里人谁能摸得准，说得清？第三间西屋是所谓客房，常常有汤罐子的朋友在这里住宿，这些人姓甚名谁，哪来哪去？也是无人知道，也没人敢打听。

这时，正房里有几个流氓正在打麻将牌。郑黑眼走进了汤罐子睡觉的小西屋，一看没有人，出来一问打牌的人们，才知汤罐子早几天就到金驼镇去治病去了。他原是想吩咐汤罐子马上就想办法治一治赵大鹏“那黑小子”的，这一下可就大失所望，不觉又气恼起来，心里说：“牛鞭子抽的！要是在赌场上把那几件聘礼首饰都给输掉了……”一转身，一撅胡子，手背在屁股后面，像只躬身子大虾，冲冲趴趴走出了村公所，冲冲趴趴过了大街，冲冲趴趴进了自家的大门。

看见唐小三在大门洞里卸牲口，他站住脚想问点什么，却又改变了主意，快步走进了院里，站住脚听了听：老婆在厨房里骂儿媳妇，三女儿在南屋里唉声叹气，二女儿在西屋里没好气地摔打东西，只有大女儿住的东屋里鸦默雀静。他心里想：“真他妈的怪呀！……”一转脸，只见老婆子咬牙丧脸地从厨房里走了出来，一看见他，就一扬眉，一瞪眼，顺手拿起靠墙的一把扫帚，看样儿是要大闹一场。郑黑眼却来了个“随机应变”，两步抢上前去，装出个惊喜的神秘样儿，压低了声音说：

“别闹！别糊涂！没有听见东屋里有什么动静？来！到北屋里，我跟你说说……”

女人果然被他弄傻了，跟着他进了北屋，噘着嘴，脸扭在一边，往炕沿上一坐。

“在路上还没有闹够？还没有骂够？”郑黑眼连珠炮似的说，“凭你娘儿几个，能闹得出什么名堂来？明日咱老两口子单独去。我给你赶车，多带点钱，没牵没挂，悠游自在，听戏，嗑瓜子，上饭馆。还找个落脚铺儿，住它两天，叫你玩个够。看见什么好布料子，好稀罕玩意，你愿买就买，也可以给她姐儿三个带点什么回来，哄哄她们。……”看见女人倒底有点回嗔作喜的样儿，他才更加压低了声音，说到正题上来：“这会儿，你快到大姑娘屋里瞅瞅吧！”

“干吗？”水萝卜扭了一下身子。

“糊涂！你想想，这么一路颠簸折腾，她那肚子……”

一句话提醒了水萝卜。到了家光顾得生气，怎么就没有想到这个要紧的事？可是她还不大相信会出事：

“刚才进门时还没有事儿哩！”

“刚刚是刚刚，这会儿你再去瞅瞅看？要是今日闹个一举两得，那才是托祖宗的福……”

水萝卜猛地脸色发青，忘记了一切，起身就冲出去了。

果然，东屋里，金枝儿正在炕上滚动着，牙咬得吱吱响，汗水沾湿了头发，新衣裳都揉皱了……

十　三

正是庄稼需要阳光，阳光也使劲催发庄稼，灌粒子长穗子的时候，野地里热得如火烤一般。人们走得口干舌燥，浑身流汗，只得在离金驼镇儿里路的一个路边小茶铺里歇歇脚，喝了几壶淡茶，这才继续赶路。小凤儿歇过劲来了，想着快要到金驼镇了，心里一高兴，就想逞强，抢先走出了茶棚，两只手抄起了小车的车把，一躬身试了试，行；这一带不是沙地，路面硬，好推。她推着车子就往前走去。

赵大鹏连忙赶了上去：

“嗨！你个姑娘家……”

“怎么？”小凤斜着眼睛使劲甩了一下辫子，“姑娘家就不能推小车吗？你到一边去吧！”

老赵只得笑着摇了摇头，不声不响地把白老敬的扁担托过来往自己的肩膀上一搁，撒开大脚丫子往前走去。

白老敬啊，心里猛地一热，老花眼里猛一下汪满了泪水，只觉得眼前的黄土大路，路两边一人高的庄稼，都像是罩上了一层云雾。劳累了一辈子啦，还是第一次有个身强力壮的亲人，像儿子一样心痛他，体贴他，从他的肩膀上接过沉重的担子。唉唉，但愿老天爷保佑，年头儿太平，有人替换，我白老敬也能够，舒舒坦坦的，歇口气啊！

背口袋的老头瞪着惊奇的眼睛，看着小凤把小车推得平平稳稳，走得挺快。满车的红绿家具映着她那漆黑的头发和水红小褂，身段匀称，腰杆柔韧，真是好看，不觉抹着胡子赞叹起来：

“嗬！瞧瞧这如今的姑娘！”

“老哥，”郭老二自豪地接口说，“你咋能把这姑娘跟别的姑娘比？百里挑一！”

“你们还是老脑瓜不开窍，”张洁泉先生也接口说，“如今的姑娘们就是该这么着。要不的话，在这个变乱年头，要是鬼子打来了，她们……”他没有说完，只是忧心忡忡地摇了摇头。

沉默了一会，背口袋的老头又提起了新的话头：

“哎，你们这一说我倒想起来了，天底下可真的有那有本事的姑娘呢！不记得是哪一年，金驼镇上就有过这样的事：一个模样俊气得出奇的姑娘，人们都说她是仙女下凡，也不知是真的仙女不是，反正事儿倒是千真万真。是我的一个亲戚，刚好当时在镇上赶庙，亲耳听见的，还假得了？她，那个仙女，当着大庭广众，甩起一匹雪白的绸子，就像白龙卷雪一样，卷起一阵大风，呼呼呼，哗哗哗，吓人啦！把十几个想调戏她的小流氓荒子，连卷带刷哟，扫卷得滚的滚，摔的摔，喊爷爷叫奶奶，有的还给那白绸子卷裹着飞起几丈高，又吭的一声掉下来摔了个半死。末了儿，那还用说？小兔羔子们只好一起跪下来朝她磕头。可是，你们猜怎么着？那姑娘两手叉腰，对着他们哼地一声冷笑，人们还来不及看清楚哩，就不见了！真的不见了！……你们不信？咳，当时，那姑娘正甩得白绸子卷天滚地的时候，把那在场的人的眼睛都看花了，只觉得她几次从他们头顶上飞过去。你们想想，这姑娘要不是仙女，顶少也是半仙，对不对？”

“哈！八成儿真是仙女下凡！”郭老二大声说。一回头，看见赵大鹏正好闪着扁担赶上来了，就问他：“老弟，你听见了吧？仙女啊！咱中国真的有仙女啊！我早就在心里说过多少遍：要是日本鬼子真的打过来了，说不定就有神仙下凡来搭救咱们。你信不信？”

赵大鹏只是咧着大嘴嘿嘿地笑。刚才他在后面听见人们称赞小凤，就很高兴，这会儿又听见人们称赞仙女，就更加得意。他万万没有想到，人们把发生在几年前的那件事情传说得这么远、这么久、这么神……

人们不知不觉就走到离金驼镇只有三里地的三岔路口了。张老先生和背口袋的老头要到镇东头奶奶庙前面去看戏，该向东岔道儿走去。郭老二要到镇西头的农具市去卖柳条货，要向西岔道儿走去。赵大鹏要领着白老敬父女俩从中间的一条小庄稼道儿奔姐姐家。众人就在这儿分了手。

这时候，已经隐隐约约听得见镇子上人喊马叫的轰轰声了，人们都心情兴奋地加快了脚步。

白老敬忽然想起了一直没有弄明白的两个老问题：金驼镇离大廖家府，往少里说也有四十好几里，赵大哥怎么舍得把女儿嫁出去这么远？亲戚来往，女儿走娘家，是多不方便！更奇怪的是，大鹏到底为什么不请姐夫姐姐做媒人？为什么他怎么也不肯说出这里边的原因来？……想着想着，事到临头又不放心了，就紧走几步赶上了大鹏：

“侄子，我有几句不该问的话。你这个姐姐，她，为人……对你，挺好的吧？对亲事……该不会……”

老赵先是一愣，接着就明白过来了：

“哈！老叔，你放一百二十个心！要说我这个姐姐，可真是个能上能的能人，好上好的好人，比起我这个没出息的，说是强一百倍都不为过！对我，更是一百个好！我的事，她不会打破锣，她，保险高兴得很！”

“那，你干吗老是捂住葫芦嘴儿叫人猜？”

“老叔啊！”老赵不觉叹了口气，“这，往后我一定要对你说明白……”

小凤儿在前面听见了这些话，又一甩辫子回头斜了老赵一眼，弄得小车歪了一下，赶紧用力搬正了车子把，嘴一噘就冒出来两句话：

“哼！老说自个是个痛快人，其实一百个不痛快，我算知道你了！”

老赵只好嘿嘿苦笑了两声，算是回答。

他们只顾说话，只想快点走到，却一点也没有留心到，远处那些轰轰嚷嚷的人声，有一部分不是从镇子上，而是从隐没在庄稼地里的条条大路上传来的。如果他们能够站在高处向两边看去，就一定会看见，有许多本来是去赶庙会的人，却挑着背着准备到庙会上去卖钱的东西在急急忙忙向着相反的方向走去；并且每个人都气得脸红筋胀，一面走一面大声咒骂；人群里还有几辆载人载货的大车，赶车的把式把鞭子甩得山响，把骡马赶得飞跑。

金驼镇上是不是发生了什么吓人骇鬼的大事呢？

第六卷

一

“站住！不准动！”——像是平地一声雷。

白老敬的心嘣咚一跳，站住了脚。

赵大鹏担子一闪，跳到路边，瞪大了眼睛。

小凤儿正一心想着快到了，更想逞强，把小车推得飞快，猛一下哪能收得住脚？

“站住！”又是一声更加骇人的喊叫。

原来是个粗眉黑脸的兵大爷！

是从路边一个茅草窝棚里跳出来的。高大个子，黑红大脸，牯牛眼睛，汗湿了的灰军装粘在身上，连横缠竖绕的子弹带子上也是汗迹印子，漆黑发亮的枪口正正地顶住小凤的车架子。

小凤在心里轻轻“哎耶”了一声，愣住了。

“为啥叫你站住不站住？是啥人？耳朵卖到狗肉铺里去了吗？”是山海关外东北人的口音。

赵大鹏一看那牯牛眼睛单单只是朝着小凤儿转，大嘴巴也邪里邪气的，心里就火往上涌，连忙跑上去挡在小车前面，粗声粗气地说：

“什么人，庄稼人！推车子挑担子，还看不出来是赶庙的？干吗到了紧跟前你才喊叫？对你说，吼塌了天也吓不破庄稼人的胆！”

“你还犟嘴？”那大兵脖梗一硬，黑脸紫涨，东北口音更重。

“还敢跑上来顶老子的枪口子？我崩了你！”他自己先往后一跳，用枪口对着老赵的胸膛：“俺命令你：往后退！退十步！快！”声音把路边的庄稼叶都震得飒飒响。

一直在发愣的白老敬这才醒过来，连忙抢上去，一只手推着小凤的车架子，另一只手拉住老赵的扁担头，声音苦涩得发颤：

"嗨呀！你们都，当真的，给我退！往后退！再往后退！"

一直让他俩后退了十好几步远，才转过身来，冒汗的脸上像哭又像笑：

"老总，嗨呀，俺们是赶庙的老百姓啦。这大热天，走了几十里，好容易走到了……"

"操奶奶的！"大兵更加咬牙切齿地发起狠来。"叫你退十步，为啥退那么远？是怕俺看清你们，对吧？那个黑脸汉子，还有那个小姑娘，为啥都那样瞪着俺？都给俺空着手过来，让老子瞅瞅！小妞儿推车，有这样好人吗？奶奶个雄！"

白老敬只得使劲咽了一下焦渴冒烟的喉咙，两手抱拳，举到胸前：

"老总啊，都是出门在外的人，你这是何苦！大热天，走得舌焦口渴心里烦，说错了话，对不起你，我给你赔个不是，请你积积阴德，高抬贵手，放俺们过去吧！"

"老家伙，告诉你！"大兵往前走了一步，把枪托往胳肢窝里一夹，"长官的命令，国难当头，到处是汉奸。是好人，许进不许出；是坏人，根本不准进镇子。国都要亡了，是好人还有心思赶庙会？你们趁早滚回去，省得在这晒乌龟壳子！"

"什么国难挡头！"白老敬气得手颤脚抖，自言自语地说，"我看是枪杆子挡头——挡好老百姓的头！这文明词儿你们懂吗？"他回身问赵大鹏和小凤儿，"什么叫国难挡头？挡谁的头？"

"爹，咱们找个岔道儿绕过去！"

小凤儿这句话提醒了白老敬，心想："倒真是，顶祸不如躲祸。"转动着身子向四面一看：两边是一人高的玉米地，谁知道要走多远才能找到岔道儿？他摇了摇头，实在再也没有力气走路了，只好到路边一棵小柳树的荫凉下边坐下来，从腰带上抽下烟袋来，颤抖着手，装烟，打火，把烟袋嘴儿塞进颤抖着的胡子缝里，使劲吸起来。

只要再走一小段路，一转过前面那片玉米地，就能看见姐姐家后院的寨篱门，哪想得到……嗨！赵大鹏气得全身炸大汗，忽然想出一个“犟劲”的主意来，叫小凤也到那棵小柳树下边歇着，他自己却抬起头来看了看天，把身上的褂子一脱，光着半身硬邦邦的黑疙疸肉，大声喊起来：

“兵大爷，你听着！什么国难挡头，咱不懂这文明词儿。你瞧，倒是大毒太阳正当头。是正经庄稼人，是正经吃粮当兵的，都不怕太阳晒。我光着脊梁，你穿着虎皮，得，咱俩比一比，晒它两顿饭的工夫，是不是正经的受苦人，让太阳菩萨来说公道话。你敢比吗？要是不敢比，你就是孬种！”

那大兵愣住了。他，看样有三十岁，虽然像个老兵油子，大半从来也没有碰见过这样硬邦邦的庄稼人。

正在这时，赵大鹏看见，对面远处急急慌慌来了个灰白胡子的老头，拄着根拐棍，躬腰曲背，脚步踉跄，一边走一边手搭凉棚朝这边看——是陈万有。

将近一年不见，这老人可显得老多了。

“嗨呀！”离得老远老人就举起拐棍朝老赵扬了扬，喘着气用苍老的声音喊起来。“好侄子啊，你，可别！千万可别！……听金姐说，你这两天要来，我就在、瓜棚里，经着心。听见嚷嚷，我就猜……果然！……”

“站住！”大兵又转身对着陈万有吼起来。

“好，我站住。”老人气喘吁吁地站住了。

“你是什么人？”

“我吗？”老人大声说，“是吃五谷杂粮长大的人！有人心的中国人！一辈子没有欺负过老百姓的人！”

几句话把大兵给噎住了。

老人又扬起拐杖对老赵喊：

“什么样的年头啊！亲戚来了，到家门口了，不能见面！侄子呀，你，也到那树荫下边，歇着，等着，我去叫你姐，叫她去！你瞧，那是谁？坐在那上面，纳鞋底子，使劲纳，使劲纳，快有三个月啦！……”

老赵朝老人指的方向看去，东边远处庄稼棵子上露着个小山顶——是那座废砖窑，窑顶上坐着个白色的人。是她，无论离多远都看得出，是她！闪亮的白头巾，闪亮的黑头发，闪亮的脸，闪亮的手……为什么一个人坐在那儿叫太阳晒？手在一动一动的呢，是在纳鞋底。为什么，那神气，像是有忧愁？

老赵的心不觉往下一沉：一年多不见，发生了什么不吉利的事儿吗？

老人又扬起拐棍来喊叫：

“侄子啊，你可别炸性子，可别！人老了，走不快，得等一会子。你，答应我，不炸不爆吗？”

得到了老赵“一定忍着”的回答以后，老人这才放了心，转过身去，气喘吁吁地走了。

二

大约过了一顿饭的工夫，先是老赵从树荫下边跳起身来，心头一酸，想叫一声“姐姐”没有叫出口。接着是小凤儿“哎耶”了一声，也跳起身来，往前跑了几步，愣住了。接着是白老敬，扶着树干站起来，手搭着凉棚，眯着老花眼，朝前面看去。

下身墨绿，上身雪白，像是绿色的花萼托着洁白的花朵，在两边绿色庄稼的映衬下，在灰黄色的土路上，向这边飘来了，飘来了，多么轻巧，多么耀眼！两边是两个筐子，筐子上搭着两块白布，一条细扁担在肩膀上一闪一闪的，两个筐子也一闪一闪的，真像是跟着花儿飞呢。近了，看得清楚一些了：弯得令人心颤的眉毛，一会儿眯着、一会儿睁大了的眼睛。大眼睛一睁开，脸面就显得更加动人，身段就显得更加好看，人就更加光彩四射。

“哎耶！俺鹏哥有个这样的姐姐！”小凤暗暗在心里叫起来。她这才明白了：为什么黑鹏哥有一股粗中有细的好看味，为什么她的姐姐总是说黑鹏哥不难看。

连那个大兵也瞪着眼睛愣住了。

“姐——姐！”赵大鹏这才喊出声音来。

可是金姐并不答话，也不朝这边扬手招呼，只是用闪亮的眼睛，嘴角的微笑，手掌的动作，对着远处的三个人暗示了一下。把两个柳条筐歇在路当中，动作飞快地揭开了一只筐子上的搭布，拿出一个土灰色的大瓦壶和一个大海碗，斟满了一碗水，搁在离那大兵三步远的地上，什么话也不说，连眼睫毛也不撩一下；又回身蹲下来，扣紧了壶盖，塞紧了壶嘴，那块白搭布把整个瓦壶连嘴带盖包扎得紧紧的，然后捧起来往前走了两步，这才用好听的声音对着赵大鹏喊起来：

“喂——！兄弟，还记得咱俩在地头上练丢壶的事儿吗？”

赵大鹏怎么会不记得？那时候，每逢他跟爹在租种的地里干活时，总是姐姐送水送饭来，姐弟俩总要玩一玩丢壶，姐姐把这种闹着玩儿的事叫做“随时练”。他很高兴：得，姐姐真想得好，今日正好在这个丘八面前显一手，叫他知道老百姓不都是稀松货。他把大手拍得一响，往前跨进两步，大声回答：

“姐，你就来吧！”

只见金姐喊了一声：“好！”吸了一口气，抱住瓦壶猛地身子腾空打了个旋转。巧啊！只见那白布包着的圆球像是猛一下失去了重量，转呀飞呀……那边，赵大鹏一个虎跳扑上去，正好抱住了白球，借着甩过来的重力就势向后一蹲，轻身落地，稳稳当当。壶没有摔，水没有洒，人没有喘气，搁下壶，站直了身子，哈哈大笑起来。

“好——！”大兵在一边看呆了，失口喊了一声。

“别说是一壶水，就连一百几十斤重的人……谁要是不信，试试看！”赵大鹏得意地大声说。

“你们再瞅着！”金姐又一声喊，一连串甩出三个碗去。

没想到小凤儿也早就做好了准备，喊一声：“我来接！”一个箭步跳上前，嗖嗖嗖，碗来得急，她接得快。第三个碗是用胸口接住的，她就势一蹲，左右手上的两个碗落在地上，胸口上的碗落在手上，人像粉红色的蝴蝶飞闪，碗像雪白的花瓣飘落。

“好——！”大兵又忘神地喊起来。

“再来！”金姐早已提起了另一个筐子，又是十几个雪白的馒头一个接一个地飞了出去；最后又把剩下的四个大白馒头用碗装着，走到离大兵不远的地方，搁在刚才那个水碗旁边，又退后了两步，站在大路当中，向对面喊叫起来：

“大叔哇！妹子呀！太对不起你们啦！有什么法子呢，鬼子还没来，百姓先遭灾。就连这位老总，在这大毒太阳下边站着，为的什么？这年头，得吃就吃吧，谁知道有今日还有不有明日？要是嫌干馒头不好吃，还有今日早晨才买的新鲜熟肉呢——本来就算计着今日白大叔你们要来的。”

她真的又从筐子里拿出一大碗熟肉，先用筷子拨一点在一只小碗里，拿到离大兵三步远的地方搁下来，再用另一块白布把大碗连筷子带碗包起来，喊一声：“接着！”一旋身子就甩了过去。那边，赵大鹏伸出一只手轻轻地接住了。

三个人都明白了金姐的用意，互相递了个眼色，大口大口地吃喝起来。大鹏和小凤还一递一句夸赞着馒头和熟肉的香味。

那大兵斜眼看那三个人吃得真是香甜，暗暗咽了几口唾沫，到底熬不住饥渴贪馋，趁着人们不注意时，先拿起那碗水咕嘟咕嘟喝了个精光，然后把馒头往肉碗里一倒，拿起来走到窝棚门口，想了想，又摘下头上的帽子，把肉和馒头一起倒进帽子里，一甩手把碗丢进了庄稼地，就钻进窝棚里去了。

金姐咳了一声，向对面的三个人一招手。

三个人都会意，跳起身来，赵大鹏推着车子，白老敬挑着担子，小凤儿连忙用搭布兜起馒头、碗筷和水壶，一起向这边走来。金姐也用扁担挑起两个空柳条筐子快步迎了上去，先笑着跟白老敬说了几句亲热话，然后一只手接过小凤的水壶布兜儿往扁担头上一挂，另一只手紧捏着小凤空下来的那只手，两人都用欣赏的眼光互相打量了一下。小凤这才把金姐看得更加清楚：漂白紧身小褂，领口、大襟、下摆、袖口上都缘着细黑边儿，圆翅蝴蝶形的黑纽扣，墨绿色的裤脚儿上也镶着白边儿，白头巾摘掉了，浓黑光亮的头发斜斜地搭在额门上，衬着那神采照人的眉眼和脸面，真是出奇的新鲜、洒脱、俊美。“这个大姐！”她心里这么说，眼神儿也这么说。又想，“这姐弟俩，年岁反过来了，弟弟像哥哥，姐姐反倒像妹妹，真怪！”只有赵大鹏看得出来，姐姐瘦多了，真像是有心事：虽然是庙会节日的打扮，脸上虽然堆着笑，眉毛尖子有时却不由得要蹙一蹙。金姐却对小凤儿“啧啧”了两声，又抿着嘴儿朝大鹏笑了笑。小凤儿脸红了。白老敬却放心了，暗暗对自己说：“得亏把凤丫头带来……”

三

几个人走得离哨兵窝棚不远，金姐就大声发话了：

“哎！欺负老百姓算什么本事？谁家没有老人孩子姐儿妹子？这两天镇子上学生们对你们唱的那歌儿，听了能不伤心吗？‘九一八，九一八，从那个悲惨的时候——’，到如今有多少年了？日本鬼子能让你们家的妻儿老小过安生日子吗？要是真的上前线，真能杀死几个鬼子兵，真能长中国人的志气，报自家的冤仇，那才算好汉呢！”

几个人回头一看，那个黑脸大兵站在窝棚口听着呢。

金姐索性站住了脚，扬脸看着天，用更加尖脆的声音说：

“瞧，天是中国的天，地是中国的地，心是中国人的心，能眼看着小鬼子变咱的天，占咱的地，挖咱的心，糟践咱的姐儿妹子吗？干吗反倒把威风往老百姓身上使？小日本鬼子为什么能够像坐顺风船似的打进中国来？不就是因为那些拿枪杆子的兵们见了鬼子就像老鼠见了猫，见了老百姓就成了老虎吗？”

“大嫂！”那大兵忽然声音嘶哑地一声喊。

几个人都吃惊地回身看着他：那黑脸更黑了，苦着，汗像水一样流。忽然使劲顿了一下脚：

“不是咱不打，是上边不准咱们打，我操他姥姥！”

话音刚落，就钻进窝棚里去了。

“这倒说的像人话。既是这么着，干吗要欺负老百姓？”金姐又补上去两句。

几个人又回身接着往前走。

“大侄女，这么说，是真的打起仗来了吗？”白老敬担心地问。

“嗨！”金姐说，“老叔，怎么？你们还不知道？北京城外，宛平县，卢沟桥，打好多天啦！”

“嗨呀！”白老敬的头猛地一嗡，连两条腿也软得差点提不起来了。

小凤儿也猛地睁大了眼睛：

“真像俺妈说的，鬼子打到灶门口了咱还不知道！”

赵大鹏也手一颤抖，弄得车子一歪。

“那，今年干嘛还开庙？”白老敬还希望这个惊人的消息是假的。

“老叔啊，”金姐恨恨地叹了口气，“国家大事谁告诉咱？那些当官主事的本来就害怕老百姓知道哇！为什么呢？就为的是他们好卖国！打起来了，鬼子兵占了卢沟桥；中国兵气不过，拼着命又夺回来……饶这么着，当头儿主事儿的大官还在跟鬼子讲和呢，你们说气人不气人！你们那儿准是村子小，又不当大路，耳风就不灵。再加上，鬼子兵打了一阵又停下来，假装跟中国讲和平，实底子是为了骗人，为了磨时候，他好赶紧从他们国里调兵来。有些中国人可就真的上了当，总以为未必真的打得起来呢。所以呀，打仗的风声就紧一阵又松一阵，你们那个闭着大门过日子的小村子，怎么会知道？哪如俺们这金驼镇，在北京天津上学的多，来来往往的买卖人多，逃难回来的有钱人多，什么风儿都知道。说到庙会，咳！还不是镇子上的办公人、大财主、大铺号打的鬼算盘？正因为年头乱，人心慌，抢着办婚嫁事的人家就多，舍得吃喝玩乐的甩手大爷就多，进赌场耍大钱的混人就多，趁势儿做买卖捞钱的诡人就多，镇公所收的税钱就多，大铺号赚的洋钱就多。所以，一个多月以前镇公所就往四乡八镇贴告示，说什么为了安定人心，今年庙会不光照样办，还特地请了两个有名的戏班子，还有狮子会，高跷会，武艺会，旱船会。嗨！哪想得到，开庙刚三天——是前日后晌，就开来了三团兵，搞得庙会上鸡飞狗跳墙。机灵一点的人，姑娘媳妇们，赶紧就往镇外走。大车呀，轿车呀，把几条街口就堵得走不动。车上的闺女媳妇们啰，太阳晒，灰尘呛，大兵们看。兵们还做怪样儿，骂脏话。姑娘媳妇们只恨没有地缝儿钻进去。两台戏都停了。你们想想，谁还有心思看戏？兵们还专门要往大户人家住。大骡子大马拴在院子里。人呢，不管里院外院，横躺竖卧。那些娇娇贵贵的太太小姐们怎么出进？还到处是粪便，苍蝇蚊子可得了益。从昨夜起还在镇子外边各个路口上放了哨。‘站住！不准动！’这里吼，那里叫，只准进镇，不准出镇。有人想钻庄稼地往外跑，听见响动就放枪。昨日这一夜哟，越是财主铺家就越是睡不好觉，怕抢劫，怕发坏。你们想想看，这不是特地要搅乱庙会的肠子，卡住财主们的脖子，吓破老百姓的胆子吗？干吗要这样？原来呀，他们早先都是杂牌兵，不是蒋光头的亲儿子，五个月没关饷，熬得连肠子肚子都干瘪了。这回眼看要跟鬼子打大仗，蒋光头明面上要他们去打头阵，暗着跟鬼子讲和平。他们怎么办？这么大个镇子，这么大的庙会，这么多的财主，还不趁势儿榨榨油？五万块洋钱——开口就是这个价钱！还要杀猪宰羊吃'慰劳'！大兵们干吗偏偏要住大户人家？就是为了糟扰他们，逼他们出钱。连俺家这样的穷家小户也派了份儿：连夜蒸了一大锅白馒头，今日一早晨送到镇公所……"

"可了不得啊！"白老敬听着听着，哼哼起来了，心想：这才真是，忧愁忧愁，逼上了眉头，千斤石头，压上了心头啊！停了一会，他又问："侄女，你爹，我那想了几十年的赵大哥，没来吗？"

"老叔啊，"金姐柔声说，"你老人家也别太着急，天塌下来有众人顶着呢。北京城外有二十九军，好几万人，不少当兵的，当官的，都对日本鬼子气红了眼。听说是，不管你蒋介石和宋哲元搞什么鬼，反正他们是要豁出来拼一下，这会儿正在给鬼子兵吃大刀片子呢。鬼子兵才不过一两千，能经得住拼吗？就算他们赶紧往关里运兵马，能来得那么快吗？你老人家就放心在这儿等两天吧，我爹准会来。到时候老弟兄俩好好谈谈心，你就会明白：我爹呀，这几十年，虽说吃了千遍苦，骨头可熬得更硬啦！"

"大侄女，照我看，你真是你爹的好闺女！"白老敬的心稍稍宽点了。

小凤也稍稍松了口气，却奇怪起来：怎么大姐连大兵也不怕？怎么她什么都知道？可真了不得！

赵大鹏也奇怪姐姐为什么知道的事儿这么多，以为必定是姐夫王金生从镇上念书的人们打听的。这一回他多么想跟姐夫好好谈谈心，真心赔个不是啊！可是，今日姐夫怎么没有来接他们？

"姐，俺姐夫呢？是忙着赶庙去了吧？"

"他出远门了。"金姐说着，弯眉毛跳动了一下。

"到哪去了？干吗？……"

"兄弟，别问！"金姐又眯了眯眼睛。

大鹏听话音，看神情，心，又往下一沉：莫非是姐夫出了什么事？

金姐却忽然格格笑起来：

"老叔啊，说起来侄女我可要怪你呢。干吗不把俺那大妹子也带来赶赶庙，住几天？是嫌俺家庙儿小，招不下她那个活观音吗？凤妹子——从兄弟的信上我知道你叫凤妹子,你姐准像你,一看就叫人喜欢得心里热,请不来观音姐姐,总算请来了你这个观音妹妹,俺可轻易不放你走!”

又是一阵格格笑。

白老敬,连赵大鹏和小凤儿,也都笑了。

四

眼前忽然出现了一片引人的景色,引得人们都不觉加快了脚步。

四周围是一人高的玉米棵,当中是一块贴地铺翠、镶珠嵌宝、密得看不见土的好瓜地。地旁边有个小水坑,中间是荷叶和荷花,四边是苇子和杂草。苇丛里小鸟嘀溜叫,荷叶下青蛙咯咯鸣。粉红色的荷花七长八短地伸在荷叶中。好凉的清风,好香的味儿!坑边岸沿,几棵大柳树垂碧纱,飘玉线。树缝里露出个金黄色的尖角儿,是个架子脚的看瓜棚。棚子旁边竖着一根长长的丁字吊杆,长长的绳子把戽水的戽斗柳罐吊在杆子半中腰。树荫棚影下边摆着个小炕桌儿和几个麦秸编的小蒲团。炕桌上摆满了绿皮红瓤的西瓜片子。

金姐笑着说:

“把车子担子都歇在这路边儿吧。先歇歇凉,落落汗,吃点西瓜解解渴,歇够了再吃晌午饭。瓜是自个种的,甜着呢。”

陈万有老人满脸堆笑地迎上来了:

“哈!我就知道,那个不讲理的兵大爷,俺们的金姐准能对付他……”

这老人早已是金姐家里的亲人了,不肯吃闲饭,日日夜夜守在瓜棚里,说是在这儿图清静,图凉快,享清福。

“他娘的,光凭这一小块神仙地,就说什么也不能让鬼子占了咱中国!”他对客人们大声说。“风凉,花香,自在,清静。谁不知道这是金姐家的瓜地?不论大人小孩,谁偷她家的瓜?我这个看瓜地的,还能上哪儿去找这么自在的神仙地?……”

几个人走进了瓜地,先在水坑边用手巾洗了洗手脸,就坐在阴凉下边吃起西瓜来。

忽然,从镇子的东西两头远远地传来了隐隐约约的锣鼓声和鞭炮声。

金姐听了听，高兴地说：

“好了，准是价钱讲好了，该着凤妹子有戏看了！”

“什么‘价钱讲好了’？”大鹏问她。

“刚才我不是说了吗？团长们放出来的话风儿，要庙会给他们筹饷五万块。从前日到今日，镇长们一直在跟他们讨价还价……”

一会，果然传来了镇丁们在大小胡同里敲锣喊话的声音，只听清了一两句不完全的话：

“乡亲们，放心吧！……不妨碍……民众赶庙会！……”

五

晌午饭过后，金姐领着小凤儿到奶奶庙前面去看戏，白老敬跟赵大鹏到镇西农器市上去卖货。适合做嫁妆的木器卖得真快，赵大鹏的一车子木器很快就卖完了。买木器的人常常互相议论：“唉！不管好和歹，闺女出了门就是人家的人，鬼子来了也少担一份心……”这些话深深打动了白老敬的心。他有两个没有送出门的闺女啊，又离着危险的地方那么近。他的一担柳条货却很少有人来问价。这年头，谁还有心思添置这些过日子用的东西呢？他只好减价出手，直到天快黑了才卖完。

人啦，高兴的时候，一年两年也不显老，忧愁梗心的时候，一天半天就老多了。白老敬简直是拖着两条沉重的腿回来的，手脸也懒得洗，搁下扁担走进陈万有老人平时睡觉的北屋西间，上了炕往被子垛上一靠，就合着眼迷迷糊糊地打起鼾来了。

小凤早就跟金姐一块回来了。今日的戏是《风波亭》。精忠报国的岳飞和岳云在风波亭临受刑时有一段又悲凉又激愤的动人心魄的唱段，把整个戏场上的观众都激动得哭起来，嚷起来：“把奸臣秦桧拖下台来，揍他狗日的！”戏场乱了，戏演不下去了。当时小凤也流了不少泪。现在她也累了，歪在北屋东间金姐屋子里的炕头上，却又想起应该去帮着金姐做晚饭。刚刚跳起身来往外走，又被墙壁上一个小镜框里的照片吸住了。女的，是金姐，多俊美！男的，准是姐夫，多精神！两人并排坐着，真亲热！镜框角儿上还有一张挺小的小照片，是个小伙子的头脸，那模样，好像比姐夫还俊气。这是谁？怎么多少有点像鹏哥？

院子里有轻声细语的说话声。干吗要声音那么低？她多了个心眼，走到外间屋躲在门扇后边偷着朝门外一看，原来是大鹏哥跟金姐坐在院里的凉灶门口说悄悄话儿呢。没准儿是说俺姐的事儿吧？就隐在门扇后边，尖着耳朵，倒真的能够听得清清楚楚的。

“……亏你在外边跑了这么多年，连‘国难当头’都不懂？国难，就是咱全中国要遭难；当头，就是大难临到咱全中国人的头上了。仗，是一定要大打起来的。”

“嗨，得！……”

“干吗嗨呀嗨的！我知道你：是刚找到个暖和窝儿，碰见个可意人儿，就心慌的失了神儿，没想到又碰见了恶煞神儿，心里就有一股说不出来的别扭味儿，是不是？嘿，你不摇头，不说话，可见我是猜对了。哼，你那翻天搅地的大志气到哪儿去了？对你说：可不能迷迷糊糊的，咱们干大事业的时候，到——了！”

“哈！我知道了：又该着咱们闹义和团了！”

“哼，光知道老八辈子的事。其实你这话也对也不对。能够靠蒋介石跟宋哲元这样的家伙们打鬼子吗？九九归一还得靠咱们老百姓——这你倒是猜对了。可是，还能像俺爹他们早先那样，光凭拳脚武艺去顶枪子儿吗？……”

“得，这我明白。可咱们到哪儿找枪去？”

“兄弟，有办法的，万事就怕有心人。你就等着瞧吧！”

“嗨！”

小凤儿微微探出头去看了看，鹏哥正急得抓脑袋呢。她又赶忙缩回头来往下听。

“心急不能吃煤火饭……你呀兄弟，说到这里我又想起个事，倒要扎扎实实地问问你：你跟白家大妹子的亲事，干吗不找我，也……不找、你姐夫，去说媒？嗯？怎么不开口？是一直还憋着前几年的那口气的吧？是把我跟你姐夫——把亲人当了外人吧？”

“姐，唉！我……得，说实话，是这么想的：多少年，怪我傻，怪我混，对不起你，对不起姐夫。要是来请你俩去说媒，我，怎么开得了口？怎么能叫你俩看我难为情的大红脸？我多少回骂过姐夫是红脸鸡，还骂过你……，我自个不是也、变成了红脸鸡和厚脸皮？并且，就算请的你俩去了，一说到求亲的事，我不是又得红一回脸？所以……”

“所以怎么着？”

“我就自个……”

“自个怎么着？”

“自个开口……”

“开口怎么着？”

“求亲。”

“嗨！……”

小凤吐吐舌头忍住笑。又伸出头去看了一下：金姐正不出声地弯下了腰，像在不出声地笑。她连忙缩回来，用手扪住嘴，简直就忍不住，只好一闪身跑进屋子里，把脸埋在被子上，这才笑了个够。又赶紧跳上炕，把耳朵贴在窗纸上，接着往下听。

“自个求亲就不红脸？真亏你是个硬邦邦的男子汉！”

“嘿嘿，难咽的饽饽噎自个；红脸是红脸，反正红一回比红两回强；反正你俩也看不见——我最怕的就是叫金生哥看见。嘿嘿嘿……”

“你呀兄弟！……不过，这倒也好，煞一煞你那股倔傲脾气。所以我猜想，那大妹子准是个化钢熔铁的天仙女，一看凤妹子我就猜到了。要不然，怎么能治住你？嘿嘿，我还想到，二鹏兄弟，跟凤妹子，正好又是一对儿……”

小凤脸一热，又一歪身子把脸往被子上一埋，又想笑，又害羞，又慌乱。鹏哥不是多少次夸说过吗？有本事，有心计，模样又出奇的好……她又翻身坐起来，隔着窗户上的玻璃眼儿一看：鹏哥的脸罗，歪嘴咧牙怪气样，红到脖子上了！她不由得又忍禁着声音笑得喘不过气来了。

六

夜里，白老敬父女俩各自进屋里睡觉去了。金姐说有事，拿着没有纳完的鞋底子出去了。赵大鹏既不累，也不困，信步走到往瓜地去的小路上。听见有两个人在瓜棚下边说话儿——是齐嫂和陈万有的声音。他咳了一声，走了过去。星光之下，只见齐嫂的身影往起一站，冲他走过来两步，把手里的蒲扇拍得一响，又好像怕吓着了谁，压低了声音喊起来：

“哎呀，你瞧是多巧！说曹操，曹操就到。来来来，坐这儿。……好兄弟，我早就听你姐说了。记得我去年对你说的那些话吗？哪想得到，你真的碰见了有眼力的人！真是无福之人跑断肠，有福之人不用忙，赶得早不如赶得巧，赶得巧不如赶得好……”

老赵可没有心思再说这些事。他捡个蒲团坐下来，几句闲话以后，就说到正题上来了：

“大伯大嫂，你俩都不是外人，我姐夫到底是怎么回事？我姐说他出远门去了，是真的吗？干吗要出远门？我姐，实底子像是有心事，一提到姐夫，她的话就打顿儿，声音就发颤……”

“你怎么学的这样会看事？”陈万有老人声音沙哑地问。

“大伯，你怎么还是隔着门缝儿把我看扁了！我要是这会儿还看不出亲姐姐的眉眼高低来，还算个人？”

“好老弟，瞧瞧那边吧！”齐嫂站起身，用破蒲扇往远处一指。

老赵站直了身子一看，东北边不远的地方，黑色废砖窑顶上，有个坐着的黑人影子映在星空上，纹丝不动，像在发呆——正是姐姐！

老赵的心猛一酸，深深地叹了口气，坐了下来。

陈万有和齐嫂都沉默了。老人的烟袋锅子无声地闪着小红亮，几个萤火虫无声地绕着人飞，只有水坑里的青蛙偶然咯咯地叫两声。

“我，肺都要闷炸了！”老赵突然痛苦地哼了一句，用手巾擦着满身的汗。

“嗨！”陈万有这才像是下了决心，喊了一声，使劲磕掉了烟灰，又压低了声音：“一本账啊！真是，一本世代冤仇的账啊！一本老百姓受害的账啊！”

水坑里的青蛙突然非常热闹地咯咯起来了，好像在争着抢着对老赵诉说着这本账。

是呀，这每一块土地，哪怕是一块小小的荒地，也都是一本记不清、算不清、说不完的账啊！

就拿这座废窑来说吧，就是一本说来话很长的账。最早是，清朝带兵的将官气恨金驼镇的百姓帮李闯王的部下出过力，又不肯剃头留辫子，就一把大火把镇子烧了一大半。为了重新盖房子，有个姓熊的财主就在镇南镇北开了两座砖瓦窑。以后，林凤祥的太平军又在这里打了一仗，满清皇朝的大将又把金驼镇烧了个底朝天。那两座“熊家大窑”就又开了窑。后来又是洋鬼子修盖大教堂，又是洋鬼子打义和团……大窑啊，死了火，又着火；金驼镇啊，烧光了，又修起来；兴兴败败多少回！后来，熊家的后代人吃喝嫖赌抽大烟，家业败了，没本钱开窑了，窑四边的土地就变成荒地了。这荒地，是白垩土掺死胶泥，板结死气，不长庄稼，卖不出去，只好听凭它长一些杂草和小树。有名的“熊家大窑”就这样“死”了。只有窑旁边最好的那眼甜水井对人们还有大用处。可是，王满仓淹死在井里了，井也“脏”了。又说是这里常闹鬼，镇长姚见鬼还在世时，就叫镇丁把井填死了。后来，自从王金生跟赵金姐成了亲，就把这里辟成了一片练武场。每年春冬两闲时，本镇和近村的几十人，分班轮换，起五更睡半夜在这里练武艺。金生当师傅，金姐不露面，当军师。凭着对财主和官府的仇恨，凭着哥儿弟兄的义气，几十人结成了秘密的“扁担镰刀会”。都是一些凭力气吃饭的人，跑码头当小贩的人，走四乡卖手艺的人，被镇子上的大爷们踩踏过的庄稼人。生活的煎熬使他们懂得“只有抱成团，才能挺腰杆”。齐心、武艺、智谋、勇敢，就是他们的本钱。规定了只有自己人才懂得的“对口话”和“暗记号”。每做一件事，只有直接参加的人才知道，不参加的人连打听都不准。从此金驼镇上就有了一股看不见、摸不着、挺厉害、挺扎手的力量，给各种各样的大爷们尝过多少苦味儿。从此大爷们办什么事就都得想一想：会不会引起什么乱子来？东镇镇长姚见鬼死得奇，死得臭，至今也查不出个根由来。可是，姚见鬼的大小子姚玉奎是个跟他爹一样阴毒贪馋的坏家伙。因他总是见了穷人翻白眼，见了俊气女人死瞪眼，所以人们都叫他白眼狼。他暗暗地把疑心凝在王金生身上，把贪心凝在赵金姐身上；暗暗地雇了两名干过黑道子的二流子，让他俩身上经常暗藏着两只小手枪，平时不露面，谁也不知道。今年春天，王金生在离镇子十里地的孟公庄一家财主家干木工活，早出晚归，路上要经过十里路没有村庄的一大片庄稼地。金姐每天晚饭后总要站在那座废砖窑顶上，望着东北方向的大路，等他回来。有一天，等到深夜还不见人影子。她以为是活儿忙，歇工晚，被人家财主留着住下了，就独自回了家。她刚刚睡下了，就听见远处有两声砰砰响。是枪声吗？是耳朵里的幻觉吗？她迟疑了一会，很不放心，就带着一把刀，提着个小灯笼，出了门，独自沿着那条东北大道走去了。啊！在离镇子大约四里路的地方，地上有一摊血，是新鲜的鲜红的血迹呀！血迹附近有很多脚印，当中有金生的脚印，千真万确是金生的脚印——是她做的鞋底印！还有新辗过的车轮子印，在庄稼路上绕着绕着，慢慢的就跟别的车轮印子混得分不清了。她又在路边一尺多高的庄稼苗里捡到了一块白手巾——是他的！是他包头的雪白的手巾！上面也有一块新鲜的血迹！毫无疑问，他是被人打黑枪暗杀了！尸首被人用大车拉走了！当时啊，金姐必定是坐在路边，使劲咬着衣裳大襟，忍禁着声音，痛哭了很久。因为，后来齐嫂发现，她身上那件半新不旧的小褂的大襟上破了一个洞，明显是牙齿咬破的——这只有死过丈夫的齐嫂猜得出来啊！也许那路边野草上的露珠，就是金姐的眼泪吧？后来，她，用刀，把那摊血，连土一起铲起来，包在那块手巾里，用衣襟兜着，为了不让人看见，熄灭了灯笼，回到了家里。她一个人在房里对着那包血土坐了多长的时间？怎样轻轻地呼唤着他？她是不是用泪水把那一小堆血土浸湿了？也许只有四面墙壁和桌子上的镜子，看见了啊！第二天，她到孟公庄去问了问，当然那家雇工的财主家说不出个根由来。后来她就把那些血土摊在簸箕里，搁在放柴禾的西屋里，悄悄儿把它晾干了。又到药铺里去买了一些檀香粉，加上一些谷子糠，跟那血土拌在一起。又把那朵保存了多年的红色小剪绒花搁进去。又用那块血染的手巾做成口袋装起来，外面又套上三层布口袋，做成一个小枕头。从此她就每天夜里枕着这个枕头睡觉，亲着这个枕头睡觉，还常常在心里呼唤他，把自己的思念告诉他，希望能跟他在梦里重相会。

她把王金生的惨死瞒着娘家的老妈妈，只告诉过老爹赵老恭和兄弟赵二鹏。在金驼镇的乡亲们里面，她只对陈万有和齐嫂说到过。可是，扁担镰刀会的穷哥儿们和左邻右舍的乡亲们很快就都知道了。他们的师傅和兄弟，一个面和心善、义重如山的亲人，就这样死不见尸地从这个世界上消失了！在一个天色阴沉的早晨，他们像约好了似的，一起聚到金姐家的院子里来了。金姐扛着耪地的锄头从外面回来做早饭，用感激的眼光看了看满院子阴沉悲愤的脸面，走到屈山屈海弟兄俩跟前，咬着牙，用很低的声音说了几句人们永远也不会忘记的话：

“大哥二哥呀，你俩替我劝劝大伙吧，千言万语只有一个字：恨！别张声，别露形，记在心，等时辰！……”

忍得住，扛得起，不让仇人高兴，不让自己人伤心，这就叫淬火，这是她赵家的传统。

从此以后，人们就差不多天天都看见：在晌午歇晌的时候，在晚上睡觉以前，金姐一个人坐在那座死了火多年的废窑顶上，使劲地，纳鞋底，纳鞋底。有时又停下手，呆呆地看着远地方，身子一动也不动。人们的心就紧缩，就疼痛，就更加懂得了情和义，仇和恨。

难道她就不担心白眼狼和他的爪牙，用枪口逼着对她发坏，或是打她的黑枪吗？每逢有人提醒她时，她总是眯着眼不紧不慢地说：

“好兄弟，放心吧，在镇子的紧边上响枪打人，我量他们还不敢。并且，我也不怕鬼吃人！”

只有陈万有和齐嫂猜得到：坐在眼界开阔的地方想亲人，要比闷在屋子里思念畅快些；并且她下定了决心要亲手报大仇，雪大恨。即使仇人有两名打手两支枪，她也有把握对付得了。

可是，所有敬爱她和同情她的人，能够放心让她一个人去对付这样狠毒的仇人吗？所以呀，从此陈万有老人很快就老多了，好心的齐嫂也经常叹气流泪了，扁担镰刀会里的人们却总是在暗地里保护着她。

“侄子啊，”陈万有老人哭声哑嗓地接着说，“我，陈万有，早年死过媳妇啊，是过来人啦，知道那苦味儿啊！足足有半年多，总怕进那间睡觉的屋。一进去，就像听见，我那人，出气儿的声音，说话的声音。有时候，猛一下就像是，看见她，坐在炕头上，做，针线活。我，多少回，梦见啊！……你想想，你姐跟金生，是多好！她，心里是多苦！这滋味，齐嫂也是过来人，大半也，知道……”

“大叔，别说啦！别说啦！……”齐嫂已经泣不成声了。

赵大鹏的心啊，像裂了一样！他把牙咬得吱吱响。他所最最痛心的姐姐，最最佩服的姐姐……“还不如让我替金生哥死！”可是，死，怎么能替换？“哪怕让他再能听见我一句话也好啊！”一句什么话呢？“金生哥，往时，我太对不起你啦！”现在，这句话再也没法对金生哥说啦，成了永远永远的“对不起”啦！还有，要是妈妈知道了……天！天！

无声的眼泪，痛苦的眼泪，仇恨的、火热的眼泪，在赵大鹏自己一点也不知道的时候，流湿了脸面。拳头捏紧得直发颤，指头差点挖进掌心里去了。

镇子上，唱夜戏的锣鼓声；紧跟前，水坑里的青蛙叫；天空上，星星鬼眨眼。宽天厚地啊，你们以为这一位老人，一个寡妇，是在这里乘风凉谈闲天吗？他们是在这儿体味痛苦、品尝悲哀、咀嚼忧虑呀！

“咳！这两天，镇子上很乱，今晚哨兵也撤了，正是坏人干坏事的时候，险啦！”齐嫂忧心地叹了口气。

“好侄子，”陈万有也叹气说，“俺俩天天夜里在这儿替她担心，你可别对她说。要是她知道了，又该急得什么似的，夜里又该不许我在这瓜棚里睡凉快觉。那可就，嗨！……”

七

“我找她去！”赵大鹏站起身，抬腿就想走。

“慢着！”齐嫂一把拉住了他，“你听！……”

老赵站住了。他只听得见自己在出粗气。

齐嫂拉着他走出了瓜地，来到地边的路上，叫他趴下来把耳朵贴在地面上。果然，东边远处有脚步声和庄稼棵子的响动声。他连忙两手撑地站起来，心里一急，甩开齐嫂，急忙向东边跑去。

不远就是一溜一人高的大麻子棵，遮得小路黑糊糊。快到跟前了才看清：四个高大汉子按住两个人在捶打，那两人却“唔唔”地哼不出声音来。一个黑大个子猛地向他迎过来。黑衣黑裤，黑布包头，只露着眼睛，紧捏着拳头。老赵也捏着拳头做好了架式。对方却又猛地停住了，轻声喊：“等一等！”到紧跟前仔细一看，老赵认不出他来，他却认出了老赵，一摆手：“嗨！”老赵这才从身形和声音猜出来，是屈海，以前是见过的。

那两个挨打的家伙被反绑着手，紧塞着嘴，正跪着给四个黑大汉磕响

头。屈海连忙把老赵往后一推,意思是不让那两个家伙看清他。一个黑大汉晃着青光冷冷的尖刀子,小声哼喝着:

"说!黑枪打死王金生的两个家伙跑到哪去了?"

一个正在磕头的家伙把头一抬,下颏一伸。

屈海上去把他露在嘴角外边的布角使劲一拉,他活动了一下舌头才说出声音来:

"好汉大爷饶命,俺俩还没来,他俩就、就走了,俺俩实实在在,并不知情……"

"你他妈说谎!"屈海低喝了一声。

"好汉大爷,俺要是说谎,就刀尖下丧命,死了给野狗啃尸。俺俩才来了不到两个月,好汉大爷你必定也知道……"

屈海又上去用胳膊腕子使劲勾勒住他的脖子,趁他一张嘴,又把嘴塞住了,然后小声地一字一顿地说:

"今日饶你小子的两条命,要是再敢在金驼镇露面,就叫你们全身冒血花!"

"还有!"另一个大汉又晃着刀尖子补充说,"咱们往日无冤,近日无仇,你们不过是为了得几个卖命钱,干吗要做这样黑心事?再告诉你们:你们是哪儿人,以前干过什么歪门邪道的事,根底俺们全知道,要是得好不知好,敢把今日的事说出去半个字,那就不管你钻到哪个粪窟窿里,总得把你掏出来!爷们说一不二,你们可记住!"

两个家伙又是脑袋往地上碰得嘣嘣响。

接着,四个大汉像提小鸡似的把他俩提起来,把绑手的绳子又紧了紧,然后猛力一推:"滚蛋吧!"两个家伙踉跄了一下,就一瘸一拐地走了。

屈海对着老赵的耳朵小声说:

"得了两把连响子!"

"什么?"老赵小声问。

"盒子枪!"屈海拍得腰上梆梆响。

"真是好样的!"

说话之间,他们已经顺着大麻棵子中间的小路轻轻地钻进了杂树林子。老赵抬头一看,窑顶上没有了姐姐的影子,却看见林子外边的空地上有一堆灰黑色的东西。

“成了！金姐干得真利索！”不知是谁这么小声说。

大伙跑上去一看：是麻袋装着个人，露着两只穿着圆口薄底鞋的脚，用绳子把麻袋口紧紧绑在腿腕子上。屈海二话不说，抓起那两只脚一提，用力往肩膀上一甩，对其余的人一招手，老赵和另外三个人就跟着他出了树林，走上了小路，又拐上了大路。走了一段，听见后面有大车的哇哇声，就都钻进了庄稼地。一会，过来了一辆大叫驴拉着的车，装得挺满，看样子是线麻捆子。又过了一会，两匹大骡子拉着一辆空车慢慢悠悠地过来了。一看就知道那两匹牲口是又饿又累，所以走得没精打采。赶车的勾身坐在车辕上，随着车的走动摇晃着身子，鼻子呼噜呼噜的，飘过来一阵烟气酒气混在一起的怪味道。“这家伙喝醉了，正好。”屈海小声说着，用手势叫别人待着不要动，自己背着麻包轻轻钻出了庄稼地，踮起脚尖紧走着追上去。过了不大一会，他就空着手回来了，扪着嘴笑着小声对人们说：

“搁在车上让他走亲戚去了。”

“赶车的没觉着？”

“醉死了。”

“这不是给别人栽赃？”

“你放心，两匹大骡子拉新车，不是大财主也是小财主，让他们去狗扯皮吧，活该。赶车的醉死了，栽赃也栽不到他头上……”

几个人都分头沿着庄稼道儿走散了。

已近半夜，一弯斜月升上了东天，镇子上夜戏的锣鼓声停止了，野地里静悄悄。赵大鹏回到了废窑边。心想，姐姐准是回去了。不想刚刚走过大窑不远，后边却响起了很轻的脚步声。他一惊，猛一回身，哎呀，是姐姐！

昏暗里也看得出：脸色苍白，大睁着毫光逼人的眼睛。眉尖紧皱，眉梢像刀尖一样斜插进鬓角。紧咬着牙。绷紧的脸颊上闪着泪水和汗水的亮光。

老赵明白了：在整治了那个坏蛋后，悲痛和仇恨绞她的心，她只得坐在大窑背后定定神。

老赵哽得说不出话儿来。

姐姐也只是看了他一眼，什么话也没说。

小路两边又是两行一人高的大麻棵，大肥叶片子把露水擦到发热的脸上和身上。姐弟俩一前一后地走着，过了好半天才小声说起话儿来：

"看起来，你姐夫的事你是知道了。陈大伯终归是忍不住要告诉你……"

"嗯……"

"千万别对妈说——这可是最要紧！"

"干吗还留着那个鬼家伙一条命？"

"你怎么知道没有要他的命？"

"我听见他在麻袋里使劲用鼻子出气，准是塞住了嘴巴捆住了手，可身子还在动弹呢。"

"你猜猜看，干吗不掐死他？按理说，他父子两代害死咱家三条命，咱也一报还一报，不是应该的吗？"

老赵想了想，自言自语地说：

"弄死白眼狼，就得弄死那两个狗腿子灭口，就是三条人命，还得消尸灭迹……"

"你只说对了一半。"姐姐猛一回身，眯细了眼睛望着天，弯眉毛紧皱着，颤动着。"叫他残废一辈子！叫他一辈子哑巴吃黄连，有苦说不出！叫他吓破了胆，有仇不敢报！就算他狗胆包天再发坏，咱也不怕他！还可以叫他给咱当告示，为全镇子好人家的姑娘媳妇们长志气，出怨气，报冤仇！要让那些流氓地痞财主坏蛋们统统都知道，姑娘媳妇们也不是好惹的！"

"得，姐，你……"老赵心里热得烫，简直不知道说什么好。

姐姐停住了脚，低下头来想了想，又小声说：

"好兄弟，咱说点别的吧。来，摘几张大麻叶子垫着坐下来，听我告诉你……"

赵大鹏照着做了。姐姐的声调突然由斩钉截铁变得像泉水叮咚似的柔和了。她告诉他：一个多月以前，老家大廖家府发生了一件"王疯子出殡"的大奇事。在这件大奇事刚刚"落音"的时候，又出现了一个大奇人，是个看起来平平常常的大奇人，大明白人。从他一来，穷人们可就心明眼亮啦，连她爹赵老恭的眉心疙瘩也松开啦。过了不久，穷哥们就有了枪杆子啦。这人是怎么来的呢？是一封信把他引来的。“谁的信呢？好兄弟，是你，丢在容城县官盐店门口大街上的那封信！……”

“真怪！真巧！”老赵一拳头打在自己的大腿上。

“怪什么？”姐姐顺手抓起身边的一个土块子，捏碎了，撒掉了，又抓起来一块。“用那人自己的话来说，这就叫，‘鱼寻水，鸟投林，共产党找的是穷人’……”

“哈！共产党！……我真恨不得一脚就迈回老家去！”

“慌什么？明日我就领着你去见见他，他也老是在想你呢！”

“好哇！没想到共产党也瞧得起我！我到底要看看共产党是什么样的人！”

八

赶庙会的人比往年少，撩人心肺的事比往年多；老传统的土货少，日本的洋货多；花枝招展的姑娘媳妇们少，穿灰军装的大兵多；欢言笑语少，惊慌愁苦的面孔多。牲口市上牛驴少人问，骡马抢着要，是因为小户人家没心气过日子，大户人家要买逃难用的好脚力。粮食市上，有的人想卖些粮食得活钱，往后远走他乡少受憋；有的人想多买点粮食存起来，不管往后时势怎么变，有粮食填肚子就不怕。……

各种各样的想法，各种各样的议论，各种各样的谣言。

奶奶庙和财神庙都庙门大开，院子里拴着骡子马，停着炮车和弹药车，粪积尿流，苍蝇如雾。神殿上，廊子上，到处是地铺，横躺竖卧着大兵们，墙上柱子上挂着枪支弹带和水壶。哪还有人进庙去求子孙，求财宝？庙门对面，古老高大的戏台上锣鼓喧天，宽大平坦的戏场上人声轰轰。大兵们占据了戏台正面一大片地方，排成行列，坐在捆成方块的军毯上，枪靠肩膀，脸向戏台。周围倒也有不少站在地上和凳子上看戏的老百姓，可就是找不见一个年轻的姑娘媳妇。人们议论说：“是花大钱买的，要不，哪能这样安生？”不过，尽管是花大钱买的，三个团又各不一样，有管得紧的，有管得松的，有不管的。在这里看戏的是管得紧的一个团。兵爷们坐累了，热烦了，倒底叽叽喳喳地立起坐下不安生了。长官们就大着嗓子喊：

“注意——！一、二，唱！”

场上就响起了震耳欲聋的爆炸声：

“咪赖，哆赖咪，唆唆赖咪哆赖咪，赖赖咪赖哆哆哆，唆哆啦唆哆赖，赖咪唆！一、二、三——四！三国战将哟，首推赵子龙，长坂、坡前、逞——威风！……”

戏台上的大花脸却在唱：

“窦二墩，在绿林，坐地——噫噫——分、赃！”

奶奶庙戏场侧边不远，在一棵老枯树下边，有两个卖香烟广告美人画的。几十张画儿用绳子牵着吊在高高低低的树枝上，几十个油头粉脸的时髦美人在纸幅上向着围观的人们微微地笑。这些美人紧旁边却站着一个古里怪气的和尚，剃得光溜溜的脑门顶上有六个受戒黑点，蜡黄色的圆脸，灰粗布僧衣，赤脚穿着麻鞋。右手腕子上一条细绳穿透皮肉，吊着个插着香烛的小铜香炉。他背后的墙壁上挂着一张白布条幅，上面有一行黑字：“五台山高僧施舍济世灵符”。地上铺着一块脏布，布上是几叠黄纸，纸上是朱红色如龙缠蛇扭的“符”，符纸旁边是一堆票子和铜钱。和尚在香烛的烟火熏照中左手贴胸，满嘴喷沫，声嘶力竭地对着围观的人们大声宣讲：

“……人心坏，天降灾，大难来，天安排。在劫难逃，在数难饶，低处涨水，高处火烧，血流成河，尸骨山高。要免难，也不难，多念佛，多行善。随你施舍，几个小钱，买张灵符，供在神龛，早晚烧香，磕头许愿，保你逢凶化吉，人畜平安。别看这张小纸，是贫僧素怀救世之念，跪在佛祖面前，七七四十九天，舍死恳求，才得佛祖显圣，一夜之间，灵符飘飞殿堂……阿弥陀佛！……”

还真的有些老年人被他说服了，从腰里掏出零钱来丢在脏布上，拿起一张符，颤抖着手，折叠起来，小心地塞在怀里，低着头沉着脸走了。

可是，就在离这个怪和尚不远的地方，隔着十几个摊子棚子，围着更大的一群人。有个卖泥人的中年汉子站在人群当中，忘记了做买卖，正在红头涨脸地大声对人们说着打鬼子的事：

“……你们以为咱中国人真的都是孬种吗？嘿！我有个亲戚，刚从宛平县逃难来的，亲眼看见的：趁着黑夜，二十九军的好汉们，两三百人，冲上去，扔了一阵手榴弹，把鬼子的麻袋包打了个稀里哗啦。接着就吼着喊着冲上去，抡起了大刀片子，就像削西瓜一样，把小鬼子连脑袋带巴掌一个一个削掉了，嘣咚嘣咚掉进河里去啦！怎么连手巴掌也削掉了呢？鬼子们吓得用手抱住脑袋，你们想想……对你们说，鬼子兵的脑袋也是肉长的，不是铜头铁脑。他的枪炮子弹只能在远处打人，冲到跟前了他可就没了法。他们也想拼刺刀，‘呀，呀，呀’，喊得倒是怪怕人。可咱们二十九军的好汉们是练过真功夫的，大刀甩成了花，噼哩啪啦，鬼子兵的刺刀就东歪西撇啦，鬼子的脑袋就搬了家啦。真解气呀！长辛店工厂的工人，北京城里的学生，一队又一队，挑着抬着，人力车拉着，汽车装着，肉呀，大饼呀，西瓜呀，茶水呀，都给二十九军的好汉哥儿们送来啦。……对你们说，咱中国人，逼急了就什么也不怕。咱中国人一个人尿泡尿就能把小鬼子们淹死。怕什么？我就不怕！……”

他越说越有劲，周围听的人越听越提神。有的人忍不住问他：是哪村人，他的亲戚姓甚名谁，什么时候逃来的。他都一一作了回答。有几个大兵也挤在人堆里听得忘了神，咬着牙，瞪着眼，不住地伸胳膊卷袖子。许多人都朝他们看，连说故事的大汉也眼光看着他们说，弄得他们不好意思，只得走开。

希望和惊慌在人们心里绞缠着……

九

白老敬不住地“嗨呀嗨呀”地直叹气。年轻时候的那股热血又在他心里涌动了，同时老年人的忧愁又坠着他的心。一个小家，两个女儿，老两口子年老力衰，大女儿的亲事给他带来的希望，一切一切……唉唉！人啦，怎么办？一辈子几十年，怎么这么多劫难？今日要不是凤丫头缠着他死说活说，他才没有心思赶这个烦人的庙会呢。庙会上有这多逛来逛去的兵，这么多斜眉歪眼的流氓荒子，设或大鹏侄子惹出什么祸来，万一凤丫头招引出什么灾来，可了不得啦！临出门的头一天夜里，大鸾和她妈就一再嘱咐他：可得经点心，可别在庙会上生事儿。……

小凤的两只手紧紧抱住金姐的胳膊，好像找到了依靠。金姐今天没有穿节日衣裳，换成白底蓝格子小褂，黑细布裤子，把包头的手巾拉得低低的盖住眉毛，眯着眼，冷着脸，对什么都经心，可又对什么都像是不在意。赵大鹏把大草帽压在前额上，大窝窠眼在帽沿下边往四处看，总希望碰见一两个大廖家府的熟人问问家里的事。

他们从北大街十字路口往南，挤挤搡搡地来到了中大街的十字路口上。这是金驼镇上平时最热闹的一条街，当然也是庙会上最热闹的一条街。路南有一家大绸缎店引起了他们的注意。店门口搭着很长一溜高大宽敞的席棚，棚顶边沿上横扯着一条三丈长的蓝布，布上是一溜显眼的大白字："天津恒昌泰绸缎庄金驼分店"。还吊着一块大广告牌，写着"杭州丝绸，苏州锦缎，新张志禧，减价发售"一类的大字。席棚里面是一长溜铺着白布的大案子，案子上整整齐齐地堆放着各色花样的绸缎，像金山银山一样耀人眼目。案板后面高台阶的铺面里，油漆锃亮的柜台后面，一些穿绸摆缎的男女阔人们正在品茶、吸烟、谈天、哄笑。粉白的墙壁上挂着字画，字画的尽头处是一座屏风，屏风外面是许多气象辉煌的货架、长台、账桌、钱柜、椅子。席棚里的长案子后面有十几个年轻的伙计，一色的小白脸，西装头，漂白布褂裤，正在对着一些衣裳鲜亮的阔气顾客们满脸堆笑，卖弄精神，特别对几个穿红绿花绸旗袍的太太小姐，更是低声下气，格外殷勤。这些太太小姐们为什么一点也不害怕从席棚门口走过的大兵？大兵们为什么也都不敢进棚里去？可见连当兵的也害怕有钱有势的人哩。算盘的噼啪声，绸缎的撕裂声，洋钱的叮当声……"这可真是大买卖啊！"白老敬正在心里感叹着，忽然有些惊慌地拉了一下大鹏和小凤。原来是，从街西头走来了一个叫化子似的人物。只见这人头戴破草帽，身穿破脏衣，拱肩躬腰，全身精瘦；又脏又黑的枣核脸上，左眼大，右眼小，上眼皮奄拉着，下眼泡鼓得像两个小口袋，左眼皮上有一块很刺眼的黑记，使得他更加显得像个破落败家的倒霉鬼。

这人就算磨成了灰，白老敬也认得，千真万确，是老槐树庄的财主郑黑眼！

可是，这个黑眼狐狸怎么变成这样了？

在这样的地方碰见这么古怪模样的郑黑眼，要是被他看见了，是打招呼说话好呢，还是装作没看见不理他好？所以白老敬想赶快走开。可是赵大鹏反倒紧跟着郑黑眼进了席棚，小凤儿也拉着金姐小声说了几句什么，一起走了进去。白老敬也就只好跟进去了。他们都不声不响地站在人们后面不显眼的地方。

只见郑黑眼竟然满不在乎地插进两位粉鲜花艳的小姐当中，弄得两位小姐皱着眉毛赶紧躲开。他反倒板着脸哼了一句："我又不是臭虫！"然后对着一个伙计大声说：

"小老弟，劳驾你把那匹万字花样的红缎子拿给俺瞅瞅！"

小伙计斜着眼打量了他一下，就瞪眼咬牙地吼起来：

"你给我、滚开！"

"哦？怪哉！我干吗要滚开？你说话干吗不掂掂分量？"郑黑眼歪着脑袋问。

"这儿不打发臭要饭的！"

"喝喝！怎么能这样从铜钱眼儿里小看人！你这儿是厨房？是住家？我到你这儿来要饭？你真是欺负乡下人，比骂我祖宗八代还气人！今日我非跟你讲讲理不可，不讲清楚了我不走！"郑黑眼越喊叫声音越高，又转身对着众人大声说，"大伙都看见了，也听见了吧？能够这样欺负人吗？一开口就骂我是臭要饭的，叫我滚开，我对你张过要饭的口吗？我衣裳穿得差一点，就连人也臭了吗？太欺负乡下人了！你们大伙评评理看？"

所有的伙计和阔人顾客都吃惊地朝着他瞪大了眼睛。连街上的过路人也有的在棚子门口站住了脚，有的在往里走。

一个年岁大一点的伙计走过来，推开那个小伙计，朝郑黑眼冷笑了一下：

"喂，你是不是成心想在这儿捣乱？你知道这是谁家的买卖吗？"

"我不管是谁家的买卖，"郑黑眼大声说，"是皇亲国戚的买卖也得讲道理！未必字号大了眼睛就瞎了？我倒要问问你：到底是看钱卖货还是看人卖货？"

"这么说，你是真的有钱放在身上压得受不住，真的想买货？你想买一两寸绸缎过过瘾，看个稀罕，是不是？"

“一两寸？哈哈哈哈！”郑黑眼忽然大笑起来，“一两寸还不够我擦屁股的！看不中意就买一匹！看中意了买两匹三匹！你愣着鬼眼睛瞅着我干吗？断定我是瞎吹牛皮吧？好！你敢不敢跟我这个穷鬼打个赌？”

“怎么打赌法？”老伙计轻蔑地问。

“我买一匹，你奉送两匹；我买两匹，你奉送四匹；我买三匹，你奉送六匹。你敢不敢打这个赌？我还保证：现货付现钱，叮当响的银洋。怎么样？”看见那老伙计愣得张大了嘴巴，不敢回答，他就又对着众人大喊起来：

“大伙听着！要是我当场拿不出叮当响的洋钱来，就任凭他们把我捆起来，打个半死，送警察所。反过来说，要是他们不敢打赌，或是说话不算话，我可要砸烂他们的招牌，叫他们在金驼镇上没地方露屁股拉屎！”说到这里，又更加提高了声音，“你们大伙都听着呀！这是天津有名的大字号呀！敢不敢跟我这个穷叫化子打这个赌？要是不敢，就当着众人对我这个穷叫化子赔个礼，道个歉，我这个穷叫化子也就看在众人的面子上，笑一笑算了。要是敢打赌，你们可都是见证人，不许反悔呀！”他又把打赌的条件当着大伙重复了一遍。

那老伙计和小伙计都简直不知道怎么对付才好。

这一来可就引来了更多的人。

郑黑眼洋洋得意地站在案子面前等着给他拿货。

一个管账先生急急忙忙从高台阶跑下来，对那老伙计咬了几句耳朵。老伙计点了点头，就拿来一匹红绸子往郑黑眼的面前一扔。郑黑眼斜眼一瞟，一摇头，冷冷一笑，大声说：

“甭想用日本人造丝骗人，我要的是上好的锦缎！”

那老伙计只好赌气给他拿来那匹万字花纹的红缎子，使劲往案子上一搁。

“再要一匹那种凤凰凸花贡缎！”郑黑眼很有气派地用手一指，声音很高。

老伙计只好叫那小伙计又给拿来了。

“再要一匹头等贡缎！”

等三匹金光闪闪的缎子都摆到面前时，郑黑眼突然睁大了左眼：

“不是讲好了吗，买三匹送六匹！”

“你的钱呢？”老伙计问他。

“拿好了货再给钱，急什么，我跑不了的！”

老少伙计都轻蔑地冷笑着。但也只得又搬来了六匹花色不同的头号料子，连原先的一共是九匹，一起堆在郑黑眼面前。

“乡亲们，你们大伙都是见证，看看我这个叫化子是不是小孩放炮仗，闹着玩的。”郑黑眼就当着众人叉开两腿，搂起了破衣裳大襟，解开系在腰带上的一个绳子头儿，一只手扯开裤腰，另一只手把绳子使劲一提，拿出一个沉重的白粗布口袋，用力举起来让大家看。

“你们瞅瞅，我姓郑的不是他妈的饿疯了，跑到这儿来买饥荒的吧？”转身把钱袋使劲往案子上摔得一响——真的是银洋的响声呢！又扯开口袋口儿往案子上一倒，咣啷一声响，然后顺手抓起一把银元来当着众人晃了晃：“不是灰锡片子吧？”又往案子上丢得叮当一响：“多少钱一匹，我早就打听好了，你们糊弄不了我。算账吧！”又补充了两句：“只会有剩的，不会少半分！”那股得意劲，简直就没法说。

案子里面的十几个伙计，案子外面的阔人和穷人，还有高台阶上大铺面里所有的管账先生、谈买卖的阔人、打杂的佣人，全都伸直了脑袋看着那堆银元，完全愣怔得像傻了一样。

“请问，你们不是在外面的招牌上写着‘童叟无欺’吗？别忘了打赌的条款！”郑黑眼又威吓地喊叫起来。

怎么办？伙计们的眼光逐渐向着高台阶上转了过去。

高台阶上，锃亮的柜台后面，不知道什么时候出现了一个出奇的大秃顶脑袋，出奇的胖大个子，出奇的浓眉毛、肉眼睛、勾鼻子，出奇的大肥嘴唇上有一撮威严的小黑胡子，出奇的粗脖子上挤着肥肉褶子。当这胖子站起身子往柜台外面走时，更看得清楚：肥大得出奇的乳白纺绸长褂罩着个出奇的大挺肚子。站在案子前面的阔人们里面倒有认识他的。一个五十来岁的财主，一面使劲用折扇挥赶着周围穷人的汗味，一面高兴地说：

“哈，廖家大老爷来啦！”

“这一下可够这个骗子受的！”另一个老财主也接口说。

“哪个廖家大老爷？”一个穿黑绸旗袍的太太问。

"还有哪个?"最初说话的那个老财主说,"大廖家府的,远近闻名的廖祖道大老爷!这个字号其实就是他在天津的买卖,是一个月前刚刚分到这儿来的……"

只见廖祖道摇着白纸扇,拿着文明棍,慢慢走到高台阶上,挺着大肚子站着,先用威严的眼光对郑黑眼打量了半天,然后慢慢转动着大肥脑袋看了看众人,然后把胖手里闪光的文明棍儿举起来对着郑黑眼一甩:

"嗯——啃!由此可见,趁乱世而兴邪风者,确有其人!不过,所谓'见怪不怪,其怪自败'。小事一宗,信誉要紧……嗯——啃!"

管账先生抓了抓脑袋,明白了,对着老伙计把手一挥:

"赶快算账,赶快让他拿走!这么多人围着,有什么好看的?除了买料子的,闲人都出去!"

但是并没有几个人出去。只见郑黑眼故意忍住得意劲,躬着腰,背着手,不声不响地等着管账先生算完了账,老伙计收了钱,他才把剩下的银元往白布口袋里装好了,拿起来,转身分开众人,对着外边大声喊叫:

"你们几个都过来!"

这回除了金姐以外,白老敬父女俩和赵大鹏很快就认出来了:进来的先是蛤蟆眼珠直溜转的臭汤罐子,除了腿变瘸了,脸有点瘦了以外,还是那股连骨头都酥了的流气味儿。接着进来的是安三安四两个点头磕脑的小流氓荒子。他们分开众人走到案子跟前,汤罐子贪馋地睁大了眼睛,安三安四咽着唾沫,在郑黑眼的指挥下,用事先准备好的三块蓝印花布包袱把九匹缎子分三包包好,大的两包由安三安四扛着,小的一包由汤罐子扛着,吆喝着分开众人,一起跟着郑黑眼嬉笑着大摇大摆地往外走。

"那个装穷的老家伙先别走,等一等!"廖肉头突然口气严厉地喊了两句。

郑黑眼和他的三个帮手都一愣,站住了,回身愣愣地看着廖肉头的大胖脸。

"钱货两清了,干吗又不让俺们走?翻悔了吗?"人们背后响起了一个泼辣娘儿的声音。

人们连忙闪开个空儿。原来是郑黑眼的老婆,半老不老的水萝卜。谁也没留心到她的存在,当然也没有人注意到她是什么时候进来的。这时所有的目光都集中到她身上来了。漆黑光亮的香云纱褂裤紧勒着她的一身胖肉，一对奶头高高地挺在胸前，白脸上擦了粉，黑发上抹了油，发髻周围插着花，眼睛挑战似的看着廖肉头，看样儿是准备撒撒泼，闹一场。

“你是什么人？”廖肉头的眼光狠狠地盯在她脸上。

“嘿嘿，”水萝卜冷笑了笑，“什么人？有鼻子有脸的人，讲良心顾面子的人，跟这老头是两口子。怎么着？不许我说话吗？”

“好极！”廖肉头脸上的胖肉动了动。“既已成交，决不后悔，何况只不过是小事一宗？料子尽管拿走。嗯——啃！不过，我还是要告诉你们，要当着这些乡亲民众告诉你们：有意装穷，趁本店开张不久正在建树信誉之时，当众诬蔑本店的声誉，有意进行讹诈，这是不是不法行为？既然有钱买货，为什么装穷？为什么要喊冤叫屈，打赌讹诈？耽误了本店的买卖，还让这么多有身份的顾客耽误了时间，站在这里辛辛苦苦等了很久，还引动了这么多乡亲在这里受热受累。想想看，要是把这个老家伙绑送警察所治一治，可不可以？老实说，只要我廖某人一句话，你这个老家伙就够受的，你信不信？嗯——啃！”他的肉眼泡里又射出了凶狠的光芒。“我其所以不这样做，是因为考虑到，你必定是家里出了用钱的急事，一时难以措办。或者，是在赌博场上输得情急智昏，才出此下策。总之，我是可怜你，因此不跟你计较。可是你千万要记住：不要小人得志，鬼蜮忘形，到外边去胡言乱语，说这恒昌泰绸缎庄软弱好欺，继续败坏本店的声誉。今后如果本店人员听到你半句不三不四的言语，就不论你是哪里人，不论你藏到哪个老鼠洞里，我也有本事找到你的三魂六魄，叫你吃不完兜着走！你听见了吗？”

停了好半天，已经被这篇道理吓住了的郑黑眼只得小声回答：

“嗯，我得想一想……”

“别信那一套，是吓唬人！”水萝卜却大叫起来，“本来是当着众人打的赌，说话不算话，自己打嘴巴，还讲不讲理？”

“唬唬唬唬！”廖肉头这一笑，真比阎王爷哼鼻子还要阴森，举起文明棍朝水萝卜一指：“你，听着！已经钱货两交，怎么是说话不算话？算了话以后，还能不能办你个装穷讹诈的罪名？你说！”这最后两个字像打雷一样。“还不相信吗？来人——！”

声音刚落，从铺面屋的角门里就冲出来几个高大汉子。都是腰扎子弹袋，手持枪杆子，黑衣黑裤，胸前一排白色纽扣，横眉瞪眼地站在廖肉头背后。

“乡亲民众们都在场。”廖肉头又冷冷地说，“到底是他们不听好言相劝，还是我廖某人倚势压人？我这并非光为本店的声誉着想，更重要的是为了明国法，正风气。……”他又看着水萝卜和郑黑眼，“怎么样？你们两个还有什么话说？要是以为还有大道理可说，就说吧，我听着！”

水萝卜早已白脸变成了红脸，像肉墩子一样呆住了。郑黑眼更是身子不由得躬成了大虾，说话不由得打起了哆嗦：

“大、大爷，我，情愿不要这几匹缎子……”

“唬唬唬唬！”廖祖道又是几声喉咙里的闷笑。“真是小人！几匹锦缎算什么！既是给了你，就决不再收回；既是你知错，那也就拉倒。不过，嗯——啃！我想问问你，你可要说实话——我可决没有恶意。你贵姓？”

“不敢，姓郑，贱名福山。这可完全是真话。”

水萝卜埋怨郑黑眼不该说真话，斜了他一眼，他也没瞧见，因为头是低着的。

“哪儿人？听口音像是北边永定河一带的，对吧？”

“不……对，对对对，在，永定河边……”

水萝卜又更狠地瞪了他一眼。

“家里也有点家财吧？要不然，瞧你这位夫人，就非凡俗之辈可比，在大庭广众之中，无所畏惧，既有胆量，又有口才……”

“廖大爷太夸奖……”郑黑眼苦笑着说。

水萝卜这回却呷了呷嘴，仿佛在品尝廖肉头话里的滋味。

“好极！”廖肉头点了点头，态度完全缓和了。“久闻永定河边乃土匪出没之地，而你家又颇有家财，倒能长保平安，且有今日这样出人意料之举动，你必定也不是平庸之辈。目前国难当头，正是应该广交朋友、普结人缘、互相扶持、同渡患难的时候。你愿意跟我认识一下，谈一谈吗？”又对身后摆了摆手，让腿子们都退走了。

“大爷看得起俺们，那敢情太高攀了！”水萝卜连忙娇声变调地抢着说。

“好极！”

可是郑黑眼好像并没有觉得“好极”，还在犹疑。水萝卜却扭过身去使劲推了他一下，又转身对着臭汤罐子使了使眼色，摆了摆手，叫他带着安三安四赶快走，回头把郑大爷替换的衣裳送来。又转身拉着郑黑眼的破袖子，有意卖弄地扭着腰身，从两条长案子的缺口当中穿了过去，上了高台阶，跟着廖肉头，走进铺面角门里去了。

十

众人像是看了一场好戏，议议论论地走出了席棚。

金姐故意问大鹏闻出什么味儿来没有，大鹏皱着浓眉毛说：

“得，老虎邀狐狸进去串门儿，还会是好事？”

金姐很高兴：兄弟真的有长进，会看事儿哩。

白老敬心里的石头又增加了分量，小凤儿心里也七上八下。

忽然，街上的人们轰轰嚷嚷地涌动起来。原来是，几个男女教师领着一队小学的学生喊着口号从那边过来了，走到恒昌泰绸缎店的席棚门口停下来。一位男教师喊了两声口令，孩子们来了个向左转，排成个双行横队，面向着席棚，口号喊得更响了：

“中国人不买日本货！”

“同胞们，这是日本货最多的一家绸缎铺！”

“不把钱送给日本鬼子造枪炮打中国人！”

“奸商不销毁日本货，我们就不走！”

席棚里面阔气的顾客们，有的变颜变色地发愣，有的往铺面屋子里走，有的拉长了脸走出席棚去了。一会，从街道的那头急急忙忙来了个小个子人：烟油蜡黄的瘦长脸，漆黑的两撇八字胡，身上是哆里哆嗦的山东绸褂裤，右手拿着文明棍，左手挥着黑纸扇，身子后面跟着两名穿便衣挂盒子枪的“尾巴”。他走到席棚前面的孩子们对面，叉开两腿一站，肚子一挺，袖子一捋，脑袋一扬：

“喝！倩雯，我紧追过来，就猜着准又是你这个小丫头子带的队。你们又想在这儿捣乱吗？你们知不知道这是谁家的买卖？简直是太岁头上动土，太不懂事！我奉劝你们，快点走开，免得惹祸。你们听明白我的意思了吗？”

一位年轻的女老师把短头发一甩，挺着胸脯跨进一步，用尖脆的声音理直气壮地说：

“哦嗬，又是你镇长大人！这两三天你天天赶我们，一不准我们贴标语，二不准我们作宣传，三不准我们反走私。对你说，我们可是早就忍无可忍了！走私日本货不叫捣乱，反对走私，宣传爱国，倒是捣乱。你是哪一国的人？讲的是哪一国的理？不管这儿是谁家的买卖，既然我们调查到他是大走私贩子，就要坚决反对他！”

她顶多不过二十来岁。短发红脸，白上衣，黑短裙，长统丝袜黑布鞋，一看就知道是不久以前刚从大城市里回来的女学生。在这样的乡镇上敢穿这种露着腿的裙子，光是这一点就能看出她是个性格又泼辣又倔强的姑娘。

“倩雯啦，”镇长装出个无可奈何的样子，用长辈人的口气，拖着长声儿说。“我对你们说过多少遍，抗日救国，我一百个赞成。可是，巧立名目，蛊惑人心，这可是如今共产党惯用的手法呀。这对抗日救国有利还是有害？你们这些年轻人才念过几天书？懂得多少国家的事？”

“请问镇长大人，既然你硬是要反对我们的爱国行动，那我也就不客气了。反对买卖日本货，这叫巧立名目蛊惑人心，那么，真正要手腕榨老百姓的血汗作走私贩毒的本钱，倒是爱国行为吗？”

几个男老师，有的在冷笑，有的在交头接耳，有的用眼色给姑娘鼓气。学生们又喊起口号来了。镇长猛一下变了脸色，举起文明棍来甩动着，暴跳起来了：

“混账！胡扯！一个小毛丫头像这样对你的本家叔叔——身为一镇之长的长辈人说话，还有点规矩没有？是我看在你爹的面子上，把你安插在学校里混个位置，现在我要马上撤你职！男女混杂，在大庭广众之中光着大腿，大喊大叫，造谣惑众，简直是不要脸！是败坏俺们郝家的门风！是丢俺们金驼镇的人！我当镇长的就有责任管教管教你！……”

那姑娘又把短发一甩，猛一转身，对着老师和同学们大喊起来：

“老师们！同学们！我郝倩雯在‘一二·九’运动里尝过冷水冲、大刀砍、棍子打的味道。救国不怕死，怕死不救国！撤职算什么？我们还能教几天书？还能念几天书？日本鬼子能让我们安安稳稳地活下去吗？说到我这身衣裳，是北平学校里的制服，为什么不能穿？想用‘男女混杂’四个字来侮辱我们吗？回去清一清你自个家里那些真正见不得人的臭底子吧！老师们，同学们，我提议：咱们就坐在这家奸商门口，唱救亡歌曲，喊抗日口号，对老乡们宣传抗日救国的道理，不管三天两夜，不怕日晒雨淋，不达目的，决不罢休！你们同意吗？”

滚热的眼泪，滚热的汗水，流满了她的脸面，汗湿了她的头发。

“拥护郝老师！”

“谁反对抗日救国，就是跟汉奸卖国贼通气！”

几个男老师轮换着，几十名十三四岁的男女学生附和着，口号喊得震天响。

大街上的人越聚越多，把整条街道都堵塞住了，连街两边铺家门口的高台阶上都站满了人。激动啊，中国人的心！无数愤怒的面孔，愤怒的眼睛，都集中到镇长的身上了，连挤在人群里的一些大兵也都鼓着愤怒的眼睛盯视着他。

汗水湿透了镇长的头脸和全身。连他身子后边的两个便衣“尾巴”也在满脸冒汗，大概也是在替他们的老爷着急。镇长大人愣了一会，翻了翻眼睛，忽然一咬牙，一顿脚，狠狠地说了几句不大连贯的话，对周围的众人横了一眼，一甩文明棍，蹦弹着，咳嗽着，冲开人群，走进席棚，也不对铺子里的任何人看一眼，就上了高台阶，走进铺面后墙角的小角门里去了。

教师和同学们更加对着席棚里面跳脚挥手地喊叫起来了。

附近店铺里的伙计们和摊贩们自动搬来了一些大大小小的凳子，让小学生们都坐下来，又有人请郝倩雯和另一位男老师站在两条高板凳上，分两边向着人们“讲讲国家的事情”。两位老师声嘶力竭地讲着讲着，满面泪流地痛哭起来了。

多少听众的眼圈也红了，湿了，流泪了。

“这才是好样的中国人！”赵大鹏不觉捏紧拳头吼叫起来。白老敬也忘记了防备他闯祸，没有拦他。只有小凤儿着急地拉了他一下：“别叫，听着！”她听得太入神，太佩服那个名叫郝倩雯的女老师，泪珠挂在她的脸蛋上，闪动在嘴角边的窝儿里。只有金姐比较冷静，站在席棚对面一家人家门口最高的台阶上，挺身扬头，眼光四射地观察着事情的变化。难道豺狼恶鬼们会听凭师生们这样折腾下去吗？特别是那个肉头刀子廖祖道，一看就知道是个阴险狠毒的魔王……

忽然，东头不远响起了一片高声嚷叫的声音：

“白日抢劫呀！好大的狗胆啦！抓土匪啊——！抓住他们啊——！……”

“拦住！别让他们钻小胡同！”

两声惊人的枪响，一阵急促的脚步声。……

听演讲的人们都惊慌了，像大浪推石头一样涌动起来了。

“不好！”金姐大叫一声，连忙把白老敬和小凤儿推得紧靠着街边的墙壁站着，又对大鹏一招手，“你跟我来！”两人飞快地冲进了人群，金姐抱住了郝倩雯，大声吩咐大鹏和男老师们使劲挡住人群，护住学生。

就在同时，从两丈宽的席棚门里冲出来一群拿枪的黑衣腿子，假装想往响枪的地方冲去，其实是推着群众照着老师和学生们冲撞。可是金姐和大鹏飞快地用脚把一些凳子踢动了一下，就有几个挤近来的腿子绊倒了，枪也掉了，人群反而踩在他们身上乱涌乱挤。金姐又看到席棚里面，店伙计们很快就搬来了几张桌子把席棚门堵住了，很明显是不让老师和学生们往棚子里躲。

在金姐和大鹏的大声呼喊下，不少群众很快就清醒过来，也尽力帮着保护孩子们。幸亏有几十个凳子，使得盲目乱挤的人们挤不快。一场大的动乱就这样渐渐平缓下来了。

郝倩雯泪如泉涌地紧紧捏住金姐的两只手，想说什么半天没有说出来，只是用感激的泪眼看看她，又看看大鹏。倒是金姐小声恨恨地说了一句话：“他们的心真狠毒哇！”郝倩雯猛一下明白过来，就猛一撒手，一甩头发，跳上一个凳子，对着所有在场的人嚎啕大哭地嚷起来：

“……乡亲们啦，你们都瞅见啦，好狠毒的汉奸心肠呀！……哪里有什么白日抢劫的抢犯？造谣，起哄，是想让人们踩死挤死这些孩子们啦！……”

所有在场的人都气愤地对着席棚里面喊叫起来：

"打倒汉奸！打倒卖国贼！"

拿枪的狗腿子们只好假装着去追土匪，呼呼嚷嚷地走了。

席棚里面，一群阔人也气愤地拖开堵门的桌子，拥了出来。一个四十多岁的长褂先生挤到郝倩雯跟前，想了想，到底忍不住，声音发哑地说：

"老师啊，你们快走吧，说不定还会有什么新花样呢；并且，孩子们也累了……"

教师们只好带着学生们，一路喊着口号，走了。

十一

金姐让白老敬父女俩先回去，推说有点别的事，带着赵大鹏挤出了人群，拐进了一条胡同，加快了脚步。

"今日我可是看见了廖肉头的手段！"赵大鹏咬牙切齿地说。

小窄胡同深处有一个残破了的砖墙小院，一看就知道从前是个有钱的人家。走过过道屋，来到里院，一种奇怪的景象一下子就把金姐和赵大鹏吸住了：一个十七八岁的姑娘丢下手里的柴禾筐子，哭着叫着跑进一间屋子里去了。一个黄衣黄帽、腰缠子弹袋、凶神恶煞一样的怪人，拿着上了刺刀的枪，一面追她一面咕噜咕噜喊着听不懂的话。这怪人刚刚一脚跨进了小门，突然从门扇后面闪出一个农民老头，一锄头就把他打倒了。他只挣扎了几下就死了。从小门里又出来一个年轻人，帮着老头把尸首拖进院子角上的茅房里去，用锄头挖坑，想把尸首埋掉。一会，又从过道屋外面进来了几个黄色的凶神，对着老头和年轻人哇啦哇啦了一阵，又进小屋去搜了一下，发现了地上的血迹，就哇哇地狂喊着，一齐用刺刀把两个农民捅死了。接着就抱来了柴禾要点火烧房子。接着，小屋后面的另一层院子里就响起了男女老少的哭喊声……

金姐告诉赵大鹏，这是排戏，黄衣怪物是日本鬼子，枪和刺刀是木头做的。可是事情是真的，发生在天津附近的小井庄。一小队鬼子兵到那村去要粮草，一个鬼子强奸了一个姑娘。姑娘的爹正好回来了，躲在门后边用锄头把鬼子打死了。这可就不得了：鬼子兵把一百多户人家的村子烧了个精光，杀了一百多口人。有几个死里逃生的人前两天逃到这镇子上，痛哭流涕地对赶庙会的人说了一整天。小学的老师给他们募了一些救济款，把他们安排在学校里住。可是两个镇长说他们扰乱民心，扰乱庙会，暗暗地威胁他们，多少给了他们一点钱，硬逼着他们走了。身为镇长的中国人会做出这样的事，谁想得到？

赵大鹏气得喘粗气，跟着金姐走进了里院的一间屋子。只见地上晾着许多张红绿标语，教过金姐认字的黄剑秋老师和另外一个人正站在一张方桌旁边弯身挥笔。听见脚步响，两人一抬身，黄剑秋先“哦”了一声。他跟老赵见过面，还记得模样，就打招呼让坐地张罗起来。另外那个人，四十来岁，瘦高个子，既不像庄稼人，又不像念书人：光脑袋，粗布衣，粗手大脚，神情举动却又有一股沉稳和善的斯文味儿。他盯着眼愣愣地看了老赵一会，又看了看正在微笑着的金姐，然后“哈！”的一声，扑过来紧紧地抓住老赵的手：

“嗨呀兄弟！你对我是见面不识面，我对你是访友不遇友。我可是一直想找到你呀！瞧，你真是满身钢铁，一腔热血，跟你爹一样，不愧是金姐的兄弟。我叫平地山，跟你一家子都……金姐大半对你说过吧？来来来，金姐也来，都到套间屋里坐，咱们聊聊……”

“这就是共产党吗？”赵大鹏心想，“还不是跟平常人一样？”可是平地山的那股热乎劲一下子就使得他的心里也热起来。“是个义气哥儿们，不小看人……”

黄剑秋往套间屋里端进来茶壶茶碗，反身顺手关了门，一个人在外间屋里接着写标语。

三个人都在套间屋里的炕上和炕沿坐定了。平地山显得又亲热又高兴，用很低很低的声音说：

“金姐同志，昨夜的事，屈海同志一早就来对我说了。你们辛苦了这么久，等了他这么久，总算没有白辛苦，干得真漂亮，报了仇，打击了恶霸，还得了枪。有了这两支枪，又有这么多好兄弟好同志，又有金姐你这样的好人才，再加上不少热心抗日的进步知识分子，还有一些爱国的开明士绅，这金驼镇上，就好比盖房子打下了基础啦！别看只有两支枪，贺龙不是两把菜刀闹起革命来的吗？咱们可一定要有信心啦！”

停了一会，他又意味深长地看了金姐一眼，轻轻地叹了口气：

“不过，金姐同志，我有几句话不知道该说不该说。我知道，你天天那么出神地坐在窑顶上，起先并不是为了引狼，为了得枪，是后来知道了白眼狼的鬼心眼，才将计就计的。同志，我知道你心里的苦味儿。可是，我还是要劝劝你，往后可不能再那样啊！可不能再老是那么一个人冒险坐在那儿啦！为了革命，你要爱惜自己呀，不要老是这么下去，把自己苦坏啦！大鹏兄弟，你说是不是？你也该劝劝你姐姐呀！”

赵大鹏拧着眉毛低着头，既不能回答老平的话，也不敢朝姐姐看。他心里也很苦啊！

最后还是金姐打破了沉默，猛地一抿嘴唇，一甩头发，睁大了眼睛，像是忍住痛苦，下定了决心：

“老平同志，有个事我一直没有告诉你，就是因为我，不愿意提到他。今日我可要告诉你：我们不光有这两支小手枪，还有五支大枪呢！”

“哪来的？”老平吃惊地问。

老赵也睁圆了眼睛看着姐姐。

“咳！”金姐轻轻地叹了口气，忍了忍才接着说：“我说！我要说！是他……从去年初冬姚见鬼一死，镇子上的大爷们就吓掉了魂，谣言就多得很，一说是镇子上有了共产党，二说是镇子上有了暗杀团，三说是镇子上有了江湖客，就特地花大钱从省城请来了一连真正的大军队，镇北镇南两个大窑上就白天黑夜有哨兵。俺家金生，他，在世的时候，真是个有心人啦。得空儿他就推着馒头车到南大窑跟前去转游，有时又带着茶水吃食在北大窑四近割柴草。吃喝交朋友，钱财见交情，再加上金生本来就是个心诚面善的人，慢慢搞熟了，谈起家常来，有几个大兵就对他说了知心话，想开小差回老家，没盘缠，没便衣。就这样，用了五十块钱，五套便衣，换了五支枪，还有好多子弹哩。他，早就有这份心：总觉着迟早咱们要拿起枪来干。只是可惜，他还没有来得及见到你，就……”

“多好的同志啊！”老平激动得溜下炕来，长长地叹了口气。“虽说我没有见过他，可他为大伙立了功，我可永远永远也忘不了他！我相信，往后这镇子上的群众也会永远永远忘不了他！”他在屋里来回走了两趟，使自己的心情平静下来，这才接着说：“还是说点叫你们高兴的事儿吧。大鹏兄弟，你姐告诉你没有？最近大廖家府——你爹他们也搞到十几条枪啦！可是，斗争也真够尖锐的哟，这两天我一直不放心……我知道你在永定河边，那儿怎么样？实在不行你就回这儿来，帮着你姐姐干起来。要知道，这回日本鬼子可真是想一口吃掉咱中国。可是蒋介石怎么样呢？还说什么‘和平未至绝望之时，决不放弃和平；牺牲未到最后关头，决不轻言牺牲。’河北省已经丢掉了三分之一，北平天津眼看要失守，还不是和平的绝望之时？还不是牺牲的最后关头？放他娘的狗屁！九九归一，真正抗日还得靠共产党，靠红军，靠咱们老百姓，所以咱们一定要做准备！……再告诉你们两个消息，一个是：镇子上的三个团明日一早就开走，说是往北边开。他们能不能真抗日？我看未必靠得住。蒋介石怕日本怕得要死，总想保存实力，能真心让军队跟日本鬼子拼命吗？这不，俺们今日忙着写标语，‘欢迎抗日军队上前线！’‘坚决保卫国土！’争取后晌贴出来，今晚还要给他们演抗日戏，不过为的是鼓舞士兵的心劲。为什么说他们未必能真心抗日呢？这三个团是多半个师的编制，师部秘密住在离镇子五里地的章辛庄，在章国栋大财主家里，除了镇长和镇上的几个大财主老爷谁都不知道。干吗要这么秘密？怕。一是怕日本鬼子知道了有危险——离着两百里路就怕危险。二是怕向镇上讹诈钱饷的事让老百姓知道了，传出去不好听。你们说，这样的孬种师长能抗日吗？第二条消息：两个镇长，三个大财主，到章辛庄找师长谈判了三次，没谈成。昨天下午就特地派人去大廖家府把两个县的头号财主廖祖道请来，带着他去了章辛庄一趟，跟师政训处长一谈，一下子就成了——两万块钱成交。为什么这个阴险毒辣、野心很大的家伙一来就谈成了呢？为什么他单单找师政训处长——蒋介石的特务谈呢？廖祖道是不是有什么政治上的粗根子？……”

“老平同志，”金姐连忙说，“你这话有道理。廖肉头在俺村干的那些事，就很像有来头。”接着，她又把刚才发生在恒昌泰绸缎店棚里棚外两件稀奇古怪的事情说了说。“看起来，廖肉头心毒手狠，一定是想在咱这金驼镇树威风，立根基……”

“很对！”老平点点头，思谋着。“他以前做过几任不大不小的官，没有政治上的靠背椅，行吗？这次一回来，很快就在县里说什么是什么，光因为他是县里的头号大财主吗？这两天来到金驼镇，他又很快就跟东头西头两个镇长打得火热，警察所长，保安队小队长，见了他都要毕恭毕敬。他是随时随地都在进行组织联络工作，团聚反动力量。刚开庙那两天，镇上的办公人还不敢阻止学生们作抗日宣传；从他一来，两个镇长，警察长，可就都来了劲。……所以呀金姐同志，往后咱们这一带的斗争也许比我们预料的要复杂得多，艰难得多呀，咱们可不能有半点大意呀！眼时呢，谁的行动快，谁就占上风，可不能误时间！……”

停了一会，他又紧紧捏住赵大鹏粗大的手：

“老弟，我很佩服你。你有一副穷人的硬骨头，从十几岁起就在外边卖手艺，受过多少不是人受的苦，真是好样的！这年头就是需要你这样的人！我猜想，你必定是心里窝着一股难忍的火，憋着一股压不住的劲，热得烫手，胀得要命，可又有火冒不出，有劲使不上，老是又难受，又发空，苦得很，有时真恨不得跳起来用手抓破天，趴下去用脑袋撞塌地。对吧？好老弟，我没有猜错吧？”

“哈！我的好平大哥，你怎么知道？……你简直像是到我心里住过店！”老赵高兴得满头满脸都炸出了汗珠子。

“我怎么不知道？”老平兴奋地捏紧了拳头说，“年轻的时候我也像你这样在外边转游了好几年，憋闷了好几年……哼！兄弟，对你说：现在好了，时候到了！到老百姓伸拳头甩胳膊的时候了！这世界不会总是这样的，会变的，不过要靠咱们自个去变！老弟，你相信吗？”

老赵想了想。今天他可要盘根问底闹个实打实：

“老平哥——我可以叫你老平哥吗？”

“可以！一百个可以！这叫法挺亲热，挺好！”

“那我就问问你：共产党真的是穷老百姓的党，真的是抗日的党，真的是要把这个鬼世道翻个个儿吗？”

“兄弟，我也问问你：官府老爷们年年月月想尽办法到处捉共产党，关共产党，杀共产党，还调动成百万的军队打共产党，这样的事你听说过没有？”

“多少听说过一些。要按容城县砸官盐店的事来看，要是那个事真的是共产党领的头，我就相信——是老百姓的党。”

“兄弟，你真傻！”金姐连忙说，“老平哥整年价东奔西走，打老远到咱们村去找你，一头就扎进穷人窝子里，把咱穷哥儿们当做亲兄弟，说道理，出主意，这，你还不明白？”

“嗨！金姐你别急。”老平也连忙说，“兄弟啊，你光看见过容城县那件事，你哪知道，多少年，共产党干了多少更大更大的事啊！这，等会儿我再对你说。现在我再问问你：老百姓愿意抗日吗？”

“这还用问？”老赵扬起了粗眉毛。

“老百姓为什么愿意抗日？”

“老百姓最恨的就是欺压人！最恨的就是不让人过安生日子！最恨的就是洋鬼子欺负中国人！最恨的就是卖国贼！”

“很——对！”老平使劲点着头，又使劲捏住老赵那粗大的手。“共产党既然是老百姓的党，既然是要改变这个鬼世界，它怎么能不领着老百姓打日本？”

三个人就这么谈着谈着。多少从来没有听说过的道理！多少从来也没有听说过的事情！愁闷了多少年的疑问，找到答案了！憋闷了多少年的劲气，找到该冲该闯的道儿了！

最后，赵大鹏猛地跳起身来，嗵的一声，一拳头捶破了桌面板，喘气哼声地说：

“平大哥！往后你就瞧我赵黑子的吧！”

“好哇！”金姐高兴得把手一拍，满脸放光，像是突然变得更年轻了。

老平也兴奋得红了脸，站起身来……

十　二

当金姐和老赵离开了那个院子，在小胡同里走着时，老赵竖着粗眉，瞪着虎眼，紧捏着拳头，连胳膊上的肌肉也一鼓一鼓的，脚步踩得嗵嗵响，自己也觉得浑身都是劲。突然，他停了一下脚，粗声粗气地哑声说：

“姐，我，这才更明白你！”

“明白我什么？”金姐睁大了眼睛问他。

“能忍住那么大的苦，就因为，心里有了定盘星……”

“好兄弟，你，真是，越来越懂事……”金姐嘴角微笑地柔声说，低下头去假装拍打裤子上的土，两滴滚热的眼泪扑啦掉到地上了。又赶紧假装掠头发，抹了一下眼睛。

第七卷

一

谁的手脚快，谁就占上风。这话一百个对。动拳脚比武艺不也是这个理吗？

在这火烧眉毛的急时候，有多少事情叫人急呀！

夜里，白老敬和小凤儿睡得早，金姐到瓜地去浇瓜，赵大鹏就独自一人不声不响地穿街过巷出了金驼镇，披着星光大步流星地向着大廖家府走去。

这个姓平的共产党领着老家的穷哥儿们干了些什么事？穷哥们怎么得的枪？不应该学学他们的办法吗？庙会只剩下两天了，老爹为什么还不来？是不是家里出了什么事？这里的军队明早就要往北开，得赶紧把定亲的事儿跟爹妈说一说，然后赶紧回到老槐树庄，跟穷哥儿们一起干起来。一定要连夜回老家去一趟，天亮时就赶回来，就可以瞒着白家父女俩，不受阻拦地把要办的事情都办了。

天色虽黑，路是熟的，脚步飞快。

过了南大窑，听见前面响起了牲口的铃铛声和大车轱辘的啌嚨声。弯下腰往前一看，一个圆顶黑影子印在星空上，是一辆圆棚子大轿车。不错，光是车轱辘的啌嚨声就跟一般的大车不一样。路不算不平，可那车颠动得响声发空，一定是一辆空轿车。要是廖家大院的空轿车就好了。廖家三辆轿车的车把式都是香炉镰刀会的人。搭上车，让车把式轰着牲口飞一样跑，不是又省走路又快当吗？

老赵紧跑着，快要追上轿车时，就踮起脚尖轻轻地跟上去。恰好这时大路当中有一摊子骚马尿，驾辕的和拉套的两匹公马都欺负车把式好半天没动静，停下来闻那马尿的骚味儿。老赵早已从那躬着的背影看清了车把式是谁。多时不见家乡人，一高兴，心想，我要来它个不求他，不废话，还可以试试车棚里到底是不是真没人。就轻身闪到车后头，用趴地前窜的动作飞快地钻进了车底下，然后仰过身来一勾腰，两只手，一边抓住车辕近处吊油壶的铁环子，另一边抓住插鞭杆的皮鞘子，两只脚一跷勾在车后板上。那匹马猛一惊，带着车子猛一冲，就把车把式惊醒了：

"妈的，怎么回事？"

没有人回答。车把式轻轻甩了一下鞭子，车子就继续咥嚨响。要是车棚里有人，谁不想早点到家睡一觉，能不催着把车子赶得快点吗？车子这么冲动摇晃时，棚子里会没有动静吗？老赵完全放心了。

"嘿，老巩叔，今日可得麻烦你带我一段路……"

"谁？"车把式巩老大吃惊地问。

"哈！你猜是谁？"

"怪呀！像是黑鹏子的声音……哎哟！你在哪儿说话？是我碰见鬼了吧？"

"嘿，不是鬼，是个大活人。"

"原来真是你！我没说错，真是个鬼人，把我的魂都吓掉了！"

这大轿车的轮子比一般的大车轮子大得多，车轴和车身离地面也就高得多，老赵既不怕路面擦身，又觉得好玩，就又笑着说：

"哈！鬼要是都有我这点本事，咱们人就都活不成了。"

"你真是！二十好几的大人还淘气！不过这样也好，省得碰见廖府的人。你听，前面远处不是有车响吗？准是他们来了。"

"谁们？"

"十来辆大车，拉的粮食，有面粉也有玉米和高粱，要到金驼镇去卖大价钱。廖肉头是不会做亏本生意的。两千块钱，买五十条枪，外带三箱子弹。拿现钱吗？他才不那么傻呢！把这些粮食送给军队，对金驼镇上的财主们说是什么为了帮助抗日。又得名又得利，你说这是不是卖大价钱？军队得了粮食，省下了办伙食的钱和牲口料，当官的就有捞头了……"

赵大鹏正想问清楚这些不明不白的话的意思，前面牲口铃铛哗哗响，车声像滚地雷。不大一会，十来辆高大骡马拉着满载如山的大车就冲过来了。巩老大老早就把轿车磨到路边，大声跟那些车把式嚷叫了几句开玩笑的脏话。等车队走远了，轿车又上了路，老赵本来想催促老巩把车赶快些，又怕车快了响声大，说话不方便。没想到老巩又完全忘记了刚才的话题，提起了另外的话头儿。

“大鹏啊，你有多久没回家？”

“从开春就出门，一直到今日。”

“嗨哟！那你准不知道村里的事。对你说，可了不得！”

“怎么了不得？大叔，出了什么大事吗？”

“好，我对你说说。可是，你这么吊在车底下不累得慌？话可长着呢。”

老赵说不累，催他快点说，他才又接下去：

“嗨呀！对你说，如今，在南大街上，破关帝庙修得一崭新，门口挂着大牌子：‘中心民团指挥部’。还贴着大告示，说是奉了县里的公事成立的。好家伙！中心，什么中心？那四乡八镇七州八府都是偏心吗？人们都说，连你爹也这么说，不是什么中心，是他廖肉头要自立为王，要是日本鬼子来了，多半会成为汉奸王。说到‘民团’，什么民？什么团？是官团！连老百姓吵嘴打架的事儿他们都管，简直成了二衙门，动不动就抓人。嗨！……”

这巩老大，有五十来岁，名叫巩金山，人们都叫他巩大山，是因为身个高大得像座山，性情缓慢死板得像座山；又叫巩颠倒，是因为说话爱停针断线，有头没尾，颠三倒四。不过今夜他倒愿意有个人陪着他谈天，而且赵大鹏也知道，只要你会引针理线，还是能够让他说得清楚一些的。

满天的星很亮，满地的庄稼却很黑，只有这条土路是灰色的。静得要命。老巩也不愿意叫大鹏坐到车上来。自从廖肉头去了金驼镇，这条路上白天黑夜就断不了有廖府的人来往。为了一条洗脸的手巾，一把刷牙的什么刷子，也要打发人来回跑断了腿呢。财主老爷们就是靠折腾人过日子。比方说，为什么今日要老巩走夜路把轿车赶回去？是为了明日头晌午要把廖肉头的三姨太太接到金驼镇来玩两天。因为廖肉头是个一天也熬不住干渴——也离不开女人的怪物，还因为郝镇长的太太要跟这个妖精拜什么干姐妹。你瞧,多少折腾人的鬼勾当!

"……说起来,你兄弟二鹏可真有出息啊!——这都是后来我才听说的。那天夜里,村里村外又是好几处响枪,是第二回闹土匪。好啊,那个姓平的——你爹的新相好,就带着穷人窝子里几个小伙子,躲在村北沙堆上那棵倒插槐下边,不声不响,看着听着。喝!一会,庄稼棵子一响动,就听见有人说话啦。'二秃子,你他妈又忘了贾二爷的话,光顾得放枪过瘾,等回去一查你的子弹带,瞧他不剋得你一愣一愣的吧!''哼,妈的,想省糖就别吃糕,想省眼神别卖俏,他说他的一二三,咱干咱的四五六。好容易逮住了放枪的由头儿,要是不让老子过过放枪的瘾,老子就情愿不吃这碗孙子饭。'话一完,砰砰就是两三枪。又有个家伙说:'糟糕,我要拉屎!''妈的,拉屎也不看日子。走远点,那边有个小水坑,拉去吧。'接着又是一阵庄稼棵子响。刚好,你是知道的,那个水坑离二鹏他们的沙堆近得很。嘿,二鹏可就比猫逮耗子还轻快。小水坑那边先是'哎哟!'接着就扑通一声水响。很快,二鹏就回来了,手里拿着一支枪。喜欢得王大牛他们几个简直就想跳起来。又听见那边庄稼棵子里有人喊,'小三子,你他妈是怎么回事?掉进水里去了吗?'你想想,那个叫小三子的家伙还有回话的份儿吗?噜噜的水响,瓮里瓮气的声音,这就是回话。'我去瞅瞅。'一个家伙又去了。二鹏把枪交给了王铁锤,又蹿出去,又是扑通一声水响,'哎呀!'你'哎呀'你的,二鹏又带着一支枪回来了。老平就带着几个小伙子赶紧离开了沙堆子,绕道儿躲进了廖家坟……这就是他妈的闹土匪!是贾二爷的假土匪!可倒也好,正像老平说的,咱穷人从这天起,也有了枪杆子啦!"

老巩的话断线了,赵大鹏心里可就急坏了。这贾二爷他是知道的,名叫贾经五,是廖家的姑爷,贾各庄的财主,也是个心狠手黑的活阎王,有十几名护院的狗腿子。两村相离十来里,他干吗要到大廖家府来装土匪?

"嘿,这倒是稀罕事,贾经五跟他丈人家做对头。"

"你这话可不合辙,贾阎王干吗要跟他丈人家做对头?"

"不是你刚才说的吗?他让腿子们装土匪,还不是想抢他丈人家的金银财宝?"

"嗨,你呀,可真是个混人!刚才我不是说了吗?这是第二回装土匪。

头一回，是半夜里，人们正睡得安安稳稳的，村子外边枪响了，真怕人！接着，廖府岗楼上的腿子们也还枪，有些腿子就冲出了院子，据说是在村子外边跟土匪打了一阵子，过了一会才得胜回了营。第二天，村公所的跑跳人丁尖头就筛着大锣沿街喊：‘告诉民众们得知，最近这一带出现了大股土匪……’要人们夜里不要图凉快在房顶上睡觉，说枪子儿可不长眼睛，当心伤了人。你想想……第二回闹土匪，可就真的抢了村西头王老印家的两匹大骡子。这可就了不得啦！廖府就有了立民团的由头儿啦，就要老百姓纳捐买枪啦！这一来，北大街的人们，穷人窝子里的人们，就闹起来啦！不拿捐！哪有什么土匪？假的！你村公所抓人关人吧，大伙都去！要关要打，大伙都去受着！今年的秋庄稼也不管它了，到时候交不了租子，不能怪俺们！咱们村加上廖东庄，廖西庄，廖北庄，千儿几百人往村公所里涌，儿啼女哭，轰轰嚷嚷……怪圣人吴百川还在集市上插着草标卖自己：‘谁要我吴百川啦？只卖一块钱，便宜得很，为了纳捐……’你瞧，闹得是多热闹吧！到最后，村长刘叫驴只好对大伙说：‘先都回去，以后再说。’就这么着，到了儿也没有给纳捐。听说，这就是那个姓平的，还有你爹，出的主意呢。可是，那些养骡子养马的大户人家，倒真有纳捐的。你想想，谁不怕土匪？谁不怕廖家？他们不纳，行吗？”

“廖肉头得了捐款，又买了好多枪吧？”

“那还用问？还新添了好多人呢！还，不知从哪儿请来个‘训练队长’，外号叫‘鬼坟头’——只要把他的黑军帽一摘，那凸一块凹一块的脑袋真像他妈个乱坟堆。立眉瞪眼，一脸横肉，凶着呢！天天在关帝庙后院里操练那些狗腿子。如今，从关帝庙到廖府的南北大院，一共是三道岗，除了廖府的人，谁也不准过，好家伙！”

“那，咱们光有两条枪，又没有子弹，有什么屁用？”

“看你说的！你呀，真是‘眉毛短，眼窝浅，眼睛珠子不会转’。针尖对麦芒，斧头来，榔头往，咱可不能光等着受挟制——这可又是老平跟你爹的好主意。”老巩忽然勾低了身子，从嘴唇里嘘嘘出很低的话声：“告诉你吧，是前些天的事。夜里，先侦探好了，老平带着你爹跟二鹏，还有大牛他们十几个小伙子，包着头脸，到村南廖家那片自耕地的大洼里，趁着看青[①]的腿子们都在窝棚里赌钱哩，猛地扑进去，吹灭了灯，一阵子狠揍，抢了十三条枪，还有好些个子弹！……后来老平说：咱们就靠着这十五条枪起家，干起来！”

“得，真带劲！”

“敢情！”

老巩的话又断线了。

老赵想了想，又提起了新话头：

“可是，这回廖肉头又得了五十条枪！”

“哎！”老巩更加勾低了身子，压低了声音，“说起来，就因为，军队明日一早就要往北开，兴许是，终归要到永定河边去……”

“哎呀！到永定河边，这你是听谁说的？”

“什么‘听谁说的’！你是知道的，我有这个毛病：总爱找人‘抽烟袋，聊聊天，天南地北没有边’——是章辛庄师部的伙伕说的！还有师长的护兵说的！还说，还有好多人马从别处往永定河边开。……连金驼镇的大街上也有人这么说，还假得了？真的要打大仗啦！”

“嗨！……”

“你‘嗨’什么！刚才我不是正要说到正题上了吗？就因为军队明日一早要开走，廖肉头对那五十条硬家伙不放心，才催着家里连夜把粮食运到章辛庄——刚才你没有瞅见，押车的是刘大刀螂——叫大刀螂亲自出马，跟师长粮货两清。可是，怪呀，刚才你没看见，大刀螂的胳膊上绑着白布，斜躺在粮食口袋上。这是怎么回事？……可是，不管他，咱还是接着说那个事。……民伕大车也早就派好了，十几车粮食明日一早就跟着军队一块走——这是军队那边的事。这边呢，两辆大车，一辆拉着枪跟子弹，另一辆拉着廖肉头带到金驼镇的十名狗腿子护送着，后半夜动身，要一路飞跑，要天刚亮赶到廖府，要不让人知道。你想，这样大的事，我……”

“大叔，这你又是听谁说的？”

---

① 庄稼正在成熟时，财主们为了防人偷割，白天夜里派人看守，名叫“看青”。

"你小声点！嗯，是刚刚听郝镇长的车把式说的，千真万确。我，急呀！咳！本想给你爹报信，细一盘算：等我走到咱们村，不是就半夜了吗？再砸门打户告诉你爹，他又砸门打户去叫别人，还要赶紧往这条路上跑，哪来得及？还有，我怎么能赶着这辆车进了村子绕北大街走？那不是要露馅子吗？我又人不能离车，不能让这两匹牲口拉着车乱走，又不能拴住牲口，把车歇在村子外边，自个进村，到北大街去——要是廖府来往的人看见空车拴在村子外边，事后问起来，可了不得！……哦，你看我这人，这才想起来：你能不能想想办法？嗯？……"

轿车突然显得轻快了，被牲口拉得往前冲了一下。

"黑鹏子，你……？"

回答他的，是车子后面赵大鹏飞跑的脚步声。

这儿离金驼镇顶多不过十里路，跑吧！跑吧！

"这个混小子，你往回跑有屁用？莫非你是想一个人去劫车？可了不得！……"老巩还在摇头叹气地瞎嘟哝。

二

金姐刚刚从外边回来，走到院子门口，听见侧边胡同里响着很急的脚步声。她猛一回身，正想闪到一边，大鹏已经扑上来抓住了她的胳膊："别做声！"推开院子门，把她拉进院子里，喘着粗气，压低了声音：

"火烧眉毛的急事，快进屋里去说！"

小凤儿嫌屋子里又闷热，蚊子又多，晚饭后就抱着枕头被褥上房顶上睡觉。这时院子里急促的脚步声和鹏哥的说话声把她惊醒了。"准有急事！"她心里说着，溜下了梯子，把脸贴在窗户纸上，把屋里两个人唧唧咕咕的话全都听见了。

一会，窗户上的灯亮灭了，金姐和鹏哥都胳膊夹着兵器和黑衣裳包，脚步轻轻地出来了。看见她在窗户外面，鹏哥对她摇了摇手，指了指西间屋。意思是叫她别做声，别让她爹知道。然后，两人都轻轻巧巧地走出寨篱门去了。

小凤儿啊，怎么办？怎么办？……是的，事情逼到眉毛尖子上来了，到了要拼命的时候了。没有枪怎么拼法？刚好又碰见了这么巧的好岔口，怎么能不跟着干一场？可是，金姐跟鹏哥让她去吗？对，只能偷偷地跟着。另外，像金姐这样的人，这才叫人呢，跟着她学一学，一辈子都痛快！

正愁没兵器，一眼就看见了那把特大的劈柴斧，心里一喜，拿起来就冲出了寨篱门。没想到刚刚跑了几步，身后就响起了她爹低低的吆喝声：

"你往哪去？回来！"

小凤站住了脚，噘着嘴。是走呢，还是回去？

"今日你要是不听我的话，两巴掌搧扁了你！"

爹的脚步竟像年轻人一样快，冲到她跟前，夺过她的斧头，用力把她拉回院子里，丢了斧头，进了外间屋，把门一关，顿了一下脚，低声感叹起来：

"嗨呀！天旋地转！天旋地转！后悔死我了！只怪我太累了，困极了，迷迷糊糊听见对面屋里唧唧咕咕的说话声，没在意。又听见像是有人在院里，我才醒利落，翻身坐起来，隔着窗户，从走路的样子看出是他姐弟俩出了门。这时候他俩还出去干什么？我就下炕来到外间屋门口，正好看见你拿起个家什往外跑。我问你：他姐弟俩上哪去？"

"镇子上有个跑小买卖的朋友，白天碰见的，知道鹏哥住这儿，请他喝酒去。大姐出去是有另外的事，那我可说不清……"

"你拿着斧头干什么去？"

小凤儿答不出。

爹又把她拉进他自己睡觉的西间屋，接着说：

"丫头啊，你爹我可不是个糊涂人啦。这两天，我这么冷眼瞅着，这个金姐可不是个平常的人啊。她有一帮子弟兄们啦。他们，看起来兴许是不想安安分分的过日子，兴许也要像你赵大伯一样，总想闹大事。我就担心啦，你鹏哥，性情又太鲁。你，一个小黄花闺女，还嫩着呢，可别光凭着一股子火性，跟着他们学啊！……去睡觉去吧，别上房了，到对面屋睡去。"

他拉着小凤进了东间屋，出来时把房门反扣上了。

小凤上了炕，想了想，又下了决心。手扶着半截糊了纸的窗棂子，一迈脚就从上半截空窗户翻过去，轻身落了地，拿起斧头，辫子一甩，撒腿就跑。

没想到，院子里又响起了低低的吆喝声：

“站住！我就知道你的鬼心眼！”

小凤急得眼泪都涌出来了，快步走到爹跟前，对着他的耳朵说：

“爹呀，这是什么时候啊！往后光凭刀呀矛的对付得了日本鬼子吗？哪怕是光让我去瞅瞅呢，也练练胆子嘛！……”

“听你这话音，金姐是去……弄枪的吗？”

小凤只得把姐弟俩去抢枪的事说了。

爹急得使劲顿了一下脚。想了想，又说：

“可是，我问问你：他俩走了这半天，你追得上？说你年幼不懂事，还不服！”

“他俩总不过是到四邻八舍去找人，还愁碰不见？”

无论爹怎么拉，小凤气得上了倔脾气，坚决不回屋。爹没了法，只好坐在院子门口挡住路，痛苦地哼哼着，小声说：

“丫头啊，过来，我跟你说说心里话。爹一辈子不是个没火性没骨头的人，有时气得肺都要炸开，真想拿着性命去拼啊！可是，回过头来想一想，咱哪怕能耐再大，人再多，能够扔起石头砸破天吗？天，是人家的呀！往后，要是再加上鬼子一来，日子怎么过啊！你，一个小孩子家，一个姑娘家，怎么能……”

小凤咬着牙，忍着泪，说不出话来。

三

白老敬背后，忽然有人“咳咳”了两声。

父女俩都一惊。小凤抢先冲出了寨篱门，摆好了武打的架式，一步一步逼过去。星光之下，她前面迎上来两个人：一个是铁塔似的黑大个子，翘着大兜嘴胡子，浓眉深眼，眼里亮光闪闪；另一个，稍矮一点，穿一身白，剑眉俊眼，直鼻薄嘴，也手捏着拳头向她逼过来，上上下下打量她。

“哦，准是赵大伯跟二鹏哥！”小凤轻轻叫了一声。

她想起了金姐的话和屋里的那张照片。黑地里这样近地瞅人家，多不好意思！转身往院里跑，又恰好跟老爹撞了个满怀。干吗这么慌张？就更不好意思，竟一直跑进金姐屋里。手扪住脸，脸发热；手扪住心，心在跳。

这时候，在寨篱门口，一个在门里，一个在门外；一个高大，一个矮瘦；一个翘着大胡子，一个翘着小胡子；高个子两手搭在对方的肩膀上，小个子两手捏住对方的粗胳膊，一个是泪流满面，一个是泪眼闪烁；一个是感叹一句退一步，一个是哼哼一句进一步，星光虽暗，脸面很近；泪眼模糊，却看得清楚。

"大哥啊，这，是不是做梦？"

"兄弟，有天上的星星照着咱俩，不是做梦！"

"嗨呀，几十年啦，不是像做梦吗？"

"几十年，说长也不长，一眨眼；说不长也长，难熬！"

"咱们总算熬得还有一条命啦！"

"对！总算没有死，还传下了后代人，两家儿女还结了亲，这倒是做梦也想不到的事！"

"这么说，大哥，你，愿意……"

"兄弟，说什么愿意不愿意？哪怕是把个小子白白送给你，只要他自个没意见，我的不就是你的吗？"

"嗨呀，还是早年那个赵大哥啊！"

"兄弟，江山不易改，本性更难移！"

"这些年，睡里梦里都想你，这回等了你两天，急得我呀，连吃饭都不知道味，还以为你不来了呢！"

"旧义加新亲，更比骨肉亲，我怎么能不来见见你？要不是家里的大事缠住了身，怎能叫你等？"

白老敬没有注意"家里的大事缠住了身"，只是沉浸在兄弟情分的感动中。他哽咽住了，再也说不出话来了。

两人已经走到外间屋的台阶边。只得互相放开了手，进了屋。

白老敬颤着声儿喊：

"小凤！"

没有回答。

白老敬把金姐出去“干大事”和大鹏不在家的事情说了说。老恭和二鹏心里都后悔来晚了。为了防备廖家看青的腿子们打黑枪，出村时走偏道，一路又绕道走；进镇以后又到黄剑秋家里打听平地山，又到戏台后面找到老平说了一会儿话，就这样耽误了时间。

“小凤！”白老敬又用更大的声音喊，“死丫头，还不快点个灯亮儿？还不快出来见见你赵大伯？还有，你看，”他走近去看了一眼老恭身后的赵二鹏，“嗨！我喜欢得昏了头，倒忘了，这是二侄子吧？小凤，也该出来见见你二鹏哥哥嘛！”

还是没有回答。

“这丫头，怎么一下子变得……没出息！”白老敬生气地顿了一下脚。

“哎耶，谁还不知道个点灯？人家在摸着黑找火柴呢，半天才找着！”小凤这才在屋里答了话。

很快，门帘子一掀，她一只手端着煤油罩子灯，一只手挡着眼前的灯亮儿，眼珠子一转，笑窝儿一闪，看出赵大伯在用和善的眼光看着她，一高兴先叫了声“赵大伯”，然后噗哧一声笑：

“我还以为自个是客人呢，没想到今日碰得巧，当家的不在家，刚来的主家人反倒要我这个客人来张罗，嘻嘻。”

谁都听得懂，这明显是对二鹏说的俏皮话。二鹏早就觉得眼前猛地一鲜亮：水红小褂儿，黑发秀脸，眉眼飞动，笑窝隐现。他愣了一下，连忙把靠墙的小炕桌平放在屋当中，又顺手拿来四个小兀凳。小凤儿更是旋风转，把灯搁在炕桌上，从西间屋抱出来三个大西瓜，笑着说：

“早就搁着等贵客来。口渴就吃西瓜，保险甜又沙，口不渴就说话。有那不说活的准是想吃瓜吧？嘻嘻！”

“贫嘴！”白老敬又爱又恨地嗔了一句。

谁是半天没说话的？都明白。

二鹏又连忙找来了切瓜的刀。小凤又从什么地方拿来早就准备的酒壶和熏鱼炸虾之类的东西，然后提着大瓦壶，挽着柳条筐，一甩辫子，飞快地出了门，到庙会夜市上去买茶水吃食去。

四

在白老敬的劝说下，二鹏痛痛快快地喝了两杯酒，吃了点下酒菜，白老敬又给他斟了一杯酒，他推说不能喝了，屋里又热，到外边乘凉去了。

屋子里剩下老弟兄俩面对面地坐着。门口映着夜色，门外飘进来当门风。西院陈万有家没人，东院是齐嫂家，院外是野地，说话谈心不怕人听见。静静的夜晚，两个酒盅，一盏孤灯，两个老人，几十年的人生啊！

"哥啊，你胡子头发也像苇子花啦！"

"可是它倒越长越密实，也在为我争气呢！"

"咱俩脸上的皱皱纹儿都……"

"比犁沟还深！里边种着新的仇，旧的恨！"

"看来你的身子骨儿还倒不显老。"

"老天爷就是这一点对得起我，给了我一副好骨架。可我倒要问一问：我那大脚妹子，她，还健旺吧？"

"她倒比我还健旺呢！"

"好哇，死了的人没法活过来，活着的人就是要壮壮实实地活下去！"

"哥啊，你这几十年的事，大鹏都对我说过啦。我呢，虽说没有经着过你那样大的苦和难，可也有满肚子苦水没处倒啊！"

"兄弟，那你今日就都倒给我听听吧，你倒完了我再倒！"

可是，白老敬反倒只是一连气地喝酒吃菜，一时间找不出个话头儿来。

还是赵老恭先开了口：

"兄弟，你长话不能短说，几十年的苦处哪能一下子涌出来？你先想一想，让我先说说眼面前的事。刚才我说'把小子送给你也可以'，这是一句千斤，铁板上钉钉。往后，黑鹏子在哪儿过日子都随他的便。可是有几句话我得说清楚。知子莫若父，他是我赵家的种，可不是个安安分分过庄稼日子的料。也许开头的一年半载他还能安生点儿，时候一长可就要对这个世道尥蹶子，什么骇人的事都会干得出。到那时，可就说不定要连累你一家子啊！你，兄弟，想过这点吗？"

这倒真的一下子就把白老敬闷闭了多年的心坎子打开了。一辈子的经验，亲如兄弟的情分，为了儿女的未来，好酒烧着热心，怎么能不说？

“哥啊，你这可真是掏心摘肺的话呀，好！大鹏的性情俺老两口子都知道，俺家大姑娘大鸾她自个也知道。这年头，谁能够对三年两载的以后事情打保票？往后大鹏能不能安安分分的过日子，我看啦，一是在于他夫妻俩的情分。二是听老天爷的安排。可是，从这件事开了个头儿，我可就要往下说啦。咳！自从咱们老兄弟们散了伙，几十年啦，我想来想去，总觉着，咱们到底是庄稼人啦。庄稼人要是没有种庄稼的黄土地，那就好比什么呢？那就好比是秋天的草籽儿随风飘啊：飘到山头上，干死；飘到水坑里，淹死；飘到平地上，成了牲口嘴里咬嚼的料；飘到石头缝里呢，就算能长出芽儿来，也是干瘪瘦茎子啊！要是光身一人还好一点，磨碎了骨头养肠子，苦死不过是一条命，哪儿的黄土不埋人？怕的呀，就是拖家带口啊。肩膀上重千斤，脚底下没着落，走又走不动，站又站不稳，到了儿还得让人家踩在脚底下，吃你的肉，喝你的血，敲碎你的穷骨头，压扁你一家子，叫你仇不能报，气不能出。比方说，要是我白家有立着的大房院，有躺着的大片地，那就，还怕大鹏侄子生不住根，还怕他往后不把心思全都放在过庄户日子上来吗？——这，是从我这面说。再从你那面说吧：哥啊，你呀，有力气，有手艺，侄儿们也都行得了，要是在这个世界上挣下一块扎根立脚的黄土地，让子孙后代不受穷，还不容易吗？干吗一定还要像年轻时候那样儿，一条道走到黑？几十年，你把自个嘴里的吃食抠出来接济穷兄弟，把自个的身子当锤子，去跟财主硬碰硬。你总是不死心，总想把穷人的事业闹起来。你，吃了多少苦啊！差不多把普天下穷人的冤仇苦恨都扛到你的肩膀上来啦！遍世界有几个你这样的人？一想起来，真叫我，又服你，又痛你，绞心的痛你呀！我，你是知道的，脾气也暴着呢，有时也真难忍啊！可是，不忍住，又怎么着？咱们怎么闹得起事业来？难啦！千难万难啦！比方说，那时候，咱们不是烧掉了这金驼镇上的大洋教堂子吗？后来怎么样？洋人逼着满清的官，出了一万两银子，又在燕南县城里盖了个更大的教堂子！一样的是霸占的地基，强拉的民伕，欺诈唬骗弄了一大帮信教的糊涂人。如今，几十年过去啦，世界可还是老样子啊。所以呀，哥啊，哪怕你本事再大，团聚的人再多，能够扔起石头来打破天吗？不能啦！我，看透啦！看透啦！这个鬼世界的分量太重啦，比三山五岳还重啊，你越是想掀动它，它就越是压得你重啊！……”

赵老恭不断地给白老敬斟酒，不断地把酒菜送到他面前，不声不响地听着他说下去，说下去，直到他把心里的话都吐尽了，这才把拳头往桌子上一放：

“兄弟，我问问你：几十年你置买了多少黄土地？”

“咳！说起来，只怪我没能耐，一辈子累折了腰，才置了三亩苗儿都难长的黄沙土，另外还租种了三亩沙土地……”

“兄弟，我年轻时也到过永定河。哼，黑道子跟明道子——土匪跟财主官府勾连着，是黄沙薄土，庄稼难长，大水淹人。你，一个外来户，在那样地方，根子扎得稳吗？日子暖和得了吗？睡过安生觉吗？窝囊气，受得少吗？又有两个闺女。从这个小的看，真是好样的，她这会儿年岁小，又机灵，又活泛，你老夫妻俩必定爱她如珍宝。可是，往后呢？你能保住她们能过平安日子吗？另外，我还知道，那永定河，这头近北京，那头近天津，差不多年年打大仗。你一家子人，逃过难没有？要过饭没有？流过泪没有？发过愁没有？你的日子就好比是这盏煤油灯，尽管用玻璃罩子罩着，经不住小风一吹，就灭了。是不是？……”

“赵大伯说得真对！”随着这声音，小凤一脚迈进了门，一只手提着一壶茶，另一只手挽着一篮子熟肉和馒头。

她把茶壶搁在桌子上，又拿来碗盏装好了肉。

“好姑娘，我的什么话说得对？”老恭有意问她。

“一年到头，俺跟俺姐就不敢走出院子门，连在院子里也不敢待。流氓、土匪、大兵、财主，甭说有多恶道！谁知道他们往后还会对俺家发什么坏？财主郑黑眼年年收租子，受了他多少窝囊气！另外，真像大伯你说的，俺们全家一年到头就没有睡过一夜安生觉！说到小时候爹妈带着俺们逃荒要饭的事，就更是，那个苦哟，三天也说不完！”

“我跟你大伯说话，你给我少插嘴！”白老敬生气了。他觉得，在初见面的赵大哥面前，女儿太多嘴多舌的，显得没家教。

“好，”小凤儿调皮地撇撇嘴，“不插嘴就不插嘴，再只说一句话行不行？”

“姑娘，说吧，”老恭翘着大胡子说，“我准你说，一百句都行！”

“眼看日本鬼子就要在俺们那儿打大仗，那就更加够受的——我就这句话！”

“说得好！”老恭使劲把酒盅往桌子上一搁，扬起浓眉看着白老敬。“所以，兄弟，我今日也要对你说说心里话。你说‘扔起石头来砸不破天’。天，是什么？谁上过天？谁又从天上下来过？就算真的‘天是他们的’，他们是怎么得的天？这几十年，那些大军头儿你打来，我打去，为的是什么？为的就是占地盘！他们占了地盘才有天！那几十几万的大军队，靠谁养？老百姓。不养他们行不行？用洋枪大炮官府衙门来对付你。所以呀，总归一句话，枪杆子，印把子，财主加上狗腿子，还有庙里的泥胎坟里的鬼，什么玉皇大帝，阎王老爷，西天如来，四海龙王，这就是他们的天！是咱们跪在地上养他们，烧香磕头敬他们，是养肥了，敬怕了，让他们压咱们——这就是他们的天，这也就是他们的理！所以呀，老兄弟，我也要反过来问问你：你跪得穿地吗？你这几十年过的不是跪在地上的日子吗？普天下的庄稼人，穷苦人，够多的吧，都是跪在地上过日子！子子孙孙，千年万代，都这么跪着，分量够重的吧，跪穿了地没有？大廖家府有个大乱葬岗子，就是这样的，多少年，楼上楼，一层一层埋了多少冤死的人，穷死的人，其实也就是跪死的人。可是，人家财主照样是财主，官府照样是阎王殿，军头儿照样还是军头儿。玉皇大帝，西天如来，为什么不替穷人说句公道话，办件公道事？阎王老爷为什么不惩治一下那些为非作歹的财主赃官们？你越是老老实实跪着活，他们就越是狠心毒肺欺负你。可是，你要是不肯老老实实跪着活，他们也要整治你！多少好老百姓屈死了啊！前日，我家里……嗨！我简直就不愿说！……再退一步来说吧：就算你累死累活挣下了一份够吃够喝的小家业，你保准能够安分守己的过日子吗？村公所的印把子捏在谁手上的？乱派差款，吃公肥私，吆三喝四，这味儿好受吗？你说到县城里那个大教堂——那时满清的官府干吗要一见了洋人就像孙子？干吗要招来洋人打义和团？他们想给洋鬼子当奴才，还要用洋枪大炮逼着咱们全国的老百姓在洋鬼子面前跪着活！后来，民国民国，民国了多少年，那些当官的眼里心里什么时候有过民？什么时候有过国？还是照样想给洋鬼子当奴才，还要用洋枪大炮逼着全国的老百姓在洋鬼子面前跪着活！日本鬼子为什么能够随随便便地占咱的地方杀咱的人？为什么蒋介石这家伙连抗日的话也不准老百姓说？为什么他要帮着日本鬼子杀中国人？一句话：归来归去还是要全国的老百姓跪着活！老百姓啊，跪到什么时候才算完！……所以呀，我，就像你说的话：看透啦！看透啦！所以呀，我恨，恨死了这个鬼世道！所以我就要跟这个世道做死对头，拼到底！我这一辈子不行，还有下一辈子呢！我的儿和女，他们也都是好样的！一定要站着活，不能跪着死！我受苦，也不能叫财主赃官太舒服！兄弟呀，如今，我更是明白啦，老百姓有了盼头啦！就因为，我知道啦，要打翻这个鬼世界的人多得很。他们有本事，有办法。总有一天这个世道会是咱们的！所以呀，老兄弟，你就好好活下去，等着吧！……"

五

小凤儿起先是靠着房门站着的，听着赵大伯的这些话，眼睛睁大了，脸蛋发红了，不知不觉走到桌子旁边坐下来。越听越出神，只觉得需要痛快，需要解气，需要发狠，就顺手拿起刚才二鹏哥没有喝的一杯酒，一仰脸就喝尽了。立时就觉得心里发热，全身冒汗，头有点昏，吃了一惊："哎耶，可别醉了！"幸亏爹低着头没有看见，赵大伯也不理会。连忙站起身，慢慢走到院子里。凉风一吹，真痛快。要是到房上去吹吹风，不是更加痛快吗？

她扶着梯子慢慢上。哦，上面有个人躺着的，是二鹏哥！下去吗？不，干吗要下去？干吗要躲着他？真是！

她上去了，一歪身子坐下了。

赵二鹏一勾身子坐起来，看了她一眼，又连忙偏过头去，没有说话。

"二鹏哥，我该叫你二鹏哥，对吧？"其实，这话问得真是笨。可她并没有觉着笨，她只是想说话。

"对，"二鹏的舌头好像有毛病，脸也没有转过来，"我本来是叫、赵二鹏。"

"我叫小凤儿……"

"知道。是从我哥的信上、知道的。"停了一会，二鹏才脸望着旁边说。

“嘿，我见过你。”

“怪，你在哪儿见过我？”二鹏这回不得不抹了一下眼睛，转过脸来，笔直地看着她那天真的脸面了

“在你姐房里的照片上……”

二鹏又扭过脸去不说话了。可是平时挺机灵的小凤这时却一点也没有觉出二鹏的神气有什么特别，反而低下头来暗暗地问自己：俺干吗要心跳？准是喝了酒的过，真该死！

突然，二鹏站起身来，声音发哑地说：

“我想起来了，这是你睡觉的被子单子吧？”

“你倒挺细心。”小凤说，“你走了几十里，累了吧？躺下来歇着吧。”阵阵凉风一吹，她觉得很舒服，心里真高兴。

“吃了些西瓜，真解渴，不饿也不累。”二鹏重新坐下来，愣了一会，又说，“那张照片不好，呆里傻气的，不像我。”

“怎么不像？跟你真人一样样。”小凤笑着说。想了想又说，“可也是。人，绷着脸不动是一个样，脸上一动又是一个样；不笑的时候是一个样，笑的时候又是一个样；睡着了不一样，醒了，眼一睁，又不一样；看人，可得会看，你说是吧？”

二鹏真没有想到小凤的心这么细，这么会看人。

“妹子，你倒是说得真在理。”

“二鹏哥，你说说，要是鬼子真的打来了，咱们怎么办？”小凤不由得叹了口气。

“妹子，别怕。”二鹏认真地说，“他是人，咱也是人；他打来，咱就打去；打死他一个够本，打死两个赚一个；咱们人多他人少，不怕拼不过。”

“你以为我真怕吗？哼，到时候我可不含糊。有仇报仇，有冤报冤，人不是为了受欺负活着的——我早想过一百遍！”小凤咬着牙，睁大了眼，望着天，像发誓。

“妹子，你说得真好。”二鹏不觉冒出了这么一句激动的话。

“你说什么？俺没听清……”小凤轻声说，上牙咬着红红的下嘴唇，亮着眼睛看着他。

二鹏没回答。

“二鹏哥，”小凤想了想，又说，“你说说，我，也能照相吗？”

“怎么不能？”二鹏的声音又像是有点变。“庙会上就有给人照相的，只要给钱，谁都能照。”

“我就怕，”小凤轻声说，“照出来难看……”

“一定……好看。”

“是吗？”

二鹏又没有回答，轻轻地叹了口气，又望着远处在出神，在忍住眼里的泪。

“二鹏哥，你心里像是有不高兴的事，是吧？”

“你算猜着了，我心里，难、难受着呢！”二鹏的嗓音更哑了。

“刚才我看你这么仰脸躺着，眼睛望着天，我上梯子你都没听见，就猜着你在想心事。你干吗要难受？”

“我……”

“你干吗不肯告诉我？”小凤有点不高兴。

可是二鹏猛地站起身，又抹了一下眼睛。是抹眼泪吗？怪呀！小凤还没有看清时，他却像躲避什么似的一步跨到房檐边，突然一个筋斗就翻了下去——竟是落地无声呢！

小凤起先是吃惊地“哟”了一声，勾身一看，二鹏正在朝着寨篱门走去，就放心地在心里赞叹了一句：“真行！”又突然想起一个主意来，也连忙站起身来纵身一跳，不偏不歪，脚尖正好点在梯子半腰的横档上，又一跳就轻声落了地，三步四步就追上了，挡在寨篱门口，兴奋得微微地喘气：

“二鹏哥，你有武艺，俺也练过功夫，咱俩也去跟着他们抢枪去，你敢吗？”

她把刚才在窗户外边听到的事小声说了一遍。

“地点——那棵大榆树，你来回路过，准知道。这会儿还不到半夜，紧着跑去，准来得及，你敢吗？”

二鹏怎么不敢？好主意！对！正好报大仇，雪大恨，把心里的悲痛泄一泄。并且小凤又睁大了眼睛看着他，是兴奋，是希望，是想知道他赵二鹏是不是孬种。好，去！

他咬紧牙根想了一下，连忙一拉小凤：“跟我来！”两人一起踩着破土坯墙头跳进陈万有院子里。四处一看，找着了一个破水桶。外间屋的门上是一把装样子的坏铁锁，二鹏以前来过好几回，是熟悉的，一弄就开了。进了屋，窗外有星光，屋里有微光，靠后墙有一具小棺材，是陈万有老人准备送终用的，是姐姐跟姐夫送给他的。揭开棺材盖，里面有石灰，装满了一水桶，由二鹏提着。又各人拿了一根擀面杖，一根顶门杠。出了屋，照样挂好了锁，一先一后跳出了破院墙，就顺着镇边的小路，一齐又轻又快地跑起来。

"二鹏哥，"小凤喘着气小声说，"黑地里看不见，枪子儿能打得着人吗？"

"放心，打不着。"二鹏亲切地说，"一钻进庄稼地，他们连人影儿也看不见。你就跟着我，我怎么着，你就怎么着，准没错儿。"

"二鹏哥，你真……"小凤真高兴。

怪呀，在黑鹏哥面前像大人，在二鹏哥面前反倒像小孩，自己又一点没觉着，这是怎么回事呢？——要是有人这样问她，她怎么回答？

六

屋子里，老弟兄俩酒还没喝够，话还没说完。

"……兄弟，你开口闭口人生在世，人生在世，你还不知道——以前没有对你说，我是怎么生到这个世界上来的。嗨！我娘十月怀胎，狗财主还硬逼着她照样当牲口，推磨。从早晨到天黑，累得肚子痛，昏倒了。财主老婆来了，一阵死拉硬拽，拳打脚踢，娘又昏过去了，孩子可就哇的一声下了地——我，黑赵恭，就是这样来到这块地上的！从在娘肚子里就受气，就挨打，是财主把我气到这个世界上来的！是财主把我打到这个世界上来的！是我娘几次死去活转来，把我生在磨道上来的！磨道磨道，你知道是什么意思吗？就是穷人一辈子要走的老道儿！死卖力气围着磨道转，人的脚印踩在牲口的脚印上，牲口的脚印踩在人的脚印上，牲口忙了，人当牲口；牲口有空，就人跟牲口一起转；人跟牲口是一样，转来转去总是那条受苦受累挨打受气的穷道儿。磨出来的面粉呢，是人家的！兄弟，你说说，我怎么能不从娘胎里就带出来一股仇恨火！只要我不死，这股火能不烧下去吗？哼，当时，财主汪铁耙子说我一落下地来就有罪，就冲了他家的太岁爷，说这要害得他家子孙万代倒血霉。就大叫大嚷，硬把我母子俩往外拖。我爹，还有扛长活的穷哥儿们，还有左邻右舍的好心人，都对汪铁耙子说好话。不行！磕头碰破了脑门子也不行！我爹一生气，把我娘往背上一背，把我往怀里一揣，歪歪趔趔就出了财主家的门。十冬腊月，西北风呼呼叫，到哪去？半夜里，好容易摸到白洋淀边上的同口镇，走进一个破庙里，放下我母子俩一看：嗨！娘啊，没气了。我呢，在爹怀里，破屋顶露进来的月光照着，正在这时候睁开了眼。你想想，我来到这人世间，头一眼看见的就是天昏地暗一片黑！还有那黑影里凶眉恶眼龇牙咧嘴的大金刚！人啦，一生下地来就带着一张要吃东西的嘴。我爹看我哇哇哭得惨，把我的小嘴贴在他的嘴唇上，让成串的苦泪流进我的小嘴里。嗨！兄弟，这就是我、来到这个世界上、吃的第一口粮食啊！是咸的，是苦的，是从我爹的心坎里流出的，是不能饱肚子养人的，可它在我心里又积下了无名火！……”

“哥，说下去！说下去！……”白老敬哽咽着说。

“……孩子没有奶，死人难埋葬，怎么办？并且，这揪心裂肺的大冤仇，能不报吗？我爹，可不是那种咽得下的人啊！第二天，正是同口镇的集市，他把我往怀里一揣，手里拿着一根草标子——卖孩子！当时就围过来一些人，一知道是怎么回事，有那好心的女人立时就把我接过去，把奶头塞在我嘴里。这，是我在人间世上吃的第二口饭！是穷乡亲们给我吃的连心饭！我，忘得了吗？当时，又有一家姓唐的老夫妻俩，没儿没女，心肠热得像火炭。‘把孩子给俺家，不怕穷，讨饭俺俩也要养活他。’就这样，孩子有了着落处，又在大伙的相帮下，埋了我那可怜的娘。一个月以后，我爹用帮人织席赚的钱，买了一把刀，腊月二十三过小年那天，黑夜回到南汪村，用粘糕哄住了门前的狗，攀着大树翻过了院墙头，先放火烧了牲口棚，砍伤了两匹大骡子。趁着汪铁耙子一家人开开二道门出来想救火，把汪铁耙子送进了阴曹府。我爹跑啊跑啊，财主家的人追上来了，被人家活活捉住了。打个半死，吊到半夜，拖出门外，把两只脚拴在马尾巴上，人骑上去，打着马飞跑。十几年以后我才听见南汪村的人说，当时我爹在野地里叫得那个惨啦，就像冬天夜里白洋淀的冰凌冻裂了，那响声，呜——

嗷！天惊地动。村里人们缩在炕上听着，阴森得汗毛都竖起来了，害怕得全身都发抖！人们还说，第二天看见，沿路上，土沾血，血沾肉，直到淀边上，血不见了，一个冰窟窿，窟窿边有脚印子——狗财主把我爹丢进冰窟窿里去了！……兄弟啊，我问问你：我黑赵恭有什么罪？为什么刚刚来到世界上，爹呀娘的就死得这么惨？为什么我就成了没爹没娘吞咽泪水的孤苦人？要说是命不好，命是谁定的？干吗要给我定下这样的命？'皇天不负好心人'，这话对吗？我家祖辈三代都是受苦受罪的大好人，得了什么好报应？为什么越是伤天害理禽兽不如的有钱人，倒越是能够吃穷人的肉，喝穷人的血，不出力，不流汗，吃喝玩乐赛神仙？要说是穷人前生没有修下福，今生得报应，前生的事儿谁见过？来生的事儿谁见过？老天爷要真是心肠好，干吗不叫人人心肠好？干吗要让世界上有好坏人？干吗要这样狠心惨毒地整治人？命，报应，放他娘的狗屁！烧香磕头，拜天拜佛，有屁用？并且，光是财主逼着咱跪着过日子吗？哼，刚才我也说过，还有更大更坏的！往后不信你就瞅着吧：日本鬼子，像俺们大廖府那样的坏老财，还有一些掌枪杆子的卖国贼，他们勾串在一起，准会让咱们穷老百姓跪得腰也不准直，头也不能抬，要杀要砍都随他们的意！所以，我，看透啦！恨透啦！……"

老恭还有很多很多的话要说，特别是想说一说前天才发生的两条人命的大冤仇，还有红军的事，共产党的事，穷人打天下的事，抗日救国的事……可是，白老敬已经喝醉了，趴在桌子上苦苦痛痛地哭起来了。是几十年的苦水猛一下涌出来了；是几十年不公不道的世道，沉沉重重的担子，说不尽的感慨，还有对以后的忧心，一起梗上了心头啊！那苦痛的苍老的哭声，就像是锯子锯着他的喉咙管。小炕桌被他弄得摇动起来了，酒杯酒壶都倒了。赵老恭只得劝他吃两块西瓜压压酒，然后把他扶到西间屋的炕上躺下来。

"穷人啊，就像你说的话，没有别的路！……"白老敬卷着舌头嘟哝不清地说着，很快就打起鼾来了。

二鹏准是在房顶上睡着了，小凤准是在女儿的东间屋里睡着了，都够累的，别惊醒他们。老恭就一个人坐在外间屋的灯亮下边，闭上了眼睛，回味着痛苦，压抑着悲哀。新仇旧恨梗得他心坎痛。他忽然想起了早先义和团大师兄说的几句话："走遍天下，两样人说话，洋枪洋炮打哈哈，赃官财主坐天下，穷老百姓哎呀呀，要想吞声过日子，心里哪能忍得下！……"几十年，多少事，桩桩件件都在眼前闪过去。……

七

在金驼镇和章辛庄之间，有一条向西南方向斜插过去的路，顺着这条路跑四五里，就上了通往大廖家府的大车道。这个十字路口很宽敞，正南边不远的路边有一棵古老的大榆树，这就是金姐他们预定的地点。可是，怪呀，大榆树跟前看不见半个人影子。是来晚了吗？大路上又看不见死了伤了的狗腿子。围着榆树转一圈，还是什么也不见。咳嗽了一声，没人应，拨动一下庄稼棵，还是没人应。莫非他们改换了埋伏的地点？

正在这时，章辛庄方向那边响起了大车轱辘的声音，吆喝牲口的声音，牲口蹄子的声音。

准是来了！

两人连忙钻进了庄稼地。小凤只听见自己的心跳得嗵嗵响。

正好，天上升起了半片下弦月，清清楚楚地照着眼前的路。

一会，两辆大车飞也似的跑来了，一过十字路口就一直向南插下去了。奇怪的是，头一辆大车上载的是半车秫秸。第二辆大车上倒真的有十来名廖家的腿子，抱着大枪，你依我靠，横歪竖倒，都在打瞌睡。

第一辆大车刚到榆树跟前时，突然从树上跳下个大黑人，小凤一看就知道是大鹏哥。只见他从车把式手里抢过鞭子和缰绳，一脚把那人踢下了车，自己坐上了车辕，甩了一下鞭子，那两匹大牲口就飞也似的奔跑起来。同时赵二鹏跟别的人也猛虎出洞似的窜出了庄稼地。二鹏举起木桶往第二辆车上猛一泼，一阵白雾腾地飞起来。腿子们惊叫了一声，纷纷往车下跳，却被石灰迷得睁不开眼，呛得叫不出声。十几个黑大汉扑上去，一阵刀棍拳脚，缴了枪支，扯下子弹带。赵二鹏正在举起擀面杖想狠打一个腿子时，手被人捉住了，虽然从头到脚一身黑，只凭感觉也知道是姐姐。她斜背着两支枪，另一只手拉着小凤儿，带着他俩，跟十几名黑大个子一起飞跑起来，同时咬着牙恨恨地说：

“打伤多少个狗腿子也不解气，可恨刘大刀螂这家伙太诡气，这回没有跟车来！”

一提起仇人大刀螂，赵二鹏就恨不得把前天家里发生的血海深仇对着姐姐大喊大叫地哭着嚷出来。可是喉头发哽，胸膛喘气，时间太紧，只得使劲把要说的话咽下去。

跑得最快的一个黑大个子赶上了第二辆大车，把车把式推下地，抢过鞭子，抓住缰绳，等后面的人都赶上来跳上了车，他就鞭打着牲口，把车赶得飞快，追赶头一辆车去了。

两辆大车在淡淡的月光下七弯八绕跑了一阵才停下来。第二辆车上的人就跑到第一辆车跟前，掀掉了铺在车上的秫秸，露出了捆成五捆的好几十条步枪和三箱子弹。大家就七手八脚地用现成的秫秸把刚缴的枪和车上的枪分成几捆包裹好，把套牲口的绳子割断了拿过来捆绑得结结实实的，把子弹箱也搬下车，十几个大汉抢着扛起来，朝着回镇子的方向飞跑起来了。

八

能够坐着睡觉，这也是赵老恭多少次，多少年，在监牢里练出来的真功夫。眼前一片黑。西间屋里响着白老敬的鼾声。金驼镇静得像坟墓。这屋里屋外怎么显得这么空？原来是油干了，灯灭了。啊，十二年前，父女俩第一次走进这座小院时，女儿还是个聪明活泼的小姑娘，王金生还是个傻气腼腆的小伙子，一切一切，就像还是昨天的事……如今，怎么能叫人不心痛！……忽然，他恍恍惚惚地看见，从门外跑进来一个人——正是女婿王金生！走到他跟前，愣愣怔怔地看着他，两只手叉开五指插进胸膛里，把胸膛撕得裂开来，又伸手从里面掏出一颗心，两只手捧着，递到他跟前，大声说：“爹啊，交给她吧！交给穷哥儿们吧！”他颤抖着两手接过来，只觉得那心热得烫，在跳动，在冒气。他忍不住猛地想大声嚎起来，却一下惊醒过来，王金生就不见了，自己还在喘气，还想嚎叫。正在这时，听见院子里脚步响。他又一惊，这才完全清醒了，跳起身来飞快冲到院子里，大手猛地钳住了女儿的胳膊肘儿：

“珠子，你……！”

脸上的肌肉颤动着，滚热的眼泪怎么能忍得住？

“爹，我，没什么，放心吧。俺妈好吗？”女儿知道爹的心，忍着泪，柔声说。

可是，一提到妈，爹的身影就像钉在地上了，动也不能动，好半天没声音。金姐以为爹还在为她难过呢，就有意快活地小声说：

“爹，告诉你，俺们得了好几十条枪！”

她很简单地把抢枪的经过小声说了说。同时她也注意到：二鹏兄弟转过身去，低下了头，不声不响。是家里出了什么事情吗？她回身看了看大鹏，大鹏也正瞪大了惊疑的眼睛看二鹏，连小凤儿也在一边愣住了。

停了一会，爹才吐出低沉的声音来：

“得了好几十条枪，好得很，总算报了一点仇，也打下了以后的硬底子！……珠子，鹏子，我，有顶顶要紧的话要说。可是，你们的白大叔这两天很累，又跟我说了半宿话，喝醉了酒，不能惊醒他。也别惊醒街坊四邻的人，更不要点灯。咱们得找个没人的僻静地方去。话，很长。有这样的地方吗？”

“有！”金姐的声音打颤了，“都跟我来！”

都跟着金姐出了院子门，不一会就走进了大麻棵子夹着的那条路，又穿过了路尽头的杂树林，眼前就出现了一片黑，像是这儿的土地突然沉陷下去了。原来这就是那个大深坑，足有三亩大，低的地方有积水。

“凤妹子，你回去歇歇吧。”金姐发现小凤也跟来了，就对着她的耳朵说。

小凤却一扭头，问赵老恭：

“大伯，也能让我听听吗？”

老恭点点头：

“听听也好。只要是咱们的后代人，都该知道，都该记住！”

金姐就又领着大伙，沿着一条坑坑凹凹的斜坡路下到坑里，拂动着被露水浸湿了的杂草和苇子，走到一个没有积水的地方。这里的杂草和苇子都被人踩倒了，垫在潮湿的泥土上，形成了一块脚下柔软的小平地。原来，这正是金姐经常跟“会”里的人们商量事情的地方，是露天之下的一个别人看不见的好地方。抬头一望，四边墨黑，一人多高的芦苇静静地竖立在周围。天好像变高了，月牙和星星好像更亮了。静啊，静得连人的呼吸都听得见。金驼镇，好像离得很远很远了。

“这地方好！”老恭哼声说，“离天远一点，离地的心近一点，让这无边无沿的地也听听吧！天，它是听不见的！……你们都坐下来，听我说。”

几个人都在湿草上坐下了。

“孩子们，”老恭接着说，“听了我要说的事，你们谁也不准大声哭。流眼泪可以，就是不准大声哭，不准喊喊叫叫的。谁要是不听我的话，就是没出息！”

原来，在老家，就在廖祖道来到金驼镇的那天深夜里，发生了一件不忍说也不忍听的大惨事！为什么这几天没有北大街和穷人窝子里的乡亲来赶庙？就因为人们的心一直沉浸在悲哀和仇恨里。为什么昨夜巩金山没有对赵大鹏说这件事？是因为他在金驼镇，一点也不知道。

廖祖道勾结贾经五，两次让护院的狗腿子装土匪，光是为了吓唬人、敛钱款、建立民团吗？村公所派人敲锣喊叫，劝人们夜里不要在房顶上睡觉，光是因为怕人们看出了装邪作假的形迹吗？不，他们还安着另外一份心：刘大刀螂要报大仇，廖肉头要除祸根。对这一点，赵老恭疑心到了，平地山估计到了，在廖府装聋作哑当佣人的辛大定设法带出“要防着点”的信儿来了。所以，在半个月以前，许多穷兄弟们就劝说赵家一家人夜里别在家，都分散到穷人窝子里去睡觉。可是，三五天以后，首先是张老梗不耐烦。八十多岁的人，住惯了那间小屋，有一套老年人的习惯，有一些说不清楚的牵牵挂挂，每天夜里又老眼昏花看不清穷人窝子里的路。“死就死吧，活够了，到了该死的时候了，让我一个人替你们死吧！让穷乡亲们看看，狗财主是咋的下毒手杀死我这个八十多岁的老头子吧！”就这样，他说什么也不肯离开那条睡了几十年的小土炕。接着，赵老恭两口子的养女——辛二定死后留下的孤女，如今正好十岁的小兰子，张老梗疼她如命根，她爱张爷爷胜似亲爷爷，多年来一直跟着张爷爷住在那间小屋里。她哭呀闹的说什么也不肯离开张爷爷。接着就是赵大婶。对张老梗，她是女儿孝顺的心；对小兰子，她是母亲慈爱的心；她能够放心让这一老一小单独住在家里吗？另外，她还有一颗为一切穷苦人们舍死忘命的关切的心。她的住屋里有各种治小病的药，还有红豆、绿豆、红糖、生姜、薏仁米、挂面、鸡蛋等等穷苦病人少不了的东西，随时她都要为那些病人熬汤煮水，常常要忍受着腰酸腿疼，深更半夜送到病人手上，喂进病人口里。就这样，赵大婶再也不肯到穷人窝子里去住了。

十天八天过去了，没有发生什么事。也许不要紧了吧？

可是，前天半夜里，鸡不啼，狗不叫，赵家大敞屋的房顶上突然响起了怪声怪气使人毛发倒竖的喊叫声：

"喂！赵黑头你老狗竖起狗耳朵听着！三十几年前，你闹义和团，杀死了我的爹，老子我千寻万访几十年，总算找到了你的老狗窝。今日爷们特来登门拜访，要尝尝你老狗一家人的红茶血酒！是好汉你就滚出来，咱们会会！"

停了一会，又喊：

"老子索性告诉你，甭指望廖财主家的民团来救你。爷们早就探清了，民团的一半人去了金驼镇，剩下的又有多一半人去看青，家里光剩下几条瘦鸡腿，不够爷们当下酒菜，早被爷们堵在关帝庙跟南北大院里不敢动。你他妈赵黑头还想逃狗命？甭想！今日，冤有头，债有主，是好汉你就滚出来！"

接着就是砰！砰！砰！是盒子枪的声音，把后院西屋的窗棂子打断了两三根。

全村的狗发狂似的叫得要炸破天。

北大街上的穷人们早都起来了，穷人窝子里的人们就更不用说。王老建的屋里屋外挤满了人。怎么办？平地山去了金驼镇，主意全靠几个头目人来拿。王老建、吴百川、还有王大牛这伙年轻人，都主张马上拿着那十五条枪跟这些假装土匪的家伙们干一场。再加上拿刀枪棍棒的，人多势众武艺高，不怕不得胜，兴许还能缴他们的枪。可是向来做事十分决断的赵老恭反倒犹疑起来了。不能不往长远里想啊！现在是显露枪支的时候吗？必定会引得县里的官兵和廖府的民团一起到穷人窝子里来搜枪支，抓"土匪"，狠狠地咬一口。还是赵二鹏，很快就拿出了好主意：他们装土匪，咱们也装土匪，干它两下就往村外跑，把他们引到村外去，再狠狠地干它一家伙！

好，就这么办！

可是，时间来不及了！

大敞屋的房顶上第二次响了几枪后，张老梗隔着门缝儿看见，有个黑影子从敞屋的房顶溜到院墙上。趁那家伙正想往下跳，老梗忘记了自己的年岁，猛地拉开房门，冲了出去，一扬手飞出了打铁的榔头，竟打了个正着。那家伙“哎哟”一声，栽下了墙头。但是房顶上又是三声枪响，张老梗踉跄了两步，抱住了屋边的枣树，用最大的力气站住，用冒火的眼睛向房顶上看去，只见又是一个人影正半蹲着身子朝下看。他忽然大叫起来：

“大刀螂，是你这个坏蛋！包头裹脸我也认得你！……”

又拼着最后的力气一甩手，又一个榔头飞出去，大刀螂哼地一声，倒在房顶上了。后来人们才听说，是打中了他的左胳膊。

同时，在一排密集的枪声中，张老梗那白发如银的大脑袋一低，身子就像棵大树似的倒下了。

“爹啊——！”随着这一声惨叫，赵大婶完全忘记了腿痛的毛病，从屋里冲了出来，扑到老爹身上，还没有来得及发出第二声哭喊，就被两粒子弹打得昏迷过去了。

所有这一切，趴在窗棂子后面的小兰子都看得一清二楚。她吓得全身发抖，想痛哭，哭不出声音；想冲出去扑到张爷爷和干妈妈的身上去，全身瘫软得动不得。她一点也没有感觉到，自己的右肩膀上被子弹擦掉了一块肉，鲜血染红了小胸脯。

等老恭和二鹏领着几十个年轻人赶到时，已经太晚了。

趴在学馆屋房顶上的王铁锤是当过兵的，也知道一点土匪们的黑话，撇着外地口音喊叫起来：

“喂！你们是哪个山头的溜子？怎么不打个招呼就蹚到我们的地府仙界里来？山有山神，海有龙王，你们怎么不懂规矩？张开嘴巴放屁吧！”

对方没有答话，大概是冷不防，惊住了。

赵老恭一招手，大伙朝着对面房顶的黑影子打了一排枪，马上就滚身跳下了房，撒腿就跑出了学屋院，顺着北大街朝东跑起来。由于这几枪打伤了三个人，敞屋房顶上的家伙们果然很快就背着受伤的人，顺着梯子下了房，又把掉在院里的那个同伙也背起来，顺大街朝东追。却又被埋伏在街边胡同里的人们猛冲出来痛打了一顿，枪被抢走了好几支，人又伤了好几个。家伙们不得不赶快背着伤亡的人向南大街撤走了。

现在，除了狗叫声以外，整个村子静寂得像坟地一样。

但是，北大街和穷人窝子里的乡亲们在三五成群地向赵家走来了。到天粉亮的时候，赵家的后院里，敞屋里，房顶上，隔壁的学馆院和大门外边，已经聚集了无数的人，响起了震天动地的嚎哭声和抽肝断肠的啜泣声。

张老梗全身受了七处伤，已经停止了呼吸，鲜红的血浸染着全身。小兰子趴在他身上哭得昏迷了，几个女人费了好大的劲才把她拉开，把她抱进屋子里。

赵大婶的肩窝、腹部和腿部受了三处伤。十二岁的小鹰子正跪在她跟前"妈呀！妈呀！"地喊叫着。

赵二鹏却只是咬着牙无声地流着泪，像木头人一样呆呆地站在妈跟前，脸色青得像锡片子一样。

当赵老恭分开众人挤到赵大婶跟前时，她突然睁开了眼睛，看了看周围的人们，然后对着老恭轻轻抬了一下手，动了一下嘴。老恭俯下身子，满面泪水地对着她的耳朵问：

"鹰子的妈，你是，有什么话要说吗？"

"扶着我，坐……"她小声地、吃力地说。

老恭扶起她的上半身，让她靠着他的胸膛斜坐着。她慢慢转着头，向着房上房下的人们一个一个地看过去，嘴唇又动了动。老恭突然"呜——"地一声，又赶紧忍住了，低下了头，眼泪像雨丝一样淌到她的头脸上了。

房上房下都有人问：

"她，说什么？"

"她说，"老恭抬起了头，哽咽着告诉大家，"她说，要把大伙，每个穷乡亲，都记在心里，死也不忘记啊！……"

立时，房上房下，千人百众，捶胸的，顿脚的，仰头望天呼嚎的，低头看地嗷叫的，声音像山崩，像地裂，像房倒，像屋塌。

多少男女老幼在喊叫：

“大婶啊，大嫂啊，你把俺们的心摘走啦！”

“好人啦，亲人啦，俺们大伙也永生永世记住你呀！”

大婶又动了动嘴唇，是对老恭说的：

“无论如何，到那个好地方去，看一看，回来，告诉我……”

又招招手把小鹰子、小兰子和二鹏叫到跟前来，一只手捏住小兰子的手，另一只手捏住小鹰子的手，眼睛看着二鹏：

“告诉你姐姐姐夫跟你哥，别为我，难过，好好儿，活下去！你们，还要多照管，树根叔……”

轻轻吐出了最后一口气，头一歪，再也不说话了。直到临死，她也不知道，她的女婿王金生，早已不在人间了。

在众人雷鸣般的哭声中，赵老恭轻轻地让她平躺着，用粗大的手指轻轻地揉摸她的眼睛皮，哽不成声地轻声说：

“鹰子的妈，合眼吧，合眼吧。我知道你的心。放心地合眼吧。你死不瞑目，活人心里，怎么受得了哇！……”

半疯子吴树根不知怎么也知道了，从廖家坟急急忙忙赶来了，全身颤抖，两眼发直，分开众人，猛地扑到他的好大嫂身上，“呜——哇！”只大叫了一声，就昏迷过去了。

半截铁人王老建哭着哭着，使劲把木拐往地上摔，断了。

她，走了，走了。连结在穷人们心头上的一块肉，被割掉了！烘暖着穷人心肠的一盆火，熄灭了！一个平常的、为了一切不幸的人而活着的女人，离开人间了！

一整天，赵家的院里屋里一直挤满了人。多少男人哭哑了嗓子，多少女人哭肿了眼睛。人们更加难过的是：天底下竟然没有一块掩埋亲人的土。连那棵倒插槐下边的沙堆上再也埋不下两个死人了。能忍心把这样的亲人，这样的好人，埋到村西的乱葬岗子里去吗？不能啊！

正当人们哽咽着议论不决的时候，赵老恭和赵二鹏不声不响地拿着锄头在自家的院子里使劲刨起坑儿来。“就埋在咱自个的院子里，让活着的人天天看见，让子孙后代永远记住！”——这是赵老恭吼叫着说出来的话。棺材，是他父子俩一整天不吃不喝赶做的。木头，是乡亲们七凑八凑送来的。

正当人们哭声震天地跪在坟前磕头烧纸的时候，谁也没有想到，骨瘦如柴的吴树根，弯腰曲背的吴树根，浑身泥土的吴树根，突然跳过学馆院的院墙缺口，一蹦三尺高，两只干柴手伸向天空，布满了皱纹的脸望着天空，“狠哪——！”一声撕天裂地的嚎叫。接着，又出人意料地一步窜过来，趴倒在大婶的坟上，用脑袋使劲撞那还没有拍紧的坟土，像是想把自己也埋进坟土里去。赵二鹏和两三个小伙子费了好大的劲才把他拉起来。有人端来一碗水叫他喝。他又冷不防挣脱了人们的手，冲过敞屋，冲出了大门，在窝子胡同里飞快地奔跑起来。那嘶哑的嚎叫声，把北边半个村子的人心都撕碎了。连西沉的太阳也很快就沉到地平线下面去了。

赵二鹏、赵老恭，还有一大群人追到村子外，远远地看见，吴树根又突然在朦胧的暮色里站住了脚，愣怔怔地看着远处，好像远处有个人在向他走来；又把腰弯得低低的看着黄土路，慢慢地移动着脚步。这是通向廖家坟他那个“坟场院”的黄土路啊！是他的好赵大嫂来来回回走过千百遍的那条路啊！当人们赶到他跟前时，听见他嘴里不住地喃喃着：

“脚印！脚印！脚印！……”

是的，几十年来，在这条路上，留下了他的好大嫂多少个脚印！

他有时停下来，用手往地上空抓一下，然后往袒筋露骨的心口使劲一拍，像是要把那捡到的脚印装进心坎里去。

“亲人们啦！”赵老恭泪流满面对人们说，“让他去吧，别拦他，别打搅他，也许这样他会好过一点哩……”

本来就是半疯半傻的吴树根，从此就真正的、完全的、疯了！

仇恨激发着悲痛，悲痛激发着怒火。夜里，穷人窝子里的许多人，还有一部分北大街的人，都发了狂似的爆发起仇恨的怒火来了！是压抑了多少个年月的怒火啊！是最近两三个月一连串的事情烧起来的怒火啊！许多老年人们都被怒火烧红了眼睛，连妇女们都用冒火的嗓音鼓励着丈夫和儿子。青年人和壮年人更不用说，举起枪杆，甩着拳头，喷着唾沫，嚷嚷得像滚粥开锅，都拥到王老建院里来了。

“反正活不下去了，迟早也是拼！”

“他妈的什么民团，是狼心狗肺的杀人团！”

“往后要是鬼子打来了，廖家阎王殿不是要更恶道吗？”

“反正如今咱们也有枪，攻进关帝庙去！攻进阎王殿去！杀他个鸡犬不留，今年的租子就不用交！”

“对！闹定个不交租子！”

王老建苦苦地劝说，不行。吴百川大声制止，不行。赵二鹏飞快地赶来，使劲夺过了王大牛和王铁锤手里的枪，拧眉瞪眼地堵在窝子胡同的出口上，喊叫着：

“谁要是想过去，就先打死我！”

最后，赵老恭赶来了。他先是不声不响地对着人们看了半天，然后用低沉的、苦涩的、发自胸膛的、像铜钟一样洪亮的声音说：

“要报仇，等时候；不交租，等秋后；要抗日，把枪夺。这是我跟老平兄弟早就商量好了的几句话。干大事就得有个大算盘，血债终归是要用血来还，急什么？时候不会太久的！就连磨刀磨斧头也要点耐心，也要点工夫，是不是？从今日大伙这股心劲来看，好得很！可是，这会儿都回去睡觉去吧！……”

人们猛一下都醒过来了……

九

会说的不如会听的，会听的不如会想的。赵老恭不可能把一些细微末节都说出来，赵二鹏也没有心思细细地作补充。可是金姐和大鹏会听，会想。小凤儿虽然不熟悉大廖家府的事，却也深深地被感动了。

“孩子们啦，”最后，老恭声音暗哑地说，“别哭！哭有什么用？眼泪淹不死那些喝人血吃人肉的人！一定要记住，一定要像大树扎根一样，把冤仇的根子在心里扎得深深的！是两代人的仇，三代人的仇，其实也是几十代几百代人的仇！……珠子啊，我的好闺女！……你，最心痛你妈，最心痛你张爷爷，这我知道。你心里还有另外的大苦处……我，知道你心里的苦味有多深！可是，咱们能用苦死自个的办法来改变这个世道儿吗？……昨儿夜里，老平——这个大明白人，对我说，他多少次开导过你，还说你是个最有心胸最明事理的人，往后金驼镇的天下要靠你来撑大梁。所以你要立更大的志气，挑更重的担子，干更大的事业！……黑鹏子，你也听着：一定要学着长心眼，不能老是像个直出直入的吹火筒。你的亲事，我跟你白大叔说过了。年头这么乱你年岁也不小，早一点把亲事办了好。你是个五大三粗顶天立地的男子汉，不要把自个看低了。昨夜老平也对我夸你是块好材料。可是，材料是好是坏全在你自个去刨削，要不然终归还是一块只能送进灶膛子的货。只要一时一刻也不忘记咱穷人的大根本，咱中国人的大根本——我相信你是不会忘记的！”

说到这里，他站起身来，提高了声音：

“告诉你们：今日我立时就要出远门，到你妈活着时，做梦也想去看一看的那个地方去！到她临死时又嘱咐我一定要去看看的那个地方去！到我自己也多时就想去看看的那个地方去！是什么地方？我以前对珠子说过，对二鹏也说过，黑鹏子不知道，等会问他俩。为什么一定要去看？我，还有你们的妈——她也陪着我熬了一辈子，盼了一辈子，受了一辈子不是人受的苦。多少穷兄弟们死的死，伤的伤，也受了很多不是人受的苦。你们几个也都是在苦水里泡到这么大，如今珠子又在受大苦。咱们心里，有一个、憋了多少年的、天大的苦疙瘩啊！所以我，到底要问一个、人生在世的根和底！到底要问一个、穷庄稼人往后的根和底！还有抗日大事的根和底！对往后的世界，也要问个根和底——就是为了这！虽然老平几次对我细细说过那个好地方，可是他自个也没有去亲眼看见过，他也是听说的。耳听为虚，眼见为实，不亲眼看见我就不踏实。要是能够亲眼看到了，亲口问到了，咱们这祖祖辈辈的大冤大苦就没白受！听老平兄弟说，要是走直线，离那儿顶多不过一千五百里。我一天走它一百二十里，顶多一个月出头儿就能打来回，算不了什么难办的事。你们都放心，我这身子是铁打的，不会在半路上倒下的。老平给我画了张地理图，不会走弯路。二鹏，听我的话，别再死气白赖要跟着我。你要是不依着我，就不是我的好小子，我就两拳头揍扁你！你自个也知道，家里事要紧。廖府狗财主假装土匪的事露馅了，穷人窝子里有枪的事，他狗财主也会猜到的。往后两下里必定更加要顶得紧，不是咱们亡，就是他们死！另外，万一最近又出点什么事，穷哥们又忍不住火，又想不到时候就拼命，有你在家帮着老平稳一稳阵势，我也放心得多。你是一伙年轻人的头目人，怎么能甩开他们跟我走？糊涂！还有个要紧的信儿，是我昨儿才听说的，确实得很：县里的官儿们，连县长老爷，全他妈跑啦！雇了十几辆大车，拉着家口行李，还有敛的全县的税款，跑他娘的啦！这样一来，廖肉头上边没了仗势，下边死伤了爪牙；再加上，老狗廖云阶必定又要为了这些伤人、丢枪、伤面子的事跟肉头刀子大吵一场。这就叫，'上下不利，里外夹攻'，够他廖肉头受的。还有，今年眼看就要到手的租子，他不能不想一想——估量他不敢立时就对咱们下大锤，不过是，咱一定要防着。嗨！只可惜，咱们的枪支还太少。珠子，你们一下子就得了好几十条枪，这太好了！你们要是能借给老家的穷哥们二十三十条枪，壮壮老家穷哥们的阵势，那就太好了！日本鬼子眼看就要打来了，那些当官的，拿枪杆子的，必定会全部跑的跑，垮的垮，投降的投降。咱穷老百姓伸拳头甩胳膊的时候到——了！珠子，我再告诉你几句要紧的话：只要风声再紧一点，你就带着弟兄们把镇子上的保安队跟警察所的枪缴过来！千万别让那些枪落到鬼子手上去，落到财主手上去，千万别让他们投降鬼子兵。有了这些枪做本钱，这一大片地方的天下就是咱们的！……时候不早，要说的都说了，我这就走。回来我再把看到的根底细细地对你们说，还要告诉你们那流血惨死的好妈妈——我要跪在她坟前对她说；还要告诉千千万万的穷哥们，咱们就干得更有劲！"

"更有劲"这句话他是咬牙发狠地说出的，同时伸出骨节粗硬的大拳头，对着周围肃穆静听的芦苇威吓似的晃了一下。接着，又低下了头，停顿了一下，然后用更加暗哑更加怆凉的嗓音，像是自言自语地说：

"嗨！我，这么一走，就是对一个人——说起来，真是个最赤心的好人，是压在十八层地狱里最苦的人——牵肠挂肚的，不放心啦！那年，从他那女人一死，他就像掉了魂。这么多年，要不是你们的妈妈心痛他，照应他，怎么能活下去！如今，连这个最心痛他的人也死了，又死得这么惨，你们想想看，他，一颗心还在腔子里吗？魂，还能附体吗？怎么能不整个儿变成一个疯魔人！这两三天，他，夜里，深更半夜趴在你们妈妈的坟包上，叫啊哭啊，真惨啦！白天，有时就不离身的跟着我，总是不声不响地瞅着我，就像是，见到我就算见到了你们的妈。有时候，他又跑得不见影，我叫小鹰子小兰子去找……叫他吃饭喝水……嗨！说不完！如今，我这一走，他，怎么着？真叫我揪心啦！所以，我要再嘱咐一下：二鹏，还有你的弟弟跟小兰子，你们三个，一定，要好好照看他！一定要！……你们一定知道我说的是谁……嗨！……”

他说不下去了，沉默了。

虽然天色仍很昏暗，还是看得见他翘着被泪水浸湿了的胡子，对每个人扫视了一遍，然后从后腰上抽出那把保存了三十年的铁柄儿镰刀对着他们晃了晃，意思是说，他是带着武器的；又拍了拍腰身，是说他带着钱和替换衣裳的。然后，从凸凹不平的斜坡几纵几跳就上到了坑沿上。

“爹，你等一等！”金姐颤声叫着，突然飞快地跳上来拦住了他。

“怎么回事？”昏暗里也看得见，他那灰白色的浓眉毛猛地一扬。

“你早饭也不吃，怎么行！我回去给你拿几个馒头……”

“用不着！有嘴有钱就不怕肚子受委屈！”

“爹，得，我只说几句话！”大鹏也喘着粗气，鼓着胸膛，像棵大树似的挡住了老爹的去路。

“说吧！”

“一路上，你住客店，过摆渡，一定都要留下一句话！”

“怪事！留下句什么话？”

“告诉开店的跟撑船的，就说你……路过……”

“干吗要……？”

“往后，万一……俺们去寻你！”大鹏更加喘起粗气来。

“怪事！”老恭冷笑了一下，“怎么，吹火筒子也学会了婆婆妈妈的？”又突然提高了声音：“小子，告诉你：坐过几回牢，软铁变钢刀。你爹我是不会轻轻易易就死的！”

话音刚落，大手一挥，就朝着正西的方向大踏步走了。

东方天际已经出现了一片鱼肚似的银色，夜幕正在缓慢地拉开，可是大地还没有完全从睡梦里苏醒过来。四个年轻人站在大废窑顶上，泪眼模糊地望着赵老恭的身影消失到迷蒙无边的灰绿色的海洋里去了，都不由得深深地叹了一口长气。大地为什么显得这样空寂？人的心为什么这样酸痛？此情此景，谁能说得清楚？

十

啊，总有那些有心的人们，好心的人们，他们自己虽然未必能够出大力，却是历史最热心的见证人。

听，什么地方不是有轻微的声响吗？

这声响最初是金姐发现的。她侧耳一听，又转身向一边眯着眼望去，引得她身边的三个年轻人也都向着那边望去。哎，在那条一人高的大麻棵子路上，大麻叶子在微微地颤动着，颤动着……

“准是有个人藏在那儿的！”小凤儿首先轻轻喊了一声。四个人飞快地跑过去了。在小路深处，在大麻棵子的密影里，有个模糊的黑影。走近了才看清楚：是个浑身透湿的，弯腰曲背的老年人，正在提起一只脚来往鞋底上磕烟袋锅子里的灰呢。

陈万有啊陈万有，他这是干吗？前日他就多半夜没睡觉，静听着大窑那边的动静，一直到听见了金姐跟大鹏姐弟俩回家的脚步声，才放心地叫齐嫂回去，他自己才爬进看瓜的窝棚里。昨夜，他早早儿就躺进了窝棚里，又是睡不着。起先，听见是金姐和大鹏轻巧的脚步声，接着又是这里那里轻轻的敲门声，接着又是许多人轻轻巧巧的脚步声，接着又是自家父女俩的说话声。他们在干什么要紧的事吗？他索性下了窝棚，坐在瓜地边上，打火吸烟，静静地听着。夜很深了，不光是夜戏的锣鼓声早就收了，连庙会上的夜市也歇了，可是，他能够听见多少细微的声音啊！有庙会上这样那样的响动声和人们一言半语的谈话声，有这里那里牲口嚼草料、甩耳朵、喷鼻子、顿蹄子的声音，有庄稼叶子的飒飒声，瓜地边的虫鸣声，池塘里青蛙不时懒洋洋的咯咯声……一会，好像还听见了很远很远的地方有人的惨叫声，还有大车声。他懒得再听下去了，又回到窝棚里，倒在铺上迷糊了一会。忽然，人的脚步声又把他惊醒了。是有人从金姐家的院子里出来，往大窑那边走去。是真的有什么要紧的事吗？他很不安，很担心，就穿上件衣裳，下了窝棚，顺着大麻小路，慢慢地往那边走去。大麻的大肥叶子被露水浸湿了，他身个又小，又躬着腰，走过去时没有那种干枝干叶的响动声。一直走到靠近大坑的地方，往地上一坐，轻轻地吸起烟来，听着听着，他不声不响地流了多少眼泪啊！

现在，他愣愣地看了一下眼面前四个默不做声的青年人，用发狠的口气埋怨说：

“你们，都，糊涂！”

看见四个人都在等着他说下文，他就又补充说：

“一早晨天气就闷热，地气也不一样，连天上的星星都闭了眼，怎么你们就没觉着？他，会淋雨的——连伞也不带一把！”

也不管四个人都愣愣地望着他，一转身，不理众人，歪歪趔趔地穿过大麻棵子，拐进通往瓜地的岔路上去了。却又在心里自言自语起来：“他，这么大年纪，要走一千几百里，到哪里去找根和底？人生在世哪有什么根和底？可怜啦！……”忽然又站住了脚，低下头来看着眼前的地：“怎么这么多伤心事偏偏都让我听见了？……咳，只怪我这耳朵，怎么越老倒越管用？……看起来，我，大半是活不长了；大半是，阎王老爷看着我一辈子都是凭良心活着，没有做过半点对不起人的事，要把我叫去当土地爷。要不然，怎么人老耳朵倒不老？怎么凡是地上的声音我都听得见？人们不是常说吗，有天仙，有地仙……兴许是前生注定的吧？所以一生下地来就起了个好名字：陈万有。要是真的死后当了土地爷，这无边无沿的地，都归我管；这人世间的事，我都得记下一本账。那，我可不就真的成了……嗨！这都是瞎想，是老糊涂了……”

十一

果然，晌午过后老天爷就变脸了。起先是东北方向的天边出现了一片大乌云。不一会这片乌云就扩大了，变厚了，铺天盖地压到天顶上了，分成许多层次，奔驰起来了。接着，地面上突然卷起了狂风，粗大的雨点就随着狂风飘洒起来。转眼之间，瓢泼似的大雨就伴随着雷鸣电闪对着大地倾泻起来了。

正是秋庄稼灌粒子的时候，这雨下得好！

赵二鹏挑着一副很沉重的担子向大廖家府走去。担子的一头是十支步枪，另一头是一箱子子弹。用油布包着，破麻袋卷着，捆成两捆，足有一百多斤重。是金姐费了一上午口舌说服了屈山屈海这些穷哥们，借给大廖家府的穷哥们二十支枪和一箱子弹“应应急”。二鹏先挑十支枪和一箱子弹回去，剩下的十支枪由老平带回去。平地山还有点要紧的事没办完，要到天傍黑了才能走。白老敬病了，哥哥大鹏离不开，金姐当然也就离不开。能听哥哥姐姐的劝告，等天黑了跟老平一起走吗？不能！担子再重也得早一点挑回去，哪怕是早两三个钟头也好啊！为的是要让老家那些被悲痛咬碎了心的人们，被怒火烧焦了心的人们，早一点高兴起来，安心起来。

一下子就得了二十支枪和一箱子子弹，是多大的喜事！

大雨天，一路上碰不见廖府的人，可以少绕一些冤枉路。

大雨哗哗响，雷声一阵一阵的炸耳朵。是老天爷在发威，在对着大地使劲地做好事。干旱了快有一个月，滴滴雨点都是粮食啊！瞧，遍野的庄稼都在摇头摆脑地笑呢。赵二鹏心里的悲痛好像也被冲刷掉了一大半。路，有时是细沙硬土，一点也不滑，赤脚踩在凉水里，真舒服；有时是软软的胶泥地，得抓着脚趾头跋。不管怎么着，赵二鹏闪着担子飞一样地跑。眼看着庄稼地里的泥土吸足了雨水，像面团子发酵似的鼓胀起来了，多叫人欢喜！……可是，后院里那两座新坟是不是会被雨水冲坏呢？小鹰子跟小兰子是不是又会偷着跑回家去，遭到廖家狗腿子们的毒手呢？所以呀，一定要快！一定要快！

云密雨大天黑得快。等他从村北绕到吴树根家坟场小院的外边时，天色已经有些昏暗了。

实在累得够呛，该歇一会儿了；并且，也该瞅瞅树根叔这个可怜的老人呢。

连这个还不满二十岁的青年人也觉得人世间的好多事情变化得太快了。比起他所记得的十几年前的坟场院，就像比起十几年前的吴树根一样，现在简直干瘪破烂得不成样子了。院门没有了，院墙只剩下残缺不全的土埂子，房屋矮小歪斜了，门窗就像瞎老头子的眼睛，连院子当中那棵浓荫遮天的大杨树也枯心老死得半边光秃了。特别是在这样的大风大雨里……赵二鹏不由得叹了口气，挑着担子迈进了院墙土埂子，把担子歇在一堆乱柴禾堆跟前，顺手扯了两把柴草盖上去。心想：索性再晚一点进村子也好，免得叫不相干的人起疑心："大雨连天，挑这么沉的担子，怎么回事？"他走进阴暗的小屋里，轻喊一声："树根叔！"没人应。摸摸炕上，是温热的破席，明显是刚刚才做过饭的。忽然，昏暗的炕角上一个小小的黑影子猛地站了起来，"哇"地一声，扑过来紧紧地抱住了他的脖子，抽咽着："咦，二哥，我怕……"——是小兰子！

她是跟小鹰子一起来给树根叔做饭的。树根叔最喜欢这两个孩子，尤其喜欢小兰子。只有她那对黑亮的眼睛，天真的脸儿，稚气的声音，才能使他一时半时的安静下来，有时还捧着她的小脸使劲地亲呢。可是，刚才她把晚饭刚刚做熟，一个闪电照亮了窗户，吴树根的疯气又突然发作了，瞪着怕人的眼睛直勾勾地看着窗外，喊叫着："血人！血人！"猛地冲出去了，在大雨里怪叫着，跑远了。小鹰子也紧跟着追出去了。小兰啊，一个人待在这样的地方，怎么能不又急又怕？只好爬到炕角上缩着身子不动。一会，更吓人啦，听见远处响着狗的嗷叫声，"抓住他！抓住他！"的吆喝声，吴树根凄惨的怪叫声……

赵二鹏听到这里，猛一动心："我得瞅瞅去！"叫小兰子乖乖儿等着，拿起扁担，又揭开锅拿了几块饽饽，就冲出去了。

雨，下得更密更响了。天完全黑下来了。仔细一听，果然远处有狗叫声和吴树根的惨叫声。他辨清了方向，借着闪电偶然洒下的光亮，顺着一条熟悉的小路快步跑去。

十　二

这雨要是连着下一整夜，土地就喝得饱饱的啦，今年就是个八成收的好年景啦。

只不过是，多好的雨，多大的雨，也洗不尽人间的不幸啊！

各种各样的人有各种各样的不幸。

大廖家府的老财主廖云阶，方圆两三百以内最有钱有势的人物，却自己认为是一切不幸的人当中最不幸的人——这样的怪事谁会想得到？

贵人有贵命，所以贵人出生的日子是应该大大庆祝一番的喜庆日，这是天经地义的事。在六十岁以前，廖云阶年年要大办酒席庆生日，家人团聚，亲朋满座。从六十岁起，花甲之年，非同小可，就举办了一次"六十大庆"：请了上至县长、局长，下至四乡八镇"够得上名号"的财主士绅，以及全县闻名的"饱学之士"。至于至亲好友，自不必说。寿联寿幛从大堂一直悬挂到大门口，酒席摆了一百桌，寿礼收了数千元，一连热闹了三天。头一天，家里所有的女人，包括丫环仆妇，都要穿扮得像仙女一样，按长幼尊卑的次序，捧着花篮托盘装着的鲜桃，轮着番儿向寿星老爷磕头献寿。第二天，拜寿的宾客们来了，这些寿桃就摆在酒席上，象征着王母娘娘蟠桃园里的仙桃，不但是为了给寿星老爷添寿，也是为了给贵宾们添寿。

为了预备这么多的寿桃，五年以前，从预备庆祝六十大寿的前一两个月起，吴树根有多少个日夜不眠不休地守在廖家坟地的果园里。在正式"开庆"的前四五天，他就按照廖家管事先生的指派，选择那成熟得最早的红嘴大个水蜜桃，带着两片翠绿的叶子摘了下来，小心地把三个五个绑扎成上尖下大的宝塔形状，小心地送到廖府里去。

今年又是廖骚胡子六十五岁大寿之年。刚好头面很大的侄儿廖祖道又从外边回来了，还能不更加光彩、更加排场、更加喜气洋洋地举办一次"六五大庆"吗？廖云阶可万万没有想到：半个月以前，当老头子向侄儿透露要"大庆寿"的口风时，却得到了这样冷嘲热讽的回答："叔哇叔，你老人家怎么这样不通脾！如今时局日紧，人心不安，即使你不怕显财露富，难道就不畏物议——不怕人家说咱们毫无忧国忧民之心吗？况且，从本县的当局直到地方上的士绅，到时候谁还有心思跑来给你老人家庆寿？可别闹成'鞭炮齐响，灯烛辉煌，酒冷菜凉，空忙一场'啊！嗯——啃！"把老头子"嗯啃"得三天起不了炕，以后又发生了一连串胡折腾、丢面子、损人失枪、起风兴浪的怄气事情，又把老头子"嗯啃"得病了一场。既然大办寿庆的事情不能如愿，家庭中团聚庆贺的筵宴总该少不了吧？可是，四天以前，那个"毫无心肝的东西"就去了金驼镇，同时又发生了刘大刀螂带着人装土匪报仇、损人丢枪、弄得远远近近沸沸扬扬的大丑事。紧接着，竟然连措办筵宴的刘大刀螂也到金驼镇去医伤去了，还运走十几大车粮食！今天一大早，又听说侄儿竟然又连夜派车回来要把那个"三妖精"接走。"混账！不行！"廖云阶怎么能不大发雷霆呢？整治不了那个不孝的东西，未必连他的小老婆也整治不了？"只要我还有一口气，就得要她留在家里乖乖地给我磕三个拜寿的响头！”

更叫廖云阶生气的是：两天以前派人到坟场院去找吴树根老头要寿桃时，竟然连这个奴才的影子也找不着。去的人还回来禀报说：果园里桃核满地，早熟的水蜜桃差不多被人偷吃光了！

“这还了得！”廖云阶气得大发雷霆，“去给我把那个老东西抓来，我要亲自审问审问他！”

可是，一天过去了，两天过去了，院丁们禀报说：“那老鬼疯了，整天不落家，连影儿也找不见！”其实，是腿子们被一连串的事情吓破了胆，三个五个人谁敢上北半个村子去抓人？

偏偏今日后晌又下起了大雨，简直像老天爷在哭丧。拈香敬祖时蜡烛被风吹灭了，给祖宗磕头时又正好响了一个炸雷。一切一切，太不吉利啦！

怎样才能逢凶化吉？廖云阶在小神堂里的观音菩萨面前卜了一个金钱卦，翻开《历书》一看，得到的卦辞是：“马踏残花蹄溅泥，扬鞭打马须用力。”“好！”他自言自语地说，“这是要我立威化吉！……对，家主无威，狗跳鸡飞；村主无威，家财成灰。我在家里村里都成了狗屁不值的人，难怪祖宗要生我的气！”从哪儿开始立威呢？想了想，就大声吩咐跟前的下人，把院丁当中的小头目人叫来，下了斩钉截铁的命令：

“限你们今天夜里，不管雨有多大，哪怕是下大雹子，也要把吴树根那个老东西抓来！抓到了，赏酒赏肉；抓不到，小心你们的皮肉，还要扣你们的工钱！”

这个小头目哪敢怠慢？当即叫了几名腿子，带着一匹大狗，冒着大雨，来到村北，跟着吴树根在野地里嗷叫的声音，践泥蹚水地追赶起来了。

十三

廖云阶却万万没有想到，他越是想立威，就越是惹气恼，就越是觉得自己真正是世界上最不幸的人。

几盏大煤油吊灯吊在小花厅的天花板上。廖云阶坐上了家宴的正面席位，放眼一看：下雨误事，连近村的女儿女婿都没有来。统共只有三桌，除了自家人以外，只有几个长期赖在家里吃闲饭的孤寡女人和她们的孩子，女多男少，阴盛阳衰，没有一点欢乐的气象。他就更加忍无可忍了。

廖祖道的女儿，在天津上过高中的“白磁美人”廖佩玉，向来爱穿全白全黑裁剪合身的衣裳，以为只有这两种颜色的衣裳才能显出她那白嫩素雅的天然风韵。今天给老头子及席拜寿时，她虽然特地在白绸旗袍的领口上缀了一朵表示喜庆的小红花，却还是惹得廖云阶大动肝火，一使劲把象牙筷子摔断了：

“好哇！穿着孝衣给亲叔爷拜寿？是你那混账爹教给你有意气我的吧？告诉你，这酒席上没有你的座位，去！给我站到一边去！什么时候散席什么时候走——为的是叫你学点规矩！”

立时就有两三个女人站起来讨好儿，卖巧儿，七言八语转弯儿。可是廖佩玉既不逃席，也不受罚，反倒搬张椅子靠墙一坐，横眉瞪眼地看着这边，明显是向廖云阶示威。

傻老五的媳妇，蒸笼里的受气包子，砧板上挨剁的小鸡，今天虽然特意打扮成一朵花，却仍然像是在凛冽的寒风里冻得发抖。她连膝盖也被傻老五咬伤了，所以往下一跪时，竟痛得歪倒在毡毯子上了。

“这是怎么回事?”廖云阶对着他的“跟前人”二姨太太沈二太问。又突然瞪大了凶狠的老花眼：“老五，未必你就不通心窍到了这样地步，连个媳妇也管不住？你你你，别在这儿丢老子的脸，给我滚！”

傻老五却嘻嘻笑起来。站起来走到媳妇跟前，歪头斜眼地涎着脸卷着大舌头说：

“今日你，真好看，真好玩，真真真……你，滚起来！”

那媳妇只得咬着牙忍住痛，手撑着毡毯站起来。

啪啪！傻老五跳上去给了她两个耳光，然后抓住她的头发，骂着叫着笑着，把她拖到小花厅外边，揪她的脸蛋，揪她的耳朵，搂抱揉捏她的身子，然后得意地回来坐到自己的席位上，看看众人，看看他爹，手扪着脸，笑得肩膀打颤。

这就更加激起了廖云阶的怒火。生了这么个傻儿子，真是现世报！瞧，两张桌子上的男女老少不是都在绷脸夻眼地忍住笑吗？

“今日谁没有来坐席拜寿？你们都不知道吗？这是我廖家祖宗八代

传下来的规矩吗？”

男女老少都鸦雀无声，只有花厅外面雨声哗哗地响。

廖云阶又使劲把桌子一拍，冲地站起身来，脸色铁青，胡子发抖，声音苦涩地大嚷起来：

“你们！你们！要是想叫我气得早一点见祖宗，就都坐着不要动！”

廖云阶的贴心人，如今人们都叫她沈二太的二姨太太，连忙一脸怒气地离开席位，走过去拉了一把傻老五，然后对几个平时就有满肚子醋味、苦味、辣味的女人使了使眼色——其中有廖祖道的大老婆和二老婆，还有廖云岫的五个半老的遗孀，都摆出决一死战的神气，扭着腰身走到花厅后面，脚步嗵嗵地上楼去了。

只不过喝一盅热茶的工夫，“三妖精”张翠屏就被推推搡搡地拖到酒席跟前。眼里含泪，脸色绯红，头发没梳，纽扣不整，看样儿是刚刚从床上拖起来的，挺着胸脯喘着气，对三张桌子上的人扫了一眼：

“我有病，不能……怎么着？要打要罚，动手吧！”

“哦喝！你们看见过这般浪气劲儿的女光棍吗？”廖云阶冷冷地说。“到底是从下三烂的烟花窝子里买来的货，在咱们堂堂廖府还是头一遭看见！”又把桌子一拍：“你，给我跪下！”

“不懂得什么叫个‘跪’字！”是更加傲慢更加气愤的口声。

“哼哼！”廖云阶又是一声更加阴冷的苦笑。“也只有我那个瞎了眼的侄儿，才用雪花银子买了个这样的……”他简直想不出恰当的词儿，在家人和佣人们面前又不好说脏话失身份，气得嗓子里嗝了一声，差点噎住。停了一会，这才有气无力地颤声问她：

“你，你你你，凭什么，不给我拜寿？”

“有病，头晕，弯不下腰！”头发一甩，示威似的看着老头，看着众人。

“哼嘿，”廖云阶又恶狠狠地说，“弯不下腰？才吃了几天人饭，就忘了自个原本是个趴在地上的贱货吗？真是笑话！就因为我不准你到金驼镇上去招摇过市，败坏门风，你就——今日是想趁着我的寿诞之日，在咱这堂堂廖府要光棍打码头吗？”又对着一直站在一边发愣的老婆儿子和别的女人们一招手：“你们生着胳膊腿没有？是忘了咱廖府的家法是怎么的？”

站在“三妖精”身后的几个女人，你看看我，我看看你，正在琢磨如何动手时，傻老五突然"哈"地一声，冲到"三妖精"面前，歪着头，斜着嘴：

"嘻嘻嘻，我，早就想……你猜猜，我敢咬你不？"

"啐！"一口唾沫飞上了他的丑脸。

"哈哈！好玩！好玩！"傻老五反倒仰脸大笑起来，任凭那口唾沫沾在汗水油光的脸上。

廖云阶正在生气儿子太没有人样，沈二太正想拉开丢脸的儿子，所有的男女们正有的忍住笑，有的在发愣，谁也没有想到，傻老五突然一弯腰往前一窜，一头把"三妖精"撞倒在地，扑上去就势按住了她。可是他两声"哈哈"没断音，就挨了又脆又响的几耳光。这个奇丑的半大小子就跟这个红花耀眼的年轻女人在地上滚打起来。傻小子又笑又喊，女人又哭又骂。沈二太和别的几个醋罐子女人就假装拉扯，趁势儿揪头发，撕衣裳，拧皮肉，简直闹嚷得要炸破了屋。

一直在墙边冷眼旁观的廖佩玉，是张翠屏在这个古怪家庭里的唯一知心人。除了老妈子和丫环以外，只有她口口声声叫"三妖精"是张姨。这时她再也看不下去，怒容满面地冲过来大喊起来：

"都让开！都住手！怎么能这样欺负人！谁怎么使坏我都看见了！张姨，起来，我扶着你，上楼去！"

快要出阁的小姐是娇客，谁也得让她两三分。何况这位小姐平时为人正派庄重，现在又正气镇人。所以傻小子和女人们都住了手，眼看着她拉起浑身是土、头发蓬乱的张翠屏，用手指理了一下她的乱发，扶着她走了，上楼时还像是有意送过来两句很刺耳的话；

"……快要当亡国奴……还醉生梦死！……"

这算什么庆贺寿辰的家宴！廖云阶猛地站起身来，推倒了坐椅，简直站立不稳，由沈二太和一个老妈子搀扶着，摇着头，顿着脚，噎得说不出话来，全身发抖，哼哼咳咳，慢慢地离开了花厅。

十　四

"唉！你这人，老是说'日子怎么过'，'日子怎么过'。我劝过你多少遍，嘴皮子都磨破了。有什么不好过的？你就不会不再操那份多余的心？

一辈子操心还没有操够吗？谁领你的情？谁感你的恩？如今老了，老了就是老了，该着过几年松心日子啦。想着吃什么，喝什么，玩什么，只要你说句话，谁还不替你张罗？”

“咳！我也对你说过不止一遍。人啦，能够光为了吃好的喝好的活着吗？就算是天好的吃喝，我能受用多少？总归一句话：我在这个世界上是多余的，多余的，我不如早点死！”

“我说你呀，就是死心眼儿，是操心怄气的命！”

“咳！……”廖云阶不胜悲哀地摇了摇头。

天黑了，刚才他回到“知还斋”卧室里躺了一会。不点灯，听着窗外的雨声哗哗响，闷死人；点上灯，四面墙壁上，他哥廖云岫留下的许多镜子里，一张张愁苦多皱的老瘦脸，看着烦死人。还是沈二太想得到：到后面水阁子里去凉快一下吧，清静一下吧。下人们忙了一阵，选定在阁子的拐角上摆了两张藤躺椅，一张小圆桌，桌子上搁着一盏煤油灯，还有两碟子小菜，一砂锅燕窝粥，一碗白米饭，一壶好酒，一壶细茶，地上搁着一盘蚊香。沈二太，真像是老头子的贴心人，哄着他好歹抿了两口酒，喝了半碗粥，她自己也吃了一碗饭。等下人们走开以后，又劝解了他半天。可是怎么劝说也没有用。老头子一会儿躺下，一会儿又在阁子里走来走去。外面是雨打荷叶声和热闹的蛙叫声。天和地好像都在忙，世界好像跟他隔着一堵墙，年轻时候的日月一去不复返，……谁还管我廖云阶的死和活？

“我知道，你，开口闭口说我老了老了，这是什么意思……咳！我，还想玩什么？谁肯替我张罗？废话！”

“你呀，把人家的好心当了驴肺！”

沈二太，这个四十来岁水嫩丰满的女人，穿得细软合身，说话柔声媚气，躺在藤椅上更显出了全身的弹性。老头子的几句话算是说到她心坎里去了。可是她也有委屈：“哼，你不也是……还想再讨个小的呢！……”

都躺在藤椅上不再说话了。老头子吸了两袋水烟，合着眼养神。女人给他轻轻地挥着扇子赶蚊虫，心里却在盘算着别的事，扭过脸去，一会儿暗暗地冷笑，一会儿又恨恨地咬牙。

“索性，把灯吹灭了它吧，黑地里心更静……”老头子拖着苍老的声音说。

“吹灭了，待会儿点起来又费事。”女人柔声说着，把煤油灯捻得只剩下一点点火星，就像是个小小的萤火虫一样。

阁子里一黑，外面的雨声就显得更大，人的心里就显得更空。人生在世，人生在世……

“我说你呀，可别就这么睡着了，回头又喊叫受了凉，又折腾得别人心焦火燎的。”

老头子没有回答。心里还在“人生在世，人生在世……”。

我生气，是你惹的，是你气我，所以是我受屈，所以是你可恨——这是世界上好多脾气古怪的人的道理。越是“我”字第一，自视很高，或是自以为应该享福的人，就越是把这种道理看成天经地义。廖云阶是天生命大命贵的人，是有一百个理由应该享福的人，当然就越是有一百个理由：“真正的气死我了！……”

阁子后面，靠院墙那边，是一排镂花万字隔板，隔板背后是通往院子里面去的红漆小门。这时候，从虚掩着的小门里，像游魂似的，轻轻地蹭进一个人来，摸索着，侧着身子轻轻地转过了隔板，踮着脚尖，慢慢走到了阁子中间。由于一根粗柱子挡住了阁子角上微弱的灯光，直到转过身来才看见那儿躺着两个黑色的人影，猛地吃了一惊，站住了。

“谁？”沈二太连忙勾起身来，捻亮了灯光。

啊！阁子中间站着一个鬼一样的女人！

蓬乱的长发遮着半个苍白的脸，散乱地披到肩膀上；一对磷光闪闪的大眼；一身黑色的衣裳；颈子下边的纽扣没有扣好，露着一片白肉；赤着脚，光着小腿，手里提着一双血红的绣花鞋；神情是麻木的，呆滞的。

“嗬嗬，是你！”沈二太猛地弹起身来，“这真叫，巧巧巧，碰得好……”

她立刻浑身是劲，先搬起一张藤椅横拦在隔板门口，又顺手从窗台上拿起一把鸡毛掸子，闪动着掸子柄儿，一步一步逼了过去，甩手顿脚，哼声恶气，喷出一大堆连老天爷都想不出的话来：

“哈呀！你这个脏货！你这个臭货！你这个千人压万人骑的烂货！真正是婊子养的，臭窟窿生的，生成的贱坯，胎里带的骚货！啐！瞧你这股浪气样儿，看着就叫人恶心！我问你：趁着下大雨，黑夜里摸到这儿来，怕走路惊动人，连鞋也不穿，光着蹄子，连衣裳也顾不得扣好，还特地穿一身黑的，为的是怕人看见，是来干什么的？是跟谁约好了的？嗯？说呀？怎么不言声？是说不出口来吧？干吗要这么瞪着死鱼眼睛瞅着我？是没有想到会在这个没人的地方碰见人吧？哈哈！巧啊！真是老天爷有眼啊！难怪，难怪，难怪，难怪老是想讨个小的，难怪要成天的对我发烦。难怪今日连酒也不喝，饭也不吃，无缘无故地吹胡子瞪眼。原来呀，就是因为你这个狐狸妖精没有下楼来，没有扭扭腰儿下跪儿，笑着脸儿磕头儿，甜甜地叫一声老爷子。难怪呀，大喜日子，又是下雨天，在屋子里左右总是待不住，点着灯嫌烦，不点灯又嫌闷，就为的是要我劝你到这个没人的鬼地方来散心。来了，我陪着你，哄着你，你还爱理不理，唉声叹气，还一定要我把灯也吹灭了，真恨不得赶我走。原来呀，是这么回事！是这么回事！……”

嚷到这里，她不得不停下来喘一口气，并且偷偷地斜了老头子一眼。本来是借题目告歪状，扭住茄子骂葫芦，趁势儿给自己盖丑事，长粗气，挺腰板，出怨气，把老头子和“三妖精”都压一压。现在看见老头子张口结舌地看着“三妖精”，半句言语也说不出，倒疑心自己的“葫芦”也许骂对了。心里暗暗地想：“冬天的老干菜梗子了，她图的什么？……除非是，图钱！对，图钱！”就更加有了气。又一转念：“嘿嘿，这可有了词儿，看那个没良心的大肚子王八还宠她不！”又侧着耳朵听了听，雨声挺大，不怕这妖精喊叫，就算她喊叫得来了人，也是有口难辩，反倒更加弄得她臭气满天飞，那不是正好？

“告诉你！”她更加大声说，“今日你要是不说出实情来，我这鸡毛掸子可饶不了你！还有一桩：刚才你这个臭货抓破了俺家小子五爷的脸，叫他脸上一辈子落破相，就光凭这一件，我也得跟你算个没完没了的账！”

话刚完，跳上去就把掸子柄儿甩开了花。

可怜那年轻的女人，抱着头，打着了手；护住肩，打着了头。可是她既不跑开，也不喊叫，突然抓住掸子柄儿使劲一拉，把那凶恶的女人拉了个跄踉，裹过的小脚站立不稳，差点儿摔倒。

正在这时，镂花隔板后面一阵急促的脚步响，一个老妈子提着一盏马灯，挪开拦门的藤椅，慌慌张张地冲了进来，先是对着两个女人一愣，接着就使劲顿了一下脚：

“哎呀！沈二太，出大事啦！”

“什么事这么慌？”廖云阶像得了救似的抢先问。

“少奶奶扎了五爷一剪刀，她自个也抹脖子啦！”——“五爷”，就是傻老五。因他年纪轻，不好叫“老爷”，又因辈分大，不能叫“少爷”，所以家下的人们都叫他是“五爷”。

“我的天爷！”沈二太把掸子一丢，把手一拍，立刻就拖着哭声，撇下了“妖精”，迈动着小脚，扭着歪着，急急忙忙往隔板后面跑去。

廖云阶也“嗨！”了一声，也紧跟在女人后面，哼呀咳地急步走去。

老妈子回头看了“三妖精”一眼，也连忙提着马灯紧跟着走了。

幸亏这南大院本来就是大院套小院，廊子接廊子，根本用不着雨伞。

十　五

阁子里剩下的是黑暗，是空寂，是雨声，是一个年轻而又美貌的不幸的女人。

人生在世，人生在世，她，人生在世才不过十九个年头啊！

十九岁的女子正是鲜花吐艳的好时候。可是她，却正是因为美丽的青春而受苦。是自小儿就有一条耻辱的绳子一步一步地把她往痛苦的深坑里拖。从懂事的时候起，天津街巷里的孩子们就骂她是“野种”。以后，小学和中学的同学们又笑话她是“无花果”和“野玫瑰”。她越是出落得又聪明又俊气，这种嘲笑就越厉害。她的爸爸是谁？在《学生登记表》上不能写，同学和老师问到时不能答，妈妈也不能告诉她。在家里只能跟着雇的老妈子过日子，妈妈总是躲着她。她只有用痛苦、沉默、孤独和高傲去对待这一切。为什么妈妈要让她上学呢？是要她有文化，有资格，再加上生得俊，长大了在世界上好“混”些。她初中毕业了。妈妈人老珠黄不值钱，却还要装样子，撑门面，就欠了房租，背了大债。怎么办？妈妈有个名叫廖祖道的“相好的”，认她做了干女儿，时常“周济”她母女俩，时常买衣裳料子打扮她。有一天，是她的生日，干爸爸劝她喝了两杯酒，她不知不觉就昏迷了。等她醒来时，发现“干爸爸”竟然睡在她身边的！这时她还不满十八岁呀！哭哭闹闹有什么用？妈妈哭着劝，廖肉头笑着哄。从此她就成了廖肉头的小老婆，就把她接进一座公馆里。这时她才知道了，是狠心的妈妈把她卖给了廖肉头，身价是六百元。

从此她的新的“人生在世”就开始了。在最初的一段时间里，廖肉头好像是百般的宠爱她，千方百计地教给她学时髦，学玩乐，还带着她在各种阔气的场合里学交际，学跳舞。她越是交际得讨人爱，廖肉头就越是对她好。她自己一点也不知道这也是廖肉头的生意经。廖肉头在天津的二老婆，见了他就像羊羔见了狼，哪还敢吃醋？

可是，张翠屏并不真的很高兴。在初中时因功课好，有个女老师喜欢她，给她讲过一些国家大事，做人的道理，再加上时代思潮的影响，就进一步在她的内心深处种下了正气、清高和自尊的根苗。她从本心里讨厌廖肉头那肥胖的模样，鼓眼睛泡儿，鹰勾鼻子，装模作样的派头，贪馋无厌的兽性。在天津时她其所以听他摆布，不过是禁不住年轻人的享受欲和虚荣心。她是矛盾的，因此暗地里是有苦闷的。而且，妈妈时常要她接济，她不能割断母女的情分。用她自己的话说，这叫“糟践自己，忍辱偷生”。

来到乡下以后，她很快就发现，自己竟然掉进了一个多么可厌可恨的地方啊！是在围墙高大的监牢里，古老规矩的夹板里，一堆女人的忌恨里，各种鄙视的眼色里，没完没了的闲言里，寂寞无聊的空虚里，卑鄙无耻的应酬里，特别是，她已经被廖祖道紧紧地捏在魔掌里。在这高大的围墙里，什么也瞒不住人。廖祖道很快就跟几个半嫩不老的女人勾上了。他还要时常带着她出去应酬那些乡下老古董。每次带她出去以前，总要告诉她：今日要见一些什么人，对谁应该“亲热点”，对谁应该“活泛点”，对谁应该“庄重点”，总归一句话，“把你在天津学会的本事全都使出来”。等到见了那些人，还要按照他的眼色、手势、表情去对谁讨好儿，对谁卖俏儿，对谁安套儿。她很快就看出来了：原来这个人面兽心的家伙是要趁着国乱当头的时候走歪路，才如此这般地利用她。极大的气愤、厌恶和苦闷，使得她另一面的本性也就显露出来了。廖肉头就用别人想象不到的办法来折磨她。还不准她哭，不准她叫。还威胁她：“你要是嚷得家里人都知道了，我就把你打进‘冷宫’里去！我们廖府是有对付女人的‘冷宫’的！叫你见不到光，看不见亮，活不能活，死不能死。一直到你尝够了苦味，跪在我面前磕头求饶，发誓以后一切听话，决不放刁，我才饶你！”每次受折磨时她倒真是不哭不叫，只是咬着牙忍着，一是为了不让那些坏娘们高兴；二是为了无声的反抗；三是因为：她知道廖肉头是说得出就做得出。

昨天夜里，廖肉头让车把式巩老大从金驼镇带回来一封“张氏如夫人亲收”的信，命令她：“……此处乃士绅名流荟集之地，豪家内眷甚多，汝须盛妆来此，妥为周旋，不得有误！”这就是说，又要她厚着脸皮去对那些厌气人物们卖俏儿，逗笑儿，讨好儿。她恨得咬牙，气得发抖。廖云阶老头子不准她走，这正好。但又可恨——她已经成了任人摆布的奴才！并且，廖肉头回来以后能不整治她吗？能够听她申辩吗？于是，她真的病了——是心病。早晨中午两顿没吃饭，晚上的家宴懒下楼。……结果，是受了一场天大的侮辱！

人，能够一辈子像这样生活下去吗？往后的日子怎么熬！

跑回天津去吗？妈妈早已断绝了音信，听说是嫁了个有钱的老头，到哪去找她？就算找到了，怎么能生活？就算能生活，廖肉头还能不派人到天津千方百计把她捉回来？天津的警察局长就是他的好朋友，还有一些流氓地痞跟他有交情。

她无家可归，无处可逃，只有死路一条。

小洋楼离水阁子本来就不远。她就趁夜深人静、下人们都在伙房里吃喝赌钱的时候，摸着黑来到了这里——想寻死。

哪想得到，在这里又受到了一场更大更大的侮辱！

窗子外面气势吓人的雨声，此起彼落的蛙声，陪伴着窗子里面凄凄惨惨的哭声。哭累了，靠着墙壁坐在地上，接着哭。又哭累了，停下来听了听：除了雨声蛙声以外，怎么这么静？……可是，院里远处好像有人声。必定是因为傻老五受重伤，他媳妇自杀了……那媳妇死得有志气，死得好！……为什么她就舍得死，我就舍不得死？死了，就不再有痛苦啦！

她下了决心，站起身来，习惯地两手把头发往背后一甩，想去开窗户，又马上想到：这阁子近处荷叶多，水太浅，从窗户跳出去，要是死不了，被人捞起来，反倒落下了话柄，还得受那个肉头魔王一顿狠狠的惩罚。要死，就要弄它个死不见尸，干干净净。

于是，她沿着关闭着的窗户，摸索着走到墙院跟阁子接头儿的地方，轻轻抽开阁子侧门的门闩，轻轻开了小门，探着脚下去，站在一条石块砌成的、专为上船站脚用的小平台上，摸着了系船缆的铁环，探脚下到一条小游艇里，解开了缆绳，拿起了船桨撑了一下平台，那船就从石礅木柱支架着的阁子底下晃荡出去了。

冰冷的雨点淋得她发抖，渍得她身上的伤痕痛得要命。人要死了，还怕冷怕痛呢。不知道为什么，一股求生的本能又从心里升起来了。她轻轻地哼哼着。极端的痛苦，极大的矛盾，天和地无情的吓人的响声，难忍的寒冷和疼痛，加上疲劳和饥饿，使她倒在船上，一会儿就昏迷过去了。雨夹着风，把小船向着苇塘中间吹去。塘中间是一片空旷的水面，小船打着转儿，慢慢向对岸漂去。

十　六

吴树根还在倾盆大雨的野地里奔跑着，嚎叫着。

……轰隆轰隆的声音，天在崩塌！一闪一闪的光亮，天在开裂！天也害怕啦，发抖啦！抽肝扯肺地哭起来啦！这么多的眼泪，是天也太苦了吧？是天上的河里就装满了泪，河缺了堤，眼泪就泻……。地也害怕啦，一片黑，是根本就不敢睁眼睛！廖家坟里，树摇坟动，死人都吓醒了，拼命地喊叫。……哎呀，快跑吧！快跑吧！蓝脸鬼，红头鬼，全身鲜血的獠牙鬼，追来了，追来了，汪汪地叫。快跑吧！快跑吧！……庄稼地也在摇晃，也在呼喊。天一裂，光一闪，就看见，满地是披头散发的蓝脸鬼，龇牙咧嘴的红头鬼。快跑吧！快跑吧！……

……哈哈哈！天崩地塌，好哇！塌吧！塌吧！把人都压死吧！把我也压死吧！摇晃吧，摇晃吧，摇松了柱子，就塌啦！就把鬼鬼怪怪都压住啦！……

……我那亲人，你在哪里？你能够趁着，天崩地塌的时候，从鬼门关里，跑出来吗？你呀，本来就，总想来找我……

……好哇，你碰见了好大嫂——赵大嫂。她领着你，搀着你，她她她，多好的人！会，扶着你，来找我，找你顶顶心痛的人，顶顶亲热的人。瞧，那就是你，准是你，黑地里，你看不清路，在找我，在叫我。……

……喂！喂！喂！呜嗷——！来呀——！我在，这儿啦——！这儿啦——！

……我还留着，你的头发髻儿的呀！我，怎么也忘不了你呀！我，常常看见你呀！我，心都想碎啦！……

哎哟，跑吧！跑吧！我那好人，我那亲人，跟着我，使劲地跑吧！别让他们逮住！别……了得啊！

……天，黑吧！黑吧！黑得一塌糊涂吧！他们看不见你，也找不到我。可我找得着你，找得到好大嫂，还有我那苦命的爹。

……天在拼命洒眼泪，使劲地洒吧，狠狠地洒吧，苦啊！……

……好人啊，大嫂啊，老爹啊，你们，等等我吧！……

呜嗷——！苦啊——！呜——嗷——！

…………

小鹰子已经浑身滚成了泥蛋子。可是他一定要追赶他，一定要护着他。廖府的狗腿子们在追他呢！爹临走时不是千说万说要照看他吗？妈妈在世时，多么心痛他！这几天，他几次趴在妈妈的坟头上，手抓着土块子，半天不动身，哭得多么伤心啦！他又那样喜欢我跟小兰子。真是个可怜的好人啊！……哼！你们这些狠心毒肺的狗腿子，干吗今日偏偏要想祸害他？瞧着吧，我要，报仇！……

只好借着一下一下闪电的光亮来认路。

讨厌的狗，财主家的狗……得亏雨大，到处流水，狗鼻子也不管用，要不然它还不早就追上了他？可是，狗的叫声到底越来越近了。妈的，别忙，我可不能饶它！

身上带着一把刀子的。是张爷爷最心爱的一把小刀子。八寸长，锋快，杀牛宰羊都不沾血。有个皮套套，正好掖在裤腰上。他把小刀捏在手里，摸索着躲进庄稼棵子里。等那畜生呜呜汪汪地叫着跑来了，猛地跳出去，一刀。哈！黑地里都觉得出，那畜生一跳，倒了，滚了几滚，嗷嗷叫着，又一翻身，往回逃走了。

后边远处突然有了光亮，准是电筒的光。又有了人声：

"妈的，怎么回事？它身上淌血！"

"不好，前面有他们的人！"

"兴许是有意叫吴疯子满地里嗷叫，引咱们上套！"

“哥儿们,依我说,这么大雨,咱可犯不着卖命,回去编个瞎话,不就得了?”

“我看也是。今日下人厨房里有的是酒,有的是菜,嘿……”

光亮熄了,人声没有了,好像听得出脚步声——是在拼命往回跑,一会儿就听不见了,连那狗的呜呜声也远去了。

“哈!”小鹰子高兴了,“真是些松包货!”

可是树根叔还在远处嚎叫,越跑越远。一定要追上他,要不,万一再来一股狗腿子呢?万一他掉进水坑里去了呢?这么大雨,能让他在野地里淋一夜?他又几天没有吃过正顿饭,不病死也得累死……

小鹰子不愧是赵家的后代,有一股子牛劲。追!

滑倒了,再爬起来。……

怪呀,树根叔怎么跑得这么快?怎么他好像老是绕着弯儿跑?

嗬,好半天了,连他的喊声也听不见,是怎么回事?……

哎呀!光顾得追,跑迷糊了。这是跑到哪儿来了?这么黑,东南西北一点也分不清,怎么办?……

小鹰子,这个胆子大得出奇的孩子,现在也害怕了。

总不能老是这么瞎跑呀!雨是小了,可是扯闪的次数也少了,更难看清路了。多少次撞进庄稼地里去,又退回来。只得用脚试着往硬一点地方走——路面总是硬得多。

真想哭啊!可是,别,那太没出息。喊叫吗?在雨声里,树根叔,他疯疯癫癫的,怎么听得见?万一反倒把狗腿们喊来了呢?

还是往回跑吧。回过头来往这边跑,准没错儿。可是,怎么后面好像有脚步声?是不是狗腿们追来了?快!别叫他们追上!

嗬?怪呀!怎么撞到苇子秆儿了?这样的叶子秆子,不是苇子是什么?脚下的泥也软了,深了。

正好又有一个闪电撒下了一片大光亮,照见了苇子缝儿外边的一片水。哎呀!怎么跑到村南廖家的苇塘边上来了!怎么糊里糊涂跑了这么远!小鹰子猛一下泄气了,觉得全身一下子瘫软了,两条腿一点力气也没有了。

雨虽然小多了,可下得还是挺有劲。飘过来一股风,冷得全身直发抖。是不是水边上更冷一些？回去还要走很远的路，怎么办？能够在这样的冷风冷雨里待一夜吗？小兰子一个人待在树根叔家里，她又胆小得怪……唉唉，小鹰子自己并没有觉得，他软瘫得坐在泥地上，真的抽咽着鼻子哭起来了。

“谁？是小鹰子吗？”——突然，不远的地方轻轻喊了一声。多么熟悉、多么亲热的声音！

小鹰子又惊又喜，猛地跳起身来，踧着泥，朝着声音迎了上去。对方也快步向他迎了过来。他一下子扑上去抱住了那又水湿又温热的身子，哽着嗓音，更加伤心地哭起来了：

“二哥！我……吴大叔……嗡嗡……”

哥哥二鹏搂着他的后背，摸着他的湿头发：

“叫我好追，好找！多少次听见你的脚丫子啪哒啪哒响，一会儿又听不清了。怕四处藏着狗腿子，又不敢喊叫。追不着你又去追树根叔，也是怎么也追不着。也算巧，到底……”

“你没有碰见狗腿子？”

“我躲着他们。黑得一点也看不清，他们人多，又有枪，我怕吃亏。”

“咱快回去吧，”小鹰子又带着哭腔小声说，“小兰子一个人……”

“别忙，你听！”二鹏小声说着，侧着耳朵静听起来。

雨更小了。果然，隐隐约约听见了一些男男女女的哭声和嚷声，是从廖家南大院那边顺着苇塘水面飘过来的。这个大水洼子按习惯叫它是苇塘，其实只有四周沿岸有些零散的小片苇子。他俩站脚的地方正是苇子很稀的地方。狗财主家出了什么事吗？为了听得更清楚一些，二鹏叫小鹰子等着，分开苇子踧着泥往前探了几步。正好又是一个闪电，他急眼看见，几丈之外的水面上漂着一只小船，船板上躺着一个黑色的人影，明明显显的是个女人！连鹰子也看见了。弟兄俩就牵着手走到水没膝盖的地方，弯着腰仔细看了半天。雨一小，天上的云就稀薄了，平平的水面到底似乎有点灰白色，真的衬托出了小船的黑影子，船上真的像是躺着一个黑色的人。是死人还是活人？怪呀！二鹏从衣裳兜儿里掏出一块吃剩的饽饽，掰了一块，看得准准的一丢。听得见落在船板上的响声。可是那个黑色的人影并没有动。他又接连丢去了两小块，那个人影子还是一点也没响动。他又用扁担拨得水声哗哗响，小船上还是什么动静也没有。

准是个死人！

小鹰子又胆小了。二鹏也犯了嘀咕。弟兄俩连忙离开了这里，往回走去。在村子附近，多黑的天哥哥也不会迷路。小鹰子完全放心了。

十　七

雨不知是什么时候停的，天还没明。她冷得身子一颤，清醒一点了，睁开了眼睛，发现自己是歪倒在船头平板边缘上的，头枕着胳膊，手搭在船外，长头发也拖在船沿外边："怎么我没有死？是不是做梦？"不，不是做梦。右手一动，不是就摸着船边的吗？左手不是搭在自己身上的吗？只要往这边稍微翻动一下就滚到水里去了，要死还来得及，……可是她却慢慢往那边仰过身去，打算手撑船板坐了起来。小船摇晃了一下。一点力气也没有了，头昏得很，伤痕又痛，哪里坐得起来！又用手使劲撑。怎么，手掌按着了一个又软又硬的东西，是什么东西？拿起来，眼看不清，鼻子却闻出来了，有一股粮食的香味。真的，是粮食的香味！咬一口一试，哎，竟是一块玉米面饼子！

人间的粮食啊，真香！原来是饿极了！可惜三口就吃完了。还有吗？她到底坐起来了。哟，真的又摸到了一块！接着，又用脚摸到了一块！

怎么这船上会有玉米饼子？是老天爷有意不叫我死吗？真怪呀！头昏得好多了。瞧，人间的空气是多么新鲜！世界是多么安静！微风送过来一阵荷花的香味……只是有些冷，连冷也有一股清新的、人间的味道！活着，是多好啊！……是谁做好事有意救我吧？谁呢？这可真是个天大的谜！

对呀，干吗一定要想到死？哪怕是当叫化子呢，也一定要活着！

她向四面看了看。水色跟岸边的颜色到底不一样。原来离岸边是这样近。那就索性上岸吧。一上了岸，就死不成了。死不成就活着吧！……趁着天还没有亮，走得远远的。好在手指上还有一个金戒指，找个地方卖掉它，搭火车，走到哪里是哪里，反正是要像一个人一样的活下去！

她来乡下后学会了划小船。摸到了船桨，拨着水，船在移动。到岸边了，她丢下桨，下了船，赤着脚从浅水里走上了泥路。天色好像有了点变化，看得见模糊的零乱的苇子秆儿。啊，这些苇子像是被人掰折了，踩歪了，看样儿真的是有人来过这儿呢。赤着脚趿着泥走了几步，苇子的根茬子扎得脚痛，只得弯下腰去仔细看着走。啊，泥地上有赤脚的脚印儿。顺着脚印儿走了一会，就走上了庄稼地里的小路。路上的脚印更清楚呢。仔细看去，有大有小。那大脚印看样儿是前掌落地，有时简直看不见脚后跟的痕迹，像是这人为了防滑，有意踮着脚用脚趾抓着泥地走。他必定是踮着脚走的。也许，他是怕脚步的响声被别人听见吗？真怪呀！他好像知道我要寻死，好像是悄悄儿来救我，是跟一个孩子一起来的。……哎，真是我的大恩人！

哪怕找到天涯海角，我也一定要找到这个人！

她就这么仔细地辨认着那些前掌落地的脚印儿，使劲地往前走，不停地往前走，忍着头昏，忍着疼痛，忍着疲累；实在走不动时，就坐在路边的湿地上歇一会，再往前走……

十 八

赵二鹏领着小鹰子摸黑回到坟场院里时，小兰子已经歪在炕角上睡着了。他也累得够呛，只好就在这儿过夜了。他先让小鹰子脱下湿衣裳躺在热炕头上，然后到院里把枪支和子弹箱塞进柴禾屋，用柴草盖好，又索性把破烂屋顶弄得塌下来，压在柴草上。然后到屋里，坐在灶门口，把小鹰子的小刀搁在手边以防万一，往灶膛里塞了一把干草，拨动火灰余烬，等那干草冒起烟来，就吹着了火。然后揭开锅盖，找到破碗，一边喝粥，一边烤着小鹰子和他自己的衣裳。听着外边的雨声小了，停了。他就拿着小刀，又顺手拿着一把铁锹，出了院子，又漫地里找起吴树根来。直到天色微明的时候，他信步走到那棵倒插槐附近，看见那沙堆上面像是有个灰黑色的东西。走上沙堆仔细一看，啊，是吴树根趴在他那死去了多年的女人的坟堆上！头颈被沙子埋着，两只胳膊露在外面，两只手抓在两个很深的沙坑里，一只腿蜷曲着，另一只腿直伸着。看起来，他在憋得难受时，两脚必定是使劲蹬过，从沙堆上的印子就看得出来。二鹏连忙扒开他埋头的沙子，抱着他翻过身来。鼻孔没有一丝气，心口和手脚全都冰冷了，僵硬了！

吴树根啊，就是这样，自己把自己埋进土里，去寻找他的亲人去了！

赵二鹏的头脑里轰地一响，踉跄了两步，扑到倒插槐浓密的枝条上，好半天才抽出一口气来，嚎了一声，心碎得再也嚎不出第二声来。定了定神，连忙飞一样的向村里跑去。

一会儿之后，这里就聚集来了十来个穷苦的庄稼人——是因为，天时太早，二鹏不愿意惊动更多的人。他们都是香炉镰刀会里的头目人，年岁老的，都是跟吴树根一起喝过鸡血酒，拜过生死盟的好兄弟。王大牛把他叔叔王老建也背来了。现在，这个半截铁人是真正的像个铁人，直直地、僵硬地、不动不响地坐在吴树根的尸体面前，只有瘦脸上的皱纹在颤动，眼泪在无声地往下滴。他旁边，是吴百川，蜷曲着身子跪着，头顶在吴树根的尸体上，全身一抖一抖地抽动着，也没有声音。没有一个人不是在哭，但是没有一个人哭得出声音来。人，悲痛到了极点的时候，在几天之前刚刚因为极大的悲痛狠着命地哭过以后，是会再也哭不出声音来的。有几个老人，只好跪在地上互相抱着，支持着身体，要不然就会昏倒。那沙堆坟头上的深洞，深洞两边用手挖成的沙坑，还有死人手里紧紧地捏住的两把土，还有他紧紧地咬在嘴里的、一个女人的头发髻儿，都在告诉人们：这个人的心，是多么真；这个人的情，是多么深；这个人是怎样在极深的悲痛里，在神志恍惚中，活了这么多年，现在为什么终于不愿意再在人间活下去，为什么要把自己埋进地里去，为什么要如此坚决地走进阴曹地府里去。这个人，他自己已经有声无声地哭了这么多年，他把人世间所有的悲痛味儿都吞咽下去了。所以，为了他，活着的人们还怎么哭得出声音来？

寂静啊！在这黎明的时候，沉重的寂静，沉重的悲痛，压迫着大地！

忽然，从村子那边传来了一个初生婴儿的哭声："苦哇！苦哇！苦哇！……"这孩子仿佛是刚刚被一场噩梦惊醒的；仿佛是既痛苦，又愤怒，在拼着全力向着这个世界提出抗议，提出挑战；仿佛是在说，你，不应该是这样的！仿佛是从大地的深处和远处，发出的呼喊。这一下倒把这群人们的哭声从内心深处抽引出来了，哭声啊，猛一下像缺了堤的洪水，使得大地都颤抖起来了！

平地山也早就跟着人们一起来到了这里。他是昨天半夜里，淋着大雨，挑着枪支，急急忙忙赶回来的。赵老恭一走，他对“家里”实在太不放心啦。现在，这里已经成了他的真正的家啦。是穷苦的老家，痛苦的老家，愤怒的老家，因此也是力量的老家，因此也就是他所最需要、最牵心挂肚、最有感情的老家啊！这时他也跟别人一样，跪在吴树根的尸体跟前，先是极力忍住，后来又到底忍禁不住，在痛哭了一阵以后，又到底忍禁住了。于是，他第一个站起身来，捡起赵二鹏身边的铁锨，在吴树根想把自己埋进去的地方，不声不响地挖起沙土来。立时，有两个带着铁锨和锄头的青年人，也帮着他挖掘起来。

都是穷得精光的人们，一时之间到哪里去找棺材？刚刚在几天前，好不容易才给赵家两个惨死的人凑合了两具棺材；并且，这儿实在也没有埋棺材的空地方呀！用张破席卷着吗？还不是跟光身入土一个样？既然他自己想跟他那知心的亲人紧挨在一起，那就让他俩紧紧地挨着吧。他嘴里咬着的那个头发髻儿，就是他夫妻相会的证物，就是他最好的殉葬的东西呢。不过，赵二鹏倒想起了一个好主意。他用锄头砍下了许多槐树枝子，均匀地铺在挖好的坑里。翠绿的颜色，带着昨夜的雨水，绵绵软软，使人们觉得总算给可怜的死人尽了一点儿心思。把尸体抬着平平地放了下去，然后再盖上一些槐树枝子。又大家动手，有的用铁锨和锄头，有的用手捧，把沙土堆了上去，用铁锨拍得紧紧的。

天已大明，大地上正在悄悄儿抹上一层淡淡的似金似银的颜色。人们像是还在依恋着什么，像是不肯就这样永远的跟吴树根分手，就都捡了一把剩下的槐树枝条，垫着坐了下来歇着。他活着时，俺们各人都是穷忙和忙穷，对他照应得很不周全。如今，他“去”了，俺们心里……

平地山自言自语似的说起话来了：

“……咳！穷苦的人我见过多多少，苦成这样的人……怎么说呢？在这个世界上，有些人总是开口闭口讲‘福气’，多少人是把自个的‘福气’压在别人的痛苦上，长在别人的尸骨上……”

大家都不声不响地琢磨老平这几句话的意思，沉默了好久……

死了的人不能再活过来了，悲痛不能改变世道，活着的人还是应该赶紧的做该做的事情。老平忽然把身子挪到赵二鹏跟前，对着他的耳朵小声问：

“那些宝贝家伙你都……藏在哪儿的？”

“跟着我走！”二鹏猛地兴奋起来，一伸手把老平拉了起来，两人一起快步走了。

十 九

吴家住了五辈子的坟场小院，在最后的一代人刚刚死了以后，好像在一夜之间又变得更加破败，更加空寂，简直凄惨得怕人。屋子里，锅冷灶凉，地上有几处屋漏水滴成的泥坑。炕上只有一张破席，一小堆破烂被子，两件破烂衣裳。鹰子和兰子想必是回村子里去了。不论这里那里，连一点人气儿也没有。

赵二鹏搬开压在柴草堆子上的几根木头，又用锄头扒掉压在柴草上的房顶土，然后掀开柴草，那两捆东西就露出来了。老平无限惊喜地抓住绳子提了提，好沉！昨天夜里真亏了二鹏挑回来！他隔着院墙埂子朝外边看了看，四外没人。廖家的狗腿子们如今轻易不敢到村北来，这样早的时候，又是在大雨以后，当然更加不敢来。昨夜他也累了，今早又伤心了一阵，现在实在想歇歇了，并且要趁着没人的时候跟赵二鹏说一件要紧的事。就又用草把那两捆东西盖好，然后坐在草堆上，叫二鹏也坐下来。他又从腰带上抽下烟袋杆，装好了烟，打着了火吸起烟来。他是最近才学会抽烟的。工作紧张，用脑子多，除了抽烟提神，有什么别的办法？

“二鹏同志，如今，我该叫你是‘同志’啦。有件事我要跟你商量一下，不过我先要问问你：金驼镇的军队要一步一步蹭到永定河那边去，这你是知道的。据说要一股一股的慢慢往那儿开去了好多万人马，要建立一条‘防线’，跟日本鬼子干一场。你想想看，这些军队顶得住日本鬼子吗？”

二鹏心想：“这话真问得怪，我又不是神仙，怎么能算八卦？”又一想，“他既是这样问，必定有道理。”他琢磨了一会，忽然明白了，摇摇头说：

“哼，我看八成顶不住。”

"为什么未必顶不住?"老平又盯住他的脸问。

"就跟动拳脚武艺一样,光想招架,不敢对人家下狠招儿,行吗?"

"说得对!"老平很高兴,心里赞了一句,"真聪明!"又接着说,"他们上面的大头儿要不是心虚胆怯,干吗要一股一股的慢慢往北边蹭?干吗不火速把这么多万人马开过永定河去,来它个主动进攻?从北京到山海关外,有一条北宁铁路,鬼子就是靠着这条铁路往关里运兵来打咱们。要是这么多万人开过永定河去,趁鬼子还没有运够兵马的时候,先掐断这条铁路,消灭通县等地的鬼子兵,再分兵两路:一路去把守山海关,把大门关住;另一路开回北京城外,跟二十九军当中坚决抗日的官兵一起,把那些没有援兵的鬼子包围起来,来它个关着门打狗,杀他个片甲不留,长中国人的志气,提中国人的精神,灭敌人的威风……"

"这可真是个好主意!"二鹏兴奋地抢着说。

老平磕掉了烟灰,又接着说:

"前日夜里,我在金驼镇带着一帮人给军队演戏时,一个姓余的营长到后台来看我们化装,跟我聊起来,我把他拉到一边,悄悄儿拿这个问题儿问他。你猜他怎么说?'咳!俺们倒是想这样干,你的话说到俺心里啦。上级不允许,听说还在暗地里跟日本人谈和平呢。服从命令是军人的天职,有什么办法?'我又问他:'要是往后真的修起了防线,真的打起来,那时日本人争得了时间,大大增加了兵力,上级又不肯给你们派兵增援,你们万一顶不住呢,怎么办?'他犹疑了半天,才说了真心话:'我看你也不是坏人,又很有点眼光,你是真的替国家担心,我就说实话吧,往后顶不住,有什么别的办法?照我看,只有撤退!往南退!'一听'往南退'三个字我就多了一份心,就问他,为什么不西走平汉路,东走津浦路。他说,一是绕得远,二是怕鬼子占了铁路线。哼,这就是他们的抗日精神!所以我就想:到时候,兵败如山倒,十好几万人能够集合起来走一条道儿吗?准是稀里哗啦,一股子一股子的,顺着各条大路往南跑,就必定有些溃军要从咱们这一带过。你想想,到时候要是廖祖道派人缴他们的枪,趁机会扩大势力,咱们怎么办?"

二鹏想了想,一拳头打在大腿上,咬着牙狠狠地说:

"狗日的,咱们要先下手为强!反正,那些松包兵拿着枪也没用,还准会趁着乱劲儿糟害老百姓！”

“说得太对了！你真是好样的！”老平也一拳打在大腿上。

“就是不知道他们什么时候来……”

“这可就很难说。也许十天半月，也许更久一些。所以咱们要天天都留神。这事昨天我临回来时也跟你姐商量过，叫金驼镇的弟兄们都要有准备。咱这里再过几天，就最好是天天有人在廖北庄村外的大街上，站得高，望得远——这，待会儿我就去廖北庄找人干。一有了动静，叫他赶快跑来给咱们送信儿。所以就最好有个人天天藏在坟场小院这儿等信儿……”

“老平哥，”二鹏连忙抢着说，“把这个事交给我！”想了想又说：“我要带着一帮小伙子们住在这儿，天天起火做饭，一块儿吃，一块睡。反正这会地里的庄稼只等熟，没活干。这样有两个好处，一是防着兵们跑得快，回村叫人来不及；二是廖家的狗腿子们万一来找吴大叔，咱们就干掉他，替吴大叔报仇，又得他们的枪……”

“不对！这个事应该交给我！”——两人谁都没有料到，随着这低沉的喊声，四条腿，三个人，从一丛子小树后面转出来，跳进了院墙土埂子。一看，原来是王大牛背着王老建，后边跟着吴百川。

王老建一边从大牛的背上往下溜，一边急得做手势，屁股刚落地，还没有坐稳当，就接着说：

“只要给我一面锣，一块四尺长的没用的破木板，让俺家大牛把木板平平整整地绑扎在这小院外边那棵大柳树的桠杈上，再把我送到板子上，每天给我送三顿饭，再给我两条破麻袋做铺盖，就保险刮风下雨都误不了事。到时候只要听见锣一响，你们小伙子们，无论是住在村里，还是住在这儿，都赶紧抄起家伙往北边跑，这才是万无一失！这样大的事，宁可经心百日，不可大意一时。二鹏他们怎么行？不是我小看他们，年轻人瞌睡多。并且他们还要时时防着廖家在村里再发坏……”

吴百川也兴奋起来了，甩着小烟袋：

“老平呀，老建叔这可是个‘一根柱子支千斤’的好主意！那棵柳树高，密得连风也不透，他的身个又小，谁也不会留心到那上面藏着个人。他又是个最熬得住苦的人。另外，廖北庄那个人来了也好找到他。”

“还有我，不时的来这儿瞅一瞅，给俺叔当保驾臣！”王大牛也兴奋地梗着脖子说。

吴百川认为这事算是定下了，就又扯起别的事儿来。刚才，他看见老平跟二鹏往这边的道儿上走，就想起来了，应该最后一次来看看吴树根的小破院。看了心里当然会难受，不看心里会有缺欠，会更觉得对不起吴树根。就叫了王老建和王大牛一起来了。没想到，离得老远就看见这院子里的破烂样儿，一股凄惶味儿猛地哽上了心头，三个人都心酸了，腿软了，不忍心进院子看了。吴百川更是头发昏，眼发黑，站立不住。就只好都坐在院墙外边树丛子那儿歇下来。正在心里难受时，却听见了老平跟二鹏两人谈的一段话，心里就又火热起来了。

这时，赵二鹏扒开了柴草，重新露出了那两捆东西。王大牛首先抢上去摸捏了几下，只说了个“枪”字，立时就高兴得跳起来。接着是吴百川上去摸了摸，转身就抱住了赵二鹏：

“我的好兄弟，真不愧是你爹的好后代！这才是‘一代传一代，万年不衰败’呢，哈！可是，好兄弟，你这是从哪儿弄来的？”

二鹏只得简简单单地把这些枪的来历说了说。

王老建只是直着身子坐在那里，一面听着二鹏的话，一面愣着眼神看着那两捆东西，好半天才颤动着胡子说出话来：

“树根兄弟，你，干吗要死！瞧我王老建，千熬万磨也活下来了，到底能看着咱们穷人的事业开了头！”

两滴滚热的眼泪，顺着他脸上的皱纹沟儿滴下了地。

平地山连忙声音暗哑地说：

“老建叔，我还没有来得及告诉你们呢，昨儿夜里我也把二鹏拿不了的那十条枪也带回来了！”

王大牛和吴百川又是一跳。王老建张着嘴又是好半天才说出话来：

“老平啦，刚才说的那件事，一定要交给我！我这把老骨头还能顶大用！”

平地山只好点头答应了他，并且规定了三条：第一，事情不会那么急，几天以后才“上任”；第二，再找一个合适的人，三天一轮换；第三，下雨天就让大牛去把他背回来。

王老建和吴百川两人又提出个新主意：既然老平以前学过两下铁匠活，二鹏小时候也是在铁匠炉边长大的，那就把张老梗的铁匠铺再办起来，门口还是贴着那副老对联："打铁我不怕硬，烧炼咱不嫌热"，再加个新的横额："千锤百炼"。这样，老平就有了一个名正言顺的落脚铺儿，从各处来找他谈事儿的人们就好"看招牌找店主"，就免得既费事又误事。

"瞧着吧，顶多再过一个月，咱们就要竖起抗日大旗，招兵买马，大干起来！"老平全身带劲地说。

赵二鹏和平地山扛起了那两捆东西，王大牛背起王老建，几个人就离开了坟场院。

二　十

其实坟场院里并不是空寂无人。院子的西南角上，大杨树的浓阴深处，有一个东歪西倒的秫秸围子，围子周围长着一些又高又密的酸枣刺、野麻、野草和野苋菜，原是吴树根家的厕所和积粪堆肥的地方。自从吴从贵老人一死，租种的地被廖家收回去了，就用不着积肥，也用不着这个固定的厕所，这儿就成了各种小动物的乐园。天近晌午时，那些野麻乱草响动了一阵，那个死里逃生的年轻女人张翠屏，先是伸出乱发披肩的头脸，瞪着惊疑的大眼，向满院子观察了一会，然后慢慢走了出来。她是循着那些前掌落地的脚印，一直到朝阳斜照的时候，好不容易才找到这里来的。幸亏大雨过后，没人下地，也没人走路，所以她一路走来都没有碰见人。一进院，满目荒凉的景象和死一样的寂静就把她吓坏了。这哪像住人的地方！"也许是藏坏人藏土匪的地方吧？"恐怖的想象吓得她心里发抖。正在这时，外面响起了急促而又沉重的脚步声，她就慌慌张张地钻进那个野草丛生的破烂秫秸围子里去了。

啊，她听见了几个人说了一些多么奇怪，多么惊人的事情！并且，从他们的话里听得出来，这些人正好就是廖祖道这个魔王的死对头！他们有两捆枪，是在金驼镇抢的廖府的枪！他们又是热心抗日的好汉，还在金驼镇演过戏，还要缴溃军的枪，还说什么"穷人的事业"。……可见他们不是什么歪门邪道的人。哦，最近廖府大院里的人们惊惊慌慌，风言风语，听说死伤了不少护院的人，丢了不少枪，也许都是这些好汉们干的吧？难怪有人在下大雨的黑夜里跑到苇塘边，必定是去侦察，必定是看见了我，不光不害我，也没有抢我的金戒指，还留下玉米饼子救我的命……

想到这里，她很想钻出来，跪在这些好汉面前求他们："救救我吧！"可是又一想，身上的薄绸子旗袍被那个沈恶婆的掸子柄儿打破了好几处，下船上岸时又被苇秆苇叶撕开了，刚才钻进这儿时又被乱刺枝子挂破了一大块。露身露肉的，像什么样子，会不会引起他们的坏念头？……她犹疑着，躺在地上不敢动，觉得满身痛，腿发麻，头昏手热，一定是病了，就不出声地哭了一阵，不知不觉就睡着了。等她被蚂蚁咬醒过来时，才发现，原来自己出了一身好大的汗。是大太阳晒热了地气，在乱草包围中闷出来的汗。这一来她反倒觉得全身轻快多了。

现在，她直着身子站在院子当中，活动了一下麻木的腿脚。怎么办？这院子真的没人住吗？如果有人住，就没有女人吗？外间屋的门是开着的，看得见灶门口有一些像是新烧的柴禾灰，可见是有人住过的。

她就大着胆子进了外间屋。看了看，灶上有两个很脏的碗，锅里有一些黑黄色的粥。进了西间屋。破炕上只有一堆破烂被子和两件男人的破衣裳。就又出来，推开了东间屋的门。哦，积满了灰尘的破炕上，搁着一口破箱子。锁扣锈脱了，边儿角儿都破烂了，沾满了灰尘，看不清是什么颜色，里面一定不会有什么东西。不过她还是好奇地掀开了破盖子。哦！她惊喜得简直呆住了！叠得整整齐齐的几件衣裳，一看领子和扣子就知道是女人的。衣裳上面搁着个锈蚀斑斑的镜子和一把破木梳子。她拿起镜子对着窗子照了照自己的脸，又赶快移开了——简直不敢看，哪像她！连忙把镜子翻过来，正想放回箱子里去，却发现镜子反面贴着一张纸，纸上面有几行字。纸色变黄了，字还看得清，原来是一首诗：

镜子还在人已亡
血海深仇泪沾裳
可怜痴情吴树根
朝朝暮暮想断肠

吴百川痛心流泪题于树根嫂子百日之忌辰

她猛地头脑里嗡地响，心里猛地空得像没有了心脏，像失掉了魂魄，头昏眼黑，站立不住，只得赶紧靠着箱子在炕沿上坐下来。……原来是一个冤屈死了的女人！她的丈夫名字叫树根。树根树根，对她的感情比树根还扎得深，多么想她！这口破箱子就是证明：必定是把她的这点衣物保存了好多年！……要是我死了，谁心痛我？谁来哭我？谁记得世界上有过我这个人？……啊，十六十七岁时，也天真地幻想过，羡慕过，纯真的爱情！为什么那些幻想好像都是前生前世的事情？现在为什么又猛下回忆起来了？哦，向往，向往！……可是，失去了！连向往也失去了！连幻想中的幸福，连对幸福的幻想，连向往的权利，也失去了，而得到的，是痛苦！无边无底的痛苦！

她又痛哭得全身抽动起来。

我决不能死！——最后，她又一次狠狠地在心里喊起来，就甩了一下头发，狠狠地忍住了哭泣。

含着眼泪拿起梳子来看了看，倒不很脏，就梳起头发来。想了想，又把头发编成了辫子。又在箱子角上找到了一条红绒绳，绑好了辫子梢儿。这才想起来："哎！该先换衣裳，瞧我这身上……"拿起衣裳来一看，有小褂也有裤子。虽然有几块大补丁，也不很脏。衣裳下面还有两双女人的旧鞋，还有一条白色的包头巾，鞋的大小也还算合适，真是太巧了，太好了！

这算不算偷？……不。清清楚楚记得，刚才有个老年人的声音说："树根兄弟，你，干吗要死！"这个"树根兄弟"不就是这个女人的男人吗？可见连他也死了，这一家大概是没人了。

哦，又想起来了。刚才他们几次说到"二鹏、二鹏"的，这个名字怎么这么熟？对了，就是王疯子出殡闹事的那一回，一阵筋斗把一群狗引跑了的那个小伙子。不记得当时是谁告诉我的，他姓赵，叫赵二鹏。我刚来村子的那天就见过他，是在大街上。还有他们刚才说的百川，不就是题诗的这个吴百川吗？可见他们都是穷人，都是好人。是坏人还会热心抗日吗？穷人里面还有能做诗的人，做得这么好，真想不到！

为了免得留下形迹，她把那件换下来的黑绸旗袍深深地塞进炕洞里。

现在，她全身上下完全像个乡下姑娘了。不声不响地离开了这个古怪的小破院子，走上了庄稼小路，把头巾拉得低低的，低着头怕人看见，向着村子走去。遍野里布满了金色的阳光，庄稼地里潮湿松软的泥土散发着香味，路边的小草上残留着银色的水珠。她好像从来没有见过这样的世界，也好像从来没有怀抱过这样新的希望。啊！这世界上要是没有了我，算得了什么，就好比死了一个小蚂蚁；可是，要是我没有了世界——这阳光，空气，泥土，露水，花草，一切……还有我自己，年轻轻的，不丑不笨，……哎呀，我怎么舍得！……不，我不能死！也别老是这么哭！……反正，刚才那些好人的名字我都记得，到村边穷家小户的人家一打听，准会找到的。他们会救我吗？会找个地方把我藏起来吗？我也能跟他们一块儿抗日吗？他们不是说很快就要招兵买马吗？反正他们是胖子魔王廖祖道的死对头，这正好。我可知道这个禽兽的一些坏底子。他在天津常去的城边路五十号，准是国民党特务的坏窝子，要不然为什么他每次去都是鬼鬼祟祟的不让人知道？还有那个天津话说得很不地道的小胡子怪人，我早就疑心他是个日本人，住在日本租界旁边的一家小百货商店里……

第八卷

一

有谁能够把祖国大地当作一张纸，把祖国的森林当作笔，蘸着祖国江河湖海的水，写出一部中华民族的近代史来呢？这部血与泪的历史太丰富、太深刻、太生动了！

一方面，是广大人民及其代表人物们，热血沸腾，前赴后继，力挽危亡，力求生路；另一方面，是奴隶总管们，病入膏肓，腐化无能，无耻屈膝，丧权辱国。卑鄙污浊严酷地统治着庄严神圣，对内摧残民族生机，对外任人宰割，极力保持奴隶总管的地位。然而民族的生机总是能够从血泊里求得生存，求得发展，不断地对着奴隶总管及其外国主子们进行猛烈的冲击。

最初是，鸦片烟这个奇特的毒品武器从外边攻进来了，企图使一个伟大的民族在不知不觉之中，血液外流，膏脂内空，骨软筋酥，自然灭亡。在遭到了爱国人士和人民群众的英勇抵抗以后，就继之以洋枪洋炮的残杀与宰割。接着就是上帝的“福音”与各种各样的洋货一起涌了进来，并且在中国生产了非常奇特的“洋奴思想”和“买办”怪物。

进攻，占领，割让，租借，通商，赔款——这是那时外国豺狼们所习用的共同语言，其最后的目的是瓜分和灭亡。

忍让，谈判，求和，承认，签字——这是那时奴隶总管们所习用的语言，实质上是屈膝，偷生，自残，亡国。

“宁与友邦，不与家奴”——这是当时奴隶总管的总方针。后来总管的人选尽管有所更换，这一方针的实质却一直没有根本性的改变。

一八九五年四月十日，满清皇朝的洋务大臣李鸿章，在与日本首相伊藤博文谈判台湾移交手续时，有一段非常耐人寻味的对话：

伊："一个月办完交割手续足够了。"

李："头绪纷繁，两个月才宽裕些。台湾已是日本口中之物，何必着急？"

伊："还没有咽下去呢。饿得很……"

"饿得很"——多么贪婪，多么狠毒！

"何必着急？"——多么卑贱！多么可耻！

我们的东邻在数十年前的"田中奏折"中就制定了"大陆政策"，就是因为对于中国大陆"饿得很"。他占领了台湾等地，取得了很多特权和赔款，还饿得很。占领了包括热河省在内的东北四省数千里江山，还饿得很。变相地占领了冀东、察北、察东等地，对华北地区步步进逼，步步伪化，还饿得很。而中国当局则总是："何必着急？"

但是，中国共产党和广大人们是忍无可忍的！"起来，不愿做奴隶的人们！"这激昂的歌声早已在全国范围内响彻了云霄！

于是，终于发生了一九三七年的"七七"事变。

按照东洋豺狼当时的说法，企图吃掉整个中国大陆，是"圣战"，是对中国的"惩罚"，是为了在中国建立"王道乐土"，是为了"东亚共荣"。在他们失败以后，竟然有人想用"进入"去代替"侵略"二字，去掩盖其历史罪行。是进入厨房？进入餐厅？还是进入用武力造成的尸山血海？——不管怎么说，终归还是由于贪婪狠毒的"饿得很"。

那么，当时的中国当局又是怎样表现"何必着急"的呢？

这里只引用当时北平《晨报》透露的一星半点若隐若显的情况：

四月二日：

天津日本驻屯军司令官田代皖一郎至丰台检阅日军，还有河边旅团长在丰台照料。下午来北平，"华北政务委员会"委员长宋哲元等设宴招待之。宴后，田代又至东交民巷检阅日军并训话。

四月八日：

（南京）中央政府外交部长王宠惠近来不断与日方交谈。日方于本日提出"中日经济提携，调整邦交，共同防共"之方略。

冀东与察北之伪组织皆正式宣布成立——汉奸政权由半遮半掩而公开化。

日海军检阅使由上海溯长江而上，检阅日本海军及陆战队。

沈钧儒等爱国七君子被继续关在苏州监狱中。

豫省灾黎数百万，以石粉草根充饥。灾情惨重，亘古未有。

国民党宣传部长×××发表《非常与平凡》一文，说“不惹事是沉着准备的好教训，不怕事是坚决牺牲的好教训”。实则“不惹事”就是他惹我我也不惹他，是退让怕事的别名；“坚决牺牲”是“抵抗必败”的暗示，题目则是要人们把非常严重的国家大事看得平平凡凡。这其实就是当时国民党的“方针”。

四月十一日：

一千五百名日本海军陆战队在上海演习。先演习巷战，继演习野战。“一时炮声隆隆，如对大敌”。最后又在虹口公园举行阅兵式。

四川省旱灾地区达一百三十四个县，挣扎在死亡线上的有三千五百〇八万七千余人。贵州省灾情亦十分严重。

五月七日：

“中日交涉前途黯淡”，日陆相认为“目前僵局不易打开，华北政治问题大感棘手”，对中国当局进行威胁。

日本与英国谈判，日本要求英国承认伪满洲国，并划分华南为英国势力范围，华北为日本势力范围。

五月二十六日：

广东汕头日本使馆人员殴伤我国警察，日本军舰来汕头往返示威。

（从这天以后，直至七月十四日以前，不知是该报漏报还是抄录者失误，竟无中日关系及卢沟桥事变的任何消息，实在遗憾得很。）

七月十六日：

十四日宛平县卢沟桥一带全线沉寂，“和平尚未绝望，当局认为应极力避免事态扩大”。

日军仍继续由国内调来部队，计有川口师团，板垣师团等。

十五日日本外交官川越在天津发表谈话，谓卢沟桥事件为地方性事件，应由地方解决，“日方无借此扩大至解决全华北问题之企图”。

日陆军部十五日发表谈话，谓“南京唆使平津抗战为消灭杂牌军队之计，实为中国方面肇启事端”。

“我政府仍与日方继续谈判”。

日陆相杉山十六日召集在乡军人会及其他团体训话，作战争动员。

十六日夜在宛平县吴家村及郭庄子一带发生小冲突。日军任意在庄稼地里放马，任意用坦克车压倒庄稼。……

下面是从其他报纸资料找到的一些零碎情况：

七月十一日，日方代表与华北当局议定中国军队由平津及卢沟桥永定河以东撤退、中日共同防共等条款。可是同一天，日本召开内务、外务、陆军、海军、大藏五相会议，通过进一步增兵华北的决议。十二日，日本华北驻屯军司令官香月清司赶至天津召开军事会议，作出增兵丰台、通州、密云、天津等地的部署。次日日军即强占天津车站，并在通州丰台等地故意挑衅。十四日，日本华北驻屯军司令部向宋哲元提出共同反共、取缔排日言论及团体、中国军队撤出平津等七项要求。十八日，日军六千人进入天津。这时日军入关部队已有五个师团，约十万人。宋哲元竟承认香月清司所提出的七项要求，下令大开北平城门，撤除城内各处的防御沙包，查禁抗日书报，并请孙连仲等部停止北上。但是，从二十日至二十七日，日军先后以步、骑、炮、坦克进攻宛平、廊坊、南苑、北苑、黄寺、沙河等处。于是二十九军的官兵忍无可忍，宋哲元只得下令在一切防地上奋起抵抗。但是，日军兵力已足，北平已四面受敌。二十八日宋哲元即撤至保定，二十九日师长佟麟阁阵亡，同时赵登禹也下落不明……

八月五日，国民党政府首脑人物之一的汪精卫竟在报纸上大放亡国论调：“……败了再打，打了再败，打个不已，败个不已。……和是吃亏的，战是要打败仗的。说实话，应该老老实实承认吃亏，承认打败仗。不但要牺牲，而且要牺牲到极度。要把我们的人力物力用竭，不留一点一滴。要预备被强国吃到肚子里去。我们应该守着弱国的态度，一齐去死，一直死到人家放下了刀！……”

汪精卫之流对日本帝国主义“饿得很”的胃口是多么了解，多么害怕！甚至于——多么同情，多么心甘情愿地把全部国土送进民族敌人的肚子里去！

也是在这同一时期，汪精卫还提出过这样的“方针大计”：“和必乱，战必败，战而后和，和而后安。”为什么“和必乱”？是因为妥协投降必定会引起全国人民的愤起反对。为什么“战必败”？是因为军队腐败无能，又不敢实行全面的和全民的抗战，害怕被压抑了多年的民族民主革命要求一旦爆发起来，他们就当不成奴隶总管。为什么“战而后和，和而后安”？打败了，不是我不打，是实在打不过人家，所以只好投降，这能怪我吗？如果你再反对，那就要“中日共同反共”了，所以“和”而后安——就可以安安稳稳地当儿皇帝了。当时汪精卫之流就是用这样的汉奸论调搞了一个“低调俱乐部”，以与中国共产党和全国人民的抗战主张相对抗。低调而且“俱乐”，是什么样的嘴脸，什么样的心肠！

然而不论汪精卫之流的调子如何低沉，怎么能阻止得住全国各阶层人民抗日浪潮的高涨？

卢沟桥的第一声枪响，是数十年来无数爱国志士和革命先烈，经过无数次可歌可泣的艰巨斗争，激发出来的。是辛亥革命、“五四”运动、中国共产党成立、北伐战争、十年土地革命、中国共产党的《八一宣言》、红军二万五千里长征、西安“双十二事变”、北平“一二·九”学生运动、沈钧儒等七君子的正义行动、陕北红军要求开赴前线……等等一系列重大的历史事件激发出来的。中华民族的优秀儿女，为了这第一声枪响所引发起来的抗战局面，经过了多少艰苦困难的斗争啊！流洒了多少滚热的鲜血和眼泪啊！革命烈士的尸骨，几乎可以铺满祖国的广大土地！

就在卢沟桥事变的第二天，中国共产党就发布了《中国共产党为日本进攻卢沟桥通电》，号召全国人民“武装保卫平津，保卫华北，不让日本帝国主义占领中国寸土”。仅仅是发表宣言和作一般的号召吗？要详细叙述中国共产党在卢沟桥事变前后所做的一系列艰巨的抗日救亡工作，那就得写几大本很厚的书！热血沸腾了热血，觉醒唤起了觉醒，生机催发了生机。中华民族抗日救国的热潮，空前地高涨起来了！没有任何腐朽的力量，能够阻止一个伟大民族用热血汇集起来的掀天巨浪！

二

那么，所谓“卢沟桥事变”，到底是怎样发生的呢？

下面是一九五二年，卢沟桥当地的父老兄弟，在一次心情激动的座谈会上所作的回忆。

……“驻扎”在丰台车站的一百多个鬼子兵，常常到宛平县卢沟桥附近的刘庄子一带分散打靶。丰台离宛平县城不过八里路。他们常常是早晨坐大卡车来。后来他们又占领了铁路桥东边不远名叫蚊子山的一座小山。有时他们还从石桥和铁桥过永定河西边活动，回来时好多次进宛平县城西门，穿城而过，从东门出去。

当时驻守宛平县城的中国军队，奉到上级的命令“不要惹事”，所以长官们胆小得要命。有一次，在西门站岗的两名士兵不让鬼子过去，领头的鬼子官像没有听见一样，根本不理，照样领着一队鬼子兵大摇大摆地穿城而过。又有一次，鬼子兵走过城里时，中国兵正在街边的空场上下操。天热，耍大刀耍得满身汗，都脱了光膀子。鬼子兵看了一会，大声讥笑，中国兵十分气愤。

想想看，宛平县城简直成了鬼子兵的过道屋，永定河上的两座桥——古石桥和大铁桥，简直成了鬼子兵的阳关路，把守县城的中国兵简直成了孙子兵，当兵的和老百姓能不气愤吗？民心能不慌乱吗？有一次，一个排长带着两名士兵，偷着出城去抢回了鬼子兵打靶用的一个靶子。那靶子竟是用木头做的中国兵的形状，头上是军帽，军帽当中还有个“青天白日”的帽徽，军帽下边是个愁眉苦脸的脸。士兵和老百姓们就更加气愤了。

有好多士兵拥到团部里去：

“报告团长，下命令吧，揍他狗日的！”

一大群老百姓围在团部外边等信儿。过了好半天，只见那些兵们红头涨脑，垂头耷脸，不声不响地出来了。人们问他们话，也不回答，也不朝人看，都像躲什么似的，很快就走了。

后来，宛平县的驻军换了防，接防的是二十九军冯治安的三七七师二十二团，团长名叫吉星文。这一团人可跟先前的那些官兵不一样，一跟老百姓说起抗日的事，劲头就大得很。直到好久以后人们才听说——不过，是真是假可说不定：吉星文团长是吉鸿昌的侄儿，吉鸿昌是共产党员，是西北军的军长，跟方振武一起领导过“察北抗日同盟军”，跟日本鬼子大干了一场，后来被蒋介石祸害了。也许吉星文团长是受了一点吉鸿昌的教育吧？反正吉星文团长一来，宛平县城墙上就加强了用沙包修的防御工事，县城北边大铁桥的东头也驻守了一排人。

有一天，我驻丰台的宪兵队给宛平驻军打电话，说今天丰台敌人又往西出发，装备跟往日不同，要到东兴庄和张仪村露营。

第二天，敌人一个指挥官就带着几名鬼子到宛平县城门口，说是演习时丢了一名士兵，要找专员兼县长王冷斋交涉，要到城里去搜查，我军守门的战士报告连长，连长命令在城关和房顶架机枪监视。

从此就跟王冷斋交涉了两天。两天后，也就是七月六号，守在铁桥东头的士兵发现早晨有三名鬼子兵到河边侦察。

七月七日天刚亮，一小部鬼子兵抓捕了两名中国老百姓，用刺刀逼着他俩背着，由铁桥北边的回龙庙偷着蹚水过了永定河，一上了岸就把两名老百姓砍死了。接着，一名拿着刀的日本指挥官带着一队鬼子兵从蚊子山出发走近了铁桥东头。我守军排长不敢开枪。士兵们气愤已极。排长上前交涉，鬼子指挥官假装不懂话，不理不答，继续往前走，到了排长跟前，一刀就把排长劈死了。后边的鬼子兵就飞快散开，冲锋抢桥。我军因众寡不敌，防备不够，一排人全部牺牲。铁桥东口就被鬼子占领了。同时偷渡过河的鬼子兵也走过铁桥向东头集中。

三营营长金振中马上用电话把这个情况报告了驻在长辛店的旅长，并说我军士兵忍无可忍，一定要打。接电话的旅参谋长就打电话用暗话向北平军部请示：“铁路桥头上的西瓜摊子翻车了，红瓤子全完了，大伙都憋不住了，怎么办？”回答是：“沉住气，切勿轻举妄动！”

这时敌人想抢攻宛平西门。吉星文团长在城上下了命令：“打！”——只一个字。十分响亮、十分坚决、十分胆豪气壮的字。这就是“卢沟桥头”抗日战争的第一枪。

八九点钟时，敌人向城里和古卢沟石桥西头的街镇上开炮。第一炮打伤了卢沟桥街上的一个孩子，跑回家去倒在炕上打了两个滚，流了一炕血，很快就死了。第二炮死伤了三个当兵的，四个老百姓。老百姓都慌乱了。卖菜的小贩撂下挑子就跑。不过更多的人反倒是，住在城外的跑进城里，躲在屋里的跑到街上，见了当兵的就问："有什么事要俺们帮忙吗？"立时，往城墙上扛沙包扛子弹的，往城墙下抬伤兵的，帮兵们挑水做饭的，忙得像穿梭一样。

有几个老头躲在庄稼地里数着数儿：整个上午日军向卢沟桥街上和宛平城里打了一千多炮。

中午平静沉寂。

下午，吉星文团长在城里的庆兴宫里召开班长以上的军事会议，讨论夺回铁路桥桥头的问题。正好长辛店的旅长来了电话："你丢了桥，抹自己的脑袋吧！"于是挑选了十六个班长，在天将黑时，由营长耿大嘴带着，分成南北两路从河西蹚水过河，先甩了一阵手榴弹，接着就抡着大刀冲上去，歼灭了几十名鬼子兵，收复了铁桥，残敌撤回了蚊子山。老百姓的胆子也大了，在远处围着看，觉得真解气。

鬼子又拼命地往城里打炮。

第二天，从通县增援来了一些鬼子兵。日本少将田代司令也从天津来了，站在蚊子山上指手画脚。城上的我军离得老远就看出他像个不小的官，一个士兵瞄得准准的，只一枪就把他撂倒了。鬼子当时就用汽车把他运回天津去，听说是在路上就死了。

就这样，敌我两方互相攻打了二十几天。

长辛店机车修理厂的工人，北平城里城外的学生，冒着烈日和大雨给军队送慰劳品……

"七七事变"为什么会在此时此地发生呢？

卢沟桥是一座横跨在永定河上的汉白玉大石桥。是金朝大定年间修造的。据说有六十六丈长，六丈六尺宽，颜色洁白，拱如玉带，造型优美雄伟，巨大的石兽用力顶住两头的桥头，桥两边两排栏杆石柱排立，每个柱头上都有精雕细刻的大小石狮。它自金代以来就是南来北往的咽喉之地。再加上大桥东头有一座宛平县城，城虽极小，却很像一座桥头堡，就使得这个咽喉之地越发增加了军事上的重要性。为什么是咽喉之地？因为北京城是永定河以北半壁江山的重要城市，是几代封建王朝的都城，是政治文化的重要中心。它西北边有燕山山脉和太岳山脉为屏障，东南边被渤海所隔绝，南边的永定河就成了它在数十里地以外的护城河，同时也是祖国东北半壁江山跟南边广大平原的分界线，卢沟桥就成了这条护城河和分界线的重要孔道，宛平城就成了守护这个孔道的堡垒。自从满清末年修建了京汉铁路以后，又在石桥北边不远的地方修建了一座横跨永定河的大铁桥，卢沟桥这个地方就更加成了这条大动脉是否能够畅通的命根要地。日本帝国主义者既然要夺取平津，进兵中原，断绝我军北援之路，怎么能够不占领卢沟铁桥和宛平城？全国人民对于日本帝国主义的狼子野心怎么会不了解？我国的军队又怎么能不在这里奋起抵抗？

但是，这还只不过是军事上的原因。

想一想吧，当时奋起抵抗的二十九军士兵，不正是在一年多以前用大刀、枪托和水龙头镇压过“一二·九”学生运动的军队吗？不正是看见逮捕和残杀主张抗日的共产党员的军队吗？不正是亲眼看见日本帝国主义者如何对华北五省步步进逼的军队吗？不正是亲眼看见过东北四省的难民如何流落于北平街头的军队吗？不正是亲眼看见过日本鬼子如何用中国士兵的形象做练习射击的靶子，如何用指挥刀劈死中国士兵和人民的军队吗？不正是直接间接受过中国共产党许多宣传教育的军队吗？而且，他们当中不是有很多来自社会底层的劳动人民吗？

再想一想吧：如果没有中国共产党在此以前所作的一系列重大的历史准备，在此以后所采取的一系列重要行动，即使卢沟桥头打响了愤怒的一枪，即使二十九军的官兵们奋起抗战，能够引起后来伟大抗日战争局面的到来吗？能够成为“抗日战争的第一声枪响”吗？要知道，当时中国的当权者的确是别具一副心肠的。当时日本帝国主义者其所以那样狂妄，就是因为看清了中国当权者的这种心肠。汪精卫之流为什么敢于公开宣扬“三个月必定亡国”之类的论调？为什么不想一想这种论调所起的毒害影响？“攘外必先安内”，是长时期的“既定国策”，是绝对不肯根本改变的。一系列重大的历史事实证明：所谓“攘外”，其实就是“让外”，当然也包括崇外、媚外、依外、恐外；所谓“安内”，其实就是“残内”，也就是压内和杀内；如不“残内”，怎能“让外”？这难道不就是“宁与友邦，不与家奴”的另一种说法吗？长时期的这种“精神训练”和“行动训练”，当然会给绝大多数嫡系和非嫡系的文官武将们造成精神上的深远影响。所以，当时在永定河上，除了发生过“卢沟桥事变”这样振奋人心的重大历史事件以外，也发生过非常可耻、非常荒唐、非常出人意外的历史事件！

永定河啊，它能够忘记这一切有关民族命运的历史经历吗？

三

打着抗日旗号的中国军队陆陆续续地开到永定河边来了。这个军那个师的，番号很多，口音不一。都是一些“杂牌”，不是真正的“蒋系”，也没有统一的总指挥部，据说一共有十几万人。他们是要从卢沟桥附近到天津附近的杨柳青，利用高大的河堤，建立一条将近两百里路长的“永定河防线”。永定河南岸沿河十几二十里地以内的村庄，都驻扎满了横枪竖炮的人马。

老槐树庄的人们头一两天就得到了军队要来的消息，就都做好了准备：把年轻的姑娘媳妇们，或是送到几十里地以外的亲朋家里去避难；或是让她们带着干粮水壶到村外最隐密的柳树林子里去躲避；把牲口也赶到柳树林子里去拴起来，在它们身边堆放着够吃若干天的草料，让老人孩子和姑娘媳妇们看守着；把鸡关在鸡窝里，猪关在地窖里。各村还有些财主大户人家，全家坐上大车，带着细软财物，往南方逃难去了，把家交给可靠的穷亲戚或是佣人看守着。可是绝大多数的庄稼汉子都没有跑。既然是要在南岸的河堤上挖战壕，修工事，庄稼人谁不愿意为了打日本鬼子出一把力气呢？谁不愿意保卫家乡呢？挖河堤，就是为了修筑免灾免难的堤防呀！

军队在天刚亮时突然开进了村子。立时就引起了全村鬼哭狼嚎似的狗叫声，响起了砸门打户的叫骂声。不管是住男人还是住女人的屋子，也不等你腾空出来，就把满是灰尘的背包一类的东西往炕上一丢，找到脸盆就舀水洗脸洗脚。不管你家有多少粮食，“老乡，给俺们做饭！”鸡，从鸡窝里掏出来了；猪，从红薯窖里捉出来了。鸡和猪的叫声惊得天上的飞鸟不敢落脚，惊得全村的狗都夹着尾巴乱窜。

“鬼子要是打过来了，还有啥东西是你的？”

“你们藏得密密紧，是想留给日本鬼子吗？”

对！只要你们真的打鬼子，俺们什么都舍得！连性命都舍得！

挨家挨户，把所有能够劳动的人们都看管起来，都交代了“干什么”和“咋样干”。

头一天干到深夜，民伕们和当兵的一起，在当官的指挥下，在三丈高两丈宽的河堤南沿上面挖了一道半人多深、看不到头、曲曲弯弯的长壕，把挖出来的土拍紧在壕沟两边。两米远一个单人掩体，一丈五尺远一个机枪阵地。从第二天到第四天，又在河堤下面挖了一条同样看不见尽头的交通壕，还有若干条通往沿河各个村庄的支岔壕。第五天，把沿河十五里以内所有村庄家家户户的门板都拆下来，扛到河堤上下的壕沟上铺起来。第六天和第七天，又用同样“征集”的办法，把所有这些村子各家装粮食的麻袋收起来，装上沙土，一层层地堆压在战壕和交通壕上面。到第八天，这条一百好几十里长的永定河防线就大体上修成了。现在就只剩下在每个村子里挖修军部、师部、旅部、团部、营部、连部的掩蔽所了。

老百姓们以为，有了这样好的防御工事，日本鬼子还过得了永定河吗？门板、麻袋和劳力算得了什么！兵们吃些粮食鸡猪算得了什么！即使把河堤挖坏了，发大水把村庄淹掉了，又算得了什么！人是不会都淹死的。大水过后，土地还在，劳力还有，苦日子还是能过下去——只要日本鬼子不过河！只要国家能得救！

人民啊，总是用劳力去填补损失，用希望去编织梦境，代代相传，永远如此。

正当一群一伙的军队慢慢向着永定河边移动的时候，白老敬却病倒在几十里以外的金驼镇了。头上身上烧得烫手，昏迷不醒，常说胡话，上吐下泻，茶饭不能进口。劳累、焦心，在庙会上吃了不干净的凉粉，喝酒熬夜，老弟兄俩回忆了一辈子痛苦的人生道路，是得病的原因。亲亲热热的赵大哥不告而别，想说的话没有说够，再加上下大雨受了凉，就加重了病情。正像俗话说的：“老人老人，经不住折腾”。赵大鹏虽然有急如星火的大事要办，怎么离得开身？怎么能让小凤儿一个人流泪啼哭干着急？怎么能光让悲苦梗心的姐姐担愁烦？他请了镇子上的三个老医生来看过，吃了几剂药，没有效。又听了穷哥们的劝告，到离着几十里的一个村子里去问到一个偏方，又到这村那村寻找一两味很难找到的药，回来以后又赶紧泡制。偏巧正在这个愁得要命的时候，陈万有老人由于一连几天没有睡好觉，下大雨的那天夜里又受了凉，本来就有点不舒服，他却瞒着不说，跟着大鹏和金姐瞎急瞎忙，最后也病倒了，这就更增加了大鹏、金姐和小凤儿的焦急和忙碌。真是祸不单行，急上加急。就这么一直忧愁忙乱了六七天，白老敬才退了烧，能喝点稀粥，陈万有的病也完全好了。大鹏和金姐这才放了心，嘱咐了小凤儿和陈万有许多话以后，姐弟俩才趁夜里回了老家大廖家府一趟。

是半夜进的村，悄悄儿从学馆院跨进自家的院子。两人先是不声不响地站了一会，看了看院子和门窗，听了听屋子里轻轻的鼾声。然后，像是约好了的，不声不响地拿起靠在墙角上的两把铁锨，咬着牙，把学馆院里的一堆废土轻轻地铲过来，加在枣树下边的两座新坟上，然后用脚踩紧。眼泪成串地流，眼睛模糊了，黑地里什么也看不清了。好在一切都是熟悉的，不用看。就让眼泪一个劲儿地流吧，流吧。活着时照管得太不够啊，尽心得太不够啊，反倒让老人为儿女操碎了心，最后又死得这么惨。怎么报答？怎么弥补？光是给坟上加几锨土，就算是尽到了半分心吗？先是大鹏到底忍不住，跪倒下去趴在坟上，像老牛喘气似的粗声痛哭起来。紧接着，金姐也丢掉了铁锨，一头栽倒在坟上，哭着，喊着：

“苦命的妈哟！痛心的妈哟！我，还有你女婿金生……”

她，怎么说得下去！怎么哭得成声！

西屋的门开了，先是赵二鹏拿着一支枪冲出来，愣了一下，扑过去使劲抱住了哥哥。接是小鹰子和小兰子冲出来，扑过去紧紧抱住了姐姐。四个人就都放开声音嚎啕大哭起来。

天色在哭泣声里慢慢粉白了，起得早的穷乡亲们急急忙忙赶来了。

四

跟乡亲们，跟平地山，整整说了一天话。这家留吃饭，那家拉串门。多时不见，又是在家里遭了大难以后，又是在村子里发生了一连串的大事以后，怎么能很快就走？

偏偏又碰得正巧，傍黑时平地山要出远门，得过几天才能回来。干什么去？悄悄儿送一个女人到白洋淀去。安顿到朋友家里。什么女人？廖祖道的三姨太太张翠屏！

“喝！怪！”赵大鹏一听说这个事，就惊奇得跳起来，连忙拉着姐姐往吴百川家走去。

吴百川家在北大街的一条深胡同里，小土坯院子门框上还是那副已经变得纸破墨淡的对联：

与众不同不是怪

学未成材非圣人

横额是：“半瓶子晃荡”。

赵大鹏本来也认识几个字，并且也多少次听过吴百川讲解这副对联的意思，所以从前每次一看见这副对联就想笑。可是今天他却只是不在意地看了一眼，就跟姐姐一起，一阵风似的撞进了院子。

正好碰见吴家在吃“早晚饭”——是为了老平和别的两个客人早点吃饱了趁天未全黑时多赶点路。吴百川的老伴和女儿绣红都在外间屋锅台边等着添粥添饭。屋里炕上，围坐在炕桌边吃饭的，除了平地山和吴百川以外，还有两个女人：一个年轻白嫩，眉眼出奇的俊秀，吃饭时动作文雅，却又是乡下姑娘的打扮。赵大鹏猜得出她就是那个张翠屏。另一个女人，四十来岁，脸色黑红，粗手大脚，穿着补丁衣裳。“不是本地人。”赵大鹏正在这么猜想时，平地山连忙作了介绍，原来是特地从白洋淀来“有事”的周大嫂。

几句闲话过后，金姐有意紧挨着周大嫂坐着，小声跟她攀谈起来。赵大鹏却竖着粗眉，瞪圆了大眼，不声不响地盯住张翠屏，像是瞪视一个可厌可恨的怪物。张翠屏也觉着了他那吓人的眼光。一会，她放下了饭碗，溜下炕来，从炕边的小桌上提起茶壶倒了一杯茶，双手捧到大鹏跟前，微微一笑：

“请喝茶。”

“你倒瞧得起我这样的人！”停了一会老赵才接过茶来，冷冷地说。

张翠屏微微撇了撇嘴，坐在炕沿上，像是自言自语：

“嘿，也不知道到底是谁瞧不起谁……”

“那，你说呢？到底是谁瞧不起谁？”老赵挑战似的问她。

“要按我说，是你瞧不起我！”张翠屏也挑战似的大声说，“你那眼睛瞪得怕死人，连眨都不眨一下，看了我这半天，为什么？我还不知道你那肚子里的蛔虫？”

“得，行。那你就说说我肚子里的蛔虫吧！”

“哼，肉头魔王廖祖道的小老婆，不要脸的臭女人，财主家的玩意儿。你就是这么想的，对吧？”

“哼，总算说对了一半。”

“还有一半我也猜得着。”张翠屏又撇了撇嘴。

“那你就索性都抖落出来吧！”

“你大半是想：在财主家穿绸摆缎，吃香的喝甜的，整天尽享福，什么事儿也不干，干吗要跑出来？你也许以为，我是到穷人窝子里来当探子的吧？是安着邪心来坏你们的事儿的吧？……嘿嘿，我说对了吧？一瞧你那眼神我就猜到了你的心思。眼睛瞪得哟，真要把人吓死！嗘！”她又撇了撇嘴。看起来她倒挺泼辣，这会儿她也挺高兴。

“你倒挺会猜。哼，到底是没有白跟财主贴过心，学会了弯弯拐拐地琢磨穷人心里想什么。”赵大鹏又冷冷地说。

“你可是又说错了。我是来你们这儿才学会的——这几天我碰见多少个你这样的人，只不过是你跟别人不一样。……”

“哦？怎么不一样？”

“样子更吓人，说话更逼人。不过，刚才我为什么给你倒茶水？说实话，我倒觉得你这人挺不错：对财主们有一股更深更狠的恨劲儿。我没说错吧？”

呀，真是个怪女人！眼睛尖，心眼巧，说话又直，没有半点年轻媳妇扭捏羞臊的味。

老赵索性来它个盘到根子问到底：

“那，你干吗有福不享，要跑出来？”

“这可就跟你说不清。”张翠屏摇了摇头，眉毛尖子颤了颤，想了想才说：“你大概以为有吃有喝就不苦……”

“哈哈！”老赵可就忍禁不住冷冷地笑起来。“你，苦？哈哈，得，世界上大半再也没有享福的人！”他站起来，脸红了，看样儿还想说出更加难听的话。

别的人们一直在听着。老平已经吃完了饭，连忙一溜下了炕，走过来把老赵的肩膀一拍：

“兄弟，别说了，别说了，相信我老平吧，往后你会明白的。”

吴百川也放下了碗，隔着饭桌子说：

“哈，依我看，张翠屏有长进，这几天的玉米粮食她倒越吃越香甜。大鹏老弟，咳，黄连是很苦，苦楝也不甜，苦味不一样，都难往下咽，你懂吗？世界大着呢，各样稀奇事儿多着呢。……”

老平打断了吴百川想要大发议论的兴头，转身对着金姐，非常郑重地说：

“告诉你，是昨儿夜里得的准信儿：廖祖道前日到县里去了。干什么？头一条，想活动一下，让县里的头面人物们选他当县长。第二条，想收编正要散伙的县保安队，带去了一笔款子，给他们关饷。你想想，他要是真把县里的印把子跟枪杆子都抓到了手，金驼镇的保安小队跟警察所，是不是会名正言顺地归了他？等到日本鬼子一来，他会打什么旗号？这片地方会变成什么人的天下？所以呀，事情紧得很，险得很。……”

一篇话说得所有的人都兴奋起来。金姐抿了抿嘴唇：“趁着天还不黑，咱赶快走！”拉了一下正在发愣的赵大鹏，离开了吴家。

五

金姐把带来的两双大人鞋，四双小孩鞋，都交给了二鹏。又嘱咐了二鹏一些话，又跟鹰子和兰子亲了亲。姐弟们又免不了流了许多泪，又最后看了几眼那两座坟，这才出门上了路。

在村外闷声不响地绕过了廖府自种地的地界以后，天色就黑上来了。赵大鹏有一肚子话憋不住，姐弟俩就边走边谈地说起话儿来。

“姐，咱俩别这么闷着，你再一回给我开开窍儿吧。”

“开什么窍儿？只怕用多大劲也掰不开你的心坎儿。”

“我真不懂……”

“什么事不懂？还在想着刚才那个小媳妇的事儿吧？”

“不光是那个女的古怪事，还有别的。”

“别的什么？”

“老平……”

“老平怎么啦？”

“干吗要把那个小媳妇的事儿看得那么重，在这个要紧的时候误工夫，亲自送她去白洋淀？让那个姓周的大嫂子把她带去不就得了吗？”

“你呀兄弟，大半是做木工活儿做傻了，光会看着一条墨线儿走。刚才你干吗不留心我跟周大嫂说的话？你大半以为，一眼就看得出，这个大嫂是白洋淀里光会划船撒网捞虾织席的女人吧？嗨呀，你可看错了人。你不知道她，她可知道俺们赵家的人，赵家的事，还有咱大廖家府的事。你猜她是来干什么的？是特地来给老平送信儿，叫他回淀里去商量要紧的事。你再想想看，叫老平去跟谁们商量事？商量什么事？你以为共产党光是老平一个人吗？你以为……我一听周大嫂的口风，就知道了：在咱河北省这一大片地面上，像老平这样的人一定很不少，像咱们这样干事业的地方也一定很不少，咱们庄稼人抗日本，变世道，这大事业一定能够闹起来。就光说这个周大嫂吧，模样半点也不出奇，可知道的事儿比咱俩合在一起还多得多。……说到那个张翠屏，周大嫂也知道她有舍命抗日的心，咱干吗不收留她？从她一跑出廖府阎王殿，第二天天一晴，廖肉头就得到了信儿，就赶忙回来了，一到家就跟老骚胡子廖云阶闹了个家翻宅子乱，把老家伙气病了。廖肉头也不管老家伙的死和活，一边派人到处去找张翠屏，他自个又到县里去干他的事。财主家狗咬狗，你说说，是好事还是坏事？张翠屏干吗要跑出来？当廖肉头的小老婆，你想想，就那么好受吗？你呀兄弟，哪里懂得当小老婆的女人的苦处！我可在俺们镇上见到过，有享福的，也有受苦的。我再对你说一遍：可不能一见到不顺眼的事儿就冒火……”

“嗨！得……”

停了一会，金姐又说：

“他廖府的老祖宗不就是靠着当奴才头儿发起来的吗？我就是想到这事儿才明白过来的——那个女人准是受不住当奴才的味。听老人们说，前清的臣子太监们见了皇上，都自个说自个是奴才，这可是千真万确的事。俺们镇上就有这么一家老财主，直到这会儿还常常对人卖光彩：‘咱们的老祖宗早先给皇上当奴才，那才威风呢！皇上一高兴，赏的银子几个人都抬不动！’别人问他：‘要是皇上生气呢？’他说：‘哎呀，那可了不得！赶紧趴下去头撞地：奴才该死！奴才该死！’你瞧瞧，这样的人还像不像个人！”

“姐，得，我好像明白一点了。真他妈的，气死人，恨死人！……”

六

白老敬的病总算完全好了，只因身子太虚弱，又不得不听了金姐和陈万有苦苦地劝说，耐着性子养息了三四天。直到这天后晌，才趁着太阳小，天凉快，由赵大鹏用小车推着，跟小凤儿一起，动身往北走。金姐一直送了他们三里路。临分手时，白老敬无限感慨地说：

“侄女啊，你真比我的亲生女儿还要亲。糟扰你这些时，你半点也不嫌烦，往后，在这个动乱年头，但愿老天爷有眼，咱们两下里都平安。另外，我还有一个要紧的事要托付你：你爹，我那千好百好的赵大哥，只要他平安无事地回来了，你就赶紧给我送个信，叫我这颗悬着的心落下来……”

金姐转身往回走时，白老敬的眼眶都潮湿了。

永定河边驻了大军队的消息，前两天就传到金驼镇来了。所以三个人都恨不得插上翅膀飞回家。可是，白老敬坐在小车上颠得头发昏，一路上只得走走又歇歇。离老槐树庄还有二十里路时，每逢走近一个村子，就响起了吓人的吼声：“口令！站住！”为了免得生麻烦和被抓伕，又只得摸着黑绕开村子走，所以直到夜深了才走到本村附近的柳树林子里。

夜里进村，必定会引起站岗的大兵的疑心，又会说你是什么坏人，什么汉奸。并且，谁知道村子里现在乱成什么样儿了？先歇下来想办法打听一下再说吧。老赵一个人先走进林子深处听了听：哦，有羊叫声和驴叫声，还像是有男男女女说话的悄悄声。好啊，必定是有人。瞧，远处的黑影里像是有一片白色呢，像是一群卧着的羊。果然，头一个碰见的就是牧羊老人邹老梦。先用咳啃声互相试探了一下，这才互相走到跟前来，用惊慌的眼神互相瞅了一下脸，这才彼此都放了心。

“哎呀！”老人小声颤颤地说，“这可好了！这可好了！她，自家的大姑娘，惦记她爹，惦记你，连做梦都……走吧，跟着我……我是在这儿，帮他们望风儿的。我孤孤寡寡一个人，受苦受累一辈子，活够了，要是有凶险，就让我先碰上吧。临死我也得喊叫一声，叫他们快跑。说到我这群命根子羊，人都活不成了，还管什么羊！……”

老赵又回去叫着白老敬和小凤儿，一起跟着邹老梦先到树林子更深更远更黑的地方。

又是用咳啃声互相打了招呼，又是走近了互相瞅了一下脸面——原来是几个月以前离乡外走的黄老祥！黑地里看去，直像一棵断头弯身的老枯树，却是一棵能够活动身子的老枯树，扑上来就抓住了白老敬的胳膊：

“大叔啊，真没想到还能活着见到你！……”

原来这里有一个临时用柳树枝子搭成的窝棚子。正在睡觉的黄大婶和黄菊花，还有连在黑地里都看得出脸色格外苍白的白鸾，都赶紧起来了。小凤儿只叫了一声“哎耶”，三个姑娘就紧紧地拉扯着，拥抱着，挤在一起坐在地上，用眼泪、哽咽和话语，诉说起离情别绪来了。只有黄大婶呆呆地靠在窝棚门口的树桩子上，抄起衣襟来擦眼睛。

是什么样的遭遇啊！

黄老祥的亲戚，在卢沟桥街上开茶馆的“话匣子张”，房子被鬼子的炮弹炸塌了，十三岁的儿子炸死了，只好带着一家往西边山里逃难去了。黄老祥就不得不带着黄菊花母女俩和几个月的小奶孩离开了卢沟桥街上，一路东飘西荡，又讨饭，又卖短工。白天热，夜里无住处，再加母亲吃不饱，奶水少，小奶孩就得病死在大路边，埋在野地里了。最后，不管女儿菊花怎么不愿意，一家三口还是只得往老家走。快到村子时，才知道村子里驻了兵，所以，一家人只好住在树林里，用柳树条子搭了个小棚子，每天到人家的地里掰嫩玉米填肚子，到郑黑眼家的瓜地里去打井水喝，到今天已经有几天了。

白鸾，是军队进村的那天早晨逃出村子的，带出来的干粮和饮水早完了，每天也只得靠吃嫩玉米过日子。

邹老梦惦记他的羊群，又不忍心听这些酸心事，跟白老敬和赵大鹏说了几句感慨的话，就走了。

白老敬因为头昏，只好靠着树坐着，哼哼咳咳地听着黄老祥的诉说。

"妹子呀，你说说，往后，就算年头太平了，我还怎么在村里……"黄菊花对着小凤的耳朵小声嗡嗡地哭着说。

"你是说在村里没脸见人吗？"小凤咬着牙说，"依我看，越怕鬼就越有鬼，不怕鬼就没有鬼。你应该扬起脸来做人，挺着腰杆走路，看谁还敢笑话咱！谁家的闺女媳妇敢保准不出事？要是鬼子来了，连是死是活都难说呢！我还要告诉你，从你一走，大雨哥就想你想得病了一场，好容易病好了，就三天两头儿到俺家串门儿，打听你爹是不是有信来……"她又转脸问姐姐，"你是怎么啦？是有病吗？可了不得！"

白鸾并不是有病，是猛一下心酸心慌得头发昏，也是由于几天没有吃过正顿饭，太虚弱，所以坐不住，靠在小凤儿身上，手压在额头上。这时她对小凤轻轻说了一句"别管我"，就站起身来，从赵大鹏身边走过去，扶着一棵树停了一下，又走了几步，又扶着树停下来，头往手腕子上一搁，像是要倒下去。天虽黑，这一切赵大鹏都看得很清楚。我日思夜想的亲人啊，你是怎么啦？他心里一阵酸痛，顾不得再跟黄老祥说话，也不管是不是当着别人，一起身冲过去就扶住了她。白鸾也就势往他身上一靠，小声说："到那边，没人的地方……"老赵就用颤抖的大手扶着她，走到更远的密林深处，在完全听不见人声的地方停下来。白鸾全身一软，坐了下来，却把身子往一边一扭，低着头，轻声哽咽着：

"人家、人家，天天想你、时时想你，心，空着、悬着，像掉了魂，恨不得、自个就跑到、金驼镇、找你去。可你倒好，一天不回来，两天不回来，三天四天五天还是不回来。今日好容易回来了，见面了，连一句话也不说。你，是怎么啦？是忘了俺，还是，怎么的？……"

"妹子啊！"老赵靠近过去，扶着肩膀扳过她的身子。"刚才我不是说了吗？大叔，他，病了……"

"那，你干吗，见了俺，半句话也不说？"

"刚才我的那些话，不就是说给你听的吗？"

“你是说给老祥叔他们听的！”

“不对，我就是说给你听的！”

“那你干吗不叫俺？不转过脸特意地看着俺？”

“亲人啊，连你怎么睒眼睛我都看见了。只不过，当着人，我，怎么好意思叫……”

“你，没良心！”她往他身上一倒，又哭起来了。

停了一会，却又仰起头来仔细地看着他的脸，笑了：

“哎，你，好人啊，是真心。瞧，眼里也有泪水哩。你这个硬人也流泪！嘻嘻……”

她反倒用手儿替他擦起眼泪来。

“咳！”老赵叹了口气，“这回你总算相信了。妹子呀，”他喘起粗气来了，“你不知道，这些天，我有多少伤心的事！有多少着急的事！可是，不论多着急，多伤心，我心里总是，装着你，常常，夜里一合上眼，就看见你！……”

“真的？”

“妹子呀，你怎么老是不相信我！”

白鸾低着头想了想，又柔声说：

“要是真的，今日你就要依着俺，俺叫你怎么着，你就怎么着，你愿意吗？”

“好人啊，你说吧！”

“咱俩都跪在这儿。”她自己先跪在沙地上了，又拉着老赵，“你也跪在这儿，咱俩肩并肩地紧挨着。”

赵大鹏照着做了。

“这是干吗？”

“亏你，还用问？这年头，谁知道有今日还有不有明日？谁知道老天爷让不让俺俩，真正成夫妻？俺要你，这会儿就跟俺一块，拜天地，结夫妻。这么着，俺就哪怕立时就、就、就死了，心儿里也、也是高兴的，甜味儿的。”

“好亲的亲人啊！”老赵感动得声音发抖了。“真没想到，你……这样……得，我一百个依着你！”想了想，又说：“可有一样，咱俩光拜地，不拜天，行吗？”

“干吗不拜天？”

“我不相信天，天不向着咱穷人。地，虽说咱没有半分自个的地，可不管怎么着，地上的路咱能走，地上的土咱能站脚儿，咱在地上能睡也能坐，总还有个落脚处，总算能长到这么大，是个六尺高的男子汉……你就依着我这一条吧！”

“好，我依你！”白鸾笑了，在昏黑里也看得见她那雪白的牙齿，黑亮的眼睛。

他俩在膝盖前面的地上捧着沙土堆了三个小堆堆，又顺手捡起三根小枯树枝插在沙堆上当做三根香。然后一齐磕了三个头。然后，由白鸾提头儿先说一遍：

“土地老爷爷啊，咱俩，白鸾子跟黑鹏子，今日磕头盟誓，结为夫妻。从今往后，他就是俺的人，俺就是他的人，永生永世，白头到老，任凭天塌地陷，谁也不能把他从俺心坎里掏出去！”

接着，赵大鹏就照着重复了一遍。他的话刚完，白鸾就全身发颤地向他扑倒过来，抽泣着，脸却在笑，在他的耳边嘤嘤地说：

“可好了，可好了，可不是梦，是真的，是真的……”

赵大鹏只是使劲地亲她，痛热地亲她。

忽然，轰！轰！轰！三声天崩地裂的炮响。紧接着就是撕破天空的嘶嘶声，很快又是三声炮弹落地的爆炸声，比刚才的三声轰响还要震耳朵，好像连大地都被震得发起抖来了！

两人都吃惊地跳起身。白鸾吓得把脸紧紧地贴在老赵的肩窝上。赵大鹏猛地想到了自己是她的保护人，很快就使自己镇定下来，想了想，急切地安慰她说：

“别怕，打不着咱们。你没见跟前的树枝子连动都不动？炮弹落地的地方离咱们顶少也有半里地。”

果然，眼跟前只有很细的柳树枝子才有点轻微的颤动。白鸾放心地叹了口气。

刹那间的寂静过后，拴在树林子里的大小牲口就蹦弹起来了。有的牲口一定是挣断了绳子，在树林里，在大路上，发疯般的奔跑起来。同时村子里也响起了闹闹轰轰的人声和狗叫声,大概是当兵的和老百姓都被惊吓得奔跑起来,嚷叫起来。远处,邻近的各个村子也传来了隐隐约约的人喊马叫的声音。

原来,沿永定河南岸,凡是听得见炮声的村子,这时都乱成了一锅粥。老百姓当然都惊惊慌慌,可是他们不知道往哪儿跑;很多兵却不等命令,有的去钻战壕,有的去钻庄稼地和树林子。于是,破天荒的奇迹,遗臭万年的怪事,发生了!

据后来沿河一带老百姓传说,事情的经过是这样的——

连长赶紧往营部打电话:

"报告营长,敌军从对岸的曹家府向我村打炮。村外四处马蹄声响,可能是敌军的骑兵已经偷渡过了河!"

营长又给团部打电话:

"报告团长,敌人的骑兵已经偷渡过了河,村外马蹄声很大!"

电话逐级打到了五十里路以外的军部,就变成了:"我军已经被敌人的骑兵包超了后路,某团的团部指挥所已经被敌人的炮火摧毁了!"

"撤退!"——"撤退!"——"赶紧突围撤退!"——"全线撤退!"——又据说,这是从军以上的"上面"传下来的铁板钉钉的"死命令"。

就这样,所谓"永定河防线",就在敌人的三声炮响之后,在敌人还无力渡河南侵之时,在各级长官的自我惊慌当中,瞬息之间就彻底地崩溃了!

真像永定河的洪水冲破了堤岸,先先后后,千军万马,在各自找寻到的千百条道路上,向着南方,奔泻起来了!从黑夜到白天,人马的脚步声响遍了横宽一百几十里路的原野!

这是六年以前,东北数千里江山不战而退的继续;也是后来华北数十万军队一泻千里的开始。历史啊,记住吧!

在这些军队里,只有一小股在撤退到大清河以南以后,打起了抗日旗帜,接受了中国共产党的领导,不断发展壮大,后来成了河北平原上一支抗日的中坚力量,为人民立下了不朽的功勋。人民将永远记住他们!

七

“这是怎么回事?”赵大鹏紧紧扶住白鸾,侧着耳朵听着。“兵们在撤退吗?”他大吃一惊,让白鸾等着,自己跑到靠近大路的林子边一看:果然,无数牵连不断的黑影在奔跑,脚步声里夹杂着枪械的碰撞声,炮车的隆隆声,牲口的蹄子声,还有长官骂兵的声音,互问番号的声音。“妈的,他们真的在撤退!”他气得咬牙切齿,跑了回去,扶着白鸾,走去跟白老敬他们聚到一起。

每个人的心都在发冷,下坠,都气得发抖,又很惊慌。

树林子里响着人们互相问答的话语:

“鬼子过河了吗?”

“鬼才知道呢!”

“依我看,屁事也没有!”

“你怎么知道没事?”

“要是鬼子过了河,他们明知道这边有中国兵,又听见军队这么跑,还能不打枪?还能不追过来?”赵大鹏大声对所有的人们说。——其实也是为了给白鸾宽心。

“是呀!”白老敬应声说。

“怪!……”黄老祥不住地摇头叹气。

不少人惊惊慌慌地从树林子里往南跑。沙地,一陷半脚深,前进一步退半步,真吃力啊!

赵大鹏一看,除了他和小凤是两个壮实人,其余的,一个是大病刚好,而且是饥渴劳累了半天一夜的老年人,四个是几天没有正式吃饭喝水的衰弱人。他估计没事,决定不走,跟小凤一起跑到停搁小车的地方,一人拿来了一把刀子,准备万一有什么凶险,就拼。

时间在沉默和不安中过去了,天色渐渐变白了,各种各样的声音渐渐听不见了,连村子里的狗叫声也稀少了。

牧羊老人邹老梦在那边树林子里大声喊叫起来:

“喂——!没事了,咱们回去吧!”

"你怎么知道没事?"老赵大声问他。

"好多人都顺大路回村啦!"

"村里还有军队吗?"

"全都他娘的跑光啦!"接着就是恨恨的冷笑声,"嗬嗬!我见过狗跑得快,兔子跑得快,可没见过当兵的跑得这么快!都说我邹老梦一辈子老做梦,可我什么时候做过这样的古怪梦?妈的,指望他们打鬼子哩,这可好——怎么得了啊!"接着,随着甩鞭子赶羊的声音,他竟呜呜地颤颤抖抖地哭起来了。

他不是回村里去,村里没有引他牵挂的家产和亲人。一担旧水桶,是挑水饮羊用的;一卷破衣被,是在树林子里露宿用的;都丢在刚才那个地方不用管。只有这二十几只羊才是他的家当和亲人,这些天它们也像人一样受了委屈,今日可要赶到青草茂盛的地方去让它们填补填补肚子。

八

白老敬说什么也不肯坐小车,谁也猜不出是为什么,赵大鹏倒猜到了:除了小脚的老娘们,哪有老爷们坐手推公鸡车的?叫乡亲们看着是多丢脸!他就出了个好主意:黄大婶几个月来磨难得有了心跳胃痛的病,刚才一受惊,病又犯了,应该坐车;黄家的破烂行李也应该搁在小车上;这一来自然就应该由黄老祥推小车,他自己就搀扶着白老敬,既可以叫白家父女三个都高兴,又在乡亲们面前显得自己有孝心。

一路上,前前后后都是从树林子里出来的老人和女人,有的牵着牲口,有的提着东西,一个个都是面黄肌瘦,惊惊慌慌,连说话的声音都是嘶哑的。

小凤儿悄悄地对黄菊花说:

"瞅见没有?人们谁不可怜你一家子?谁有半点笑话你的意思?抬起头来走吧!"

她自己先给黄菊花做样儿,扬头挺胸,好奇地向四面看去。啊,地里被兵们踩倒了多少庄稼,是正在成熟的好庄稼呢!杀千刀的,吓得连正路都不走!忽然,她尖声叫起来:

“哎耶,那儿有一支枪!”

话音刚落,就一纵一跳钻进了庄稼地里。不大一会就又一纵一跳地出来了,两只手高高地举着,大声喊叫着。不是一支枪,是两支,肩膀上还挂着两条子弹带!

“你——!”白老敬想责怪她什么,一时想不出词儿,也没有力气嚷叫。

军队的枪,能拾吗?——人们都睁大了眼睛看着小凤。

赵大鹏却狂喜地一跳,喊叫起来:

“这可太好了!拾枪!咱们都去找!他们敢丢,咱们干吗不敢拾?不拾,留给日本鬼子吗?”

他从小车上抽下黄老祥的扁担让白老敬拄着,就跟着小凤儿窜进了庄稼地。小凤又回身对着黄菊花和白鸾喊叫:

“哎耶,你们两个干吗不也一块儿来拾?咱们素日怕这怕那的,不就是因为那些黑心肠的家伙们仗着枪杆子发横吗?快来吧,地里的枪准多着呢!”

白鸾心想:“鹏哥那样高兴,凤丫头又说得有理,俺干吗不跟着一块儿去拾?”就忘记了身子弱,拉着犹疑不定的黄菊花,也跑进地里去了。

白老敬想了想,只好不管。

庄稼地里露水很重,小鸟乱飞,刺猬缩成一团不敢动。忘记走了多久,走了多远,只觉得工夫不大,每个人就都捡到了三五支枪,几条子弹带,还有几袋子手榴弹。每个人都兴奋极了。正想歇下来喘口气时,抬头一看,啊!怎么走到离河堤很近的地方来了?哎呀,堤上的工事,堤下的交通壕,像两条巨大的长龙,虬虬曲曲,矫健雄伟,气象惊人。堤上的大树都伐光了,连树根都被工事埋住了。家乡家乡,住了多少年的家乡,变样儿了!

几个人都呆住了。

又是小凤儿眼睛尖,首先发现:堤下面交通壕一个黑黑的洞口上,也靠着两支枪!“哈!”赵大鹏欢喜得炸雷似的一声喊,扛着枪支子弹跑上了大堤,放眼一看:好家伙!这凸卧在堤上的工事,顺着城墙一样高大的河堤,弯弯曲曲地伸向远处,没有尽头。他心里说:“孬种们,干吗要跑?光是这股势头就能吓住鬼子兵!”他大声笑着,招呼三个姑娘也赶快上来,自己先找到个入口钻进工事里去。只走了几步就看见了：喝！机枪、步枪，都是枪口朝着对岸，搁在一些掩体里的枪眼上的。壕沟里还有好多箱子弹和一堆一堆的手榴弹。“要是打起来，鬼子吃得下这些玩意吗？真他妈孬种！”他狂喜地扛起一挺机枪，冲出了工事出口，看见几个人正在大堤上不远的地方张张望望，认出了是冯大雨和冯大水他们几个，就一跳三尺高，用震动河谷的声音大叫起来：

“哈！哥儿弟兄们，干吗那么傻瞅着？快来捡枪呀，太多啦！”

“哦——！赵哥，是你呀！赶巧在这时候回来啦？军队的枪，能拾吗？”冯大雨他们七言八语地问。

“他们丢了，咱们捡起来打鬼子，是天公地道的事！不拾，留给日本鬼子捡去打咱们吗？你们怎么这么傻！”

“咱们也能拿枪打鬼子吗？”又有人问。

“怎么不能？咱们有胳膊有手没有？”

“嗨！……”

那群小伙子们就也都钻进工事里去了。

九

“鹏哥，快，又得了三支！”白鸾兴奋地喘着气，在工事里艰难地走着。人们为了让大兵们好好打鬼子，把壕沟的沟底修得多么平！可白鸾实在拿不动了，在平地上也走得东歪西倒。

赵大鹏连忙抢上去接过了她手上和肩膀上所有的枪支子弹。他已经是满肩膀的枪皮带和子弹带，只得躬下腰来用膝盖顶着胸脯走。

“不行！”白鸾连忙抢上去从他肩膀上拿下几支枪来。“不要命了是怎么的？傻！”她笑着，猛地有了劲，跑开了，不让他再把枪夺过去。

黄菊花正在使劲抱着几支枪低着头歪歪趔趔地走着，猛地跟一个人撞了个满怀。一看，正是她眠里梦里思念的大雨哥！两人都愣住了。两对眼睛互相呆望着。“你，瘦多了！”两人的心里都是这句话。不是做梦吧？不是。瞧他，在流眼泪呢。瞧她，也在流眼泪呢。光线虽然暗，眼泪却亮晶晶。嘴唇——她的，抿得很紧；他的，在动，想说话。说什么呢？

“妹子啊！”他轻轻喊了一声，丢下了手上和肩膀上的枪，不顾一切地扑上去了，紧紧地抱住了她。“我可把你，拾回来了！拾回来了！”在她耳边轻轻地磨蹭着，轻轻地说着。原以为是走遍天下无处找，没想到今日一下子就“拾”到了，真像是“拾到了”啊！啜泣，抚慰，颤抖……

“哥，赶快，赶快……媒人……”

“妹子，放心吧，白大伯……，明日我就去找他……”

“你，不，嫌我吗？”

“不让你说这话！不让你说！”他赶紧扪住了她的嘴。

她，更加又感激又心酸地哭起来了。胸脯子贴着他的胸膛一起一伏地颤动着。他感觉到了，他的心，碎了。

只有小凤儿站在远处的暗地里看见了。她还是第一次看见，第一次知道，这就叫——情分啊！她的心也颤抖起来了，好一会儿她才醒过来，赶紧调过身去，轻轻地走开了。

可是，快拾枪吧！有了枪就什么也不怕，就不怕没脸面活在世界上，就不怕臭汤罐子、魏三麻子、日本鬼子！

许多邻村的人也在工事里东奔西闯地奔跑着。他们也在拾枪呢！

枪支子弹在大堤上堆了一大堆。赵大鹏高兴地大声喊叫：

“都听我的，今日我是司令！”

他让女的先回去，小伙子们，有的继续拾枪，有的来回往村里扛。扛回去的枪先一起堆放在白家的院子里，往后就发给大伙儿。谁有种，谁抗日，就发给谁，搞起一支队伍来！

十

黄菊花刚刚感动、欢喜、心酸得太厉害了，加上多少日子以来又饿又累，加上几个月来的痛苦和惊吓，现在全身软得简直走不动路，只得由小凤儿和白鸾姐妹俩扶着走。进村口时，正好碰见了自家隔壁的、全村有名的死庄稼头、外号叫做“破伞”的冯柱。这人还是穿着那件衣襟张开得像把伞一样的硬粗布褂子，伸着又尖又小的脑袋，张着大嘴，用吃惊的尊敬的眼光看着她们。这个怪人，多少年来只要村子里来了黑道子踩窝，他就要因为白家有一对花朵儿似的闺女而幸灾乐祸。他自己全家拼着命地干活儿，挤着汗水当盐吃地过日子，从来就暗暗的瞧不起左邻右舍的穷人家。今日他怎么倒透着这样的眼光来看人？哦，白鸾和小凤都明白了：就是因为她们三个都背着枪。枪，是冯柱最害怕最尊敬的东西。白家花朵儿似的嫩闺女敢拿枪，白家的女婿黑大鹏弄了这么多枪，这么多小伙子帮着白家的人搬枪，可了不得啦！姐妹俩互相看了一眼，心里同时都涌起了一股自豪的味儿，都抿抿嘴儿笑了笑。

小凤儿忽然说：

“咱们索性背着枪从大街上走过去，把菊花送到家，叫全村的人们都瞅瞅吧。好在这儿离她家也不远，几步就到……”

白鸾想了想，下了决心，应声说：

“行！就这么着！”

大街上碰见的男女老幼都睁大了眼睛朝她们看。

“菊花，你回来了？”不断的有人吃惊地问。

“回来了，她们一家子都回来了！”小凤儿抢着代替黄菊花回答。又不住地小声鼓励菊花：“抬起头来，怕什么？再扬高一点！”

菊花也真的甩着辫子扬起了头，让人们吃惊地看着她那美丽的脸。她也大胆地，用又黑又亮的大眼睛看着人们，看着这又熟悉又陌生的故乡。一股新的勇气不知不觉地在她心里生长起来了。她一次又一次地把搭在眼睑上的一绺儿头发掠到耳后去，为的是把这个故乡，这些乡亲们，看得更加清楚些。

“你们，怎么，枪……？”人们又不断地问。

“俺们拾的！”这回是白鸾抢着回答。“俺们家拾了好多呢！”从十四岁起，多少年了，她这是第一次在自己村子的大街上走，并且是大大方方地走，更是第一次这样跟人们大声说话儿。她所说的“俺们家”，其实就是说的“俺鹏哥”，所以，她怎么能不脸发热，心有些跳？

大街上，家家的门板都没了，家家都像老年人吃惊地张着没牙的嘴，像是在问：世界怎么一下子变成这样了？家家院子里乱糟糟，一些男人女人正在打扫呢，气恨的骂声从这家传到那家，隔着院墙互相应和。可是，骂有什么用？是该着遭劫难的世道儿啊！——这是许多年岁大一些的人的结论。

路边一家院墙里响着一个姑娘尖嫩的声音：

“勤擦洗，勤扫地，练勤快，知爱惜——这是俺爹你说过多少遍的话。可是你瞧瞧，这些兵们怎么这样不知道爱惜庄户日子？未必他们都是财主家的大少爷？……”

“他们是牲口养的，连拉屎撒尿也不知道看地方！”是个老年人的声音。

三个姑娘路过郑黑眼家的大门口时，小凤故意拉住姐姐和菊花在那没有门板的门口停了一下脚，并且“哎”了一声。正在指点儿媳妇春梅和长工唐小三扫院子的水萝卜，猛一回身，先是吃惊得眼皮子一跳，连手上的一根小棍子也掉到地上了，接着就鄙视地撇了撇嘴巴。等三人走过了门口，就听见那泼妇喊叫：“喂，快出来看看稀罕吧！”接着就是一阵脚步响，三人站住脚回头一看：郑黑眼已经来到了大门口，躬着身，背着手，伸着头，愣了一会，像是明白了是怎么回事：“没王法，呸！”朝门外吐了口唾沫，赶紧缩进门去，在院里吼起来：

“妈拉巴子的，给我滚回屋里去，没什么好看的！”

“我偏要看！”随着这尖嫩的声音，郑黑眼的三女儿郑银花出现在大门口。一身家常打扮，一脸严肃的神气。水萝卜扭着身子出来拉她，她索性几步跑到街道当中，抱着手臂挺着胸呆呆地看着。两匹看门的大黑狗好像也欢迎她到街上来，摇着尾巴蹦蹦跳跳地围着她转圈儿。

三个姑娘已经走远了，还听见郑黑眼在院里喊叫：

“妈拉巴子的，只要我郑某人在，你们就不用想狂到天上去！”

“你们听见没有？”小凤儿说，“是骂俺们呢。记住他这话，兴许有算账的那一天！”

“真是！往后……”白鸾也恨恨地点了点头，却又不知道往后怎么着。

十 一

黄家在几个月以前用粗木条子钉得严严实实的院子门和屋子门，现在也都没有了，倒是省得用家什撬。菊花一走进院子门就看见，窗子外边那棵石榴树照样结了一些小石榴，院子角上她自己种的几棵指甲花也照样开着鲜红的花。她心里一喜。家呀，从小儿在这里长大的家呀，无比亲切的家呀，夜里常常梦见的家呀，你好像也没有忘记我呢，瞧这指甲花开得多红！我还要染指甲，我还要爱好看。院墙上面的狗尾草在点头，小杏树的枝子在招手。门口的台阶，天天到院里抱柴禾做饭，天天踩，还是那么平整……哎，做梦也没有想到，我还会回来呀！在外边要饭的时候，看见别人家的家，心里是多难受哇！

黄老祥正从院里搬着一口大锅往屋里走，一回头，就扬起了眉毛，变了脸色，声音发颤地说：

"你们，真的都、捡到了枪？就这么从大街上张张扬扬走过来？嗨呀我的天！你们怎么就不懂得：财多招贼，人俊招邪。枪，是什么好玩的东西吗？不能防祸倒能招祸。想想看，黑道们要是知道咱们有枪……又都是大姑娘家，嗨！……"

急得直顿脚，当着白家姐妹俩又不好说狠话骂闺女，只得走进了外间屋，一边把锅往锅台上安放，一边骂起该死的军队来：

"住就住吧，干吗要瞎糟害？据邻家的蔡大哥说，光是为了烧开水喝，怕烧的炕太热，有现成的锅台不用，把锅拿到院里用砖头架起来烧。挑水，水桶把一口用了两辈子的大水缸撞破了。桌子、板凳、箱子、柜子、窗棂子全都劈了当柴烧。炕上的席，临逃命时揭去盖了子弹行李车。把个家糟的光剩下个空房架子！连房顶也给蹬踏得裂了口子！往后还怎么过日子啊！幸亏没有挖地三尺，没有把埋着的那一瓮粮食挖出来填了他们的黑肠子，要不，眼时就没有吃的……"

黄大婶也正坐在屋里的炕沿上叹气发愁。

可是，几个月来一直忧郁呆闷的黄菊花反倒挺活泼，挺高兴。把枪一放，找到个破扫帚头儿，就急急忙忙在屋里屋外扫起地来，一边尖声嫩气地说：

"爹，妈，别发愁。没席用草铺炕，没缸用桶装水。只要人活着就是便宜。咱不是到底还有个家吗？比这些时四处里讨饭不是一百个强吗？莺姐姐跟凤妹子，你们说是不是？……"

黄大婶和黄老祥都吃惊地看着白家的姐妹俩：俺这闺女，怎么一早晨的工夫就变了个人？

小凤儿觉得正好是时候了，把枪往炕沿上一靠，高兴地扑到黄大婶怀里，对着她耳朵嘘嘘了半天。黄大婶听着听着，脸上的愁容换成了笑容，先紧紧地捏了一下小凤的手，然后站起来往房门口走了一步，对着门外把手一拍："她爹，这可好啦！"又怕闺女在外面听见了害羞，赶紧顿住了话头。

小凤刚才嘘嘘的那些话白鸾站在一边全都听见了，不觉高兴得脸红了，眼亮了，赶紧拉着小凤，带着枪，离开了黄家——妈妈一定还在家里等着她俩呢！

十　二

姐妹俩都没有想到，一走进院子就心一沉，所有的门都空了不用说，连鸡窝也塌了，猪圈棚子也倒了，廊沿下边的花盆东倒西歪，小块菜地里的小葱一棵也不剩。院子当中堆着一大堆枪支子弹，一群小孩围着看。西邻家响着冯柱老婆的悲哭声和冯柱的咒骂声。老爹白老敬坐在外间屋门口的台阶上，苦着脸流泪，看见她俩进来了，就有气无力地颤抖着声儿说：

"你们的妈不在家，不知道是死了还是活着，我也没有力气去找人打听。家糟践得不像样子。你们什么也不管。大鹏他，光顾得弄枪，一直还在大堤上……"

妈妈不见影了，这可是姐妹没有想到的事！人家的老年人不都是好好的在家里吗？她俩正要出门去找人打问时，正好赵大鹏和冯大雨几个人扛着最后一批枪，后面跟着全身破烂的郭老二，急急匆匆地进了院子门。

"俺跑远了，回来就晚了。"郭老二一进院子就大声说。"老敬哥，你急坏了吧？大嫂，她，是大前日夜里，给臭汤罐子，带着两个兵大爷，还有他的两个姓安的爪子，把她带走的。为吗事？说是团长怪她不肯给抗日兵蒸白面馒头吃，尽给啃玉米饼，还是半生不熟的。又问她大姑娘鸾子藏到哪去了，干吗不留在家里给抗日兵爷做饭洗衣裳？又问大鹏跑到哪去了？

大嫂半句话也不吐……"

赵大鹏已经搁好了枪。这事他已经听郭老二说过一遍，早已气炸了肺，就拿起一支枪，一拉拴推着子弹上了膛，又吩咐大海和大水弟兄俩看守着这堆枪，然后对着正想报仇泄恨的冯大雨一招手：

"走！"

两人都拿着枪，出了院子门。

小凤儿和郭老二也拿着枪追了出去。

白老敬气得横了心，如果不是实在走不动，他也会拿起枪来追去的。

村公所的院子里，满地是骡马粪尿和车轮印子。大"办公室"里，满地是碎纸屑和纸烟头。桌子上堆着麻将牌，窗台上竖着空酒瓶。正面墙壁上还是那张变了颜色的蒋委员长肖像。赵大鹏他们在后边一间西屋里找到了臭汤罐子。喝！这简直像一间新房。花纸顶棚，粉白墙壁，红漆桌椅，钟镜摆设。炕上，红花被单裹着一个头发松乱的女人——是郑黑眼的大女儿金枝儿，睁着惊慌的眼睛看着站在门口的三个拿枪的人。臭汤罐子正在洗脸，把湿脸向门外一扭，猛一下张大了鲶鱼嘴，鼓大了蛤蟆眼，连忙两下子把脸擦干了，装出笑脸，点头哈腰：

"各位乡亲哥们儿，起得早，运气好……"

"你给我滚出来！"赵大鹏声音像炸雷。

臭汤罐子连忙迈出了房门，捋了捋袖子，打躬作揖，正要说什么时，赵大鹏一把抓住了他的领口，拽得他差点摔倒：

"说，白家的老太太在哪儿？"

"哎呀！"臭汤罐子反倒叫起屈来，"这个事可不能怪村长本人我，是驻军团长大人……"

啪啪！冯大雨打了他两个嘴巴，骂了几句脏话，让他领着，来到后院邹老梦平时睡觉的那间小破屋门口。赵大鹏使劲扭开门上的铁锁，推开门一看：白大婶反绑着手靠着破炕沿站着的。浑身是土，脸上瘦瘪得皮包骨，咬着牙，发红的眼睛先朝赵大鹏、小凤儿、冯大雨和郭老二四个人看了看，又对他们手里的枪看了看，然后狠狠地盯住汤罐子那吓得变成了铁青色的浮肿脸。小凤儿痛心地叫了一声："妈呀！"扑上去，一边急急忙忙替她解绳绑，一边哭着问她：挨打没有，受伤没有。又告诉她，捡了好多好多枪。白大婶只低声说了一句："好啊，也有今天！"就由小凤儿扶着，颤颤巍巍地走出了屋子，领着人们，来到前面的大办公室，往一张椅子上一坐，深深地吸了口气，然后低声颤抖地对小凤说，

"丫头，我两天两夜水米没沾牙，又没睡好觉，总算没有死，没力气说话。兵们都跑了吧？哼，夜里我都听见了。好，我对着你的耳朵教你，你照着我的话，对这个披着人皮的狗，咱们来他个一报还一报，他怎么挑唆那个狗团长对付我，我也怎么对付他。先叫他，跪下！"

陆陆续续拥进来一些人，差不多把大办公室挤满了。这真是破天荒的稀罕事呀：老百姓扛着枪来捉拿郑黑眼豢养的咬人狗、魏三麻子的盟兄弟、老槐树庄的地方官、没人敢惹的毒牙蛇、满身是刺的荒子头。谁不想看看这场"老百姓审官"的案子怎么审？谁不想解一解积压了多少年的心头恨？

大人小孩，男的女的，都屏住声息，瞪大了眼睛。

那边"新房"的门扇早被郭老二反扣住了。任凭郑金枝怎么在里面哭喊、求情、砸门、叫骂，郭老二只是冷笑着守在房门口，眏着红烂的眼皮子，一声也不吭。

小凤大声下了命令。大鹏和大雨使劲一推搡，臭汤罐子就不得不乖乖地跪在白大婶面前，磕头捣蒜地说好话。

小凤又照着妈妈的话问他：

"说，你有几笔账要算？"

"多，多得很，吃喝嫖赌，样样都有……"

"先说眼面前的事！"

"我都实说，我都实说。这不能怪我，是王团长，他的部下对他告状，说是……"

"干吗要又打又踢，死逼着我妈招供俺家大鸾姐的去处？是安的什么毒心？"

"那也是王团长那家伙，坏透了，把郑大爷家的二姑娘也霸占了，拐走了。……"

"你胡说！那狗团长怎么知道俺家大鸾姐的？还不是你这张臭嘴巴使的坏？再不说实话，立时就揍死你！"

“哎呀！这可是冤又冤，枉又枉，隔着棉衣挠痒痒。是王团长这个坏家伙找别人打听的。妈的，这个鬼团长真是个馋嘴猫……”

赵大鹏不等臭汤罐子再说下去，就三拳两脚把他揍得趴在地上嗷嗷叫起来。

其实，本来是这么回事：在金驼镇，郑黑眼在跟廖祖道谈话当中提到了他跟土匪头子魏三麻子的交情，引起了廖祖道很大的兴趣，就对郑黑眼透露了很想见见这个魏三麻子的意思。郑黑眼高兴极了。回家后又发现了两件木已成舟的事，一是住在他家的王团长看上了他的二女儿郑玉叶；二是大女儿郑金枝竟然住进了村公所，跟早两天回来的臭汤罐子“自由”了。他就想到了一个今后八面依靠，在本地称王称霸的门路儿。他早就从廖祖道对水萝卜的神气上看出来，这个胖家伙是个色鬼，只有美人计最容易生效。臭汤罐子就以女婿至亲的身份向他献计：“照着白家下手。”那回深夜在河边挨打，除了赵大鹏和白老敬的徒弟们还会是谁？正好趁此报仇；白家一再拒婚，正好趁此解恨；借王团长的威势，用“对抗抗日军人”的罪名，压服白大婶，诈出白鸾藏躲的地方，叫魏三带着人绑票，把这个全村最出色的姑娘送给廖祖道。这就必定能得到廖祖道的欢心，必定会让魏三麻子受到赏识，必定会对今后的事情大大有利；还可以，至少是气走赵大鹏这个刺儿头。昨夜军队溃退时，王团长把郑玉叶带走了。臭汤罐子为什么安安稳稳起得这么晚，一点也不慌张呢？是因为他早已做好了“中日亲善”的准备——这也是郑黑眼愿意让大女儿“自由”的一个原因。

臭汤罐子当然不会把这些事实都说出来。

赵大鹏和冯大雨正在像捶打肥猪似的捶打着臭汤罐子的一身肉，忽然从围观的人们后面嚷嚷叫叫地挤过来一个人——原来是全村有名的“破伞”傻冯柱。他冲到臭汤罐子跟前，脸色铁青，结巴嘴张合了半天，好容易才说出两句话来：

“你！你、你、你、你，还我的、骡、骡、骡子！”

“什么？”臭汤罐子扬起头来问他，“你他妈破伞也成了人精？也来趁势儿踩踏本人我？”他索性忍着疼痛歪歪倒倒地站起来，走到冯柱紧跟前，瞪着凶光逼人的鼓泡眼：“这堂堂正正的村公所，是你他妈站脚儿说话儿的地方吗？你他妈给我滚出去！”——这几句话其实是说给看热闹的人们听的。

人群里有会听话音的，生气地躲在别人背后喊起来：

“冯柱，揍他狗日的！”

冯柱果然捏紧了拳头，又结结巴巴地说：

“……还有我的猪、猪、猪，不找你、你、你，找谁、谁？”

他的意思是：军队是官府，村公所也是官府，军队糟费了他家的猪、鸡、粮食等等命根子一样的东西，撤退时又把从树林子逃出来的宝贝大骡子抢去驮东西，不找你这当官的找谁？

“你他妈放屁扯淡一箩筐，快给我滚你妈的蛋！”臭汤罐子又使劲顿了一下脚。

冯柱的拳头颤颤抖抖地举起来了。

“你他妈敢动村长我半个手指头，试试看！”臭汤罐子索性把大肥脑袋伸到冯柱的拳头下边，威胁着。

谁都没有想到，冯柱忽然两手抱住自己的头，“呜”地一声哭起来，猛一转身，冲开人群，踉踉跄跄地走了。

又是谁都没有想到，人群后面一声“哈！”——是全身破烂的郭老二，挤了过来，敦敦实实地站在臭汤罐子面前，一只手紧捏着枪杆，另一只手紧捏着拳头，大声喊叫着说：

“臭尿鳖子！你说说，俺这个穷要饭的敢揍你这个官老爷不？”

不等臭汤罐子回答，啪啪啪，嗵嗵嗵，又是拳头又是枪托，打得臭汤罐子倒在地上杀猪般地叫起来。

“俺为啥揍这狗娘养的，你们大伙都知道，臭尿鳖子他心里也有数。俺早就心里有个谱：三十年河东，四十年河西，大山也有个崩塌的时候。俺就咬着牙狠命地等了两三年，今日才算等到了！等到了！哈哈哈……！”他仰着脸大笑起来了。

乡亲们还从来没有看见穷叫化子郭老二像这样大笑过，也从来没有听见过这样解气、这样痛快的话。不少人也不由得从心底里笑到脸上来。

郭老二又走到赵大鹏跟前，拍拍手里的枪：

“老弟，把这杆枪给了俺行不行？”

“行！”老赵也高兴地大声说。“只有一样事要嘱咐你：出去要饭时一定要把它藏严实，让鬼都找不着！”

郭老二答应着，兴冲冲地挤开人群，挺直了腰杆，脚步嗵嗵地走了。

臭汤罐子还躺在地上直“哎哟”。

小凤儿又大声转说白大婶的命令：

“俺妈说：好了。就像他治我妈那样，把这个狗东西带到后边那间小屋里去关两天。再派两个人去把姓安的那两个狗爪子教训一下，告诉他们：要是敢去给黑道子报信儿，往后咱就要跟他俩算总账！另外，乡亲们大伙也都留点神，要是郑黑眼这两天溜出村，就来给咱透个信，叫他当心半路上碰见不吉利的事！还要说一说：今日的事，大伙都看见了，不光是为了给我姓白的一家子出气。谁家没有受过他们的害？能够总是这样受下去吗？忍得了今日，忍得了明日吗？并且，眼看日本鬼子就要来，是钢刀架在脖子上的时候了，有种的，咱们就众人一条心，黄土变成金，总得商量出个办法来，豁出来跟他们拼！……好了，乡亲们也该回家吃早饭了。”

乡亲们都用尊敬的眼光目送着白大婶走出了院子门。他们平时都知道这个老太太性情刚强，有胆量，有见识，可谁也没有想到，她今日真像一个能办大事的人。

不过，白大婶自己并没有想到，这件“老百姓审官”的事很快就传遍了四乡，给庄稼人长了多大的志气啊！

十　三

白家院子里挤满了更多的看枪摸枪的人。青年和孩子们都高兴得又蹦又跳又喊叫。他们以前只看见过大兵和黑道子拿着枪杆子吓唬人，只知道枪子儿能够离得老远的打死人，总以为，这玩意真神哩。现在忽然有了这么多枪，可以随便看，随便摸，还可以随便拿起来放着玩，这是多么稀罕的事！

“咱们有了自个的枪，还不该放它一阵子显显威风吗？”赵大鹏和冯大雨刚刚从村公所里回来，一进了院子门就同时喊起来。“哥儿们，谁愿意试试谁就去试，走——吧！”

人们当中有当过兵的。赵大鹏从小儿也见过廖家狗腿子们练打靶。

放枪还不容易学？

一群小伙子就争着抢着拿起了枪和子弹带，连一些年岁大的人和孩子们也都跟着，一齐拥出了院子门，一窝蜂似的向村外的大堤上跑去了。

不一会，大堤上就响起了砰砰啪啪的枪声——是朝着对岸想象中的日本鬼子放的。枪声惊破了河槽里淡紫色的朝雾，惊起了河里的野鸭，惊飞了树林里的鸟群，惊动了附近村子里的人们。

这是庄稼人第一次拿起枪来向着敌人射击啊！

赵大鹏无限欢喜地大叫起来：

“哈！他们丢了，咱们拾起来，太好啦！……”

是呀，他们像一些吓破了胆的耗子，跑掉了。他们丢掉的，不光是枪炮，更重要的是土地，是人民，是家乡，是祖国啊！于是，“我们拾起来！我们拾起来！我们拾起来！……”这样的吼声，人民的吼声，不但传遍了一两百里路长的永定河沿岸，并且一直在向着南边广大的土地上传播开去。因为，溃军们一路狂奔，一路丢枪弃炮，人民群众就在每一条他们跑过的路上，拾起来！拾起来！这广大的土地本来就是我们的呀！可惜的是，事情总是比人们所希望的要复杂得多。许多地主和土匪，也利用自己原有的枪支人马，围缴溃军的枪支，他们要跟人民争夺大地，要纷纷自立为王，其中的一部分人，后来就成了帮助日本鬼子屠杀人民的万恶的汉奸！

不过，广大的土地，广大的人民，已经开始显示自己的力量了！

赵大鹏站在堤边凸得很高的工事上，梗着脖子向四面望去。啊！河里是前几天那场大雨涨的水，有一两里路宽，一片汪洋。沿河两岸，无边的柳林子，无边的庄稼地，一片绿色，炊烟四起，是多好的地面！多美的家乡！这些柳林子里，庄稼地里，哪儿不能藏人？哪儿不能“打游击”？他听平地山说过红军打游击的故事。日本鬼子，你来吧，你来吧，尝尝咱们中国枪子儿的味道吧！

庄稼人闹大事业的时候，真的到了！

十　四

当赵大鹏正在大堤上想着未来时，在家里，白家用几个秫秸捆子挡住了院子门，一家人正沉浸在生死重逢的欢喜中。小凤在灶门口烧火。白鸾在服侍两位老人。她让老人喝了两碗滚热的米汤，自己也喝了一碗米汤，然后让老人靠在被子垛上休息，趁机会对着妈妈的耳朵小声说：

“妈，你不是要俺们什么也别瞒着你吗？对你说，俺跟鹏哥，天不亮时在树林子里，背着人，拜了天地……”

白大婶并没有觉得意外，反倒痛热地拉着女儿的手，看着女儿的脸，柔声地，慢慢地说：

“孩子，你，做得对，妈不怪你。本来就是‘二嫁由身’，又当着这样个陆乱的年头，应该你自个做主把一辈子的大事砸实了它。他今日捡了那么多枪，可有大用哩。咱们是，国的仇，家的仇，都结定了，都结死了。往后，日本鬼子、臭汤罐子、魏三麻子，还有郑黑眼那个老狐狸子，都不会饶过咱们的。往后咱们的担子就靠着你鹏哥的肩膀哩。他可真是好样的，敢干大事情。不过，往后怎么办，咱可得好好想一想。说到你们俩，鸾，今日你们就成亲吧，还等什么？等会儿你把西间屋收拾一下，让凤丫头到这边来睡。你别担心，该欢喜就欢喜。依我看，日本鬼子一时半时还不过河。一来河里水正大，他们哪有那么多船过摆渡？二来是，兵们这么撒丫子跑，鬼子也不追过来，这不是明摆着的吗？臭汤罐子今日伤得不轻，三两月他也别想动弹得了。安三安四经不住吓唬，更不敢动。如今各村的人们都有枪，魏三那股土匪也得收敛着点，不会立时就来扎刺儿。你就安安心心的吧。这些年，苦了你，我做妈的都知道……”

她说着说着眼圈就红了。

白老敬也高兴地低声说：

“说得对！这年头，就是得赶紧的办！”

白鸾红着脸把头扎在妈妈怀里，嘴咬着妈妈的衣裳，天真地，不出声地，笑出来的眼泪把妈妈的衣裳湿了一小片。

小凤儿在外边把屋里的话听见了个大概，连忙站起身来，从灶后窗户纸的破洞儿看见了姐姐的神态，就咬着嘴唇重新坐下来，也欢喜得心里“突突”起来了。可是，村外远处的枪声早已使她的心神按捺不住了。正好饭也熟了，连忙拍熄了灶里的火，两步跳出去，顺着梯子上了房，挺直了身子一看：喝！有多少大人小孩从村里往大堤上跑啊！水气微濛的大堤上，有多少人影儿在晃动啊！那个最高最大的大个子，不就是黑鹏哥吗？他旁边，正在指手画脚说什么话的，不就是大雨哥吗？他们可真带劲呢！

她不觉想起了一个人："她要是看见大雨哥那股神气劲，才高兴呢！"就回身向着村子的西头看。真巧，远远地看见，她——黄菊花，也正好挺着身子站在那边黄家的房顶上，也正好脸朝着这边在对着她笑呢。她也对着那边扬扬手。在朝阳的照射下，两人的脸儿都笑得像开了花。

"去吧去吧，"屋子里，妈妈推着白鸾的肩膀说，"别高兴得忘了大事，快去跟小凤一块把那些枪都搬进来，都先搁在炕下边。虽说大门是挡住了，也得防着点。往后都发给谁，怎么成队伍，可得跟你鹏哥仔细盘算一下。"

白鸾高兴地"哎"了一声，直起身来抹了抹揉乱了的头发，跑到院里把小凤儿叫下房来，姐妹俩就都忘记了劳累，穿梭似的忙起来了。可是，两人一边喘着气地忙，嘴却闲不住。

"姐，你呀，没良心，喜事临头了倒瞒着我！"小凤把嘴一噘。

"好妹妹，不是瞒着你，是……"

"是怎么着？哼！"

白鸾红着脸咬住嘴唇忍住笑，回答不出来。

正在这时，两人都听见了，爹在屋里说：

"……名字叫二鹏，真是个好孩子。可惜，当时我喝醉了，一躺下就睡着了，就病了，第二天天不亮赵大哥就走了，没有来得及说……"

白鸾故意斜着亮闪闪的眼睛笑：

"妹子，爹说的这个二鹏，是谁？"

"不知道，没见过。"小凤把头一扭。

"嘻，爹都见过，你没见过？爹不是说的在金驼镇的事儿吗？嘿，还说我瞒着你呢！跟他说过话吧？人真是挺好的吧？"

这回轮到小凤红脸了。

"干吗脸红？干吗不说话？对你说，鹏哥早就对我说过他，我早就知道呢。"

小凤儿只得一甩辫子，忍住心跳，把话岔开：

"姐，别说那些没油没盐的，说点正经事儿吧。俺问问你：往后咱鹏哥真能当司令，真能带兵打鬼子吗？”

“怎么不能？”白鸾自豪地说，“他早就有这个大志气。往后，照我看，他当司令，俺妈当参谋，才好呢！”

“要真到了那时候，我就当女兵。”小凤儿说。

“没听说还有女兵。”

“怎么没有？金驼镇的大姐就说过，共产党的红军里边就有好多女兵呢。”

“女兵也能打仗吗？”

“怎么不能？那个大姐，你才没见着呢，依我看她就是女司令官，论智谋，论本事，大着呢！”

“你要是当了女兵，俺就当女兵姐姐。”白鸾笑着说。

“哈哈！没听说还有当女兵姐姐的！”小凤儿简直笑得喘不过气来，“你还是当俺鹏哥的……心尖子吧！”

姐妹俩就顾不得搬枪，你一拳我一掌，在院里追赶着打逗起来了。

一会，靠在院子门口的几捆秫秸挪开了一个空儿，赵大鹏侧着身子钻了进来，又返身把秫秸照样靠好了，满头大汗也顾不得擦，手里的枪也顾不得放下来，瞪着大眼对小凤说，

“凤妹子，我猛一下想起个急事来，怎么办？”

问他是什么急事，他又接着小声说：

“得赶紧派两个人到金驼镇跟大廖家府去，告诉我姐跟二鹏，赶快想办法截逃兵的枪。”

“亏你想得出，这倒真是个大要紧的事！”小凤儿也小声说。

“派谁去？除了你跟我。可是咱这儿怎么离得开？……”他抓着脑袋想了想，忽然顿了一下脚：“嗨！我看用不着派人去。兵们像发大水一样往南泻，老百姓还不吓得乱跑乱嚷嚷？风声还不传得飞一样的快？俺姐跟老平哥还不早就有安排？我真傻！”他自己先笑了。

白大婶在屋里叫：

“大鸾，你鹏哥也回来了，赶快揭锅端饭吧！他辛苦了一夜一早晨，是铁打的人也该饿坏了，我跟你爹也等着吃饭呢。”

可是白鸾没动身，却低着头，红着脸，把身子往一边一扭。倒是小凤

儿赶忙跳进屋子里去了。

赵大鹏忽然又想起了一件急事，刚刚走到院子门口的秫秸跟前，身后脚步响，一声轻轻的“你等一等”，白鸾追上来问他：

“干吗去？饭也不吃？”

“先找冯大雨他们，再一块儿找臭汤罐子去，把村公所的印把子要过来，把公款、公账都要过来。去晚了，怕他藏着不肯交。你想想，咱们有了枪，还能让这样的坏蛋痞子当村长？如今连县里的官儿们都跑了，他还当的哪一门的官？咱们可不能再要这样的官！”

“你倒是想得一百个对！倒是真像个干大事的人！”白鸾瞟了他一眼，笑得脸蛋粉红，白牙闪光。又害羞地低声说：“我先告诉你一句要紧的话。跟着我来……”

赵大鹏跟着她，刚刚进了磨棚屋，她就一转身猛地跳起来抱住了他的脖子，在他耳边小声地，无限欢喜地说：

“刚刚咱妈咱爹都说了，叫咱俩今日夜里就，成亲……”

赵大鹏啊，除了亲她，还有什么话可说？

停了一会，她又轻声说：

“对你说，往后俺也一定要拿起枪来当女兵，一定的！”

“好人啊，这时候，你心里刚刚装满了欢喜，怎么想到这……”赵大鹏简直不知道说什么好。

“这时候俺怎么不能想？就是应在这时候想！”她笑着轻轻摇了他一下，“俺妈早先不也是义和团里的女兵吗？多一个人，多一条枪，多打死几个鬼子，有什么不好？哼，俺知道，你总是把俺看的太绵软。你哪知道，往后俺俩就更加……一打起仗来，要是不跟你在一起，俺心儿里就……”她低下头来，把脸使劲往他那宽大的胸膛上一贴，再也说不下去了。

不需要再说什么，只有更深的痛爱，更紧的拥抱。

十　五

风声果然传得比飞还快。

当天后晌大廖家府就得到了消息。坐守在坟场小院外边大杨树上的王老建，从后晌起就不眨眼地看着村北的路，经心在意得连侄儿王大牛送来的晚饭都吃不下。天黑了，夜深了，他怕自己困，不知道吸了多少袋烟，舌头喉咙都熏苦了。

满天的星星，遍野的清风，静得要命，连柳树条儿也像是懒得飘动。

怎么廖北庄的那个人还不来报信？

忽然，他像是听见了牲口喷鼻子的声音。

真的，是牲口喷鼻子、顿蹄子、嚼草料的声音，还有听不大清楚的一些杂乱的响声。

是哪儿响？不是北边，也不是东边。

他费力地磨转着身子向西看。啊！廖家坟地的树林子里有几点小火星，是红色的小火星。一定是有人在那里吸烟。是偷果子的人吗？怎么会有几匹牲口的声音？怎么会有这么多杂杂乱乱的声音？

他明白了：准是有一股子军队在树林子里睡觉！

王老建的心嘣咚嘣咚地跳起来了。他捡起铺板上的一个土块，分开柳树枝条，使劲往坟场小院扔去。扔了一块又一块。听得出：有的落在屋顶上，有的落在院子里，有的擦得树叶子响。

这本来是规定的暗号。轮流躲在小院里的年轻人应该用咳嗽来回答，然后就跑来问他看见了什么，听见了什么。可是，怎么十个土块子都扔去了，却这么久也听不见咳嗽声？是不是哪两个该死的年轻人都睡死了？

妈的，真是嘴上无毛，办事不牢，年轻人到底靠不住！

王老建急的哟，凉快夜里全身冒大汗，只恨自己的腿脚不方便，要不，他早就溜下树去，比马还快地往村子里跑。

怎么办？豁出来吧！

他蹭到架板头上，用胳膊和手使劲抱住一个粗大的树杈，用膝盖和大腿使劲夹住。往下溜，往下溜。只要能溜到地上，死也要爬回去！累了，坐在横伸的桠杈上歇一会，再往下溜。

可是，真糟糕啊，树太高，溜了半天才到了主干上。主干太粗，手抱不住，腿夹不住。衣裳挂破了，胸前的皮肉磨破了，力气用尽了。想停一会喘口气也停不住了。他嗤溜一下，重重地掉到地上，猛地昏过去了。

不知道过了多久，一阵枪声把他惊醒过来。一睁眼，身上痛得头昏眼花，觉得枪声好像是天上的星星炸得响。再一听，不，不是星星炸，是廖家坟那边响的枪，还有好多人七长八短的喊叫声。

“都是中国人，只要你们的枪，不要你们的命！”

“把枪留给咱们打鬼子吧！”

“你们拿着枪也是白糟蹋！”

静了一会，听见远一点的地方一个外地口音问：

“你们是什么人？是土匪吧？”

这边近处回答：

“俺们不是土匪，是老百姓，是抗日自卫队！”

喊声又停止了。听得见树林子里有七言八语的说话声。

“你们有多少人？”对方的外地口音又问。

“多得很，两三千！”听得出是老平的声音。

果然，从本村，从廖北庄和廖西庄，轰轰嚷嚷，噼里啪啦的脚步声像下大冰雹一样响，有多少人在往廖家坟那边跑啊！有些人还一边跑一边喊叫：

“一定要他们把枪都留下！”

“不交枪就全都叫他们见阎王爷！”

接着，廖家坟的四面八方，响起了千人万众山呼海啸似的吼声，有男有女，分不清言语。坟地树林里的鸟儿们本来早就吓得黑天黑地满处飞，竟有几只撞到王老建身边的杨树上，扑着翅膀掉到地上了。

王老建再也忍不住，咬紧牙忍着坐骨和脊骨像断裂一样的疼痛，伏着身子，从坟场院后边的一条小路，狠命地向着坟地那边爬去。实在痛得忍不住，就躺在地上，哼哼着，慢慢往那边滚。

又听见老平的声音喊：

“他们实在不交枪，就别怪咱们不客气。各队的人都听着：利用地形作掩护，缩小包围圈，准备攻上去！”

枪声和山呼海啸似的喊叫声，又四面八方地响起来了。

一会，又静下来了。突然响起了一个年轻人响亮的本地口音：

“喂！你必定是个当官的，快下命令叫他们交枪吧，要不就先揍死你！

当兵的弟兄们也听着：刚才俺们都是枪口朝天放，为什么？就因为都是中国人，你们家里也有老和小。长官不准你们打鬼子，为什么不把枪留给俺们打鬼子？交枪吧！”

“是二鹏！”王老建不觉忘记了疼痛，心里欢喜得暗暗叫起来，“必定是一个人冲进去抓住了当官的，真有种，可也真险啦！”

接着就是一些模糊不清的说话声和脚步声，还有枪械的碰撞声……

后来才知道：原来这是跑散了的两百多名枪械不全的溃军，在撤退的路上已经碰见了两回地主和土匪武装躲在庄稼地里要缴他们的枪，所以他们不敢走大路，不敢进村子，天黑以后悄悄儿走到廖家坟附近，发现这里是个再好也没有的宿营地，就钻进了林子。没有水，又缺柴，做不了饭，就在草地上横躺竖卧地歇下来。疲劳、饥饿、干渴、惊慌，使他们一个个都像秋后的蚱蜢，失去了任何心劲。黑地里看不清，他们以为真的是被上千的人马包围了，哪还有胆子有力气还枪抵抗？再加上，果然是赵二鹏，趁着枪声紧密兵们慌乱的时候，拿着一支盒子枪，躬腰急步，绕着树干坟头，突然窜到廖家最大的那座祖坟跟前，冷不防抓住了一个军官的脖领，一阵喊叫，就更加吓破了他们的胆，说动了他们的心。卸掉了一切的枪支弹药，不是正好会逃跑得更轻快一些吗？一路上不是已经丢了好多枪支子弹吗？现在索性都丢他娘的吧！所以，士兵们根本不等连排长们的命令，就都丢下了一切沉重的东西，只求周围的人们让开一条逃命的路。有的甚至于跪下来哀求留下他一条命，说是老家有个八十岁的老母亲。就这样，这些残兵败将很快就走光了。

人们啊，跳着蹦着跑进了树林子，捡枪吧！捡子弹带吧！连一颗手榴弹也别拉下，都捡起来！

谁带着洋火的？点起松树枝子照着，别漏掉一颗子弹！连军毯什么的都拿着，别留给廖家的狗腿子！

只怪莽张飞王大牛和冒失鬼王铁锤，一发现廖家坟里住进了军队，就慌得忘记了告诉王老建一声，冲出了坟场小院，撒开丫子就往村子里跑。直到大伙都扛着背着回了穷人窝子，平地山才想起了应该把这个天大的喜事告诉王老建，并且应该把他从树上背下来，让他回来好好养几天。王大牛这才打着火把在离廖家坟不远的小路上找到了他，才发现他昏迷不醒地躺在那里，身上好几处破了皮肉，血沾着衣裳。是极大的兴奋和难忍的疼痛使他第二次昏迷过去的。

“我不要紧，在这个要紧的时候，我还要活下去！”这是他醒过来以后的第一句话。

当他趴在王大牛背上听完了这件大喜事的经过以后，又叹了口气：

“赵哥呀赵哥，你干吗偏偏要在这么个时候出远门！”

十 六

整个广大平原在一两天之内都“动”起来了。这不光是赵老恭在出远门以前不可能料得到，就连所有在家里的人，就连所有时时刻刻在准备应付“事变”的人，也不可能料得到。

十几万军队，铺天盖地，争先恐后，在无数条大小路上，向着正南的方向，如洪水卷地一般，滚动着，倾泻着。军队的溃退又带动得人心更加惊慌。许许多多有大车和大牲口的大户人家，坐上了数不清的车辆，载着数不清的大男小女和行李细软，甩着数不清的响鞭，也在数不清的大小路上，烟尘滚滚地向南方飞跑起来了。前面，军队的炮车和辎重车刚刚过去；后边，逃难的大车就跟上来了。有些人以为，跟在军队后面跑比较保险，因为从军队的动静可以猜到敌人的动静。另一些人以为，离开军队远一点比较安全，因为，说不定他们会抢劫，会行凶，会对娘儿们发坏呢。在大路边，在旅店门口，有时是长官在吼叫：

“把炮扔了吧，空出骡子来拉粮食，拉行李！”

可是炮兵排长舍不得炮，不服从命令，等长官走了，又哼吼着战士们架好炮车奔跑起来。

也有相反的情况：长官要带着大炮，士兵要丢掉大炮，因为拉炮的牲口没有了草料，管炮车的人没有了粮食。

也有跑伤了牲口，累倒了骡马的。

于是，溃退的军队又发生了抢财主砸大户的狂潮。于是财主大户人家就更加恐慌，架起车辆往南跑的人家就更多了。

跑到哪儿去？跑到什么时候为止？往后怎么着？谁的心里都没有

底。日本鬼子是不是从后面追过来了？离这儿有多远？他们是见中国人就杀吗？谁也说不出个准信儿。一天有一百个谣言，后一个谣言又否定了或是加重了前一个谣言。从溃军口里传出来的谣言，比从逃难的人口里传出来的谣言更多更可怕。

普通老百姓怎么办？竖着的房子躺着的地，丢不掉。眼看庄稼就要收，丢不掉。没有盘缠吃食，走不了。没有金银财宝，在外地过不了。胆小的人，没主意的人，瞪着眼，慌着神，活着一天算一天吧。胆大的人，他妈的，拾军队的枪！抢军队的枪！有了枪，鬼子来了就跟他拼！好多有枪的财主们不是也在趁这个乱劲儿缴军队的枪吗？人，有了枪就有了八分胆！

…… ……

在金驼镇，这天后晌就传来了一个坏消息：镇公所的人们在大街上捉到两个要饭的，是外地口音，脑袋上有帽子箍的白印儿，再加上穿的不像老百姓的鞋。一审问，原来是探子，是北边离镇子十里地的周家庄住着一团人，打算今天夜里开进镇子来抢劫。嗨呀，这可了不得！整个镇子立时就乱了，车辆的声音像滚地雷，响鞭的声音像鞭炮，镇内镇外尘土卷上了天。

傍黑时，站在高房上的人们看见，果然：那些穿着灰军装的家伙们，分几路，带着车辆，像几条长长的大粗蛇，飞快地向着镇子奔来了！

关门闭户啊，儿啼女哭啊，鸡飞狗叫啊……

进来了，真的进镇了！直奔中大街和南大街富商大户最多的地方去了！砸门打户，大喊大叫，枪声乒乓，车声啌噇，真的大抢大劫起来了！

赵金姐，忙是忙，可并不慌。跟屈家两弟兄一起，早就把几十名弟兄，悄悄儿集中到左邻右舍几户穷人家的屋子里、房顶上，隐藏起来，准备着。

村北刚刚出现了溃军，就有两个年轻人一先一后来报信：

"金姐你真算计得准，保安队跟警察所的人果真全都吓得跑掉了！"

"带走了枪没有？"

"都是从后门溜出去的，空着手……"

"廖肉头派来收买他们的那个姓张的家伙呢？"

"也跑了——是我亲眼看见他走的……"

“好！分两路，悄悄儿的！……”

金姐带着一支人，从村外庄稼地里绕进了镇西头，屈海领着一支人，也从村外庄稼地里绕进了镇东头。东西两头都各有一个保安小队和一个警察所，都是在热闹街道的尽头处，是多少年来镇子上用公款特地给他们盖的大院子，门口都挂着油漆光亮的“官牌子”，门板和柱子都是油漆得鲜红锃亮的。现在，朝大街的大门关着的，胡同里的后门锁着的。附近人家都关门闭户，胡同里没有半个人影子。金姐和屈海都是两枪托子就砸掉了后门上的锁，大伙不声不响进了院。东西南北屋，有的上了锁，同样一砸就掉；有的没上锁，一推就开。果然，真用不着费事，所有的枪支弹带都整整齐齐挂在墙上的。

没有一个人不想笑，可没有一个人笑出声音来。因为事先有规定：不论是谁，绝对不能出声，连脚步都得轻轻的。

半个多钟头以后，两批人都绕庄稼地到了镇南的大窑上，都趴下来等着，静静地听着镇子里的哭声、骂声、嚷叫声。

鸡叫三遍以后，抢够了财物和粮食的军队开始出镇子往南走了。天黑也能看得见，大车上堆得满满的，兵身上缠得满满的。他们并不怕人听见，一路走一路互相问答。

“三连的人来了吗？”

“在后边呢。”

“咱们连都到齐了吧？”

“说不清……”

“喂，对你说，我真想抱住那个小媳妇，真娇嫩……”

人们在窑顶上咬着牙听着，耐着心等着。果然不出金姐所料，大队伍过去了以后，后面就是哩哩啦啦的散兵。金姐只咳嗽了一声，人们就冲下了大窑，冲上了大路。不用开枪，只用拳脚，不管他怎么喊叫，反正我不出声……

这一回，一共得了一百几十支枪！

各人都回家把多余的枪藏好了，都带着预先准备的干粮，又出发绕庄稼地往南跑去。是要一路上捡枪支，看机会躲在庄稼地里打埋伏，一直要走到离这里好几十里地的大清河边。大清河是跟永定河遥遥相对的一条河。永定河由于水浑流浊，又叫浑河；大清河由于河水清亮，又叫清河；都是发源于华北平原西部的大山之中，绕大弯流入天津的海河入海。这十几万自我崩溃的军队，从浑河边奔逃过来，一定要到远处的清河边渡河南奔，就必定会在争船过渡的时候丢弃许多枪炮弹药。

他们丢了，我们就应该拾起来！拾起来！

现在，金驼镇的这些弟兄们再也不用黑布蒙头，一律都是老百姓模样，是在浑河与清河之间第一次公开出现的老百姓军队——真正整齐严肃行动快速的军队。金姐头上是雪白的手巾，下边露着漆黑的头发，上身是浅蓝色格子布小褂，下身是黑色细布裤子，从肩头到胸前斜挂一条子弹带，腰间还横勒着一条子弹带，背上斜背着一支小马枪，手上提着一支盒子枪。天亮以后，一路上遇见的人们将会看见，这支老百姓队伍的领头人竟然是一个女的，是一个身材娇健苗条、脸面出奇的俊美、眉眼英气逼人、动作轻快灵活的年青妇女，这几十名男子汉竟然都对这位女队长表现出心甘情愿的服从，亲如骨肉般的尊敬。从这天起，金大姐这个响亮的名字，将要跟她的队伍一起，传遍了远远近近，越过了清河浑河，成为一些传奇性的人物当中最受人尊敬的一个。

这时候，肉头刀子廖祖道也并没有在燕南县城里睡大觉。他很快就收买了县保安队，让保安队长和他家外号鬼坟头的"军事教练"，分头带着人马，在县城附近的路上，在就近的大清河摆渡口边，劫夺溃军的枪支弹药。心狠手毒诡计多端的刘大刀螂没有参加这场大劫夺，因为他的胳膊伤还没有好……

整个华北大平原，像全国其他许多地方一样，就这样又愤怒、又兴奋、又不安地"动"起来了！人民的武装，日本鬼子连同汉奸武装，地主连同土匪武装，还有国民党反动势力的武装，争夺这块广大土地的复杂斗争；广大人民为了站着活下去、为了改变旧世道、为了创造新世界的斗争，就是这样开始走向了高潮！

大地啊，在全身震动，在使劲地迸发着潜力，在千方百计地求生存、求改变、求出路。这股劲，憋了几千年，挣扎了几百年，斗争了几十年。必须死亡的终归要死亡，应该新生的终于会出生。不过，这场生存与死亡的大搏斗，革命与反革命的大搏斗，侵略与反侵略的大搏斗，将要进行许多个年月：在这些年月里，将要出现多少惊心动魄的、旷古未有的故事啊！

谁能够写得出这些故事？谁能够写得完这些故事？子孙后代，是不是会永远地传诵这些故事？就连那些当时创造胜利奇迹的人们，是不是都能够深深地懂得，并且永远地记住这些故事？

十七

比方说，赵老恭这个如钢似铁内心滚烫的人物，谁能够写得完他这一生的全部经历？谁又能够真正懂得他的心灵深处？

现在，在这旭日初升的时候，他正在大山地区的一条山坡路上大踏步走着。他翘着胡子，硬着脖梗，光着脊梁，心急如火，全身冒汗。

不到平原不知土地的宽广，不到山地不知大地的庄严。可是，这千山万壑是多么贫瘠啊！没有树林，连青草也不是很多。瘦骨嶙峋的山弯子拥抱着破旧的村庄，细细的溪流从乱石碎沙的荒沙沟里流过，崎岖的道路在山峰间迂回起伏。这里的人们过着多么穷苦的生活啊！然而就连这样穷山恶水的地方，也有财主压在穷人的头上，也是日本鬼子馋涎欲滴的目标。难道人们就应该永远像这样生活下去吗？所以呀，就连这无穷无尽的荒山深谷也在无声地催促着：走吧走吧赵老恭，一定要走到那个地方看一看。那里人人有地种，人人有饭吃；没有财主苛刻穷人，没有穷人受人坑害，没有沿门讨吃的叫化子，也没有流氓、小偷和土匪；财物丢在路上没人拾，夜里开着门户睡大觉；没有骑在人民头上的官老爷，只有替老百姓办事的工作人；工作人，工作人，炕头上办公，地头上谈心，分不清谁是官，谁是民；那里的兵，名字叫红军，住在老百姓家里，亲如一家人，他们为了老百姓的事业，走了几万里路程，打垮了成百万的豺狼兵，现在又要开到前方去打日本；日本鬼子是绝对占不了那个地方的，因为那里不光有红色的军队像神兵，连老百姓也个个都是兵；那里的共产党和红军，将要在全中国的许多地方，发展抗日力量，成为中国的脊梁，改变旧的世道，使祖国变得富强。

千年万代，穷老百姓谁不盼望着这样的世界？谁又真的梦见过这样的世界？

走吧，走吧，走吧。要知道，看到了那个好地方以后，只不过是找到了一个出发点啦，前面还有很长远，很艰难、很曲折的路程要走啊。所以呀，一定要咬紧牙关使劲地走，使劲地走。一定要走到那个当家做主站着活，天公地道笑着活，齐心奋发干着活，人人富裕唱着活的世界里去！即使到了那样的好时候，也还要往前走啊！

是的，赵老恭在咬着牙使劲地走。他一口气翻上了一座高山头，放眼望去，晨色苍茫，千山起伏，朝阳斜照，许多山头披上了一层金光。他望不见已经离得很远很远的家乡，不知道家乡的弟兄们、儿女们，为了活下去，为了站着活下去，为了改变这个鬼世道，已经把伟大斗争的历史序幕揭开了。不过，赵老恭是满怀信心的，是十分高兴的。他挺起胸膛，吸了口大气，使出全身的力气，自豪地对着群山，用铜钟般洪大的声音呼喊起来：

"喂——！一天能走一百二十里，我还不老哇，走——吧！"

立时，群山响起了千呼万应、天摇地动的回声，传得很远很远，直到天边：

"走——吧！"

"走——吧！"

"走——吧！"

"走——吧！"

……　……

1983 年 10 月脱稿

《大地》赘言

秦兆阳

作者自己最好是不要对自己的作品说话，原因如下：一、作品既经出版，它就是公之于社会的产品，应该由用户——由读者去检验。二、一切要说的话应该是都在作品里说过了，再说就是题外的多余的了。三、即使要说，也未必说得清楚。因为，作者的感受、感情、理念、气质、艺术意象等等如何在作品里作具体的体现——这种复杂的精神劳动的过程，是很难说的清楚的。四、即使说得清楚，主观意图是否跟客观效果相一致？如果一致，何必要说？如果不一致，说有何用？

所以，"学报"的编辑同志要我就《大地》这部作品写点什么，这实在是给我出了一个难题。但又情理难却，不好违命。考虑再三，忽然明白了：所谓"写点什么"，无非是要我提供一点检验《大地》的参考资料，这似乎也是检查这部作品的方法之一，似乎也是我应尽的一个义务。

于是我只好把写作此书时的某些想法——某些想要达到的希望，写在下面。

一、《大地》所写的是河北平原农村的历史故事，但我希望能够使读者明白，这不仅仅是河北平原的故事。它也许很容易使人想到"燕赵多慷慨悲歌之士"，但我希望不要使人以为只有燕赵之地才有这种慷慨悲歌之士。我为什么这样希望？我是怎么想的？下面再说。

二、我希望，不要使读者认为作品中的赵老恭等具有强烈反抗性和硬骨头精神的人物，是一些世上少有的特殊人物。虽然我对他们作了强化的集中的描写，但是并非没有根据。纵观近百年史，鸦片战争时广州三元里人民的抗英斗争；距鸦片战争仅仅十一年就爆发了规模宏大的太平天国起义，同时还有安徽省的稔军起义；甲午战争时我国海军官兵的英勇奋战；甲午战争后旅顺口一带人民英勇的抗日斗争；1895—1898年间，四川、福建、湖南、湖北、江西、江苏、贵州、山东等地群众的反教会斗争此起彼伏；不久终于爆发了规模宏大的义和团起义，扩及华北、中原数省和东北部分地区，到1900年达到了高潮；以后，参加武昌起义的满清绿营的士兵其实也是穿军衣的下层人民；所有这些人民的斗争都有反帝反封建的实质意义。至于以后北伐战争期间的农民运动，十年土地革命战争以农村为根据地，抗日战争和解放战争的农村包围城市，就更不用说。

从鸦片战争到人民在中国共产党领导下解放了全中国，到抗美援朝的胜利，整个反帝反封建的历史，可以说就是一部中国人民（主力是农民）慷慨悲歌的历史。

中国人民是压不垮、锤不烂、摧不毁的！

不错，劳动人民（包括人数最多的农民），有其不易觉悟的落后的一面。鲁迅先生曾经以“哀其不幸，怒其不争”的心情着力地鞭挞这种麻木不仁的落后的精神状态。但是史实证明我国农民并非都是阿Q；就连阿Q也有朦胧的“造反”的冲动。因此他们才会成为中国共产党所依靠的基本的革命力量。这一点，鲁迅在成为马克思主义者的时候就已经看清楚了，因此他从“怒其不争”变为“喜其必争”，并且殚精竭虑地去“助其必争”。（至于阿Q这一形象巨大的典型意义早已超越了时间和空间，这是不用赘述的。）

因此，为什么不可以着力地去刻画广大农民优秀素质的一面呢？我所说的优秀素质，就是世世代代自发地、百折不挠地寻求出路，最后因为有了共产党的领导而达到了自觉；就是对于“天公地道站着活”的历史要求；就是不惧冰冻火炼的志气、骨气、才气；就是人民的无穷的生机，就是中华民族无穷的生机。

三、我希望，不要使读者认为作为农民思想家的赵老恭，他的个性特质是缺乏现实基础的。

旧社会的农民当中没有对“世道”对“人生”作深沉思考的人吗？如果没有，为什么历史上会出现那么多前仆后继的优秀的农民领袖？幼年时候的苦难经历就为赵老恭的“思索世道”打下最初的根基。以后他又遇见了师父张宝成，又长时间从白洋淀到天津北京等地跑过码头，见过世面，以后又经历了义和团起义，又坐过几年监牢，又在大廖家府经历了长期的水深火热的斗争。因此，他对世道，对人生，对阴阳两界和天上地下，有所思索，有所怀疑，应该是并不奇怪的。如果认为封建等级观念和宿命观念等等，一定会毫无例外地把所有的农民的精神束缚得死死的，那是只看到了问题的一面。有压迫必定有反抗，有束缚就必定有挣脱束缚的愿望。实践出真知，阶级体验出要求，这是无可否认的规律。财主、赃官、卖国贼、洋鬼子做尽了坏事，为什么不见有天打雷霹现世现报？这是广大穷苦农民最容易发生的疑问。何况，只要是跟土地接亲的劳动人民，谁不想直起腰来做人？谁能不热爱土地，热爱家乡，热爱祖国？所有这一切，就是农民当中必定会产生钢骨铁梁式的领袖人物的原因，也就是共产党必定能够发动农民群众的原因。而且，赵老恭不但是一个农民，并且是一个见过大世面、翻过大浪头的手工业者，他的思想自然要比一般农民开阔得多，虽然他仍然带着文化很低的下层劳动人民某些思想局限的特点。

四、我希望，不要使读者觉得我所写的是老一套。“老”中是否有新？如果一切旧的东西都过去了，消失得无影无踪了，我国的社会主义革命就不会经历这么艰难曲折的道路。最应该记住的最易忘记。忘记了最应该记住的东西，对认识当前是很不利的。历史的事实证明，劳动人民要真正达到从物质到精神的彻底解放，还要经过漫长的道路。但另一方面，道路尽管长远艰难，人民的愿望终归是要实现的，因为力量就来自人民本身。因此，关键在于认识人民和人民的认识，以及这两种认识跟党的领导的结合。

以上是我在写作过程中对自己提出的几点主要的希望。如果细说起来当然不止这些，但是，如前所述，即使是自我剖白，说得太多则会更加显得多余，所以必须到此为止。

在读者的检验下，如果以上的希望全部落空，那就证明这部作品是完全失败的废品；如果只落空了几分之几，那对我就是一个安慰。究竟如何，让时间去作结论吧。

1984 年

注：此文是秦兆阳先生为其长篇小说《大地》出版时写的，但未刊用。